Unabhängigkeitstag

RICHARD FORD
Unabhängigkeitstag

Roman
Aus dem Amerikanischen
von Fredeke Arnim

Berlin Verlag

Die Emerson-Zitate stammen
aus der Essay-Ausgabe, Jena 1905
(Übersetzung: Wilhelm Schölermann)

Die Originalausgabe erschien 1995
unter dem Titel
Independence Day
bei Alfred A. Knopf, Inc., New York
© 1995 Richard Ford
Für die deutsche Ausgabe
© 1995 Berlin Verlag
Verlagsbeteiligungsgesellschaft mbH & Co KG
Berlin
Alle Rechte vorbehalten
Umschlaggestaltung:
Nina Rothfos und Patrick Gabler, Hamburg
Gesetzt aus der Garamond und der Offinzina Sans
durch Setzerei Amann, Aichstetten
Druck & Bindung: Franz Spiegel Buch GmbH, Ulm
Printed in Germany 1995
ISBN 3-8270-0061-0

Gedruckt auf chlor- und säurefreiem Papier

Kristina

-1-

In Haddam treibt der Sommer durch baumverschattete Straßen wie süßer Balsam eines achtlosen, träumerischen Gottes, und die Welt fällt in ihre eigenen geheimnisvollen Hymnen ein. Schattige Rasenflächen liegen still und feucht. Draußen, auf der friedlich-frühmorgendlichen Cleveland Street, höre ich die Schritte eines einsamen Joggers, der erst am Haus vorbeitrabt und dann den Hügel hinunter in Richtung Taft Lane und weiter zum Choir College, um dort auf dem feuchten Gras zu laufen. Im Schwarzenviertel sitzen Männer auf Türschwellen, die Hosenbeine über den Socken hochgekrempelt, und trinken in der zunehmenden trägen Hitze ihren Kaffee. Der Eheberatungskurs (4.00–6.00) in der High School entläßt seine Teilnehmer und Teilnehmerinnen, die benommen und mit schläfrigen Augen wieder zurück ins Bett wollen. Während die High School-Kapelle auf ihrem Übungsplatz mit den zweimal täglich stattfindenden Proben beginnt und sich für den Vierten Juli in Stimmung bringt: »Buum-Haddam, buum-Haddam, buum-buum-babuum. Haddam-Haddam, auf denn, auf denn! Buum-buum-babuum!«
Anderswo an der Küste nennt der Wetterbericht den Himmel, wie ich gehört habe, verhangen. Die Hitze wird drückender, ein metallischer Geruch pulsiert durch die Nasenlöcher. Schon drohen die ersten Wolken eines sommerlichen Hitzegewitters am Horizont der Berge, und da, wo *die* leben, ist es heißer als da, wo wir leben. Der Wind steht so, daß man weit draußen auf der Strecke den Amtrak »Merchants Special« mit Kurs auf Philly vorbeijagen hört. Salziger Meeresgeruch treibt mit diesem Wind von weit her und mischt sich mit dämmrigen Rhododendron-Düften und den letzten standhaften Sommerazaleen.
Aber in meiner Straße, im laubbeschatteten ersten Block der

Cleveland Street, herrscht wohltätige Stille. Einen Block weiter wirft jemand geduldig auf den Basketballkorb in seiner Auffahrt: ein Quietschen der Schuhe... ein Keuchen... ein Lachen, ein Husten...»Seehr schön, so ist's guuut.«Alles gedämpft. Vor dem Haus der Zumbros, zwei Häuser weiter, rauchen die Straßenbauarbeiter in aller Ruhe eine Zigarette zu Ende, bevor sie ihre Maschinen anwerfen und den Staub wieder aufwirbeln. Dieses Jahr pflastern wir die Straßen neu, verlegen neue Kabel, säen am Straßenrand neuen Rasen, erneuern die Bordsteinkanten, geben unsere stolzen neuen Steuerdollar aus – die Arbeiter allesamt Kapverdianer und gerissene Honduraner aus den ärmeren Städten nördlich von hier. Sergeantsville und Little York. Sie sitzen, still vor sich hin starrend, neben ihren gelben Lastwagen, Planierraupen und Schaufelbaggern, während ihre schnittigen Wagen – Camaros und tiefgelegte Chevys – um die Ecke geparkt sind, wo sie nicht so viel Staub abbekommen und es später schattig sein wird.
Und plötzlich setzt das Glockenspiel von St. Leo the Great ein: Gong, gong, gong, gong, gong, gong, gong, gefolgt von einem hellen, mahnenden Choral aus der Feder des alten Wesley höchstpersönlich:»Wachet auf, wachet auf, die Ihr gerettet werden wollt, wachet auf, wachet auf, und läutert Eure Seelen.«

Obwohl nicht alles hier ganz koscher ist, trotz des guten Anfangs. (Wann ist irgendwas schon ganz koscher?)
Ich selbst, Frank Bascombe, wurde Ende April auf der Coolidge Street, nur eine Straße weiter, überfallen, als ich nach einem guten Abschluß in der frühen Abenddämmerung zu Fuß nach Hause trabte, erfüllt vom Gefühl, etwas geleistet zu haben, in der Hoffnung, die Nachrichten noch zu erwischen, eine Flasche Roederer – das Geschenk eines dankbaren Verkäufers, für den ich einen guten Preis rausgeholt hatte – unter dem Arm. Drei Jungs, von denen ich einen, wie ich meinte, schon mal gesehen hatte – einen Asiaten, dessen Name mir aber später nicht mehr einfiel –, kamen auf ihren BMX-Rädern den Bürgersteig heruntergekurvt, zogen mir eine große Pepsiflasche über den Schädel und fuhren johlend weiter. Mir kam nichts abhanden, und mein

Schädel blieb heil, obwohl ich wie ein Baum umkippte und zehn Minuten lang mit Sternen vor den Augen im Gras saß, ohne daß jemand etwas mitgekriegt hätte.

Später, Anfang Mai, wurde zweimal innerhalb derselben Woche in das Haus der Zumbros und ein weiteres eingebrochen. Offenbar hatten sie beim ersten Mal etwas übersehen und kamen zurück, um es sich zu holen.

Und dann wurde im Mai, zu unser aller Bestürzung, Clair Devane ermordet, unsere einzige schwarze Maklerin, eine Frau, mit der ich vor zwei Jahren eine kurze, aber intensive Affäre gehabt hatte. Tatort war eine Eigentumswohnung an der Great Woods Road in der Nähe von Hightstown, die sie einem Kunden zeigen wollte: Sie wurde gefesselt, vergewaltigt und erstochen. Keine verwertbaren Indizien – nur eine rosa Telefonnotiz auf dem Parkett der Diele, geschrieben in ihrer weit ausholenden Schrift: »Familie Luther. Suchen erst seit kurzem. Um die 90 Tsd. 15.00 Uhr. Schlüssel besorgen. Abendessen mit Eddy.« Eddy war ihr Verlobter.

Außerdem ziehen fallende Immobilienpreise wie ein böser Wind durch die Bäume. Alle spüren sie, obwohl unsere neuen bürgerlichen Errungenschaften – die neuen Streifenwagen, die neuen Fußgängerüberwege, die gestutzten Bäume, die in die Erde verlegten Stromkabel, die instandgesetzte Konzertmuschel und die Pläne für die Parade am Vierten Juli – dazu beitragen, um uns von unseren Sorgen abzulenken und davon zu überzeugen, daß unsere Sorgen keine Sorgen sind, oder wenigstens nicht allein unsere Sorgen, sondern die Sorgen von allen – also von niemandem. Und daß es in diesem Land immer darum ging, den Kurs zu halten, keinen Millimeter zurückzuweichen und sich von der zyklischen Natur der Dinge tragen zu lassen. Und daß jeder, der anders denkt, unseren Optimismus untergräbt, paranoid ist und sich jenseits der Staatsgrenzen einer kostspieligen »Behandlung« unterziehen sollte.

Und praktisch gesprochen und ohne zu vergessen, daß ein Ereignis nur sehr selten ein anderes einfach so nach sich zieht, muß es für eine Stadt, für ihren Lokalesprit, ja auch etwas bedeuten, wenn ihr Wert auf dem freien Markt fällt. (Warum sonst wären die Immobilienpreise ein Index für das nationale Wohlergehen?) Wenn die Aktien einer ansonsten gesunden Holzkohlenfirma plötzlich abstürzten, würde die Firma umgehend reagieren. Ihre Leute würden nach Einbruch der Dunkelheit eine Stunde länger an ihren Schreibtischen sitzen (wenn sie nicht auf der Stelle gefeuert würden); Männer würden noch müder als sonst nach Hause kommen, und zwar ohne Blumen mitzubringen, würden in den violetten Abendstunden länger einfach nur dastehen und die Bäume anstarren, die dringend gestutzt werden müßten, würden weniger freundlich mit ihren Kindern reden, würden vor dem Dinner noch einen Pimms mit ihrer Frau trinken und dann gegen vier Uhr morgens aufwachen, ohne daß ihnen viel, aber auf jeden Fall nichts Gutes im Kopf herumginge. Einfach eine Unruhe.

So ist es auch in Haddam, wo sich trotz unserer Sommerträgheit das bisher unbekannte Gefühl breitmacht, daß jenseits der engen Grenzen unserer Welt der Dschungel liegt. Eine undefinierte dunkle Vorahnung unter unseren Einwohnern, an die sie sich, wie ich glaube, nie gewöhnen werden. Eher würden sie sterben, als sich damit abzufinden.

Zu den traurigen Tatsachen des Erwachsenenlebens gehört aber nun einmal, daß man genau die Dinge, an die man sich nie gewöhnen wird, am Horizont auf sich zukommen sieht. Man erkennt sie als Problem, man zerbricht sich den Kopf, man trifft Vorbereitungen und Vorkehrungen und überlegt sich Anpassungsmaßnahmen; man sagt sich, daß man die Art, wie man die Dinge anpackt, ändern muß. Bloß tut man es nicht. Man kann nicht. Irgendwie ist es schon zu spät. Und vielleicht ist es sogar noch schlimmer: Vielleicht ist das, was man von weitem auf sich zukommen sieht, gar nicht das, was einem solche Angst macht, sondern schon sein Nachspiel. Und das, was man fürchtet, ist schon passiert. Das Ganze ähnelt der Erkenntnis, daß all die großen Neuerungen der Medizin uns überhaupt nichts nutzen werden, obwohl wir sie bejubeln, obwohl wir hoffen, daß der neue Impfstoff rechtzeitig bereitstehen wird, obwohl wir denken, daß die Dinge doch noch besser werden könnten. Nur daß es auch hier zu spät ist. Und auf die Weise ist unser Leben vorbei, bevor wir es merken. Wir verpassen es. Wie der Dichter sagt:»Was man im Leben verpaßt, ist das Leben.«

Heute morgen bin ich früh auf den Beinen, in meinem Arbeitszimmer oben unter dem Dach, und gehe ein Angebot durch, das gestern abend kurz vor Feierabend»exklusiv« bei uns eingegangen ist und für das ich vielleicht jetzt schon Käufer habe. Angebote gehen häufig so unerwartet ein, als hätte die Vorsehung sie geschickt: Ein Hausbesitzer kippt ein paar Manhattans, dreht eine nachmittägliche Runde durch den Garten, um die Papierschnipsel einzufangen, die vom Müll der Nachbarn herübergeweht worden sind, harkt die letzten modrigen Blätter des Winters unter dem Forsythienstrauch hervor, wo sein alter Dalmatiner Pepper begraben liegt, begutachtet die Schierlingstannen, die er zusammen mit seiner Frau gepflanzt hat, als sie frisch verheiratet waren, vor langer, langer Zeit, wandert in Erinnerungen versunken durch Zimmer, die er selbst gestrichen, Bäder, die er lange nach Mitternacht gefugt hat, genehmigt sich unterwegs noch zwei steife Drinks, und plötzlich ist da dieser aufwallende und unterdrückte Schrei aus der Tiefe seines Herzens nach einem längst verlorenen Leben, das wir alle (wenn wir weiterleben wollen) loslassen müssen... Und peng: schon steht er am Telefon, stört einen Immobilienmakler bei seinem wohlverdienten Abendessen, und zehn Minuten später ist die Sache perfekt. (Durch einen glücklichen Zufall sind meine Interessenten, die Markhams, gestern abend aus Vermont nach Haddam gekommen, und es wäre denkbar, daß ich den ganzen Zyklus – von Angebotseingang bis Verkauf – an einem einzigen Tag erledigen kann. Der Rekord, nicht von mir, liegt bei vier Minuten.)

Als zweites muß ich an diesem frühen Morgen den Leitartikel für die monatliche Zeitschrift *Käufer und Verkäufer* schreiben (die unsere Firma kostenlos an jeden lebenden Hausbesitzer in Haddam verschickt). Diesen Monat feile ich an meinen Gedanken zu den wahrscheinlichen Auswirkungen des bevorstehenden Parteitags der Demokraten auf den Immobilienmarkt. Der wenig inspirierende Gouverneur Dukakis, geistiger Urheber des zwielichtigen Wunders von Massachusetts, wird wohl nominiert werden und dann auf einen leichten Sieg im November zusteuern. Ich zumindest hoffe das, aber die meisten Haddamer Hausbesitzer erfüllt es mit lähmender Angst, da sie fast ausnahmslos Republikaner sind und Reagan lieben wie die Katholiken den Papst. Aber selbst sie fühlen sich angesichts der grotesken Aussicht, Bush zum Präsidenten zu bekommen, betrogen und veralbert. Meine Argumentation beruht auf Emersons berühmtem Satz aus »Selbstvertrauen«, nämlich: »Groß sein heißt, mißverstanden sein.« Den habe ich zu der These verarbeitet, daß Gouverneur Dukakis mehr an das Portemonnaie der Wähler denkt, als die meisten glauben. Ich sage, daß die wirtschaftliche Unsicherheit ein Plus für die Demokraten ist und daß die Zinsen, die das ganze Jahr verrückt gespielt haben, spätestens zu Neujahr bei elf Prozent liegen werden, auch wenn William Jennings Bryan zum Präsidenten gewählt und die Silberwährung wieder eingeführt würde. (Diese Annahmen ängstigen Republikaner ebenfalls zu Tode.) »Was soll's also«, lautet in etwa die Quintessenz meiner Argumentation. »Es könnte alles im Handumdrehen noch schlimmer kommen. Springen Sie jetzt ins kalte Wasser des Immobilienmarktes. Verkaufen (oder kaufen) Sie!«

In diesen sommerlichen Tagen ist mein Leben, zumindest nach außen hin, ein Muster an Einfachheit. Ich führe das glückliche, wenn auch ein wenig gedankenverlorene Leben eines vierundvierzigjährigen Junggesellen im früheren Haus meiner Frau in der Cleveland Street 116, im sogenannten Präsidentenstraßen-Viertel von Haddam, New Jersey, wo ich in der Immobilienfirma Lauren-Schwindell in der Seminary Street arbeite. Vielleicht sollte ich besser sagen: im Ex-Haus meiner Ex-Frau, Ann Dykstra, jetzt Mrs. Charley O'Dell, wohnhaft Swallow Lane 86, Deep River, Connecticut. Auch meine beiden Kinder leben dort, obwohl ich nicht genau sagen kann, wie glücklich sie sind, oder auch nur, wie glücklich sie sein sollten.
Die Abfolge der Ereignisse, die mich zu diesem Beruf und in dieses Haus führte, könnte vielleicht ein wenig ungewöhnlich erscheinen, falls man sich in seiner Vorstellung von menschlicher Beständigkeit an den Familienillustrierten des »mittleren« wei-

ßen Amerika zur Zeit der Jahrhundertwende orientiert. Oder an der »idealen amerikanischen Familie«, wie sie von rechtsgerichteten Denkfabriken propagiert wird – mehrere Direktoren solch eines Instituts leben hier in Haddam. Die aber sind im Grunde genommen nichts anderes als Propaganda für eine Lebensart, die kein Mensch durchhalten kann, ohne genau die Beruhigungspillen zu nehmen, die eben diese Leute einem verbieten wollen (obwohl ich sicher bin, daß sie selbst die Dinger tonnenweise konsumieren). Aber jedem halbwegs Vernünftigen wird mein Leben mehr oder weniger normal vorkommen, zusammengesetzt aus Zufälligkeiten und Ungereimtheiten, denen keiner von uns entgeht und die in einem Leben, das ansonsten nicht weiter bemerkenswert ist, kaum Schaden anrichten.

Heute morgen jedoch bereite ich mich auf einen Wochenendausflug mit meinem einzigen Sohn vor, der anders als die meisten meiner Unternehmungen von einigem Lebensgewicht zu sein verspricht. Überhaupt riecht diese Exkursion eigentümlich nach etwas, was man *zum letzten Mal* tut. Als käme eine entscheidende Phase – in meinem *und* seinem Leben –, nein, nicht unbedingt zum Abschluß, aber als nähere sie sich einer Drehung des Kaleidoskops, die das Bild strafft und verändert. Es wäre töricht, das auf die leichte Schulter zu nehmen, und ich tue es auch nicht. (Der Impuls, »Selbstvertrauen« zu lesen, ist an dieser Stelle ebenso bedeutsam wie der bevorstehende Unabhängigkeitstag selbst – mein liebster weltlicher Feiertag, weil er erstens so öffentlich ist und zweitens implizit das Ziel hat, uns so zurückzulassen, wie er uns vorgefunden hat: frei.) All das ereignet sich – zu allem Überfluß – fast am Jahrestag meiner Scheidung, einer Zeit, in der ich jedesmal nachdenklich werde und mich verletzbar fühle und ganze Tage damit verbringe, über den Sommer vor jetzt sieben Jahren nachzugrübeln, als das Leben plötzlich ins Schleudern geriet und ich in meiner Hilflosigkeit nicht in der Lage war, es wieder auf Kurs zu bringen.

Aber als erstes fahre ich heute nachmittag nach Süden, nach South Mantoloking an der Küste von New Jersey, zum üblichen Freitagabendrendezvous mit meiner Freundin (es gibt letztlich keine höflichere oder bessere Bezeichnung), der blonden, großen und langbeinigen Sally Caldwell. Obwohl sich auch hier Störungen zusammenzubrauen scheinen.

Sally und ich haben seit jetzt zehn Monaten eine meiner Meinung nach perfekte »dein Leben/mein Leben«-Geschichte, in der wir einander großzügige Portionen Kameradschaft, Vertrauen (auf einer »soweit nötig«-Basis), ein vernünftiges Maß an Verläßlichkeit und eine Menge heißer fleischlicher Leidenschaft bieten – alles unter Zubilligung von genügend »Freiraum« und absolutem Laisser-faire, wobei ich für letzteres offengestanden nicht viel Verwendung habe, während wir gleichzeitig den höchsten Respekt vor den teuer erkauften Lektionen und eifrig katalogisierten Fehlern haben, die das Erwachsensein mit sich bringt. Liebe ist es nicht, das stimmt. Nicht so ganz. Es kommt der Liebe aber näher als das Zeug, das die meisten Verheirateten zu bieten haben.

Und doch ist in den letzten Wochen, aus Gründen, die ich mir nicht erklären kann, in jedem von uns etwas entstanden, was ich nur als seltsames Unbehagen bezeichnen kann. Etwas, was bis in unser ansonsten erregendes Liebesleben kriecht und sogar die Häufigkeit unserer Besuche beeinflußt, als sei unser Zugriff auf gegenseitige Aufmerksamkeit und Zuneigung dabei, sich zu verändern und zu lockern, und als hätten wir jetzt die Aufgabe, einen neuen Ansatzpunkt für eine längere, ernsthaftere Bindung zu finden. Nur daß anscheinend keiner von uns dazu in der Lage ist, ein Versagen, das uns beide verblüfft.

Gestern abend, irgendwann nach Mitternacht, als ich schon eine Stunde geschlafen hatte, zweimal aufgewacht war und mein Kopfkissen zusammengeknüllt hatte, mir über die Fahrt mit Paul Sorgen gemacht, ein Glas Milch getrunken, mir den Wetterbericht angesehen und mich dann zurückgelehnt hatte, um ein Kapitel von *Die Unabhängigkeitserklärung* zu lesen – Carl Beckers Klassiker, den ich zusammen mit »Selbstvertrauen« als Schlüsseltext für die Kommunikation mit meinem schwierigen Sohn verwenden will, um ihm auf diese Weise ein paar wichtige Einsichten zu vermitteln –, rief Sally an. (Die beiden Texte sind übrigens kein bißchen mühsam, öde oder langweilig, wie es einem in der Schule vorkam, sondern stecken voll nützlicher, tiefsinniger

persönlicher Lektionen, die sich direkt oder metaphorisch auf die zähen Dilemmata des Lebens anwenden lassen.)
»Hi. Wie geht's?« sagte sie mit einem Anflug unsicherer Zurückhaltung in ihrer ansonsten seidenglatten Stimme, so als wären mitternächtliche Telefongespräche für uns etwas Ungewöhnliches, was sie auch sind.
»Ich les grade Carl Becker. Er ist fantastisch«, sagte ich, nun wachsam. »Er denkt, daß es bei der ganzen Unabhängigkeitserklärung darum ging zu beweisen, daß Rebellion das falsche Wort war. Daß die Gründerväter was ganz anderes im Sinn hatten. Als wär das Ganze ein Krieg um eine Wortwahl gewesen. Erstaunlich, was?«
Sie seufzte. »Und was war das richtige Wort?«
»Oh. Vernunft. Natur. Fortschritt. Der Wille Gottes. Karma. Nirwana. Das alles bedeutete für Jefferson und Adams und diese Leute so ziemlich dasselbe. Die waren schlauer als wir.«
»Ich dachte, da wär mehr dran gewesen«, sagte sie. Dann sagte sie: »Alles kommt mir so festgefahren vor. Ganz plötzlich, heute abend. Geht's dir nicht auch so?« Mir war bewußt, daß es sich hier um eine verschlüsselte Nachricht handelte. Ich hatte aber keine Ahnung, wie ich sie dechiffrieren sollte. Vielleicht, dachte ich, war das alles die Einleitung zu der Erklärung, daß sie mich nicht mehr sehen wollte – was schon mal vorgekommen war. (Wobei »festgefahren« im Sinne von »unerträglich« zu verstehen wäre.) »Irgendwas« schreit geradezu danach, bemerkt zu werden. Ich weiß nicht, was es ist. Aber es hat was mit dir und mir zu tun. Findest du nicht?«
»Hm. Vielleicht«, sagte ich. »Ich weiß nicht.« Ich lehnte neben meiner Nachttischlampe in den Kissen, den muffig riechenden kommentierten Becker auf der Brust, unter meiner gerahmten Landkarte von Block Island, während der Fensterventilator (ich habe mich gegen eine Klimaanlage entschieden) die kühle, milde kleinstädtische Mitternacht an mein Bett sog. Ich wußte wirklich nicht, was im Augenblick gefehlt hätte, außer Schlaf.
»Ich hab einfach das Gefühl, daß alles festgefahren ist und irgendwas fehlt«, sagte Sally noch einmal. »Bist du sicher, daß es dir nicht auch so geht?«
»Man muß auf manche Dinge verzichten, wenn man andere ha-

ben will.« Das war eine idiotische Antwort. Vielleicht träumte ich nur. Aber morgen würde ich Mühe haben, mich davon zu überzeugen, daß diese Unterhaltung nicht stattgefunden hatte. Sowas kam bei mir gar nicht so selten vor.

»Ich hatte heute nacht einen Traum«, sagte Sally. »Wir waren in deinem Haus in Haddam, und du hast ständig aufgeräumt. Ich war irgendwie deine Frau, hatte aber schreckliche Angst. In der Toilettenschüssel war blaues Wasser, und irgendwann standen wir beide auf der Treppe vor deinem Haus und schüttelten uns die Hand – so als hättest du mir das Haus gerade verkauft. Und dann sah ich dich mitten über ein großes Maisfeld fliegen, die Arme ausgestreckt wie Christus oder was weiß ich, so wie in Illinois.« Wo sie herkommt, aus dem grundsoliden, christlichen Maisgürtel. »Es sah irgendwie friedlich aus. Aber insgesamt war da das Gefühl, daß alles sehr, sehr geschäftig und hektisch war und niemand irgendwas richtig machen konnte. Und ich hatte diese schreckliche Angst. Und dann bin ich aufgewacht und hatte das Bedürfnis, dich anzurufen.«

»Ich bin froh, daß du das getan hast«, sagte ich. »Aber der Traum hört sich doch gar nicht so übel an. Schließlich wurdest du weder von wilden Tieren verfolgt, die wie ich aussahen, noch aus irgendwelchen Flugzeugen gestoßen.«

»Nein«, sagte sie und schien über diese Schicksale nachzudenken. Weit weg in der Nacht hörte ich einen Zug. »Bloß daß ich solche Angst hatte. Alles war so deutlich. Normalerweise hab ich keine so deutlichen Träume.«

»Ich versuch immer, meine Träume zu vergessen.«

»Ich weiß. Darauf bist du stolz.«

»Nein, bin ich nicht. Sie kommen mir bloß nie geheimnisvoll genug vor. Ich würde mich an sie erinnern, wenn sie mir interessanter vorkämen. Vorhin hab ich geträumt, daß ich lese, und dann hab ich gemerkt, daß ich wirklich lese.«

»Du scheinst nicht besonders interessiert zu sein. Vielleicht ist es nicht der richtige Augenblick, um ernsthaft darüber zu reden.« Sie klang verlegen, als machte ich mich über sie lustig, was ich nicht tat.

»Jedenfalls bin ich froh, deine Stimme zu hören«, sagte ich. Ver-

mutlich hatte sie recht. Es war Mitternacht. Wenig Gutes beginnt um diese Zeit.
»Tut mir leid, daß ich dich geweckt hab.«
»Du hast mich nicht geweckt«, sagte ich, schaltete aber, ohne daß sie es wissen konnte, das Licht aus, lag ruhig atmend da und hörte in der kühlen Dunkelheit dem Zug zu. »Wahrscheinlich ist es einfach so, daß du dir was wünschst und es nicht bekommst. Das ist nicht so ungewöhnlich.« In Sallys Fall konnte es sich dabei um eine ganze Reihe von Dingen handeln.
»Hast du nie so ein Gefühl?«
»Nein. Ich hab das Gefühl, eine ganze Menge Dinge zu haben. Ich hab dich.«
»Das ist schön«, sagte sie ohne viel Wärme.
»Es *ist* schön.«
»Wir sehen uns doch morgen, oder?«
»Darauf kannst du wetten. Ich werd in bester Form bei dir auftauchen.«
»Wunderbar«, sagte sie. »Schlaf gut. Und träum nicht.«
»Werd ich. Werd ich nicht.« Und ich legte auf.

Ich konnte nicht so tun, als ob das, womit Sally sich an diesem Abend herumgeschlagen hatte, mir unbekannt gewesen wäre – eine Leere, etwas, was fehlte. Vielleicht bin ich einfach kein Hauptgewinn, weder für sie noch für sonst jemanden, weil ich das Glöckchengeklingel zu Anfang einer Romanze zwar herrlich finde, aber absolut nicht das Bedürfnis habe, mehr zu tun, als wegzuhören, sobald dieser süße Klang droht, sich in etwas anderes zu verwandeln. Eine erfolgreiche Strategie meiner mittleren Jahre, einer Zeit, die ich für mich als die »Existenzperiode« bezeichne, besteht darin, einen großen Teil dessen, was mir nicht gefällt oder mir beunruhigend oder verwirrend vorkommt, einfach zu ignorieren und zuzusehen, wie es sich für gewöhnlich von selbst erledigt. Aber ich bin mir der »Dinge« ebenso bewußt wie Sally und könnte mir vorstellen, daß dieser Anruf das erste (oder vielleicht auch das siebenunddreißigste) Signal dafür ist, daß wir uns vielleicht bald nicht mehr »sehen« werden. Und ich empfinde Bedauern und würde gerne einen Weg finden, die Dinge wieder in Ordnung zu bringen. Bloß daß ich entsprechend meiner Strategie eben bereit bin, die Dinge so laufen zu lassen, wie sie laufen, und abzuwarten, was passiert. Vielleicht wird's sogar besser. Wär schließlich auch möglich.

Von größerer Bedeutung und absolut wichtig ist jedoch die Geschichte mit meinem Sohn, Paul Bascombe, der fünfzehn ist. Vor zweieinhalb Monaten, kurz nach Ablauf der Einkommenssteuerfrist und sechs Wochen, bevor das Schuljahr in Deep River zu Ende ging, wurde er festgenommen, weil er in einem Finast in Essex drei Schachteln 4X-Kondome (»Magnum«) geklaut hatte. Seine Tat wurde von einer versteckten Kamera festgehalten, die über den männlichen Hygieneartikeln eingebaut war. Als eine kleine, aber uniformierte vietnamesische Ladendetektivin ihn gleich hinter der Kasse ansprach – er hatte als Ablenkungsmanöver eine Flasche Tönungshaarwasser gekauft –, versuchte er wegzulaufen, wurde aber von ihr niedergerungen. Er beschimpfte sie als »schlitzäugiges Arschloch«, trat sie ans Bein, schlug ihr ins Gesicht (möglicherweise unabsichtlich) und riß ihr eine beträchtliche Menge Haare aus, bevor es ihr gelang, einen Würgegriff anzuwenden und ihm mit Hilfe eines anderen Angestellten und eines Kunden Handschellen anzulegen. (Seine Mutter bekam ihn innerhalb einer Stunde wieder frei.)

Die Ladendetektivin hat verständlicherweise Anzeige wegen tätlichen Angriffs und Beleidigung und Verletzung einiger ihrer Menschenrechte erstattet. In der Jugendbehörde von Essex war angeblich sogar von »Rassenhaß« die Rede und davon, »ein Exempel zu statuieren«. (Ich halte das aber nur für Wahlkampfgerede plus Rivalität zwischen den beiden Gemeinden.)

Seitdem hat Paul zahllose Verhöre und Stunden komplizierter psychologischer Analysen seines Charakters, seiner allgemeinen Einstellung und geistigen Verfassung über sich ergehen lassen müssen – ich war bei zwei Sitzungen anwesend und fand sie nicht weiter bemerkenswert, aber fair, habe die Ergebnisse indessen noch nicht gesehen. Für diese Prozeduren hat er keinen Anwalt, sondern einen Ombudsmann, einen Sozialarbeiter mit juristischer Ausbildung. Sein erster richtiger Gerichtstermin ist am nächsten Dienstag, dem Tag nach dem Vierten Juli.

Paul hat alles zugegeben. Er hat mir aber auch gesagt, daß er sich nicht sonderlich schuldig fühle, daß die Frau sich von hinten auf ihn gestürzt und ihm einen höllischen Schrecken eingejagt habe. Er habe geglaubt, sie wolle ihn ermorden. Deshalb habe er sich verteidigen müssen. Er hätte sowas nicht sagen sollen, das sei ein Fehler gewesen. Er hat geschworen, daß er nichts gegen Menschen anderer Hautfarbe oder des anderen Geschlechts habe. Im übrigen fühle er sich selbst »reingelegt« – von wem, hat er nicht gesagt. Er behauptet, er habe mit den Kondomen nichts Besonderes vorgehabt (eine Erleichterung, falls es wahr ist) und hätte sie höchstens dazu benutzt, Charley O'Dell, dem Ehemann seiner Mutter, den er genau wie sein Vater nicht ausstehen kann, einen Streich zu spielen.

Eine kurze Zeit habe ich daran gedacht, mich beurlauben zu lassen und irgendwo in der Nähe von Deep River eine Wohnung zu mieten, um Paul jeden Tag sehen zu können. Aber seine Mutter war dagegen. Sie wollte mich nicht in der Nähe haben und sagte das auch klar und deutlich. Außerdem war sie der Ansicht, sofern nicht noch etwas Schlimmes passiere, solle bis zu Pauls Anhörung alles so normal wie möglich verlaufen. Sie und ich haben die ganze Sache bis ins kleinste Detail durchgesprochen – zwischen Haddam und Deep River –, und sie vertritt den Standpunkt, daß das alles schon vorbeigehen wird, daß Paul nur eine Phase durchmacht und weder ein Syndrom noch eine Manie hat, wie man vielleicht annehmen könnte. (Es ist ihr Michiganer Stoizismus, der es ihr erlaubt, Geduld und Beharrlichkeit mit Fortschritt gleichzusetzen.) Jedenfalls ist das der Grund, weshalb ich Paul in den letzten zwei Monaten weniger häufig gesehen habe, als mir lieb ist. Ich habe allerdings vorgeschlagen, daß er im Herbst zu mir nach Haddam ziehen soll. Dem steht Ann bis jetzt skeptisch gegenüber.

Sie hat ihn jedoch – denn sie ist nicht verrückt – nach New Haven geschleppt, um in aller Stille die Meinung eines bekannten Psychologen einzuholen. Paul behauptet, es habe ihm Spaß gemacht und er habe drauflosgelogen wie ein Pirat. Ann ging sogar soweit, ihn Ende Mai für zwölf Tage in ein luxuriöses Gesundheitscamp in den Berkshires zu schicken, Camp Wanapi (von den

Insassen Camp Unhappy genannt), wo man ihn als »zu inaktiv« einstufte und deshalb dazu ermutigte, sich wie ein Pantomime zu schminken und jeden Tag einige Zeit auf einem unsichtbaren Stuhl hinter einer unsichtbaren Glasscheibe zu sitzen und zu grinsen, überrascht auszusehen und Grimassen zu schneiden, wenn jemand vorbeikam. (Natürlich wurde alles auf Video festgehalten.) Die Betreuer dort, einer wie der andere insgeheim »Milieutherapeuten« in Tarnkleidung – weite weiße T-Shirts, weite Khakishorts, muskelstrotzende Waden, Trillerpfeifen an Kordeln um den Hals, mit Klemmheftern unterm Arm und wie die Schießhunde darauf aus, spontan-vertrauliche Gespräche unter vier Augen zu führen –, äußerten die Ansicht, Paul sei (nach dem Stanford-Test für Sprache und Logik) seinem Alter intellektuell weit voraus, emotional jedoch eher zurückgeblieben (wie ein Zwölfjähriger), was ihrer Ansicht nach »ein Problem darstellt«.

Das Ganze bedeutet, daß er zwar redet wie eine Intelligenzbestie, hinterhältige Witze und Zweideutigkeiten liebt (er ist vor kurzem auch ganz schön in die Höhe geschossen und jetzt 1,72 groß, hat sich aber gleichzeitig eine neue Schicht Babyspeck zugelegt), gefühlsmäßig aber immer noch genauso verletzlich ist wie ein Kind, das von der Welt weniger Ahnung hat als eine Pfadfinderin.

Seit Camp Unhappy legt er auch eine ungewöhnliche Zahl ungewöhnlicher Symptome an den Tag: Er beklagt sich darüber, nicht richtig gähnen oder niesen zu können; er spricht von einem mysteriösen »Kribbeln« an der Spitze seines Penis; er klagt, daß seine Zähne nicht mehr richtig »aufeinanderpassen«. Er gibt von Zeit zu Zeit bellende Geräusche von sich – wonach er manchmal grient wie eine Cheshire-Katze – und hat mehrere Tage lang leise, aber hörbare *iiik-iiik*-Geräusche gemacht, indem er bei geschlossenem Mund Luft zurück durch die Kehle preßte, meistens begleitet von einem bestürzten Gesichtsausdruck. Seine Mutter hat versucht, mit ihm darüber zu reden, hat den Seelenklempner noch einmal konsultiert (der viele weitere Sitzungen empfahl) und sogar Charley dazu gebracht, »was zu unternehmen«.

Zuerst behauptete Paul, keine Ahnung zu haben, was alle von

ihm wollten, und meinte, das sei doch alles ganz normal. Später sagte er, Geräusche von sich zu geben, befriedige ein legitimes inneres Bedürfnis und störe schließlich niemanden, und falls doch, sollten die Betreffenden einmal über ihre Probleme damit und mit ihm nachdenken.

In diesen letzten Monaten habe ich mich im wesentlichen bemüht, meine eigene Ombudsmann-Tätigkeit zu intensivieren. Ich habe frühmorgendliche Telefongespräche mit ihm geführt (im Augenblick hoffe ich auf so ein Gespräch) und ihn und gelegentlich auch seine Schwester Clarissa zum Fischen in den Red Man Club mitgenommen, einen exklusiven Angelclub, dem ich zu ebendiesem Zweck beigetreten bin. Ich habe mit ihm einen Nur-wir-Männer-Trip nach Atlantic City unternommen, um Mel Tormé im Trop-World zu sehen, und ihn zweimal in Sallys Haus am Strand eingeladen, wo wir faulenzten, im Meer schwammen, am Strand spazierengingen, wenn weder Einwegspritzen noch andere feste menschliche Abfallprodukte uns den Platz streitig machten, und wo wir bis lange nach Einbruch der Dunkelheit über den Zustand der Welt und über ihn sprachen.

In diesen Gesprächen hat Paul viel von sich preisgegeben: vor allem, daß er einen komplizierten, aber aussichtslosen Kampf darum führt, gewisse Dinge zu vergessen. Zum Beispiel erinnert er sich an einen Hund, den wir vor vielen Jahren hatten, als wir noch eine ganz normale Kleinfamilie waren und alle zusammen in Haddam lebten, einen lieben, schwänzelnden alten Basset namens Mr. Toby, den wir alle über die Maßen liebten und endlos verhätschelten, der aber eines späten Sommernachmittags, als wir im Garten grillten, genau vor unserem Haus angefahren wurde. Der arme Mr. Toby rappelte sich tatsächlich noch von der Hoving Road auf, lief geradewegs auf Paul zu, sprang ihm in die Arme, zitterte und jaulte einmal und gab den Geist auf.

Paul hat mir in den letzten Wochen erzählt, daß er schon damals (er war erst sechs) Angst hatte, der Vorfall würde ihm im Gedächtnis bleiben – vielleicht für immer – und sein ganzes Leben ruinieren. Wochenlang, sagte er, lag er abends in seinem Zimmer wach, dachte an Mr. Toby und machte sich Sorgen darüber, daß er an ihn dachte. Irgendwann war die Erinnerung dann aber doch verblaßt, bis kurz nach der Kondomgeschichte. Da tauchte sie wieder auf, und seitdem denkt er »viel« (vielleicht auch ständig) an Mr. Toby. Er denkt, daß er noch am Leben und immer noch bei uns sein sollte – und natürlich auch, daß sein armer Bruder Ralph, der am Reyes-Syndrom starb, ebenfalls noch am Leben sein sollte (womit er selbstverständlich recht hat), und daß wir alle noch *wir* sein sollten. Manchmal, sagt er, ist es gar nicht so unangenehm, an das alles zu denken, da er sich erinnern kann, daß diese frühe Zeit, bevor all die schlimmen Dinge passierten, oft »Spaß« gemacht hat. Eine seltene Art von Nostalgie.

Er hat mir auch erzählt, daß er vor kurzem angefangen hat, sich seinen eigenen Denkprozeß bildlich vorzustellen, und daß dieser aus »regelmäßigen Ringen« zu bestehen scheint, bunt wie Hula-Hoop-Reifen. Einer der Ringe ist Erinnerung, und er versucht vergeblich, diese Ringe dazu zu bringen, »daß sie genau aufeinanderpassen«, so deckungsgleich, wie sie seiner Meinung nach sein sollten – außer manchmal kurz vor dem Einschlafen, wenn er für kurze Zeit alles vergessen kann und glücklich ist.

Außerdem hat er mir von etwas erzählt, was er als »denken, daß ich denke« bezeichnet, einem Versuch, seine Gedanken ständig zu überwachen, um sich selbst zu verstehen und die Kontrolle zu behalten und sein Leben in den Griff zu bekommen (obwohl er dadurch natürlich Gefahr läuft, sich selbst verrückt zu machen). In gewisser Weise ist sein »Problem« ganz einfach: Er hat das Gefühl, das Leben und wie man es leben sollte, verstehen zu müssen. Bloß hat er dieses Gefühl viel zu früh. Er hat noch nicht die Erfahrung gemacht, daß Krisen an einem vorbeisegeln wie beschädigte Boote. Er hat noch nicht begriffen, daß es ein verdammt guter Durchschnitt ist, wenn man eine von sechs bewältigt, und daß man den Rest einfach ziehen lassen muß. Das ist eine sehr nützliche Lehre meiner Existenzperiode.

Dies alles ist kein gutes Rezept, das weiß ich. Tatsächlich ist es sogar ein schlechtes Rezept. Es ist eine Formel für ein Leben, das von Ironien und Enttäuschungen erstickt wird: Eine äußere Person versucht, sich mit einer anderen, unter der Oberfläche versteckten inneren Person anzufreunden oder sie unter ihre Kontrolle zu bringen, kann es aber nicht. (Das könnte dazu führen, daß er Professor wird oder Übersetzer bei den Vereinten Nationen.) Abgesehen davon ist er Linkshänder und von daher statistisch jetzt schon in Gefahr, früher als üblich ums Leben zu kommen, von herumfliegenden Gegenständen geblendet, von Pfannen mit heißem Fett verbrannt, von tollwütigen Hunden gebissen und von Autos mit anderen Linkshändern am Steuer überfahren zu werden. Außerdem ist er überdurchschnittlich gefährdet, in der dritten Welt leben zu wollen, den Baseball nicht oft genug zu treffen oder geschieden zu werden wie seine Mom und sein Dad.

Ich brauche kaum zu sagen, daß meine väterliche Aufgabe aus dieser mir aufgezwungenen Entfernung nicht einfach ist: mit dem Charme eines Vermittlers seine beiden fremden Ichs, seine Gegenwart und seine kindliche Vergangenheit, zu einer besseren, robusteren und aufgeschlosseneren Einheit zusammenzuschweißen – wie getrennte, zornige Nationen, die nach einer gemeinsamen Regierung suchen –, und ihn dazu zu bringen, sich selbst zu akzeptieren. Das sollte natürlich jeder Vater in jedem Leben tun, und ich habe es auch versucht, trotz der Hindernisse, die die Scheidung und die Zeit mir in den Weg legen, und zwar ohne meinen Gegner immer zu kennen. Bloß scheint mir inzwischen klar zu sein, und Ann ist gleichfalls dieser Meinung, daß ich keinen durchgreifenden Erfolg gehabt habe.

Aber morgen werde ich ihn in aller Herrgottsfrühe in Connecticut abholen, und wir beide werden in einer richtigen Vater-Sohn-Unternehmung, einer stürmischen Spritztour, losziehen, um so viele Ruhmeshallen des Sports zu besuchen, wie es innerhalb von achtundvierzig Stunden menschenmöglich ist (also zwei). Wir werden im berühmten Cooperstown Station machen, wo wir in der altehrwürdigen Deerslayer Inn absteigen, im wunderschönen Lake Otsego fischen, ein paar ungefährliche Feuerwerkskörper in die Luft jagen und wie die Scheunendrescher essen werden, und irgendwie werde ich (hoffentlich) unterwegs das Wunder zustande bringen, das nur ein Vater zustande bringen kann. Womit ich sagen will: Wenn der eigene Sohn plötzlich kopfüber abstürzt, muß man ihm mit Liebe und Alterserfahrung eine Rettungsleine zuwerfen und ihn wieder hochziehen. (Das alles muß ich irgend-

wie schaffen, bevor ich ihn bei seiner Mutter in New York abliefere und mich selbst nach Haddam zurückverfrachte, wo ich aus Gründen der Vertrautheit am Vierten Juli am besten aufgehoben bin.)
Und dennoch, und dennoch. Auch eine gute Idee kann fehlschlagen, wenn man sie mit Unwissenheit in Angriff nimmt. Und wer würde sich an meiner Stelle nicht fragen: Ist der einzige Sohn, den ich noch habe, nicht jetzt schon für mich unerreichbar und völlig durchgeknallt oder auf dem besten Weg in diese finstere Richtung? Sind seine Probleme das Ergebnis durcheinandergeratener Synapsen und nur noch durch prophylaktisch verabreichte Chemikalien zu lösen? (Dies war die Meinung des Seelenklempners aus New Haven, Dr. Stopler.) Wird er sich langsam, aber sicher in einen verschlagenen Eigenbrötler mit schlechter Haut, fauligen Zähnen, abgebissenen Fingernägeln und gelben Augen verwandeln, der die Schule schmeißt, von zu Hause abhaut, in schlechte Gesellschaft gerät, mit Drogen experimentiert und schließlich zu der Überzeugung kommt, daß Ärger sein einzig verläßlicher Freund ist? Bis auch der ihn eines sonnigen Samstags unerwartet und unerträglich im Stich läßt, woraufhin er in einem Vorort in ein Waffengeschäft geht und anschließend auf offener Straße ein wildes Gemetzel veranstaltet? (Ehrlich gesagt rechne ich nicht damit, da er bisher noch keins der drei großen Warnsignale einer mörderischen Jugenddemenz an den Tag gelegt hat: Pyromanie, Tierquälerei und Bettnässen; und weil er überhaupt ein sehr weichherziger und fröhlicher Junge ist und immer war.) Oder macht er, was die wünschenswerteste Alternative wäre – wie es uns allen gelegentlich geht und was seine Mutter hofft –, nur eine Phase durch, so daß er schon in acht Wochen in der Jugendmannschaft von Deep River Linksaußen spielen wird? Das weiß Gott allein, nicht wahr? Aber weiß er es *wirklich*?
Für mich, der ich Paul die meiste Zeit nicht sehe, ist das Schlimmste, daß er eigentlich in einem Alter ist, wo es ihm nicht mal in den Sinn kommen sollte, daß ihm was Schlimmes zustoßen könnte. Aber es kommt ihm in den Sinn. Manchmal, am Strand, oder wenn wir im Red Man Club am Fluß stehen und die Sonne untergeht und das Wasser schwarz und bodenlos zurückläßt,

sehe ich in sein süßes, blasses, unfertiges Jungengesicht und weiß, daß er mit zusammengekniffenen Augen in eine Zukunft blickt, die voller Unsicherheiten ist. Er weiß jetzt schon, daß sie ihm nicht gefallen wird, marschiert aber tapfer darauf zu, weil er meint, daß er es muß. Und er wünscht sich, so zu sein wie ich, um aus dieser Ähnlichkeit eine Art Absicherung zu ziehen. Aber tief im Innersten seines Herzens weiß er, daß wir einander nicht ähnlich sind.

Natürlich kann ich ihm fast nichts erklären. Vaterschaft allein stattet einen nicht mit Weisheiten aus, die man weiterreichen kann. Zur Vorbereitung auf unseren Ausflug habe ich ihm »Selbstvertrauen« und die Unabhängigkeitserklärung geschickt. Ich gebe zu, daß diese Texte nicht unbedingt typische väterliche Geschenke sind. Aber ich glaube, daß er gesunde Instinkte besitzt und sich selbst helfen wird, wenn er kann. Ihm fehlt es an Unabhängigkeit – von dem, was ihn gefangenhält, was immer das sein mag: die Erinnerung, die Vergangenheit, schlimme und gute Ereignisse, mit denen er sich herumschlägt und die er nicht kontrollieren kann, obwohl er meint, sie kontrollieren zu müssen.

Die Vorstellungen, die Eltern von dem haben, was mit ihrem Kind in Ordnung ist oder nicht, sind wahrscheinlich weniger zutreffend als die des Nachbarn, der das Leben des Kindes mit einem einzigen Blick durch die Gardine perfekt erfaßt. Natürlich würde ich Paul gern sagen, wie er leben und alles auf hundert faszinierende Weisen besser machen sollte. Oder die einfachen Sachen, die ich mir selbst auch immer sage: Nichts »paßt« jemals ganz richtig, man macht Fehler, Schlimmes muß man vergessen. Aber bei unseren kurzen Zusammenkünften scheine ich mich nur im Vorbeigehen und flüchtig äußern zu können, bevor ich wieder zurückscheue. Ich bin sehr darauf bedacht, keine Fehler zu machen, will ihn weder ausquetschen noch mit ihm streiten, will nicht sein Therapeut sein, sondern sein Vater. So daß ich aller Wahrscheinlichkeit nach nie in der Lage sein werde, ihm ein Rezept für seine Krankheit anzubieten. Ich kann mir nicht einmal richtig vorstellen, was für eine Krankheit es eigentlich ist, ich werde sie einfach eine Zeitlang zusammen mit ihm durchleiden müssen. Und dann werde ich wieder wegfahren.

Das Schlimmste am Vatersein ist, daß ich erwachsen bin. Ich spreche nicht die richtige Sprache, ich werde nicht von denselben Ängsten und Unsicherheiten und verpaßten Chancen geplagt. Es ist mein Schicksal, viel zu wissen, aber nur dastehen zu können wie ein Laternenmast mit hell brennendem Licht und darauf zu hoffen, daß mein Kind den Schein sehen und sich näher an dieses stumm angebotene Licht und seine Wärme heranwagen wird.

Draußen, in der stillen, ruhigen Morgenluft, höre ich eine Autotür zuschlagen und dann die gedämpfte (der frühen Stunde angepaßte) Stimme Skip McPhersons, meines Nachbarn von gegenüber. Er kommt von seinem Sommer-Eishockeyspiel in East Brunswick zurück (Zeit auf dem Eis nur vor Tagesanbruch verfügbar). An vielen Vormittagen habe ich ihn inmitten seiner unverheirateten Wirtschaftsprüferkumpane auf der Vordertreppe sitzen und ein geruhsames Bier trinken sehen, immer noch in ihren Schutzpolstern und Trikots, die Schlittschuhe und die Schläger auf dem Bürgersteig gestapelt. Skips Mannschaft hat die rötlichen indianischen Kriegerinsignien und die knallharte Spielweise der Chicago Blackhawks der 70er Jahre übernommen (Skip stammt ursprünglich aus Aurora), und Skip selbst trägt zu Ehren seines Helden, Stan Mikita, die Nummer 21. Manchmal, wenn ich früh auf den Beinen bin und nach draußen gehe, um die Trentoner *Times* hereinzuholen, unterhalten wir uns über die Straße hinweg ein bißchen über Sport. Es kommt oft vor, daß er eine Augenklappe trägt oder eine verquollene, dicke Lippe hat oder mit einer komplizierten Knieschiene herumhumpelt. Aber er ist immer gut gelaunt und verhält sich wie der beste Nachbar der Welt, obwohl er wenig von mir weiß, außer daß ich Immobilienmakler bin – irgendein älterer Kerl eben. Er ist ein typischer Vertreter der jüngeren Akademikergeneration, einer von den vielen, die sich Mitte der achtziger Jahre in die Präsidentenstraßen eingekauft und ganz schön was dafür hingeblättert haben und die jetzt am Ball bleiben, ihre Häuser nach und nach auf Vordermann bringen, ihre Hypotheken abtragen und darauf warten, daß Bewegung in den Markt kommt.

In meinem »Käufer und Verkäufer«-Artikel habe ich geschrieben, daß die meisten Leute unzufrieden sein werden, egal, wer die Wahlen gewinnt, daß aber 54 Prozent trotzdem meinen, daß es ihnen in einem Jahr besser gehen wird. (Nicht zitiert habe ich die ergänzende Statistik, auch aus der *New York Times*, die besagt, daß nur 24 Prozent der Meinung sind, daß es auch dem Land insgesamt besser gehen wird. Warum diese Zahlen nicht übereinstimmen, weiß kein Mensch.)
Und plötzlich ist es halb acht, und das Telefon klingelt. Es ist mein Sohn.
»Hi«, sagt er lahm.
»Hi, Paul«, sage ich, der Inbegriff des gutgelaunten, wenn auch fernen Vaters. Irgendwo ist Musik zu hören, und einen Augenblick lang glaube ich, daß sie von draußen kommt – die Straßenbauarbeiter vielleicht oder Skip –, dann erkenne ich das schwere, verrauschte *bunga-bjunga-bunga-bjunga* und weiß, daß Paul seine Kopfhörer aufhat und sich »Mammoth Deth« oder sonst eine seiner Lieblingsbands anhört, während er mit mir spricht.
»Was tut sich bei euch da oben? Alles okay?«
»Ja.« *Bunga-bjunga.* »Alles okay.«
»Alles startklar? Morgen also Canton, Ohio, und am Sonntag dann die Hall of Fame der Cowgirls?«
Wir haben eine Liste aller Ruhmeshallen zusammengestellt, die es gibt, darunter die Anthracite Hall of Fame in Scranton; die Clown Hall of Fame in Delavan, Wisconsin; die Cotton Hall of Fame in Greenwood, Mississippi und die für Cowgirls in Beaton, Texas. Wir haben geschworen, sie alle in zwei Tagen abzuklappern, obwohl das natürlich unmöglich ist und wir uns mit Basketball in Springfield (nicht allzuweit von Deep River) und mit Baseball in Cooperstown zufriedengeben müssen – das sich, wie ich hoffe, als *die* Begegnungsstätte für unser Vater-Sohn-Tête-à-tête herausstellen wird. Baseball ist schließlich als der Männersport überhaupt in die Geschichte eingegangen. (Ich bin zwar noch nie in Cooperstown gewesen, aber die Broschüren deuten darauf hin, daß ich recht habe.)
»Jaaa, alles startklar.« *Bunga-bjunga-bunga-bjunga* ... Paul hat die Musik lauter gedreht.

»Hast du immer noch richtig Lust?« Wir wissen beide, daß zwei Tage viel zu kurz sind, tun aber so, als wäre es anders.
»Ja«, sagt Paul unverbindlich.
»Bist du noch im Bett?«
»Ja. Bin ich. Noch im Bett.« Scheint mir kein gutes Omen zu sein, aber schließlich ist es erst halb acht.
Eigentlich gibt es nichts, worüber wir jeden Morgen reden müßten. In jedem normalen Leben würden wir uns um diese Zeit einfach so im Haus über den Weg laufen, vielleicht ein paar freundliche Worte tauschen oder herumwitzeln, uns entweder miteinander verbunden fühlen oder auf beiläufige Weise auch nicht. Aber unter den Bedingungen unseres unnormalen Lebens müssen wir uns anstrengen, auch wenn es reine Zeitverschwendung ist.
»Hast du letzte Nacht was Schönes geträumt?« Ich beuge mich auf meinem Stuhl vor und starre in die kühlen Maulbeerblätter vor meinem Fenster. Auf diese Weise kann ich mich voll und ganz konzentrieren. Paul hat manchmal verschrobene Träume, aber es kann auch sein, daß er sie sich nur ausdenkt, um was zu erzählen zu haben.
»Ja, hab ich.« Er klingt zerstreut, aber dann wird das *bunga-bjunga-bunga-bjunga* sehr leise. (Anscheinend war es eine gute Nacht für Träume.)
»Willst du mir davon erzählen?«
»Ich war ein Baby, okay?«
»Okay.«
Er macht sich an irgendwas Metallischem zu schaffen. Ich höre ein scheppernedes *klick*. »Aber ich war ein wirklich häßliches Baby. *Wirklich* häßlich. Und meine Eltern waren nicht du und Mom, sondern sie ließen mich allein zu Hause und gingen auf Partys. Auf sehr, sehr schnieke Partys.«
»Und wo?«
»Hier. Ich weiß nicht. Irgendwo.«
»In Deep Water?« Deep Water ist sein Spitzname für Deep River, die Stadt, in der er lebt, und er benutzt ihn, um Charley O'Dell zu zeigen, wie wenig er ihn schätzt. Allem Anschein nach kann er mit Charley noch weniger anfangen als ich.

»Genau. In Deep Water. Und so *ist* es, Leute.« Er verfällt in eine perfekte Imitation der Stimme von Walter Cronkite. Ein Psychologe würde ganz sicher Spuren von Angst aus Pauls Traum herauslesen und natürlich recht haben. Angst vor dem Verlassenwerden. Angst vor Kastration. Angst vor dem Tod – alles solide Ängste, dieselben, die ich auch habe. Aber wenigstens scheint er bereit zu sein, das Ganze als Witz zu betrachten.
»Sonst noch was?«
»Mom und Charley hatten Krach. Gestern abend.«
»Das tut mir leid. Worüber?«
»Irgendwas. Keine Ahnung.«
Ich höre, wie der Wettermann auf *Good Morning America* uns die frohe Botschaft fürs Wochenende verkündet. Paul hat seinen Fernseher eingeschaltet und keine Lust mehr, über die ehelichen Kabbeleien seiner Mutter zu sprechen; er wollte sie einfach nur erwähnen, damit er während unserer Fahrt auf sie zurückkommen kann, wenn es ihm in den Kram paßt. Seit einer ganzen Weile spüre ich (mit einem Scharfsinn, der Ex-Ehemännern vorbehalten ist), daß mit Ann irgendwas nicht stimmt. Verfrühte Wechseljahre, verfrühte Nostalgie, verspätetes Bedauern. Alles wäre möglich. Oder vielleicht hat Charley auch irgendwo ein Täubchen sitzen, irgendeine kleine vollbusige, stupsnäsige Kellnerin aus dem Hafenrestaurant in Old Saybrook zum Beispiel. Aber ihre Verbindung dauert jetzt immerhin schon vier Jahre, was unter den gegebenen Umständen ganz schön lang ist. Womit ich meine, daß niemand, der bei klarem Verstand ist, Charley überhaupt erst geheiratet hätte.
»Also hör zu. Dein alter Dad muß heute morgen noch ein Haus verkaufen. Zuschlagen. Den dicken Fisch an Land ziehen.«
»D. O. Volente«, sagt er.
»Richtig. Die Volentes aus Upper High Point, North Carolina.« Paul hat auf der Grundlage seines einen Jahres Latein entschieden, daß D. O. Volente der Schutzpatron der Immobilienmakler ist und wie ein guter Samariter umworben werden sollte – man muß ihm jedes Haus vorführen, ihm die besten Angebote unterbreiten, ihm jede Höflichkeit erweisen, darf ihn auf keinen Fall übers Ohr hauen –, weil sonst lauter schlimme Sachen passieren.

Seit dem Kondom-Vorfall spielen sich unsere Gespräche zu großen Teilen auf der Ebene von Witzen, Spitzfindigkeiten, Doppeldeutigkeiten und wieherndem Gelächter ab. Grundlage all dessen ist natürlich Liebe. »Sei nett zu deiner Mutter, okay, Kumpel?« sage ich.
»Ich bin nett. Aber sie ist blöd.«
»Nein, ist sie nicht. Ihr Leben ist härter als deins, ob du's glaubst oder nicht. Schließlich hat sie dich am Hals. Wie geht's deiner Schwester?«
»Prima.« Seine Schwester Clarissa ist zwölf und so verständig, wie Paul unreif ist.
»Sag ihr, daß ich sie morgen seh, okay?«
Plötzlich dröhnt der Fernseher los, und die Stimme eines Mannes schnattert aufgeregt, daß Mike Tyson 22 Millionen abgesahnt hat, als er Michael Spinks in einundneunzig Sekunden k.o. geschlagen hat. »Ich würde mir von ihm schon für die Hälfte die Fresse polieren lassen«, sagt der Mann.
»Hast du das gehört?« sagt Paul. »Er würde sich von ihm ›die Fresse polieren lassen‹.«
Er liebt diese Art von Slang, findet solche Ausdrücke unendlich komisch.
»Jaha. Jedenfalls sei morgen startklar, wenn ich komm, okay? Wir müssen ein bißchen Stoff geben, wenn wir es bis nach Beaton, Texas, schaffen wollen.«
»Er ließ sich einiges Beaton und anschließend die Fresse polieren. Wirst du wieder heiraten?« Er sagt das schüchtern. Warum, weiß ich nicht.
»Nein, niemals. Ich liebe dich, okay? Hast du dir die Unabhängigkeitserklärung und die Broschüren angeguckt? Ich erwarte natürlich, daß du mir die Sachen auswendig aufsagen kannst.«
»Nein«, sagt er. »Aber ich weiß einen.« Das bezieht sich auf einen richtigen Witz.
»Schieß los. Ich probier ihn dann an meinen Kunden aus.«
»Kommt ein Pferd in die Kneipe und bestellt ein Bier«, sagt Paul mit todernster Stimme. »Und was sagt der Barkeeper?«
»Keine Ahnung.«
»Heh, warum so 'n langes Gesicht?«

Stille an seinem Ende der Leitung, eine Stille, die besagt, daß wir beide wissen, was der andere denkt, und uns vor lautlosem Lachen ausschütten, dem besten Lachen, das es gibt. Mein rechtes Augenlid zuckt erwartungsgemäß. Jetzt wäre der richtige Augenblick – mit stillem Gelächter als Kontrapunkt –, einen melancholischen Gedanken zu denken, über irgendeinen Verlust nachzugrübeln, eine schnelle Rückschau auf das zu halten, was im Leben wichtig ist und was nicht. Statt dessen fühle ich eine Akzeptanz, die an Zufriedenheit grenzt, und eine leise Vorfreude auf den gerade beginnenden Tag. Es gibt kein falsches Gefühl des Wohlbefindens.

»Super«, sage ich. »Wirklich super. Aber was macht ein Pferd in einer Kneipe?«

»Keine Ahnung«, sagt Paul. »Tanzen vielleicht?«

»Übermut«, sage ich. »Vom Teufel geritten.«

Draußen, auf den sich erwärmenden Rasenflächen der Cleveland Street, schreit Skip McPherson: »Schuß! Und *Toooooooor!*« Unterdrücktes Gelächter dringt zu mir herauf, eine Bierdose zischt, die Stimme eines anderen Mannes sagt: »Was für ein Schuß! Waaas für ein Schuß, Mannomann.« Ein Stück die Straße runter grollt ein Diesel wie ein erwachender Löwe. Die Straßenarbeiter legen los.

»Bis morgen also, mein Junge«, sage ich. »Okay?«

»Jaaa«, sagt Paul. »Bis morgen. Okay.« Und dann legen wir auf.

- 2 -

In der Seminary Street um 8 Uhr 15 ist alles schon ganz auf das Wochenende des Unabhängigkeitstages ausgerichtet. Die Stimmung ist gehoben, und mit ihr heben sich alle äußeren Anzeichen des Stadtlebens. Bis zum Vierten sind es noch drei Tage, aber bereits jetzt staut sich der Verkehr vor Frenchy's Gulf und auf dem Parkplatz von Pelcher's Market, und aus der chemischen Reinigung und dem Spirituosengeschäft rufen sich Bekannte laute Begrüßungen zu, während die Vormittagshitze zunimmt. Viele machen sich jetzt schon auf den Weg nach Blue Hill oder Little Compton oder, wie meine Nachbarn, die Zumbros, die mehr als genug Zeit haben, zu irgendeiner Ferienranch in Montana oder teuren Forellengewässern in Idaho. Jeder hat nur einen Gedanken im Kopf: der Verkehrslawine entgehen, schnellstmöglich in die Gänge und auf die Straße kommen und das Gaspedal bis zum Boden durchtreten. »Nichts wie weg hier« lautet die Devise an der ganzen Küste.

Der erste Punkt auf meiner Liste ist ein morgendlicher Besuch in einem der beiden Einfamilienhäuser, die mir gehören, um die Miete zu kassieren. Dann werde ich einen kurzen Abstecher ins Büro machen, meinen Artikel abliefern und mir die Schlüssel für das Haus in Penns Neck holen, das ich heute Interessenten zeigen will. Und nochmal mit den Lewis-Zwillingen, Everick und Wardell, die bei uns als »Mädchen für alles« arbeiten, unseren Beitrag zu den Veranstaltungen des Feiertags am Montag durchgehen. Dieser Beitrag beschränkt sich auf den Verkauf von Hot dogs und Rootbeer von einem fahrbaren »Dogs-auf-Rädern«-Stand, der zufälligerweise mir gehört und den ich für die Sache zur Verfügung stelle (alle Einnahmen gehen an die beiden verwaisten Kinder von Clair Devane).

Auf der Seminary Street, die seit dem Aufschwung zu der Art

von Edelmeilen-Hauptstraße geworden ist, die wir nie haben wollten, veranstalten die Geschäftsinhaber sogenannte »Feuerwerksverkäufe«, was heißt, daß sie den ganzen Schrott aufbauen, den sie seit Weihnachten nicht losgeworden sind, und ihre Markisen mit patriotischen Fähnchen und originellen Schildern dekorieren, die besagen, daß es amerikanische Lebensart ist, schwerverdientes Geld zum Fenster rauszuwerfen. Der Blumenladen hat Unmengen von halbverwelkten Maßliebchen- und Kornblumensträußen aufgestellt. Müde und schlecht gelaunte Angestellte, die zu Hause trotzdem Feiertagsstimmung verbreiten wollen (»sag es mit billigen Blumen«), sollen sie kaufen. Brad Hulbert, unser schwuler Schuhgeschäftbesitzer, hat vor dem großen Schaufenster Schachteln mit Restposten in nur einer Größe aufgebaut und seinen sonnengebräunten, gelangweilten Lustknaben Todd gleich neben der Tür auf einen Hocker gesetzt, wo er die Kasse machen soll. Die Buchhandlung hat sämtliche Ladenhüter vorgekramt – Berge billiger Wörterbücher und Atlanten und unverkäuflicher 88er Kalender und Computerspiele der letzten Saison –, alles auf einem langen Tisch aufgestapelt, wo diebische Teenager wie mein eigener Sohn den Krempel beäugen und begrabschen können.

Aber zum ersten Mal, seit ich 1970 hierhergezogen bin, stehen zwei Geschäfte in der Seminary leer, nachdem ihre Besitzer sie im Schutz der Dunkelheit ausgeräumt und sich aus dem Staub gemacht haben, ohne ihre Schulden in Form von Geld oder Ware zu begleichen. Einer ist seitdem in der Nutley Mall wieder aufgetaucht, der andere wurde nie wieder gesehen. Überhaupt sind eine Menge der teuren Läden – Läden, die nie Sonderangebote hatten – entweder aufgekauft oder kurz vorm Bankrott umorganisiert worden und haben zweitrangigen, aber immer noch teuren Läden Platz gemacht, für die Sonderangebote die Regel sind. Im Frühjahr hat der Pelcher's Market die groß geplante Wiedereröffnung seiner Delikatessen-Abteilung verschoben; ein japanischer Autohändler an der Route 27 mußte das Handtuch werfen, und das Geschäft steht jetzt leer.

Und an den Wochenenden wälzt sich jetzt eine ganz andere Sorte Besucher durch unsere Straßen. In den frühen Achtzigern, als die

Bevölkerung von Haddam plötzlich einen Sprung von zwölf- auf zwanzigtausend machte und ich noch für eine Hochglanz-Sportzeitschrift schrieb, waren unsere typischen Wochenendbesucher weltgewandte New Yorker – reiche, bizarr gekleidete Leute aus SoHo und gutsituierte Eastsider –, die zur Abwechslung mal einen Tag »auf dem Land« verbringen wollten. Offenbar hatten sie gehört, Haddam sei ein malerisches kleines Nest, das man unbedingt gesehen haben müsse, noch unverdorben, ungefähr so, wie Greenwich oder New Canaan vor fünfzig Jahren. Damals stimmte das zumindest teilweise.

Jetzt bleiben diese Leute entweder zu Hause in ihren einbruchssicheren Bunkern, oder sie haben ihre Häuser verkauft und sind nach Kansas City zurückgezogen. Manche haben auch beschlossen, in Minneapolis oder Saint Paul oder Portland, wo das Leben ruhiger (und billiger) ist, ganz von vorn anzufangen. Obwohl ich mir sicher bin, daß sich viele von ihnen, wo immer sie auch sind, einsam fühlen, sich zu Tode langweilen und geradezu herbeiwünschen, daß jemand versucht, sie auszurauben.

Aber in Haddam wurden sie von Leuten aus New Jersey ersetzt, die aus Baleville oder Totowa herunter- oder aus Vineland und Millville heraufkommen – Tagesausflügler, die der Route 206 folgen, »einfach nur, um mal zu sehen, wo sie hinführt«, und hier in Haddam (das von der Stadtverwaltung unglückseligerweise in »das malerische Haddam« umbenannt wurde) haltmachen, um eine Kleinigkeit zu essen und sich ein bißchen umzugucken. Diese Leute – ich habe sie durch mein Bürofenster beobachtet, wenn ich am Wochenende »die Stellung halten« mußte – scheinen weniger zielstrebige Exemplare der Gattung Mensch zu sein. Sie haben mehr Kinder, die mehr Krach machen, fahren schrottige Autos, an denen Karosserieteile fehlen, und sie denken sich nichts dabei, auf Behindertenparkplätzen oder quer vor Auffahrten oder gleich neben Feuerhydranten zu parken, als gäbe es da, wo sie herkommen, keine Feuerhydranten.

Sie sorgen dafür, daß die Joghurtbranche nicht pleite geht, und stopfen lastwagenweise Schokoladenkekse in sich rein, aber nur die wenigsten von ihnen setzen sich je ins Two Lawyers, um etwas Richtiges zu essen, noch weniger verbringen eine Nacht in der

August Inn, und kein einziger interessiert sich für Häuser – obwohl sie einem manchmal den halben Tag stehlen, indem sie sich nur so aus Spaß Häuser zeigen lassen, die sie auf der Stelle vergessen, sobald sie wieder in ihren Firebirds und Montegos sitzen und miesepetrig nach Manahawking zurückfahren. (Shax Murphy, der die Firma übernahm, als der alte Otto Schwindell das Zeitliche segnete, hat mal versucht, eine Kreditüberprüfung einzuführen, bevor Häuser über 400 Riesen gezeigt werden durften. Aber wir anderen haben uns mit Händen und Füßen dagegen gewehrt, nachdem ein Rockstar abgelehnt worden war, der anschließend bei Century 21 zwei Millionen ausgab.)
Ich verlasse die Seminary Street, um dem Wochenendverkehr auszuweichen, umfahre die Innenstadt auf der Constitution Street, komme an der Bibliothek vorbei, überquere die Plum Road, krieche an dem schmiedeeisernen Zaun vorbei, hinter dem mein Sohn Ralph begraben liegt, bis ich die Klinik erreiche, wo ich links in die Erato abbiege und dann in die Clio, in der meine zwei Mietshäuser mitten in einer ruhigen Wohngegend stehen. Vielleicht ist es ein bißchen ungewöhnlich, daß ein Mann meines Alters und Charakters (nicht sehr abenteuerlustig) sich auf das undurchsichtige Geschäft mit Vermietungen einläßt und zwielichtige, unzuverlässige Mieter, üble Streitereien über Kautionsrückzahlungen, betrügerische Handwerker, geplatzte Schecks und spätnächtliche Anrufe wegen undichter Dächer, verstopfter Toiletten, bröckelnder Putzschichten und lauter Partys in Kauf nimmt. Häufig kommt man nicht ohne die Polizei aus, was dann langwierige gerichtliche Auseinandersetzungen nach sich zieht. Die kurze Antwort darauf ist, daß ich schlicht beschlossen habe, keiner dieser potentiellen Alpträume werde in meiner Geschichte als Vermieter eine Rolle spielen. Und das war auch größtenteils der Fall.
Die beiden benachbarten Häuser, die mir gehören, stehen in einer ruhigen, schattigen Straße in der soliden schwarzen Wohngegend Wallace Hill, eingerahmt von unserem kleinen städtischen Gewerbegebiet und dem wohlhabenderen weißen Wohnviertel der Westside, praktisch direkt hinter dem Krankenhaus. Zuverlässige, relativ gutsituierte schwarze Familien der mittleren

oder auch älteren Generation wohnen hier seit Jahrzehnten in kleinen, dicht zusammenstehenden Häusern, die sie überdurchschnittlich gut pflegen und deren Wert (von ein paar augenfälligen Ausnahmen abgesehen) ständig steigt. Obwohl das Viertel mit der Preisentwicklung der weißen Wohngebiete nicht ganz mithalten kann, liegt es nicht allzuweit dahinter. Und positiv ist, daß es nicht den Schwankungen ausgesetzt ist, die die derzeitige Arbeitsmarktsituation gerade für höhere Angestellte mit sich bringt. Es ist so, wie Amerika früher war, nur schwärzer.

Die meisten Bewohner dieser Straßen sind Handwerker – Installateure oder Automechaniker, oder sie machen Gartenarbeiten. Ihre Werkzeuge und Gerätschaften sind in Garagen untergebracht, die sie von der Steuer absetzen können. Es gibt ein paar ältere Schlafwagenschaffner und mehrere berufstätige Mütter, die als Lehrerinnen arbeiten. Dazu kommen jede Menge Rentnerehepaare, deren Hypotheken abbezahlt sind und die keinen anderen Wunsch haben, als zu bleiben, wo sie sind. In letzter Zeit haben ein paar schwarze Zahnärzte und Internisten und drei Anwaltsehepaare beschlossen, wieder in Viertel zu ziehen, die denen ähneln, wo sie aufwuchsen oder zumindest hätten aufwachsen können, wenn ihre Eltern nicht auch schon Anwälte oder Zahnärzte gewesen wären und sie selbst nicht in Andover oder Brown studiert hätten.

Irgendwann werden natürlich alle hier ansässigen Familien in Anbetracht des steigenden Werts von innerstädtischem Eigentum (es kommt eben keins mehr hinzu) mit Profit verkaufen und nach Arizona oder in den Süden ziehen, wo ihre Vorfahren einst selbst Eigentum waren. Die ganze Gegend wird dann von zuziehenden Weißen und reichen Schwarzen übernommen werden, woraufhin sich meine kleine Investition samt ihren wenigen, aber erträglichen Problemen in eine Goldgrube verwandeln wird. (Übrigens laufen diese demographischen Veränderungen in den stabilen schwarzen Wohngebieten langsamer ab, da es nicht so schrecklich viele Viertel gibt, in die gutbetuchte schwarze Amerikaner ziehen können, wenn sie sich verbessern wollen.)

Aber das ist nicht alles.

Seit meiner Scheidung, oder besser, seit mein früheres Leben ein plötzliches Ende fand und ich mich in etwas hineinstürzte, was wohl eine Art überlebenswichtiges »psychisches Ausklinken« war, das sich so äußerte, daß ich mich erst nach Florida und anschließend sogar nach Frankreich absetzte, hatte sich in mir das unangenehme Gefühl breitgemacht, daß ich noch nie im Leben etwas wirklich *Gutes* getan hatte – außer für mich und meine Familie (und nicht einmal deren Mitglieder würden dem uneingeschränkt zustimmen).

Sportberichterstattung bietet, wie jeder, der solche Artikel je geschrieben oder gelesen hat, bestätigen könnte, bestenfalls eine harmlose Möglichkeit, ein paar sowieso unbedeutende Gehirnzellen zu verbrennen, während man seine Corn-flakes ißt, im Sprechzimmer eines Arztes nervös auf die Ergebnisse der Computertomographie wartet oder ein paar träumerische, einsame Minuten auf dem Klo hockt.

Was nun die Stadt betraf, in der ich wohnte, hatte ich, wahrscheinlich abgesehen davon, daß ich gelegentlich ein halb plattgefahrenes Eichhörnchen zum Tierarzt brachte oder einmal die Feuerwehr rief, als meine alten Nachbarn, die Deffeyes, mit ihrem Gasgrill die Hinterveranda ankokelten und die ganze Nachbarschaft gefährdeten, oder sonst einen Akt lauwarmen kleinstädtischen Heldentums vollbrachte, so wenig zum Allgemeinwohl beigetragen, wie man es sich gerade noch leisten kann, um nicht als durch und durch asozial zu gelten. Und das, obwohl ich fünfzehn Jahre lang in Haddam gelebt hatte und vom Aufschwung der Stadt nach oben getragen worden war, die öffentlichen Einrichtungen genutzt und meine Kinder hier in die Schule geschickt hatte, wo sie sicher aufgehoben waren. Und ich hatte häufigen und regelmäßigen Gebrauch von Straßen, Kanalisation, Wasserversorgung, Polizei und Feuerwehr und diversen anderen Einrichtungen gemacht, die für mein Wohlergehen da waren.

Aber vor ungefähr zwei Jahren, als ich nach einem langen, unproduktiven Vormittag mit Häuserbesichtigungen erschöpft nach Hause fuhr, nahm ich eine falsche Abzweigung und fand mich hinter dem Krankenhaus in der kleinen Clio Street wieder, wo die meisten schwarzen Bürger unserer Stadt in der Hitze des späten Augusts vor ihren Häusern saßen, sich Luft zufächelten und von Veranda zu Veranda miteinander redeten. Sie hatten Krüge mit Eistee und Karaffen mit Wasser herausgebracht und kleine Ventilatoren aufgestellt, deren Kabel durch die Fenster geführt waren. Als ich vorbeifuhr, sahen alle wohlwollend zu mir herüber (bildete ich mir zumindest ein). Eine ältere Frau winkte mir zu. Eine Gruppe von Jungen in weiten Shorts, Basketbälle im Arm, stand rauchend und redend an der Straßenecke. Keiner von ihnen schien mich zu bemerken, keiner machte auch nur eine Drohgebärde. So daß ich mich aus irgendeinem Grund gezwungen fühlte, den Block zu umfahren und die ganze Runde noch einmal zu drehen, was ich auch tat – und alles war ganz genauso, sogar das Winken der alten Frau, als hätte sie mich und mein Auto noch nie im Leben gesehen, schon gar nicht vor zwei Minuten.

Als ich die Runde ein drittes Mal gedreht hatte, dachte ich, daß ich diese Straße im schwarzen Teil von Haddam und die vier oder fünf anderen, die ihr glichen wie ein Ei dem anderen, in den anderthalb Jahrzehnten, die ich hier lebte, mindestens fünfhundertmal abgefahren war, ohne auch nur eine einzige Menschenseele zu kennen; ich war hier in kein einziges Haus eingeladen worden, hatte keine gutnachbarlichen Besuche gemacht, hatte noch nie ein Haus verkauft, war wahrscheinlich noch nicht einmal auch nur einen einzigen Bürgersteig entlanggegangen (obwohl ich weder tags noch nachts Angst hatte, es zu tun). Und doch hielt ich das hier für eine grundsolide, erstklassige Wohngegend und diese Menschen für ihre rechtmäßigen und souveränen Beschützer.

Bei meiner vierten Runde um den Block winkte natürlich niemand mehr (ganz im Gegenteil, jetzt traten zwei Männer mit gerunzelter Stirn auf ihre oberste Verandastufe, und die Jungs mit den Basketbällen starrten, die Hände in die Hüften gestemmt, drohend zu mir herüber). Aber ich hatte zwei identische, nebeneinanderliegende Häuser entdeckt – zweistöckige, typisch amerikanische Holzhäuser in einem etwas ramponierten Zustand, mit schwarzweißgestreiften Markisen, backsteinverkleideten Halbfassaden, überdachten Veranden und einem durch einen Zaun geteilten

schmalen Gartenstück dazwischen, die, wie zwei Schilder verkündeten, von Trenton-Immobilien zum Kauf angeboten wurden. Ich notierte mir diskret die Telefonnummer, fuhr zurück in mein Büro und rief bei Trenton an, um mich nach dem Preis zu erkundigen und nach der Möglichkeit, beide Häuser zusammen zu kaufen. Damals war ich noch nicht lange im Immobiliengeschäft, und ich wollte meine Investitionen streuen und mein Geld so anlegen, daß es vor dem Staat sicher war. Wenn beide Häuser zu einem günstigen Preis zu bekommen waren, konnte ich sie an Leute vermieten, die gerne in der Gegend wohnten – an schwarze Rentner mit festem Einkommen oder an nicht mehr ganz gesunde ältere Leute, die sich aber noch selbst versorgen konnten und ihren Kindern nicht zur Last fallen wollten, oder an jungverheiratete Paare, die ein einigermaßen bezahlbares, aber verläßliches Heim brauchten – Leute, denen ich angesichts anderwärts himmelhoch steigender Mieten eine sorgenfreie Existenz sichern konnte, bis es für sie an der Zeit war, in ein Pflegeheim zu gehen oder sich ihr erstes eigenes Haus zu kaufen. Das wiederum würde mir das befriedigende Gefühl vermitteln, in meine eigene Gemeinde zu investieren, bezahlbare Wohnungen zur Verfügung zu stellen und am Erhalt einer soliden Nachbarschaft mitzuwirken, während ich mir selbst einen finanziellen Rückhalt sicherte und mir ein größeres Gefühl der Verbundenheit verschaffte – etwas, was mir gefehlt hatte, seit Ann zwei Jahre zuvor nach Deep River gezogen war.
Ich würde, so meinte ich, der perfekte moderne Vermieter sein: ein Mann voller Verständnis und bereit zu vernünftigen Investitionen, der im vorgerückten Alter eines Lebens, das umsichtig, wenn auch nicht immer so ganz friedlich verbracht worden war, etwas zu geben hatte. Alle in der Straße würden sich freuen, wenn sie mein Auto kommen sahen, weil sie wüßten, daß ich nur vorbeikam, um in der Küche eine neue Spüle zu installieren oder den Wäschetrockner zu reparieren, oder einfach nur, um zu hören, ob alle mit allem zufrieden waren – was sie ganz bestimmt sein würden. (Die meisten Leute, die ihre Investitionen streuen wollten, hätten, das wußte ich nur allzugut, mit ihren Anlageberatern gesprochen, strandnahe Apartmenthäuser auf Marco Is-

land gekauft, ihre Verlustrisiken begrenzt, eine Wohnung für sich selbst und eine für die Enkelkinder reserviert, die anderen einer Hausverwaltung übergeben und die ganze Angelegenheit von April bis April einfach vergessen.)

Was ich glaubte geben zu können, war eine tiefe Wertschätzung des Gefühls der Zugehörigkeit und der Dauerhaftigkeit, das den Bewohnern dieser Haddamer Straßen vielleicht fehlte (und zwar ohne eigenes Verschulden), nach dem sie sich vielleicht aber sehnten wie wir anderen nach dem Paradies. Als Ann und ich – kurz bevor unser erster Sohn Ralph geboren wurde – aus New York nach Haddam kamen und unser Tudorhaus in der Hoving Road bezogen, landeten wir dort mit dem beklommenen Gefühl aller Einwanderer überall: daß nämlich alle anderen schon vor Kolumbus hier gewesen waren und, verdammt noch mal, auch wollten, daß wir das zu spüren bekamen; daß es ein Insiderwissen gab, das wir nicht besaßen und auch nie besitzen würden, weil wir erst jetzt aufgetaucht waren – zu spät. (Das alles ist natürlich völliger Quatsch. Die meisten Leute sind Spätankömmlinge, wo immer sie auch leben, wie der Verkauf von Immobilien einem binnen fünfzehn Minuten klarmacht, aber für Ann und mich hielt das beklommende Gefühl ein ganzes Jahrzehnt an.)

Die Bewohner von Haddams Schwarzenviertel hatten sich, so dachte ich mir, wahrscheinlich auch nie zu Hause gefühlt, obwohl sie und ihre Verwandten vermutlich schon seit hundert Jahren hier lebten und nie etwas anderes getan hatten, als uns weißen Spätankömmlingen das Gefühl zu geben, willkommen zu sein, und zwar auf ihre Kosten. Hier konnte ich meinen Beitrag dazu leisten, daß wenigstens zwei Familien sich heimisch fühlten, und den Rest der Nachbarschaft dabei zugucken lassen.

Also griff ich zu, kaufte die beiden Häuser in der Clio Street mit einer relativ kleinen Anzahlung, klopfte an beide Haustüren, um mich als der neue Besitzer vorzustellen, und gelobte den beiden verblüfften Familien feierlich, daß ich nicht die Absicht hätte, den Mietstatus der Häuser anzutasten. Ich sagte ihnen, daß ich allen Verpflichtungen und Verantwortungen getreulich nachkommen werde und daß sie davon ausgehen sollten, so lange bleiben zu können, wie sie wollten.

Die erste Familie, die Harrisses, bat mich sofort zu Kaffee und Karottenkuchen ins Haus, womit eine Art Freundschaft anfing, die bis heute besteht – obwohl sie inzwischen in Rente gegangen und zu ihren Kindern nach Cape Canaveral gezogen sind.
Die zweite Familie, die McLeods, war leider ganz anders. Die McLeods sind eine gemischtrassige Familie – Mann und Frau und zwei kleine Kinder. Larry McLeod ist ein nicht mehr ganz junger ehemaliger schwarzer Militanter, der mit einer jüngeren weißen Frau verheiratet ist und bei einem Wohnwagen-Hersteller im nahegelegenen Englishtown arbeitet.
Als ich das erste Mal an seine Tür klopfte, öffnete er mir in einem engen roten T-Shirt mit dem Aufdruck »Der Kampf ist erst zu Ende, wenn das letzte Arschloch tot ist«. Eine große automatische Pistole lag gleich neben der Tür auf einem Tisch, und natürlich war sie das erste, worauf mein Blick fiel. Larry hat lange Arme und ausgeprägte, geäderte Muskeln, als sei er früher einmal Sportler gewesen (Kickboxer, vermutete ich). Er war verdammt unfreundlich, wollte wissen, wie ich dazu komme, ihn zu einer Tageszeit zu belästigen, zu der er gewöhnlich schlafe. Er ging sogar so weit zu sagen, daß er nicht glaube, daß ich der neue Besitzer sei, sondern nur gekommen sei, um ihm Ärger zu machen. Drinnen konnte ich seine magere, kleine weiße Frau Betty sehen, die mit den Kindern auf der Couch saß und fernsah – die drei wirkten in dem wäßrigen Licht blaß und traurig. Außerdem hing im Haus ein seltsamer, schaler Geruch, den ich fast, aber nicht ganz identifizieren konnte. Jedenfalls war er wie die Luft in einem Schrank voller Schuhe, der seit Jahren nicht geöffnet worden war.
Larry blieb finster wie eine Bulldogge und starrte mich durch die geschlossene Fliegengittertür wütend an. Ich sagte ihm genau dasselbe, was ich auch den Harrisses gesagt hatte – daß ich allen Verantwortungen und Verpflichtungen getreulich nachkommen werde usw., usw., obwohl ich ihm gegenüber außerdem betonte, daß er natürlich die Miete, die ich spontan um zehn Dollar senkte, pünktlich zahlen müsse. Wie ich hinzufügte, wollte ich, daß die Nachbarschaft intakt blieb und daß den Leuten, die hier lebten, bezahlbarer Wohnraum zur Verfügung stand und daß ich

zwar beabsichtigte, in beiden Häusern substantielle Verbesserungen vorzunehmen, er aber sicher sein könne, daß diese sich nicht in Form von Mieterhöhungen niederschlagen würden. Ich erklärte ihm, meinen Vorstellungen entsprechend könne ich realistischerweise allein dadurch mit einem Gewinn rechnen, daß ich die Häuser in Schuß hielt, meine Unkosten von der Steuer absetzte, dafür sorgte, daß meine Mieter glücklich waren und möglicherweise erst dann wieder verkaufte, wenn ich in den Ruhestand ging – was noch in weiter Ferne liege.

Ich lächelte Larry durch die Fliegentür an. »Aha!« war die Summe dessen, was er dazu zu sagen hatte, obwohl er einmal über die Schulter nach hinten sah, als wolle er seine Frau auffordern, an die Tür zu kommen und meine Worte zu übersetzen. Dann sah er erst mich und anschließend die Pistole auf dem Tisch an. »Das Ding ist angemeldet«, sagte er. »Können Sie nachprüfen.« Die Pistole war groß und schwarz und frisch geölt und sah aus, als platzte sie vor Kugeln, fähig, einer unschuldigen Welt nicht wiedergutzumachende Schäden zuzufügen. Ich fragte mich, wozu er sie brauchte.

»Prima«, sagte ich munter. »Wir sehen uns sicher noch.«
»War's das?« sagte Larry.
»Ja, das war in etwa alles.«
»Na dann«, sagte er und schlug mir die Tür vor der Nase zu.

Seit dieser ersten Begegnung vor gut zwei Jahren haben Larry McLeod und ich einander in unserer Weltsicht nicht sehr bereichert. Mehrere Monate lang schickte er die Mietschecks mit der Post, dann hörte er plötzlich damit auf, so daß ich jetzt jeden Monatsersten vorbeifahren und darum bitten muß. Wenn Larry da ist, setzt er sein drohendes Gesicht auf und fragt mich, wann ich die Absicht habe, dieses oder jenes zu reparieren – obwohl ich die ganze Zeit über dafür sorge, daß alles in den beiden Häusern in gutem Zustand ist, und nie mehr als einen Tag vergehen lasse, bevor ich einen verstopften Abfluß reinigen oder einen defekten Schwimmer ersetzen lasse.

Wenn Betty McLeod an die Tür kommt, starrt sie mich nur an, als hätte sie mich noch nie zuvor gesehen und ohnehin aufgehört, mit Worten zu kommunizieren. Es kommt fast nie vor, daß sie den Mietscheck hat, so daß ich, wenn ich ihr blasses, von strähnigen Haaren eingerahmtes Gesicht mit der kleinen Spitznase wie ein Gespenst hinter der Fliegengittertür auftauchen sehe, sofort weiß, daß ich heute kein Glück habe. Manchmal sagt keiner von uns beiden auch nur ein einziges Wort. Ich bleibe einfach auf der Veranda stehen und versuche, ein freundliches Gesicht zu machen, während sie stumm durch die Tür linst, so als starre sie nicht mich, sondern die Straße hinter mir an. Irgendwann schüttelt sie den Kopf und schließt langsam die Tür, und ich weiß, daß ich mein Geld an diesem Tag nicht bekomme.

Als ich heute morgen vor der Clio Street 44 parke, ist es halb neun, das erste Drittel der Hitzeleiter des Tages ist erklommen, und es ist so still und stickig wie an einem Morgen in New Orleans. Autos säumen beide Seiten der Straße, ein paar Vögel zwitschern in den Platanen, die vor Jahrzehnten am Straßenrand gepflanzt worden sind. Zwei ältere Frauen stehen auf ihre Besen gestützt an der Ecke Erato und schwatzen miteinander. Irgendwo spielt ein Radio hinter einem fliegenvergitterten Fenster – einen alten Bobby-Bland-Song, den ich auswendig konnte, als ich auf dem College war, dessen Titel mir jetzt aber nicht einmal mehr einfällt. Eine schwermütige Mischung aus Frühlingslethargie und unbedeutenden häuslichen Spannungen füllt die Luft wie ein Trauermarsch.

Das Haus der Harrisses steht immer noch leer, trotz des grüngrauen ZU VERMIETEN-Schilds unserer Agentur im Vorgarten. Die neue Außenverkleidung aus Weißmetall und die neuen verstellbaren Fenster mit ihren Fliegengittern aus Plastik schimmern stumpf in der Sonne. Die Schutzbleche aus Aluminium, die ich unter dem Schornstein und über der Dachrinne angebracht habe, lassen das Haus funkelnagelneu aussehen, was es in vieler Hinsicht auch ist. Ich habe auch neue Lüftungsklappen installiert, den Dachboden isoliert (der Dämmungsfaktor ist damit auf 23 erhöht) und das halbe Fundament ausgebessert. Außerdem habe ich vor, Gitter an den Parterrefenstern anbringen zu lassen, sobald ich einen Mieter gefunden habe. Die Harrisses sind vor einem halben Jahr ausgezogen, und, ehrlich gesagt, verstehe ich

nicht, wieso es mir nicht gelingt, neue Mieter zu finden, wo es doch verdammt schwer ist, an Mietwohnungen heranzukommen, und die Miete inklusive aller Nebenkosten nur faire 575 Dollar beträgt.
Einmal hätte ein junger schwarzer Leichenbestatter aus Trenton es fast genommen, aber seine Frau meinte, die tägliche Pendelei sei zu mühsam. Dann wirbelten zwei sexy aussehende schwarze Anwaltssekretärinnen kurz durch das Haus, hatten aber aus irgendwelchen Gründen das Gefühl, die Gegend sei nicht sicher genug. Ich hatte natürlich eine lange Erklärung parat, warum sie vielleicht die sicherste Gegend der ganzen Stadt ist: Unser einziger schwarzer Polizist wohnt in Rufweite, das Krankenhaus ist nur drei Blocks entfernt, die Nachbarn kennen einander und passen ganz selbstverständlich ein bißchen mit auf die anderen Häuser auf. Beim einzigen Einbruch seit Menschengedenken kamen sie aus ihren Häusern gestürmt und überwältigten den Gauner, bevor er die nächste Ecke erreicht hatte. (Daß dieser Gauner sich als der Sohn des schwarzen Polizisten herausstellte, erwähnte ich nicht.) Aber es nützte nichts.
Weil ich nur beschränkten Zugang habe, sieht das Haus der McLeods noch nicht so gut aus wie das der Harrisses. Es hat noch seine alte, schäbige Backsteinverkleidung, und wenn nicht bald etwas getan wird, faulen einige Verandabohlen ganz durch. Als ich die Vordertreppe hinaufgehe, kann ich an der Seite des Hauses die neue Klimaanlage summen hören (Larry hatte sie verlangt, und ich habe seinen Wunsch anstandslos erfüllt, habe das Ding aber gebraucht aus einem der Häuser besorgt, die wir verwalten), und ich bin sicher, daß jemand zu Hause ist.
Ich drücke einmal auf die Klingel, trete einen Schritt zurück und setze ein geschäftsmäßiges, aber durch und durch freundliches Lächeln auf. Jeder im Haus weiß, wer draußen steht. Dasselbe gilt für sämtliche Nachbarn. Ich sehe die heiße, schattige Straße hinunter. Die beiden Frauen mit ihren Besen unterhalten sich immer noch, in irgendeinem heißen Hausinneren spielt das Radio immer noch Blues. »Honey bee«, fällt mir jetzt ein, hieß der Bobby-Bland-Song, aber an den Text kann ich mich immer noch nicht erinnern. Ich sehe, daß das Gras vor den beiden Häusern

zu lang und stellenweise gelb ist, und die Schierlingstannen, die Sylvania Harris gepflanzt und immer mit peinlicher Sorgfalt gegossen hat, sehen dürr und vertrocknet und braun aus, wahrscheinlich faulen die Wurzeln. Ich gucke um die Ecke und werfe einen schnellen Blick auf die durch einen Zaun voneinander getrennten schmalen Gartenstücke zwischen den beiden Häusern. Die rosa und blauen Hortensien längs der Grundmauern, die die Gas- und Wasserzähler verstecken sollen, fangen gerade erst an zu blühen, und das Ganze macht einen verlassenen und ungenutzten Eindruck und lädt zum Einbruch geradezu ein.

Ich klingele noch einmal, da mir plötzlich aufgeht, daß ich nach dem Wochenende wieder herkommen muß, wenn mir jetzt keiner öffnet. Dann ist die Miete noch weiter in Rückstand, und es besteht die Gefahr, daß Larry McLeod sie ganz vergißt. Seit ich die beiden Häuser besitze, habe ich immer wieder überlegt, ob ich nicht einfach aus der Cleveland Street ausziehen und selbst hier einziehen sollte. Es wäre eine kostensparende, zukunftssichernde Maßnahme und, da ich soviel von der Bedeutung guter Nachbarschaft rede, auch ein Akt der Ehrlichkeit. Irgendwann würden die McLeods aus reiner Abneigung gegen mich ausziehen, und ich könnte mir neue Mieter als Nachbarn suchen (vielleicht eine Familie Tung, um der Mischung ein bißchen mehr Würze zu geben). Aber angesichts der derzeit angespannten Lage auf dem Immobilienmarkt könnte mein Haus in der Cleveland monatelang leer stehen, und dann müßte ich irgendwann zu billig verkaufen, was ein Tiefschlag wäre, selbst wenn ich als mein eigener Makler aufträte. Und für die Zwischenzeit zuverlässige Mieter für ein größeres Haus wie meines zu finden, ist selbst in Haddam ein nicht ganz leichtes Unterfangen und funktioniert nur selten zur Zufriedenheit aller Beteiligten.

Ich klingele noch einmal, gehe zurück bis zur obersten Stufe der Treppe und lausche auf Geräusche im Inneren des Hauses – Schritte, eine zufallende Hintertür, eine gedämpfte Stimme, das Getrappel nackter Kinderfüße. Nichts. Das hier passiert nicht zum ersten Mal. Natürlich ist jemand da, macht aber nicht auf, und wenn ich weder meinen Hausbesitzerschlüssel benutzen noch die Polizei anrufen will, um zu melden, daß ich mir wegen der Bewohner »Sorgen« mache, kann ich nur meine Zelte abbrechen und ein andermal wiederkommen – etwas später am Tag vielleicht.

Wieder auf der geschäftigen Seminary Street, parke ich vor dem Lauren-Schwindell-Gebäude und drehe eine schnelle Runde durchs Büro, wo die übliche Wochenend-und-Feiertags-Trägheit über noch leeren Schreibtischen, leeren Computermonitoren und nicht eingeschalteten Kopiergeräten liegt. Fast jeder bleibt heute unter dem Vorwand, daß sowieso kein Mensch so kurz vor dem Wochenende Geschäfte machen will, eine Stunde länger im Bett. Man kann ja telefonieren. Nur Everick und Wardell sind zu sehen, wie sie zwischen Lagerraum und Parkplatz, zu dem die Tür offensteht, hin- und hergehen. Sie schleppen ZU VERKAUFEN-Schilder an, die sie in Straßengräben und Wäldern eingesammelt haben, wo unsere Teenager sie hinwerfen, wenn sie sie nicht mehr zu Hause an ihrer Wand hängen haben wollen oder ihre Mütter ein Veto einlegen. (Wir zahlen eine »Wir-stellen-keine-Fragen«-Prämie in Höhe von drei Dollar für jedes zurückgebrachte Schild, und Everick und Wardell, ernste, schlacksige Junggesellen-Zwillinge Ende fünfzig, die ihr ganzes Leben in Haddam verbracht haben und sogar in Trenton aufs College gegangen sind, haben eine richtige Wissenschaft daraus gemacht, wo sie zu finden sind.)

Die Lewis-Brüder, die ich nie auseinanderhalten kann, wohnen ganz in der Nähe meiner beiden Mietshäuser in einer Maisonettewohnung, die sie von ihren Eltern geerbt haben. Außerdem sind sie ziemlich knickrige Wohnungseigentümer und Vermieter, die genau wissen, was sie wollen. Ihnen gehört ein Block mit Seniorenwohnungen in Neshanic, der ihnen hübsche Profite einbringt. Trotzdem arbeiten sie immer noch halbtags für die Agentur und erledigen nebenbei für mich regelmäßig kleinere Wartungsarbeiten in der Clio Street. Sie tun das mit einer strengen und entschiedenen Effizienz, die jemanden, der nicht Bescheid weiß, auf den Gedanken bringen könnte, daß die beiden mich auf den Tod nicht ausstehen können. Das ist jedoch nicht der Fall. Beide haben mir mehr als einmal versichert, daß ich als geborener Südstaatler, aus Mississippi, trotz des ganzen Ballasts, den diese Herkunft mit sich bringt, natürlich ein besseres Verständnis für Angehörige ihrer Rasse hätte als jeder Nordstaatler. Das ist selbstverständlich totaler Unfug, aber die beiden haben nun mal diese alten rassischen Klischees, die sie mit der unerbittlichen Macht vermeintlicher »Wahrheiten« aufrechterhalten.

Wie ich sehe, hat unsere Empfangsdame, Miss Vonda Lusk, nun die Damentoilette verlassen und sich an einem der leeren Schreibtische niedergelassen. Sie raucht und trinkt eine Cola, ein Bein wippend über das andere geschlagen, und nimmt gutgelaunt Anrufe entgegen, während sie gleichzeitig in einem *Time*-Magazin herumblättert. Sie ist eine große, kräftige und vollbusige Blondine mit trockenem Humor, die zur Arbeit eine Tonne Make-up und grelle, lächerlich winzige Cocktailkleider trägt. Sie wohnt im nahegelegenen Grovers Mill, wo sie 1980 erste Majorette war. Sie war auch die beste Freundin der ermordeten Clair Devane und versucht immer wieder, mit mir über »den Fall« zu diskutieren, da sie zu wissen scheint, daß Clair und ich damals ein diskretes, ganz spezielles Etwas laufen hatten.

»Die geben sich einfach keine Mühe«, lautet ihre beharrliche Einschätzung der Polizei. »Wenn Clair weiß gewesen wär und schon immer in Haddam gelebt hätte, dann hätten die das Ganze völlig anders angepackt. Dann wär das FBI im Handumdrehen hier gewesen.« Tatsächlich waren drei weiße Männer einen Tag lang festgehalten, dann aber wieder auf freien Fuß gesetzt worden, und in den Wochen, die seitdem vergangen sind, hat es, das ist wahr, keinerlei sichtbare Fortschritte gegeben. Clairs Freund ist ein bekannter schwarzer Wirtschaftsanwalt, der in einer angesehenen Kanzlei arbeitet und über ausgezeichnete Beziehungen verfügt, und der Verband der Immobilienmakler hat zusammen mit seiner Firma eine Belohnung von 5.000 Dollar ausgesetzt. Es ist aber auch wahr, daß das FBI Nachforschungen angestellt hat, bevor es zu dem Schluß kam, daß Clairs Tod kein Bundesverbrechen, sondern einfacher Mord war.

Im Büro bleibt ihr Schreibtisch zumindest offiziell so lange unbesetzt, bis ihr Mörder gefaßt ist (obwohl die Geschäfte auch nicht so gut gehen, daß wir ihre Stelle sofort hätten besetzen

müssen). Bis dahin hat Vonda ein schwarzes Band an Clairs Stuhl angebracht und sorgt dafür, daß immer eine Rose in einer dunklen Vase auf der leeren Holzfläche ihres Schreibtischs steht. Wir alle sind angehalten, nicht zu vergessen.
Aber am heutigen Morgen hat Vonda globalere Dinge im Kopf. Sie ist, was die Politik angeht, immer auf dem allerneuesten Stand, liest alle Zeitschriften, die es im Büro gibt, und hat das *Time*-Magazin umgeschlagen auf ihrem reichlich entblößten Oberschenkel liegen. »Wie sieht's aus, Frank? Sind Sie mehr für Einzel- oder für Mehrfachsprengköpfe?« trällert sie los, als sie mich entdeckt, und lächelt ihr breites Okay-was-unternehmen-wir-jetzt-Lächeln. Sie trägt ein befremdliches rot, weiß und blau gemustertes schulterfreies Taftding, in dem sie keine Münze von einer Theke aufheben könnte, ohne sich unschicklich zu entblößen. Zwischen uns läuft nichts anderes als freundliches Geplänkel.

»Ich bin immer noch für die einzelnen«, sage ich, während ich mit drei Exposés auf die erste Schreibtischreihe zusteure. Everick und Wardell sind, kaum daß sie mich gesehen haben, durch die Hintertür verschwunden (was nicht ungewöhnlich ist). Ich habe ihnen einen Zettel ins Fach gelegt, mit genauen Instruktionen, wo und wann sie den Dogs-auf-Rädern-Stand parken sollen, wenn sie ihn am Montag bei FRANKS geholt haben. FRANKS ist ein Rootbeerstand, der mir gehört, er steht westlich der Stadt an der Route 31. Sie erledigen ihre Arbeit immer am liebsten auf diese Weise – indirekt und auf Distanz. »Ich finde, es schwirren dieser Tage sowieso zu viele Sprengköpfe durch die Gegend«, sage ich auf dem Weg zur Tür.

»Dann sind Sie, laut *Time*, reichlich zurückgeblieben.« Sie zwirbelt eine goldene Haarsträhne um ihren kleinen Finger. Sie ist eine in der Wolle gefärbte Demokratin, und sie weiß, daß ich es auch bin. Und sie denkt – wenn ich mich nicht irre –, daß wir ein bißchen Spaß miteinander haben könnten.

»Da müssen wir mal ernsthaft drüber reden«, sage ich.

»Schon in Ordnung«, sagt sie kokett. »Sie haben ja immer so viel zu tun. Wußten Sie, daß Dukakis fließend spanisch spricht?« Letzteres ist nicht unbedingt an mich gerichtet, sondern an eine allgemeine Zuhörerschaft, als wäre das leere Büro vollgestopft mit interessierten Menschen. Bloß daß ich mich, ohne sie weiter zu beachten, verdrücke und mache, daß ich so schnell wie möglich in die kühle Ruhe meines Crown Victoria komme.

Um neun bin ich auf der King George Road, unterwegs zum Sleepy Hollow Motel an der Route 1, um Joe und Phyllis Markham abzuholen und ihnen (wie ich hoffe) spätestens bis zwölf unseren Neueingang zu verkaufen.

Hier in dieser waldigen Ecke macht Haddam nicht den Eindruck einer Stadt, die vom Preisverfall bedroht ist. Als alte und wohlhabende Siedlung, 1795 von unzufriedenen Quäker-Kaufleuten gegründet, die sich von ihren liberaleren Nachbarn auf Long Island absetzten, nach Süden zogen und etwas Neues und in ihren Augen Besseres aufbauten, macht Haddam einen wohlhabenden und, was seine bürgerlichen Erwartungen angeht, zielstrebigen Eindruck. Der Bestand an Häusern umfaßt zahlreiche große, aus dem 19. Jahrhundert stammende Villen im Stil des Deuxième Empire (heute im Besitz hochbezahlter Anwälte und Software-Manager) mit Kuppeln und Türmchen und Erkern, die die grundlegende architektonische *lingua* unterbrechen, die klassizistisch mit föderalistischen Einschlägen ist. Dazu kommen post-revolutionäre Steinhäuser mit gefächerten Oberlichtern über den Portalen, säulenbestandenen Eingängen und römisch anmutenden Kannelierungen.

Diese Häuser waren allesamt hochvornehme Kästen, als die letzten Türen etwa 1830 eingehängt wurden, und kommen kaum je auf den Markt, außer im Fall wirklich giftiger Scheidungen, wenn einer der Partner unbedingt ein riesiges ZU VERKAUFEN-Schild im Vorgarten des ehemaligen Liebesnests sehen will, um den anderen wirklich auf die Palme zu bringen. Selbst die wenigen ursprünglich in der Ortsmitte gelegenen georgianischen Häuser wurden in den letzten Jahren zu Nobeladressen. Sie sind jetzt alle im Besitz von reichen Witwen, schwulen Ehemännern, die sie als sehr private Fluchtburgen benutzen, und Ärzten aus Philadelphia, die sie sich als Landsitz halten, auf den sie sich im Herbst, wenn die Farben so schön bunt sind, mit ihren Sprechstundenhilfen verziehen können.

Aber der äußere Anschein kann natürlich täuschen und tut es gewöhnlich auch. Zwar hat sich das alles noch nicht auf die Preisvorstellungen niedergeschlagen, aber die Banken sind mit den Krediten viel vorsichtiger geworden und melden bei uns Maklern immer öfter »Probleme« mit der Bewertung von Immobilien an. Viele potentielle Verkäufer, die ihre Pläne für einen vorgezogenen Ruhestand am Lake of the Ozarks oder an einem etwas »intimeren« Ort am Snowmass Mountain schon festgeklopft hatten, nehmen jetzt, seit die Kinder die Uni hinter sich haben, eine eher abwartende Haltung ein und kommen zu dem Schluß, daß es sich in Haddam bedeutend besser leben läßt, als sie zu der Zeit meinten, da sie noch glaubten, ihre Häuser seien ein Vermögen wert. (Ich bin nicht gerade zum bestmöglichen Zeitpunkt in die Immobilienbranche eingestiegen – um genau zu sein, habe ich mir so ungefähr den schlechtesten Zeitpunkt ausgesucht –, ein Jahr vor der großen Bauchlandung im letzten Oktober.)
Trotzdem bleibe ich, wie die meisten Leute, einigermaßen optimistisch und habe das Gefühl, daß der Boom sich ausgezahlt hat, egal, wie die Dinge im Augenblick aussehen. Das ursprüngliche Haddam-Township wurde vom ursprünglichen Dorf Haddam eingemeindet, was unsere Steuerbasis vergrößerte und uns die Möglichkeit gab, den Baustopp für öffentliche Vorhaben aufzuheben und wieder im infrastrukturellen Bereich aktiv zu werden (die Aushebung vor meinem Haus ist ein gutes Beispiel dafür). Und aufgrund des Zustroms von reichen Börsenmaklern und Anwälten aus der Unterhaltungsbranche zu Anfang des Jahrzehnts wurden diverse Wahrzeichen verschont, wie auch ein paar spätviktorianische Wohnhäuser, die einzustürzen drohten, weil ihre Besitzer entweder alt geworden oder nach Sun City gezogen oder gestorben waren.
Gleichzeitig sind die mittleren bis unteren Preislagen, in denen ich den Markhams Haus um Haus gezeigt habe, langsam aber sicher in die Höhe geklettert. Das haben sie seit Anfang des Jahrhunderts getan, so daß die meisten unserer mittleren Verdiener, darunter auch unsere afrikanischen Mitbürger, immer noch mit Profit verkaufen könnten, wenn sie einmal keine Lust mehr haben sollten, hohe Steuern zu zahlen, und sich lieber mit einer

Handvoll Dollar und dem Gefühl, etwas geleistet zu haben, nach Des Moines oder Port-au-Prince zurückziehen, um sich dort ein Haus zu kaufen und von ihren Ersparnissen zu leben. Prosperität ist nicht immer nur etwas Schlechtes.

Am Ende der King George Road, wo sich Grasfarmen ausbreiten, biege ich erst auf die einst ländliche Quakertown Road und dann scharf nach links auf die Route 1 ab und nehme die Abfahrt an der Grangers Mill Road, über die ich mich zum Sleepy Hollow zurückarbeite, wodurch ich mir eine halbe Stunde Vierter-Juli-Stau erspare. Rechts von mir hockt das Einkaufszentrum Quakertown verlassen auf der riesigen Fläche seines Parkplatzes, auf dem nur eine Handvoll Autos in der Nähe der beiden Auffahrten stehen. Nur die beiden größeren Kaufhäuser – ein Sears und ein Goldbloom – sind noch in Betrieb, alles andere ist pleite gegangen. Die Planer des Ganzen wickeln jetzt ihre Geschäfte in einem Bundesknast in Minnesota ab. Auch das Kino XII an der Rückseite zeigt nur noch einen einzigen Film. Die Anzeigetafel verkündet: *B. Streisand: A Star is Bored** Wiederholungsvorführung** Herzlichen Glückwunsch, Bertie und Stash.*

Meine Klienten, die Markhams, mit denen ich um Viertel nach neun verabredet bin, kommen aus dem winzigen Island Pond im hintersten nordöstlichen Zipfel Vermonts. Das Dilemma, in dem sie stecken, ist heute das Dilemma vieler Amerikaner. Irgendwann in den verschwommenen Sechzigern gaben die beiden (jeweils mit anderen Partnern verheiratet) ihr nicht sehr viel versprechendes Flachland-Leben auf (Joe war Mathelehrer in Aliquippa, Phyllis eine mollige, rothaarige, leicht glubschäugige Hausfrau aus der Gegend von Washington, D. C.) und kamen auf der Suche nach einer sonnigeren, weniger festgelegten Weltsicht nach Vermont. Zeit und Schicksal schlugen schnell einen nicht weiter überraschenden Kurs ein: Ehepartner machten sich mit den Ehepartnern anderer Leute aus dem Staub; Kinder stiegen fleißig in die Drogenszene ein, wurden schwanger, heirateten und verschwanden nach Kalifornien oder Kanada oder Tibet oder Wiesbaden.

Joe und Phyllis drifteten jeder für sich zwei oder drei Jahre lang in sich teils überschneidenden Kreisen von Nachbarn und

Freunden herum, besuchten Fortbildungskurse, fingen ein neues Studium an, probierten neue Partner aus und kamen schließlich auf das zurück, was die ganze Zeit über verfügbar und offensichtlich gewesen war: wahre und kläräugige Liebe füreinander.

Joe Markham ist ein untersetzter, aggressiver, kurzarmiger Bob-Hoskins-Typ mit Knopfaugen und reichlich Körperhaar, der ungefähr in meinem Alter ist und bei den Aliquippa Fighting Quips Verteidiger gespielt hat. Er wirkt überhaupt nicht wie ein »kreativer Typ«, hatte aber plötzlich Glück mit den selbstgemachten Keramikkrügen und sandgegossenen abstrakten Skulpturen, die er bisher nur so zum Spaß gemacht hatte und über die seine erste Frau, Melody, aufs bösartigste hergezogen war, bevor sie nach Beaver Falls zurückging und ihn mit seinem regulären Job bei der Sozialbehörde allein ließ.

Was Phyllis anging, so erkannte sie ihr bisher ungeahntes Talent für die Gestaltung anspruchsvoller Luxusbroschüren auf ausgefallenem Papier, das sie selbst schöpfte (sie entwarf Joes erste große Postwurfaktion). Und bevor die beiden es begriffen, verschickten sie Joes Kunstwerke und Phyllis' Edelbroschüren landauf, landab. Joes Krüge und Vasen waren in großen Kaufhäusern in Colorado und Kalifornien und als kostspielige »Objekte« in Nobelversandkatalogen zu sehen, und sie gewannen zur Verblüffung der beiden Markhams Preise auf angesehenen Kunsthandwerksmessen, an denen die beiden vor lauter Arbeit nicht mal teilnehmen konnten.

Bald darauf hatten sie sich, und zwar ausschließlich aus lokalem Stein, ein großes neues Haus mit freitragenden gewölbten Decken und einem handgemauerten Kamin gebaut, das versteckt am Ende einer Privatstraße hinter einem alten Obstgarten lag. Sie fingen an, kostenlose Kurse für kleine Gruppen interessierter Studenten an der Lyndon State University abzuhalten – das war ihr Dank an die Gemeinde, die ihnen durch einige harte Zeiten geholfen hatte. Und sie bekamen schließlich noch ein Kind, das sie nach einer kroatischen Verwandten Joes Sonja nannten.

Beide wußten natürlich, daß sie in Anbetracht all der Fehler, die sie gemacht hatten, und all der Dinge, die in ihrem Leben schiefgelaufen waren, mehr Glück als ein Schlangenbeschwörer gehabt hatten. Andererseits betrachteten sie das Leben in Vermont nicht unbedingt als ihre Endstation. Beide hatten ziemlich harsche Ansichten über akademische Aussteiger und Hippies, die von ihrem Erbe lebten. In ihren Augen waren diese Leute nichts weiter als Schmarotzer in einer Gesellschaft, die dringend neue Ideen benötigte. »Ich wollte nicht eines Morgens aufwachen«, hatte Joe gesagt, als die beiden das erste Mal zu mir ins Büro gekommen waren wie etwas heruntergekommene, vertrauensselige Missionare, »und feststellen, daß ich ein fünfundfünfzigjähriges Arschloch mit einem Halstuch und einem gottverdammten Ohrring bin und nur noch davon rede, wie beschissen Vermont geworden ist, seit so viele Leute wie ich da aufgetaucht sind und alles kaputtmachen.«

Die beiden kamen zu dem Schluß, daß Sonja eine bessere Schule brauchte, damit sie eine Chance hatte, später von einer noch besseren Uni aufgenommen zu werden. Ihr erster Schwung Kinder war in Ponchos, Timberlands und Thermojacken in die örtlichen Schulen getrabt, und das hatte nicht so gut funktioniert. Joes ältester Sohn, Seamus, hatte wegen bewaffneten Raubüberfalls gesessen, er hatte drei Entziehungskuren hinter sich und war lernbehindert; ein Mädchen, Dot, hatte mit sechzehn einen Hell's Angel geheiratet und seit ewigen Zeiten nichts mehr von sich hören lassen. Ein weiterer Junge, Frederico, der Sohn von Phyllis, war zur Armee gegangen. Und so wünschten sie sich aufgrund dieser ernüchternden, aber lehrreichen Erfahrungen etwas Besseres für die kleine Sonja.

Also forschten sie nach, wo die Schulen gut waren, der Lebensstil ihnen zusagte und wo sie mit Blick auf Joes Arbeiten nicht allzuweit von den New Yorker Märkten entfernt waren, und Haddam tauchte in jeder dieser Kategorien an erster Stelle auf. Joe überschüttete die Gegend mit Bewerbungen und fand einen Job in der Herstellung eines neuen Schulbuchverlags, Leverage Books in Hightstown, bei dem ihm seine Vorkenntnisse in Mathematik und Computertechnik zugute kamen.

Phyllis fand heraus, daß es in der Stadt mehrere »Papiergruppen« gab, daß sie auch weiterhin Ton- und Glaswaren in einem Studio herstellen konnten, das Joe entweder bauen oder renovieren oder mieten würde. Von hier konnten sie seine Arbeiten auch weiterhin zusammen mit Phyllis' einfallsreichen Broschüren verschicken. Das alles konnten sie fortsetzen und sich zugleich in ein neues Lebensabenteuer werfen, an einem Ort, wo die Schulen gut und die Straßen sicher waren und das Leben sich in einer sonnigen drogenfreien Zone abspielte.

Ihr erster Besuch fand im März statt – zu einer Zeit, in der, wie sie ganz richtig vermuteten, »alles« auf den Markt kam. Sie wollten sich Zeit lassen, sich in aller Ruhe umsehen, eine in jeder Hinsicht gut durchdachte Entscheidung treffen, bis zum ersten Mai ein Angebot abgeben und spätestens am Vierten Juli im eigenen Garten sitzen und den Rasen sprengen. Sie wußten natürlich, daß sie, wie Phyllis Markham mir sagte, wahrscheinlich nicht darum herumkommen würden, ein bißchen »zurückzustecken«. Die Welt hatte sich, während sie sich in Vermont vergraben hatten, in vieler Hinsicht verändert. Das Geld war weniger wert als früher, und man brauchte mehr davon. Aber alles in allem hatten sie in Vermont ein gutes Leben geführt und im Laufe der Jahre ein bißchen was gespart, und wenn man sie fragte, hätten sie nichts auch nur einen Deut anders gemacht.

Sie beschlossen, ihr eigenhändig gebautes Haus bei erstbester Gelegenheit zu verkaufen, und fanden einen jungen Filmproduzenten, der bereit war, es auf der Grundlage von zehn Jahresraten und mit einer kleinen Barzahlung vorweg zu übernehmen. Sie wollten, wie Joe mir sagte, eine Situation schaffen, aus der es kein Zurück mehr gab. Sie stellten ihre Möbel in der Scheune von Freunden unter, wohnten in dem Cottage anderer Freunde, während diese in Urlaub waren, und machten sich eines Sonntagabends in ihrem alten Saab auf den Weg nach Haddam, um sich am Montagmorgen am Schreibtisch irgendeines Maklers als Hauskäufer vorzustellen.

Bloß daß ihnen der Schock ihres Lebens bevorstand!

Was die Markhams suchten, war – wie ich ihnen sagte – klar, und sie hatten jedes Recht, genau das zu wollen: ein bescheidenes Fünf-Zimmer-Haus mit einem gewissen Charme und vielleicht dem einen oder anderen netten Detail, aber in Übereinstimmung mit ihrer bescheideneren, in erster Linie auf Sonjas Bildung ausgerichteten Ethik. Ein Haus mit Holzfußböden, Zierleisten, einem kleinen schöngearbeiteten Steinkamin, schlichten Treppengeländern, Sprossenfenstern und vielleicht einem Fenstersitz. Ein Haus mit ein oder zwei Stockwerken auf einem kleinen Grundstück, das entweder an das Maisfeld eines griesgrämigen alten Farmers oder aber an einen kleinen Teich oder Bach grenzte. Vielleicht vierzig, fünfzig Jahre alt. Ein bißchen ab vom Schuß. Ein Rasen mit einem gesunden alten Ahorn, ein paar ältere Sträucher, eine angebaute Garage, die vielleicht erweitert werden müßte. Übernahme der Hypothek oder eigentümerfinanziert, etwas, womit sie leben konnten. Nichts Überkandideltes: ein vernünftiges Haus für die noch einmal beginnende Kleinfamilie, die mit einem Kind an Bord ins dritte Quartal des Lebens eintrat. Irgendwas um die 148 Riesen, etwa 250 Quadratmeter Wohnfläche, in der Nähe einer Schule und mit einem zu Fuß erreichbaren Lebensmittelgeschäft.

Das einzige Problem war und ist, daß solche Häuser – Häuser, von denen die Markhams immer noch mit Kuhaugen träumen, während sie durch die Taconics herunterfahren und die kleinen, hinter Bäumen versteckten Dächer und Landsträßchen beäugen, die an ihnen vorbeiziehen und von denen moosige, efeubewachsene Steinmauern zu geheimnisvollen und wunderbaren Häuserangeboten im Columbia-County führen –, daß diese Häuser Geschichte sind. Graue Vorzeit. Und die Preise, die sie im Kopf haben, gibt es schon seit der Zeit nicht mehr, als Joe sich von Melody verabschiedete und seine Aufmerksamkeit der molligen, vollbusigen, reizenden Phyllis zuwandte. Sagen wir seit 1976. Versuch's mal mit vierhundertfünfzigtausend, *wenn* du dafür was findest.
Und vielleicht *könnte* ich sogar etwas finden, was annähernd an die Vorstellungen der Markhams herankäme, wenn sie es nicht so eilig hätten und nicht in Ohnmacht fallen würden, wenn die Bankbewertung 30.000 unter dem verlangten Preis landete und der derzeitige Besitzer 25 Prozent bar auf die Hand verlangte und noch nichts von einem Konzept namens Eigentümerfinanzierung gehört hatte.

Die Häuser, die ich ihnen zeigen *konnte*, blieben alle weit hinter ihren Traumvorstellungen zurück. Gegenwärtig geht das durchschnittliche Haus in und um Haddam für 149 Riesen weg. Dafür kriegt man von der Baugesellschaft ein Objekt im Kolonialstil hingestellt. In einer fast fertigen Neubausiedlung im nicht ganz so nahe gelegenen Mallards Landing: 200 Quadratmeter inklusive Garage, drei Schlafzimmer, zwei Bäder, ausbaufähig, kein Kamin, kein Keller, kein Teppichboden; Grundstück 15 mal 60 Meter. Die Häuser in kleinen Gruppen dicht zusammen, um den Eindruck offener Flächen zu bewahren, mit Blick auf einen »Teich« mit Fiberglasboden. Was die Markhams in ein tiefes schwarzes Loch stürzte und dazu führte, daß sie nach den ersten drei Wochen Suche nicht einmal mehr bereit waren, aus dem Auto zu steigen, um sich die Häuser anzugucken, für die ich eine Besichtigung vereinbart hatte.

Abgesehen davon habe ich ihnen eine Auswahl älterer Häuser im ursprünglichen Dorf gezeigt – meist kleine, dunkle Kästen mit zwei Schlafzimmern und angedeuteten klassizistischen Fassaden, ursprünglich vor der Jahrhundertwende für die Dienstboten der Reichen gebaut und jetzt entweder im Besitz von Nachkommen sizilianischer Einwanderer, die nach New Jersey zogen, um die Kapelle des Theologischen Instituts zu bauen, oder aber von Angestellten des Dienstleistungssektors, Ladenbesitzern oder Schwarzen. Meist sind diese Häuser ungepflegte, geschrumpfte Versionen der größeren Häuser auf der anderen Seite der Stadt – das weiß ich, weil Ann und ich eins mieteten, als wir vor achtzehn Jahren hierher zogen. Die Zimmer sind klein und dunkel und niedrig und auf so merkwürdige Weise miteinander verbunden, daß man sich eingeengt fühlt wie in der Praxis eines billigen Chiropraktikers. Die Küchen liegen alle nach hinten hinaus, selten gibt es mehr als ein Bad (es sei denn, das Haus wurde modernisiert, in welchem Fall der Preis sich gleich verdoppelt). Die meisten haben feuchte Keller, alte Termitenschäden, unlösbare bauliche Probleme, gußeiserne Wasserleitungen, Verdacht auf Blei, Elektroleitungen, die längst nicht mehr dem Standard entsprechen, und Gärten von der Größe einer Briefmarke. Und dafür zahlt man den vollen Preis, sonst kommt man gar nicht erst ins Gespräch. Die Verkäufer verteidigen ihre Vorstellungen bis zuletzt gegen die Realität, und sie sind die ersten, die ihre Einzigartigkeit durch geheimnisvolle Marktkorrekturen bedroht sehen. (Die Käufer sind die zweiten.)

Zweimal kam es so weit, daß ich die Besichtigungen mit der zwölfjährigen Sonja durchführte (die genauso alt ist wie meine Tochter). Ich hoffte, daß sie vielleicht etwas sehen würde, was ihr gefiel (ein sorgfältig gestrichenes »rosa Zimmer«, das einmal ihres werden könnte, eine besonders kuschelige Ecke für den Videorecorder, irgendwelche Einbauten in der Küche, die sie »scharf« fand), woraufhin sie zum Auto zurücklaufen und losprudeln würde, daß sie genau von diesem Haus ihr ganzes Leben lang geträumt habe und daß Mom und Dad es sich unbedingt ansehen müßten.

Bloß passierte das nie. Bei beiden dieser Farcen spähte ich durch die Vorhänge hinaus, während Sonja durch die leeren Zimmer trottete und sich ganz bestimmt fragte, wie eine Zwölfjährige ein Haus kaufen sollte. Währenddessen trugen Joe und Phyllis in meinem Auto einen erbitterten Streit aus – etwas, was schon den ganzen Tag geschwelt hatte –, beide den Blick starr nach vorne gerichtet, er auf dem Beifahrersitz, sie hinten, fauchend und knurrend. Ein- oder zweimal warf Joe den Kopf herum und schien irgend etwas Vernichtendes zu sagen, woraufhin Phyllis die molligen Arme vor der Brust verschränkte, haßerfüllt zum Haus herüberstarrte und den Kopf schüttelte, ohne zu antworten. Ein paar Minuten später waren wir unterwegs zu unserem nächsten Besichtigungstermin.

Unglücklicherweise ist es den Markhams aus Ignoranz und Dickköpfigkeit nicht möglich, eine der gnostischen Wahrheiten der Immobilienbranche zu erfassen (eine Wahrheit, die man nur schwer aussprechen kann, ohne unehrlich und zynisch zu klingen): daß die Menschen nie die Häuser finden oder kaufen, die sie ihrer Aussage nach finden und kaufen *wollen*. Die Marktwirtschaft, das habe ich gelernt, basiert nicht einmal entfernt auf der Prämisse, daß jemand das bekommt, was er will. Die Prämisse geht vielmehr dahin, daß einem etwas vorgestellt wird, was man eigentlich nicht wollte, was aber verfügbar ist, woraufhin man nachgibt und sich dann einredet, eine gute Entscheidung getroffen zu haben. Nicht etwa, daß das Prinzip unbedingt falsch wäre. Warum sollte man immer nur das bekommen, was man zu wollen glaubt? Oder sich auf das beschränken müssen, was man sich selbst vorstellen kann? Das Leben ist nicht so, und wenn man klug ist, kommt man zu dem Schluß, daß es so, wie es ist, auch besser ist.

Meine Methode in diesen Fragen, und insbesondere bei den Markhams, besteht darin, ihnen klarzumachen, wer mein Gehalt bezahlt (der Verkäufer), und daß meine Aufgabe darin besteht, sie mit unserer Gegend vertraut zu machen, sie entscheiden zu lassen, ob sie sich wirklich hier niederlassen wollen, und dann all meinen guten Willen dafür einzusetzen, ihnen tatsächlich ein Haus zu verkaufen. Ich habe ihnen außerdem nachdrücklich gesagt, daß ich Häuser so verkaufe, wie ich selbst gerne eins verkauft bekäme: indem ich nie den Windbeutel spiele; indem ich ihnen nie etwas unterjuble, woran ich selbst nicht glaube; indem ich Klienten nie unter irgendeinem Vorwand Häuser zeige, von denen sie bereits gesagt haben, daß sie ihnen nicht gefallen; indem ich nie sage, daß ein Haus »interessant« sei oder »Potential« habe, wenn ich der Meinung bin, daß es ein Drecklloch ist; und zu guter Letzt, indem ich nie versuche, Klienten dazu zu bringen, mir zu vertrauen (nicht etwa, weil ich nicht vertrauenswürdig wäre, sondern weil sie selbst entscheiden müssen). Ich bitte sie, an das zu glauben, was ihnen am meisten bedeutet – an sich selbst, Geld, Gott, Beständigkeit, Fortschritt oder einfach nur an ein Haus, das sie sehen und das ihnen gefällt und in dem sie gerne leben möchten –, und dementsprechend zu handeln.

Alles in allem haben sich die Markhams bis heute fünfundvierzig Häuser angesehen – wozu sie zunehmend grimmig immer wieder von Vermont angereist kamen –, obwohl viele dieser Häuser von ihnen nur aus dem Autofenster begutachtet wurden, während wir langsam am Rinnstein entlangrollten. »In diesem ganz speziellen Scheißhaus würd ich nicht wohnen wollen«, sagte Joe zum Beispiel mit bösem Blick auf ein Objekt, für das ich einen Besichtigungstermin vereinbart hatte. »Vergeuden Sie nicht Ihre Zeit, Frank«, fügte Phyllis dann vielleicht hinzu, und schon fuh-

ren wir weiter. Oder Phyllis sagte vom Rücksitz: »Joe kann verputzte Häuser nicht ausstehen. Er sagt das nicht gern, also sage ich's, um die Sache einfacher zu machen. Er ist in einem verputzten Haus in Aliquippa aufgewachsen. Außerdem wär es uns lieber, keine gemeinsame Auffahrt mit den Nachbarn zu haben.«
Und das waren nicht mal schlechte Häuser. Kein einziges war mit dem Etikett »renovierungsbedürftig«, »Liebhaberobjekt« oder »ideal für Heimwerker« angeboten worden. (So was gibt es in Haddam gar nicht.) Ich habe ihnen immer wieder Häuser gezeigt, in denen sie mit ein bißchen Ärmelaufkrempeln, einem kleinen Renovierungsbudget und ein wenig Phantasie einen verdammt guten Neuanfang hätten machen können.
Aber seit März haben die Markhams immer noch kein einziges Angebot abgegeben. Weit davon entfernt, einen Scheck auszustellen, haben sie sich noch nicht mal ein Haus zum zweiten Mal angesehen und sind folglich mit den Hundstagen des Hochsommers immer mutloser geworden. In dieser Zeit habe ich acht zufriedenstellende Verkäufe abgewickelt, dreißig verschiedenen Leuten über hundert Häuser gezeigt, mehrere Wochenenden entweder am Strand oder mit meinen Kindern verbracht und mir (vom Bett aus) das Basketballhalbfinale, den Eröffnungstag in Wrigley, die French Open und drei Runden Wimbledon angesehen.
Auf der weniger erfreulichen Seite habe ich beobachtet, wie sich der Präsidentschaftswahlkampf deprimierend dahinschleppte, habe meinen vierundvierzigsten Geburtstag begangen und gespürt, daß mein Sohn allmählich für sich selbst und für mich zu einer Quelle der Sorge und des Kummers«wird. Im selben Zeitrahmen gab es fern unserer Küsten zwei verheerende Flugzeugabstürze, der Irak hat zahlreiche kurdische Dörfer mit Giftgas angegriffen, Präsident Reagan war zu Besuch in Rußland, in Haiti gab es einen Putsch, der Mittelwesten wurde von einer Dürre heimgesucht, und die Lakers haben die NBA-Krone errungen. Das Leben, will ich damit sagen, ging weiter.
Die Markhams dagegen mußten ihre Reserve, die Anzahlung des Filmproduzenten, angreifen, der jetzt in ihrem Traumhaus lebt und, wie Joe glaubt, Pornofilme mit den Teenagern des Ortes

dreht. Die Abfindung, die Joe von der Vermonter Sozialbehörde ausgezahlt bekam, ist längst ausgegeben, und allmählich geht auch sein angespartes Urlaubsgeld zu Ende. Phyllis ihrerseits leidet seit neuestem unter schmerzhaften und nichts Gutes verheißenden »Frauengeschichten«. Sie mußte mitten in der Woche zu Tests, zwei Biopsien und einem Gespräch über eine eventuell notwendige Operation nach Burlington fahren. Der Saab wird neuerdings auf den täglichen Pendelfahrten zu Sonjas Ballettstunden in Craftsbury heiß und stottert.

Und als wäre das alles noch nicht genug, sind ihre Freunde von ihrer geologischen Studienreise zum Großen Sklavensee zurück, so daß Joe und Phyllis vielleicht in das ursprüngliche und seit ewigen Zeiten nicht mehr bewohnte Altenteil auf ihrem früheren Grundstück ziehen müssen.

Abgesehen davon mußten die Markhams feststellen, wie viele unbekannte Faktoren mit dem Kauf eines Hauses verbunden sind, Faktoren, die aller Wahrscheinlichkeit nach ihr ganzes Leben beeinflussen werden – selbst wenn sie reiche Filmstars wären oder bei den Rolling Stones Keyboard spielten. Der Kauf eines Hauses wird zumindest zum Teil bestimmen, worüber sie sich in Zukunft Sorgen machen, was für tröstliche Ausblicke sie aus ihren Fenstern haben (oder nicht haben), wo sie sich erbittert streiten oder wo sie sich lieben, wo und unter welchen Bedingungen sie sich eingesperrt vorkommen oder vor allen Stürmen geschützt fühlen, wo die schwungvolleren Teile ihres Ichs, die sie irgendwann hinter sich lassen, begraben werden, wo sie vielleicht sterben oder krank werden oder sich wünschen, tot zu sein, wohin sie nach Beerdigungen oder nach ihrer Scheidung zurückkehren – so wie ich.

Und dann müssen all diese noch unbekannten Fakten eingefügt werden in das, was sie immer noch nicht über das Haus selbst wissen. Zusammen mit der potentiell schmerzlichen Gewißheit, daß sie *eine ganze Menge* wissen werden, sobald sie die Papiere unterschrieben haben, hineingehen und die Tür hinter sich schließen. Nun ist es ihr Haus. Und noch später werden sie noch mehr Dinge wissen, die möglicherweise alles andere als gut sind. Manchmal verstehe ich nicht, warum Leute Häuser kaufen oder überhaupt etwas tun, was eine unvermeidliche Schattenseite hat.

Im Zuge meiner Bemühungen um die Markhams habe ich versucht, eine Zwischenunterkunft für sie zu finden. Das Gefühl der Ungewißheit anzusprechen, gehört nun einmal mit zu meinem Job, und ich weiß, welche Ängste sich in die Herzen der meisten Klienten einschleichen, wenn sie eine längere, erfolglose Suche hinter sich haben: Ist dieser Mensch ein Schuft? Wird er mich belügen und mich um mein Geld bringen? Gibt es einen neuen Bebauungsplan für die Straße? Steckt der Kerl hinter einer neuen Kette von Pflegeheimen oder Rehazentren, die hier errichtet werden sollen? Ich weiß auch, daß der Hauptgrund für das »Abspringen« von Klienten (von Unhöflichkeit und schlichter Dummheit einmal abgesehen) der bohrende Verdacht ist, daß der Makler nicht auf die Wünsche eingeht, die sie haben. »Er zeigt uns nur Sachen, die er anderswo nicht loswerden kann, und versucht uns einzureden, daß sie uns gefallen.« Oder: »Sie hat uns noch nie was gezeigt, was dem, was wir uns vorstellen, auch nur nahekommt.« Oder: »Er vergeudet nur unsere Zeit und kutschiert uns in der Gegend rum und läßt sich von uns zum Essen einladen.«

Anfang Mai bot ich den Markhams eine möblierte Mietswohnung in einer umgebauten viktorianischen Villa in der Burr Street an, gleich hinter dem Theater, mit allem Komfort und einer überdachten Parkmöglichkeit. Sie war mit 1.500 Dollar nicht gerade billig, lag aber in der Nähe der Schule, und Phyllis hätte ohne einen Zweitwagen auskommen können.

Joe jedoch schwor, er habe 1964, in seinem zweiten Collegejahr in Duquesne, das letzte Mal in einer »beschissenen Mietswohnung« gelebt und nicht die Absicht, Sonja in eine ohnehin nicht einfache neue Schule mit einem Haufen reicher, neurotischer Vorstadtkinder zu schicken, während sie drei hausten wie Apartment-Ratten auf der Durchreise. Das würde sie nie überwinden. Eher würde er die ganze Scheiße vergessen.

Eine Woche später trieb ich einen absolut akzeptablen Backstein-und-Schindelbungalow in einer schmalen Straße hinter dem Pelcher's Market auf – winzig, ja, aber sie hätten einige Möbel übernehmen und mit ein paar eigenen Sachen einziehen können, genau so, wie Ann und ich und alle anderen gewohnt haben, als wir frisch verheiratet waren – damals fanden wir alles wunderbar und dachten, es würde immer wunderbarer. Joe jedoch weigerte sich, auch nur vorbeizufahren. Seit Anfang Juni ist er immer mürrischer und reizbarer geworden, so als habe er angefangen, die Welt auf eine völlig neue Weise zu sehen, die ihm absolut nicht gefällt, und als bastele er sich ein paar deftige Abwehrmechanismen zusammen. Phyllis hat mich zweimal spätabends angerufen. Einmal hatte sie offensichtlich gerade geweint. Sie deutete an, es sei nicht leicht, mit Joe zusammenzuleben. Sie sagte, er habe angefangen, tagsüber stundenlang zu verschwinden und abends im Studio einer befreundeten Künstlerin zu töpfern und Bier zu trinken und erst weit nach Mitternacht nach Hause zu kommen. Neben ihren anderen Sorgen fürchtet Phyllis, daß Joe die ganze verdammte Sache – den Umzug, Sonjas Schule, den Job bei Leverage Books, sogar die Ehe mit ihr – einfach vergessen und zurückfallen könnte in das ziellose Nonkonformistenleben, das er geführt hatte, bevor sie sich zusammentaten, um einen neuen Pfad durchs Dasein zu finden. Es wäre möglich, sagte sie, daß Joe die Folgen wahrer Intimität nicht ertragen könne, wobei wahre Intimität für sie bedeute, nicht nur Erreichtes, sondern auch Sorgen mit dem Menschen zu teilen, den man liebe. Außerdem schien es ihr denkbar, daß der Versuch, ein Haus zu kaufen, auch in ihr die Türen zu ein paar dunklen Korridoren geöffnet habe, die hinunterzugehen sie ängstige – aber Gott sei Dank schien sie das nicht genauer mit mir diskutieren zu wollen.

In wenigen traurigen Worten ausgedrückt, stehen die Markhams im Augenblick vor einem möglicherweise verheerenden Rutsch den schlüpfrigen sozio-emotio-ökonomischen Abhang hinunter, etwas, was sie sich noch vor einem halben Jahr niemals hätten vorstellen können. Und ich weiß, daß sie angefangen haben, über all die anderen kostspieligen Fehler nachzugrübeln, die sie in der Vergangenheit gemacht haben, und daß sie keine weiteren Fehler dieser Art mehr machen wollen. Die Reue, die sie empfinden, ist an sich nichts weiter Ungewöhnliches. Das Schlimmste daran ist aber, daß sie einen dazu verleitet, jeder Gefahr erneuter Reue aus dem Weg zu gehen, gerade wenn man allmählich anfängt zu verstehen, daß alles, was sich lohnt, zugleich das Potential besitzt, einem das ganze Leben zu versauen.

Ein beißender, metallischer, fruchtiger Geruch sickert durch das Ozon von Jersey – die Hinterlassenschaft überhitzter Motoren und bremsender Lastwagen auf der Route 1 – und erreicht auch die hügelige Nebenstraße, auf der ich jetzt am beeindruckenden neuen Hauptquartier eines weltweit operierenden Pharmaunternehmens vorbeifahre. Es grenzt an ein gesundes Weizenfeld, das von den Bodenforschungsleuten oben in Rutgers betrieben wird. Direkt dahinter liegt Mallards Landing (zwei Enten im Landeanflug auf einem Schild im Kolonialstil, das wie Holz aussehen soll), die zukünftigen Häuser noch im Rohbau auf dünne Fundamentsockel geklatscht, während der nackte rote Lehm der zukünftigen Gärten auf Muttererde wartet. Gelbe und grüne Wimpel flattern am Straßenrand: »Modellhäuser zur Besichtigung.« »Luxus, den Sie sich leisten können!« »New Jerseys bestgehütetes Geheimnis.«

Aber immer noch schwelen etwa zweihundert Meter weiter, ungefähr da, wo das Gemeindezentrum entstehen soll, lange, sperrige, von Bulldozern zusammengeschobene Haufen von Baumstümpfen und Stämmen vor sich hin. Und einen halben Kilometer weiter, hinter ein paar künstlich wirkenden Büschen, in denen kein Tier heimisch ist, ragen die Tanks einer Ölgesellschaft in den immer dunkler und stürmischer werdenden Himmel und blinken den kreisenden Möwen und den Jumbo Jets im Anflug auf Newark ein »Hier nicht! Hier nicht!« zu.

Als ich in die letzte Kurve rechts zum Sleepy Hollow-Motel abbiege, stehen zwei Autos Nase an Nase auf dem von Schlaglöchern übersäten Parkplatz, von denen aber nur eines das langweilige grüne Vermonter Nummernschild trägt – ein verrosteter hellgrüner Nova, geborgt von den Sklavensee-Freunden der Markhams, mit einem matschverkrusteten Aufkleber auf der Stoßstange, auf dem steht: »Anästhesisten sind Nomaden.« Ein gewiefterer Immobilienmakler hätte schon längst mit einer an den Haaren herbeigezogenen »guten Nachricht« angerufen und irgendwas von einem unerwarteten Preisnachlaß bei einem Haus geschwafelt, das bislang für sie nicht erreichbar war, und hätte diese Nachricht als eine Form der Folter und Verlockung am Empfang des Motels hinterlassen. Aber ich muß zugeben, daß ich die Markhams in Anbetracht unserer langen Kampagne allmählich ein bißchen satt habe und in keiner sehr gastlichen Stimmung bin, so daß ich einfach mitten auf dem Parkplatz stehenbleibe – in der Hoffnung, daß die Emanationen meiner Ankunft die dünnen Wände des Motels durchdringen und die beiden in dankbarer und reumütiger Stimmung aus der Tür locken werden, wild entschlossen, ihr Geld auf den Tisch zu blättern, sobald sie das Haus in Penns Neck gesehen haben, von dem ich ihnen natürlich erst noch erzählen muß.

Der dünne Vorhang des kleinen, quadratischen Fensters von Zimmer Nr. 7 wird tatsächlich zur Seite geschoben, und Joe Markhams rundes Gesicht – dessen Ausdruck verändert wirkt (obwohl ich nicht sagen kann, wieso) – taucht wie in einem kleinen schwarzen Teich auf. Das Gesicht wendet sich ab, die Lippen bewegen sich. Ich winke, der Vorhang fällt wieder zu, fünf Sekunden später geht die ramponierte rosafarbene Tür auf, und Phyllis Markham kommt mit den unsicheren Schritten einer Frau, die nicht daran gewöhnt ist, dick zu werden, in die Morgenhitze heraus.

Wie ich vom Fahrersitz aus sehe, hat Phyllis den kupfrigen Ton ihrer roten Haare irgendwie so intensiviert, daß er gleichzeitig greller und dunkler wirkt. Außerdem hat sie sich die aufgeplusterte, pilzartige Frisur zugelegt, wie sie von geschlechtslosen älteren Moms in den besseren Vororten bevorzugt wird. In Phyllis' Fall legt sie die winzigen Ohren frei und läßt den Hals kürzer wirken. Sie trägt eine weite Khakihose, Sandalen und einen dicken damastroten Pullover, der ihre überschüssigen Pfunde verdecken soll. Wie ich ist sie irgendwo in den Vierzigern, wenn ich auch nicht sagen kann, wo genau, und ihre Körperhaltung drückt aus, daß es eine neue Bürde wirklichen Kummers auf der Welt gibt, von der nur sie allein etwas weiß.

»Fertig?« sage ich durch mein heruntergekurbeltes Fenster und halte mein Lächeln in den aufkommenden, regenverheißenden Wind. Pauls Pferdewitz fällt mir ein, und ich überlege, ob ich ihn, wie ich es Paul versprochen habe, erzählen soll.

»Er sagt, er kommt nicht«, sagt Phyllis, die Unterlippe leicht verquollen und dunkler als üblich, so daß ich mich frage, ob Joe ihr heute morgen eine gelangt hat. Aber Phyllis' Lippen sind das beste an ihr, und es ist wahrscheinlicher, daß Joe sich in mannhaft-morgendlichen Aktionen ergangen hat, um sich von seinen Immobiliensorgen abzulenken.

Ich lächele immer noch. »Was ist das Problem?« sage ich. Papierfetzen und Parkplatzstaub werden vom heißen Wind aufgewirbelt, und als ich einen Blick in den Rückspiegel werfe, zieht von Westen her eine dunkellila Gewitterwolke heran, rührt den Himmel auf, treibt Windböen vor sich her und macht sich bereit, einen riesigen Eimer Wasser über uns auszuschütten. Für einen Hausverkauf bedeutet das nichts Gutes.

»Wir haben uns auf dem Weg hierher gestritten.« Phyllis senkt den Blick und sieht dann unglücklich zu der rosagestrichenen Tür hinüber, als rechnete sie damit, daß Joe jeden Augenblick im Kampfanzug herausgestürmt kommt, Flüche und Kommandos brüllend, ein M-16 im Anschlag. Dann wirft sie einen abschätzenden Blick auf den bewegten Himmel. »Könnten Sie vielleicht mal mit ihm reden?« Die Worte klingen abgehackt und kehlig. Sie hebt die kleine Nase und preßt die Lippen zusammen, und zwei Tränen zittern an ihren Lidern.

Die meisten Amerikaner wickeln zumindest einen Teil der bedeutenden Dinge ihres Lebens im Beisein von Immobilienmaklern ab. Trotzdem finde ich, daß sie ihre privaten Handgemenge, verbalen Schlagabtäusche und emotionalen Würgegriffe hinter sich bringen sollten, *bevor* sie zu einer Hausbesichtigung fahren. Ich komme mehr oder weniger gut zurecht mit eisigem Schweigen, bitteren, kryptischen Seitenbemerkungen, zum Himmel verdrehten Augen und Blicken, die töten könnten und weitere dramatische, spätnächtliche Auseinandersetzungen, Brüllereien und echte Handgreiflichkeiten ankündigen, aber noch nicht ausagieren.

Aber der Verhaltenskodex von Klienten sollte lauten: Laßt den ganzen Unfug zu Hause, wenn es um einen Besichtigungstermin geht, damit der Makler seinen Job tun kann, der darin besteht, niedergedrückte Gemüter aufzurichten, neue, unerwartete Alternativen auf den Tisch zu legen und die benötigte Hilfestellung bei der Verbesserung der Lebenslage zu leisten. (Ich habe es noch nicht gesagt, aber die Markhams stehen kurz davor, von mir fallengelassen zu werden, und ich bin sehr versucht, mein Fenster hochzukurbeln, den Rückwärtsgang einzulegen, mich mit quietschenden Reifen in den Verkehr einzufädeln und auf der Stelle an die Küste zu fahren.)

Statt dessen antworte ich nur: »Was soll ich ihm denn sagen?«

»Sagen Sie ihm, daß Sie ein wundervolles Haus haben«, sagt sie mit leiser, niedergeschlagener Stimme.

»Wo ist Sonja?« Ich frage mich, ob sie mit ihrem Vater allein da drin ist.

»Wir mußten sie zu Hause lassen.« Phyllis schüttelt traurig den Kopf. »Sie ist überanstrengt. Sie hat abgenommen, und vorletzte Nacht hat sie ins Bett gemacht. Wahrscheinlich ist die ganze Geschichte für keinen von uns so ganz leicht.« (Sie hat aber offenbar noch keine Tiere angezündet.)

Widerstrebend stoße ich die Autotür auf. Auf dem Grundstück neben dem Sleepy Hollow steht, umgeben von einem Stacheldrahtzaun, ein schäbiger Radkappenladen, dessen silbrig glänzende Waren überall angenagelt und aufgehängt sind. Die Radkappen klappern und scheppern und blinken im Wind. Zwei alte weiße Männer stehen im Innern des Zauns vor einer kleinen Bretterbude, die bis auf den letzten Zentimeter mit blitzenden Radkappen bestückt ist. Der eine von ihnen hat die Arme vor dem dicken Bauch zusammengelegt und lacht herzlich, sein Körper schwankt hin und her. Der andere scheint ihn nicht zu beachten, sondern starrt zu Phyllis und mir herüber, als fände zwischen uns etwas sehr Seltsames statt.

»Genau das wollte ich ihm sowieso sagen«, sage ich und versuche noch einmal ein Lächeln. Phyllis und Joe nähern sich offensichtlich einem Immobilien-GAU, und es besteht die Gefahr, daß sie einfach woanders hingehen – aus dem unerreichbaren Bedürfnis heraus, reinen Tisch zu machen, woraufhin sie den erstbesten miesen Bungalow kaufen werden, den ein anderer Makler ihnen anbietet.

Phyllis schweigt, als hätte sie mich nicht gehört. Sie macht einfach

nur ein verdrossenes Gesicht und tritt einen Schritt zur Seite, die Arme um den Oberkörper geschlungen, während ich mich auf den Weg zu der rosafarbenen Tür mache. Der Wind, der an meinem Rücken zerrt, gibt mir ein seltsam beschwingtes Gefühl. Halb klopfe ich an die nur angelehnte Tür, halb drücke ich sie auf. Drinnen ist es dunkel und warm, und es riecht nach Schädlingsbekämpfungsmitteln und Phyllis' Kokosshampoo. »Wie sieht's aus, Joe?« sage ich in die Dunkelheit hinein, meine Stimme wenn nicht voller Zuversicht, so doch immerhin halbvoll falscher Zuversicht. Die Tür zum Badezimmer, wo das Licht brennt, steht offen, ein Koffer und ein paar Kleidungsstücke liegen verstreut auf dem ungemachten Bett. Wenn ich Pech habe, hockt Joe auf dem Klo, und ich muß unter Umständen da drin eine ernsthafte Unterhaltung über Häuser führen.
Aber dann entdecke ich ihn im Zimmer. Er sitzt in einem wuchtigen Kunstledersessel in der dunklen Ecke zwischen dem Bett und dem Fenster, in dem ich vorhin sein Gesicht gesehen habe. Er trägt – wie ich mit Mühe erkennen kann – türkisfarbene Gummilatschen, eine hauteng, silbrigglänzende Radlerhose und eine Art ärmelloses Gewichthebertrikot. Seine kurzen, fleischigen Arme ruhen auf den Sessellehnen, die Füße hat er auf die hochgestellte Fußstütze gelegt. Sein Kopf ist fest an die Polsterung gedrückt, und er sieht aus wie ein Astronaut, der darauf wartet, daß der erste Gravitätsschub ihm das Bewußtsein raubt.
»Soosoo«, sagt er gehässig in seinem heftigsten Aliquippa-Akzent. »Sie haben also ein Haus, das sie mir verkaufen wollen? Was für 'n Dreckloch isses denn diesmal?«
»Also ich glaub wirklich, daß ich was hab, was Sie sich ansehen sollten, Joe. Wirklich.« Ich spreche einfach ins Zimmer hinein, ohne Joe anzusehen. Ich würde jedem, der zufällig im Zimmer wäre, ein Haus verkaufen.
»Und was soll das sein?« Joe in seinem Raumschiffsessel rührt sich keinen Millimeter.
»Na ja. Vorkrieg«, sage ich und versuche, mich zu erinnern, was für ein Haus Joe wollte. »Vorne, an der Seite und hinten Garten mit alter Bepflanzung. Und innen wird's Ihnen, glaub ich, auch gefallen.« Ich bin natürlich noch nie drin gewesen. Meine Infor-

mationen stammen aus der Beschreibung, die wir zugeschickt bekommen haben. Vielleicht bin ich einmal mit einer ganzen Meute von Maklern daran vorbeigefahren.

»Es ist einfach nur Ihr beschissener Job, das zu sagen, Bascombe.« Joe hat mich vorher noch nie »Bascombe« genannt, und es gefällt mir nicht. Außerdem sehe ich, daß die Anfänge eines aggressiven Ziegenbarts Joes Mund umrahmen, was diesen Mund sowohl kleiner als auch röter macht, als diente er einer anderen Funktion. Ich sehe auch, daß Joes Trikot die Aufschrift »Töpfer machen's mit den Fingern« trägt. Kein Zweifel, er und Phyllis machen ganz entschieden einen Persönlichkeitswandel durch – nicht weiter ungewöhnlich im fortgeschrittenen Stadium einer Haussuche.

Ich blinzele etwas verlegen in den dunklen Raum, während die warmen Sturmböen mich durchschütteln. Ich wünschte, Joe würde endlich in die Gänge kommen. Wir sind schließlich nicht zum Spaß hier.

»Wissen Sie, was *ich* will?« Er hat angefangen, auf der Suche nach irgend etwas auf dem Tisch neben sich herumzukramen – einem Päckchen No-Name-Zigaretten, wie sich zeigt. Meines Wissens hat Joe bis zu diesem Vormittag nicht geraucht. Jetzt steckt er sich die Zigarette mit einem kleinen, billigen Plastikfeuerzeug an und bläst eine riesige Rauchwolke in die Dunkelheit. Ich bin sicher, daß er sich in dieser Aufmachung für den Traum aller Frauen hält.

»Ich dachte, Sie wollten ein Haus kaufen«, sage ich.

»Ich will, daß die Realität einsetzt«, sagt Joe mit selbstgefälliger Stimme und legt das Feuerzeug zurück auf den Tisch. »Ich hab mir mit dieser ganzen Scheiße hier selbst was vorgemacht. Mit diesem ganzen gottverdammten Durcheinander. Ich hab das Gefühl, mein ganzes gottverdammtes Leben mit Scheiße verplempert zu haben. Ist mir heute morgen auf'm Klo klargeworden. Aber das kapieren Sie wohl nicht, was?«

»Was meinen Sie denn damit?« Diese Unterhaltung mit Joe ist wie der Besuch bei einer billigen Wahrsagerin (hab ich übrigens schon mal gemacht).

»Sie glauben, daß Ihr Leben irgendwohin führt, Bascombe. Das

glauben Sie tatsächlich. Aber ich hab mich heut morgen selbst gesehen. Ich hab die Tür zum Klo zugemacht, und da war ich, im Spiegel, und ich hab mich selbst in meinem menschlichsten Augenblick gesehen, in diesem beschissenen Motel, in das ich zu meiner Collegezeit keine Nutte mitgenommen hätte, kurz davor, mir ein Haus anzusehen, in dem ich in hundert Jahren nicht wohnen wollte. Außerdem hab ich einen total bescheuerten Job angenommen, bloß um es mir leisten zu können. Nicht schlecht, was? Finden Sie nicht auch, daß das ein besonders gelungenes Szenario ist?«
»Sie haben das Haus noch nicht gesehen.« Ich werfe einen Blick zurück und sehe, daß Phyllis sich auf den Rücksitz meines Autos verzogen hat, mich aber durch die Windschutzscheibe anstarrt. Sie macht sich Sorgen, daß Joe ihre letzte Chance verderben könnte, ein gutes Haus zu finden, und sie hat gar nicht mal so unrecht damit.
Große, geräuschvolle Tropfen warmen Regens schlagen plötzlich auf das Autodach. Der Wind wirbelt Dreck auf. Wirklich ein mieser Tag für eine Hausbesichtigung, weil kein normaler Mensch bei solchem Unwetter ein Haus kauft.
Joe zieht theatralisch an seiner Zigarette und stößt den Rauch gekonnt durch die Nase aus. »Ist es in Haddam?« fragt er (immer ein wichtiger Punkt).
Einen Augenblick lang macht es mich nachdenklich, daß Joe mich für einen Mann hält, der glaubt, daß das Leben irgendwohin führt. Früher habe ich das tatsächlich gedacht, aber zu den fundamentalen Erleichterungen der Existenzperiode gehört, daß man sich nicht davon beunruhigen läßt, ob es nun zu etwas führt oder nicht – so verrückt das auch sein mag. »Nein«, sage ich und konzentriere mich wieder auf Joe. »Ist es nicht. Es ist in Penns Neck.«
»Verstehe.« Joes alberner halb-bärtiger Mund hebt und senkt sich in der Dunkelheit. »Penns Neck. Ich lebe in Penns Neck, New Jersey. Was bedeutet das?«
»Keine Ahnung«, sage ich. »Nichts, würd ich mal sagen, wenn Sie es nicht wollen.« (Oder besser, wenn die Bank es nicht will, oder Ihre Akte ein »nicht kreditwürdig« enthält oder eine Verur-

teilung wegen eines Kapitalverbrechens oder zu viele verspätete Ratenzahlungen für Ihren Sony-Trinitron, oder Sie sich der Dienste einer Herzklappe erfreuen. In diesem Fall heißt es zurück nach Vermont.) »Ich habe Ihnen eine Menge Häuser gezeigt, Joe«, sage ich, »und keins hat Ihnen gefallen. Aber ich glaube, nicht einmal Sie würden sagen, daß ich versucht habe, Sie zu irgendwas zu zwingen.«
»Sie erteilen keine Ratschläge, wollen Sie das damit sagen?« Joe sitzt immer noch wie angewachsen in seinem Sessel, der ihm offensichtlich das Gefühl gibt, das Kommando zu haben.
»Also. Hier sind Ratschläge: Lassen Sie sich von verschiedenen Banken Konditionen für eine Hypothek geben«, sage ich. »Lassen Sie das Fundament prüfen. Muten Sie sich nicht mehr zu, als Sie tatsächlich zahlen können. Kaufen Sie billig, verkaufen Sie teuer. Alles andere geht mich nichts an.«
»Genau«, sagt Joe und grinst böse. »Ich weiß, wer Ihr Gehalt zahlt.«
»Bieten Sie doch sechs Prozent weniger, als verlangt wird, das liegt ganz bei Ihnen. Ich krieg mein Geld trotzdem.«
Joe zieht wieder wild an seiner Zigarette. »Wissen Sie, ich seh mir die Dinge gern von oben an«, sagt er geheimnisvoll.
»Großartig«, sage ich. Die Luft hinter mir scheint durch den Regen völlig verändert. Sie kühlt meinen Rücken und meinen Hals. Ein milder Regenduft hüllt mich ein. Über Route 1 donnert es.
»Wissen Sie noch, was ich vorhin gesagt hab, als Sie reinkamen?«
»Irgendwas in der Richtung, daß die Realität einsetzt. Das ist alles, was ich noch weiß.« Ich starre im Halbdunkel ungeduldig zu ihm hinüber, in seinen Gummilatschen und Radlershorts. Nicht die übliche Aufmachung für eine Hausbesichtigung. Ich werfe einen verstohlenen Blick auf meine Uhr. Halb zehn.
»Ich hab völlig aufgehört, mich zu entwickeln«, sagt Joe und lächelt tatsächlich. »Ich bin nicht mehr irgendwo weit draußen, wo neue Entdeckungen gemacht werden.«
»Ich find, Sie sehen das ein bißchen zu kraß, Joe. Sie betreiben schließlich keine Plasmaforschung, Sie wollen nur ein Haus kaufen. Wissen Sie, meiner Erfahrung nach macht man gerade dann Fortschritte, wenn man glaubt, überhaupt keine zu machen.«

Das ist eine Überzeugung, die ich tatsächlich habe – ungeachtet der Existenzperiode – und die ich meinem Sohn weitergeben möchte, falls ich es je schaffe, zu ihm zu kommen, wonach es im Augenblick nicht aussieht.

»Als ich geschieden wurde, Frank, und anfing, oben in East Burke, Vermont, zu töpfern« – Joe schlägt die kurzen Beine übereinander und drückt sich mit Bestimmtheit noch tiefer in seinen Sessel –, »hatte ich nicht die leiseste Ahnung, was ich eigentlich machte, okay? Ich hatte mich nicht im Griff. Aber dann lief es einfach. Genauso, als Phyllis und ich uns zusammentaten, eines Tages einfach zusammenrasselten. Aber jetzt hab ich mich im Griff.«

»Vielleicht weniger, als Sie denken, Joe.«

»Nein. Ich hab mich *zu* sehr im Griff. Das ist das Problem.«

»Ich glaub, Sie werfen jetzt Dinge durcheinander, über die Sie sich eigentlich klar sind, Joe. Das alles war ziemlich anstrengend für Sie.«

»Aber ich glaub, daß ich kurz vor irgend etwas stehe. Das ist das Wichtigste.«

»Vor was?« sage ich. »Ich glaub wirklich, daß Sie das Houlihan-Haus interessant finden werden.« Houlihan ist der Besitzer des Hauses in Penns Neck.

»Das hab ich nicht gemeint.« Er hämmert mit beiden Fäusten gleichzeitig auf die kunstledernen Armlehnen. Gut möglich, daß Joe kurz vor einer größeren Orientierungslosigkeit steht – einem richtiggehenden Filmriß. Solche Dinge kommen sogar in Fachbüchern vor: Der Klient fängt plötzlich an, die Welt auf eine völlig neue Weise zu sehen, eine Sicht, die ihn, wäre er früher darauf gekommen, auf einen bedeutend glücklicheren Pfad geführt hätte. Nur hat er (und das ist natürlich der wahnhafte Teil) unerklärlicherweise das Gefühl, dieser Pfad stehe ihm immer noch offen; er meint, daß die Vergangenheit dieses eine Mal nicht so funktioniert, wie sie es sonst immer tut. Was heißen soll, daß sie in diesem Fall *nicht* unumkehrbar ist. Komischerweise leiden nur Hauskäufer in den unteren bis mittleren Preislagen unter diesen Selbsttäuschungen, die einem zum größten Teil nichts als Ärger einbringen.

Plötzlich springt Joe auf, latscht quer durch das dunkle kleine Zimmer, wobei er immer noch an seiner Zigarette nuckelt, wirft einen Blick ins Badezimmer, kommt zurück und linst durch die Vorhänge dort hinüber, wo Phyllis wartend in meinem Auto sitzt. Dann dreht er sich um wie ein zu klein geratener Gorilla im Käfig, marschiert mit dem Rücken zu mir am Fernseher vorbei zur Badezimmertür und starrt durch die Schlitze des Lamellenfensters aus Milchglas, das auf die schäbige Rückseite des Motels hinausgeht, wo ein blauer Abfallcontainer steht, aus dem Stücke weißer PVC-Rohre herausragen, was Joe, wie ich spüre, für bedeutsam hält. Unsere Unterhaltung hat jetzt den Beigeschmack einer Geiselnahme.

»Was meinen Sie denn dann, Joe?« sage ich, weil ich spüre, daß er, wie jeder, der in einer Zwickmühle sitzt, eine Art Sanktion sucht, eine Bestätigung von außen. Ein Haus, das er sich erstens leisten und in das er sich zweitens auf den ersten Blick verlieben könnte, wäre die ideale Sanktion, ein Ausdruck dafür, daß eine Gemeinde ihn in der einzigen Weise anerkennt, in der Gemeinden je etwas anerkennen: nämlich finanziell (taktvoll ausgedrückt als eine Frage des Zueinanderpassens).

»Was ich meine, Bascombe«, sagt Joe, an die Tür gelehnt, pseudobeiläufig durch das Badezimmer auf den blauen Container starrend (der Spiegel, in dem er sich gesehen hat, als er auf dem Klo hockte, muß an der Rückseite der Tür angebracht sein), »daß wir in den ganzen vier Monaten kein Haus gekauft haben, weil ich, gottverdammt, keins kaufen will. Und ich will keins kaufen, weil ich nicht in irgendeinem beschissenen Leben festsitzen will, aus dem ich nie wieder rauskomm, außer wenn ich sterbe.« Joe wirbelt zu mir herum – ein kleiner, rundlicher Mann mit haarigen Metzgerarmen und einem kleinen Hexenmeisterbärtchen, der ein bißchen schneller, als er es verkraften kann, an den plötzlichen Abgrund dessen gelangt ist, was vom Leben übrig ist. Es ist nicht gerade das, was ich mir gewünscht hätte, aber jeder Mensch würde seine Zwangslage verstehen.

»Es *ist* eine große Entscheidung, Joe«, sage ich und gebe mir alle Mühe, verständnisvoll zu klingen. »Wenn Sie ein Haus kaufen, gehört es Ihnen. Das ist mal sicher.«

»Soll das heißen, daß Sie mich aufgeben? Ist es das?« sagt Joe mit einem höhnischen Grinsen, als hätte er jetzt endlich gemerkt, was für ein mieses Maklerschwein ich bin, nur an Klienten interessiert, bei denen alles wie von selbst geht. Wahrscheinlich malt er sich gerade aus, wie idyllisch es wäre, selbst Makler zu sein, und was für überlegene, geniale Strategien er anwenden würde, um einem mit allen Wassern gewaschenen, hochinteressanten, aber schwer zu knackenden Kerl wie Joe Markham zu zeigen, wo's langgeht. Es handelt sich dabei um ein weiteres gutdokumentiertes Symptom, und zwar dieses Mal ein positives: Wenn dein Klient anfängt, die Sache mit den Augen des Maklers zu betrachten, ist die Schlacht schon halb gewonnen.

Mein Wunsch geht natürlich dahin, daß Joe vom heutigen Tag an einen beträchtlichen Teil, wenn nicht gar jede Minute seiner herbstlichen Jahre in Penns Neck, New Jersey, verbringen soll, und es ist sogar möglich, daß er selbst glaubt, daß es so kommen wird. Meine Aufgabe besteht also darin, ihn auf den Gleisen zu halten – ihm eine zeitweilige Sanktion zu geben, bis ich ihn dazu gebracht habe, den Verkaufsvertrag zu unterschreiben, und ihm den Rest seines Lebens aufgepackt habe wie einem bockenden Pferd den Sattel.

Bloß daß das nicht so einfach ist, da Joe sich im Augenblick – und das hat er nur sich selbst zuzuschreiben – isoliert und verängstigt fühlt. So daß ich jetzt bloß auf das Phänomen hoffen kann, dem zufolge die meisten Leute das Gefühl haben, nicht gegängelt zu werden, solange man ihnen die Möglichkeit läßt (ganz nach ihrem eigenen stupiden Belieben), einen Standpunkt zu beziehen, der dem, den sie in Wirklichkeit haben, diametral entgegengesetzt ist. Eine weitere Methode, die uns die Illusion erhält, alles im Griff zu haben.

»Ich geb Sie nicht auf, Joe«, sage ich, während ich jetzt eine weniger angenehme Feuchtigkeit an meinem Rücken spüre und mich zentimeterweise weiter ins Zimmer hineinschiebe. Der Verkehrslärm wird durch den Regen gedämpft. »Ich betreibe den Verkauf von Häusern einfach nur so, wie ich selbst gern ein Haus verkauft bekommen möchte. Und wenn ich mir den Arsch aufreiße, um Ihnen Objekte zu zeigen und Termine abzumachen und dies und das abzuchecken, bis ich blau im Gesicht bin, und Sie plötzlich einen Rückzieher machen, bin ich immer noch bereit zu sagen, daß Sie die richtige Entscheidung getroffen haben, wenn ich dieser Meinung bin.«

»Und sind Sie diesmal dieser Meinung?« Joe grinst immer noch, aber nicht mehr ganz so breit. Er spürt, daß wir jetzt auf einem härteren Kurs sind, daß ich nicht mehr den Makler spiele, sondern ihn darüber aufkläre, was ich im größeren Rahmen der Dinge für richtig und falsch halte. Er kann das dann meinetwegen gerne ignorieren.

»Ich spüre Ihre Vorbehalte, Joe.«

»Richtig«, sagt Joe störrisch. »Aber wenn man das Gefühl hat, daß man dabei ist, sein Leben die Toilette runterzuspülen, warum sollte man damit weitermachen?«

»Sie werden noch jede Menge Chancen haben, bevor Sie durch sind.«

»Klar«, sagt Joe. Ich sehe noch einmal zu Phyllis hinüber, deren Pilzkopf sich als reglose Silhouette abzeichnet. Die Fenster sind von den Ausdünstungen ihres Körpers beschlagen. »Diese Dinge sind nicht einfach«, sagt er und wirft seinen Zigarettenstummel in die Toilette, auf die er sich zweifellos eben bezogen hat.

»Wenn wir die Besichtigung nicht machen wollen, sollten wir Phyllis besser aus dem Auto holen, bevor sie da drin erstickt«, sage ich. »Und ich hab heute auch noch was anderes zu tun. Ich will mit meinem Sohn übers Wochenende wegfahren.«

»Ich wußte gar nicht, daß Sie einen Sohn haben«, sagt Joe, der mir in den ganzen drei Monaten keine einzige persönliche Frage gestellt hat, was auch in Ordnung ist, da es ihn schließlich nichts angeht.

»Und eine Tochter. Die beiden leben bei ihrer Mutter in Connecticut.« Ich lächle ein freundliches Geht-Sie-nichts-an-Lächeln.

»Ach so.«

»Lassen Sie mich Phyllis holen«, sage ich. »Übrigens sollten Sie mit ihr reden. Ich glaub, sie braucht das.«

»Okay, nur noch eine Frage.« Joe kreuzt die kurzen Arme über der Brust, lehnt sich wieder an den Türrahmen und tut noch beiläufiger als vorhin. (Jetzt, wo er nicht mehr am Haken zappelt,

kann er sich den Luxus leisten, aus eigenem freiem, mißverstandenem Willen erneut anzubeißen.)
»Schießen Sie los.«
»Was, glauben Sie, wird auf dem Immobilienmarkt laufen?«
»Kurzfristig oder langfristig?« Ich tue so, als wäre ich auf dem Sprung zu gehen.
»Sagen wir kurzfristig.«
»Hm. Kurzfristig. Nichts großartig Neues. Die Preise sind runter. Die Zinsen auch. Ich nehm an, daß es den ganzen Sommer so bleiben wird, aber nach dem Labour Day werden die Zinsen wahrscheinlich anziehen und sich auf rund 10.9 einpendeln. Das heißt, solange kein sehr teures Haus weit unter Marktwert verkauft wird. Dann würde die ganze Struktur sich über Nacht anpassen, und wir hätten unseren großen Tag. Hängt alles davon ab, wie die Dinge da draußen gesehen werden.«
Joe starrt mich an und gibt sich alle Mühe, so auszusehen, als überdenke er alles, was ich gerade gesagt habe, und versuche, seine eigenen lebenswichtigen Daten in das neue Mosaik einzufügen. Wenn er schlau wäre, würde er gleichzeitig auch über die kannibalistischen finanziellen Kräfte nachdenken, die an jener Welt knabbern und nagen, in die er angeblich zurückkehren will. Dann sollte er vielleicht statt eines Hauses langfristige Obligationen kaufen und seine kleine Brut hinter den soliden Mauern eines Staatspapiers verschanzen. »Ich verstehe«, sagt er weise und nickt mit seinem flaumigen kleinen Kinn. »Und langfristig?«
Ich werfe einen weiteren, betont deutlichen Blick auf Phyllis, obwohl ich sie jetzt nicht mehr sehen kann. Vielleicht steht sie schon an der Route 1 und versucht, nach Baltimore zu trampen.
»Langfristig sieht es weniger gut aus. Das heißt für Sie. Ab Anfang nächsten Jahres werden die Preise hochgehen, das ist sicher. Die Zinsen werden nachziehen. Im allgemeinen verlieren Immobilien in Haddam und Umgebung nicht an Wert. Alle Boote heben sich mehr oder weniger mit der steigenden Flut.« Ich lächle ihn nichtssagend an. Auf dem Immobilienmarkt heben sich alle Boote in der Tat mit der steigenden Flut. Aber wann? Es ist immer noch der richtige Zeitpunkt, der einen reich macht. Ich bin mir absolut sicher, daß Joe wieder einmal den ganzen

Morgen über all die Böcke nachgegrübelt hat, die er schon geschossen hat – seine Scheidung, seine zweite Ehe, daß er Dot erlaubt hat, einen Hell's Angel zu heiraten, ob es richtig war, den Job als Mathelehrer in Aliquippa aufzugeben, ob es nicht besser gewesen wäre, zu den Marines zu gehen, die ihn ungefähr um diese Zeit herum mit einer fetten Pension in den Ruhestand entlassen hätten – mit Anspruch auf ein zinsgünstiges Darlehen der Veteran's Administration.

Das alles ist ein natürlicher Teil des Alterungsprozesses, in dessen Verlauf man feststellt, daß man weniger zu tun hat, dafür aber um so mehr Gelegenheit, vor Reue über all die Dinge, die man schon getan hat, verrückt zu werden. Joe will keine Böcke mehr schießen, da schon der nächste sein letzter sein könnte. Das Problem ist nur, daß er nicht unterscheiden kann, was der tödliche Fehler sein könnte und was die beste Idee, die er je hatte.

»Frank, ich hab hier gestanden und hab nachgedacht«, sagt er und linst noch einmal durch die dreckigen Fensterschlitze des Badezimmers, als hätte er gehört, wie jemand seinen Namen ruft. Vielleicht steht Joe in diesem Augenblick dicht davor, sich tatsächlich mal über das, was er denkt, klar zu werden. »Vielleicht muß ich anfangen, die Dinge mit anderen Augen zu sehen.«

»Vielleicht sollten Sie versuchen, die Dinge so zu sehen, wie sie sind, Joe«, sage ich. »Ich finde, wenn man sich die Dinge von oben ansieht, wie Sie vorhin gesagt haben, wirkt alles gleich hoch, und das macht eine Entscheidung viel schwieriger. Manche Dinge sind nun einmal größer als andere. Oder kleiner. Und ich denk noch was.«

»Und das wäre?« Joes Augenbrauen sind krampfhaft zusammengezogen. Er versucht energisch, meine Perspektive in sein eigenes augenblickliches Dilemma der Obdachlosigkeit einzubauen.

»Daß es wirklich nicht schaden würde, wenn wir einen schnellen Abstecher zu diesem Haus in Penns Neck machten. Schließlich sind Sie jetzt schon mal hier. Phyllis sitzt im Auto und zittert, weil sie Angst hat, daß Sie es sich nicht ansehen wollen.«

»Frank, was halten Sie eigentlich von mir?« sagt Joe. An irgendeinem Punkt der Entwurzelung angelangt, wollen alle Klienten genau das wissen. Obwohl die Antwort fast immer unehrlich und

letztendlich bedeutungslos ist. Sobald der Kauf unter Dach und Fach ist, denken die meisten Kunden ohnehin wieder, daß man entweder ein Gauner oder ein Schwachkopf ist. Die Immobilienbranche ist keine freundliche Branche. Sie sieht nur so aus.
»Kann sein, daß ich mich jetzt in die Nesseln setze, Joe«, sage ich. »Aber ich finde, Sie haben Ihr möglichstes getan, ein Haus zu finden. Sie sind Ihren Prinzipien treu geblieben. Sie haben mit Ihren Ängsten gelebt, solange es eben ging. Anders ausgedrückt, Sie haben sich sehr verantwortungsbewußt verhalten. Und wenn dieses Haus in Penns Neck auch nur annähernd an das herankommt, was Sie sich vorstellen, sollten Sie den Sprung wagen und aufhören, sich am Rand des Schwimmbeckens festzuklammern.«
»Okay, aber Sie werden dafür bezahlt, genau das zu denken«, sagt Joe schon wieder mürrisch. »Stimmt's?«
Genau darauf habe ich gewartet. »Stimmt. Und wenn ich Sie dazu überreden kann, hundertfünfzig Riesen für dieses Haus hinzublättern, kann ich meine Arbeit an den Nagel hängen und nach Kitzbühel ziehen, und Sie können sich bei mir bedanken, indem Sie mir zu Weihnachten eine gute Flasche Gin schicken, weil Sie sich nicht in irgendeiner Scheune die Eier abfrieren, während Sonja in der Schule immer weiter zurückfällt und Phyllis die Scheidung einreicht, weil Sie unfähig sind, sich zu entschließen.«
»Da ist was dran«, sagt Joe.
»Ich möchte die Sache jetzt nicht weiter vertiefen«, sage ich, dabei gibt es natürlich nichts zu vertiefen, denn Immobilien sind nun einmal keine besonders komplexe Materie. »Ich werd jetzt mit Phyllis nach Penns Neck fahren, Joe. Und wenn das Haus ihr gefällt, kommen wir zurück und holen Sie, und dann können Sie sich überlegen, was Sie wollen. Wenn es ihr nicht gefällt, setze ich sie eben einfach wieder ab. Es ist ein Vorschlag, bei dem alle nur gewinnen können. Und bis dahin können Sie hier sitzenbleiben und sich die Dinge von oben ansehen.«
Joe schaut schuldbewußt zu mir herüber. »Okay, okay, ich komm mit«, sprudelt er fast hervor, nachdem er anscheinend in die Sanktion hineingestolpert ist, die er gesucht hat: mein »Alle können nur gewinnen«, die Versicherung, kein Idiot zu sein. »Wo ich schon mal hier bin.«

Mit meinem feuchten rechten Arm mache ich ein schnelles Daumen-hoch-Zeichen für Phyllis, die, wie ich hoffe, noch im Auto sitzt.

Joe fängt an, Kleingeld auf der Kommode zusammenzusuchen und eine fette Brieftasche in den Bund seiner Shorts zu stopfen.

»Ich sollte es Ihnen und Phyllis überlassen, diese gottverdammte Sache zu regeln, und einfach nur hinter Ihnen hertrotten wie ein gottverdammter Köter.«

»Sie gucken sich die Dinge immer noch von oben an«, sage ich lächelnd in das dunkle Zimmer hinein.

»Und Sie betrachten alles von der gottverdammten Mitte aus«, sagt Joe, kratzt sich den struppigen, allmählich kahl werdenden Kopf und sieht sich im Zimmer um, als hätte er was vergessen. Ich habe keine Ahnung, was er damit meint, und bin mir ziemlich sicher, daß er es mir nicht erklären könnte. »Wenn ich in diesem Augenblick sterben würde, machen Sie einfach weiter wie bisher.«

»Was sollte ich sonst tun?« sage ich. »Aber es würde mir verdammt leid tun, Ihnen kein Haus verkauft zu haben, das kann ich Ihnen versichern. Weil Sie dann nämlich wenigstens bei sich daheim hätten sterben können, statt im Sleepy Hollow.«

»Erzählen Sie das meiner Witwe da draußen«, sagt Joe Markham und stiefelt an mir vorbei. Er überläßt es mir, die Tür zuzuziehen, und nun muß ich nur noch schauen, daß ich halbwegs trocken zu meinem Auto komme. Und wofür das Ganze? Für einen Abschluß.

- 3 -

Als wir in meinem klimatisierten Crown Vic die Route 1 hochfahren, starren die beiden Markhams, Joe auf dem Beifahrersitz, Phyllis hinten, in das regnerische morgendliche Verkehrstreiben hinaus wie Teilnehmer an der Beerdigung eines unliebsamen Verwandten. Natürlich trägt jeder verregnete Sommermorgen die Saat schwermütiger Entfremdung in sich. Aber an einem verregneten Sommermorgen weit weg von zu Hause – vor allem, wenn die eigenen Wolken einfach nicht weiterziehen wollen – kann einen leicht das Gefühl befallen, die Welt aus einem Grab heraus zu betrachten. Ich kenne das.

Meiner Ansicht nach haben Immobilienpaniken (und genau das ist es, worunter die Markhams leiden) ihren Ursprung weder im eigentlichen Hauskauf, der ja ebensogut eine der hoffnungsvolleren Optionen des Lebens sein könnte, noch in der Angst, Geld zu verlieren – was nicht nur in der Immobilienbranche vorkommt. Sie entspringen vielmehr der kalten, unwillkommenen, allen Amerikanern eigenen Erkenntnis, daß wir uns keinen Deut vom nächsten Trottel unterscheiden, der auch seine Wünsche wünscht, den es nach seinen verkümmerten Lüsten gelüstet, der sich mit seinen idiotischen Ängsten und Phantasien herumquält, und daß wir alle in derselben bruchfesten Gußform gegossen wurden. Wenn dann der Augenblick des Abschlusses naht – wenn der Handel besiegelt und in ein Buch im Rathaus eingetragen ist –, spüren wir, daß wir noch fester, noch anonymer ins Gewebe der Kultur eingeflochten sind und es noch unwahrscheinlicher ist, daß wir es je bis nach Kitzbühel schaffen werden. Wir alle wollen uns natürlich unsere besten Alternativen so lange wie möglich offenhalten; wir wollen nicht einfach die naheliegende Abzweigung genommen, wollen die korrekte aber auch nicht übersehen

haben, wie es dem Nächstbesten vielleicht gehen würde. Diese Widersprüche verflechten sich zu einem einzigartigen Angstkomplex, der uns alle so verrückt macht wie Laborratten.
Wenn ich die Markhams, die mit steinernen Gesichtern auf diese regendurchweichte Stadtflucht starren, auf die Transporter und Mercedes-Kombis, die an uns vorbeirauschen und Wasser in ihre stummen Gesichter spucken – wenn ich diese Markhams beispielsweise fragte, ob sie nervös seien, weil sie ihr heimeliges Vermont verlassen wollen, um ein bequemeres, konventionelleres Leben aus Bordsteinen, zuverlässigem Feuerschutz und Müllabfuhr dreimal die Woche zu führen, wären sie verärgert. *Himmel, nein*, würden sie rufen. *Wir haben nur gemerkt, daß wir ein paar verdammt einzigartige Bedürfnisse haben, die nur durch die Tugenden der Vorstadt befriedigt werden können, von denen wir noch nie im Leben was gehört hatten.* (Gute Schulen, Einkaufszentren, Bordsteine, adäquater Feuerschutz usw.) Ich bin mir sogar sicher, daß die Markhams sich als Pioniere fühlen, die die Vorstädte für sich zurückerobern wollen. Von Leuten, die sie als selbstverständlich hingenommen und ihnen ihren schlechten Ruf angehängt haben – Leuten wie mir. Obwohl ich überrascht wäre, wenn die Abneigung, die sie dagegen haben, mit allen anderen zusammen im selben Planwagen zu sitzen, nicht auch mit dem üblichen Konservatismus aller Pioniere durchsetzt wäre, sich nicht *zu* weit vorzuwagen – in diesem Fall in Richtung Übersättigung durch zu viele Kinos, zu sichere Straßen, zu häufige Müllabfuhr, zu sauberes Wasser. Sie wollen es auch nicht übertreiben.
Meine Aufgabe – und es gelingt mir oft, sie zu erfüllen – besteht darin, ihnen Vertrauen einzuflößen, ihnen die Angst sowohl vor dem Unbekannten als auch vor dem allzu Offensichtlichen zu nehmen. Ich muß sie in den (unbedeutenden) Dingen beruhigen, in denen sie allen ihren Mitmenschen gleichen, und in den bedeutenderen, in denen sie sich von ihnen unterscheiden. Wenn ich bei dieser Aufgabe versage, wenn ich ein Haus verkaufe, ohne den Käufern ihre Pionierangst genommen zu haben, bedeutet das gewöhnlich, daß sie in durchschnittlich 3,86 Jahren wieder auf der Straße sind, statt sich häuslich niederzu-

lassen und zuzusehen, wie die Zeit vergeht, wie Leute (das heißt, wir anderen) es tun, die diese drängenden Probleme nicht im Kopf haben.

Bei Penns Neck biege ich von der Route 1 auf die NJ 571 ab und drücke Phyllis und Joe zwei Exposés in die Hand, damit sie anfangen können, sich das Houlihan-Haus in seiner Umgebung vorzustellen. Keiner der beiden hat unterwegs viel gesagt – wahrscheinlich wollen sie ihre emotionalen Wunden von heute morgen in Ruhe heilen lassen. Phyllis hat nach dem »Radon-Problem« gefragt, das, wie sie sagte, bedeutend ernster sei, als viele ihrer Nachbarn in Vermont je zugeben würden. Ihre vorstehenden blauen Augen bewölkten sich dabei, als sei das Radon nur eines der Übel aus der Pandorabüchse des Nordens, die ihr solche Sorgen machen, daß sie vor der Zeit gealtert ist. Dazu zählen: Asbest im Heizungssystem der Schule, Schwermetalle im Brunnenwasser, Kolibakterien, Holzkohlenrauch, Kohlenwasserstoffe, tollwütige Füchse, Eichhörnchen und Wühlmäuse, Schmeißfliegen, überfrierende Nässe, Schneematsch – kurzum, die ganze Erfahrung moderner Wildnis.

Ich versichere ihr, daß Radon im mittleren New Jersey dank unseres sandig-lehmigen Bodens kein großes Problem ist und daß die meisten Leute, die ich kenne, ihre Häuser so circa 1981, als die letzte Panik die Runde machte, unterkellern und isolieren ließen.

Joe hatte noch weniger zu sagen. Als wir uns der Abzweigung auf die 571 näherten, warf er im Seitenspiegel einen Blick auf den Verkehrsstrom hinter uns und murmelte, wo Penns Neck denn nun eigentlich *sei*. »Es gehört zum Großraum Haddam«, sagte ich, »liegt aber auf der anderen Seite der Route 1, also näher an der Bahnlinie, was ein Plus ist.«

Er schwieg eine Weile und sagte dann: »Ich will in keinem Großraum leben.«

»Du willst was nicht?« sagte Phyllis. Sie blätterte in dem grün eingebundenen *Selbstvertrauen* herum, das ich für Paul mitgenommen habe (mein altes, von mir selbst eingebundenes Exemplar aus dem College).

»Großraum Boston, Dreistaateneck, Großraum New York. Nie-

mand hat je Großraum Vermont gesagt, oder Großraum Aliquippa«, sagte Joe. »Sie haben einfach nur den Ort genannt.«
»Manche Leute *haben* Großraum Vermont gesagt«, antwortete Phyllis und schlug energisch Seiten um.
»Großraum D. C.«, sagte Joe vorwurfsvoll. Phyllis sagte nichts.
»Chicago und Peripherie«, fuhr Joe fort. »Das Einzugsgebiet der Großstadt. Im Raum Dallas.«
»Ich glaub, da kommt's mal wieder darauf an, wie man's sieht«, sagte ich, als wir an dem kleinen metallenen Ortsschild von Penns Neck vorbeikamen, das mehr wie ein Nummernschild aussah und hinter klumpigen Eiben kaum auszumachen war. »Wir sind jetzt in Penns Neck«, fügte ich hinzu, aber keiner der beiden antwortete.

Penns Neck ist eigentlich gar keine Stadt und erst recht kein Großraum: ein paar gepflegte, mittelprächtige Wohnstraßen zu beiden Seiten der vielbefahrenen 571, der Straße, die die freundlichen Alleen und wohlhabenden Haine des nahegelegenen Haddam mit der leichtindustriellen, überbevölkerten Küstenebene verbindet, wo es reichlich bezahlbare Häuser gibt, an denen die Markhams aber nicht interessiert sind. In früheren Jahrzehnten hätte Penns Neck sich mit seinem gepflegten quäker-holländischen Dorfcharakter gebrüstet, wie eine Insel umspült von fruchtbaren Maisfeldern, gut erhaltenen Steinmauern und Farmen mit ihren Ahorn- und Hickorybäumen und ihrem Vieh. Aber inzwischen ist es zu einer weiteren alternden Schlafstadt für größere, neuere Schlafstädte geworden, obwohl seine Häuser der Hektik der Moderne widerstanden haben und es immer noch einen ernsten altmodisch-vorstädtischen Reiz besitzt. Es gibt jedoch kein intaktes Zentrum mehr, sondern bloß zwei kleine Antiquitätengeschäfte, deren Besitzer über dem Laden wohnen, eine Reparaturwerkstatt für Rasenmäher und eine Tankstelle mit Shop und Restaurant direkt an der 571. Das Rathaus (ich habe mich kundig gemacht) wurde in die nächste Stadt an der Route 1 und in ein kleines Einkaufszentrum verlegt. Im Maklerverein von Haddam war die Rede davon, daß der Staat die Eingemeindung von Penns Neck wieder aufheben und es steuertechnisch als ländliches Gebiet einstufen sollte, was sich positiv auf die

Preise auswirken würde. In den letzten drei Jahren habe ich hier zwei Häuser verkauft. Beide Familien sind seitdem wieder weggezogen, um im Staat New York bessere Jobs anzunehmen. In Wahrheit zeige ich den Markhams das Haus in Penns Neck nicht, weil ich denke, daß es das Haus ist, auf das sie die ganze Zeit gewartet haben, sondern weil sie es sich leisten können. Und weil ich hoffe, daß sie vielleicht niedergeschlagen genug sind, es zu kaufen.
Sobald wir von der 571 links in die schmale Friendship Lane eingebogen, in nördlicher Richtung durch eine Reihe kreuz und quer verlaufender Wohnstraßen gefahren und in der Charity Street gelandet sind, verhallt das Dröhnen und Donnern des Verkehrs auf der Route 1. Statt dessen füllt das seidige, nahtlose Ambiente stiller Häuser, die in ordentlichen, dicht gedrängten Reihen inmitten hoher Bäume, annehmbarer Sträucher und abgekanteter Rasenflächen stehen, auf denen Sprinkler sirren, den Raum, der sonst so gerne von Sorgen eingenommen wird.
Das Haus der Houlihans in Charity Street 212 ist solide und gar nicht mal so klein, ein umgebautes amerikanisches Farmhaus mit spitzgiebligem Dach, das auf einem schattigen, von Sträuchern bewachsenen Doppelgrundstück zwischen ein paar alten Laubbäumen und ein paar jüngeren Kiefern steht. Es ist weiter von der Straße zurückgesetzt als seine Nachbarn und liegt ein bißchen erhöht, so daß der Eindruck entsteht, daß es früher einmal bedeutender war als heute. Überhaupt sieht es auf eine Weise netter, größer und ein bißchen fehl am Platz aus, daß man sich gut vorstellen kann, daß es einst das »ursprüngliche« Farmhaus war, als es hier nur Wiesen und Felder gab, als Fasane und tollwutfreie Füchse durch die Steckrüben strichen und das Wort »Immobilien« ein Fremdwort war. Es hat ein neues Dach aus leuchtendgrünen Schindeln, eine solide Vortreppe aus Backstein und eine weiße Holzverkleidung, ähnlich wie die der anderen Häuser in der Straße, bloß eine Generation älter. Die anderen Häuser sind kleinere, einstöckige Ranchhäuser aus dem Katalog, mit angebauten Carports und schmalen betonierten Pfaden, die geradlinig zum Bürgersteig führen, an dem sich Briefkästen Haus um Haus um Haus reihen.

Aber das hier könnte – zu meiner absoluten Überraschung, da ich es vorher noch nie gesehen habe – tatsächlich das Haus sein, auf das die Markhams gehofft haben. Das legendäre, unerreichbare Haus, das ich ihnen nie gezeigt habe, das Cape-Cod-Cottage, aber weit im Land und unter zu vielen Bäumen. Das alte Pförtnerhäuschen des einst grandiosen Herrenhauses, das es längst nicht mehr gibt. Ein Haus, das »Phantasie« verlangt, ein Haus, das andere Interessenten nicht so ganz »sehen« können, ein Haus mit »einer Geschichte« oder »einem Geist«, das jedoch für ein Paar, das so amüsant unkonventionell ist wie die Markhams, ein gewisses *je ne sais quoi* besitzt. (Solche Häuser gibt es tatsächlich. Bloß sind sie normalerweise in gynäkologische Spezialpraxen umgewandelt worden, in denen Ärzte mit costaricanischen Doktortiteln praktizieren, und stehen in aller Regel an älteren, größeren Durchgangsstraßen und nicht in normalen Wohnvierteln in Orten wie Penns Neck.)

Unser »Exklusiv über Lauren-Schwindell«-Schild steht auf dem leicht abfallenden Rasen. Darunter baumelt der Name von Julie Loukinen, die den Auftrag entgegengenommen hat. Der Rasen ist frisch gemäht, die Sträucher sind gestutzt, die Auffahrt ist bis nach ganz hinten gefegt. Im Haus brennt Licht, das im Zwielicht nach dem Regen feucht glänzt. Ein Auto, ein älterer Mercury, steht in der Auffahrt, und die eigentliche Haustür hinter der Fliegengittertür ist offen (was bedeutet: keine Klimaanlage). Es könnte sich um Julies Auto handeln, aber da wir nicht vorhatten, die Besichtigung zusammen durchzuführen, gehört es vielleicht doch dem Besitzer, Ted Houlihan, der in diesem Augenblick auf meine Rechnung ein spätes Frühstück im Denny's zu sich nehmen sollte (so habe ich es mit Julie ausgemacht).

Die Markhams sagen nichts, sondern stecken die Nasen erst in ihre Exposés und sehen dann aus dem Fenster. An diesem Punkt angelangt, hat Joe oft verkündet, er habe jetzt genug gesehen.

»Ist es das?« sagt Phyllis.

»Da steht unser Schild«, sage ich, biege in die Auffahrt ein und halte auf halber Höhe. Der Regen hat aufgehört. Hinter dem alten Merc am Ende der Auffahrt wird eine einzeln stehende hölzerne Garage sichtbar und ein verlockendes Stück schattiger

Garten. Weder an den Fenstern noch an den Türen sind Einbruchsgitter zu sehen.

»Was für 'ne Heizung hat es?« sagt Joe – der Vermonter Veteran –, während er, das Exposé auf dem Schoß, mit schmalen Augen durch die Windschutzscheibe starrt.

»Warmwasserheizung, elektrische Zusatzheizung im Wohnzimmer«, wiederhole ich Wort für Wort den Text desselben Exposés.

»Wie alt?«

»Neunzehnvierundzwanzig. Über der Überschwemmungslinie, und die zweite Grundstückshälfte ist bebaubar, falls Sie je verkaufen oder anbauen wollen.«

Joe wirft mir einen finsteren Blick zu, der von ökologischem Verrat spricht, als sei allein der Gedanke, unbebaute Grundstücke zuzubauen, ein Verbrechen von Regenwaldausmaßen, das man sich nicht einmal vorstellen dürfe. (Er selbst würde es sich mehr als nur vorstellen, falls er das Geld je brauchen oder sich scheiden lassen sollte. Ich stelle mir so was natürlich ständig vor.)

»Hübscher Vorgarten«, sage ich. »Schatten ist ein versteckter Aktivposten.«

»Was für Bäume?« sagt Joe mit gerunzelter Stirn und Blick auf den Garten rechts neben dem Haus.

»Lassen Sie mich mal schauen«, sage ich und beuge mich vor, um besser an seiner breiten, dicht behaarten Brust vorbeisehen zu können. »Das da ist 'ne Blutbuche. Das daneben ein Spitzahorn, würd ich sagen. Das da ein Zuckerahorn, was Ihnen eigentlich gefallen müßte. Und das 'ne Roteiche. Das da drüben könnte ein Ginkgo sein. Gute Mischung für den Boden.«

»Ginkgos stinken«, sagt Joe, der auf seinem Sitz festgewachsen zu sein scheint, genau wie Phyllis. Keiner der beiden macht Anstalten auszusteigen. »Was liegt hinter dem Grundstück?«

»Das müssen wir uns ansehen«, sage ich, obwohl ich es natürlich weiß.

»Ist das der Besitzer?« sagt Phyllis, aus dem Fenster sehend. Eine Gestalt ist an der Tür aufgetaucht und macht hinter der Fliegengitterbespannung einen langen Hals: ein Mann – nicht besonders groß – in Hemd und Krawatte, aber ohne Jackett. Ich bin mir nicht sicher, ob er uns sieht.

»Das werden wir gleich feststellen«, sage ich und hoffe, daß er es nicht ist, fahre ein Stück dichter ans Haus heran, mache den Motor aus und öffne die Tür auf die sommerliche Hitze.

Kaum draußen, stürmt Phyllis sofort auf das Haus zu. Sie bewegt sich genauso schaukelnd und ungelenk wie vorhin, mit leicht nach außen gedrehten Zehen und schlenkernden Armen, wild entschlossen, soviel wie möglich begeistert aufzunehmen, bevor Joe mit den schlechten Nachrichten kommt.

Joe, in seinen silbernen Shorts, seinen Gummilatschen und seinem erbärmlichen Muskeltrikot, folgt ihr etwas langsamer und bleibt dann wie angewurzelt stehen, um den Rasen, die Straße und die Nachbarhäuser zu begutachten. Sie stammen aus den fünfziger Jahren und sind sichtlich billiger, haben dafür aber weniger Instandhaltungsprobleme und bescheidenere, weniger arbeitsintensive Rasenflächen. Das Houlihan-Haus ist wirklich das schönste der Straße, was bei einem erfahrenen Käufer zu einer dornigen Preisfrage werden könnte, heute aber wohl kaum.

Ich habe mir meinen Klemmhefter gegriffen und mir eine rote Nylonwindjacke übergezogen, die auf dem Rücksitz lag. Auf der Brust trägt die Jacke das *Societas Progressioni Commissa*-Emblem von Lauren-Schwindell, und auf dem Rücken steht in großen weißen Lettern MAKLER, wie bei einem FBI-Agenten. Ich ziehe sie trotz der Hitze und der hohen Luftfeuchtigkeit an, um den Markhams klarzumachen, daß ich nicht ihr Freund bin. Daß es hier ums Geschäft geht, nicht um ein Hobby. Daß etwas auf dem Spiel steht. Daß die Uhr läuft.

»Nicht grade Vermont, was?« sagt Joe, als wir nebeneinander im letzten Getröpfel des Regens stehen. Genau dasselbe hat er in den letzten drei Monaten in ähnlichen Augenblicken vor zahllosen anderen Häusern gesagt, obwohl er sich wahrscheinlich nicht daran erinnert. Sagen will er damit: *Scheiß drauf! Wenn Sie mir nicht Vermont zeigen können, warum zeigen Sie mir dann überhaupt was, verdammt noch mal?* Woraufhin wir, oft noch bevor Phyllis auch nur bis zur Haustür gekommen war, kehrt machten und zurückfuhren. Deshalb ist Phyllis jetzt so versessen darauf, wenigstens ins Innere des Hauses zu kommen. Ich dagegen bin

offengestanden schon froh, daß Joe immerhin aus dem Auto gestiegen und bis hierhin mitgekommen ist, egal, was für Einwände er später geltend machen wird.
»Wir sind in New Jersey, Joe«, sage ich wie immer. »Und New Jersey ist auch nicht schlecht. Sie hatten die Nase voll von Vermont.«
Was Joe für gewöhnlich dazu veranlaßte, reumütig zu sagen: »Jaja, weil ich 'n Idiot bin.« Aber dieses Mal sagt er nur: »Jaja«, und sieht mich seelenvoll an. Seine glanzlosen kleinen braunen Augen sind noch glanzloser geworden, als sei irgendein wesentlicher Funke aus ihnen gewichen, als habe er jetzt gewisse Fakten anerkannt.
»Was nicht unbedingt ein Totalverlust sein muß«, sage ich, ziehe den Reißverschluß meiner Windjacke ein Stück hoch und spüre, daß meine Zehen feucht sind, weil ich am Sleepy Hollow im Regen gestanden habe. »Sie müssen das Haus nicht kaufen.« Was eine ziemlich haarsträubende Bemerkung für einen Immobilienmakler ist, der eigentlich sagen sollte: »Sie *müssen* das Haus sehr wohl kaufen. Das ist Gottes höchsteigener Wille. Wenn nicht, wird er verdammt wütend auf Sie sein. Ihre Frau wird Sie verlassen und mit Ihrer Tochter nach Garden Grove ziehen und sie in eine Assembly-of-God-Schule schicken, und Sie werden sie nie wiedersehen, wenn Sie diese verdammte Bruchbude nicht bis spätestens heute mittag gekauft haben.« Statt dessen fahre ich ganz beiläufig fort: »Sie können nachher immer noch nach Island Pond zurückfahren und rechtzeitig da sein, um zu sehen, wie die Krähen sich für die Nacht versammeln.«
Joe ist nicht empfänglich für die Witzeleien anderer Leute und sieht mit einem eigentümlichen Blick zu mir hoch (ich bin ein gutes Stück größer als er, dafür ist er ein kleiner Bulle). Er will etwas in einem ganz bestimmten Tonfall (zweifellos sarkastisch) sagen, überlegt es sich dann aber anders und starrt auf die unprätentiöse Reihe der backsteinverkleideten Walmdachhäuser (manche davon *mit* einbruchsicheren Türen), die in einer Zeit gebaut wurden, als er noch ein Teenager war. Genau in diesem Augenblick taucht gegenüber auf der anderen Straßenseite, vor der Nummer 213, eine junge Frau mit knallroten Haaren auf – viel

röter als die von Phyllis – und schiebt eine große, schwarze Plastikmülltonne auf Rädern für die letzte Leerung vor dem Vierten an den Straßenrand.

Die Frau ist unverkennbar eine junge Mutter. Sie trägt abgeschnittene Blue Jeans, Tennisschuhe ohne Socken und ein blaues Arbeiterhemd, das lässig, aber genau berechnet unter der Brust zu einem Marilyn-Monroe-Knoten geschlungen ist. Als sie ihre Tonne neben dem Briefkasten aufgebaut hat, sieht sie zu uns herüber und winkt uns fröhlich und unbekümmert zu. Ein Winken, das bedeutet, daß sie weiß, wer wir sind – potentielle neue Nachbarn, vielleicht etwas lebhafter als der derzeitige Besitzer.

Ich winke zurück, Joe nicht. Vielleicht denkt er darüber nach, wie es wäre, die Dinge nicht mehr von oben zu betrachten.

»Auf der Fahrt hierher hab ich gedacht...«, sagt Joe, während er beobachtet, wie die junge Marilyn über ihre Auffahrt tänzelt und in einem leeren Carport verschwindet. Eine Tür fällt zu, eine Fliegengittertür klappert. »...daß ich da, wo Sie uns hinfahren, vielleicht den Rest meines Lebens verbringen werde.« (Ich hatte recht.) »Eine Entscheidung, die fast ganz in den Händen anderer Leute liegt. Und daß ich mich nicht mehr auf mein Urteil verlassen kann.« (Joe ist nicht beeindruckt davon, daß ich gesagt habe, er müsse dieses Haus nicht kaufen.) »Ich weiß einfach nicht mehr, was zum Teufel das Richtige ist. Ich kann das Ganze nur so lange wie möglich hinauszögern und hoffen, daß die wirklich beschissenen Alternativen in dieser Zeit anfangen, auch beschissen *auszusehen*, damit mir wenigstens das erspart bleibt. Verstehen Sie, was ich meine?«

»Ich denke schon.« Drinnen höre ich Phyllis reden und sich der Person vorstellen, die vorhin an der Tür war – wobei ich immer noch hoffe, daß es nicht Houlihan ist. Ich würde gerne reingehen, kann Joe aber nicht unter den tröpfelnden Eichen stehen lassen, versunken in Grübeleien, deren Nettoergebnis eine doppelstöckige Verzweiflung und ein vermurkstes Angebot sein könnte.

Drüben in der 213 reißt die Rothaarige, die wir eben gesehen haben, plötzlich die Vorhänge eines Schlafzimmers an der Ecke des Hauses auf. Ich kann nur ihren Kopf sehen, aber sie beobachtet

uns unverfroren. Joe ist immer noch in Befürchtungen über sein schlechtes Urteilsvermögen versunken.
»Neulich waren Phyl und Sonja in Craftsbury«, sagt er düster, »und ich hängte mich ans Telefon und rief eine Frau an, die ich früher kannte. Ich rief sie einfach an. In Boise. Ich hatte eine kleine, na ja, vielleicht nicht ganz so kleine Geschichte mit ihr laufen, nachdem meine erste Ehe kaputtgegangen war. Das heißt, eigentlich kurz davor. Sie töpfert auch. Macht glasierte Sachen, die sie an Nordstrom's verkauft. Als wir 'ne Zeitlang geredet hatten, einfach nur darüber, was in der Zwischenzeit alles passiert war, sagte sie, sie müsse jetzt aufhängen, wollte aber meine Nummer haben. Und als ich sie ihr gab, lachte sie und sagte: ›Gott, Joe, ich hatte für dich so viele Nummern von Telefonzellen in meinem Buch stehen, aber jetzt ist hier unter M gar nichts mehr.‹« Joe vergräbt die kleinen Hände in seinen feuchten Achselhöhlen und macht sich seine Gedanken, während er zur 213 hinüberstarrt.
»Sie hat damit nichts weiter gemeint«, sage ich und würde mich gerne in Bewegung setzen. Phyllis ist nicht viel weiter gekommen als bis hinter die Tür. Ich kann ihre Singsangstimme sagen hören, daß das hier das Netteste ist, was sie je gesehen hat. »Wahrscheinlich haben Sie sich damals im Guten getrennt, oder? Sonst hätten Sie sie nicht angerufen.«
»Oh, absolut.« Joes kleines Ziegenbärtchen zuckt erst hierhin, dann dorthin, als wolle er seine Erinnerung in alle Richtungen überprüfen. »Kein böses Blut. Überhaupt nicht. Aber ich dachte, sie würde mich zurückrufen und sagen, daß wir uns unbedingt treffen müssen – was ich gemacht hätte, um ehrlich zu sein. Diese ganze Hauskauferei macht einen verrückt.« Joe, der Möchtegern-Fremdgänger, sieht mich bedeutungsvoll an.
»Stimmt«, sage ich.
»Aber sie hat nicht angerufen. Wenigstens nicht, daß ich wüßte.« Joe nickt und starrt weiter zur Nummer 213 hinüber, deren Holz oberhalb der Backsteinverkleidung in einem nicht sehr leuchtenden Grün gestrichen ist. Das Haus hat eine verblichene rote Vordertür, die nie benutzt wird. Der Schlafzimmervorhang wird wieder zugezogen. Joe hat nicht darauf geachtet. Irgendeine schlafwandlerische Eigenschaft des Augenblicks oder des Ortes

oder des diesigen Regens oder des fernen Verkehrsgrollens auf der Route 1 hat ihn wider Erwarten in die Lage versetzt, einen ganzen Gedanken zu Ende zu denken.

»Ich glaub nicht, daß das so bedeutungsvoll ist, Joe«, sage ich.

»Und ich mach mir nicht mal was aus dieser Frau«, sagt er. »Wenn sie angerufen und gesagt hätte, sie würde nach Burlington fliegen und wolle mich in einem Holiday Inn treffen, um mich dumm und dämlich zu vögeln, hätte ich wahrscheinlich einen Rückzieher gemacht.« Joe ist sich nicht bewußt, daß er sich in weniger als einer Minute selbst widersprochen hat.

»Vielleicht hat sie genau das geahnt und deshalb beschlossen, die Finger davon zu lassen. Um Ihnen den Ärger zu ersparen.«

»Mir geht's um mein Urteilsvermögen«, sagt Joe traurig. »Ich war mir sicher, daß sie anrufen würde. Das ist alles. Es war etwas, was *sie* getan hat, nicht ich. Alles spielte sich ohne mich ab. Genau wie jetzt.«

»Vielleicht gefällt Ihnen das Haus ja«, sage ich lahm. Jetzt wird der Vorhang des großen Panoramafensters der 213 aufgerissen. Die junge rothaarige Marilyn steht genau dahinter und starrt uns, wie ich von hier aus meine, mit einem vorwurfsvollen Stirnrunzeln an, als mache das, wofür sie uns hält, sie wütend genug, uns mit dem bösen Blick zu bedenken.

»Ihnen muß so was doch auch schon passiert sein«, sagt Joe und sieht zu mir herüber, sieht aber nicht eigentlich mich an, sondern über meine linke Schulter an mir vorbei, was seine übliche und für ihn wohl bequemste Art der Anrede ist. »Wir sind im gleichen Alter. Sie sind auch geschieden. Hatten jede Menge Frauen.«

»Wir sollten jetzt lieber reingehen, Joe«, sage ich. Obwohl ich Verständnis für ihn habe. Dem eigenen Urteilsvermögen nicht zu trauen, und schlimmer noch, zu *wissen*, daß man ihm aus einem verdammt triftigen Grund auch nicht trauen sollte, kann eine der Ursachen und eines der am wenigsten erträglichen Phänomene der Existenzperiode sein. Damit muß man sehr behutsam umgehen. »Aber lassen Sie mich noch eines sagen.« Ich kreuze die Hände vor dem Hosenladen und halte meinen Klemmhefter wie ein Versicherungsvertreter schützend davor. »Als ich geschieden wurde, war ich mir sicher, daß mir das alles

einfach *zugestoßen* war, daß ich selbst überhaupt nicht gehandelt hatte und wahrscheinlich ein Feigling oder zumindest ein Arschloch war. Vielleicht hatte ich sogar recht. Aber ich gab mir selbst ein Versprechen, und dieses Versprechen lautete, daß ich mich nie über mein Leben beklagen würde. Daß ich einfach weitermachen und mein Bestes tun würde, inklusive Fehler und allem, da man nur begrenzt darauf einwirken kann, daß die Dinge gut laufen, Urteilsvermögen hin oder her. Und ich hab mein Versprechen gehalten. Und ich glaub nicht, daß Sie der Typ sind, der sein Leben nur danach ausrichtet, keine Fehler zu machen. Sie treffen Entscheidungen und leben damit, auch wenn Sie vielleicht nicht das Gefühl haben, sich für irgendwas entschieden zu haben.« Joe denkt jetzt hoffentlich, daß ich ihm eins der höchsten Komplimente gemacht habe, die man einem Menschen machen kann, nämlich daß er ein unbeirrbarer Mann ist.
Sein kleiner, stoppeliger Mund formt sich wieder zu dem bezeichnenden O, was ihm in keiner Weise bewußt ist, und seine Augen werden rasiermesserschmal. »Hört sich an, als wollten Sie sagen, ich soll das Maul halten.«
»Ich will nur, daß wir uns dieses Haus ansehen, damit Sie und Phyllis darüber nachdenken können, was Sie tun wollen. Und ich will nicht, daß Sie Angst haben, einen Fehler zu begehen, bevor Sie auch nur die Chance hatten, ihn zu machen.«
Joe schüttelt den Kopf, grinst verächtlich und seufzt dann – eine Gewohnheit, die ich auf den Tod nicht ausstehen kann. Aus diesem Grund hoffe ich, daß er das Houlihan-Haus kaufen und den Bruchteil einer Sekunde zu spät merken wird, daß er sich ein Kuckucksei eingehandelt hat. »Meine Lehrer in Duquesne haben immer gesagt, daß ich alles viel zu verkopft sehe.« Er grinst wieder.
»Genau das wollte ich sagen«, sage ich genau in dem Augenblick, als die Frau mit den flammendroten Haaren aus der 213 hinter ihrem großen Wohnzimmerfenster vorbeitanzt, von Norden nach Süden, splitterfasernackt, zwei üppige weiße Brüste voneweg, die Arme ausgebreitet wie Isadora Duncan, während ihre gutgeformten, muskulösen Beine springen und schreiten wie in einem Gemälde auf einer antiken Vase. »Mann, sehen Sie sich das

an«, sage ich. Aber Joe hat noch einmal den Kopf darüber geschüttelt, was für ein kopflastiger Mensch er ist, hat einmal leise aufgelacht und sich in Bewegung gesetzt und geht schon die Treppe seines vielleicht letzten Heims auf dieser Welt hinauf. Verpaßt hat er den gutnachbarlichen Versuch, einen potentiellen Käufer wissen zu lassen, auf was er sich hier einläßt, und offengestanden ist es ein Anblick, der meine Einschätzung von Penns Neck auf der Hitliste ganz nach oben klettern und sogar darüber hinausschießen läßt. Penns Neck hat geheimnisvolle und unerwartete versteckte Aktivposten – viel besser als Schatten –, und hätte Joe hingeguckt, hätte er vielleicht gesehen, wo seine Interessen liegen, und genau gewußt, was er tun muß.

Als ich die kleine gewölbte Diele betrete, kann ich Phyllis im hinteren Teil des Hauses hören, wo sie mit jemandem eine wichtig klingende Unterhaltung über Schwammspinner und ihre jüngsten Erfahrungen in Vermont führt. Dieser Jemand ist, da bin ich mir ganz sicher, Ted Houlihan, der nicht in seinem Haus herumspuken und meine Klienten belästigen sollte, um sich zu vergewissern, daß sie »solide« (sprich weiße) Interessenten sind, denen er sein kostbares Heim beruhigt überlassen kann.
Alle Tischlampen brennen. Die Fußböden glänzen, die Aschenbecher sind sauber, die Heizkörper abgestaubt, die Fußleisten geschrubbt, die Türgriffe poliert. Ein willkommener Politurgeruch überlagert alles – eine gute Verkaufsstrategie, da sie die Illusion weckt, daß eigentlich niemand hier lebt.
Ohne Anstalten zu machen, den Besitzer zu begrüßen, stürzt Joe sich auf der Stelle in seine Besichtigungsroutine, die er mit brüsker, stummer, militärischer Gründlichkeit durchführt. In seinen Eierquetscher-Shorts dreht er eine schnelle Runde durch das Wohnzimmer mit seinen tiptop erhaltenen Sofas aus den fünfziger Jahren, seinen wuchtigen Ohrensesseln und polierten Beistelltischchen, seinem himmelblauen Teppich und seinen älteren Kaufhausdrucken, auf denen Vorstehhunde, Papageien auf Bäumen und Liebespärchen an einem friedlichen Waldsee zu sehen sind. Er wirft einen Blick ins Eßzimmer und taxiert den schweren, polierten Mahagonitisch mit den acht dazu passenden Stühlen.

Seine Knopfaugen mustern den Deckenstuck, die auf halber Höhe an der Wand verlaufende Stoßschutzleiste, die Schwingtür zur Küche. Er dreht am Dimmer, worauf die rosa Salatschüssellampe an der Decke erst heller und dann wieder dunkler wird, macht kehrt und geht durch das Wohnzimmer zurück in den Flur, wo ebenfalls Licht brennt und der Sicherungskasten hängt, der mit überdimensionierten Zahlen beschriftet ist, die auch für ältere Menschen gut lesbar sind. Mit mir im Gefolge schlappt Joe in jedes der Schlafzimmer, sieht sich beeindruckt um, schiebt eine Schranktür auf und wieder zu, zählt im Geist die Steckdosen zusammen, geht ans Fenster und begutachtet die Aussicht, schiebt jedes Fenster ein Stückchen hoch, um festzustellen, ob es korrekt eingehängt oder vielleicht mit Farbe zugekleistert ist, und steuert dann die Badezimmer an.

Im rosa gekachelten »großen« Badezimmer stürzt er sich auf das Waschbecken, dreht beide Hähne voll auf, überprüft den Strahl und kontrolliert, wie lange es dauert, bis das Wasser heiß wird, und wie gut der Abfluß funktioniert. Er betätigt die Toilettenspülung und starrt in die Schüssel, um zu sehen, wie lange es dauert, bis der Tank wieder gefüllt ist. Im »kleinen« Bad zieht er die schmale, modern aussehende Jalousie hoch und starrt in den parkähnlichen Garten hinter dem Haus, als überdenke er die friedliche Aussicht, die er *après le bain* oder während einer längeren Sitzung haben wird. (Einmal hat ein Klient, ein herausragender deutscher Wirtschaftswissenschaftler aus einer der hiesigen Denkfabriken, tatsächlich die Hose runtergelassen und sich hingepflanzt, um einen wirklichkeitsnahen Test durchzuführen.)

Bei allen derartigen Inspektionen der letzten vier Monate, die Joe in meinem Beisein vornahm, brach er die Besichtigung in dem Augenblick ab, da er drei größere Mängel registrierte: zu wenig Steckdosen, mehr als zwei knarrende Bodendielen, jeden nicht behobenen Wasserfleck an der Decke, jede Art von Riß und jeden schiefen Winkel, die ein Hinweis darauf sein könnten, daß das Haus sich »setzt« oder noch »arbeitet«. In der Regel hat er dabei kaum etwas gesagt und nur ein gelegentliches, unspezifiziertes Brummen von sich gegeben. In einem Haus in Pennington fragte er sich laut, ob die Wurzeln einer älteren Linde gleich neben dem Haus vielleicht bisher unentdeckte Schäden am Fundament verursacht haben könnten; ein andermal, in Haddam, murmelte er die Worte »Farbe auf Bleibasis«, als er einen Hangkellerraum mit Fenster auf Feuchtigkeit untersuchte. In keinem dieser Fälle wünschte er Auskunft von mir, da er bereits jede Menge Dinge gefunden hatte, die ihm nicht gefielen, angefangen beim Preis, über den er in beiden Fällen später sagte, die Besitzer sollten sich den Kopf aus dem eigenen Arsch schrauben lassen.

Als Joe sich in den Keller stürzt (ich bleibe ganz gerne oben), den Lichtschalter am Kopf der Treppe ein- und unten wieder ausschaltet, ergreife ich die Gelegenheit, zu Phyllis zurückzuschlendern, die tatsächlich mit keinem anderen als Ted Houlihan an der Glastür zum Garten steht. Hier bietet ein nachträglich angebautes Zwischending zwischen Hobbyraum und Wohnküche einen schönen Blick auf eine mit Ziegeln gefliese Terrasse. Das alles sieht man durch ein großes Panoramafenster (scheint hier verbreitet zu sein), das um den Rahmen herum Feuchtigkeitsflecken aufweist – ein Defekt, der Joe nicht entgehen wird, falls er überhaupt bis hierher gelangt.

Ted Houlihan ist ein noch nicht allzulange verwitweter Ingenieur, der bis zu seiner kürzlichen Pensionierung in der Forschungs- und Entwicklungsabteilung einer nahegelegenen Haushaltsgerätefirma gearbeitet hat. Er ist ein zierlicher, weißhaariger, etwas über siebzigjähriger Mann mit hellwachen Augen, trägt eine ausgeblichene Baumwollhose, Turnschuhe, ein altes, kurzärmeliges, schön verwaschenes blaues Oxford-Hemd mit blau-roter Ripskrawatte und macht den Eindruck, der glücklichste Mann in ganz Penns Neck zu sein. (Tatsächlich besitzt er eine fast unheimliche Ähnlichkeit mit dem Chorleiter Fred Waring, der eine Stimme wie Honig hatte und in den fünfziger Jahren einer meiner Lieblinge war, privat aber ein Kotzbrocken gewesen sein soll, obwohl er den Ruf hatte, ein herzensguter Mensch zu sein.)

Als ich in meiner MAKLER-Jacke hereinkomme, lächelt Ted mich über die Schulter aufrichtig an. Es ist unsere erste Begegnung, und er würde mich glücklich machen, wenn er diese Gelegenheit ergreifen würde, sich ins Denny's zu verdrücken. Unter unseren Füßen hat ein geräuschvolles Hämmern eingesetzt. Es klingt, als versuchte Joe, das Fundament mit einem Vorschlaghammer abzureißen.

»Ich wollte Mrs. Markham gerade erklären, Mr. Bascombe«, sagt Ted Houlihan, als wir uns die Hand schütteln – seine ist klein und hart wie eine Walnuß, meine weich und aus irgendeinem Grund feucht –, »daß bei mir im letzten Monat Hodenkrebs festgestellt worden ist. Ich habe einen Sohn in Tucson, der Chirurg ist und die Operation selbst vornehmen wird. Ich hatte schon seit Monaten mit dem Gedanken gespielt, das Haus zu verkaufen, und gestern abend habe ich mir dann gesagt, daß irgendwann Schluß sein muß.« (Womit er völlig recht hat.)
Phyllis hat (und wer würde das nicht) mit einem Ausdruck blasser Betroffenheit auf diese Krebsneuigkeit reagiert. Zweifellos erinnert es sie an ihre eigenen Probleme – was Grund Nummer vierzehn dafür ist, daß man Besitzer und Käufer meilenweit voneinander getrennt halten sollte: Sie karren immer und unweigerlich finstere und unlösbare persönliche Probleme in die Verkaufsarena, was meinen Job oft fast unmöglich macht.
Aber wenn ich mich nicht sehr irre, ist Phyllis schon ziemlich betört und hingerissen von allem. Der Garten hinter dem Haus ist ein grüner Mini-Watteau mit Teppichen aus tiefgrünen Efeugewächsen unter den großen Bäumen. Rhododendren, Glyzinien und Pfingstrosen wachsen überall. Ein nicht allzu kleiner japanischer Steingarten mit einem kleinen Spielzeugahorn wurde kunstvoll unter einer großen, tröpfelnden Eiche angelegt, die durch und durch robust wirkt und nicht den Eindruck macht, als wollte sie in absehbarer Zeit auf das Haus fallen. Außerdem gibt es gleich neben der Garage eine richtige Laube, die mit dickem, knotigem Wein und Geißblatt bewachsen ist und unter der eine kleine, ländliche, englisch aussehende schmiedeeiserne Bank steht. Eine Liebeslaube – genau der richtige Ort für die Erneuerung der heiligen Eheschwüre an einem schönen Spätsommerabend, gefolgt von leidenschaftlicher Liebe unter freiem Himmel.

»Ich hab grade zu Mr. Houlihan gesagt, wie schön der Garten ist«, sagt Phyllis, die sich wieder gefaßt hat, deren Lächeln jedoch noch ein bißchen benommen wirkt – immerhin will sich der

Mann vor ihr von seinem eigenen Sohn in Kürze die Eier kappen lassen. Joe hat aufgehört, auf den Sachen herumzuhämmern, auf denen er herumgehämmert hat. Dafür dringen jetzt kratzende und schabende Metall-auf-Metall-Geräusche durch den Fußboden zu uns herauf.

»Irgendwo hab ich noch Fotos, wie es hier 1955 aussah, als wir das Haus gekauft haben. Meine Frau fand, es sei das hübscheste Haus, das sie je gesehen hatte. Damals war da hinten noch ein Feld und eine große Scheune aus Stein und eine Kuhweide und ein Melkschuppen.« Ted deutet mit ledrigem Finger auf die hintere Grundstücksgrenze, an der dichter tropischer Bambus vor einem hohen Lattenzaun wächst, der in genau demselben unauffälligen dunklen Grünton gestrichen ist. Der Zaun setzt sich in beiden Richtungen hinter den Häusern der Nachbarn fort, bis er den Blicken entschwindet.

»Und was ist jetzt da hinten?« sagt Phyllis. Auf ihrem geröteten, molligen Gesicht steht klar und deutlich geschrieben: »Das hier ist es, das hier ist es!« Joe kommt gerade die Kellertreppe heraufgepoltert, nachdem er seine Ausgrabungen und Erkundungen anscheinend abgeschlossen hat. Ich stelle ihn mir als Bergarbeiter vor, der in seinem Metallkäfig aus der tiefen Erde Pennsylvanias heraufgefahren kommt, das Gesicht schwarz vor Kohlenstaub, die Augenhöhlen weiß abgesetzt, einen zerbeulten Henkelmann unter einen muskelstrotzenden Arm geklemmt, eine funzelige Lampe am Helm. Ich wette, daß das, was Ted Houlihan gleich sagen wird, Phyllis Markham keinen Deut von ihrer Meinung abbringen wird.

»Oh, da hat der Staat seine kleine Anlage hingestellt«, sagt Ted freundlich. »Es sind wirklich nette Nachbarn.«

»Was für eine Art Anlage?« sagt Phyllis lächelnd.

»Ach, einen kleinen Sicherheitstrakt«, sagt Ted. »Eigentlich ist es mehr eine Art Country Club. Nichts Ernstes.«

»Wofür?« sagt Phyllis, immer noch glücklich. »Was für 'n Sicherheitstrakt?«

»Für Sie und mich, würd ich sagen«, sagt Ted und sieht zu mir herüber. »Ist doch wahr, Mr. Bascombe, oder?«

»Es ist die Strafvollzugsanstalt des Staates New Jersey für weniger schwere Vergehen«, sage ich freundlich. »Wo sie beispielsweise den Bürgermeister von Burlington hinschicken oder Bankiers oder ganz gewöhnliche Leute wie Ted oder mich. Oder Joe.« Ich lächle ein kleines, verschwörerisches Lächeln.

»*Da hinten?*« sagt Phyllis. Ihre Augen suchen Joe, der aus der Unterwelt zurückgekehrt ist – kein Kohlenstaub, kein Henkelmann, keine Grubenlampe, nur die Gummilatschen, das Trikot und die Radlerhose mit der im Bund steckenden Brieftasche. Er ist sichtlich gut gelaunt. Er hat Dinge gesehen, die ihm gefallen, und denkt jetzt über Möglichkeiten nach. »Hast du gehört, was Frank grade gesagt hat?« Phyllis' voller, schöngeschnittener Mund zeigt die ersten Anzeichen von Beunruhigung. Aus irgendeinem Grund legt sie die Hand flach auf ihren roten Pagenschnitt, als wolle sie etwas in ihrem Kopf niederhalten, und blinzelt verwirrt.

»Nein«, sagt Joe und reibt sich die Hände. Auf der nackten Schulter hat er einen schwarzen Schmutzfleck. Er sieht uns drei glücklich an – sein erster aktenkundiger erfreuter Ausdruck seit Wochen. Auch jetzt macht er keine Anstalten, sich Ted vorzustellen.

»Hinter dem Zaun da ist ein Gefängnis!« sagt Phyllis und deutet aus dem Panoramafenster über den kleinen, gepflegten Rasen.

»Tatsächlich?« sagt Joe, immer noch lächelnd, und duckt sich ein Stück, damit er besser sehen kann. »Und was soll das heißen?« Die Wasserflecken um das Fenster sind ihm noch nicht aufgefallen.

»Hinter dem Garten sitzen Verbrecher in Zellen«, sagt Phyllis. Sie sieht Ted Houlihan an und versucht, liebenswürdig zu wirken, als wäre das Ganze nur ein lästiger kleiner Mißstand, der natürlich in den Vertrag aufgenommen werden muß. (»Besitzer verpflichtet sich, Staatsgefängnis vor oder spätestens bei Unterzeichnung des Vertrages zu entfernen.«) »Stimmt doch, oder?« sagt sie, und ihre blauen Augen wirken größer und intensiver als gewöhnlich.

»Nicht richtig in Zellen«, sagt Ted völlig gelassen. »Eigentlich ist es mehr wie auf einem Campus – Tennisplätze, Swimmingpools, Fortbildungskurse. Sie selbst könnten dort auch Kurse belegen.

Viele der Insassen fahren übers Wochenende nach Hause. Ich würd's wirklich kein Gefängnis nennen.«

»Ist ja interessant«, sagt Joe Markham und deutet mit dem Kopf auf die Bambusstauden und die grüne Bretterwand dahinter. »Man kann es aber nicht sehen, oder?«

»Haben Sie das mit dem Gefängnis gewußt?« sagt Phyllis zu mir, immer noch liebenswürdig.

»Aber sicher«, sage ich, obwohl ich lieber nicht in die Sache hineingezogen würde. »Steht auch im Exposé.« Ich überfliege mein Exemplar. »›Grenzt im Norden an Staatsgelände.‹«

»Ich habe gedacht, das bedeutet was anderes«, sagt Phyllis.

»Ich bin noch nie drüben gewesen«, sagt Ted Houlihan völlig ungerührt. »Sie haben noch mal einen eigenen Zaun hinter unserem, den man nicht sehen kann. Und man hört nie was. Keine Klingel oder Sirenen oder sonst was. Das heißt, am ersten Weihnachtstag haben sie immer ein hübsches Glockenspiel. Die junge Frau von gegenüber arbeitet dort. Es ist der größte Arbeitgeber in Penns Neck.«

»Ich denke nur, es könnte für Sonja ein Problem sein«, sagt Phyllis mit ruhiger Stimme zu allen.

»Ich glaub nicht, daß es für irgendwas oder irgend jemand eine Bedrohung ist«, sage ich und stelle mir vor, wie Marilyn Monroe von gegenüber jeden Morgen ihre Knarre umschnallt und zur Arbeit geht. Was müssen die Gefangenen denken? »Schließlich ist es nicht so, daß Machine Gun Kelly da drüben sitzt. Wahrscheinlich sind es lauter Leute, die wir alle gewählt haben und wieder wählen werden.« Ich lächle in die Runde und denke, daß dies der geeignete Zeitpunkt für eine Besichtigung von Teds eigener Alarmanlage wäre.

»Seit es gebaut wurde«, sagt Ted, »sind wir im Wert ziemlich gestiegen. Der Rest der Gegend – Haddam eingeschlossen, würd ich sagen – hat eher an Boden verloren. Ich hab wirklich das Gefühl, zum falschen Zeitpunkt wegzugehen.« Er bedenkt uns alle mit einem traurigen-aber-listigen Fred-Waring-Grinsen.

»Eins kann ich Ihnen sagen«, sagt Joe wichtigtuerisch. »Sie verlassen ein verdammt gutes Haus. Ich hab mir die Bohlen und die Fensterstürze angesehen. Heutzutage macht kein Mensch die noch so breit, außer in Vermont.« Er wirft Phyllis einen schmaläugigen, billigenden Blick zu, der besagt, daß er ein Haus gefunden hat, das ihm gefällt – und wenn Alcatraz gleich nebenan wäre! Joe hat die Kurve gekriegt, eine mysteriöse Wandlung, die kein Mensch für einen anderen planen kann. »Die Leitungen und die Rohre sind alle Kupfer. Die Steckdosen alle dreipolig. Das hat man normalerweise nicht in älteren Häusern.« Joe sieht Ted Houlihan fast gereizt an. Ich bin sicher, daß er das ganze Haus am liebsten in allen Einzelheiten durchhecheln würde.

»Meine Frau wollte immer, daß alles seine Ordnung hat«, sagt Ted ein bißchen verlegen.

»Wo ist sie?« Joe hat sein Exposé gezückt und vertieft sich darin.

»Sie ist tot«, sagt Ted und läßt seinen Blick für einen kurzen Moment über den mit Sträuchern bestandenen Rasen schweifen, über die weißen Pfingstrosen und die Eiben, die Laube und die Glyzinien. Ein kleines, leuchtendes Tor, das es auf keiner Landkarte gibt, hat sich für ihn aufgetan, und er ist hindurchgeschritten. Dahinter liegt ein goldenes Maisfeld, und er und seine Frau sind wieder in ihren besten, glücklichsten Jahren. (Es ist mir nicht unbekannt, dieses Tor, obwohl es sich unter meinen strengen Existenzregeln nur selten öffnet.)

Joe bleibt mit knubbeligem Zeigefinger und Adlerauge an irgendeinem Detail des Exposés hängen, das sich zweifellos auf »Extras« oder »Wfl.« oder »Anbindg. Schulsyst.« bezieht, und überdenkt die »qm« seines neuen Arbeitsraums. Er ist jetzt Hauskäufer-Joe. Er hat Blut geleckt.

»Joe, du hast Mr. Houlihan nach seiner Frau gefragt, und sie ist tot«, sagt Phyllis.

»Hm?« macht Joe.

»Sie liegt drüben in der Küche und blutet aus den Ohren«, würde ich dem alten, traumverlorenen Ted am liebsten zu Hilfe kommen, tue es aber nicht.

»Ach so, ja, tut mir leid, das zu hören«, sagt Joe. Er läßt sein Exposé sinken und sieht stirnrunzelnd erst zu Phyllis und mir und dann zu Ted Houlihan hinüber, als hätten wir alle auf ihn eingeschrien: »Sie ist tot, sie ist tot, du Arschloch, sie ist tot«, während er ruhig und friedlich schlief. »Wirklich, tut mir wirklich leid«, sagt er noch einmal. »Wann ist es passiert?« Er blickt mich ungläubig an.

»Vor zwei Jahren«, sagt Ted, der aus der Vergangenheit zurückgekehrt ist und Joe freundlich ansieht. Er hat ein ehrliches Gesicht, das vom traurigen Dahinschwinden des Lebens spricht. Joe schüttelt den Kopf, als gäbe es im Leben Dinge, die man nun einmal nicht erklären kann.

»Sehen wir uns den Rest des Hauses an«, sagt Phyllis, müde vor Enttäuschung. »Ich würde es trotz allem gerne sehen.«

»Sicher«, sage ich.

»Ich bin *sehr* an diesem Haus interessiert«, sagt Joe zu niemandem. »Es hat eine Menge Dinge, die mir gefallen. Wirklich.«

»Ich bleibe bei Mr. Markham«, sagt Ted Houlihan, der immer noch nicht vorgestellt wurde. »Wollen wir uns die Garage ansehen?« Er öffnet die Glastür, die in den süß-duftenden, vergangenheitsgetränkten Garten führt, während Phyllis und ich bedrückt im Haus verschwinden, obwohl der Rundgang, wie ich fürchte, bloß noch eine hohle Formalität sein wird.

Wie erwartet, zeigt Phyllis nur noch höfliches Interesse. Sie steckt kaum den Kopf in die gesetzten kleinen Schlafzimmer und Bäder, nimmt erfreut, aber nur flüchtig Notiz von den gemusterten Wäschekörben aus Plastik und den Badematten aus rosa Frotté, gibt beim Anblick einer Wanne inklusive Dusche, die brandneu aussieht, ein gelegentliches »Aha« oder »Wie nett« von sich. Einmal murmelt sie ein »So was hab ich seit Jahren nicht gesehen«, als wir an einer Telefonnische vorbeikommen, die am Ende des Flurs in die Wand eingelassen ist.

»Es ist wirklich sehr gepflegt«, sagt sie, als wir vorne in der Diele stehen, wirft aber einen verstohlenen Blick nach hinten, wo Joe jetzt an dem bambusbewachsenen Zaun steht, die kurzen Arme vor der Brust gefaltet, sein Exposé in der Hand, und mit Ted in einem Tümpel vormittäglichen Sonnenlichts irgendwelche Dinge durchspricht. Sie würde gerne gehen. »Am Anfang hat es mir so gut gefallen«, sagt sie, dreht sich um und sieht auf die Straße hinaus, wo die Mülltonne der Schließer-Marilyn am Straßenrand wartet.

»Ich würde Ihnen raten, noch mal drüber nachzudenken«, sage ich und merke selbst, wie banal ich klinge. Ich habe jedoch die Aufgabe, einen vorsichtigen Finger auf die Waagschale der Urteilsfindung zu drücken, wenn ich das Gefühl habe, daß der Augenblick es verlangt, wenn eine potentielle Käuferin die goldene Chance hat, sich selbst glücklich zu machen, indem sie zur Besitzerin wird. »Wenn ich ein Haus verkaufe, Phyllis, überlege ich immer, ob die Käufer einen fairen Gegenwert bekommen«, sage ich, so wie ich es empfinde – wahrheitsgemäß. »Vielleicht denken Sie, daß ich mich frage, ob die Leute ihr Traumhaus bekommen oder das Haus, das sie sich ursprünglich vorgestellt haben. Aber offengestanden ist es wichtiger, einen Gegenwert für sein Geld zu bekommen, vor allem in der augenblicklichen wirtschaftlichen Situation. Wenn die Marktkorrektur kommt, zählt nur noch realer Wert. Und in diesem Haus« – ich sehe mich theatralisch um und dann hoch zur Decke, als wäre das der Ort, an dem der Wert für gewöhnlich sein Lager aufschlägt –, »in diesem Haus haben Sie, glaube ich, etwas sehr Wertbeständiges.« Das glaube ich wirklich. (Allmählich fange ich an, in meiner Windjacke zu dampfen, will sie aber noch nicht ausziehen.)

»Ich will nicht neben einem Gefängnis wohnen«, sagt Phyllis fast bittend, geht zur Fliegengittertür und sieht hinaus, die molligen Hände in den Hosentaschen vergraben. (Vielleicht spielt sie die Rolle der neuen Besitzerin durch – das unschuldige Innehalten während eines ganz gewöhnlichen Tages, um einen Blick auf die Straße zu werfen. Vielleicht versucht sie zu ermessen, an welchem Punkt der »Haken« sich bemerkbar macht und ob er sich bemerkbar macht. Der irritierende Gedanke, daß es ganz in der Nähe ein Fernsehzimmer voll sorgloser Steuerhinterzieher, geiler Priester und Pensionskassenplünderer gibt, die ihre grinsenden Nachbarn sein werden – ist er so unerträglich, wie sie anfangs meinte?)

Phyllis schüttelt den Kopf, als hätte sie gerade herausgefunden, was der unangenehme Nachgeschmack auf ihrer Zunge ist. »Ich hab mich immer für liberal gehalten. Aber anscheinend bin ich das nicht«, sagt sie. »Ich finde es ganz richtig, daß es solche Anstalten für bestimmte Straftäter gibt, aber ich möchte nicht, daß meine Tochter direkt neben einer aufwächst.«

»Wir werden alle ein bißchen weniger flexibel, wenn wir älter werden«, sage ich. Ich sollte ihr erzählen, daß Clair Devane in einer Eigentumswohnung ermordet und ich selbst von herumalbernden Orientalen niedergeschlagen wurde. Im Vergleich dazu macht sich ein gutnachbarliches Gefängnis nicht schlecht.
Ich höre Joe und Ted hinter dem Haus lachen wie zwei Rotarier. Bei Joe klingt es »Hohoho!« Ein fettiger, gasiger Geruch wabert aus der Küche und überlagert den frischen Duft der Möbelpolitur. (Ich bin überrascht, daß er Joe nicht aufgefallen ist.) Vielleicht sind Ted und seine Frau jahrzehntelang mit einer halben Gasvergiftung und glücklich wie zwei Bienchen herumgeschwirrt, ohne den Grund dafür zu kennen.
»Was macht man denn bei so einer Hodengeschichte? Ist das schlimm?« sagt Phyllis, immer noch ernst.
»Ich bin kein Fachmann«, sage ich. Ich muß Phyllis aus den dunkleren Korridoren des Lebens herausholen, in die sie anscheinend vorgedrungen ist, und sie auf die positiveren Aspekte des Lebens in der Nähe eines Gefängnisses hinweisen.
»Ich hab grade ans Älterwerden gedacht«, sagt Phyllis und kratzt mit einem Finger an ihrem Pilzkopf. »Und wie gräßlich es ist.« In diesem Moment sieht sie alle Kinder Gottes als eine todgeweihte Spezies (vielleicht ist das Gasleck schuld), nicht von Krankheiten dahingerafft, sondern von Computertomographien, Biopsien, Sonogrammen und kalten, stumpfen Instrumenten, die grob in unsere empfindlichsten Körperhöhlen eingeführt werden. »Wahrscheinlich steht mir eine Hysterektomie bevor«, sagt sie mit Blick auf die Straße, aber mit ruhiger Stimme. »Joe weiß noch gar nichts davon.«
»Das tut mir sehr leid«, sage ich, unsicher, ob das die korrekte und gewünschte Reaktion ist.
»Ja. Hm«, sagt sie traurig, während sie mir ihren ausladenden Rücken zukehrt. Vielleicht kämpft sie mit den Tränen. Ich bin jedoch an einem toten Punkt angelangt. Zu den weniger bekannten Aspekten des Maklerjobs gehört es, morbide Anwandlungen der Klienten zu überwinden – die plötzliche, unbehagliche Erkenntnis, daß man mit dem Kauf eines Hauses auch die modrigen Überbleibsel und lauernden Probleme anderer Leute über-

nimmt, Sorgen, für die man bis zum Jüngsten Tag verantwortlich sein wird, die aber nur die eigenen alten Sorgen ersetzen, an die man sich endlich gewöhnt hatte. Es gibt brancheneigene Tricks, mit dieser Art des Zurückscheuens umzugehen: man muß den Wert betonen (was ich gerade getan habe); man muß den guten Zustand betonen (das hat Joe gemacht); man muß die Langlebigkeit älterer Häuser betonen und die Tatsache, daß sie alle Kinderkrankheiten längst hinter sich haben und so weiter (genau das hat Ted getan); man muß die allgemeine wirtschaftliche Unsicherheit betonen (das habe ich heute morgen in meinem Artikel getan, und ich werde dafür sorgen, daß Phyllis vor Sonnenuntergang eine Kopie bekommt).

Bloß daß ich für Phyllis' speziellen Kummer und ihre spezielle Verzweiflung kein Gegenmittel parat habe, abgesehen von meinem Wunsch nach einer gütigeren Welt. Aber der zählt nicht.

»Das ganze Land ist nicht mehr in Ordnung, Frank. Wenn Sie die Wahrheit wissen wollen, können wir es uns einfach nicht mehr leisten, in Vermont zu leben. Aber jetzt können wir es uns auch nicht leisten, hier zu leben. Dabei müssen wir angesichts meiner gesundheitlichen Probleme irgendwo Wurzeln schlagen.« Phyllis schnüffelt, als seien die Tränen, gegen die sie eben gekämpft hat, jetzt verschwunden. »Ich glaub, ich bin heute auf 'ner hormonalen Achterbahn. Tut mir leid. Aber ich seh alles nur schwarz.«

»So schlimm ist es doch auch wieder nicht, Phyllis. Zum Beispiel glaube ich, daß das hier ein gutes Haus mit einem guten Wert ist, genau wie ich eben gesagt habe, und daß Sie und Joe hier glücklich sein könnten, und Sonja natürlich auch. Und daß Sie sich wegen der Nachbarn überhaupt keine Sorgen machen würden. In den Vororten kennt sowieso kein Mensch seine Nachbarn. Es ist nicht wie in Vermont.« Ich werfe einen Blick auf mein Exposé, um zu sehen, ob es noch etwas gibt, was ich betonen könnte: »Kamin«, »Garage / Carport«, »Waschküche«, mit 155.000 ein vernünftiger Preis. Solide Werte, aber nichts, was die hormonale Achterbahn anhalten könnte.

Ich starre ratlos auf Phyllis' nicht besonders wohlgeformten Rücken und empfinde ein plötzliches, flüchtiges Interesse an ihrem und Joes Sexualleben – ausgerechnet. Ist es fröhlich und

witzig? Ehrfürchtig und zurückhaltend? Rabaukenhaft, laut und ungebärdig? Phyllis besitzt einen undefinierbaren, unterschwelligen Reiz, der nicht immer offensichtlich ist – so wie sie sich leicht glubschäugig in ihren schlecht sitzenden Matronenkleidern versteckt. Eine nachgiebige, alles andere als mütterliche Üppigkeit, auf die ein einsamer Elternbeirats-Dad in Cordhose und Flanellhemd, dem sie nach dem Elternabend in der kühlen Intimität des Grundschulparkplatzes noch einmal über den Weg läuft, durchaus fliegen könnte.
In Wahrheit aber wissen wir wenig über andere und können wenig mehr über sie in Erfahrung bringen, obwohl wir neben ihnen stehen, ihre Klagen hören, mit ihnen in der Achterbahn sitzen, ihnen Häuser verkaufen und uns Gedanken über das Wohlergehen ihrer Kinder machen. Aber dann sind sie mit einem Knall oder einem Ächzen oder dem Zuklappen einer Autotür wieder verschwunden und für immer weg. Fremde in der Nacht.
Und doch besagt eines der Leitmotive der Existenzperiode, daß Interesse sich durchaus mit Desinteresse mischen kann, Vertrautheit mit Vergänglichkeit, Fürsorge mit halsstarriger Gleichgültigkeit. Bis vor sehr kurzem (ich weiß nicht, wann es aufgehört hat) glaubte ich, dies sei die *einzige* Möglichkeit in dieser Welt; das Gleichgewicht der Reife. Bloß daß es jetzt anscheinend mehr Dinge gibt, die geregelt werden müssen: entweder zugunsten eines totalen Desinteresses (die Geschichte mit Sally zu beenden, könnte ein Beispiel dafür sein) oder aber eines radikalen Interesses (Sally und das Nicht-Beenden der Geschichte mit ihr könnte ein anderes Beispiel sein).
»Wissen Sie, Frank...« Phyllis, deren Versunkenheit anscheinend abklingt, ist an mir vorbei ins Wohnzimmer und an das große Fenster gegangen, neben dem ein kleiner, ausklappbarer Serviertisch steht, und hat, genau wie die Rothaarige von gegenüber, die Vorhänge aufgezogen und die warme Morgensonne hereingelassen. Sie vertreibt die Begräbnisstille des Raumes, indem sie die pedantischen Sofas und femininen Bonbonschälchen und Zierdeckchen und abgestaubten Nippessachen (die Ted aus Sentimentalität stehenließ) wie von innen aufleuchten läßt. »Ich hab eben gedacht, daß vielleicht niemand jemals das Haus be-

kommt, das er oder sie haben will.« Phyllis sieht sich interessiert und freundlich im Zimmer um, als möge sie das neue Licht, sei aber der Meinung, daß die Möbel umgestellt werden müßten.
»Na ja, wenn ich es für Sie finden kann, dann doch. Und wenn man es sich leisten kann. Aber man ist am besten dran, wenn man so nah wie möglich an seine ursprünglichen Vorstellungen herankommt und dann versucht, dem Haus Leben einzuhauchen, statt darauf zu warten, daß das Haus alles mitbringt.« Ich schenke ihr meine Version eines willigen Lächeln. Was sich im Augenblick abspielt, ist ein positives Zeichen, obwohl wir nicht richtig miteinander reden. Wir machen nur unsere Standpunkte klar, und alles hängt davon ab, wer seine Rolle besser beherrscht. Es ist eine Art taktierender Pseudo-Kommunikation, etwas, woran ich mich in meiner Zeit in der Immobilienbranche gewöhnt habe. (Richtige Gespräche – so wie man sie mit einem geliebten Menschen, wie zum Beispiel seiner früheren Ehefrau, führte, als man noch ihr Ehemann war –, richtige Gespräche finden nicht statt.)
»Haben Sie ein Gefängnis hinter Ihrem Haus?« sagt Phyllis unvermittelt. Sie starrt auf ihre rotlackierten Zehen, die sie in die Sandalen drückt. Sie scheinen irgendeine Bedeutung für sie zu haben.
»Nein. Aber dafür wohn ich im früheren Haus meiner Ex-Frau«, sage ich. »Und ich lebe allein, und mein Sohn ist Epileptiker und muß ständig eine Art Football-Helm tragen, und ich hab beschlossen, in ihrem Haus zu leben, um ihm einen kleinen Anschein von Beständigkeit zu vermitteln, wenn er zu Besuch kommt, weil seine Lebenserwartung nicht besonders hoch ist. Ich hab also auch ein paar Kompromisse gemacht.« Ich blinzle sie an. Das Ganze hier dreht sich um sie, nicht um mich.
Damit hat Phyllis nicht gerechnet. Sie sieht wie vor den Kopf geschlagen aus, als sie plötzlich erkennt, wie sehr alles Bisherige ganz normale Verkäuferstrategie und typisches, entnervendes Käuferverhalten war; und daß jetzt auf einmal alles auf den Punkt gebracht ist: nämlich daß der Mann, der sich der Probleme, in denen sie und Joe stecken, mit aller Aufmerksamkeit annimmt, größere Sorgen hat als sie selbst, weniger gut schläft,

mehr Ärzte aufsucht und mehr beunruhigende Telefongespräche führt, in deren Verlauf er mehr Zeit mit nervösem Warten verbringt, während ominöse Krankenblätter durchgelesen werden. Und dessen Leben ganz allgemein eine größere Bedeutung hat als ihres, weil er dem Grab (wenn auch nicht notwendigerweise seinem eigenen) näher steht.

»Frank, ich wollte meine Kratzer nicht mit Wunden vergleichen«, sagt Phyllis kläglich. »Tut mir leid. Ich steh einfach ziemlich unter Druck.« Sie schenkt mir ein trauriges Stan-Laurel-Lächeln und senkt das Kinn, genau wie der alte Stan. Sie hat ein formbares, süßes Knetgummigesicht, wie geschaffen für alternatives Kindertheater im Nordöstlichen Königreich. Aber genauso passend für Penns Neck, wo eine Schauspielgruppe, vielleicht sogar unter ihrer Leitung, für die einsamen, diebischen ehemaligen Rechnungsprüfer und Amtsmißbräuchler auf der anderen Seite des Zauns *Peter Pan* oder *The Fantasticks* (ohne den *Rape Song*) aufführen und ihnen das zumindest zeitweilige Gefühl vermitteln könnte, daß das Leben nicht völlig sinnlos ist, daß draußen immer noch Hoffnung ist, daß es Möglichkeiten gibt – auch wenn es in Wirklichkeit keine gibt.

Ich höre, wie Ted und Joe ihre nassen Schuhe erst an der Hintertreppe abstreifen und dann mit ihnen auf der Fußmatte herumtrampeln, und wie Joe sagt: »Das wär mal ein *richtiger* Realitätsschock, das kann ich Ihnen sagen.« Während der sanfte, kluge Ted antwortet: »Ich hab einfach beschlossen, in der Zeit, die mir noch bleibt, alles Unwesentliche über Bord zu werfen.«

»Darum beneide ich Sie, wirklich«, sagt Joe. »Mannomann, ich hab auch ein paar, die ich gern loswerden würde.«

Phyllis und ich hören beide, was Joe sagt. Und beide wissen wir, daß einer von uns das erste unwesentliche Ding wäre, das Joe hinter sich lassen möchte.

»Wissen Sie, Phyllis, wahrscheinlich haben wir alle unsere Narben«, sage ich. »Aber ich möchte nicht, daß Sie sich deshalb ein verdammt gutes Geschäft mit einem wundervollen Haus entgehen lassen, wenn Sie nur zuzugreifen brauchten.«

»Gibt es sonst noch was, was wir uns heute ansehen könnten?« sagt Phyllis mutlos.

Ich schaukele auf den Hacken nach hinten und lege die Arme um meinen Klemmhefter. »Ich könnte Ihnen eine Neubausiedlung zeigen.« Natürlich denke ich an Mallard's Landing, wo abgeholzte Bäume vor sich hin schwelen und vielleicht zwei Häuser fertig sind und die Markhams einen Anfall bekämen, sobald sie die flatternden Wimpel sähen. »Der junge Bauunternehmer ist ein sehr netter Mann. Und die Häuser liegen alle in Ihrer Preisklasse. Aber Sie hatten gesagt, daß Neubauten nicht in Frage kommen.«

»Nein«, sagt Phyllis düster. »Wußten Sie, Frank, daß Joe manisch-depressiv ist?«

»Nein, das wußte ich nicht.« Ich drücke meinen Klemmhefter fester an mich. (Allmählich fange ich an, in meiner Windjacke zu kochen wie ein Kohlkopf.) Trotzdem bin ich entschlossen, die Stellung zu halten. Manisch-depressive, verurteilte Straftäter, Männer und Frauen mit auffälligen Tätowierungen am ganzen Körper: sie alle haben ein Recht auf einen Haken, an dem sie ihren Hut aufhängen können, sofern sie das nötige Kleingeld dafür haben. Die Behauptung, daß Joe verrückt ist, ist wahrscheinlich eine Lüge, ein Trick, der mir zeigen soll, daß Phyllis im Immobilienkampf eine ebenbürtige Gegnerin ist (aus irgendeinem Grund halte ich ihre »Frauengeschichten« aber für authentisch). »Phyllis, Sie und Joe sollten ernsthaft über dieses Haus nachdenken.« Ich sehe ihr fest in die störrischen blauen Augen und merke auf einmal, daß sie Kontaktlinsen tragen muß, da kein annähernd so blaues Blau in der Natur vorkommt.

Sie steht vom Fenster eingerahmt da, die kleinen Hände vor sich gefaltet wie eine Lehrerin, die einem wenig begabten Schuljungen eine Frage aus der Trickkiste stellt. »Haben Sie manchmal das Gefühl« – das Licht, das Phyllis umflutet, scheint sie mit heiligen Mächten in Kontakt gebracht zu haben –, »daß kein Mensch sich mehr um Sie kümmert?« Sie lächelt leise. Die Falten in ihren Mundwinkeln zeichnen Kerben in ihre Wangen.

»Jeden Tag.« Ich versuche, wie ein Märtyrer auszusehen.

»Ich hatte das Gefühl, als ich das erste Mal heiratete. Als ich zwanzig war und noch in Towson studierte. Und heute morgen, im Motel, hatte ich es wieder – zum ersten Mal seit Jahren.« Sie rollt theatralisch-komisch die Augen.

Joe und Ted drehen eine geräuschvolle zweite Runde durch das Haus. Ted breitet alte Baupläne aus, die er irgendwo gehortet hatte. Bald werden sie in unsere kleine Séance hereinplatzen.
»Ich finde, das ist ein ganz natürliches Gefühl, und ich finde auch, daß Sie und Joe sich sehr gut umeinander kümmern.« Ich halte Ausschau, ob die Landvermesser bald da sein werden. Ich höre, wie sie auf der Abdeckung des alten, nicht mehr funktionierenden, in den Boden eingelassenen Heizgeräts herumtrampeln und gewichtig über den Dachboden diskutieren.
Phyllis schüttelt den Kopf und lächelt ein beseligtes Lächeln. »Der Trick besteht darin, Wasser in Wein zu verwandeln, was?«
Ich habe keine Ahnung, was damit gemeint sein könnte. Aber ich sehe sie mit einem anwalthaft-brüderlichen Blick an, der besagt, daß der Wettstreit jetzt vorbei ist. Ich könnte sogar ihre mollige Schulter tätscheln, aber dann würde sie vielleicht mißtrauisch werden. »Hören Sie, Phyllis«, sage ich. »Die Leute denken immer, daß es nur zwei Möglichkeiten gibt. Eine, die funktioniert, und eine, die nicht funktioniert. Ich denke jedoch, daß die meisten Dinge auf irgendeine Weise anfangen, und dann steuern wir sie dahin, wo wir sie hinhaben wollen. Und egal, wie Sie sich in dem Augenblick fühlen, in dem Sie ein Haus kaufen – auch wenn Sie das hier nicht kaufen, oder überhaupt keins von mir kaufen –, Sie müssen auf jeden Fall ...«
Und dann ist unsere Séance tatsächlich vorbei. Ted und Joe kommen durch den Flur zurückgestampft, nachdem sie beschlossen haben, doch keine spinnwebige Erkundungstour die »versenkbare« Bodentreppe hinauf zu machen, um irgendwelche Dachbalkenverstärkungen aus Metall zu beäugen, die Ted anbringen ließ, als 1958 der Hurrikan Lulu hier durchzog, Bäume knickte, Yachten meilenweit ins Landesinnere trug und größere Häuser als das von Ted dem Erdboden gleichmachte. Es ist zu heiß da oben.
»Gott steckt im Detail«, bemerkt einer der neuen Busenfreunde. Und fügt hinzu: »Oder war es der Teufel?«
Phyllis sieht friedvoll zur Diele hinüber, in der die beiden erst die eine, dann die andere Richtung einschlagen, bevor sie uns im Wohnzimmer entdecken. Ted, der mit seinen alten Bauplänen in

Sicht kommt, wirkt meiner Einschätzung nach zufrieden. Joe mit seinem unreifen Ziegenbärtchen, seinen vulgären Shorts und seinem »Töpfer machen's mit den Fingern«-Hemd scheint sich am Rand irgendeiner Form von Hysterie zu befinden.

»Ich hab genug gesehen«, brüllt er wie ein Bahnschaffner und taxiert das Wohnzimmer, als hätte er es noch nie im Leben gesehen. Dann drückt er zufrieden seine dicken Handknöchel gegeneinander. »Es reicht mir, um eine Entscheidung zu treffen.«

»Okay«, sage ich. »Dann fahren wir jetzt ein Stück.« (Das ist der Code für: Wir gehen frühstücken und bringen ein Angebot zu Papier und sind in einer Stunde wieder zurück.) Ich nicke Ted Houlihan zuversichtlich zu. Unerwarteterweise hat er sich als Schlüsselfigur in diesem speziellen Teile-und-Herrsche-Stück herausgestellt. Seine Erinnerungen, seine arme, tote Frau, seine schadhaften *cojones*, seine vorsichtige, sanftmütige Fred-Waring-Weltsicht und seine lässige Kleidung sind erstklassiges verkaufsförderndes Material. Er könnte gut und gerne Makler sein.

»Dieses Haus wird nicht lange auf dem Markt sein«, schreit Joe jedem in der Nachbarschaft zu, der es hören will. Dann wirbelt er herum und steuert in einer Art Platzangst auf die Vordertür zu.

»Wir werden sehen«, sagt Ted Houlihan, lächelt mich und Phyllis zweifelnd an und rollt seine Blaupausen fester zusammen. »Ich weiß, daß die Anlage hinter dem Zaun Sie beunruhigt, Mrs. Markham. Aber ich hatte immer das Gefühl, daß sie die ganze Nachbarschaft sicherer macht und ihr einen größeren Zusammenhalt gibt. Es ist praktisch so, als wäre es AT&T oder RCA, falls Sie wissen, was ich meine.«

»Ich verstehe«, sagt Phyllis unbewegt.

Joe ist schon durch die Tür, die Treppe hinunter und auf dem Rasen, von wo aus er das Dach, die Fensterstürze und die Lüftungsklappen begutachtet. Sein von Haaren umrahmter Mund steht offen, während er den First auf abgesackte Stellen und die Dachrinne auf Frostschäden absucht. Vielleicht sind es die Medikamente gegen seine manische Depression, die seine Lippen so rot machen. Joe hat, so glaube ich, ein bißchen Pflege nötig. Ich finde eine »Frank Bascombe, Immobilienmakler«-Karte in der Tasche meiner Windjacke und lege sie auf den Schirmständer

neben der Tür zum Wohnzimmer, wo ich in den letzten zehn Minuten versucht habe, Phyllis am Ausbrechen aus dem Korral zu hindern.
»Wir melden uns«, sage ich zu Ted. (Wieder Codesprache. Weniger spezifisch.)
»Tun Sie das«, sagt Ted mit einem warmen Lächeln.
Und dann geht Phyllis hinaus, mit schwingenden Hüften und klappernden Sandalen, schüttelt Ted im Vorbeigehen die Hand, murmelt irgend etwas, daß es ein wunderschönes Haus und eine Schande ist, daß er es verkaufen muß, steuert aber geradewegs auf Joe zu, der versucht, durch den wie auch immer gearteten Nebel, den das Schicksal ihm verwirrenderweise auferlegt hat, eine klare Sicht der Dinge zu bekommen.
»Sie werden's nie im Leben kaufen«, sagt Ted tapfer, als auch ich auf die Tür zugehe. Er sagt es nicht aus Enttäuschung, sondern aus der möglicherweise verfehlten Befriedigung darüber, die fremden Elemente wieder abziehen zu sehen und sich noch einmal in die behagliche, bittersüße Häuslichkeit zurückziehen zu können, die immer noch ihm gehört. Wer wäre nicht erleichtert, Joe durch die Tür verschwinden zu sehen.
»Ich weiß nicht, Ted«, sage ich. »Man kann nie wissen, was andere Leute tun werden. Wenn ich es wüßte, würde ich mein Geld in einer anderen Branche verdienen.«
»Es wäre schön zu wissen, daß das Haus auch anderen Leuten was bedeutet. Das wär ein gutes Gefühl. Für unsereinen gibt es nicht mehr viel Bestätigung.«
»Nicht so viel, wie wir's gern hätten. Aber jetzt bin ich dran.«
Phyllis und Joe stehen neben meinem Auto und sehen zum Haus herüber, als wäre es ein Ozeandampfer kurz vor dem Auslaufen.
»Unterschätzen Sie Ihr Haus nicht, Ted«, sage ich, ergreife wieder seine kleine, zwiebackharte Hand und schüttele sie beruhigend. Der Gasgeruch steigt mir noch einmal in die Nase. (In spätestens fünf Minuten wird Joe mir alles darüber erzählt haben.) »Seien Sie nicht überrascht, wenn ich noch heute morgen mit einem Angebot zurückkomme. Die beiden werden kein Haus sehen, das so gut ist wie Ihres, und ich habe die Absicht, ihnen das in aller Deutlichkeit klarzumachen.«

»Einmal ist ein Typ über den Zaun geklettert, als ich grade dabei war, Laub in Säcke zu füllen«, sagt Ted. »Susan und ich haben ihn ins Haus geholt und ihm einen Kaffee und ein Eiersalatsandwich angeboten. Wie sich herausstellte, war er ein Stadtrat aus West Orange. War einfach in irgendwelche Sachen reingeraten. Er half mir eine Stunde im Garten und kletterte dann wieder rüber. Eine Zeitlang haben wir zu Weihnachten immer 'ne Karte von ihm bekommen.«
»Wahrscheinlich ist er wieder in der Politik«, sage ich, froh darüber, daß Ted Phyllis diese Anekdote erspart hat.
»Wahrscheinlich.«
»Wir hören voneinander.«
»Ich hab nichts vor«, sagt Ted und macht die Tür hinter mir zu.

Im Auto scheinen die Markhams mich so schnell wie möglich loswerden zu wollen. Wichtiger aber ist, daß keiner von ihnen auch nur ein Wort über ein Angebot fallenläßt.
Als wir von der Auffahrt auf die Straße biegen, sehen wir, wie das Auto eines anderen Immobilienmaklers, in dem ein junges Paar sitzt, die Fahrt verlangsamt. Die Frau nimmt das Houlihan-Haus durch das Seitenfenster auf Video auf. Die Aufschrift auf der Fahrertür des großen, glänzenden Buicks lautet: »BUY AND LARGE IMMOBILIEN – Freehold, N. J.«
»Das Haus ist bis heute abend Geschichte«, sagt Joe ausdruckslos auf dem Sitz neben mir. Seine »Ärmel-aufkrempeln-und-zupacken«-Haltung von eben ist merkwürdigerweise völlig verschwunden. Kein Wort über den Gasgeruch. Phyllis hat noch keine richtige Gelegenheit gehabt, ihn sich vorzuknöpfen, aber ein Blick kann Städte ausradieren.
»Könnte sein«, sage ich und durchbohre den BUY AND LARGE-Buick mit bösen Blicken. Vielleicht hat Ted Houlihan unsere Exklusivabmachung schon gebrochen, und ich bin sehr versucht, auszusteigen und allen Beteiligten die eine oder andere Grundregel zu erklären. Andererseits könnte der Anblick rivalisierender Käufer für Phyllis und Joe ein Ansporn sein. Und tatsächlich beäugen sie die Neuankömmlinge in mißbilligendem Schweigen, als ich uns die Charity Street hinunterchauffiere.

Auf dem Weg zur Route 1 besteht Phyllis – die sich eine dunkle Sonnenbrille aufgesetzt hat und wie eine Diva aussieht – plötzlich darauf, daß ich sie »hintenrum« fahre, damit sie sich das Gefängnis ansehen kann. Folglich fahre ich durch die weniger schönen angrenzenden Viertel zurück, biege hinter einem neuen Sheraton und einer großen Episkopal-Kirche mit einem breiten, leeren Parkplatz ab und fädele mich nördlich von Penns Neck in die Route 1 ein. Etwa einen Kilometer weiter sehen wir eine Art abgemähte Heuwiese, auf der ungefähr dreihundert Meter von der Straße zurückgesetzt ein rundum von einem doppelten Zaun umgebener Komplex aus niedrigen, unauffälligen, dumpfgrünen Gebäuden steht. Das ist das störende Gefängnis. Wir sehen Basketballkörbe, einen Baseballplatz, mehrere eingezäunte, beleuchtbare Tennisplätze, einen Sprungturm, der sich über etwas erhebt, was ein Fünfzigmeterbecken sein könnte, und mehrere gepflasterte, sanft geschwungene »Meditationswege«, die sich über das offene Gelände schlängeln und auf denen Männer – einige davon sichtlich schon älter und humpelnd – herumspazieren und sich unterhalten. In Zivil, nicht in Sträflingskluft. Außerdem gibt es da, wohl aus atmosphärischen Gründen, einen großen Schwarm Kanadagänse, die auf einem ovalen Teich herumschwimmen und gründeln.

Ich bin natürlich schon unzählige Male hier vorbeigekommen und habe so gut wie nie auf die Anstalt geachtet (was der Absicht der Gefängnisplaner entsprach, das ganze Ding ist so unauffällig gestaltet wie ein Golfplatz). Aber als ich sie mir jetzt ansehe, eine grasbewachsene, sommerliche Anlage mit hohen Bäumen jenseits der Grundstücksgrenzen, wo ein Insasse außer wegzugehen alles machen kann, was er will – ein Buch lesen, fernsehen, über die Zukunft nachdenken –, und seine gesellschaftlichen Schulden in ein bis zwei Jahren unauffällig abbezahlen kann, scheint dieses Gefängnis mir ein Ort zu sein, an dem jeder gerne innehalten würde, um sich über ein paar Dinge klarzuwerden und Ordnung in sein Leben zu bringen.

»Sieht wie ein gottverdammtes College aus«, sagt Joe Markham, dessen Stimme sich immer noch im höheren Dezibelbereich bewegt, der inzwischen aber trotzdem ruhiger wirkt. Wir haben

auf dem gegenüberliegenden Seitenstreifen angehalten, während der Verkehr an uns vorbeidonnert, und verdrehen die Hälse, um den Zaun und das offizielle, schwarz-silberne Schild sehen zu können, auf dem steht: »Justizvollzugsanstalt für Männer, New Jersey«. Dahinter heben sich die amerikanische, die New Jerseyer und die Justizverwaltungsflagge an ihren jeweils eigenen Masten im leisen, feuchten Wind. Es gibt kein Wachhäuschen, keinen Natodraht, keinen Elektrozaun, keine Wachtürme mit Maschinenpistolen, Blendgranaten, Suchscheinwerfern, keine Bluthunde – nur ein diskretes automatisches Tor mit einer diskreten Sprechanlage und einer kleinen Überwachungskamera an einem Pfosten. Absolut nichts Weltbewegendes.
»Sieht gar nicht so schlimm aus, was?« sage ich.
»Wo ist unser Haus?« sagt Joe, immer noch laut, und beugt sich vor, um besser an mir vorbeisehen zu können.
Wir begutachten die hohe Baumreihe, die Penns Neck darstellt, hinter der das Houlihan-Haus in der Charity Street jedoch nicht auszumachen ist.
»Man kann es nicht sehen«, sagt Phyllis. »Aber es ist dahinter.«
»Aus den Augen, aus dem Sinn«, sagt Joe und wirft Phyllis, die immer noch ihre Sonnenbrille trägt, einen schnellen Blick zu. Ein großes Müllauto donnert an uns vorbei und läßt das Auto erbeben. »Da ist 'ne Lücke im Zaun, wo du Rezepte austauschen kannst.« Joe prustet.
»Einen Kuchen mit 'ner Feile drin«, sagt Phyllis mit ausdruckslosem Gesicht. Ich versuche, ihren Blick im Rückspiegel einzufangen, was mir nicht gelingt. »Ich seh es einfach nicht.«
»Ich seh es gottverdammt noch mal schon«, knurrt Joe.
Wir starren noch dreißig Sekunden zum Gefängnis hinüber, dann fahren wir weiter.

Zur negativen Verstärkung fahre ich an Mallard's Landing vorbei, wo alles genauso aussieht wie vor zwei Stunden, bloß nasser. Ein paar Arbeiter bewegen sich in den halbfertigen Häusern. Eine Gruppe schwarzer Männer hievt Fladen nasser Grassoden von einem Lastwagen und stapelt sie vor dem *Modellhaus*, das OFFEN sein soll, es aber nicht ist und aussieht wie eine Haus-

attrappe in einem Film, in der eine fiktive amerikanische Familie eines Tages ihre fiktive Hypothek abzahlen wird. Das Ganze erinnert mich, und bestimmt auch die Markhams, an das Gefängnis, das wir eben hinter uns gelassen haben.
»Wie ich schon zu Phyllis sagte«, sage ich zu Joe, »liegen die Häuser hier in Ihrer Preisklasse, aber sie sind nicht das, was Sie mir beschrieben haben.«
»Lieber hätte ich Aids, als in den Bruchbuden zu wohnen«, faucht Joe, ohne Phyllis anzusehen, die hinten sitzt und zu den Öltanks mit ihren Blinklichtern und dem wirren Haufen jetzt nicht mehr schwelender, zusammengeschobener Bäume hinübersieht. *Weshalb bin ich hie*r? denkt sie garantiert. *Wie weit ist es zurück nach Vermont?* Sie könnte in diesem Augenblick auf dem Farmergenossenschaftsmarkt von Lyndonville stehen, ein sauberes, rotes Tuch um den Kopf gebunden, und zusammen mit Sonja verantwortungsbewußt, aber beiläufig ihre Wochenendeinkäufe tätigen – Überraschungsfrüchte für den »großen Obstsalat«, den sie zur Unabhängigkeitstagsparty beisteuern wird. Chinesische Drachen würden über den Gemüseständen fliegen. Jemand würde Gitarre spielen und verschrobene Berglieder voller sexueller Doppeldeutigkeiten singen. Dutzende von Labradors und Golden Retrievers würden überall herumscharren und herumliegen, alle mit einem bunten Tuch um den Hals. Wo ist das alles hinverschwunden, fragt sie sich. Was habe ich bloß gemacht?
Und plötzlich – *krach-bumm!* Irgendwo hoch über uns in der friedlichen Atmosphäre, unsichtbar für alle, durchbricht ein Düsenjäger die Grenze der harmonischen Klänge und der Träume und donnert in Richtung Berge und Küstenebene davon. Phyllis zuckt zusammen. »Oh Scheiße«, sagt sie. »Was war das denn?«
»Ich hab einen fahren lassen, tut mir leid«, sagt Joe und grinst mich an, und dann sagen wir nichts mehr.

Am Sleepy Hollow-Motel scheinen die Markhams, die den ganzen Rest des Weges in absolutem, reglosem Schweigen zurückgelegt haben, plötzlich nicht mehr aussteigen zu wollen. Der grindige Motelparkplatz ist leer bis auf ihren uralten geborgten Nova mit den nicht zueinanderpassenden Reifen und dem idiotischen Anästhesisten-Aufkleber, der vom Straßendreck der Green Mountains verkrustet ist. Eine kleine, ganz in rosa gekleidete Frau, die die schwarzen Haare zu einem Knoten zusammengebunden hat, huscht durch die Tür der Nummer 7, stopft benutztes Bettzeug und Handtücher in einen großen Wäschesack und schleppt Stapel frischer Wäsche hinein.

Die Markhams wären beide lieber tot als an einem Ort, den sie sich leisten können, und einen unbesonnenen, unklugen Augenblick lang überlege ich, ob ich sie mit zu mir nach Hause nehmen und sie für ein Wochenende intensiver Hausdiskussionen in der Cleveland Street unterbringen soll. Dort hätten sie eine sichere, depressionsfreie Basis, von der aus sie zu Fuß ins Kino gehen, in der August Inn eine anständige Seezunge oder gute Canneloni essen und einen Schaufensterbummel durch die Seminary Street machen könnten, bis Phyllis gar nicht mehr davon abzubringen wäre, hier oder zumindest ganz in der Nähe wohnen zu wollen.

Aber das steht einfach nicht in den Karten, und mein Herz macht allein beim Gedanken daran zweieinhalb heftige, warnende Sprünge. Nicht nur, daß ich nicht möchte, daß die beiden in den Utensilien meines Lebens herumschnüffeln (was sie garantiert tun, hinterher aber abstreiten würden). Auch sollten sie sich, da sie nichts von einem Angebot gesagt haben, so einsam und verlassen fühlen wie im hintersten Sibirien, damit sie sich ihre Optionen gründlich durch den Kopf gehen lassen können. Sie könnten natürlich jederzeit ein paar Scheine mehr hinblättern und ins neue Sheraton oder ins Cabot Lodge ziehen, obwohl beide auf ihre Art genauso trostlos sind wie das Sleepy Hollow. In meinem früheren Leben als Sportreporter habe ich oft in solchen hoffnungslosen Verstecken Schutz und sogar exotische Romantik gesucht und auch für kurze Zeit gefunden. Aber jetzt nicht mehr. Unter keinen Umständen.

Joe geht die Liste der noch unbeantworteten Fragen auf seinem Exposé durch, das er erst zusammengerollt und dann gefaltet hat. Allmählich schwindet seine vorhin noch löwenhafte Entschlossenheit. »Wär es möglich, das Houlihan-Haus auf Mietbasis zu kriegen?« sagt er, während wir alle drei dasitzen.

»Nein.«
»Würde Houlihan ein Stück runtergehen?«
»Machen Sie ihm ein Angebot.«
»Wann kann er ausziehen?«
»Schnellstens. Er hat Krebs.«
»Würden Sie mit Ihrer Kommission auf vier Prozent runtergehen?«
(Die Frage ist keine Überraschung.) »Nein.«
»Was für Zinsen nehmen die Banken zur Zeit?«
(Schon wieder.) »Zehnkommavier dreißig Jahre fest, plus ein Prozent, plus Bearbeitungsgebühr.«
Wir haken alles ab, was Joe so einfällt. Ich habe das Gebläse so gedreht, daß es mir genau ins Gesicht weht, und bin fast wieder so weit, sie in meinem Haus wohnen zu lassen. Aber fünfundvierzig Besichtigungen sind statistisch gesehen der Punkt, an dem es kein Zurück mehr gibt, und die Markhams haben heute die sechsundvierzigste hinter sich gebracht. An diesem Punkt angelangt, kaufen Interessenten in der Regel nicht mehr, sondern suchen in anderen Landesteilen weiter oder machen etwas total Verrücktes, zum Beispiel einen Frachter nach Bahrein nehmen oder das Matterhorn besteigen. Dazu kommt, daß es vielleicht nicht ganz einfach wäre, sie wieder loszuwerden. (Ehrlich gesagt, bin ich fast soweit, die Markhams ganz von der Leine zu lassen, damit sie in den Smoky Mountains einen neuen Anfang machen können.)
Aber natürlich könnten sie genausogut sagen: »Okay, kaufen wir das verdammte Ding, damit dieses ganze Hin- und Hergezerre endlich ein Ende hat. Machen wir Nägel mit Köpfen. Füllen wir ein Angebotsformular aus.« (Ich habe eine ganze Schachtel voll im Kofferraum.) »Hier sind fünf Riesen für die Anzahlung. Wir ziehen ins Sheraton Tara. Setzen Sie Ihren lahmen Arsch in Bewegung, gehen Sie zu Houlihan, sagen Sie ihm, daß er seine Sachen packen und nach Tucson verschwinden oder sich ins Knie ficken soll, weil wir ihm hundertfünfzig und keinen Cent mehr bieten, weil wir nicht mehr haben. Er hat eine Stunde, sich zu entscheiden.«
Es gibt Leute, die das machen. Häuser werden vom Fleck weg gekauft; Schecks werden ausgestellt, Notaranderkonten eröffnet,

Umzugsfirmen aus windigen Telefonzellen vor dem HoJo's angerufen. Es macht meinen Job verdammt viel einfacher. Aber wenn es so kommt, handelt es sich meistens um Texaner oder Kieferchirurgen oder Lokalpolitiker, die wegen irgendwelcher finanzieller Manipulationen gefeuert wurden und einen Ort zum Untertauchen brauchen, bis sie wieder ins Spiel einsteigen können. Weniger häufig passiert das bei Töpfern und ihren molligen, papierschöpfenden Frauen, die aus dem abgedroschenen Vermont in die Zivilisation zurückwollen – mit ausgemergelten Brieftaschen und ohne die leiseste Ahnung, was es ist, das die Welt regiert. Aber mit jeder Menge Vorstellungen, was sie regieren sollte.

Joe sitzt auf dem Beifahrersitz, mahlt mit den Backenzähnen, atmet hörbar und starrt die Ausländerin an, die das schmutzige Zimmer der Markhams mit einem Mop und einer Flasche Pine Sol auswischt. Phyllis mit ihrer Sonnenbrille sitzt da und denkt sich – was? Weiß der Himmel. Es gibt keine Fragen mehr zu stellen, keine Sorgen mehr zu äußern, keine Lösung und kein Ultimatum, die es wert wären, ausgesprochen zu werden. Sie haben einen Punkt erreicht, an dem es nur noch eines gibt: Handeln. Oder auch nicht.

Aber, bei Gott, Joe will nicht recht, obwohl er das Haus liebt. Er sitzt da und durchforstet sein Hirn nach etwas, was er sagen, nach einer Barriere, die er errichten könnte. Wahrscheinlich wird es wieder etwas damit zu tun haben, daß er »die Dinge von oben betrachtet«, oder damit, daß er irgendeine großartige Entdeckung machen will.

»Vielleicht sollten wir doch darüber nachdenken, ein Haus zu mieten«, sagt Phyllis unbestimmt. Ich sehe sie im Rückspiegel, in sich zurückgezogen wie eine trauernde Witwe. Sie starrt den Radkappen-Basar an, auf dessen regendurchweichtem Gelände kein Mensch zu sehen ist, obwohl die Radkappen im Wind blitzen und klappern. Vielleicht sieht sie irgend etwas, was eine Metapher für irgendwas anderes sein könnte.

Dann aber beugt sie sich vor und legt eine tröstende Hand auf Joes nackte, behaarte Schulter, was ihn zusammenzucken läßt, als hätte ihn jemand gestochen. Er erkennt jedoch die Geste als eine der Solidarität und der Zärtlichkeit und faßt unbeholfen nach hinten und ergreift ihre Hand. Alle Truppen werden jetzt gesammelt. Eine einmütige Reaktion liegt in der Luft. Dies ist die fundamentale Geste der Ehe, etwas, was ich bedauerlicherweise irgendwie verloren habe.

»Die meisten der besseren Mietobjekte kommen auf den Markt, wenn das Semester am Institut zu Ende ist und Leute wegziehen. Das war letzten Monat«, sage ich. »Da hat Ihnen nichts gefallen.«

»Gibt es was, wo wir vorübergehend einziehen könnten?« sagt Joe, der schlaff Phyllis' mollige Finger hält, als läge sie neben ihm in einem Krankenhausbett.

»Ich hab da ein Haus, das *mir* gehört«, sage ich. »Aber es ist vielleicht nicht unbedingt das, was Sie wollen.«

»Was ist denn damit?« sagen Joe und Phyllis in mißtrauischem Unisono.

»Nichts ist damit«, sage ich. »Es liegt nur zufällig in einer schwarzen Wohngegend.«

»Oh Gott! Jetzt geht's los«, sagt Joe, als wäre das die seit langem erwartete und schließlich zuklappende Falle. »Das hat mir grade noch gefehlt. Nigger. Besten Dank.« Er schüttelt angewidert den Kopf.

»Hier in Haddam sehen wir die Dinge *nicht* so, Joe«, sage ich kühl. »Ich jedenfalls arbeite nicht so.«

»Schön für Sie«, sagt Joe wütend, hält aber immer noch Phyllis' Hand, vielleicht fester, als ihr lieb ist. »Sie leben ja nicht da«, schäumt er. »Und Sie haben keine Kinder.«

»Ich *habe* Kinder«, sage ich. »Und ich würde gerne mit ihnen dort leben, wenn ich nicht schon woanders lebte.« Ich bedenke Joe mit einem harten, strengen Stirnrunzeln, mit dem ich ihm sagen will, daß abgesehen von allem, was er sowieso nicht weiß, die Welt, die er neunzehnhundertsiebzig oder so verlassen hat, nicht stehengeblieben ist. Niemand wird ihn trösten, wenn die Gegenwart ihm nicht gefällt.

»Was haben Sie denn da, Baracken, an denen Sie samstagmorgens die Miete mit der Flinte kassieren?« sagt Joe tückisch. »Mein Alter hatte so 'n Ding in Aliquippa laufen. Bloß mit Chinesen. Er hatte immer 'ne Pistole im Gürtel, wo jeder sie sehen konnte. Ich mußte im Auto sitzen bleiben.«

»Ich hab keine Pistole«, sage ich. »Ich wollte Ihnen nur einen Gefallen tun.«

»Danke. Vergessen Sie's.«

»Wir könnten es uns wenigstens ansehen«, sagt Phyllis und drückt Joes haarige Knöchel, die er jetzt zu einer drohenden kleinen Faust zusammengeballt hat.

»Vielleicht in einer Million Jahre. Aber nur vielleicht.« Joe reißt den Türgriff hoch und läßt die heiße Route 1 hereinrauschen.

»Es lohnt sich, über Houlihans Haus nachzudenken«, sage ich zu dem Sitz, den Joe gerade räumt, und sehe Phyllis, die immer noch hinten sitzt, von der Seite an.

»Ihr Maklertypen«, sagt Joe von draußen, wo ich nur seine Eierkneifer-Shorts sehen kann. »Ihr würdet eure Großmütter verkaufen.« Dann stakst er in Richtung der Putzfrau davon, die jetzt neben ihrem Wäschekorb und Joes höchsteigenem Zimmer steht und Joe ansieht, als sei er ein sehr merkwürdiger Anblick (was er ja auch ist).

»Joe macht nicht gern Kompromisse«, sagt Phyllis lahm. »Vielleicht hat er auch Probleme mit seiner Dosierung.«

»Von mir aus kann er machen, was er will.«

»Ich weiß«, sagt Phyllis. »Sie haben sehr viel Geduld mit uns. Tut mir leid, daß wir Ihnen soviel Mühe machen.« Sie tätschelt *meine* Schulter, genauso, wie sie es bei Arschloch Joe gemacht hat. Ein Siegestätscheln. Ich kann ihm nicht viel abgewinnen.

»Das ist mein Job«, sage ich.

»Wir melden uns, Frank«, sagt Phyllis und zwängt sich aus ihrer Tür in den heißen Morgen, der auf elf zugeht.

»Ist gut, Phyllis«, sage ich. »Rufen Sie mich im Büro an und hinterlassen Sie eine Nachricht. Ich werd mit meinem Sohn in Connecticut sein. Ich komme nicht dazu, viel Zeit mit ihm zu verbringen. Wir können so ziemlich alles am Telefon erledigen, falls es was zu besprechen gibt.«

»Wir tun, was wir können, Frank«, sagt Phyllis und blinzelt beim Gedanken an meinen Sohn, der Epileptiker ist, was sie aber nicht erwähnen will, kläglich mit den Augen. »Wir tun wirklich, was wir können.«

»Das weiß ich«, lüge ich, drehe mich um und lächle sie zerknirscht an, was sie aus irgendeinem Grund von der Tür weg und über den heißen, kleinen zerbröckelnden Motelparkplatz treibt, auf der Suche nach ihrem merkwürdigen Ehemann.

Ich habe es nun plötzlich eilig, zurück in die Stadt zu kommen, brettere über den jetzt dampfenden Asphalt der Route 1 und nehme noch einmal die King George Road, die der direkteste Weg zur Seminary Street ist. Mir bleibt mehr vom Tag, als ich erwartet habe, und ich will die Zeit nutzen, indem ich noch einmal bei den McLeods vorbeifahre, dann zu FRANKS an der Route 31, und dann weiter nach South Mantoloking, um es mir ein bißchen früher als üblich mit Sally gemütlich zu machen, plus Dinner. Natürlich hatte ich gehofft, ins Büro fahren und ein Angebot durchrechnen zu können, um es Ted Houlihan zu überreichen und diverse Bälle ins Rollen zu bringen – einen Bauunternehmer anrufen, damit er sich das Haus ansieht, die Anzahlung auf das Notaranderkonto überweisen, prüfen lassen, ob das Haus schädlingsfrei ist, Fox McKinney in der Garden State Savings Bank anrufen, damit er in der Hypothekenabteilung ein bißchen Dampf macht. Es gibt absolut nichts, was einem Besitzer besser gefällt als eine schnelle, entschlossene Reaktion auf seine Verkaufsentscheidung. Philosophisch gesehen bedeutet es, wie Ted sagte, daß dann die Welt mehr oder weniger so ist, wie wir sie uns im besten Fall vorstellen. (Während wir von der Welt meistens zu hören bekommen: »Mann, grade damit haben wir Lieferschwierigkeiten. Das dauert mindestens sechs Wochen.« Oder: »Ich hab gedacht, die Dinger werden schon seit '58 nicht mehr hergestellt.« Oder: »Das Teil muß spezialgefertigt werden, und der einzige, der das noch macht, ist grade auf einer Wanderung durch Swaziland. Machen Sie doch auch Urlaub, wir rufen Sie an.«) Aber wenn ein Makler es schafft, ein klares Angebot für ein neues Objekt aus den Interessenten herauszuholen, steigert sich die Wahrscheinlichkeit eines glatten Durchmarsches geometrisch durch das simple Gewicht von Verkäuferzufriedenheit, Vertrauen, Selbstbewußtsein und innerer Stimmigkeit. *Das* ist ein Abschluß.
Folglich ist es eine gute Strategie, die Markhams einfach treiben

zu lassen, wie ich es gerade getan habe. Sollen sie in ihrem schäbigen Nova durch die Gegend fahren und über all die Häuser in all den Vierteln nachdenken, über die sie die Nase gerümpft haben, um dann auf ein Nickerchen ins Sleepy Hollow zurückzukriechen. Ein Nickerchen, bei dem sie bei hellem Tageslicht eindösen, um dann verwirrt, orientierungslos und demoralisiert nach Einbruch der Dunkelheit wach zu werden, Seite an Seite, die schmierigen Motelwände anstarrend, auf den Verkehr lauschend, der vorbeidonnert. Jeder unterwegs zu verlockenden Ferienverabredungen an der Küste, wo junge, glückliche, geliebte Menschen mit perfekten Zähnen von erleuchteten Terrassen und Türeingängen winken, große Krüge mit kaltem Gin in der Hand – jeder, nur sie nicht. (Ich selbst hoffe, demnächst genau so empfangen zu werden – eine fröhliche, sehnsüchtig erwartete Ergänzung zum allgemeinen Ferientreiben zu sein, ein Mensch, der lacht und spürt, wie die Kümmernisse dieser Welt irgendwo von ihm abfallen, wo die Markhams ihn nicht erreichen können. Morgen in aller Herrgottsfrühe werde ich entweder einen hysterischen Anruf von Joe bekommen, der bis Mittag sein Angebot abgegeben haben will, oder aber keinen Anruf – falls die Verwirrung gesiegt und sie zurück nach Vermont und in die Arme der staatlichen Sozialhilfe getrieben hat –, womit ich die beiden los wäre. Wieder eine Situation, in der ich nur gewinnen kann.)
Es ist absolut klar, daß die Markhams schon eine ganze Weile nicht mehr in den Spiegel des Lebens geguckt haben – von Joes Überraschungsblick heute morgen einmal abgesehen. Das spirituelle Mandat Vermonts lautet schließlich, daß man nicht sich selbst betrachtet, sondern Jahre damit verbringt, alles andere um sich anzusehen, da ja das alles angeblich für einen selbst steht. Und es ist alles bestens, weil man selber so toll ist. (Emerson hat da ein paar abweichende Meinungen.) Bloß daß man, wenn man ein Haus kaufen will, nicht umhin kann, ein paar Selbstbetrachtungen anzustellen.
Genau in diesem Augenblick liegen Joe und Phyllis, wenn ich mich nicht sehr irre, genau so, wie ich sie mir vorgestellt habe, steif wie Bretter und voll bekleidet nebeneinander auf ihrem schmalen Bett, starren bei ausgeschaltetem Licht an die trübe,

mit Fliegendreck gesprenkelte Decke und erkennen stumm wie zwei Leichen, daß sie nicht darum herumkommen, sich selbst zu betrachten. Sie sind genau die einsamen, vom Pech verfolgten Leute, die man demnächst im Fernsehen zu Gesicht bekommen wird, auf einer Auffahrt stehend oder auf einer Couch oder einem schmalen Verandastuhl sitzend und verwirrt in die Kamera starrend, während sie für die Sechs-Uhr-Nachrichten interviewt werden. Nicht als durchschnittliche Amerikaner, sondern als Personen, die in den Mühlen der Immobilienrezession aufgerieben wurden, nicht weiter bemerkenswerte Mitglieder einer nicht weiter bemerkenswerten Klasse, zu der sie nicht gehören wollen – der Klasse der Frustrierten, der Klasse derer, die auf der Kippe stehen, der Klasse derer, die das Nachsehen haben und gezwungen sind, anonym und mißmutig in kleinen Sackgassen zu leben, die nach der Tochter des Bauunternehmers oder nach deren Schulfreundinnen benannt sind.

Und das einzige, was sie retten kann, ist folgendes. Sie müssen eine neue Art finden, sich selbst und auch sonst fast alles zu sehen. Sie müssen ein neues Verständnis formulieren, das auf der Überzeugung basiert, daß alte Feuer gelöscht werden müssen, bevor man neue entzünden kann. Natürlich fällt es einem bei den Markhams schwer zu glauben, daß sie das schaffen werden. Heute in einem Jahr wäre Joe der erste, der auf einer Sommersonnwendfeier entspannt auf der frischgemähten Wiese irgendeines Nachbarn säße, ein selbstgebrautes Bier und einen selbstgetöpferten Teller mit vegetarischer Lasagne in der Hand – während nackte Kinder in der Dämmerung herumtollen, der Geruch nach Kompost in der Luft hängt und ein Bach und ein Gasgenerator im Hintergrund murmeln –, und sich über das Thema Veränderung ausließe und sagte, daß jeder ein Feigling sei, der sich vor Veränderungen drücke. Eine Philosophie, die natürlich auf den Lebenserfahrungen beruht, die er und Phyllis gemacht haben (und zu denen Scheidung, unzulängliche Erziehungsmethoden, Ehebruch und Entwurzelung zählen).

Aber es ist gerade die Veränderung, die ihn jetzt so verrückt macht. Die Markhams sagen, daß sie, was ihre Ideale angeht, keine Kompromisse eingehen wollen. Aber es geht nicht um

Kompromisse. Sie können sich ihr Ideal nicht leisten. Und etwas nicht zu kaufen, was man sich nicht leisten kann, ist kein Kompromiß. Es ist die Muttersprache der Realität.

Aber vielleicht finden die beiden verborgene Stärken: ihre unbeholfene, schwerfällige Sixtinische-Kapelle-Berührung im Auto war ein vielversprechendes Zeichen, an dem sie aber am Wochenende, wenn sie allein sind, noch arbeiten müssen. Und da ich noch keinen Scheck von ihnen in der Hand habe, sollen sie auch allein bleiben – und Blut und Wasser schwitzen, aber auch, wie ich hoffe, den Prozeß der Selbstbetrachtung einläuten, als eine weihevolle Initiation in ein erfüllteres, späteres Leben.

- 4 -

Vielleicht sollte ich erzählen, wie ich dazu kam, Immobilienmakler zu werden, denn schließlich hat dieser Beruf nur wenig mit meinen vorherigen Betätigungen als erfolgloser Autor von Kurzgeschichten und als Sportreporter zu tun. Jemand, der zu leben versteht – das wäre für mich ein Mann oder eine Frau, die alles, was im Leben wichtig ist, auf ein paar in fünfzehn Minuten erklärbare Prinzipien und Ereignisse herunterdestillieren könnte. Und zwar ohne ratlose Pausen und Entschuldigungen dafür, daß dies oder das ein bißchen schwer zu verstehen ist, wenn man nicht dabei war. (Schließlich kann kaum ein anderer je wirklich »dabeisein«, und oft ist es zu dumm, daß man selbst dabeisein muß.) Aber in diesem stromlinienförmigen, destillierten Sinn kann ich sagen, daß es die zweite Heirat meiner früheren Frau und ihr Umzug nach Connecticut waren, die mich dahin brachten, wo ich jetzt bin.

Vor fünf Jahren, am Ende einer schlimmen Phase, die meine Freundin Dr. Catherine Flaherty als »vielleicht eine größere Krise« beschrieb oder als »das Ende von etwas Belastendem, gefolgt vom Beginn von etwas Undeutlichem«, kündigte ich eines Tages meinen Job bei einem großen New Yorker Sportmagazin und ging erst nach Florida und im Jahr darauf dann nach Frankreich, wo ich noch nie gewesen war, aber, wie ich beschloß, unbedingt hinmußte.

Im selben Winter unterbrach die oben erwähnte Dr. Flaherty, damals dreiundzwanzig Jahre alt und noch kein Doktor, ihr Medizinstudium in Dartmouth und flog nach Paris, um »eine Saison« mit mir zu verbringen – gegen den abgewogenen Rat ihres Vaters (wer hätte es ihm verdenken können) und ohne die geringste Erwartung, daß die Welt für sie und für mich eine gemeinsame Zukunft bereithielt oder daß man die Zukunft auch nur in Betracht ziehen müßte. Wir beide klapperten in einem gemieteten Peugeot alle Orte ab, die uns auf der europäischen Landkarte interessant vorkamen, wobei ich alle Ausgaben aus dem Verkauf meiner paar Anteile an dem Magazin beglich, während Catherine die komplizierte Aufgabe übernahm, Karten zu lesen, Essen zu bestellen, Erkundigungen einzuholen, öffentliche Toiletten zu finden, Anrufe zu machen und Trinkgelder zu geben. Sie war natürlich schon vor Abschluß ihrer teuren Privatschule mindestens zwanzigmal in Europa gewesen und konnte sich in jedem einzelnen Fall an das »hübsche kleine Restaurant« in den Hügeln hoch über der Dordogne erinnern oder an »das interessante kleine Lokal für ein sehr spätes Mittagessen« in der Nähe des Palacio in Madrid. Oder sie fand auf Anhieb den Weg zu einem Haus außerhalb von Helsinki, in dem Strindbergs Frau einmal gewohnt hatte. Die ganze Reise besaß für sie den Charakter einer ziellosen, nostalgischen Rückkehr zu vergangenen Triumphen in Begleitung eines nicht-traditionellen »Anderen«, bevor das Leben – das richtige Erwachsenenleben – im Ernst anfing und man jeden Spaß für immer vergessen konnte. Für mich dagegen war die Reise eher ein nervöses Huschen über eine fremde, aber erregende *äußere* Landschaft, eine Reise, die ich in der Hoffnung unternommen hatte, irgendwo eine Zuflucht zu finden, einen Ort, an dem ich mich belohnt, neu belebt, weniger nervös und vielleicht sogar glücklich und zufrieden fühlen würde.

Ich brauche nicht viel darüber zu sagen, was wir machten. (Derartige pseudo-romantische Exkursionen müssen alle mehr oder weniger ähnlich sein und irgendwann an einem toten Punkt enden.) Schließlich ließen wir uns in Saint-Valéry-sur-Somme an der Kanalküste der Picardie nieder. Dort verbrachten wir annähernd zwei Monate miteinander, gaben einen beträchtlichen Teil meines Geldes aus, fuhren Fahrrad, lasen jede Menge Bücher, besuchten Schlachtfelder und Kathedralen, versuchten auf den Kanälen zu rudern, spazierten gedankenverloren am grasigen Ufer des Gezeitenflusses entlang und beobachteten, wie französische Fischer Flußbarsche fingen, spazierten gedankenverloren um die Bucht herum zum Alabasterdorf Le Crotoy und wieder zurück und liebten uns häufig. Außerdem übte ich mich in meinem College-Französisch, sprach englische Touristen an, beobachtete Segelboote, ließ Drachen steigen, aß viele sandige *moules meunières*, hörte mir zuviel »traditionellen« Jazz an und schlief, wann immer ich wollte, und auch, wenn ich nicht wollte. Ich wachte mitten in der Nacht auf und starrte den Himmel an, als müßte ich mir eine klarere Sicht von irgend etwas verschaffen, wußte aber nicht, was es war. All das, bis ich mich eigentlich ganz gut fühlte, nicht verliebt in Catherine Flaherty, aber auch nicht unglücklich. Gleichzeitig kam ich mir zukunftslos und unnütz vor und langweilte mich, wie es wohl jedem Amerikaner, der gerne Amerikaner bleiben möchte, nach einem längeren Aufenthalt in Europa geht (so ähnlich wie einem korrupten, kleinstädtischen Straßenbauamtsleiter gegen Ende seines Aufenthalts in der Vollzugsanstalt von Penns Neck).

Aber mit der Zeit machte sich in mir eine Art unterschwellige Dringlichkeit bemerkbar (wie so oft als Nicht-Dringlichkeit getarnt). Ein Gefühl, das sich völlig von den alten, klickenden, wirbelnden, spannungsgeladenen Verwirrungen unterschied, die ich in meinen letzten Tagen als Sportreporter empfunden hatte: geschieden, voller Bedauern und mit dem Drang, jeder Frau nachzusteigen, einfach um mich in einer einigermaßen ruhigen, amüsierten und ein bißchen träumerischen Stimmung zu halten. Diese neue Abart war jedoch eine tiefergehende Dringlichkeit, die nur mit mir allein zu tun hatte, nicht mit mir *und* jemand anderem. Sie war, wie ich heute glaube, das dunkle, tiefe Dröhnen meiner mittleren Jahre, die darauf warteten, ergriffen statt möglichst schmerzlos vermieden zu werden. (Es geht nichts über acht Wochen allein mit einer Frau, die zwei Jahrzehnte jünger ist als man selbst, um zu begreifen, daß man eines Tages nicht mehr da ist. Gleichzeitig fängt das Konzept der Jugend an, einen tödlich zu langweilen, und man wird sich trostlos bewußt, wie unmöglich es ist, je wirklich mit einem anderen Menschen zusammen zu sein.)

Eines Abends also, bei einem Teller *ficelle picard*e und einem weiteren Glas ganz passablen Pouilly-Fumé ging mir auf, daß mein Hiersein mit der einnehmenden, honigblonden, süß-ironischen Catherine tatsächlich eine Art Traum war, und zwar ein Traum, den ich hatte haben wollen. Aber jetzt war es auch ein Traum, der mich zurückhielt – von was, wußte ich nicht so genau, nur daß ich es herausfinden mußte. Ich brauche wohl nicht zu sagen, daß sie sich mit mir zu Tode gelangweilt haben muß. Trotzdem hatte sie auf eine vage amüsierte Weise so getan, als wäre ich ein »ganz witziger alter Knabe« mit interessanten, exzentrischen Gewohnheiten, »als Mann« kein bißchen zu verachten, und als habe unser gemeinsamer Aufenthalt in Saint-Valéry einen wichtigen Beitrag dazu geleistet, ihr junges Leben auf gebührend unkonventionelle Weise in Gang zu bringen. Selbstverständlich würde sie sich immer an alles erinnern. Es war ihr jedoch ziemlich egal, ob ich ging, ob sie blieb oder ob wir beide gingen oder blieben. Sie hatte selbst schon vorgehabt zu gehen und bloß noch nicht daran gedacht, es mir zu sagen. Außerdem wäre sie, wenn ich siebzig wäre und Windeln für Erwachsene tragen müßte, irgendwo in den Fünfzigern, verbittert wegen all der Dinge, die sie versäumt hatte, und nicht in der Stimmung, mich bei Laune zu halten – was dann alles wäre, was ich mir noch wünschen würde. So daß kein Gedanke daran war, es könnte für uns beide eine Zukunft geben.

Ganz genau so kurz und bündig und ohne ein böses Wort nahmen wir noch am selben Abend Abschied voneinander und brachen unsere Zelte ab – sie zurück nach Dartmouth, und ich zurück nach...

Haddam. Wo ich nicht nur mit einer neuen großen Zielstrebigkeit und dem ungestümen Bedürfnis ankam, etwas Ernsthaftes zu meinem eigenen Besten und vielleicht auch zum Besten anderer zu tun, sondern auch mit einem Gefühl der Erneuerung, das zu finden ich weit gereist war. Jetzt übersetzte sich dieses Gefühl in eine heimatliche Verbundenheit mit Haddam selbst, das ich in diesem himmlischen Augenblick als mein geistiges Zuhause empfand. Es war der Ort, an den ich instinktiv und ohne groß darüber nachzudenken zurückgehastet war. (Nachdem ich das Licht der Welt an einem *richtigen* Ort erblickt hatte, und zwar an einem, der so monoton und träge *er selbst* war wie die Golfküste

von Mississippi, überraschte es mich natürlich nicht weiter, daß eine so schlichte Bühne wie Haddam – das bereit war, so wenig es selbst zu sein – auf den zweiten Blick eine große Erleichterung war und man sich dort so verdammt gut heimisch fühlen konnte.)
Früher, als ich noch in der Stadt arbeitete und Sportreportagen schrieb, erst als verheirateter und dann als geschiedener Mann, hatte ich mich selbst immer als eine Art geisterhafte Existenz gesehen, als ein Schiff, das vor nebligen Ufern kreuzt und hofft, in Nähe und Hörweite der Küste zu bleiben, ohne je daran zu zerschellen. Indessen hatte Haddam wie viele Vorstädte die Fähigkeit, jeden Menschen – wenn man von den größten Außenseitern absieht – zu integrieren. Und so fühlte ich mich bald *zugehörig*: ein Typ, der mit dem sizilianischen Gemüsemann über zweideutige Witze lacht, genau weiß, welchen Haarschnitt er in Barber's Barbershop verpaßt bekommt und trotzdem hingeht, an mehr als drei Bürgermeisterwahlen teilgenommen hat und sich daran erinnert, wie alles war, bevor etwas anderes passierte, und sich aus diesem Grund zu Hause fühlt. All diese Gefühle schwimmen natürlich auf der Schaumkrone der Hoffnung und der persönlichen Verheißung.
Jedes Lebensalter hat seine Vor- und Nachteile, und nach meiner Rückkehr nach Haddam hatte mein Leben ganz entschieden zwei Seiten. Auf der einen Seite stand das Gefühl eines schönen »Hier und Jetzt«. Ich hatte klare und begrenzte Ziele, um die sich alles drehte: Ich wollte meinen Kindern wieder näherkommen, nachdem ich eine Weile ausgeflogen war; ich wollte beruflich etwas Neues machen; ich wollte möglicherweise einen Vorstoß unternehmen, um bei Ann verlorenen Boden wettzumachen. Es war, als würden diese hoffnungsvollen Aktivitäten von einem lichtlosen Strahl geleitet; ich befand mich in einem verzauberten Zustand, in dem nichts fremd und unbekannt war und in dem nichts mir widerstehen konnte, wenn ich es wirklich wollte. (Psychiater wie der, den mein Sohn aufsucht, warnen uns vor solchen Gefühlen, winken uns weg vom Gift der Euphorie und zerren uns zurück auf die flache Erde, wo sie uns haben wollen.)
Das andere Gefühl, das ein Gegengewicht zum ersten bildete,

bestand darin, daß alles, worüber ich damals nachdachte, durch die »schlichte Tatsache meiner Existenz« eingeschränkt oder zumindest mitbestimmt wurde. Daß ich schließlich nur ein Mensch war, so untranszendent wie ein Baumstamm, und daß alles, was ich vielleicht tun würde, abgewogen werden mußte gegen das Gewicht des Machbaren und in Übereinstimmung mit Standardüberlegungen wie: »Würde es funktionieren?« und »Wäre es gut für mich oder andere?«

Heute denke ich, daß dieses Ausbalancieren drängender Kräfte in mir den Beginn der Existenzperiode kennzeichnete, den Hochseilakt der Normalität, den Teil, der *nach* dem großen Kampf kommt, der zur großen Explosion führte. Eine Zeit, in der uns, was immer uns angeblich »später« beeinflussen wird, tatsächlich beeinflußt. Eine Periode, in der wir mehr oder weniger selbstbestimmt und glücklich sind, obwohl wir sie später vielleicht weder erwähnen noch uns an sie erinnern werden, wenn wir die Geschichte unseres Lebens erzählen – weil eine solche Zeit so eingetaucht ist in die kleineren Dramen und unwichtigeren Anpassungen, die Voraussetzung dafür sind, daß man ganz einfach mit sich selbst auskommt.

Es schien jedoch notwendig, so manches an Ballast abzuwerfen, damit dieser Übergang zu einem Erfolg werden konnte – genau wie Ted Houlihan es vor einer Stunde ausdrückte, ohne daß Joe Markham es begriff. Ab einem gewissen Alter verbringen die meisten Leute ihre Tage damit, verzweifelt um die Ganzheit ihres Lebens zu ringen. Sie halten alle Dinge zusammen, die je Teil von ihnen waren, um die Illusion aufrechtzuerhalten, daß sie ein erfülltes Leben führen. Diese Dinge beschränken sich gewöhnlich darauf, daß sie sich an den Geburtstag der ersten Person erinnern, der sie sich »hingaben«, oder an die erste Calypso-Platte, die sie je kauften, oder an die eindringliche Zeile in *Unsere kleine Stadt*, die damals, 1960, die Summe des Lebens zu umschreiben schien.

Dabei muß man die meisten dieser Dinge aufgeben, zusammen mit der Vorstellung von Ganzheit, da man sonst nach einer Weile so überhäuft ist von allem, was man einmal getan, ertragen, nicht erreicht, bekämpft und gehaßt hat, daß kein Fortschritt mehr möglich ist. Anders ausgedrückt: solange man jung ist, ist der

Gegner die Zukunft. Aber wenn man nicht mehr jung ist, ist der Gegner die Vergangenheit und alles, was man in ihr getan hat, und die Aufgabe liegt darin, sie hinter sich zu lassen. (Mein Sohn Paul mag da eine Ausnahme sein.)
Ich selbst hatte das Gefühl, daß ich, da ich Job, Ehe, die Sehnsucht nach dem Gestern und meine lähmende Reue abgeworfen hatte, jetzt von Rechts wegen ein Mann voller Möglichkeiten und Ziele war. Ähnlich wie man sich vielleicht fühlt, wenn man mit dem Gletscherskilaufen anfängt – nicht weil man das eigene Potential ausreizen oder mit der Möglichkeit des Todes spielen will, sondern einfach nur, um die menschliche Unternehmungslust, den Mut, die Erregung zu feiern. (Ich hätte natürlich nicht sagen können, wie mein Ziel genau aussah, was wahrscheinlich bedeutete, daß mein Ziel darin bestand, überhaupt ein Ziel zu haben. Obwohl ich bestimmt auch Angst hatte, daß ich mein Leben, wenn ich es nicht nutzte, verlor – was man über den Schwanz sagte, als ich ein Junge war.)
Meine Qualifikation für neue Unternehmungen war erstens, daß es mir völlig egal war, wie die Dinge *früher* waren. Normalerweise weiß man sowieso nicht, wie sie früher waren, außer daß man glücklicher war. Bloß hat man es da vielleicht nicht gewußt. Oder man war unfähig, das Glück zu ergreifen, weil man so tief im Brei des Lebens steckte. Oder man war, was oft der Fall ist, nie ganz so glücklich, wie man später gerne glauben möchte.
Meine zweite Qualifikation war, daß Intimität für mich keine so große Rolle mehr spielte. (Sie hatte an Boden verloren, seit meine Ehe zu Ende gegangen war und andere Reize versagt hatten.) Und mit Intimität meine ich wirkliche Nähe – von der Art, wie man sie im Lauf eines ganzen Lebens nur mit einem (oder vielleicht auch zwei oder drei) anderen Menschen erlebt. Nicht die Art, die sich darauf beschränkt, daß man bereit ist, mit jemandem, der einem nahesteht, über Abführmittel oder Zahnprobleme zu sprechen. Oder, falls es eine Frau ist, über ihren Menstruationszyklus oder die eigene schmerzende Prostata. Diese Dinge sind privat, nicht intim. Ich meine das Wahre – ich meine die schweigenden Intimitäten –, wenn gesprochene Worte, Enthüllungen, Versprechungen, Schwüre fast bedeutungslos wer-

den. Die Intimität des zutiefst Verstandenen und Mitempfundenen, die nichts damit zu tun hat, ob man »spontan« oder ein »Wahrheitsfanatiker« ist, oder Fremden gegenüber »offen« sein kann (das alles bedeutet sowieso nichts). Über diese Dinge war ich hinweg, und ich hatte das Gefühl, mich geradewegs in meinen neuen Bezugsrahmen – wie auch immer er aussehen mochte –, hineinstürzen zu können, einigermaßen vorbereitet, geschnürt und gestiefelt.

Drittens, aber nicht letztens, hatte ich eigentlich nie die Sorge, ein Feigling zu sein. (Das schien mir wichtig und ist es immer noch.) Vor Jahren, als ich noch Sportreporter war, kamen Ann und ich eines Abends aus dem Madison Square Garden, wo die Knicks gegen die Bullets gespielt hatten. Plötzlich fing ein paar Meter vor uns ein Verrückter an, mit einer Pistole rumzufuchteln und zu drohen, alle um ihn herum abzuknallen. Die Nachricht fegte durch die Menschenmenge wie ein Sturm über ein Weizenfeld. »Knarre! Der Kerl hat 'ne KNARRE! Deckung!« Ich zerrte Ann hastig in ein Männerklo, um ein Stück Beton zwischen uns und die Pistolenmündung zu bringen. Zwanzig Sekunden später hatten ein paar geistesgegenwärtige New Yorker Bullen den schießwütigen Burschen überwältigt und zu Brei getreten, und Gott sei Dank wurde niemand verletzt.

Aber als wir im Auto saßen und im Nieselregen darauf warteten, in den trostlosen Tunnel nach New Jersey einfahren zu können, sagte Ann: »Weißt du eigentlich, daß du *hinter mich* gesprungen bist, als der Typ mit der Pistole auftauchte?« Und sie lächelte mich müde, aber verständnisvoll an.

»Bin ich nicht!« sagte ich. »Ich bin ins Männerklo gesprungen und hab dich mitgezogen.«

»Das hast du *auch* gemacht. Aber du hast mich an den Schultern gepackt und dich hinter mich gestellt. Ich will dir gar keinen Vorwurf machen. Es ging alles so schnell.« Sie zeichnete eine krakelige, vertikale Linie auf das beschlagene Fenster und setzte einen Punkt darunter.

»Ja, es *ging* schnell. Aber so war das nicht«, sagte ich aufgeregt, weil tatsächlich alles so schnell gegangen war. Ich hatte einfach instinktiv gehandelt und konnte mich kaum erinnern.

»Wenn das so war«, sagte Ann selbstsicher, »dann sag mir, ob der Mann – falls es ein Mann war – farbig oder weiß war.« Ann hat die rassischen Etikettierungen ihres alten Herrn aus Michigan nie überwunden, Schwarze blieben für sie immer »Farbige«.
»Weiß ich nicht«, sagte ich, als wir die Kurve in die finstere Welt des Tunnels hinter uns brachten. »Es war zu voll. Er war zu weit weg. Wir konnten ihn nicht sehen.«
»*Ich* schon«, sagte sie, setzte sich gerade hin und strich den Rock über ihren Knien glatt. »Er war gar nicht so besonders weit weg. Er hätte tatsächlich einen von uns erschießen können. Er war klein und braunhäutig, und er hatte einen kleinen, schwarzen Revolver. Wenn wir ihm auf der Straße begegneten, würd ich ihn wiedererkennen. Aber es ist ja auch nicht weiter wichtig. Du hast versucht, das Richtige zu tun. Und ich bin froh, daß ich immerhin die zweite Person war, die du schützen wolltest, als du glaubtest, in Gefahr zu sein.« Sie lächelte mich noch einmal an und tätschelte mir das Knie, was mich rasend machte, und ich fand die Sprache erst wieder, als wir schon an der Ausfahrt 9 waren.
Aber ich machte mir jahrelang Gedanken über den Vorfall (wem wäre es nicht so gegangen?). Wie die alten Griechen war ich immer der Meinung gewesen, daß die wichtigsten Ereignisse des Lebens die physischen sind. Und es gab mir zu denken, daß ich bei der (wie ich jetzt weiß) letzten Gelegenheit, die ich vielleicht hatte, mich vor den Menschen zu werfen, den ich am meisten liebte, diesen Menschen anscheinend feige wie ein Köter vor mich geschoben hatte. (Der Anschein ist, wenn es um Feigheit geht, genauso schlimm.)
Aber als Ann und ich uns scheiden ließen, weil sie mich und meine diversen Verirrungen des Kummers und der Sehnsucht, die durch den Tod unseres ältesten Sohnes ausgelöst wurden, nicht mehr ertragen konnte und das Nest floh (ein physischer Akt, wie er im Buche steht), hörte ich fast sofort auf, mir über meine Feigheit Gedanken zu machen, und entschied, daß sie sich geirrt hatte. Es war einfach besser, weiterhin zu glauben, wie wir alle es in unseren Tagträumen tun, daß man tapfer sein wird, wenn der Räuber aus dem Versteck springt und mit einem Jagdmesser oder einer großkalibrigen Pistole herumfuchtelt und dich

und deine Frau und jede Menge unschuldiger Passanten bedroht (alte Leute in Rollstühlen, deine Mathelehrerin von der High School, Miss Hawthorne, die so geduldig war, als du die Geometrie einfach nicht kapieren konntest, und dein Leben dadurch für immer veränderte). Daß dann für einen (mich) die Stunde des Heldentums schlägt. (»Sie haben doch sowieso nicht den Mumm, das Ding da zu benutzen, Mister. Also geben Sie's lieber her und verpissen Sie sich!«) Es ist besser, von sich selbst ein gutes Bild zu haben. Und noch besser (und das ist nicht leicht), wenn auch andere dieses Bild haben.

Es wäre nicht sonderlich interessant, wenn ich mich ausführlich darüber ausließe, was ich zu der Zeit alles ausprobierte und anfing. Wir schrieben das Jahr 1984, das Jahr Orwells, das Jahr, in dem Reagan für die Amtsperiode, die jetzt ihrem Ende entgegengeht, wiedergewählt wurde. Die, durch die er sich mehr oder weniger hindurchdöste, wenn er nicht gerade Kriege anzettelte oder darüber Lügen verbreitete und das Land in jede Menge Schwierigkeiten hineinmanövrierte.
In den ersten Monaten verbrachte ich drei Vormittage der Woche damit, auf WHAD-FM (98,6) blinden Menschen vorzulesen. Romane von Michener und *Dr. Schiwago* waren bei den Blinden besonders beliebt. Wenn ich die Zeit finde, mache ich das auch heute noch gelegentlich, und es ist mir immer eine wirkliche Befriedigung. Eine Zeitlang interessierte ich mich für die Möglichkeit, Gerichtsreporter zu werden (meine Mutter war immer der Meinung, das sei ein wundervoller Beruf, weil er einem nützlichen Zweck diene und man außerdem stets gefragt sei). Später nahm ich eine ganze Woche lang an einem Kurs zur Bedienung schwerer Baumaschinen teil, den ich aber nicht beendete, obwohl er mir Spaß machte. (Ich wollte dann doch etwas weniger Vorhersagbares.) Außerdem bemühte ich mich darum, einen Ghostwriter-Vertrag für eine Biographie zu bekommen, konnte meinen ehemaligen literarischen Agenten aber nicht dafür gewinnen, da ich keine bestimmte Person im Kopf hatte und der Verlag damals nur noch an jungen Autoren mit todsicheren Projekten interessiert war. Und ich arbeitete drei Wochen lang als Inspektor für

eine Firma, die schäbige Motels und Restaurants im Mittelwesten als »exzellent« auswies, aber das war nicht das Richtige, weil ich dabei zuviel Zeit allein im Auto verbringen mußte.
Gleichzeitig machte ich mich daran, meiner väterlichen Verantwortung für meine beiden Kinder (elf und acht Jahre alt) nachzukommen, die bei ihrer Mutter in der Cleveland Street lebten und wie in jeder ganz gewöhnlichen Scheidungsfamilie zwischen unseren beiden Haushalten aufwuchsen. Sie schienen sich einigermaßen an die Scheidung gewöhnt zu haben, wenn sie auch nicht unbedingt ganz glücklich darüber waren. Ungefähr um diese Zeit herum trat ich dem teuren Red Man Club bei, um den beiden die Größe und Wohltätigkeit der Natur nahezubringen. Außerdem plante ich mit ihnen eine nostalgische Reise zum Treffen meines alten Militärcollege-Jahrgangs in Mississippi, eine Fahrt in die Catskills, wo wir ein Wochenende mit der Lektüre von Krimis verbringen wollten, eine Wanderung auf dem Appalachian Trail und eine Floßfahrt auf dem Wading River. (Ich war mir, wie bereits gesagt, durchaus bewußt, daß mein ausgedehnter Abstecher nach Florida und dann nach Frankreich nicht gerade verantwortungsbewußtes väterliches Verhalten gewesen war und daß ich mich bessern mußte. Ich sagte mir aber immer, daß ich es als Kind verstanden hätte, wenn meine Eltern ähnliches getan hätten: Sie hätten mir nur sagen müssen, daß sie mich liebten, und sie hätten nicht beide gleichzeitig verschwinden dürfen.)
Alles in allem hatte ich das Gefühl, mich in eine gute Ausgangsposition für das wie auch immer geartete Gute gebracht zu haben, das vielleicht des Weges kommen mochte. Und ich spielte sogar mit dem Gedanken, bei Ann vorzufühlen, ob wir nicht – älter und weiser geworden – wieder heiraten sollten, als *sie* eines Abends Anfang Juni anrief und mir mitteilte, daß sie Charley O'Dell heiraten, ihr Haus verkaufen, ihren Job kündigen, die Kinder in neuen Schulen anmelden und mit Kind und Kegel und allem, was sonst noch dazugehörte, nach Deep River ziehen und nicht wiederkommen werde. Sie hoffe, es mache mir nicht allzuviel aus.
Und ich hatte einfach keine Ahnung, was zum Teufel ich sagen oder denken, und noch weniger, was für ein Gefühl ich dabei ha-

ben sollte, und ich stand mehrere Sekunden einfach nur da, den Hörer am Ohr, als wäre die Leitung plötzlich unterbrochen worden oder als hätte ein tödlicher Stromschlag den Weg durchs Ohr in mein Gehirn gefunden und mich platt gemacht wie eine Flunder.

Natürlich hätte man es kommen sehen können. Ich war Charley O'Dell, siebenundfünfzig Jahre alt (groß, vorzeitig ergraut, reich, grobknochig, große Nase, Hängebacken, trocken wie ein Wörterbuch, seines Zeichens Architekt), diverse Male über den Weg gelaufen, wenn ich meine Kinder abholte oder zurückbrachte, und hatte ihn für mich offiziell zur »Nicht-Bedrohung« erklärt. O'Dell ist Kommandant seiner eigenen prätentiösen Einmannfirma, die in einer umgebauten Seemannskapelle auf Stelzen (!) am Marschufer von Deep River untergebracht ist. Und natürlich besitzt er eine 8-Meter-Yacht, die er mit seinen eigenen, schwieligen Händen gebaut und deren Segel er des Nachts zur Musik von Vivaldi eigenhändig genäht hat, blah blah blah. Einmal standen wir an einem Frühlingsabend auf der kleinen Treppe vor Anns – jetzt meinem – Haus und palaverten dreißig Minuten lang ohne eine Spur von Aufrichtigkeit oder gutem Willen über diplomatische Strategien zur Einbeziehung der Skandinavier in die EG – ein Thema, von dem ich nicht den geringsten Schimmer hatte und das mich noch weniger interessierte. »Wenn Sie mich fragen, Frank, sind die Dänen der Schlüssel zu dieser ganzen querköpfigen Bande da drüben.« Ein gebräuntes, nacktes, knubbeliges Knie war über Anns Treppengeländer gehakt, ein maßgefertigter Mokassin baumelte halb von einem langen, großen Zeh, das Kinn ruhte pseudo-abwägend auf einer großen Faust. Charleys übliche Montur, wenn er nicht gerade in Fliege und Jackett steckt, besteht aus einem weiten, weißen T-Shirt und khakifarbenen Wandershorts aus Segeltuch (beides wird anscheinend bei der Abschlußfeier in Yale an alle ausgegeben). Ich sah ihm an jenem Abend tief in die Augen, so als widmete ich ihm meine ungeteilte Aufmerksamkeit. In Wahrheit aber saugte ich an einem Backenzahn herum, da ich in einer Ecke, an die ich mit Zahnseide nicht rankam, einen üblen Geschmack entdeckt hatte. Außerdem stellte ich mir vor, daß ich Charley hypnotisieren und durch reine

Willenskraft zum Verschwinden bringen könnte. Dann hätte ich ein bißchen Zeit allein mit meiner Ex-Frau.

Ann jedoch ließ sich (verdächtigerweise) an den Abenden, an denen wir in der Dunkelheit und in dem Schweigen geschiedener, ehemaliger Partner, die sich immer noch lieben, neben meinem Wagen standen, nicht erweichen und riß auch keine billigen Witze auf Charleys Kosten, wie sie es bei all ihren anderen Verehrern getan hatte. Witze über ihren Geschmack in Sachen Kleidung, ihre langweiligen Jobs, ihren Mundgeruch oder die dem Vernehmen nach blutrünstige Persönlichkeit ihrer früheren Ehefrau. Wenn es um Charley ging, herrschte Schweigen im Walde. (Ich hielt das fälschlicherweise für Respekt vor seinem Alter.) Ich hätte besser aufpassen und ihn in jeder Hinsicht torpedieren sollen, so wie jeder Mann es getan hätte, der noch Herr seiner Sinne ist.

Als Ann mir an jenem Juniabend am Telefon die schlechte Nachricht übermittelte – es war Cocktailzeit und der Stand der Sonne hatte in ganz Haddam den Zugang zur Anrichte freigegeben, Eiswürfel polterten überall in Kristallkühler, hohe Gläser und schlanke schwedische Krüge, der Vermouth wurde hervorgeholt, und der Geruch von Wacholder weitete die Nasenflügel manch eines erschöpften, aber verdienstvollen Ex-Mannes –, traf sie mich also mitten zwischen die Augen.

Mein erster bewußter Gedanke war natürlich, daß ich, genau an einem kritischen Punkt, bitter und schmerzlich betrogen worden war. Einem Punkt, an dem ich es fast geschafft hatte, die Dinge »zu wenden«, um den langen Weg zum Stall zurückzutraben. Dem Anfangspunkt der sanften Reform des Lebens, alle Sünden vergeben, alle Wunden geheilt.

»Heiraten?« schrie ich mehr oder weniger, während mein Herz in der Tiefe seiner Höhle spürbar und vielleicht auch hörbar hämmerte. »Wen?«

»Charley O'Dell«, sagte Ann, unangemessen ruhig angesichts dieser verheerenden Neuigkeit.

»Du willst den Maurer heiraten?« sagte ich. »Warum?«

»Wahrscheinlich weil ich will, daß jemand mehr als dreimal mit mir schläft, bevor ich ihn nie wiedersehe.« Auch dies sagte sie

ganz ruhig. »Du fährst einfach nach Frankreich und läßt monatelang nichts von dir hören« – was nicht stimmte –, »und ich bin nun mal der Meinung, daß die Kinder ein besseres Leben brauchen. Außerdem will ich nicht in Haddam sterben. Und ich möchte den Connecticut im Morgennebel sehen und eine Jolle segeln. Traditioneller ausgedrückt, bin ich wahrscheinlich in ihn verliebt. Was meinst du?«
»Du scheinst gute Gründe zu haben«, sagte ich mit schwirrendem Kopf.
»Ich bin froh, daß du einverstanden bist.«
»Ich bin nicht einverstanden«, sagte ich atemlos, als wäre ich gerade von einem langen Lauf ins Haus zurückgekommen. »Nimmst du die Kinder mit?«
»In unseren Papieren steht nichts davon, daß ich das nicht kann«, sagte sie.
»Und was sagen *sie* dazu?« Beim Gedanken an die Kinder fing mein Herz wieder an zu hämmern. Es war natürlich eine todernste Frage, und zwar eine, die noch Jahrzehnte nach der eigentlichen Scheidung wichtig werden kann: die Frage, was Kinder von ihrem Vater halten, wenn ihre Mutter einen anderen Mann heiratet. (Er schneidet fast nie gut ab. Es gibt Bücher über dieses Thema, und sie sind nicht lustig: der Vater wird entweder als gehörnter Hampelmann gesehen oder aber als brutaler Verräter, der Mom dazu zwang, einen haarigen Außenseiter zu heiraten, der die Kinder unweigerlich mit Ironie, kaum verhohlener Verachtung oder Ungeduld behandelt. In beiden Fällen kommt zum Schmerz auch noch die Schmach hinzu.)
»Sie finden es wunderbar«, sagte Ann. »Zumindest sollten sie das. Ich glaub, sie gehen davon aus, daß es mich glücklich macht.«
»Sicher, warum auch nicht«, sagte ich benommen.
»Eben. Warum auch nicht.«
Und dann folgte ein langes, eisiges Schweigen, von dem wir beide wußten, daß es das Schweigen des Jahrtausends war, das Schweigen der Scheidung, das Schweigen der Resignation darüber, daß die Liebe auf so unfaire Art und Weise verteilt und vorenthalten worden war und daß sie schließlich verlorenging, wo doch irgend etwas dafür hätte sorgen müssen, daß genau das nicht passierte.

Das Schweigen des Todes – lange bevor einem der Tod auch nur zublinzelte.

»Das ist eigentlich alles, was ich im Augenblick zu sagen habe«, sagte sie. Ein schwerer Vorhang hatte sich für einen kurzen Augenblick geteilt und dann wieder geschlossen.

Ich stand *tatsächlich* an der Anrichte in der Hoving Road 19 und starrte durch das kleine, runde Bullaugenfenster in den Garten neben dem Haus, wo die große Blutbuche düstere Pfützen aus violetten, die Dunkelheit ankündigenden Schatten auf die grünen Gräser und Sträucher des Spätfrühlingsabends warf.

»Und wann soll das alles stattfinden?« sagte ich fast entschuldigend und legte die Hand an die Wange. Sie war kalt.

»In zwei Monaten.«

»Und was ist mit dem Club?« Ann hatte die ganze Zeit über stundenweise als Golflehrerin im Cranbury Hills Country Club gearbeitet und hätte einmal fast die Offenen Golfmeisterschaften von New Jersey gewonnen. Dabei hatte sie Charley kennengelernt, der dort als Mitglied des Old Lyme Country Clubs Gastrecht hatte. Sie hatte mir (meinte ich damals) alles über ihn erzählt: ein netter älterer Mann, in dessen Gesellschaft sie sich wohl fühlte.

»Ich hab jetzt genug Frauen beigebracht, wie man Golf spielt«, sagte sie energisch und hielt dann inne. »Das Haus hab ich heute morgen zum Verkauf an Lauren-Schwindell gegeben.«

»Vielleicht kauf ich es ja«, sagte ich unbedacht.

»Das wär mal was Neues.«

Ich hatte keine Ahnung, warum ich etwas derart Unsinniges gesagt hatte, vielleicht nur, um etwas Wildes zu sagen, statt in hysterisches Gelächter oder kummervolles Geheul auszubrechen. Aber dann fügte ich hinzu: »Vielleicht verkauf ich mein Haus hier und ziehe in deins.«

Kaum daß ich die Worte ausgesprochen hatte, wußte ich mit felsenfester Gewißheit, daß ich genau das tun würde, und zwar schnell – vielleicht, damit sie mich nie loswürde. (Unter Umständen ist genau das, laienhaft ausgedrückt, die Bedeutung der Ehe: eine Beziehung zu dem *einen* Menschen auf der Welt, den man nur durch den Tod wieder los wird.)

»Die Immobilienangelegenheiten überlasse ich ganz dir«, sagte Ann, kurz davor, aufzuhängen.
»Ist Charley bei dir?« Ich konnte mir durchaus vorstellen, auf der Stelle hinüberzustürmen, ihn mir vorzuknöpfen, sein T-Shirt blutig zu machen und ihm ein paar Jährchen mehr auf den Buckel zu packen.
»Nein, ist er nicht, und komm bitte *nicht* vorbei. Ich heul nämlich, und das wirst du unter keinen Umständen zu sehen bekommen.« Ich hatte nicht *gehört*, daß sie weinte, und vermutete, daß sie log, damit ich mir wie eine Laus vorkam. So fühlte ich mich auch, obwohl ich überhaupt nichts Lausiges getan hatte. Schließlich war sie es, die heiraten wollte. Ich war derjenige, der wie ein Krüppel zurückgelassen wurde.
»Keine Sorge«, sagte ich. »Ich will dir den Spaß nicht verderben.« Und dann, während ich den Hörer immer noch ans Ohr preßte, füllte plötzlich ein weiteres, noch schwereres Schweigen die Glasfaserkabel, die uns miteinander verbanden. Und ich spürte mit einem schmerzhaften Stich, daß Ann *sterben* würde, nicht in Haddam und nicht sofort, nicht einmal bald, aber doch in nicht allzulanger Zeit. Am Ende einer Zeit, die, da sie sich in die Arme eines anderen Mannes warf, fast unmerklich vergehen würde. Das Verlöschen ihres Lebens würde sich ohne mein Wissen vollziehen, über eine Serie kleiner, teurer Arzttermine, Ängste, Verzweiflungen, ungünstiger Laborergebnisse, ominöser Röntgenaufnahmen, winziger Kämpfe, winziger Siege, kurzer Phasen der Besserung. Und dann der Absturz, und durch den Nebel dieser letzten Tage schließlich ein Anruf oder ein Fax oder ein Telegramm: »Ann Dykstra verstarb am Dienstagmorgen. Trauerfeier gestern. Dachte, Sie würden's wissen wollen. Beileid. C. O'Dell.« Woraufhin mein Leben ruiniert und vorbei wäre, und zwar ein für alle Mal! (Es ist ein Aspekt meines Alters, daß alle neuen Ereignisse drohen, die kostbaren mir noch verbleibenden Jahre zu ruinieren. Mit zweiunddreißig passiert nichts auch nur annähernd Ähnliches.)
Natürlich war das Ganze nur billige Sentimentalität – die Art von Sentimentalität, über die die Götter des Olymp die Stirn runzeln, um dann Rächer auszuschicken, die die kleinen emotionalen

Trickbetrüger bestrafen sollen. Bloß kann man manchmal nichts für eine Person empfinden, ohne Spekulationen über ihr Verschwinden anzustellen. Und so fühlte ich mich: voller Trauer darüber, daß Ann verschwinden würde, um den Teil ihres Lebens zu beginnen, der mit ihrem Tod enden würde. Ich würde zu diesem Zeitpunkt irgendwo anders sein, mit irgendwelchen nicht weiter wichtigen Dingen beschäftigt, so wie ich lebte, seit ich aus Europa zurück war. Oder – je nach Standpunkt – wie ich seit zwanzig Jahren lebte. Niemand würde sich an mich erinnern, oder, schlimmer noch, ich bliebe im Gedächtnis als »der Mann, mit dem Ann mal verheiratet war... keine Ahnung, wo der jetzt ist. Er war seltsam.«
Wenn ich einen Anteil an dem allen haben wollte, irgendeinen Anteil, würde er jetzt ausgesprochen werden müssen – am Telefon, nur wenige Straßen voneinander entfernt, aber in verschiedenen Vierteln (die Geographie der Scheidung). Ich allein in meinem Haus, in dem ich noch vor zehn Minuten hoffnungsvoll auf meine noch nicht ruinierten Aussichten geblickt hatte, in dem ich mich jetzt aber so geschieden fühlte, wie ein Mann sich nur fühlen kann. »Heirate ihn nicht, Liebling! Heirate mich! Zum zweiten Mal! Laß uns unsere beiden beschissenen Häuser verscherbeln und nach Quoddy Head ziehen, wo ich mit dem Erlös eine kleine Zeitung kaufen werde. Du kannst vor Grand Manan lernen, deine Jolle zu segeln, und die Kinder werden in der Setzerei helfen und sich zu gewieften kleinen Seefahrern entwickeln und Experten im Umgang mit Hummerreusen werden und ihren New-Jersey-Akzent ablegen und in Bowdoin und Bates studieren.« Dies sind Worte, die ich *nicht* in das dichte, tausendjährige Schweigen hineinsagte, das mir zur Verfügung stand. Sie wären nur verlacht worden, da ich jahrelang Zeit gehabt hatte, sie zu sagen, und es nicht getan hatte – was, wie Dr. Stopler aus New Haven bestätigen könnte, bedeutet, daß ich sie eigentlich auch nicht sagen wollte.
»Ich glaub, ich versteh dich«, sagte ich statt dessen mit überzeugter Stimme, während ich mir unter Verzicht auf den Vermouth einen überzeugenden Schuß Gin einschenkte. »Und übrigens, ich liebe dich.«

»Bitte«, sagte Ann. »Bitte, bitte! Du liebst mich? Was heißt das schon bei dir? Abgesehen davon hab ich alles gesagt, was ich sagen wollte.« Sie gehörte und gehört zu den Leuten, die immer alles wörtlich nehmen und kein Interesse am Weithergeholten haben (also an den Dingen, die, wie ich manchmal meine, das *einzige* sind, was mich interessiert). Was meiner Ansicht nach der Grund ist, warum sie Charley geheiratet hat.
»Bedeutende Wahrheiten können manchmal auf hauchdünnen Beweisen fußen«, sagte ich sanft.
»Das ist deine Philosophie, Frank, nicht meine. Ich hab sie mir jahrelang angehört. Du würdest auch die unwahrscheinlichsten Dinge einfach immer weiter behaupten, nicht wahr?«
Ich trank den ersten Schluck meines Gins, der gerade eben kalt genug war, und spürte die langsame Vorfreude auf ein langes, klärendes Gespräch in mir aufsteigen. Es gibt nicht viele bessere Gefühle. »Für manche Leute hält das Unwahrscheinliche lange genug, um wahr zu werden«, sagte ich.
»Für andere nicht. Und falls du vorhaben solltest, mich zu bitten, dich statt Charley zu heiraten, vergiß es. Ich mache es nicht. Ich will nicht.«
»Ich hab nur versucht, in einem Augenblick des Übergangs eine Wahrheit anzusprechen, um dann von da aus weiterzugehen.«
»Dann geh mal schön«, sagte Ann. »Ich muß das Abendessen für die Kinder machen. Aber eins will ich zugeben: Ich hätte gedacht, daß du es wärst, der nach unserer Scheidung wieder heiratet. Irgendwas Billiges. Ich geb zu, daß ich mich geirrt habe.«
»Vielleicht kennst du mich einfach nicht sehr gut.«
»Es tut mir leid.«
»Danke für den Anruf«, sagte ich. »Glückwunsch.«
»Keine Ursache. Es war nichts.« Dann verabschiedete sie sich und hängte ein.

Aber... nichts. Es war nichts?
Es war sehr wohl etwas!
Ich kippte meinen Gin in einem einzigen zitternden, atemlosen Zug, um die aufschäumende Bitterkeit hinunterzuspülen. Nichts? Es war epochal. Und es spielte keine Rolle, ob es der blaublütige

Charley aus Deep River war, der hühnerhalsige, Kugelschreiber in der Brusttasche hortende Waldo von den Bell-Laboratorien oder der tätowierte Lonnie aus der Autowaschanlage. Ich hätte mich in jedem Fall gleich gefühlt. Absolut beschissen!
Bis zu diesem Augenblick hatten Ann und ich nach einem netten, vertraut-effizienten System funktioniert, demzufolge wir getrennt in getrennten Häusern in ein und derselben kleinen, sauberen, gefahrenfreien Stadt lebten. Wir hatten Affären, Sorgen, Verzweiflungen, Freuden, einen ganzen Kasten voll mit den Verstrickungen und Entstrickungen des Lebens, immer weiter und weiter. Aber im Grunde waren wir dieselben Menschen geblieben, die geheiratet hatten und dann geschieden worden waren, nur daß das Gleichgewicht sich ein bißchen verschoben hatte: dieselben Planeten, unterschiedliche Umlaufbahnen, dasselbe Sonnensystem. Aber in einer Notsituation, einer wirklichen Notsituation, beispielsweise nach einem Frontalzusammenstoß, der einen längeren Aufenthalt in der Intensivstation erforderlich machte, oder während einer Chemotherapie, wäre immer nur der jeweils andere dagewesen. Wir hätten die Ärzte belagert, mit den Krankenschwestern gesprochen, umsichtig die schweren Vorhänge zu- oder aufgezogen, an den langen, stillen Nachmittagen von einer Quizsendung auf die nächste geschaltet und neugierige Nachbarn, lang-vernachlässigte Verwandte und ehemalige Geliebte verscheucht – Schatten aus der Vergangenheit, die gekommen wären, um sich zu versöhnen. Wir hätten sie alle durch die langen Flure zurückgeleitet und ihnen mit leiser, vertraulicher Stimme mitgeteilt, daß sie »eine gute Nacht« hinter sich habe oder er »gerade ein bißchen schläft«. All das, während der Patient oder die Patientin vor sich hindöste und die notwendigen Maschinen klickten und sirrten und seufzten. Und alles nur, damit wir allein sein konnten. Womit ich sagen will, daß wir, wenn schon nicht in den glücklichen, so doch in den dunkelsten Augenblicken des anderen eine bedeutende Rolle spielten.
Irgendwann, nach einer langen Genesung, in deren Verlauf der eine oder andere von uns diverse grundlegende Funktionen des menschlichen Lebens, die bis dahin immer als selbstverständlich gegolten hatten, neu erlernen mußte (gehen, atmen, pinkeln),

würden gewisse Schlüsselgespräche stattfinden. Gewisse schwierige Eingeständnisse würden gemacht, sofern sie nicht schon in vorherigen kritischen Augenblicken gemacht worden waren, und wichtige Wahrheiten würden miteinander versöhnt, so daß eine neue und (dieses Mal) endgültig bindende Entscheidung getroffen werden konnte.
Oder auch nicht. Vielleicht hätten wir uns einfach noch einmal getrennt, aber versehen mit neuen Kräften, neuen Einsichten und neuer Hochachtung, die wir durch die zerbrechlichen Lebenserfahrungen des anderen erworben hätten.
Aber jetzt war das alles dahin wie ein Furz im Wind. Und Mannomann! Wenn ich 1981 geglaubt hätte, daß Ann wieder heiraten könnte, hätte ich gekämpft wie ein Wikinger, statt in die Scheidung einzuwilligen wie ein lahmer, einfallsloser Heiliger. Und ich hätte aus einem verdammt guten Grund gekämpft: denn ganz gleich, wo sie ihre Hypothek abzahlte, sie war und blieb in jeder Hinsicht die Grundlage meiner Existenz. Mein Leben spielte sich auf einer Bühne ab (und das tut es bis zu einem gewissen Grade noch immer), vor der sie für immer im Publikum sitzt (egal, ob sie hinsieht oder nicht). All meine anständigen, vernünftigen, geduldigen und liebevollen Bestandteile waren im experimentellen Theater unseres alten gemeinsamen Lebens entwickelt worden. Jetzt erkannte ich, daß sie, indem sie nach Deep River zog, um sich mit einem anderen zusammenzutun, die meisten dieser Bestandteile einfach ausradierte, die ganze Illusion in ihre Einzelteile zerlegte und mich nur mit ein paar alten, zerschlissenen Kostümen zurückließ, in denen ich mich selbst spielen konnte.
Natürlich versank ich in tiefen, bitteren, vergangenheitsbesessenen Trübsinn, blieb zu Hause, rief tagelang niemanden an, trank noch bedeutend mehr Gin, dachte daran, den Baumaschinenführerkurs noch einmal zu machen und für alle, die mich kannten, zu einer sperrigen Peinlichkeit zu werden, und hatte vor allem das Gefühl, sehr deutlich an Substanz zu verlieren.
Ein-, zweimal sprach ich mit meinen Kindern, die die Ehe zwischen ihrer Mutter und Charley O'Dell anscheinend mit derselben Aufmerksamkeit durchkalkulierten, mit dem ein Kleinaktionär einen Kursgewinn von Aktien beobachtet, von denen er

sicher ist, daß sie ihn irgendwann um sein Geld bringen werden. Obwohl er seine Meinung später ändern sollte, druckste Paul, Charley sei eigentlich »ganz okay«, und gab zu, im November mit ihm bei einem Spiel der Giants gewesen zu sein (wovon ich nichts wußte, weil ich damals in Florida war und mit dem Gedanken spielte, nach Frankreich zu gehen). Clarissa schien sich mehr für die eigentliche Hochzeit als für den Gedanken der Wiederverheiratung zu interessieren, über die sie sich offenbar keine Sorgen machte. Sie überlegte vor allem, was sie anziehen sollte, wo alle übernachten würden (in der Griswold Inn in Essex) und ob ich eingeladen werden würde (»Nein«). Außerdem wollte sie wissen, ob sie meine Brautjungfer sein könnte, wenn ich wieder heiratete (was ich, wie sie sagte, hoffentlich tun würde). Über all diese Dinge unterhielten wir uns eine Weile über Nebenanschluß zu dritt. Ich versuchte, Ängste zu beschwichtigen, Aussichten zu versüßen und wachsende Verwirrungen über mein und ihr potentielles Unglück zu besänftigen, bis es nichts mehr zu sagen gab. Woraufhin wir uns voneinander trennten, um nie wieder unter den gleichen Bedingungen oder mit denselben unschuldigen Stimmen miteinander zu reden. Vorbei. Einfach so.

Die Hochzeit selbst war eine kleine, aber elegante Angelegenheit in Charleys Haus, das »The Knoll« hieß (ein prätentiöses Bauwerk im Nantucket-Stil mit handgefertigten Ecksteinen und Balken: riesige Fenster, Holz aus Norwegen und der Mongolei, alles nut- und nahtlos eingebaut, mit Solarzellen, Fußbodenheizung, finnischer Sauna und so weiter und so fort). Anns Mutter kam aus Mission Viejo eingeflogen, Charleys betagte Eltern reisten mit dem Auto aus Blue Hill oder Northeast Harbor oder sonst einer Magnatenenklave an, und das glückliche Paar flog danach in den Huron Mountain Club (Anns Vater hatte ihr seine Mitgliedschaft dort vererbt).
Kaum daß Ann ihren runderneuerten Schwur abgelegt hatte, nahm ich meine eigenen Pläne in Angriff (basierend auf meinem schon anfangs erklärten Sinn für das Machbare, da die kühne Idee eines Lebens im Hier und Jetzt nicht so besonders gut funktioniert hatte). Ich würde ihr Haus in der Cleveland Street für

vierfünfundneunzig kaufen und mein großes, altes, reparaturbedürftiges Halbfachwerkhaus in der Hoving Road abstoßen, in dem ich fast jede Minute meines Lebens in Haddam verbracht und von dem ich irrtümlicherweise angenommen hatte, daß ich dort immer leben würde, das mir jetzt jedoch nur wie eine weitere Verpflichtung vorkam, die mich zurückhielt. Häuser können diese fast auktoriale Macht über uns haben und uns glücklich oder unglücklich machen, einfach weil sie länger an einem Ort bleiben, als wir es können.
Anns Haus war ein ansehnliches, gut erhaltenes, freistehendes neoklassizistisches Stadthaus, von seinem Stil und seinem 1920er Jahrgang her typisch für das bündige, nett-aber-nicht-überkandidelte architektonische Temperament des mittleren New Jersey. Ein Haus, das sie (mit meiner Hilfe) nach unserer Scheidung billig gekauft und dann teilweise umgebaut hatte. (Sie hatte hinten angebaut und neue Dachfenster installieren, die Fundamentpfeiler ausbessern und den dritten Stock zu einer Höhle für Paul ausbauen lassen. Anschließend hatte sie die Fassade weiß streichen und neue, grüne Fensterläden anbringen lassen.)
Tatsächlich fühlte ich mich in dem Haus so, als hätte es schon immer mir gehört, hatte ich doch in den letzten drei Jahren eine Reihe schlafloser Nächte dort verbracht, entweder wenn eins der Kinder krank war oder wenn die Schwermut mich in den Anfangstagen unseres traurigen, geschiedenen Zwischenlebens so heftig packte, daß Ann Mitleid bekam und mich auf der Couch schlafen ließ.
Mit anderen Worten, ich hatte das Gefühl, zu Hause zu sein. Und wenn es auch nicht mein Zuhause war, so doch das Zuhause meiner Kinder, das Zuhause von *irgendwem*. Dagegen hatte mein altes Haus seit Anns Ankündigung scheunenartig und dunkel gewirkt, flüsternd und eigenartig, und ich selbst, sein Besitzer, war mir seltsam zurückgelassen vorgekommen. Zum Beispiel, wenn ich im Garten den Rasenmäher anwarf oder, die Hände in die Hüften gestemmt, auf meiner Auffahrt stand und von unten das Flickwerk eines neuen Eichhörnchennests unter dem Schutzblech am Schornstein begutachtete. Ich hatte dann das Gefühl, daß ich nichts mehr bewahrte, für niemanden, nicht

einmal für mich selbst, sondern nur noch so tat, als hielte ich die Fäden des Lebens zusammen.

Folglich fuhr ich sofort zu Lauren-Schwindell und legte meine beiden Eisen – den Kauf von Anns Haus und den Verkauf meines eigenen – gleichzeitig ins Feuer. Denn wenn der Blitz einschlug und Charley und seine Braut sich gleich in der ersten Woche wieder trennten, könnten Ann und ich, so dachte ich, unseren Neubeginn in ihrem Haus schmieden (und dann später, mehr oder weniger als Frischvermählte, nach Maine ziehen).

Und so hatte ich, bevor die O'Dells nach Hause zurückkehrten (keine Rede von Annullierung), ein Angebot in Höhe des vollen Kaufpreises für die Cleveland 116 abgegeben und durch ein geschicktes Manöver des alten Otto Schwindell persönlich einen extrem günstigen Vertrag mit dem Theologischen Institut geschlossen. Das Institut wollte mein Haus übernehmen und in eine Ökumenische Begegnungsstätte umwandeln, in der Gäste wie Bischof Tutu, der Dalai-Lama und der Vorsitzende der Isländischen Kirchenföderation Spitzengespräche über das Schicksal der Weltseele führen konnten, und zwar in einer Umgebung, die anheimelnd genug war, um sich nach Mitternacht in die Küche zu schleichen und den Kühlschrank zu plündern.

Der Aufsichtsrat des Instituts hatte großes Verständnis für meine steuerliche Situation, da mein Haus kurz vor dem Höhepunkt des Booms auf unglaubliche einskommazwei Millionen geschätzt wurde. Ihre Anwälte arbeiteten eine gesunde Annuität aus, die mir Zinsen einbringen und später auf Paul und Clarissa übergehen würde. Im Prinzip lief das Ganze darauf hinaus, daß ich mein Haus der Stiftung schenkte, eine gewaltige Steuerermäßigung einstrich und hinterher ein großzügiges »Beraterhonorar« für etwas erhielt, was mit Theologie wenig zu tun hatte. (Dieses Steuerschlupfloch ist inzwischen gestopft, aber zu spät. Getan ist getan.)

An einem hellen und grünen Augusttag spazierte ich einfach aus der Tür meines Hauses und die Treppe hinunter. Ich ließ all meine Sachen zurück, bis auf die Bücher und ein paar Erinnerungsstücke (eine Landkarte von Block Island, einen aus einer alten Luke gefertigten Tisch, einen Ledersessel, der es mir ange-

tan hatte, mein Ehebett), fuhr zu Anns Haus in der Cleveland Street, wo all ihre alten-neuen Möbel genau da standen, wo sie sie zurückgelassen hatte, und ließ mich häuslich nieder. Meine alte Telefonnummer konnte ich mitnehmen.
Ehrlich gesagt, merkte ich kaum einen Unterschied, so oft hatte ich nachts in meinem alten Haus wachgelegen oder war, wenn alle schliefen, durch die Zimmer und Flure von Anns Haus geschlendert – wahrscheinlich auf der Suche danach, wo ich in alldem meinen Platz hatte oder wo ich den falschen Weg genommen hatte, oder wie ich meinem geisterhaften Selbst neuen Atem einhauchen und in ihrem oder auch in meinem süßen Leben zu einer immer noch erkennbaren, aber zum Besseren veränderten Person werden konnte. Für eine solche private Unternehmung ist ein Haus so gut wie das andere.

Mein Einstieg in die Immobilienbranche war eine natürliche Fortsetzung dieser Transaktion. Sobald alles erledigt war und ich mich in der Cleveland Street eingerichtet hatte, fing ich wieder an, über neue Unternehmungen nachzudenken. Ich wollte diversifizieren und mein neues Geld möglichst klug investieren. Ein Lagerhaus in New Sharon, ein zum Hummerrestaurant umgebauter alter Bahnhof, Autowaschstraßen mit Selbstbedienung und geringen Wartungskosten – sie alle boten sich als Möglichkeiten an. Aber ich biß nicht an, weil ich mich immer noch wie gelähmt fühlte – unfähig oder unwillig oder ohne die Energie, in Aktion zu treten. Ohne die Nähe Anns und der Kinder fühlte ich mich so allein und unbedeutend und ausgesetzt wie ein Leuchtturmwärter am hellichten Tag.
Unverheiratete Männer in den Vierzigern verlieren, wenn sie nicht ganz und gar mit der Landschaft verschmelzen, oft ein bedeutsames Maß an Vertrauenswürdigkeit und können in einer kleinen konservativen Gemeinde sogar unerwünschte Aufmerksamkeit auf sich ziehen. Jedenfalls hatte ich in Haddam und unter meinen neuen Lebensumständen das Gefühl, zu der Art von Persönlichkeit zu werden, die ich keinesfalls sein wollte. Davor hatte ich mich seit meiner Scheidung gefürchtet. Ich wollte nicht der suspekte Junggeselle sein, der Mann, dessen Leben keine Ge-

heimnisse enthält, der allmählich ergraute, etwas zu braungebrannte und zu gut durchtrainierte Mann in mittleren Jahren, der in einem auf Hochglanz polierten '58er Chevy-Cabrio durch die Stadt fährt, auch an lauen Sommerabenden immer allein, in einem verwaschenen gelben Polohemd und einer grünen Sommerhose, einen Ellbogen aus dem Fenster gehängt, während der Kassettenrecorder modernen Jazz spielt. Ich wollte nicht immer nur lächeln und so tun, als wäre alles unter Kontrolle, wo es in Wirklichkeit nichts zu kontrollieren gab.

Aber eines Morgens im November bekam ich einen Anruf von Rolly Mounger, einem der Finanz- und Immobilienmakler bei Lauren-Schwindell, der mir während des Abschlusses mit dem Institut zur Seite gestanden hatte. Rolly ist ein großgewachsener Mann aus Plano, Texas, der in der Collegemannschaft von Fairleigh-Dickinson Verteidiger gespielt hat, und er rief mich an, um mich auf diverse Steuerformulare hinzuweisen, die ich mir nach Neujahr besorgen müsse. Außerdem wollte er mich über ein paar »Investitionsmöglichkeiten« informieren, die mit Regierungszuschüssen zur Neufinanzierung eines bankrotten Apartmentkomplexes in Kendall Park zu tun hatten, in den er zusammen mit ein paar »anderen Investoren« einsteigen wollte – nur für den Fall, daß ich mitmischen wolle (ich wollte nicht). Nebenbei erwähnte er, daß er selbst demnächst seine Zelte abbrechen und nach Seattle gehen werde, um sich dort mit ein paar lukrativen kommerziellen Konzepten zu beschäftigen, über die er sich nicht weiter auslassen wolle. Ob ich nicht Lust hätte, mal ins Büro zu kommen und mit ein paar Leuten über die Möglichkeit zu reden, als Spezialist für Wohnimmobilien in die Firma einzusteigen? Mein Name, so sagte er, sei öfter von mehreren Leuten »ernsthaft« ins Gespräch gebracht worden (wieso und von wem konnte ich mir nicht denken. Ich bin auch nie dahintergekommen und inzwischen sicher, daß das Ganze eine Lüge war). Man sei allgemein der Ansicht, sagte er, daß ich gute Voraussetzungen für diese Tätigkeit mitbringe. Damit wollte er sagen, daß ich auf der Suche nach einem neuen Betätigungsfeld war; daß ich nicht gerade knapp bei Kasse war (ein großes Plus in jeder Branche); daß ich die Gegend kannte, alleinstehend und ein einigermaßen

umgänglicher Mensch war. Außerdem war ich eine »reife« Persönlichkeit – also über vierzig – und schien nicht viele Bindungen in der Stadt zu haben, ein Faktor, der den Verkauf von Häusern bedeutend einfacher machte.
Was ich davon hielte?
Ausbildung, Papierkram und »diesen ganzen Blödsinn«, wie Rolly sagte, würde ich nebenbei mitnehmen, vor Ort sozusagen. Zusätzlich müßte ich abends einen dreimonatigen Kurs am Weiboldt Training Institute in New Brunswick besuchen und anschließend die staatliche Prüfung ablegen, und dann könnte ich, wie sie alle auch, anfangen, mein eigenes Geld zu drucken.
Und in der Tat klang der Vorschlag nun, da ich mich von fast allem anderen getrennt hatte oder getrennt worden war, so daß ich fast keine Erwartungen ans Leben mehr hatte, ganz annehmbar. In den letzten drei Monaten hatte sich in mir das Gefühl breit gemacht, daß das Leben angesichts der Folgen meiner diversen übereilten Handlungen und Fehlentscheidungen neben seinen angeblichen Vorzügen auch Schattenseiten hatte. Und falls es möglich war, völlig ratlos zu sein, ohne sich deswegen todunglücklich zu fühlen, so war dies bei mir der Fall. Ich hatte angefangen, drei Nachmittage die Woche allein im Red Man Club zu fischen, und übernachtete manchmal in der kleinen Holzhütte, die eigentlich dafür gedacht war, daß unsere älteren Mitglieder sich bei Regen unterstellen konnten. Ich hatte immer ein Buch bei mir, lag aber meistens nur in der Dunkelheit und hörte zu, wie die Fische im Wasser herumplatschten und die Stechmücken gegen das Fliegengitter sirrten, während nicht allzuweit entfernt das Rauschen der Interstate 80 tröstlich durch die Nacht hallte und New York im Osten leuchtete wie ein Tempel, den Ungläubige in Brand gesteckt hatten. Ich empfand immer noch das leise Kribbeln des Hier und Jetzt, das ich gefühlt hatte, als ich aus Frankreich zurückgekommen war. Ich war immer noch wild entschlossen, mit den Kindern nach Mississippi und in die Pine Barrens zu fahren, sobald sie sich ein bißchen eingelebt hatten, war sogar schon in den Amerikanischen Automobilclub eingetreten und hatte mir farbige Gebietskarten mit Hinweisen auf diverse

Sehenswürdigkeiten an irgendwelchen Nebenstraßen besorgt (Cooperstown und die dortige Ruhmeshalle gehörten dazu). Aber winzige Dinge – Dinge, die mir nie aufgefallen waren, als Ann noch in Haddam lebte und wir uns unsere Verantwortung teilten und ich noch als Sportreporter arbeitete – hatten angefangen, Macht über mich zu gewinnen. Eine kleine Sorge, ein wie auch immer geartetes Etwas, konnte mein ganzes Denken in Anspruch nehmen – zum Beispiel, wie ich es schaffen sollte, mein Auto am Dienstag zur Inspektion zu bringen und gleichzeitig zum Flughafen zu fahren, um einen griechischen Teppich vom Zoll abzuholen, den ich in Thessaloniki bestellt und auf den ich Monate gewartet hatte. Garantiert würde er von irgendwelchen diebischen Flughafenangestellten geklaut, wenn ich nicht da war, um ihn mir zu greifen, sobald er vom Gepäckband rollte. Sollte ich mir ein Auto mieten? Sollte ich jemand anderen hinschicken? Wen? Und wäre die betreffende Person, sofern mir überhaupt jemand einfiel, bereit dazu, oder würde sie mich für einen kompletten Schwachkopf halten? Sollte ich den Händler in Griechenland anrufen und ihn bitten, den Versand zu verschieben? Sollte ich die Transportfirma anrufen und sagen, daß ich einen Tag später kommen würde, und ob sie bitte dafür sorgen könnten, daß der Teppich sicher verwahrt wurde, bis mein Auto fertig war? Ich wachte mit klopfendem Herzen in der Hütte des Red Man Club oder in meinem neuen Haus auf und zerbrach mir schweißgebadet den Kopf. Ich ballte die Hände zu Fäusten und schmiedete Pläne, wie ich diese Aufgabe und hundert andere simple Alltäglichkeiten bewältigen sollte, als wäre dies alles eine Krise, von der mein Überleben abhinge. Etwas später dachte ich dann, wie lächerlich es doch war, solche Lappalien den ganzen Tag mit mir herumzuschleppen, und beschloß, dem Schicksal zu vertrauen und zum Flughafen zu fahren und den Teppich zu holen, sobald ich dazu kam, oder vielleicht auch nie, oder das verdammte Ding einfach zu vergessen und angeln zu gehen. Aber dann bekam ich wieder Angst, daß das vielleicht bedeutete, daß ich alles schleifen ließ, daß mein Leben völlig aus der Spur lief und daß Urteil und Vernunft aus dem Fenster flogen wie ein Stapel Teller. Dann wieder meinte ich, daß ich Jahre später auf diese Periode zurück-

blicken und sie als »schlimme Phase« bezeichnen würde. Eine Phase, in der ich »*toooo-tal* auf der Kippe stand« und in der mein Verhalten so sprunghaft und närrisch war wie ein Zimmer voller Schimpansen. Bloß daß ich der letzte war, dem das damals auffiel. (Die Nachbarn waren wieder einmal die ersten: »Er zog sich immer mehr zurück, obwohl er einen ganz netten Eindruck machte. Aber *so was* hätte ich nie erwartet!«)
Heute, 1988, als ich das sonnige Haddam erreiche und die guten Aussichten dieses Tages mir wie Schmetterlinge im Bauch herumflattern, weiß ich natürlich, was der Grund für diese quälende Phase war. Ich hatte ansehnliche Mitgliedsbeiträge an die Bruderschaft der vereinigten Fehlermacher entrichtet, und nachdem ich alles einigermaßen überstanden hatte, wollte ich meine gottverdammte Belohnung! Ich wollte, daß *alles* so lief, wie ich es mir vorstellte. Ich wollte *die ganze Zeit* glücklich sein. Und ich war wütend, daß es nicht so war. Ich wollte, daß die Ankunft des griechischen Teppichs der Reparatur des Scheibenwischers nicht in die Quere kam. Ich wollte, daß die Tatsache, daß ich Frankreich und Catherine Flaherty verlassen hatte und voller Tatendrang und bereit zu guten Werken nach Hause gekommen war, belohnt wurde – und zwar nicht zu knapp. Ich wollte, daß die Tatsache, daß meine Frau es geschafft hatte, sich *noch einmal* von mir scheiden zu lassen, und *schlimmer* noch, sogar meine Kinder von mir geschieden hatte, zu einer Lebenstatsache wurde, an die ich mich problemlos gewöhnte und aus der ich das Beste machte. Anders ausgedrückt, ich wollte eine ganze Menge (das alles waren nur Beispiele). Ich bin mir nicht sicher, ob die Verfassung, in der ich mich befand, nicht eine weitere »größere Krise« war, aber vielleicht fühlt man sich auch einfach nur so, wenn man gerade eine überlebt hat.
Mehr als alles andere aber wollte ich mich nicht mehr so »gequält« fühlen. Und nachdem ich mir Rolly Moungers Vorschlag angehört hatte, dachte ich, daß ich es vielleicht wirklich mal versuchen sollte (da ich sowieso nichts anderes zu tun hatte). Ich konnte Rollys Liste meiner Qualifikationen doch einfach ernst nehmen und mich von ihnen zum Unerwarteten führen lassen – statt mir darüber Sorgen zu machen, wie glücklich ich die ganze

Zeit über sein sollte. Vielleicht würden die Sorgen und Unwägbarkeiten dann davonschwimmen wie Blätter auf einer trägen Strömung, und ich würde vielleicht, wenn schon nicht eingebunden ins Gewebe vieler hochdramatischer Ereignisse, unbekümmerter Ausgelassenheit und explodierender Lebensfreude, einem alltäglichen Glück so nahe kommen, wie es mir möglich war. Dieser Verhaltenskodex ist natürlich der lebensbewahrende und gesunde Grundsatz der Existenzperiode und macht die Immobilienbranche zu ihrer idealen Beschäftigung.

Ich sagte Rolly Mounger, ich würde ernsthaft über seinen Vorschlag nachdenken, obwohl er für mich so überraschend komme wie ein Querschläger beim Football. Er sagte, ich solle mir ruhig Zeit lassen. Jeder im Büro sei auf unterschiedlichen Wegen zu dem Beruf gekommen, und es gebe keine zwei, die sich ähnelten. Er selbst, sagte er, sei Supermarktplaner und davor Wahlkampfmanager für einen liberalen Senatskandidaten gewesen. Eine Mitarbeiterin habe einen Doktor in amerikanischer Literatur, ein anderer Kollege sei vorher an der Börse gewesen, und ein dritter Zahnarzt! Sie alle arbeiteten unabhängig voneinander, kooperierten aber soweit wie möglich, was für eine verdammt gute Atmosphäre sorge. Alle hätten in den letzten Jahren »säckeweise Geld« gescheffelt und rechneten damit, noch mehr zu scheffeln, bevor die große Marktkorrektur käme (»die ganze Branche« wisse, daß sie kommen würde). Er habe allerdings, wie er zugab, mehr mit gewerblichen Immobilien gehandelt, aber aus seiner Sicht brauche man nur »ein paar Geldleute aufzutun und ein paar Schlüsselfaktoren und Finanzierungen auf den Tisch zu legen«, wenn man als reicher Mann aufwachen wolle. Dann müsse man ein paar noch unerschlossene Grundstücke finden, für die die Gruppe den Schuldendienst und die Steuerzahlungen über einen Zeitraum von zwölf bis achtzehn Monaten leisten konnte, und wenn es dann soweit sei, brauche man das ganze Paket nur noch an irgendwelche arabischen oder japanischen Neuankömmlinge zu verkaufen und könne anfangen, seine Chips einzuwechseln. »Laß die Geldleute das Risiko tragen«, sagte Rolly, »bleib still in der Mitte sitzen und streich deine Kommission ein.« (Natürlich konnte man sich auch selbst »beteiligen«, wenn man wollte, und er gab zu, das schon gemacht zu haben. Aber die Risiken konnten beträchtlich sein.)

Ich brauchte nicht lange, um mir die Sache zu überlegen. Wenn alle von allen möglichen Ausgangspunkten an die Sache herangingen, würde ich vielleicht auch einen finden – für mich war es das Konzept, daß man Leuten kein Haus verkauft, sondern ein Leben (das jedenfalls war meine bisherige Erfahrung). Auf diese Weise konnte ich immer noch meinen ursprünglichen Plan verfolgen, etwas für andere zu tun, während ich mich gleichzeitig um Nummer Eins, das Geld, kümmerte. In einer Phase meines Lebens, in der ich beschlossen hatte, weniger zu erwarten, auf bescheidene Verbesserungen zu hoffen und Kompromisse zu machen, schien mir der Gedanke durchaus sinnvoll.

Drei Tage später fuhr ich ins Büro und wurde den anderen vorgestellt, alles Seelen, so schien mir, mit denen man auskommen konnte. Da war eine stiernackige, bullige kleine Lesbierin, die einen Nadelstreifenanzug und Schnürschuhe trug. Sie hieß Peg, hatte Brüste, die an die Stoßstange eines Buick erinnerten, eine Zahnspange und silbrig gebleichte Haare (sie war die mit dem Doktortitel). Dann war da ein hochgewachsener, graumelierter, fünfzig- bis sechzigjähriger Harvardabsolvent im blauen Blazer: Shax Murphy, der die Agentur in der Zwischenzeit gekauft hat, vorher in irgendeiner Börsenmaklerfirma gearbeitet hatte und immer noch ein Haus in Vinalhaven besaß. Er hatte die langen, in grauem Flanell steckenden Beine quer über den Gang zwischen den Schreibtischen gestreckt und einen großen, glänzenden Oxfordschuh aus feinstem Ziegenleder über den anderen gelegt. Sein Gesicht war nach Jahren dezenten Trinkens so rot wie der Sonnenuntergang im Westen. Er war mir auf Anhieb sympathisch, denn als ich ihm die Hand schüttelte, legte er ein eselsohriges Exemplar von *Paterson* beiseite, was mich vermuten ließ, daß er sein Leben wohl in die richtige Perspektive gerückt hatte. »Sie müssen immer an die drei wichtigsten Dinge im Immobiliengeschäft denken, Frank, dann läuft alles wie geschmiert«, sagte Shax und ließ seine buschigen Augenbrauen in gespieltem Ernst auf- und niedergehen. »Erstens die Lüge, zweitens die Lüge und drittens

die Lüge.« Dann schnüffelte er laut durch seine große rote Nase, verdrehte die Augen und wandte sich wieder seinem Buch zu.
Alle anderen, die damals im Büro arbeiteten – zwei, drei junge Makler und der Zahnarzt –, sind gegangen, seit der Einbruch von '86 sich als bleibendes Ereignis herausstellte. Sie alle waren Leute, die entweder keine soliden Bindungen in der Stadt oder nicht genügend Kapital im Rücken hatten, und sie zerstreuten sich schnell in alle Winde – einer fing an der Michigan State ein Veterinärstudium an, einer ging zurück nach New Hampshire und einer in die Navy. Und dann war da natürlich noch Clair Devane, die erst später kam und ein so trauriges Ende fand.
Der alte Schwindell gewährte mir nur das kürzeste und beiläufigste aller Vorstellungsgespräche. Er war ein alter, blasser, grimmiger kleiner Tyrann mit schuppiger Haut und flaumigen Haaren, und er trug einen hellen Leinenanzug, der nicht zur Jahreszeit paßte. Ich hatte ihn im Laufe der Jahre häufiger in der Stadt gesehen und ihn, obwohl ich nichts über ihn wußte, immer für einen komischen Kauz gehalten. Er war es aber gewesen, der hinter den Kulissen die Fäden für meinen Deal mit dem Institut gezogen hatte. Er war auch der »Dekan« der Immobilienmakler von ganz New Jersey, was den dreißig Plaketten an der Wand zu entnehmen war. Daneben hingen gerahmte Fotos, die ihn mit Filmstars, Generälen und Preisboxern zeigten, denen er Häuser verkauft hatte. Obwohl er offiziell nicht mehr aktiv war, hielt er im hinteren Büro die Stellung, wo er hinter einem von Papier übersäten Schreibtisch mit Glasplatte hockte. Immer im Jackett, immer eine Pall Mall zwischen den Lippen.
»Glauben Sie an den Fortschritt, Bascombe?« Der alte Schwindell sah mich aus zusammengekniffenen, fast farblosen blauen Augen an. Er hatte einen buschigen Schnurrbart, der von acht Millionen Pall Malls gelb verfärbt war. Seine grauen Haare waren an den Seiten noch dicht und wuchsen ihm aus den Ohren, oben aber waren sie dünn und gingen ihm büschelweise aus. Plötzlich griff er ohne hinzusehen hinter sich, bekam einen durchsichtigen Plastikschlauch zu fassen, der mit einem großen Sauerstoffzylinder auf Rädern verbunden war, riß ihn nach vorn und zog sich eine kleine Maske mit Gummiband über den Kopf, so daß zwei

Röhrchen genau in seine Nasenlöcher paßten und ihn mit Luft versorgten. »Sie wissen ja, daß das unser Motto ist«, japste er und schielte nach unten, um an seiner Rettungsleine herumzufummeln.
»Rolly hat's mir gesagt«, sagte ich. Rolly hatte keinen Ton von Fortschritt gesagt, sondern nur von Risiken, Steuern und Exponiertheit gesprochen, alles Dinge, die er ablehnte.
»Ich werd Sie jetzt nicht danach fragen, keine Sorge«, sagte der alte Schwindell, der mit seiner Sauerstoffzufuhr noch nicht ganz zufrieden war und sich nach hinten verrenkte, um an einem grünen Knopf am Zylinder zu drehen, was ihm aber immer noch keinen guten Atemzug einbrachte. »Aber wenn Sie eine Weile hier sind und ein bißchen was gelernt haben«, sagte er mühsam, »werd ich Sie bitten, mir *Ihre* Definition von Fortschritt zu geben. Und wenn Sie mir die falsche Antwort geben, setz ich Sie auf die Straße.« Er drehte sich zurück und bedachte mich mit einem hinterhältigen, ockerzähnigen Grinsen, wobei die Maske seinem Mund in den Weg geriet. Aber er atmete jetzt bedeutend ruhiger, so daß er vielleicht das Gefühl hatte, nicht ausgerechnet in dieser Minute sterben zu müssen. »Ist das ein faires Angebot?«
»Ich denke schon«, sagte ich. »Ich werd versuchen, Ihnen eine gute Antwort zu geben.«
»Sie sollen mir keine gute Antwort geben, Sie sollen mir die richtige Antwort geben!« rief er. »Niemand dürfte in die siebte Klasse versetzt werden, ohne eine Vorstellung davon zu haben, was Fortschritt bedeutet. Finden Sie nicht auch?«
»Ich bin ganz Ihrer Meinung«, sagte ich und meinte es auch so, obwohl meine eigene Vorstellung vom Fortschritt ein paar Rückschläge erlitten hatte.
»Dann wissen Sie genug, um anzufangen. Mehr müssen Sie sowieso nicht wissen. In dieser Stadt verkaufen Immobilien sich von selbst. Früher jedenfalls.« Er fummelte jetzt wütender an seinen Atemschläuchen herum und versuchte, die Öffnungen besser in seine alten, haarigen Nasenlöcher einzupassen. Und damit war mein Vorstellungsgespräch beendet, obwohl ich noch mindestens eine Minute dastand, bevor ich merkte, daß er nichts mehr sagen würde, und mich schließlich selbst hinauskomplimentierte.

Aber von diesem Augenblick an war ich praktisch schon im Geschäft. Rolly Mounger lud mich zum Essen ins Two Lawyers ein. Ich würde, so sagte er, eine »Einarbeitungszeit« von etwa drei Monaten haben, in der ich ein Gehalt beziehen (nicht jedoch versichert sein und auch keine Prozente bekommen) würde. Alle würden mich der Reihe nach in ihre Bereiche einführen und dafür sorgen, daß ich den Umgang mit dem Computersystem und den Bürojargon lernte. Ich würde an jeder Menge Hausbesichtigungen und Vertragsabschlüssen und Inspektionen teilnehmen, »um den ganzen Krempel kennenzulernen«. Gleichzeitig würde ich auf eigene Kosten den Kurs am Weiboldt Institute besuchen – »dreihundert Piepen *más o menos*«. Nach Abschluß des Kurses würde ich an der La Quinta in Trenton die staatliche Prüfung ablegen und dann »ins Kommissionsgeschäft reinspringen und mit dem Trüffelsuchen anfangen«.
»Ich wollte, ich könnte Ihnen erzählen, daß diese ganze Sache auch nur einen einzigen gottverdammt schwierigen Aspekt hätte, Frank«, sagte Rolly, selbst verblüfft. »Aber« – und er schüttelte seinen kantigen, kurzgeschorenen Schädel – »warum würde *ich* sie machen, wenn sie so gottverdammt schwierig wäre? Harte Arbeit ist was für das Arschloch auf der Straße.« Damit furzte er laut in seinen Kunstledersessel und sah sich mit einem breiten Bauernjungengrinsen unter den anderen Gästen um. »Wissen Sie, Sie dürfen Ihr Herz nicht an diese Sache hängen«, sagte er. »Es geht hier um Immobilien, nicht um die Realität. Die Realität ist was anderes. Die Realität ist, wenn man geboren wird und stirbt. Wir machen das, was dazwischen liegt.«
»Verstehe«, sagte ich, dachte aber, daß ich den Job wahrscheinlich anders anpacken würde als Rolly.
Und das war das. Sechs Monate später gab der alte Schwindel auf dem Fahrersitz seines Sedan de Ville, der an der Ecke Venetian Way und Lippizaner Road an einer Ampel wartete, den Geist auf. Bei ihm im Auto saß ein Augenarztehepaar, mit dem er vor Vertragsabschluß noch einen letzten Rundgang durch das Haus eines pensionierten Richters am Obersten Gerichtshof von New Jersey machen wollte, das ganz in der Nähe meines früheren Heims in der Hoving Road lag (natürlich kam der Verkauf nicht

zustande). Aber da war Rolly Mounger schon mit Volldampf damit beschäftigt, den Bürgern von Seattle Anteile an Ferienwohnungen zu verkaufen, die sie dann einen Teil des Jahres nutzen konnten, die meisten der jüngeren Leute im Büro hatten sich verabschiedet, um in fernen Postleitzahlbezirken ein besseres Auskommen zu suchen, und ich selbst hatte die staatliche Prüfung bestanden und war auf der Jagd nach Aufträgen.
Aber unter strikter Cash-flow-Betrachtung und auch wenn man die Steuer vergaß, war es zu der Zeit schon so weit, daß Mieten halb so teuer war wie Kaufen, und viele unserer Interessenten wurden allmählich schlauer. Außerdem stiegen die allgemeinen Wohnkosten – wie ich den Markhams, die sich gerade im Sleepy Hollow das Hirn zermartern, so geduldig erklärt hatte – schneller als die Einkommen, nämlich um rund 4,9 Prozent. Dazu kam, daß auch zahlreiche andere Anzeichen weniger rosig wurden. Die Arbeitslosigkeit stieg. Das Wirtschaftswachstum war nur in wenigen Regionen befriedigend. Die Anträge auf Baugenehmigungen gingen zurück. Es war wie bei dem Kinderspiel genau das, »was der Affe am anderen Ende des Stocks tut«, wie Shax Murphy sagte. Und alle, die keine andere Wahl hatten oder, so wie ich, zwar die Wahl hatten, aber nichts unternehmen wollten, gruben sich ein für die lange Nacht, die zum Winter wird.
Ich jedoch war, um die Wahrheit zu sagen, ganz zufrieden. Es gefiel mir, mich am Rand der Geschäftswelt zu bewegen und die Chance zu haben, mit Trends Schritt zu halten, von denen ich nicht einmal gewußt hatte, daß es sie gab, als ich noch Sportreporter war. Ich fand es schön, meinen Lebensunterhalt im Schweiße meines Angesichts zu verdienen, auch wenn ich das Geld nicht brauchte, auch heute noch nicht besonders hart arbeite und nicht immer so besonders viel verdiene. Und ich schaffte es, zu einer noch größeren Wertschätzung der Existenzperiode zu gelangen. Ich begann sie als eine gute, dauerhafte und anpassungsfähige Strategie dafür zu sehen, den Unwägbarkeiten des Lebens anders als frontal zu begegnen.
Eine Zeitlang interessierte ich mich für Wirtschaftsprognostik. Ich nahm an Sitzungen der Veteran's Administration und der Federal Housing Administration teil, die uns auf den neuesten

Stand bringen sollten, und besuchte ein paar Verkaufsstrategie-Seminare. Ich saß mit am Runden Tisch der Immobilienmakler New Jerseys und war Mitglied der Schlichtungsstelle bei Wohnproblemen in Trenton. Ich verteilte Weihnachtspäckchen an alte Menschen, machte gelegentlich den Trainer für die Baseball-Kindermannschaft, verkleidete mich sogar als Clown und fuhr auf einem Zirkuswagen von Haddam nach New Brunswick, um das Bild aufzupolieren, das die Öffentlichkeit von Immobilienmaklern hat. Nämlich daß sie, wenn auch vielleicht nicht gerade Ganoven, so doch zumindest eine Bande von windigen Gesellen und Verlierern sind.
Dann jedoch ließ ich das meiste davon wieder schleifen. Seit ich in der Branche arbeite, sind mehrere ehrgeizige junge Partner in unserem Büro aufgetaucht, und sie sind ganz wild darauf, sich als Clowns zu verkleiden, um irgend etwas zu beweisen. Wohingegen ich nicht mehr das Gefühl habe, irgend etwas beweisen zu wollen.
Und doch liebe ich die sonnige Licht-und-Schatten-Erregung, die mich befällt, wenn ich aus dem Auto steige, um motivierte Klienten über einen neuen und fremden Gehsteig zu dem zu geleiten, was an seinem Ende auf sie wartet – ein unbewohntes Haus an einem sommerlichen Morgen, an dem es drinnen kälter ist als draußen, auch wenn das Haus nichts Besonderes ist oder ich es schon neunundzwanzigmal gezeigt habe und die Bank die Verfallserklärung schon bereitliegen hat. Ich genieße es, die Zimmer anderer Leute zu betreten und mich unter ihren Sachen umzusehen, während ich darauf hoffe, ein zufriedenes Seufzen zu hören, ein »Aahhh! Das hier kommt der Sache schon näher«. Oder die geflüsterte Begeisterung eines Mannes und einer Frau über ein Vogelmuster in der Kamineinfassung, das sich überraschenderweise auf den Badezimmerkacheln wiederholt. Oder die Zufriedenheit über sonst eine Kleinigkeit – Lichtschalter oben und unten an der Treppe, die einen Mann vor Verletzungen bewahren, wenn er ein bißchen angetütert ins Bett stolpert, nachdem er bei einem Spiel der Knicks auf der Couch eingeschlafen ist, lange nachdem seine Frau schlafen gegangen ist, weil sie Basketball nicht ausstehen kann.

Darüber hinaus habe ich seit zwei Jahren keine neuen Häuser in der Clio Street oder sonstwo gekauft. Ich hege mein kleines Hotdog-Imperium. Ich schreibe meine Artikel und habe wie eigentlich schon immer außerhalb der Arbeit nur wenige Freunde. Ich nehme am jährlichen Häuserwettbewerb teil und stehe mit einem breiten Grinsen auf dem Gesicht in der Tür unseres beeindruckendsten Angebots. Gelegentlich spiele ich hinter der St. Leo's Kirche eine Runde Volleyball gegen die Teams aus anderen Büros. Und ich fahre, sooft ich kann, zum Fischen in den Red Man Club, wohin ich Sally Caldwell manchmal mitnehme, was ein Verstoß gegen Clubregel Nr. 1 ist, aber nichts macht, da ich nie anderen Mitgliedern begegne. Mit der Zeit habe ich gelernt, einen Fisch zu fangen, mich einen Augenblick an seiner schimmernden Schönheit zu freuen und ihn dann wieder ins Wasser zu werfen. Und natürlich agiere ich als Vater und Hüter meiner beiden Kinder, obwohl sie jetzt weit weg sind und sich immer weiter entfernen.

Anders ausgedrückt, ich versuche, mich mit irgendwelchen fest umrissenen und auf akzeptable Weise machbaren Dingen zu beschäftigen und *nicht* ganz zu verschwinden. Obwohl ich während meines Gleitflugs durch Sorgen und Unwägbarkeiten manchmal das Gefühl habe, selbst nur dahinzutreiben, ohne Richtung, ohne feste Grenzen, ohne Zukunft. So daß ich nicht sicher bin, ob ich auf die Frage eines Schlagers: »Worum geht's im Leben, Alfie?« die Antwort wüßte. Wobei ich die alte Aufforderung »Fang endlich an zu leben!« mit einem »Danke, ich hab schon eine Existenz« beantworten könnte.

Genau das mag der Fortschritt sein, den der alte Schwindell gemeint hat. Seine Definition wäre garantiert kein philosophisches Orakel über die Vervollkommnung des Menschen im Lauf seiner klug genutzten Zeit gewesen, das Theorem eines Wirtschaftswissenschaftlers über Gewinn und Verlust oder über das größtmögliche Beste für eine größtmögliche Zahl von Menschen. Er wollte, wie ich glaube, von mir etwas hören, was ihn davon überzeugt hätte, daß ich schlicht und einfach *lebte*. Und daß ich, indem ich tat, was immer ich tat – beispielsweise Häuser verkaufen –, das Leben und mein Interesse daran ausweitete und meine

Toleranz diesem Leben und unschuldigen, namenlosen anderen gegenüber verstärkte. Zweifellos war es das, was ihn zum »Dekan« unter den Immobilienmaklern gemacht hatte. Er wollte, daß ich mich jeden Tag ein bißchen – und ein bißchen hätte genügt – so fühlte wie an dem Tag, an dem ich auf den Rängen des Veteran's Stadion mit der bloßen Hand einen Linienball fing, der mit Karacho vom Schläger eines schwarzen »Rächers« aus Chicago angeschossen kam – im Beisein meines Sohnes und meiner Tochter, denen es vor Bewunderung und Verblüffung über ihren Dad die Sprache verschlug. (Alle um uns herum standen auf und klatschten, während meine Hand anschwoll wie eine Tomate.) In diesem Augenblick hatte ich das Gefühl, daß das Leben nie schöner sein könnte. Später jedoch, bei ruhigerer Überlegung, dachte ich, daß es einfach nur ein verdammt schöner Moment gewesen und daß mein sonstiges Leben auch keine Nullnummer war. Ich bin sicher, der alte Otto wäre zufrieden gewesen, wenn ich zu ihm gekommen wäre und beispielsweise gesagt hätte: »Also, Mr. Schwindell, ich kenne mich mit dem Fortschritt nicht so gut aus, und ehrlich gesagt hat sich mein Leben, seit ich Makler geworden bin, nicht von Grund auf verändert. Aber ich hab auch nicht das Gefühl, mich in Luft aufzulösen, und das ist so ungefähr alles, was ich zu sagen habe.« Ich bin sicher, daß er mir auf die Schulter geklopft und mich mit einem herzhaften »Geh und mach sie alle« aufs Spielfeld zurückgeschickt hätte.
Und genau das könnte die Art und Weise sein, wie man in der Existenzperiode zu einem Zustand ehrlicher Unabhängigkeit kommen kann. Man erscheint anderen als der, der man ist – nicht mehr und nicht weniger. Und gleichzeitig bewahrt man sich in einer Zeit nachlassenden Ehrgeizes genügend Vernunft und Mut, auf den Punkt zuzugehen, an dem die eigenen Interessen liegen, und so zu tun, als spielte es eine Rolle, ob man dort ankommt oder nicht.

Der Regen, der ganze Eimer Wasser über die Route 1 und über Penns Neck ausgeschüttet hat, ist nicht bis Wallace Hill gekommen, und die heißen, gepflegten Häuser sind fest verrammelt. Die Klimaanlagen in den Fenstern summen, und über dem Asphalt der Straße wabern jetzt schon Hitzeschwaden, die um halb zwölf kein Mensch durchwaten will. Später, wenn ich längst in South Mantoloking bin und die Schatten sich Zentimeter um Zentimeter unter den Dachrinnen und Platanen hervorschieben, werden die Veranden vor den Häusern voller Menschen sein, und Gelächter und Begrüßungen werden hin und her fliegen wie an dem Tag, an dem ich das erste Mal hier durchfuhr. Aber jetzt sitzen alle, die weder bei der Arbeit noch im Gefängnis noch in der Sommerschule sind, im Fernsehdunkel der Häuser, sehen sich Quizsendungen an und warten aufs Mittagessen.

Das Haus der McLeods sieht genauso aus wie um 8.30, bloß daß jemand in den letzten drei Stunden mein ZU VERMIETEN-Schild aus dem Vorgarten der Harrisses geklaut hat. Also halte ich dort an, darauf bedacht, nicht direkt vor den McLeods zu parken und sie vorzuwarnen. Ich klettere hinaus in die feuchte Hitze, ziehe meine Windjacke aus, betrete den verdorrten Rasen und sehe mich um. Ich kontrolliere beide Seiten des Hauses und sehe hinter den Hortensien und dem Johanniskraut und auf der winzigen Veranda nach, ob die Schilderdiebe das Ding einfach nur ausgerissen und irgendwohin geworfen haben, was laut Everick und Wardell der Normalfall ist. Es ist aber nirgends zu sehen.

Ich gehe zurück zum Auto und öffne den Kofferraum, um ein neues Schild unter den zahlreichen anderen herauszufischen (ZU VERKAUFEN, ZU BESICHTIGEN, REDUZIERT, VERKAUFT), die dort herumliegen. Außerdem enthält der Kofferraum einen Karton mit Angebotsformularen, meinen Kleidersack und meine Angelruten, drei Frisbees, zwei Baseballhandschuhe, mehrere Bälle und die Feuerwerkskörper, die ich bei Verwandten in Florida bestellt habe – alles wichtiges Beiwerk für den Ausflug mit Paul.

Ich trage das neue ZU VERMIETEN-Schild auf den Rasen, finde die beiden Löcher, in denen das vorherige Schild steckte, bohre die beiden Metallbeine hinein, bis ich auf Widerstand stoße, und drücke mit dem Fuß die grasige Erde drumherum fest, so daß alles wieder so aussieht wie vorher. Dann schlage ich die Kofferraumklappe zu, wische mir mit einem Taschentuch den Schweiß von Armen und Stirn und gehe zur Tür der McLeods. Aber obwohl ich die Absicht hatte, auf die Klingel zu drücken, mache ich

wie ein Krimineller einen Schritt zur Seite und spähe durch das Fenster ins Wohnzimmer, in dem trübes Zwielicht herrscht. Die beiden Kinder der McLeods sitzen auf der Couch und stieren wie Zombies auf den Fernseher (die kleine Winnie hält einen Stoffhasen in ihren winzigen Händchen). Keins der beiden Kinder scheint mich zu sehen. Aber dann dreht plötzlich der ältere, Nelson, den lockigen Kopf und starrt zum Fenster herüber, als wäre es ein weiterer Fernsehschirm, auf dem ich zu sehen bin.
Ich winke freundlich und grinse. Ich würde diese Geschichte gerne hinter mich bringen, damit ich erst zum FRANKS und dann zu Sally fahren kann.
Nelson starrt mich noch immer aus dem träumerischen Licht des dunklen Zimmers an, als erwartete er, daß ich in den nächsten Sekunden verschwinden würde. Er und seine Schwester sehen sich Wimbledon an, und plötzlich geht mir auf, daß ich nun wirklich kein Recht habe, durch das Fenster zu linsen, und daß ich ernsthaft Gefahr laufe, vom hitzigen Larry eine Kugel auf den Pelz gebrannt zu bekommen.
Der kleine Nelson starrt mich an, bis ich noch einmal winke, vom Fenster weg und zur Tür gehe und auf die Klingel drücke. Wie der Blitz klatschen seine nackten Füße auf den Boden und poltern dann aus dem Zimmer, um, wie ich hoffe, seine faulen Eltern aus dem Bett zu holen. Eine Tür schlägt zu, und in weiter Ferne höre ich, vom Summen der Klimaanlage überlagert, eine Stimme, die ich nicht erkenne und die etwas sagt, was ich nicht verstehe, obwohl es garantiert etwas mit mir zu tun hat. Ich werfe einen Blick auf die Straße, auf die weißen, grünen, blauen und rosa Giebelhäuser mit ihren grünen und roten Dächern und ihren grabstellengroßen Gärten. In manchen wachsen ins Kraut geschossene Tomatenpflanzen längs der Grundmauern, in anderen ranken Gartenwicken an Spalieren und Verandapfosten empor. Das Ganze könnte ein Viertel im Mississippi-Delta sein, bloß daß die Autos hier am Straßenrand allesamt flotte Vans oder Fords und Chevys neuerer Baujahre sind. (Schwarze gehören zu den loyalsten Anhängern von »Buy American«.)
Eine große, alte schwarze Frau, die eine Gehhilfe aus Aluminium schiebt, über die ein gelbes Geschirrtuch drapiert ist, poltert

durch die Fliegengittertür des Hauses genau gegenüber. Als sie mich auf der Veranda der McLeods sieht, bleibt sie stehen und starrt zu mir herüber. Es ist Myrlene Beavers, die mir vor ein paar Jahren so freundlich zuwinkte, als ich 1986 beschloß, mich in die Nachbarschaft einzukaufen, und den Block die ersten beiden Male umrundete. Ihr Mann, Tom, ist vor etwa einem Jahr gestorben, und Myrlene wird – wie die beiden Harrisses mir brieflich mitteilten – seitdem immer wunderlicher.
»Wen wollnse?« ruft Myrlene über die Straße zu mir herüber.
»Zu Larry, Myrlene«, rufe ich zurück und winke freundlich. Sie und Mr. Beavers waren beide Diabetiker, und Myrlene ist dabei, den Rest ihres Augenlichts an den grauen Star zu verlieren. »Ich bin's, Myrlene«, rufe ich. »Frank Bascombe.«
»Na hoffentlich nich«, sagt Myrlene, deren stahlwollige Haare in wirren Strähnen vom Kopf abstehen. »Sach' ich Ihnen gleich.« Sie trägt einen leuchtend-orangefarbenen Kaftan mit Hawaimuster, und ihre Knöchel sind geschwollen und bandagiert. Mir ist klar, daß sie bei der kleinsten Aufregung tot umfallen könnte.
»Alles in Ordnung, Myrlene«, rufe ich. »Ich will nur Larry besuchen. Machen Sie sich keine Sorgen. Es ist alles in Ordnung.«
»Ich ruf die Poo-li-zei«, sagt Mrs. Beavers und stampft im Kreis herum, um ins Haus zurückzugehen. Ihre Gehhilfe scharrt über die Verandabretter.
»Nein, tun Sie das nicht«, rufe ich. Ich sollte hinüberlaufen und ihr zeigen, daß ich es bin. Kein Einbrecher und kein Gerichtsbote, sondern nur der Mieteintreiber – mehr oder weniger so, wie Joe Markham gesagt hat. Myrlene und ich haben damals, als die Harrisses noch hier wohnten, oft miteinander geplaudert – sie auf ihrer Veranda, ich zwischen Auto und Haus hin- und herpendelnd. Aber jetzt ist irgend etwas passiert.
Doch gerade als ich hinüberlaufen und sie daran hindern will, die Polizei zu alarmieren, klatschen von innen nackte Füße auf die Haustür zu, die in ihren Angeln bebt, als Schlösser und Riegel aufgeschlossen und zurückgeschoben werden. Durch den Spalt ist der kleine Nelson mit seinen sandfarbenen Locken und seiner hellbraunen Haut zu sehen. Er reicht nicht einmal bis an die Öse des Hakens der Fliegengittertür, und als ich auf ihn hinun-

terblicke, komme ich mir vor wie ein Riese. Er sagt nichts, sieht mich nur mit seinen kleinen, braunen, skeptischen Augen an. Er ist sechs, sein Oberkörper ist nackt, das einzige, was er anhat, sind violett-goldene Lakers-Shorts. Kalte klimatisierte Luft streicht an meinem Gesicht vorbei, das schon wieder verschwitzt ist. »Advantage Miss Navratilova«, sagt die ausdruckslose Stimme einer Engländerin, woraufhin die Zuschauer klatschen. (Es ist eine Wiederholung von gestern.)
»Nelson, wie geht's dir?« sage ich begeistert. Wir haben noch nie miteinander geredet, und Nelson starrt einfach nur zu mir hoch und zwinkert mit den Augen, als hätte ich Kisuaheli gesprochen. »Sind deine Eltern da?«
Er wirft einen Blick über die Schulter nach hinten und sieht dann wieder zu mir hoch. »Nelson, würdest du deinen Eltern bitte sagen, daß Mr. Bascombe an der Tür ist? Sag ihnen, daß ich nur wegen der Miete komme, nicht um jemand umzubringen.« Könnte sein, daß das für Nelson die falsche Art von Humor ist.
Ich möchte lieber nicht weiter eindringen. Es ist zwar mein Haus, und ich habe das Recht, unter ungewöhnlichen Umständen hineinzusehen, aber es könnte sein, daß Nelson und Winnie allein sind, und ich möchte lieber nicht mit den beiden allein im Haus sein. Hinter mir meine ich zu spüren, wie Myrlene Beavers in ihrem Haus kreischt, daß ein unidentifizierter weißer Mann versucht, am hellichten Tag in Larry McLeods Haus einzubrechen. »Nelson«, sage ich, während ich mein Hemd durchschwitze und mir vorkomme wie in einer unerwarteten Falle. »Kann ich mal kurz den Kopf reinstecken und deinen Vater rufen? Okay?« Ich nicke ihm beruhigend zu, ziehe die Fliegengittertür, die überraschenderweise nicht eingehakt ist, ein Stück auf und schiebe mein Gesicht in die kühle, fließende Luft. »Larry«, sage ich relativ laut in das dunkle Zimmer hinein. »Ich bin nur wegen der Miete hier.« Winnie, das Stoffkaninchen in den Armen, scheint eingeschlafen zu sein. Der Fernseher zeigt die dunklen Grüntöne des All England Club.
Nelson sieht immer noch zu mir auf (ich stehe genau über ihn gebeugt), dreht sich dann um und setzt sich wieder neben seine Schwester, die die Augen langsam öffnet und dann wieder schließt.

»Larry!« rufe ich noch einmal. »Sind Sie da?« Larrys große Pistole liegt nicht auf dem Tisch, was natürlich bedeuten könnte, daß er sie bei sich hat.
In einem der hinteren Zimmer höre ich etwas, was wie das Öffnen und Schließen einer Schublade klingt, dann schlägt eine Tür zu. Was würde eine Jury aus acht Schwarzen und vier Weißen sagen, wenn ich, nur weil ich meine Miete kassieren wollte, in der Statistik der vorfeiertäglichen Mordopfer auftauchte? Bestimmt würden sie mir die Schuld geben.
Ich trete von der Tür zurück und werfe einen resignierten Blick zu Myrlenes Haus hinüber. Ihr orangefarbener Kaftan schwimmt wie eine Fata Morgana hinter der Fliegengittertür, von wo aus sie mich beobachtet.
»Ist gut, Myrlene«, sage ich ins Nichts hinein, was das Kaftan-Gespenst dazu veranlaßt, sich in die Schatten zurückzuziehen.
»Was ist los?«
Ich drehe mich hastig um. Betty McLeod steht hinter der Fliegengittertür, die sie einhakt, während sie mich mit einem abweisenden Stirnrunzeln ansieht. Sie trägt einen gesteppten rosa Hausmantel, dessen gebogten Kragen sie mit ihren knochigen, papierdünnen Fingern zuhält.
»Nichts ist *los*«, sage ich und schüttele den Kopf auf eine Weise, die mich wahrscheinlich aussehen läßt, als hätte ich den Verstand verloren. »Aber Mrs. Beavers hat grade die Polizei alarmiert. Dabei würd ich nur gern meine Miete kassieren.« Ich würde auch gern amüsiert aussehen, bin es aber nicht.
»Larry ist nicht da. Er kommt erst heut abend, also müssen Sie dann noch mal wiederkommen«, sagt Betty in einem Ton, als hätte ich sie angebrüllt.
»Okay«, sage ich mit einem freudlosen Lächeln. »Sagen Sie ihm, daß ich wie jeden Monat vorbeigekommen bin. Und daß die Miete fällig ist.«
»Die kriegen sie schon«, sagt sie säuerlich.
»Dann ist's ja gut.« Weiter hinten im Haus höre ich eine Toilettenspülung rauschen, höre, wie das Wasser erst langsam, dann schneller durch die neuen Leitungen strömt, die ich vor weniger als einem Jahr installieren ließ und die mich einen schönen Bat-

zen gekostet haben. Garantiert ist Larry gerade wach geworden, hat ausgiebig gepinkelt und versteckt sich jetzt im Badezimmer, bis Betty mich losgeworden ist.

Betty McLeod sieht mich trotzig an, während wir beide dem Rauschen des Wassers zuhören. Sie ist eine blasse Grinnell-Absolventin mit einem spitzen Gesicht, stammt ursprünglich von einer Farm in Minnetonka und hat Larry geheiratet, als sie an der Columbia University Sozialarbeit studierte und er nebenbei arbeitete, um die Berufsschule an irgendeinem Gemeindecollege zu finanzieren. Er war vorher bei den Green Berets gewesen und suchte nun nach einem Ausweg aus dem städtischen Dschungel (all das weiß ich von den beiden Harrisses). Bettys evangelische Eltern bekamen natürlich einen hysterischen Anfall, als sie und Larry mit dem kleinen Nelson im Körbchen Weihnachten zu Besuch kamen, sollen sich seitdem aber wieder beruhigt haben. Seit die McLeods in Haddam sind, führen sie ein zunehmend zurückgezogenes Leben. Betty verläßt das Haus so gut wie nie, Larry macht seine Nachtschicht in der Wohnmobilfirma, und die Kinder sind das einzige äußere Lebenszeichen. Aber schließlich leben viele Leute so.

In Wahrheit mag ich Betty McLeod nicht besonders, obwohl ich bereit bin, ihr und Larry das Haus weiter zu vermieten, weil ich sie für mutig halte. Soweit ich es beurteilen kann, trägt sie seit jeher ein ständig enttäuschtes Gesicht zur Schau, das besagt, daß sie alle wichtigen Entscheidungen ihres Lebens bedauert, sich aber dennoch absolut sicher ist, in jedem einzelnen Fall moralisch richtig gehandelt zu haben, und deswegen ein besserer Mensch ist als man selbst. Es ist das typische dreipolige liberale Paradox: Angst gemischt mit Stolz und Selbstverachtung. Die McLeods sind, wie ich fürchte, auch die Art von Familie, die eines Tages völlig paranoid wird, sich in ihrem (meinem) Haus verbarrikadiert, wirre Manifeste herausgibt, auf die Polizei schießt und schließlich alles – einschließlich sich selbst – niederbrennt. (Was natürlich kein Grund ist, sie vor die Tür zu setzen.)

»Na dann«, sage ich und mache einen Schritt zur Treppe, wie um zu gehen. »Ist im Haus alles okay?« Betty sieht mich vorwurfsvoll an. Aber dann lösen ihre Augen sich von meinen, sie sieht an mir vorbei, und ich drehe mich um und sehe einen unserer neuen schwarz-weißen Streifenwagen hinter meinem Auto anhalten. Drinnen sitzen zwei uniformierte Polizisten. Einer – der Beifahrer – spricht in ein Funkgerät.

»Er is noch da«, schreit Myrlene Beavers unsichtbar aus dem Inneren ihres Hauses. »Der weiße Mann da! Los, schnappt ihn euch. Einbrecher!«

Der Polizist, der in das Funkgerät gesprochen hat, sagt etwas zu seinem Partner, über das die beiden lachen müssen, steigt dann ohne Mütze aus und kommt den Gehweg entlanggeschlendert. Natürlich ist dies ein Beamter, den ich kenne, seit ich in Haddam wohne – Sergeant Balducci, der heute nur wegen des Feiertags Streifendienst macht. Er stammt aus einer großen, ortsansässigen Familie sizilianischer Polizisten, und er und ich haben oft an Straßenecken ein paar Worte gewechselt oder uns im Coffee Spot bei einem Kaffee leicht gequält miteinander unterhalten, wurden einander aber noch nie offiziell »vorgestellt«. Ich habe versucht, ihm ein halbes Dutzend Strafzettel wegen Falschparkens auszureden (vergeblich), und einmal, als ich meine Schlüssel vor dem Town Liquors im Auto eingeschlossen hatte, hat er mir aus der Patsche geholfen. Außerdem hat er mir drei Strafzettel wegen Geschwindigkeitsüberschreitung aufgebrummt, hat vor Jahren, als ich noch verheiratet war, einen Einbruch in unserem Haus untersucht und mich einmal auf der Straße angehalten, von oben bis unten abgetastet und nach meinen Absichten befragt. Das war kurz nach meiner Scheidung, als ich die Gewohnheit hatte, lange, mitternächtliche Spaziergänge durch die Nachbarschaft zu machen und mir selbst mit lauter, verzweifelter Stimme Strafpredigten zu halten. Bei all diesen Begegnungen war Sergeant Balducci so neutral wie ein Steuerbeamter, wenn auch immer höflich. (Offengestanden habe ich ihn immer für ein Arschloch gehalten.)

Jetzt kommt er bis fast an die Verandatreppe, ohne mich oder Betty McLeod auch nur einmal angesehen zu haben. Er rückt den schweren schwarzen Gürtel zurecht, an dem seine Polizeiausrüstung hängt – Dose mit CS-Gas, Funkgerät, Handschellen, Schlüsselbund, Schlagstock und seine große Dienstwaffe. Er trägt

die gebügelte blau-schwarze Uniform der Haddamer Polizei mit ihren diversen, quasi-militärischen Abzeichen, Streifen und Insignien und hat entweder um die Mitte herum kräftig zugenommen, oder er trägt unter dem Hemd eine kugelsichere Weste.
Er sieht mich an, als hätte er mich noch nie gesehen. Er ist etwa einsachtzig groß und hat ein großporiges Gesicht mit buschigen Augenbrauen, so ausdruckslos wie der Mond. Seine Haare sind militärisch kurz geschnitten.
»Gibt's ein Problem, Leute?« sagt Sergeant Balducci und setzt einen polierten Polizeistiefel auf die unterste Treppenstufe.
»Alles in Ordnung«, sage ich, aus irgendeinem Grund atemlos, als wäre mehr in Unordnung, als auf den ersten Blick sichtbar ist. Ich habe natürlich die Absicht, völlig schuldlos auszusehen. »Mrs. Beavers hat nur einen falschen Eindruck bekommen.« Ich weiß, daß sie alles wie ein Luchs beobachtet, obwohl ihr Verstand anscheinend anderswohin entschwunden ist.
»Stimmt das?« sagt Sergeant Balducci und sieht Betty McLeod an.
»Ja, alles in Ordnung«, sagt sie bewegungslos hinter ihrer Fliegengittertür.
»Uns wurde ein Einbruch an dieser Adresse gemeldet«, sagt Sergeant Balducci mit seiner offiziellen Stimme. Und zu Betty: »Wohnen Sie hier, Madam?«
Betty nickt, fügt aber nichts Hilfreiches hinzu.
»Und hat jemand bei Ihnen eingebrochen oder es versucht?«
»Nicht, daß ich wüßte«, sagt sie.
»Und was machen *Sie* hier?« sagt Sergeant Balducci zu mir und blickt sich im Garten um, auf der Suche nach etwas Ungewöhnlichem – einer zerbrochenen Fensterscheibe, einem blutigen Klauenhammer, einer Pistole mit Schalldämpfer.
»Ich bin der Hausbesitzer«, sage ich, »und nur vorbeigekommen, um was Geschäftliches zu erledigen.« Ich will nicht sagen, daß ich die Miete eintreiben will. Als wäre es ein Verbrechen, seine Miete haben zu wollen.
»Sie sind der Besitzer *dieses* Hauses?« Sergeant Balducci, der sich immer noch beiläufig umsieht, richtet seinen Blick jetzt wieder auf mich.

»Ja, und von dem da auch«, sage ich und deute auf das leerstehende Haus der Harrisses.
»Wie war noch mal Ihr Name?« sagt er und zieht ein kleines gelbes Spiralnotizbuch und einen Kugelschreiber aus seiner hinteren Hosentasche.
»Bascombe«, sage ich. »Frank Bascombe.«
»Frank«, wiederholt er beim Schreiben. »Bascombe. Hausbesitzer.«
»Richtig«, sage ich.
»Hab ich Sie nicht schon mal gesehen?« Er senkt langsam den Blick und sieht dann wieder zu mir hoch.
»Ja«, sage ich und stelle mir vor, mit einer Anzahl unrasierter Verdächtiger eines Sexualdelikts in einer Reihe zu stehen, damit Betty McLeod mich von der anderen Seite eines durchsichtigen Spiegels mustern kann. Sergeant Balducci hat einmal sehr viel über mein Leben gewußt, hat dieses Wissen aber anscheinend versickern lassen.
»Hab ich Sie nicht schon mal wegen Trunkenheit und Randalierens festgenommen?«
»Nein, haben Sie nicht. Sie haben mir zweimal« – eigentlich dreimal – »einen Strafzettel verpaßt, weil ich in der Hoving Road bei Rot ohne anzuhalten rechts abgebogen bin. Einmal, als ich es tatsächlich getan hab, und einmal, als ich's nicht getan hab.«
»Ist doch 'n guter Durchschnitt.« Sergeant Balducci lächelt spöttisch, während er in seinem Notizbuch kritzelt. Er fragt auch Betty McLeod nach ihrem Namen und trägt ihn in sein Büchlein ein.
Myrlene Beavers kommt auf ihre Veranda gescharrt, ein gelbes schnurloses Telefon am Ohr. Ein paar Nachbarn sind auf ihren Veranden aufgetaucht, um nachzusehen, was los ist, darunter eine Frau, die ebenfalls ein schnurloses Telefon dabei hat. Zweifellos sind sie und Myrlene miteinander verbunden.
»Also«, sagt Sergeant Balducci, malt Pünktchen auf ein paar I's und steckt das Notizbuch in die Tasche zurück. Er lächelt immer noch. »Wir werden das überprüfen.«
»Na prima«, sage ich. »Aber ich hab *nicht* versucht, in dieses Haus einzubrechen.« Wieder bin ich atemlos. »Die alte Dame da

drüben ist einfach ein bißchen verrückt.« Ich starre böse zur verräterischen Myrlene hinüber, die wie eine Gans mit ihrer Nachbarin zwei Häuser weiter schnattert.

»In dieser Gegend passen die Leute aufeinander auf, Mr. Bascombe«, sagt Sergeant Balducci und sieht mich spaßhaft streng an. »Das müssen sie auch.« Dann wendet er sich Betty McLeod zu. »Falls Sie weitere Probleme haben, Mrs. McLeod, rufen Sie uns an.«

»In Ordnung« ist alles, was Betty McLeod sagt.

»Sie *hatte* keine Probleme«, sage ich und sehe Betty vorwurfsvoll an.

Sergeant Balducci wirft mir vom betonierten Weg vor meinem eigenen Haus einen halb-interessierten Blick zu. »Ich kann Ihnen gern ein bißchen Zeit verschaffen, sich abzukühlen«, sagt er betonungslos.

»Ich *bin* abgekühlt«, sage ich verärgert. »Ich bin ganz ruhig.«

»Dann ist's ja gut«, sagt er. »Ich möchte wirklich nicht, daß Sie ein Magengeschwür kriegen.«

Es liegt mir auf der Zunge zu sagen: »Schönen Dank auch. Und hätten Sie vielleicht Lust, mich am Arsch zu lecken?« Bloß weckt der Anblick seiner kurzen, stämmigen Arme, die wie fette Salamis aus seinen kurzen blauen Hemdsärmeln quellen, in mir den Verdacht, daß Sergeant Balducci Spezialist für gebrochene Schlüsselbeine und tödliche Würgegriffe von der Art sein könnte, wie sie an meinem Sohn praktiziert worden sind. Und ich beiße mir im wahrsten Sinn des Wortes auf die Zunge und sehe düster zu Myrlene Beavers hinüber, die in ihr billiges Weihnachtstelefon plappert und mich – oder irgendein verschwommenes Bild des weißen Teufels, als den sie mich erkannt hat – beobachtet, als rechnete sie damit, daß ich plötzlich Feuer fangen und in Form eines schwefligen Blitzes explodieren könnte. Der gute Mr. Beavers hätte das alles ins Reine gebracht.

Sergeant Balducci schlendert zu seinem Plymouth zurück, wobei das Funkgerät an seiner Hüfte ein verrauschtes, bedeutungsloses Knistern von sich gibt. Er öffnet die Tür, beugt sich ins Wageninnere und sagt etwas zu seinem Partner, worauf die beiden wieder lachen, während er selbst sich ins Auto quetscht und irgendwas

auf ein Klemmbrett am Armaturenbrett notiert. Ich höre das Wort »Besitzer« und noch ein Lachen. Dann fällt die Tür zu, und sie fahren los. Ihre breiten Gürtelreifen murmeln wichtigtuerisch.
Betty McLeod hat sich hinter ihrer Fliegengittertür keinen Millimeter bewegt. Ihre beiden kleinen Mulattenkinder linsen rechts und links hinter ihrem Morgenmantel hervor. Bettys Gesicht zeigt kein Verständnis, keine Verwirrung, keine Bitterkeit, nicht einmal eine Erinnerung daran.
»Ich komm wieder, wenn Larry zu Hause ist«, sage ich hoffnungslos.
»Ist gut.«
Ich sehe sie mit einem festen, vorwurfsvollen Blick an. »Wer ist sonst noch im Haus?« sage ich. »Ich hab vorhin die Toilettenspülung gehört.«
»Meine Schwester«, sagt Betty. »Aber das geht Sie nichts an.«
Ich sehe sie streng an und versuche, die Wahrheit aus ihrem spitzen Gesicht herauszulesen. Eine Schwester aus Red Cloud? Eine sehnige Sigrid mit großen Händen, die Urlaub von ihren eigenen nordischen Problemen macht, um ihre ethische Schwester zu bedauern? Denkbar, aber nicht wahrscheinlich. »Nein«, sage ich und schüttele den Kopf.
Und dann macht Betty McLeod ohne besonderes Stichwort einfach die Tür zu und läßt mich mit leeren Händen auf der Veranda stehen, während die äquatoriale Sonne auf mich herabknallt. Drinnen zelebriert sie das Ritual des Abschließens, und einen langen Augenblick stehe ich einfach da und höre zu und fühle mich einsam und verloren. Dann gehe ich zu meinem Wagen zurück, ohne daß mir noch etwas Gutes zu tun bliebe. Jetzt werde ich meine Miete erst nach dem Vierten bekommen, falls ich sie überhaupt bekomme.
Myrlene Beavers steht immer noch auf der Veranda ihres winzigen weißen Häuschens, dessen Pfosten von Wicken umrankt sind. Ihre Haare sehen jetzt schlaff und feucht aus, ihre großen Finger umklammern die Gummigriffe der Gehhilfe wie die Haltestange eines Achterbahnwagens. Die Nachbarn sind in ihre Häuser zurückgegangen.
»He!« ruft sie mir zu. »Hamse den Kerl erwischt?« Ihr kleines

gelbes Telefon hängt an einer Art Kleiderbügel aus Plastik von ihrer Gehhilfe herab. Garantiert haben ihre Kinder ihr das Ding gekauft, damit sie alle in Verbindung bleiben können. »Jemand hat versucht, drüben bei Larry einzubrechen. Sie müssen ihn verscheucht haben.«
»Sie haben ihn erwischt«, sage ich. »Er ist keine Gefahr mehr.«
»Dann is ja gut«, sagt sie, und ein breites Lächeln entblößt ihre falschen Zähne. »Sie machen gute Arbeit. Wir sind Ihnen dankbar.«
»Wir tun, was wir können«, sage ich.
»Kannten Sie meinen Mann?«
Ich lege die Hände auf die Tür meines Autos und sehe tröstend zur armen Myrlene hinüber, die sich immer weiter von uns entfernt. Bald wird sie im Jenseits bei ihrem geliebten Mann sein.
»Aber sicher«, sage ich.
»Er war 'n wundervoller Mann«, sagt Mrs. Beavers, als könnte sie meine Gedanken lesen, und schüttelt den Kopf über sein verschwundenes Antlitz.
»Wir vermissen ihn alle«, sage ich.
»Ja, das stimmt wohl«, sagt sie und beginnt den schmerzhaften, stockenden Rückweg in ihr Haus. »Das tun wir alle ganz sicher.«

- 5 -

Ich schlängele mich über die Montmorency Road ins Haddamer Pferdezuchtgebiet – unser kleines Lexington –, wo die Zäune lang, weiß und rechtwinklig und die Weiden weit und sanft gewellt sind. Schmale Nebenstraßen (Rickett's Creek Close, Drumming Log Way, Peacock Glen) führen über Holzbrücken, unter denen schattige, felsige Bäche plätschern, und an Zitterpappeln entlang zu den im dichten Sommerlaub hoher Bäume versteckten Häusern reicher Männer. Hier setzt der Angler- und Jägerverband jedes Frühjahr Zuchtforellen aus, damit wohlhabende Angler/Hausbesitzer mit ihrer bei Hardy's gekauften Ausrüstung hinspazieren und ein paar Fische fangen können. Hier gibt es immer noch Bestände uralter Laubbäume, die schon die Revolutionsarmeen vorbeirumpeln sahen und die Signalhörner, Schreie und Schlachtrufe früherer Amerikaner im Freiheitsrausch hörten. Heute schlendern dort dunkelblonde Erbinnen in Reithosen zur Koppel, um zur Mittagsstunde allein einen kleinen Ausritt zu machen. Gelegentlich habe ich hier draußen das eine oder andere Haus gezeigt. Aber ihre Besitzer sind fett und protzig wie Pharaonen, und statt daß ihnen vor lauter Glück über die Segnungen ihrer Existenz der Kopf schwirrt, scheinen sie die unangenehmsten Menschen der Welt zu sein und behandeln einen wie einen Laufburschen, wenn man »ihr wunderbares Heim« vorführt. Meistens übernimmt Shax Murphy diese Objekte, da er von Natur aus den passenden Zynismus besitzt, um das Ganze zum Schreien komisch zu finden. Außerdem macht es ihm Spaß, reichen Kunden das Fell zentimeterweise über die Ohren zu ziehen. Ich dagegen halte mich lieber an den heimeligeren Markt, dessen schlichten Geist ich schätze.
Was die unangenehmen McLeods angeht, so denke ich heute, daß ich einen ziemlich offensichtlichen Fehler gemacht habe. Ich

hätte sie, kaum daß der Mietvertrag unterschrieben war, zum Grillen schleppen sollen. Ich hätte sie auf der Veranda in zwei Liegestühle verfrachten, ihnen eine doppelte Margarita einflößen und ihnen einen Berg Rippchen nach Rancherart, gedünstete Maiskolben, Tomatensalat mit Zwiebeln und hinterher einen Zitronenkuchen vorsetzen sollen, und alles wäre bestens gewesen. Später, als die Dinge eine unerfreuliche Wendung nahmen (wie immer zwischen Vermieter und Mieter, außer wenn die Mieter zur Dankbarkeit neigen oder der Vermieter ein Idiot ist), hätten wir auf etwas Gemeinsames zurückgreifen können, als Gegengewicht zu Mißtrauen und Feindseligkeit, die jetzt leider zum Status quo geworden sind. Warum ich es nicht getan habe, weiß ich nicht, außer daß es nicht meinem Naturell entspricht.

An einem Sommerabend vor einem Jahr stieß ich – und zwar buchstäblich – auf das FRANKS. Ich fuhr gerade müde und mit glasigen Augen aus dem Red Man Club, wo ich bis um zehn gefischt hatte, nach Hause. In seiner damaligen Inkarnation als »Bemish's Rootbeerdepot« tauchte es verlockend aus der Dunkelheit auf, als ich auf der Route 31 um eine Kurve bog, mit schmerzenden, schweren Augen und einem Mund, der so trocken war wie ein alter Sack. Genau die richtige Verfassung für ein Rootbeer.
Jeder über vierzig (es sei denn, er oder sie wurde in der Bronx geboren) besitzt alte und unkomplizierte Erinnerungen an solche Lokale: Niedrige, orange gestrichene Bretterbuden mit einem Schiebefenster, durch das man seine Bestellung aufgibt. Draußen hängen Ketten aus gelben Glühbirnen, die Baumstämme und die Mülltonnen sind weiß gestrichen, und weiße Autoreifen zeigen die korrekte Parketikette an. An den Bäumen hängen Hinweisschilder, und es gibt große, beschlagene Krüge mit eisig kaltem Rootbeer, das man an Picknicktischen am Bach trinken oder auf einem Blechtablett zu seinem Mädchen in die dunkle, nur vom Autoradio beleuchtete Höhle des '57er Fords tragen kann.
Sobald ich den Laden sah, hielt ich auf den Parkplatz zu, nickte aber anscheinend genau in dem Augenblick ein, in dem ich abbog. Jedenfalls fuhr ich quer über die weißen Autoreifen und über ein Petunienbeet und rammte einen der grünen Picknick-

tische mit einem dumpfen, splitternden Geräusch, das bewirkte, daß der Besitzer, Karl Bemish, in Papiermütze und Schürze aus der Seitentür geschossen kam und wissen wollte, was zum Teufel ich da machte, fest davon überzeugt, daß ich betrunken war und unbedingt verhaftet werden mußte.
Die Sache nahm keinen unglücklichen Ausgang (weit davon entfernt). Ich war durch den Zusammenstoß natürlich wieder wach geworden, kletterte aus dem Auto, überschlug mich vor Entschuldigungen, bot an, mich einem Alkoholtest zu unterziehen, blätterte 300 Dollar für den Schaden hin und erklärte, ich hätte nur gefischt und nicht etwa eine Spelunke in Frenchtown leergetrunken. Überhaupt sei ich nur auf den Parkplatz eingebogen, weil ich das Lokal so gottverdammt unwiderstehlich gefunden hätte – hier draußen am Bach, mit seinen Lichterketten und den weißen Bäumen. Abgesehen davon hätte ich immer noch gern ein Rootbeer, falls er sich dazu durchringen könne, mir eins zu verkaufen.
Karl ließ sich seinen Ärger ausreden, indem er meinen Packen Geldscheine in seine Schürzentasche stopfte und auf der Grundlage meines anscheinend guten Charakters einräumte, daß solche Dinge manchmal auf unschuldige Weise passieren und manchmal (wenn auch selten) die angegebene Ursache für ein Ereignis auch die tatsächliche ist.
Mein Rootbeer in der Hand, suchte ich mir einen Tisch, der nicht zersplittert war, setzte mich an den murmelnden Trendle-Creek und dachte lächelnd an meinen Vater, der in den längst vergangenen fünfziger Jahren unten im tiefen Süden mit mir in genau solchen Lokalen Rast gemacht hatte. Damals hatte er mich in seiner Funktion als Einkäufer für die Navy manchmal auf Fahrten mitgenommen, damit meine Mutter sich von dem Chaos erholen konnte, Tag und Nacht mit mir allein zu sein.
Nachdem er alle Lichterketten bis auf eine ausgeschaltet hatte, kam Karl Bemish aus seiner Bude. Er brachte noch ein Rootbeer für mich und ein richtiges Bier für sich mit und setzte sich mir gegenüber an den Tisch, anscheinend froh darüber, ein Feierabendschwätzchen mit einem Fremden halten zu können, der trotz anfänglichen Mißtrauens ein Kerl zu sein schien, mit dem

man den Tag ausklingen lassen konnte. Zumal niemand sonst da war.

Natürlich redete nur Karl. (Anscheinend war es nicht so einfach, durch das Schiebefenster mit den Gästen zu sprechen.) Er war Witwer, sagte er, und hatte fast dreißig Jahre lang oben in Tarrytown auf dem Gebiet der Ergonomik gearbeitet. Seine Frau Millie war vor drei Jahren gestorben, und er hatte sich kurz entschlossen vorzeitig pensionieren lassen, seine paar Aktien verkauft und sich auf die Suche nach einem phantasievolleren Betätigungsfeld begeben (kam mir bekannt vor). Er wußte viel über die Ergonomik, eine Wissenschaft, von der ich noch nie etwas gehört hatte, aber nichts über den Einzelhandel oder das Gaststättengewerbe oder den Umgang mit Gästen. Und er gestand mir, daß er das Lokal einfach aus einer Laune heraus gekauft hatte, nachdem er die Anzeige in irgendeiner Unternehmerzeitschrift gesehen hatte. Da, wo er aufgewachsen war, in der kleinen polnischen Gemeinde Pulaski im Staat New York, hatte es ein ganz ähnliches Lokal gegeben, an einem kleinen Bach, der in den Lake Ontario mündete, und natürlich war es *der* Treffpunkt für alle Jugendlichen und auch für die Erwachsenen gewesen. Er selbst hatte dort seine Frau kennengelernt und erinnerte sich sogar daran, einmal dort gearbeitet zu haben. Er hatte dabei einen braunen Baumwollkittel getragen, auf dem vorne in dunkelbrauner Schrift sein Name aufgestickt war, und dazu eine braune Papiermütze, mußte aber einräumen, daß er nie einen tatsächlichen Beweis dafür gefunden hatte, dort gearbeitet zu haben. Vielleicht hatte er sich das Ganze nur zusammengeträumt, um seine Vergangenheit ein bißchen auszuschmücken. Das Lokal und die Zeit dort waren ihm jedoch als die schönste Zeit seines Lebens in Erinnerung geblieben, und sein Lokal hier war für ihn eine Art Andenken daran.

»Natürlich hat die Sache sich nicht grade rosig entwickelt«, sagte Karl, nahm seine weiße Papiermütze ab und stellte sie auf die klebrigen Bretter des Picknicktisches. Darunter tauchte ein glatter, wie lackiert aussehender Schädel auf, der im Schein der Lichterkette glänzte, die sich zur Bude zurückschwang. Karl war fünfundsechzig, groß, hatte Wurstfinger und kleine Ohren und sah aus, als hätte er sein ganzes Leben lang Backsteine verladen.

»Ich finde es großartig«, sagte ich und sah mich bewundernd um. Alles war frisch gestrichen, geputzt, sauber und so ordentlich wie ein Krankenhausgelände. »Für mich haben Sie hier 'ne Goldgrube.« Ich nickte anerkennend, bis zu den Kiemen voll mit dickem, cremigem Rootbeer.

»Die ersten anderthalb Jahre lief es auch super. Und ich kam super zurecht«, sagte Karl Bemish. »Mein Vorgänger hatte den Laden ziemlich runtergewirtschaftet, und ich hab ein bißchen Geld reingesteckt und alles in Schuß gebracht. Die Leute in den Gemeinden ringsum haben gesagt, wie schön es ist, daß eine so alte Einrichtung wieder aufgemöbelt wird. Sie wollten, daß der Laden wieder läuft, und Leute wie Sie kamen spätabends vorbei. Es wurde wieder ein Treffpunkt, oder war zumindest auf dem Weg dahin. Aber dann ist's mit mir durchgegangen. Ich hab 'ne Maschine gekauft, um so 'ne Art Sorbet zu machen. Ich hatte etwas Cash-flow. Dann hab ich 'ne Joghurtmaschine gekauft. Dann hab ich einen Küchenanhänger gekauft, um Partys ausrichten zu können. Und dann hat ein Artikel in der Unternehmerzeitschrift mich auf die Idee gebracht, einen alten Speisewagen zu kaufen und hier nebenan als Restaurant hinzustellen. Ich stellte mir einen Kellner vor, eine kleine Speisekarte, Chrombeschläge, Originaltische, kleine Vasen, Teppiche. Für besondere Gelegenheiten.« Karl sah über die Schulter in Richtung Bach und runzelte die Stirn. »Steht alles da hinten. Ich hab das verdammte Ding in Lackawanna gekauft und in zwei Teilen hierher schleppen und auf ein paar Meter Schienen wieder zusammensetzen lassen. Und ungefähr da ging mir das Geld aus.« Karl schüttelte den Kopf und wischte eine Stechmücke weg, die sich auf seiner Glatze niedergelassen hatte.

»Schade«, sagte ich, linste in die Dunkelheit und machte einen Umriß aus, der schwärzer als seine Umgebung still und finster in die Nacht ragte. Die schlechte Idee schlechthin.

»Ich hatte große Pläne«, sagte Karl Bemish und sah mich quer über den Tisch mit einem besiegten Lächeln an, das noch einmal besagte, daß dumme Dinge auch auf unschuldige Weise passieren und daß große Ideen den Keim großen Scheiterns in sich tragen.

»Aber es läuft doch trotzdem ganz gut, oder?« sagte ich. »Sie können die Expansion doch einfach aufschieben, bis Ihre Kapitalbasis wieder etwas breiter ist.« Alles Ausdrücke, die ich erst vor kurzem in der Immobilienbranche gelernt hatte und von denen ich kaum wußte, was sie bedeuteten.
»Ich hab ziemliche Schulden auf'm Buckel«, sagte Karl kummervoll, als trüge er einen Klumpen Blei im Herzen. Mit seinem flachen rosa Daumennagel puhlte er an einem hart gewordenen Rootbeer-Tropfen herum, der an der Tischplatte klebte. »Na ja, vielleicht noch ein halbes Jahr, dann geh ich den Bach runter.« Er schnüffelte und grub weiter an der süßen Kruste herum, die ein langer, pechverfolgter Sommer festgebacken hatte.
»Können Sie nicht rekapitalisieren?« sagte ich. »Den Speisewagen wieder verkaufen? Eine zweite Hypothek?« Noch mehr Immobilienjargon.
»Gibt mir keiner«, sagte Karl. »Und im mittleren New Jersey will kein Mensch einen gottverdammten Speisewagen.«
Inzwischen war ich bereit, mich nach Hause zu schleppen, mir einen richtigen Drink zu genehmigen und ins Bett zu fallen. Aber ich sagte: »Und was wollen Sie jetzt machen?«
»Ich brauch 'nen Investor, der erst mal meine Schulden begleicht und mir dann vielleicht zutraut, uns nicht wieder in Grund und Boden zu wirtschaften. Kennen Sie zufällig so jemand? Weil ich die Bude hier sonst nämlich verlier, bevor ich beweisen kann, daß ich kein vollkommenes Arschloch bin. Wär wirklich zu schade.« Karl versuchte nicht, einen Witz zu machen, wie es mein Sohn getan hätte.
Ich sah an Karl Bemish vorbei auf sein kleines, orange gestrichenes »Rootbeerdepot« mit den ordentlichen, handgeschriebenen Schildern überall an den Bäumen. »Hunde bitte NUR hier ausführen!« »BITTE keinen Abfall wegwerfen.« »Unsere Kunden sind unsere BESTEN FREUNDE.« »DANKE!« »BESUCHEN SIE UNS BALD WIEDER!« »ROOTBEER IST GUT FÜR SIE!« Es war eine hübsche kleine Goldgrube, die sich, wie ich mir vorstellte, auf viel guten Willen der Landbevölkerung stützen konnte und günstig in einer halb vorstädtischen, halb ländlichen Umgebung lag. Ein paar alte Farmen mit kleinen, aber profitablen Gemüsefeldern in

der Nähe, die eine oder andere Obstplantage mit angeschlossener Saftproduktion, ein paar jahrzehntealte Hippie-Töpfereien und ein, zwei mittelprächtige, größtenteils baumlose Golfplätze. Auf den Wiesen würden bald neue Siedlungen entstehen. An der Kreuzung von 518 und 31 herrschte ziemlich reger Verkehr, und wenn die Entwicklung anhielt, würde irgendwann eine Ampel installiert werden müssen. Denn wenn auch die 31 nicht mehr die Hauptverkehrsstraße war, so war sie doch immerhin die malerische *frühere* Hauptverkehrsstraße, die aus den nordwestlichen Bezirken in die Landeshauptstadt Trenton führte. Was alles Geld bedeutete.

Vielleicht, so dachte ich, brauchte Karl Bemish wirklich nur ein bißchen Hilfe bei seinen Schulden und einen Partner, der ihn beriet und die finanziellen Entscheidungen überwachte, während er selbst sich um das tägliche Geschäft kümmerte. Und aus irgendeinem Grund (wahrscheinlich weil ich mit dem alten Karl ein Stück nostalgische Vergangenheit teilte) konnte ich einfach nicht nein sagen.

Also sagte ich ihm, dort unter den Amberbäumen, während immer mehr Mücken um unsere Köpfe sirrten, daß ich selbst vielleicht an der Möglichkeit einer Partnerschaft interessiert wäre. Er schien darüber kein bißchen überrascht und fing sofort an, mir verschiedene großartige Ideen zu unterbreiten, die alle nie funktionieren konnten. Genau das sagte ich auch, um ihm (und mir selbst) zu zeigen, daß ich in manchen Fragen auch hart sein konnte. Wir unterhielten uns noch eine Stunde, bis kurz vor eins, dann gab ich ihm meine Karte und sagte ihm, er solle mich am nächsten Tag im Büro anrufen. Und wenn ich am nächsten Morgen nicht mit dem Gefühl aufwachte, mein Gehirn austauschen lassen zu müssen, könnten wir uns noch mal zusammensetzen, seine Bücher und Unterlagen durchgehen und seine Schulden gegen seine Aktivposten, sein Einkommen und seinen Cash-flow aufrechnen. Und wenn es dann weder steuerliche Probleme noch irgendwelche schwarzen Löcher gäbe (wie zum Beispiel Probleme mit Alkohol oder Glücksspiel), würde ich vielleicht in seinen Rootbeerladen investieren.

Worüber Karl sich zu freuen schien wie ein kleines Kind, wenn man als Beweis nehmen wollte, wie oft er feierlich mit dem Kopf nickte und sagte: »Ja, klar, okay. Ja, sicher, okay. Genau, genau, genau!«

Und wer wäre an seiner Stelle nicht glücklich gewesen! Ein Mann kracht mitten in der Nacht anscheinend völlig betrunken in deinen Laden und fährt deinen Picknicktisch um und deine Petunien platt. Aber noch bevor der Staub sich gelegt hat, schmiedest du Pläne mit ihm, wie er einsteigen und dich aus dem Morast ziehen kann, in den du dich durch eine Mischung aus blödem Optimismus, Inkompetenz und Gier hineinmanövriert hast. Wer würde nicht denken, jemand hätte das sprichwörtliche Füllhorn mit dem offenen Ende nach vorn genau vor die Haustür gelegt?

Und einen Monat später war tatsächlich so ziemlich alles im Kasten, wie es so schön heißt. Ich kaufte mich mit der verabredeten Summe von fünfunddreißigtausend in Karls Laden ein, was seine Verbindlichkeiten mehr oder minder auf Null brachte, und übernahm außerdem – da Karl völlig pleite war – die Mehrheit der Anteile.

Als erstes machte ich mich daran, die Sorbet- und die Joghurtmaschine an einen Restaurantausstatter in Allentown zu verkaufen. Ich setzte mich mit der Firma in Lackawanna in Verbindung, bei der Karl den Speisewagen namens »The Pride of Buffalo« gekauft hatte, und sie erklärten sich bereit, ihm ein Fünftel des Preises zurückzuerstatten, den sie bei einem Wiederverkauf erhalten würden. Außerdem würden sie das Ding kostenlos abholen. Ich verkaufte das Kopier- und das Faxgerät, die Karl in der Erwartung angeschafft hatte, irgendwann weiter zu diversifizieren und seinen Kunden über Rootbeer hinaus eine breitere Palette von Dienstleistungen anbieten zu können. Ich eliminierte mehrere Neuheiten auf Karls Speisekarte, für die er ebenfalls Gerätschaften gekauft hatte, bloß aus Platz- und Geldgründen nie einsetzen konnte. Dazu gehörten eine Maschine zur Herstellung von Frühstückswürstchen und eine weitere, fast identische Maschine, mit der man *ausschließlich* Beignets à la New Orleans herstellen konnte. Karl besaß Kataloge für Daiquiri-Mixer (für den Fall, daß er eine Lizenz für den Alkoholausschank bekommen würde), einen sechsflammigen Herd zur Herstellung von Crèpes

und jede Menge sonstigen Ramsch, von dem im mittleren New Jersey noch kein Mensch etwas gehört hatte. In dieser Zeit kam mir der Gedanke, daß Karl nach dem Tod seiner Frau einen Nervenzusammenbruch oder eine Reihe kleinerer Schlaganfälle gehabt haben könnte, die seine Urteilsfähigkeit in Mitleidenschaft gezogen hatten.
Aber ziemlich bald hatte ich nur durch die Anwendung von ein bißchen gesundem Menschenverstand alles unter Kontrolle, konnte den Erlös aus dem Verkauf der diversen Maschinen mit Karl teilen und die Hälfte meiner Hälfte als Arbeitskapital reinvestieren. (Einer Laune folgend beschloß ich, die Küche-auf-Rädern zu behalten.) Ich ließ Karl auch an meinen neuen, auf gesundem Menschenverstand basierenden Geschäftsweisheiten teilhaben, die ich allesamt im Büro aufgeschnappt hatte. Der größte Fehler, den man machen konnte, so erklärte ich ihm, war der Versuch, eine gute Sache zu duplizieren, um sie zweimal so gut zu machen (das funktioniert fast nie). Der zweitgrößte war, daß die Leute nicht etwa Mist bauten, weil sie gierig waren, sondern weil sie anfingen, das normale Leben und das, was sie taten, langweilig zu finden – auch Dinge, die ihnen eigentlich gefielen. Und dann warfen sie ihr hart erarbeitetes Geld mit beiden Händen zum Fenster raus, nur um sich bei Laune zu halten. Mein Motto lautete: die Unkosten möglichst niedrig halten, alles so einfach wie möglich belassen, sich den Luxus der Langeweile verbieten, einen festen Kundenstamm aufbauen und später an irgendeinen Hampelmann verkaufen, der mit dem Versuch, die ursprüngliche Idee zu verbessern, ruhig pleite gehen konnte. (Natürlich hatte ich so etwas noch nie gemacht. Ich hatte nur zwei Mietobjekte gekauft und mein eigenes Haus verkauft, um das meiner Ex-Frau zu kaufen – was mich kaum zum Wallstreetgenie machte.) Ich erläuterte Karl diese Maximen, während zwei riesige schwarze Angestellte des Restaurantausstatters in Allentown seine Sorbet- und seine Joghurtmaschine mit Hilfe eines Gabelstaplers durch die Hintertür und auf die Ladefläche eines gemieteten Lastwagens hievten. Ich fand, es war eine einprägsame Lektion.
Die letzte Veränderung unserer Geschäftsstrategie, die ich vor-

nahm, war die Umbenennung von »Bemish's Rootbeerdepot« (ein zu unhandlicher Brocken) in FRANKS, ohne Apostroph (mir gefiel das Direkte und Bündige daran). Zudem verkündete ich, daß ein Mensch, der an unserem Schild von der Straße abbog, nur zwei Dinge wollte: einen eiskalten Krug Rootbeer und einen verteufelt guten polnischen Hot dog – von dem jeder träumt und den jeder zu finden hofft, wenn er durch eine halbmalerische abgelegene Gegend fährt und der Hunger ihn packt. Karl Bemish, jetzt ein geretteter Mann mit seinem weißen, monogrammverzierten Kittel, seiner Papiermütze und seinem glänzenden Schädel, wurde natürlich als Besitzer und Manager installiert, der mit seinen alten Kunden schwätzte, halbgare Witze machte und ganz allgemein das Gefühl hatte, sein Leben nach dem allzu frühen Tod seiner geliebten Frau wieder ins richtige Gleis gebracht zu haben. Und für mich war das Ganze einfach und amüsant und mehr oder weniger genau das, wonach ich seit meiner Rückkehr aus Frankreich gesucht hatte: eine Chance, einem anderen Menschen zu helfen, etwas Gutes zu tun und mein Geld so anzulegen, daß es Dividenden brachte (was gerade anfängt), ohne mich verrückt zu machen. Wenn wir alle soviel Glück hätten.

Ich lasse die waldigen Nebenstraßen Haddams hinter mir und komme an die Kreuzung mit der 31, an der ein staatlicher Bautrupp mit einem Autokran die lange angekündigte neue Ampel aufhängt. Arbeiter stehen in weißen Schutzhelmen und Arbeitsklamotten herum und beobachten die Prozedur, als wäre sie ein Taschenspielertrick. Ein vorübergehend aufgestelltes Schild verkündet: »Hier sind Ihre Steuern am Werk – fahren Sie bitte LANGSAM.« Ein paar Autos umfahren die Baustelle vorsichtig und rollen weiter in Richtung Trenton.
Das FRANKS mit seinem neuen, braun-orangefarbenen Schild mit dem schäumenden Bierkrug ist halb hinter dem gelben Straßenbaulaster versteckt. Das Auto eines Kunden steht einsam am Rand des frisch asphaltierten Parkplatzes. Der Kunde selbst sitzt kühl hinter getönten Glasscheiben. Karls alter roter VW-Käfer parkt neben der Hintertür. Das rote GEÖFFNET-Schild hängt im

Fenster. Als ich anhalte, gestehe ich mir ein, daß ich alles hier vorbehaltlos bewundere, einschließlich der silbernen Küche-auf-Rädern, die inzwischen in einen Dogs-auf-Rädern-Stand umfunktioniert wurde. Er steht glitzernd in einer Ecke des Parkplatzes, von Everick und Wardell auf Hochglanz poliert, und wartet darauf, am frühen Montagmorgen nach Haddam geschleppt zu werden. Seine zweckgerichtete Effizienz, seine Kompaktheit und seine Mobilität lassen ihn wie der beste Kauf erscheinen, den ich je getätigt habe. Sogar besser als mein Haus, obwohl ich natürlich kaum je eine Verwendung für das Ding habe und es wahrscheinlich verkaufen sollte, bevor es immer mehr an Wert verliert und schließlich zu nichts mehr zu gebrauchen ist.

Karl und ich haben die ungeschriebene Abmachung, daß ich wenigstens einmal die Woche vorbeikomme, um die Parade abzunehmen. Es ist eine Gewohnheit, die mir Freude macht, vor allem heute, nach meinen beunruhigenden Reibereien mit den Markhams und mit Betty McLeod – beide nicht typisch für meinen Alltag, der fast immer angenehm ist. In unserem ersten gemeinsamen Jahr, in das auch der wirtschaftliche Einbruch im Herbst letzten Jahres fiel (wir haben ihn unbeeindruckt überstanden), fing Karl an, mich wie einen unternehmungslustigen, aber ein bißchen zu eigenwilligen und hitzköpfigen Juniorchef zu behandeln. Sich selbst hat er die Rolle des exzentrischen, aber treuen lebenslangen Angestellten zugedacht, dessen Aufgabe es ist, auf die sarkastische Art Walter Brennans an mir herumzukritteln und dafür zu sorgen, daß ich auf dem richtigen Kurs bleibe. (Er ist als Angestellter viel glücklicher, als wenn er der Boss des Ganzen wäre, was meiner Meinung nach auf die Jahre in der Ergonomik zurückzuführen ist. Ich selbst habe mich noch nie als Boss von irgend jemandem gesehen, da ich manchmal das Gefühl habe, kaum mein eigener zu sein.)

Als ich durch die Seitentür mit der Aufschrift »Nur für Angestellte« trete, sitzt Karl hinter dem Schiebefenster auf zwei übereinandergestapelten Milchkisten aus rotem Plastik – die aus der Zeit übriggeblieben sind, als er auch Malzshakes anbot – und liest die Trentoner *Times*. Hier hinten ist es heiß wie in einem

Backofen, und Karl hat einen kleinen Hammacher-Schlemmer-Ventilator mit Gummiblättern auf sein Gesicht gerichtet. Wie üblich ist alles blitzblank, da Karl von finsteren Ängsten geplagt wird, er könne von der Gewerbeaufsicht die »rote Karte« verpaßt bekommen, wie er es ausdrückt. Aus diesem Grund schrubbt und scheuert, putzt und wienert er jeden Abend stundenlang, bis man sich auf den Betonfußboden setzen und eine Mahlzeit mit vier Gängen davon essen könnte, ohne auch nur einen Gedanken an Salmonellen zu verschwenden.

»Weißt du, allmählich fang ich wirklich an, mir Sorgen über meine wirtschaftliche Zukunft zu machen«, sagt er mit lauter, spöttischer Stimme. Karl hat seine Lesebrille aus Plexiglas aufgesetzt und ansonsten meine Ankunft keines Kommentars gewürdigt. Er trägt seine Sommeruniform: einen kurzärmeligen weißen Kittel, eine von der Wäscherei gestellte, schwarz-weißkarierte knielange Hose, in der seine dicken, mehligen, von wurstigen Krampfadern durchzogenen Waden »atmen« können, kurze schwarze Nylonsocken und halbhohe schwarze Schnürschuhe mit Kreppsohle. Ein uraltes Transistorradio, das auf den Nur-Polka-Sender in Wilkes-Barre eingestellt ist, spielt leise »Im Himmel gibt's kein Bier«.

»Mich interessiert nur, wie die Demokraten die Sache dieses Mal vermasseln«, sage ich, als hätten wir uns schon stundenlang unterhalten. Dann öffne ich die Hintertür, die auf die Picknicktische am Bach hinausgeht, um ein bißchen Luft hereinzulassen. (Karl ist ursprünglich und lange Demokrat gewesen, hat dann in den letzten zehn Jahren angefangen, die Republikaner zu wählen, hält sich aber immer noch für einen nonkonformistischen Jacksonianer. Für mich sind genau das die Leute, die ihr Mäntelchen immer in den Wind hängen, obwohl Karl in vieler Hinsicht kein schlechter Bürger ist.)

Da ich heute kein besonderes Anliegen habe, fange ich an, den Vorrat an Hot-dog-Brötchen und die Dosen und Gläser mit Gewürzpaste, Senf, Mayo, Ketchup und Zwiebelringen durchzuzählen. Außerdem überprüfe ich die Würstchen und die zusätzlichen Fässer Rootbeer, die ich für die Konzession am Vierten Juli geordert habe.

»Hauskäufe inklusive Neubauten scheinen letzten Monat wieder mal *tootal* zurückgegangen zu sein. Zwölfkommazwei Prozent weniger als im Mai. Diese Blödmänner. Das bedeutet doch Ärger für die Immobilienbranche, oder?« Karl schnippst mit der Hand gegen seine *Times*, als wollte er die Worte gerader ausrichten. Er liebt es, wenn wir uns auf diese quasi-familiäre Art unterhalten (er ist, wenn es um mich geht, letztlich ein alter Nostalgiker), so als hätten wir einen langen gemeinsamen Weg hinter uns und dieselben harten menschlichen Lektionen des Anstands und der Bedürftigkeit gelernt. Er linst über die Zeitung zu mir herüber, setzt seine Halbbrille ab, steht dann auf und sieht aus dem Fenster, gerade als das Auto, das neben den Picknicktischen stand, auf die Route 31 biegt und langsam nach Norden und in Richtung Ringoes verschwindet. Die Warnglocke am Laster der Bauarbeiter, die ankündigt, daß er gleich zurücksetzen wird, fängt an zu bimmeln, und die tiefe Stimme eines schwarzen Mannes ruft: »Komm! Setz ihn zurück! Komm schon!«

»Hauskäufe sind gegenüber dem Vorjahr nur um fünf Punkte gefallen«, sage ich, während ich die Päckchen mit polnischen Würstchen im Eisfach überschlage, die kalte Luft trifft mein Gesicht wie grelles Licht. »Vielleicht bedeutet das, daß die Leute eher Häuser kaufen, die schon fertig sind. Würd ich jedenfalls vermuten.« Tatsächlich wird genau das passieren, und die jämmerlichen Markhams sollten sich lieber *toute de suite* mit mir und ihrem Verstand in Verbindung setzen.

»Dukakis sagt, das Wirtschaftswunder von Massachusetts ist sein Verdienst. Dann soll er auch die Verantwortung für die große Verarschung von Taxachusetts übernehmen. Jedenfalls bin ich froh, daß ich jetzt in *Joisey* leb«, sagt Karl lustlos. Er starrt immer noch aus dem Fenster auf den Parkplatz mit den frischgemalten weißen Linien.

»Hm.« Ich drehe mich zu ihm um, damit ich ihm meine »Käufer- und-Verkäufer«-Kolumne von Angesicht zu Angesicht zitieren kann, bekomme aber nur seinen breiten, karierten Hintern und zwei blasse, fleischige Beine darunter zu sehen. Der Rest hängt aus dem Fenster. Er beobachtet die Arbeiter mit ihrem Autokran, die jetzt die neue Ampel installieren.

»Und Hot dogs«, sagt Karl, der mich etwas sagen gehört hat, was ich gar nicht gesagt habe. Seine Stimme ist leise, da sie größtenteils in den heißen Tag hinaus gerichtet ist, wodurch ich die Polka-Musik besser hören kann. Wie immer bin ich froh, hier zu sein. »Für diese Wahl interessiert sich doch kein Schwein«, sagt Karl, immer noch mit dem Gesicht nach draußen. »Es ist genau wie mit den verdammten All-Star-Spielen. Erst der große Rummel und nichts dahinter.« Karl macht mit dem Mund ein saftig furzendes Geräusch, um seine Aussage gebührend zu untermalen. »Die Regierung ist doch ein Raumschiff. Die hat jeden Kontakt zur Realität des Landes verloren.« Garantiert zitiert er irgendeinen rechten Kolumnisten, den er vor exakt zwei Minuten in der Trentoner *Times* gelesen hat. Dabei interessiert er sich nicht die Bohne für Regierungen oder Realitäten.
Ich jedoch habe jetzt nichts mehr zu tun, und mein Blick wandert durch die Seitentür und weiter auf den Parkplatz, wo der silberne Hot-dog-Stand auf seinen glänzendneuen Reifen in der Sonne steht. Die grün-weiße Faltmarkise über dem Fenster ist aufgerollt, und der ganze Apparat ist mit einer Kette an einem großen, zementgefüllten Ölfaß befestigt, das wiederum an einer in die Erde eingelassenen Platte festgeschraubt ist (Karls Vorstellung von Diebstahlverhütung). Als ich so nach draußen sehe, vor allem auf den praktischen, aber auch rührend-lächerlichen Hot-dog-Stand, habe ich plötzlich das Gefühl, den Kontakt zu allem außer dem, was hier ist, verloren zu haben. So als wären Karl und ich alles, was wir beide auf dieser Welt haben. (Was natürlich nicht stimmt. Karl hat Nichten in Green Bay. Ich habe zwei Kinder in Connecticut, eine Ex-Frau und eine Freundin, die ich im Augenblick sehr gerne sehen würde.) Wieso dieses Gefühl? Wieso jetzt, wieso hier? Ich könnte es nicht sagen.
»Weißt du, ich hab gestern in der Zeitung gelesen...« Karl hievt seinen Oberkörper von der Theke, dreht sich zu mir um, greift nach unten und schaltet das Polka-Festival ab, »...daß es einen Rückgang von Singvögeln gibt, der direkt auf die Lebensbedingungen in den Vororten zurückzuführen ist.«
»Das hab ich nicht gewußt.« Ich starre in seine glatten, rosigen Gesichtszüge.

»Stimmt aber. Raubtiere, die in nicht mehr intakten Biotopen gut zurechtkommen, fressen die Eier und die Jungen der Singvögel. Laubsänger. Fliegenschnäpper. Grasmücken. Drosseln. Es geht ihnen allen an den Kragen.«
»Schlimm«, sage ich, ohne zu wissen, was ich sonst sagen soll. Karl ist ein Faktenmensch. Seine Vorstellung von einem lohnenden Gespräch besteht darin, einen mit Dingen zu konfrontieren, von denen man noch nie was gehört hat. Einem obskuren historischen Rätsel, einer Serie unwiderlegbarer Statistiken, wie zum Beispiel, daß New Jersey die höchste effektive Bodensteuer des ganzen Landes hat oder daß jeder dritte Lateinamerikaner in Los Angeles lebt. Dinge, die nichts erklären, sondern nur die banalste Reaktion ermöglichen. Und dann sieht er einen an und wartet auf eine Antwort – die sich natürlich höchstens auf ein: »Wer hätte das gedacht?« belaufen kann oder auf ein: »Ist ja nicht zu fassen!« Reale, unprogrammierte Dialoge zwischen Menschen sind ihm geradezu unappetitlich, trotz seiner ergonomischen Vorbildung. Ich bin, wie ich merke, bereit aufzubrechen.
»Übrigens«, sagt Karl und vergißt das düstere Schicksal der Laubsänger. »Könnte sein, daß wir bald überfallen werden.«
»Was meinst du damit?« Ein öliges Hot-dog-Schweißrinnsal sickert aus meinem Haaransatz und schlängelt sich in mein linkes Ohr, bevor ich es mit dem Finger stoppen kann.
»Also gestern abend, so gegen elf« – Karl hat beide Hände auf die Kante der Theke hinter sich gestützt, als wolle er sich in die Lüfte werfen – »ich war beim Saubermachen. Und da kamen zwei Mexikaner vorgefahren. Ganz langsam. Dann fuhren sie auf die 31 zurück, und zehn Minuten später waren sie schon wieder da. Rollten noch mal ganz langsam durch und zogen wieder ab.«
»Woher willst du wissen, daß es Mexikaner waren?« Ich merke, daß ich ihn mit zusammengekniffenen Augen ansehe.
»Es *waren* Mexikaner. Weil sie mexikanisch *ausgesehen* haben«, sagt Karl gereizt. »Zwei kleine Typen mit schwarzen Haaren und GI-Haarschnitt. Sie fuhren einen tiefgelegten blauen Monza mit getönten Scheiben, und rund um die Nummernschilder hatten sie so blinkende rote und grüne Salsa-Lämpchen. Keine Mexika-

ner? Also gut, dann eben Honduraner. Macht doch wirklich keinen großen Unterschied, oder?«
»Hast du sie schon mal gesehen?« Ich werfe einen besorgten Blick durch das offene Schiebefenster, als wären die verdächtigen Ausländer jetzt schon da.
»Nein. Aber vor ungefähr 'ner Stunde waren sie schon wieder da und haben zwei Rootbeer gekauft. Nummernschilder aus Pennsylvania. CEY 146. Ich hab's aufgeschrieben.«
»Hast du den Sheriff informiert?«
»Die haben gesagt, es gibt noch kein Gesetz dagegen, durch ein Drive-in zu fahren. Und wenn's eins gäbe, gäb's uns nicht.«
»Hm.« Wieder weiß ich nicht, was ich sonst sagen soll. In vieler Hinsicht ähnelt Karls neueste Aussage der über den Rückgang des Singvogelbestandes. Aber ich bin nicht glücklich über verdächtige Figuren in tiefgelegten Monzas. So etwas hört kein kleiner Geschäftsmann gern. »Hast du dem Sheriff gesagt, er soll öfter mal vorbeisehen?« Noch ein öliger Schweißtropfen kriecht mir über die Wange.
»Ich soll mir keine Sorgen machen, aber die Augen offenhalten.« Karl nimmt seinen Ventilator und hält ihn so, daß er mir warme Luft ins Gesicht bläst. »Ich hoffe nur, daß die kleinen Schwanzlutscher mich nicht gleich umbringen, falls Sie beschließen, uns auszurauben. Oder halb umbringen.«
»Wenn sie kommen, schieb das Geld rüber«, sage ich ernst. »Das können wir ersetzen. Bloß keine Heldentaten.« Ich wünschte, Karl würde den Ventilator wegstellen.
»Ich will eine Möglichkeit haben, mich zu verteidigen«, sagt er und wirft ebenfalls einen schnellen, prüfenden Blick durch das Schiebefenster nach draußen. Ich hatte nie den Wunsch, mich selbst verteidigen zu wollen, bis ich von einem asiatischen Jugendlichen eine Pepsiflasche über den Schädel gezogen bekam. Dann allerdings dachte ich daran, mir eine Pistole zu besorgen, mich am nächsten Abend an derselben Stelle auf die Lauer zu legen und die drei Burschen umzupusten – was jedoch kein realistischer Plan war.
Hinter Karl sehe ich die Bande staatlicher Ampelinstallateure in einer lockeren Gruppe über die Straße und auf unseren Parkplatz

zustapfen. Sie tragen immer noch ihre Schutzhelme und ihre Arbeitshandschuhe. Zwei klopfen sich energisch den Staub von den dicken Hosen, zwei andere lachen. Die Hälfte der Gruppe ist schwarz, die andere weiß, aber sie verbringen ihre Pause miteinander, als seien sie alle die besten Freunde. »Ich nehm die *große* Wiener Wurst«, höre ich einen von ihnen in der Ferne sagen, worauf die anderen noch mehr lachen. »... sagte sie *hungrig*«, fügt ein anderer hinzu. Und wieder lachen alle (zu laut, um echt zu sein).

Ich jedoch will hier weg, will zurück in mein Auto, will die Klimaanlage voll aufdrehen und auf schnellstem Weg an die Küste fahren, bevor ich dazu abkommandiert werde, polnische Hot dogs zu basteln oder Rootbeer zu servieren oder nach Räubern Ausschau zu halten. Gelegentlich halte ich die Stellung, wenn Karl zum Zahnarzt muß, aber es macht mir keinen Spaß, und ich komme mir jedesmal wie ein Idiot vor. Karl jedoch liebt nichts mehr, als wenn der »Boss« sich eine Papiermütze aufsetzt.

Er hat schon angefangen, kalte Krüge aus dem Gefrierfach aufzureihen. »Wie geht's, Paul?« sagt er und vergißt die Sache mit den Mexikanern. »Du solltest ihn mal hier rausbringen und ein paar Tage bei mir lassen. Ich würd ihn schon auf Vordermann bringen.« Karl weiß alles über Pauls Konflikt mit dem Gesetz wegen der geklauten Kondome, und seiner Meinung nach haben alle Fünfzehnjährigen es nötig, auf Vordermann gebracht zu werden. Und Paul würde wahrscheinlich eine Menge dafür geben, wenn er zwei freie, ungezwungene Tage hier draußen bei Karl verbringen könnte. Er würde Witze reißen, Doppeldeutigkeiten von sich geben, endlose Rootbeers und polnische Hot dogs in sich reinschaufeln und Karl ganz generell in den Wahnsinn treiben.

Aber das kommt nicht in Frage. Der Gedanke an Karls kleine Junggesellenwohnung im zweiten Stock eines Hauses in Lambertville, mit all den alten Möbeln aus seinem früheren Leben in Tarrytown, den Fotos von seiner toten Frau, den Schränken voller Altmännersachen, den übelriechenden alten Toilettenartikeln auf Deckchen auf dem Frisiertisch, dem Abtropfbrett aus grünem Gummi und all den seltsamen Gerüchen einsamer Gewohnheiten – ich wäre dankbar, wenn Paul sein ganzes Leben leben könnte, ohne das alles aus erster Hand mitzubekommen. Außerdem habe ich Angst vor hundert anderen Dingen: daß ein Satz Fotos »für Erwachsene« ganz zufällig auf dem Tisch liegenbleiben könnte, daß eine »komische« Zeitschrift unter den *Times* und den *Argosys* unter dem Fernseher auftauchen könnte, vielleicht sogar eine »neuartige« Sorte Unterwäsche, die Karl nur zu Hause trägt und von der er vielleicht denkt, mein Sohn könnte sie »affengeil« finden. Einsame ältere Männer kommen auf solche Ideen, es passiert ohne Absicht, und schwupps – bevor man es weiß, ist das Kind in den Brunnen gefallen! Bei allem gebührenden Respekt vor Karl, mit dem ich gerne im Hot-dog-Geschäft bin und der nie auch nur den leisesten Anschein erweckt hat, daß irgend etwas an ihm komisch sein könnte – ein Vater muß wachsam sein (obwohl nicht zu leugnen ist, daß ich nicht so wachsam war, wie ich es hätte sein sollen).

Jetzt stehen die staatlichen Arbeiter draußen und starren das geschlossene Schiebefenster an, als erwarteten sie, daß es mit ihnen spricht. Es sind sieben oder so, und sie kramen in ihren Taschen nach dem Lunchgeld. »Na, wie sieht's da draußen aus? Könnt ihr Jungs 'nen Hot dog vertragen?« brüllt Karl durch das kleine Fenster, ebensosehr für mich wie für die Bauarbeiter, als müßte er mich von dem überzeugen, was wir doch beide wissen – daß der Laden eine echte Goldgrube ist.

»Ich glaub, ich verschwinde«, sage ich.

»Okay«, sagt Karl munter, aber auch beschäftigt.

»Habt ihr Hamburger?« sagt jemand draußen vor dem Schiebefenster.

»Keine Burger, nur Dogs«, antwortet Karl und reißt energisch das Fenster auf. »Nur Dogs und Rootbeer, Jungs«, sagt er und beugt sich durch das Fenster, so daß sein breiter, feuchter Hintern sich wieder in die Luft erhebt.

»Bis dann, Karl«, sage ich. »Everick und Wardell werden am Montag relativ früh da sein.«

»Okay, alles klar«, schreit Karl. Er hat keine Ahnung, was ich gesagt habe. Er befindet sich jetzt in seiner Welt – der Welt der Hot dogs und der süßen, schaumigen Getränke –, und seine Abgelenktheit ist mir ein hochwillkommenes Stichwort, abzutreten.

Ich fahre südlich um Haddam herum, nehme die überfüllte 295, die von Philadelphia nach Norden führt, umfahre Trenton und komme am Campus der De Tocqueville Academy vorbei, die Paul besuchen könnte, wenn und falls er zu mir zieht, obwohl ich persönlich eine staatliche Schule bevorzugen würde. Dann nehme ich die brandneue Verbindung zur I-195 für die Schußfahrt über die weite, abfallende, dicht besiedelte Ebene (Imlaystown, Jackson Mills, Squankum – alle aus Autobahnhöhe zu sehen) zur Küste.

Es dauert nicht lange, und ich komme an Pheasant Meadow vorbei, das sich längs der »alten« Great Woods Road ausbreitet, genau im Korridor großer, silberner Hochspannungsmasten, die die Form von Stimmgabeln haben. Ein älteres, ramponiertes Schild gleich neben der Autobahn verkündet: »EIN ATTRAKTIVER ALTERSSITZ WARTET HIER AUF SIE!«

Pheasant Meadow, nicht alt, aber bereits sichtlich auf dem absteigenden Ast, ist die Siedlung, in der unsere schwarze Maklerin, Clair Devane, ihren gewaltsamen, immer noch ungelösten und unerklärlichen Tod fand. Als ich es unter mir vorbeiziehen sehe, mit seinen niedrigen, schachtelartigen Holzschindelhäusern, die auf ehemaliges Farmland gesetzt wurden und an eine Plaza mit Apotheken und Drogerien und einem halbfertigen mexikanischen Restaurant grenzen, scheint mir Pheasant Meadow in der Tat die Architektur gebrochener Verheißung und frühen Todes zu sein. (Aber vielleicht bin ich auch zu hart, da es noch gar nicht so lange her ist, daß ich – erzgewöhnlicher Amerikaner, der ich bin – verliebt in diesen Straßen herumlief und in seinen winzigen, tapezierten Zimmern und seinen schwach beleuchteten Toreingängen und auf seinem Parkplatz ein wundervolles Mädchen aus Texas umwarb, das mich einigermaßen gern hatte, letztendlich aber mehr Verstand besaß als ich.)

Clair kam aus Talladega, Alabama, hatte am Spelman-College studiert und dann in Philadelphia einen ehrgeizigen Computerfachmann und Morehouse-Absolventen geheiratet, der sich in einer aggressiven neuen Software-Firma in Upper Darby hocharbeitete. Für einen süßen Moment ihres Lebens glaubte sie, alles hätte sich glücklich gefügt. Aber an einem Herbstsonntag des

Jahres 1985, während einer »Fahrt ins Blaue«, zu der auch ein Spaziergang durch Haddam gehörte, brach zwischen ihr und ihrem Mann Vernell mitten im nachkirchlichen Verkehr auf der Seminary Street ein böser, lautstarker Streit aus. Vernell hatte ihr gerade mitgeteilt, daß er die wahre Liebe in Gestalt einer Datanomics-Kollegin gefunden habe und am nächsten Morgen (!) nach Los Angeles ziehen werde, um »bei ihr« zu sein, während sie eine eigene Firma aufbaute, die sich auf Software für Do-it-yourself-Bastler spezialisieren sollte. Er sagte Clair, es sei gut möglich, daß er in ein paar Monaten wieder zurückkäme, je nachdem, wie alles lief und wie sehr er sie und die Kinder vermißte, obwohl er natürlich keine Versprechungen machen könne.

Clair aber machte die Tür auf, stieg an der Ampel an der Kreuzung Seminary und Bank Street, genau gegenüber der presbyterianischen Kirche (in der ich gelegentlich zum Gottesdienst gehe), aus dem Auto, ging einfach los, starrte in die Schaufenster und flüsterte den weißen, reuigen Presbyterianern, deren Blicken sie begegnete, lächelnd ein »Fahr zur Hölle, Vernell! Fahr zur Hölle« zu. (Sie erzählte mir die Geschichte in einem Appleby's an der Route 1, als wir auf dem Höhepunkt unserer heftigen, aber kurzlebigen Affäre waren.)

Am selben Nachmittag nahm sie sich ein Zimmer in der August Inn, rief ihre Schwägerin in Philadelphia an, berichtete ihr von Vernells Verrat und bat sie, die Kinder vom Babysitter abzuholen und ins erste Flugzeug nach Birmingham zu setzen, wo ihre Mutter auf sie warten würde, um sie mit nach Talladega zu nehmen.

Am nächsten Morgen – einem Montag – machte Clair sich auf Arbeitssuche. Sie erzählte mir, obwohl sie nicht vielen Menschen begegnet sei, die wie sie selbst aussahen, habe sie das Gefühl gehabt, Haddam sei als Stadt genausogut wie jede andere, und ein verdammtes Stück besser als die Stadt der Brüderlichen Liebe, in der sich ihr Leben in seine Einzelteile aufgelöst hatte. Sie sagte auch, der Maßstab für jeden Menschen, der das Vertrauen und die Wertschätzung der Welt verdient hätte, sei die Fähigkeit, etwas Beschissenes in etwas Gutes zu verwandeln, indem man die Zeichen richtig deutete. Und die Zeichen lauteten, daß irgendeine Macht Vernell von der Liste gestrichen und sie selbst in Haddam, genau gegenüber einer Kirche, abgesetzt hatte. Sie hielt es für das Werk Gottes.

Binnen kürzester Zeit fand sie einen Job als Rezeptionistin in unserem Büro (das war weniger als ein Jahr, nachdem ich selbst an Bord gekommen war). Ein paar Wochen später besuchte sie den Maklerkurs am Weibold Institute, den auch ich besucht hatte, und zwei Monate später hatte sie ihre Kinder zu sich geholt, sich einen gebrauchten Honda Civic gekauft und wohnte in einer bezahlbaren Wohnung in Ewingville, von wo aus sie auf einer schönen, baumgesäumten Straße nach Haddam pendelte. Zu all dem gesellte sich ein neues und unerwartetes Gefühl offener Möglichkeiten, die sie der Katastrophe abgetrotzt hatte. Und wenn sie auch nicht hundertprozentig frei und ohne Schulden war, so war sie doch immerhin frei und kam über die Runden, und etwas später fing sie an, sich heimlich mit mir zu treffen. Als das nicht funktionierte, tat sie sich mit einem netten, um einiges älteren schwarzen Anwalt aus einer guten örtlichen Kanzlei zusammen, dessen Frau gestorben war und dessen mürrische Kinder alle erwachsen und aus dem Haus waren.

Es ist eine gute Geschichte: Menschlicher Unternehmungsgeist und guter Charakter triumphieren über Widrigkeiten und schlechten Charakter, und jeder im Büro lernte sie lieben wie eine Schwester. (Obwohl sie nie viel an die wohlhabende weiße Klientel verkaufte, die Haddam anzieht wie Schafe, sondern sich auf Miethäuser und vermietete Eigentumswohnungen spezialisierte, die bei uns keinen großen Marktanteil ausmachen.)

Und dann fiel sie völlig mysteriöserweise, bei einer Routinevorführung einer ihrer Wohnungen genau hier, unter mir, in Pheasant Meadow, einer Wohnung, die sie schon zehnmal gezeigt hatte und in der sie etwas früher eingetroffen war, um das Licht anzumachen, die Toilettenspülung zu betätigen und die Fenster zu öffnen – die üblichen Dinge –, mindestens drei Männern in die Hände, wie die Polizei meint. (Wie gesagt, es gab Indizien dafür, daß sie weiß waren, obwohl ich keine Ahnung habe, worin die bestanden.) Everick und Wardell wurden zwei Tage lang verhört, da sie Zugang zu den Schlüsseln hatten, dann aber von je-

dem Verdacht entlastet. Die unbekannten Männer jedenfalls fesselten Clair an Händen und Füßen, knebelten sie mit durchsichtigem Klebeband und vergewaltigten und ermordeten sie, indem sie ihr die Kehle mit einem Packmesser durchschnitten.
Zuerst vermutete man Drogen als Motiv, nicht daß Clair auch nur das geringste mit Drogen zu tun gehabt hätte. Man mutmaßte jedoch, die unbekannten Männer könnten Kokain umgepackt haben, als Clair sie zu ihrem Pech in der Wohnung überraschte. Die Polizei weiß, daß leerstehende Apartments in abgelegenen oder im Wert sinkenden Siedlungen, die schon mal bessere Zeiten gesehen haben oder in denen die besseren Zeiten nie eingetroffen waren, für illegale Transaktionen jedweder Art genutzt werden. Sie dienen als Drogenumschlagplatz, als Übergabeort gekidnappter brasilianischer Babys an reiche, kinderlose Amerikaner oder als Lagerraum für jede Art Hehlerwaren, darunter Leichen, Autozubehörteile, Zigaretten und Tiere – eben alles, was von der auch am hellen Tag herrschenden Anonymität profitiert, die Apartmentblocks dieser Sorte bieten. Vonda, unsere Rezeptionistin, vertritt die privat-öffentliche Meinung, daß die Besitzer der Wohnung, zwei junge bengalische Geschäftsleute aus New York, hinter der ganzen Sache stecken und ein heimliches Interesse daran haben, die Apartmentpreise aus Steuergründen zu drücken (mehrere Agenturen, darunter auch unsere, zeigen dort keine Wohnungen mehr). Aber es gibt weder einen Beweis dafür noch einen Grund, sich vorzustellen, daß jemand eine so gute Seele wie Clair umbringen *mußte*, um sein Ziel zu erreichen. Aber geschehen ist es dennoch.
Unmittelbar nach Clairs Ermordung schlossen sich die Frauen in unserem Büro wie auch die meisten anderen Maklerinnen der Stadt zu Selbstschutzgruppen zusammen. Manche haben angefangen, bei der Arbeit Schußwaffen oder Tränengas oder Elektroschockgeräte bei sich zu tragen, vor allem, wenn sie Häuser oder Wohnungen zeigen, und Besichtigungen nur noch zu zweit durchzuführen. Mehrere haben Kampfsportkurse belegt, und nach Feierabend finden in verschiedenen Büros immer noch Sitzungen zum Thema »Trauer und Verarbeitung« statt. (Wir Männer wurden auch eingeladen, aber ich hatte das Gefühl, schon

reichlich über Trauer und genug über Verarbeitung zu wissen.) Es gibt sogar eine zentrale Telefonnummer, unter der jede Maklerin einen männlichen Begleiter für Besichtigungen anfordern kann, bei denen sie ein ungutes Gefühl hat. Ich selbst habe mich zweimal zur Verfügung gestellt und bin hingefahren, einfach nur, um dazusein, wenn die Klienten auftauchten – nur für den Fall, daß irgend etwas merkwürdig sein sollte (was aber nicht eintrat). Es erübrigt sich zu sagen, daß diese Vorsichtsmaßnahmen nicht mit den Klienten besprochen werden können, die beim leisesten Anzeichen von Gefahr wie der Wind aus der Stadt verschwinden würden. In beiden Fällen wurde ich einfach als Ms. Soundsos »Partner« vorgestellt, ohne daß weitere Erklärungen abgegeben wurden. Als klar war, daß alles seine Ordnung hatte, verdrückte ich mich unauffällig.

Seit Mai haben alle Immobilienmakler Haddams einen Beitrag zum Clair-Devane-Fonds geleistet, mit dem die Ausbildung ihrer Kinder gesichert werden soll (bis jetzt sind 3.000 Dollar zusammengekommen, genug für zwei volle Tage in Harvard). Aber trotz der Düsterkeit und des Gefühls der Leere und der praktischen Einsicht, daß »solche Dinge hier passieren *können* und tatsächlich passieren« und daß niemand weit davon entfernt ist, in einer Verbrechensstatistik aufzutauchen, und auch trotz der allgemeinen Erkenntnis, wie sehr wir unsere Sicherheit als selbstverständlich hinnehmen, spricht kaum noch jemand von Clair, mit Ausnahme von Vonda, die sie mehr oder weniger zu ihrem Anliegen gemacht hat. Clairs Kinder sind zu Vernell nach Canoga Park gezogen, ihr Verlobter, Eddie, befindet sich in stiller Trauer (wurde aber bereits mit einer der Anwaltssekretärinnen, die sich damals für mein Haus interessiert hatten, beim Lunch gesehen). Sogar ich habe meinen Frieden gemacht, nachdem ich schon lange vorher von Clair Abschied genommen hatte – als sie noch lebte. Irgendwann wird ihr Schreibtisch von jemand anderem besetzt werden, und die Geschäfte werden – traurig, aber wahr – weitergehen, weil die Leute es so wollen. Und in dieser Hinsicht könnte man manchmal meinen, Clair Devane hätte im Leben keines anderen Menschen so richtig existiert, nur in ihrem eigenen.

Dieser Tage fahre ich einmal die Woche los, um ein fröhlich-intimes Wochenende mit Sally Caldwell zu verbringen. Wir gehen oft ins Kino, fahren anschließend auf ein Amberfischsteak und ein paar Martinis in ein kleines Lokal am Ende eines Piers und spazieren manchmal am Strand entlang oder über eine Mole, woraufhin die Dinge ihren Lauf nehmen. Aber es kommt auch oft vor, daß ich im Licht des Mondes allein nach Hause fahre, mit ruhig schlagendem Herzen und weit geöffneten Fenstern. Ein Mann, der sein Leben im Griff hat, den Kopf voller lebhafter, aber schnell schwindender Erinnerungen und keineswegs in nervöser Erwartung eines spätnächtlichen Anrufs (wie dem von letzter Nacht), in dem sie ihre Sehnsüchte und Verwirrungen darlegt. Oder in dem sie mich auffordert, meine Absichten klarzustellen und auf der Stelle zurückzukommen. Oder in dem sie mir bittere Vorwürfe macht, daß ich nicht in jeder erdenklichen Hinsicht offen war. (Vielleicht war ich das tatsächlich nicht. Offenheit ist eine größere Herausforderung, als man gemeinhin denkt, obwohl meine Absichten immer gut sind, wenn auch begrenzt.) Unsere Beziehung schien in ihrer Natur oder Richtung keine größere Aufmerksamkeit zu fordern, sondern war offenbar auf Autopilot geschaltet, so wie ein kleines Flugzeug einen friedlichen Ozean überfliegt, ohne daß jemand am Steuerknüppel sitzt.

Es ist natürlich nicht das *Beste*, was man sich vorstellen kann – nicht das perfekt kartographierte Paradigma des Lebens. Es ist einfach das, was ist: *ganz schön* in der Ewigkeit des Hier und Jetzt.

Das *Beste* wäre ... nun ja. Eine Zeitlang *gut* war Cathy Flaherty in einer winterlichen, vielfenstrigen Wohnung mit Blick auf die Gezeitenbucht in Saint-Valéry (Spaziergänge an der kalten Küste der Picardie, fischende Fischer, neblige Aussichten über neblige Buchten usw., usw.). *Gut* waren die anfänglichen (oder auch die mittleren bis späten) Tage meiner unerwiderten Liebe zu Vicki Arcenault, einer Krankenschwester aus Pheasant Meadow und Barnegat Pines. (Inzwischen ist sie eine katholische Mutter zweier Kinder in Reno, wo sie im St. Veronica's Hospital die Trauma-Abteilung leitet.) *Gut* war sogar ein großer Teil meiner

Arbeit als Sportreporter (wenigstens eine Zeitlang), als ich meine Tage glücklich und zufrieden damit verbrachte, denen, die keines Ausdrucks und keines Gedankens fähig sind, eine Stimme zu leihen, damit eine zerstreute-aber-interessierte Leserschaft schmerzlos abgelenkt werde.

Das alles war *gut*, manchmal sogar geheimnisvoll und manchmal nach außen hin so kompliziert, daß es einem interessant und sogar erregend *vorkam* – all die Dinge, mit denen das Leben sich zu großen Teilen zufriedengibt und die wir als Wechsel auf das akzeptieren, was uns ewig zusteht.

Aber das *Beste*? Sinnlos, diesen Satz Karten durchsortieren zu wollen. Das Beste ist ein Konzept ohne jeden Bezug, wenn man einmal verheiratet war und es vermasselt hat. Oder vielleicht sogar, wenn man mit fünf Jahren sein erstes Bananensplit gegessen hat und merkt, daß man noch eins vertragen könnte. Anders ausgedrückt: vergiß es. Das Beste ist nicht mehr zu haben.

Meine »Freundin« Sally Caldwell ist die Witwe eines Mannes, der mit mir zusammen an der Militärakademie von Gulf Pines studiert hat, nämlich Wally »Wiesel« Caldwell aus Lake Forest, Illinois. Aus diesem Grund verhalten Sally und ich uns manchmal so, als könnten wir auf eine lange, zartbittere gemeinsame Geschichte von verlorener Liebe und Aussöhnung mit dem Schicksal zurückblicken – was aber nicht der Fall ist. Sally, die zweiundvierzig ist, sah mein Foto, meine Adresse und meine kurze persönliche Erinnerung an Wally im Jahrbuch der ehemaligen Studenten von Gulf Pines, das anläßlich unseres zwanzigsten Klassentreffens gedruckt wurde, an dem ich nicht teilnehmen konnte. Zu diesem Zeitpunkt hatte sie nicht die geringste Ahnung, wer ich war. Ich hatte einfach nur versucht, mir einen netten Beitrag zum Jahrbuch einfallen zu lassen. Und als ich auf der Suche nach jemandem, zu dem ich etwas Amüsantes beisteuern könnte, durch mein altes Jahrbuch blätterte, hatte ich mich für Wally entschieden und einen witzigen, aber liebevollen Bericht eingeschickt, in dem unter anderem erwähnt wurde, daß er einmal im betrunkenen Zustand versucht habe, seine Socken in einem Urinal zu waschen (was frei erfunden war; übrigens hatte

ich mich nur für ihn entschieden, weil ich aus einer anderen Schulveröffentlichung wußte, daß er tot war). Aber zufälligerweise war es diese »Anekdote«, die Sally zu Gesicht bekam. Übrigens konnte ich mich kaum an Wally erinnern. Ich wußte nur, daß er ein dicker Junge mit Brille und Pickeln gewesen war, der immer versuchte, Chesterfields mit einer Zigarettenspitze zu rauchen. Es stellte sich dann aber heraus, daß diese Gestalt aus der fernen Vergangenheit keineswegs Wally Caldwell war, sondern jemand ganz anderes, an dessen Namen ich mich nicht mehr erinnern konnte. Ich habe Sally inzwischen von meinem kleinen Trick erzählt, und wir haben sehr darüber gelacht.
Später erfuhr ich von Sally, daß Wally ungefähr um die Zeit herum, als ich mich zu den Marines meldete, nach Vietnam gekommen war. Dort wäre er aufgrund eines kleinen Fehlers der Navy um ein Haar in Stücke geschossen worden und litt seitdem unter phasenweisen Aussetzern. Er kam aber nach Chicago zurück (wo Sally und zwei Kinder treu auf ihn warteten), packte seine Koffer aus, sprach davon, Biologie zu studieren und verschwand nach zwei Wochen sang- und klanglos. Ohne jede Spur. Weg. Ende und aus. Ein netter Junge, der einen überdurchschnittlich guten Botaniker abgegeben hätte, wurde für immer zu einem Rätsel.
Aber anders als die berechnende Ann Dykstra heiratete Sally nicht noch einmal. Irgendwann war sie aus steuerlichen Gründen gezwungen, sich scheiden zu lassen, indem sie Wally für tot erklären ließ. Aber sie machte weiter, zog ihre Kinder als alleinstehende Mutter im Chicagoer Vorort Hoffman Estates groß und machte an der Loyola ihr Diplom in Betriebswirtschaft, während sie gleichzeitig ganztags in der Abenteuertouristikbranche arbeitete. Wallys gut betuchte Eltern aus Lake Forest standen ihr, wenn es eng wurde, mit Geld und moralischer Unterstützung zur Seite, nachdem sie erkannt hatten, daß sie nicht der Grund dafür war, daß ihr Sohn den Verstand verloren hatte, und daß es menschliche Zustände gibt, die sich auch dem Zugriff der Liebe entziehen.
Jahre vergingen.
Sobald die Kinder alt genug waren, um gefahrlos aus dem Nest

geschubst zu werden, verwirklichte Sally ihren Plan, mit dem nächstbesten frischen Wind Segel zu setzen. Und 1983, als sie in einem Leihwagen nach Atlantic City unterwegs war, verließ sie den Garden State-Highway auf der Suche nach einem sauberen Waschraum und stieß durch Zufall auf die Küste, auf South Mantoloking und auf das große, direkt am Meer gelegene alte Strandhaus im Queen-Anne-Stil. Ein Haus, das sie sich mit Hilfe ihrer Eltern und Schwiegereltern leisten konnte und das ihre Kinder gerne mit ihren Freunden oder Ehepartnern besuchen würden, während sie selbst beruflich einen Neuanfang probierte. (Wie sich herausstellte, als Marketing-Direktorin und später als Besitzerin einer Agentur, die Broadwaykarten für Menschen besorgt, die sich in den Endstadien tödlicher Krankheiten befinden, aus irgendeinem Grund aber meinen, daß eine Wiederaufnahme von *Oliver* oder die Londoner Originalbesetzung von *Hair* das Leben an der Schwelle des Todes ein wenig aufhellen wird. Der Name der Firma lautet, in Anspielung auf den letzten Vorhang, »Curtain Call«.)

Zu meinem Glück kam ich ins Spiel, als Sally im *Pine-Boughs*-Jahrbuch meine Kurzbiographie und meine Erinnerung an den Ersatz-Wally las, sah, daß ich Immobilienmakler im mittleren New Jersey war, und mich aufspürte, weil sie dachte, ich könne ihr vielleicht helfen, geräumigere Büros für ihre Agentur zu finden.

Also fuhr ich eines Samstagmorgens vor fast einem Jahr zu ihr und lernte sie kennen – auf etwas strenge Weise hübsch, blondgetönte Haare, blaue Augen, sehr groß, mit langen, auffallend schönen Mannequin-Beinen (eins davon seit einem ungewöhnlichen Tennisunfall zwei Zentimeter kürzer, was aber kein Problem ist). Dazu kam die gelegentliche Angewohnheit, einen aus den Augenwinkeln anzusehen, als sei der größte Teil dessen, was man sagte, verdammt albern. Ich führte sie zum Lunch ins Johnny Matassas in Point Pleasant, ein Lunch, das bis weit in die Dunkelheit dauerte und sich um Themen drehte, die weit von allen Büroräumen entfernt waren – Vietnam, die Aussichten der Demokraten bei den kommenden Wahlen, den traurigen Zustand des amerikanischen Theaters und der Altenpflege, und wie glücklich wir uns schätzen konnten, Kinder zu haben, die weder drogensüchtig, angehende jugendliche Straftäter noch unangepaßte Soziopathen waren (in dieser Hinsicht könnte mein Glück mich allerdings im Stich lassen). Der Rest war das Übliche: ins Bett – mit einem Auge auf gesundheitliche Belange.

Bei Lower Squankum fahre ich ab und auf die NJ 34, die dann zur NJ 35, der Küstenstraße, wird. Dort gerate ich in den dichten Schwarm früh aufgestandener Vierter-Juli-Ausflügler, die eine solche Vorliebe für Nerverei und Stoßstange-an-Stoßstange-Gedränge haben, daß sie bereit sind, schon vor Sonnenaufgang aufzustehen und zehn Stunden von Ohio bis hierher zu fahren. (Viele dieser Besucher aus dem sogenannten Roßkastanien-Staat sind, wie man an ihren Aufklebern sieht, Bush-Anhänger, was für mich gegen den Geist des Ferienwochenendes verstößt.) Längs der Küstenstraße, die durch Bay Head und West Mantoloking führt, knattern patriotische Wimpel und amerikanische Flaggen am Straßenrand, und durch die kurzen Stichstraßen, die zum Strand hinunterführen, kann ich sehen, wie sich dicht vor der Küste auf einer diesigen, stahlblauen See Segel neigen und wieder aufrichten. Trotzdem wirkt das Ganze nicht wie strahlender patriotischer Eifer. Es ist nur das ganz gewöhnliche sommerliche Gedränge lärmender Harleys, Mopeds und offener Jeeps mit darüber hinausragenden Surfbrettern, die dicht an dicht zwischen Lincolns und Prowlers eingekeilt sind, die Aufkleber mit der amerikanischen Flagge tragen und darunter die Drohung: »Versuch mal, die hier zu verbrennen!«* Hier quellen die glühendheißen Bürgersteige über vor kribbeligen, knochigen Teenagern in Bikinis, die nach Süßigkeiten und Eis anstehen, während drüben am Strand die hölzernen Aussichtstürme der Lebensretter von Muskelpaketen beiderlei Geschlechts besetzt sind, die mit vor der Brust verschränkten Armen gedankenlos auf die Wellen starren. Die Parkplätze sind gerammelt voll. Die Motels, Ferienwohnungen und Wohnwagenstellplätze auf der Landseite sind seit Monaten ausgebucht. Ihre Mieter sonnen sich in Liege-

---

* Bezieht sich auf die Fahnenverbrennungen in den USA zur Zeit des Vietnamkrieges. A.d.Ü.

stühlen, die sie von zu Hause mitgebracht haben, oder liegen lesend auf winzigen, von Stechpalmensträuchern umstandenen Veranden. Andere stehen, Stock in der Hand, auf alten, aus den dreißiger Jahren stammenden Shuffleboard-Brettern und fragen sich: War dies – der Sommer – nicht früher eine Zeit innerer Freude?
Aber weiter rechts, in Richtung Inland, fällt der Blick jenseits der Stadt auf die breite Ebene des wolkigen, brackigen Mündungsgeländes, das einen winterlichen Eindruck macht und aus dem Weidenkätzchen, Hagebutten und verrottende, im Schlamm feststeckende Bootsrümpfe aufragen. Beherrscht wird das Ganze weiter hinten von einem hohen Wasserturm, rosa wie eine Primel, hinter dem dann wieder die gleichförmigen Reihenhäuser anfangen. Das ist Silver Bay, dessen Himmel getüpfelt ist mit dunklen Möwen, die im Gefolge des morgendlichen Sturms aufs Meer hinausgleiten. Ich komme an einem einsamen Motorradfahrer in Lederkluft vorbei, der neben seiner liegengebliebenen Maschine am Straßenrand steht, den Blick über die malerische Bucht schweifen läßt und, wie ich vermute, zu ergründen versucht, wie er von hier nach da kommen soll, wo vielleicht Hilfe ist.
Und dann bin ich in South Mantoloking und fast »zu Hause«.
An der Küstenstraße halte ich vor einem Geschäft, in dem SPIRITUOSEN verkauft werden, erstehe zwei Flaschen '83er Round Hill Fumé Blanc, esse einen Schokoriegel (das letzte Mal habe ich um sechs was gegessen) und begebe mich dann auf den windigen, salzigen Bürgersteig, um meine Anrufe abzufragen. Ich will nicht im Ungewissen darüber bleiben, ob die Markhams inzwischen aus der Versenkung aufgetaucht sind.
Nachricht eins von insgesamt fünf stammt tatsächlich von Joe Markham, der um zwölf angerufen hat, in der vollen Empörung seiner Hilflosigkeit. »Hören Sie, Bascombe. Joe Markham hier. Rufen Sie mich an. Unter der Nummer 609 259-6834. Das war's.« Klick. Worte wie Pistolenkugeln. Vielleicht kann er noch ein bißchen warten.
Nachricht zwei. Ein Interessentenanruf. »Okay. Mr. Bascombe? Mein Name ist Fred Koeppel. Vielleicht hat Mr. Blankenship schon mit Ihnen gesprochen?« (Wer?) »Ich hab vor, mein Haus

in Griggstown zu verkaufen und bin sicher, daß es schnell weggeht. Wie ich höre, ist der Markt im Moment ganz gut. Jedenfalls würd ich gern mit Ihnen darüber reden und Ihnen den Auftrag geben, wenn wir uns auf eine faire Courtage einigen können. Meiner Meinung nach wird es sich von selbst verkaufen. Sie hätten nur die Papierarbeit. Meine Nummer ist...« Eine Courtage, fair oder unfair, beläuft sich auf 6 Prozent. Klick.
Nachricht drei. »Joe Markham.« (Mehr oder weniger die gleiche Nachricht.) »Okay, Bascombe. Rufen Sie mich an. 609 259-6834.« »Ach so, ja, es ist Freitag, ein Uhr oder was auch immer.« Klick.
Nachricht vier. Phyllis Markham. »Hi, Frank. Würden Sie sich bitte mit uns in Verbindung setzen?« Munter wie ein Vögelchen. »Wir hätten da noch ein paar Fragen. Okay? Entschuldigen Sie die Störung.« Klick.
Nachricht fünf. Eine Stimme, die ich nicht erkenne, von der ich aber im ersten Augenblick meine, daß sie Larry McLeod gehören könnte: »Hör zu, Blödmann! Ich mach dich alle, haste mich verstanden? Weil...« – jetzt deutlicher, als sei jemand anderes am Apparat – »Hab die Schnauze voll von deiner Scheiße. Kapiert? Blödmann! Wichser!« Klick. In der Immobilienbranche ist man solche Anrufe gewöhnt. Die Philosophie der Polizei lautet: Wenn sie anrufen, sind sie harmlos. Aber Larry würde niemals so eine Nachricht hinterlassen, und wenn er noch so wütend darüber wäre, daß ich glaube, Geld dafür verlangen zu können, daß ich ihn in meinem Haus wohnen lasse. Etwas in ihm ist sich, wie ich glaube, zu fein für so was.
Ich bin erleichtert, weder einen Anruf von Ann oder Paul oder Schlimmeres auf meinem Gerät zu haben. Als Paul von der Polizei von Essex in Jugendgewahrsam genommen wurde und Ann ihn rausholen mußte, war es Charley O'Dell, der anrief: »Hör mal, Frank, das alles geht schon klar. Halt die Ohren steif. Wir melden uns.« Die Ohren steif halten. *Wir?* Ich will keine weiteren Nettigkeiten dieser Art hören, fürchte aber, daß ich es vielleicht muß. Seit damals jedoch hat Charley (offensichtlich auf Anns Betreiben) kein weiteres Wort über Pauls Probleme verloren und es seinen leiblichen Eltern überlassen, sich darüber zu streiten und sie irgendwie in Ordnung zu bringen.

Natürlich hat Charley seine eigenen Probleme: eine große, schmutzigblonde, übergewichtige, schlecht gelaunte, pickelige Tochter namens Ivy, die in New York einen Kurs für experimentelles Schreiben belegt hat und zur Zeit mit ihrem Professor zusammenlebt, der sechsundsechzig ist (älter als Charley). Sie schreibt einen Roman, in dem sie die Scheidung ihrer Eltern seziert – sie war damals dreizehn –, ein Buch, das (laut Paul, dem Auszüge daraus vorgelesen wurden) mit den Worten anhebt: »Ein Orgasmus war, wie Lulu glaubte, wie Gott – etwas, wovon sie gehört hatte, daß es gut sei, an das sie aber nicht recht glauben konnte. Ihr Vater hatte da ganz andere Vorstellungen.« In einem anderen Leben könnte ich vielleicht Mitleid mit Charley haben. Aber nicht in diesem.

Als ich Sallys geräumiges, dunkelgrün gestrichenes Strandhaus am Ende der schmalen Ashbury Street erreiche und die alten Betonstufen der Strandmauer hinaufstapfe, die auf die Höhe der Strandpromenade führen, finde ich es verschlossen vor. Sally selbst ist überraschenderweise nicht da, obwohl die seitlichen Fenster im oberen und unteren Stock weit offenstehen, um Luft einzulassen. Aber ich bin auch früh dran.
Ich habe schon seit einer ganzen Weile einen eigenen Schlüssel, aber einen Moment lang bleibe ich einfach auf der schattigen Veranda stehen (die Plastiktüte mit dem Wein in der Hand) und blicke auf den ruhigen, nicht sonderlich stark besuchten Strandabschnitt, den stillen, absoluten Atlantik und den graublauen Himmel, vor dem einige strandnahe Segelboote und Windsurfer im diesigen Sommerlicht miteinander zu fechten scheinen. Weiter draußen am Horizont schiebt sich ein Frachter zentimeterweise in nördlicher Richtung vorbei. Nicht weit von hier entfernt habe ich in meinen längst vergangenen Nachscheidungstagen an so manchen Abenden mit dem Club der Geschiedenen Männer auf gecharterten Booten die Segel gesetzt. Wir tranken Grappa und fischten vor Manasquan Seebarsch, eine ernste, hoffnungsvolle, freudlose Mannschaft, die inzwischen größtenteils in alle Winde verstreut ist. Die meisten haben wieder geheiratet, zwei sind tot, zwei weitere leben noch in der Stadt. Damals, 1983, kamen wir

als Gruppe hierher, die mitternächtliche Angelfahrt war ein weiteres Element unserer Strategie, die traurige Vergangenheit zu begraben – wichtiges Training für die Existenzperiode.
Am Strand auf der anderen Seite des sandigen Betonwegs ruhen Mütter tief schlummernd im Schatten von Sonnenschirmen, die Arme über schlafende Babys gelegt. Sekretärinnen, die sich als Einstieg in das lange Wochenende den halben Tag freigenommen haben, liegen Schulter an Schulter auf dem Bauch und reden und lachen und rauchen in ihren zweiteiligen Badeanzügen. Winzige Strichmännchenjungen stehen mit nacktem Oberkörper am Rand der sanften Brandung, die Hände schützend über die Augen gelegt, während Hunde vorbeitraben, sonnenverbrannte Jogger joggen und alte Herrschaften in Pastellfarben im gebrochenen Licht hinterherschlendern. Das ist eine sehr menschliche Szene, die wenig bewegte Luft und das Seufzen der Brandung, das Sirren der Radios und das Zischen zurückweichenden Wassers, das geflüsterte Worte überdeckt. Irgend etwas in all dem rührt mich fast (aber nicht ganz) zu Tränen. Ich habe das Gefühl, daß ich schon einmal hier gewesen bin, oder ganz in der Nähe, hier vor Zeiten sehr gelitten habe und jetzt wieder hier bin und die Luft einatme wie damals. Bloß daß nichts mir ein Zeichen gibt, nichts mir zunickt. Das Meer bleibt verschlossen und das Land auch.
Ich weiß nicht genau, was mir die Kehle zuschnürt – die Vertrautheit des Ortes oder seine halsstarrige Weigerung, sich zu erkennen zu geben. Es gehört zu den nützlichen Themen und Übungen der Existenzperiode und zu den offensichtlichen Lehren des Immobilienberufes, Orte nicht heiligzusprechen – Häuser, Strände, Heimatstädte, die Straßenecke, an der man einmal ein Mädchen küßte, den Exerzierplatz, auf dem man in Reih und Glied marschierte, das Gerichtsgebäude, in dem man an einem wolkenverhangenen Tag im Juli geschieden wurde. An all diesen Orten gibt es keine Spur mehr von einem. Nichts im Atemhauch der Luft, daß man je da war oder auf wichtige Weise man selbst war oder einfach nur *war*. Vielleicht haben wir das Gefühl, daß diese Orte aufgrund der Ereignisse, die sich dort einst abspielten, irgend etwas gewähren *sollten* oder sogar *müßten* – so etwas wie eine

Sanktion. Daß sie ein wärmendes Feuer entzünden sollten, um uns zu beleben, wenn wir so gut wie leblos und am Ende sind. Aber sie tun es nicht. Orte machen da nicht mit. Sie tun nichts für einen, wenn man es braucht. Statt dessen enttäuschen sie einen fast immer, wie die Markhams erst in Vermont und jetzt auch in New Jersey herausgefunden haben. Am besten schluckt man seine Tränen hinunter, findet sich mit kleineren Sentimentalitäten ab und nimmt Kurs auf das, was als nächstes kommt, vergißt, was einmal war. Orte bedeuten nichts.

Am Ende des breiten, kühlen Flurs betrete ich die schattige, hohe Küche mit ihrer aluminiumverkleideten Decke, die nach Knoblauch, Obst und Kühlmittel riecht, und lege meine Weinflaschen in den großen Eisschrank. Ein Zettel mit dem Logo von Curtain Call klebt an der Tür: »FB. Hüpf ins Wasser. Bin um 6 wieder da. Viel Spaß. S.« Kein Wort darüber, wo sie sein könnte oder warum es nötig ist, das »F« *und* das »B« zu benutzen. Vielleicht lauert ein weiterer »F« im Hintergrund.
Als ich nach oben gehe, um ein Nickerchen zu machen, erinnert Sallys Haus mich wie immer an meine eigene, ehemalige Familienburg in der Hoving Road. Zu viele große Erdgeschoßzimmer mit wuchtiger Eichenholztäfelung, Schiebetüren und breiten Fußleisten. Zuviel schwerer Stuck und zu viele Kammern und Einbauschränke. Dazu eine düstere, modrige Hintertreppe, knarrende, vom vielen Begehen glattgescheuerte Fußböden, lädierte Zierleisten und Ornamente, abgeklemmte Gasanschlüsse aus einer längst vergangenen Zeit an den Wänden, Bleiglasfenster, Wappen, schön gearbeitete Holzgeländer und gelegentlich ein altmodischer Klingelknopf für eine Klingel, die nur die Dienstboten hören konnten (wie Hunde). Ein Haus, in dem man auf eine längst vergangene Weise eine Familie großziehen oder in dem man seinen Ruhestand verbringen konnte – falls man das nötige Kleingeld hatte.
Für mich jedoch ist Sallys Haus ein Ort, der mich mit einem seltsamen Unbehagen erfüllt, da es die Fähigkeit besitzt, eine verdammt unrealistische und sogar beängstigende Illusion der Zukunft heraufzubeschwören. Was ein weiterer Grund dafür ist,

daß ich mein altes Haus nicht mehr ertragen und trotz all meiner Hoffnungen kaum noch dort schlafen konnte, nachdem ich aus Frankreich zurückgekommen war. Plötzlich konnte ich seine bedrückende, modrige, schwergewichtige Clubatmosphäre nicht mehr ertragen, genausowenig wie sein falsches Versprechen, daß das Leben schon für sich selbst sorgen wird, solange die Dinge nach außen hin so bleiben, wie sie sind. (Das wußte ich besser.) Deshalb konnte ich es kaum erwarten, Anns renoviertes Haus mit seinen neuen Resopalplatten, seinen neuen, in Minnesota hergestellten Dachfenstern, seinen Kunststoffböden, seinen Thermopane-Fenstern und seiner vernünftigen, weil pflegeleichten Aluminiumverkleidung in die Hände zu bekommen. Nichts davon von aller Zeit oder für alle Zeit geweiht, einfach ein Gebäude, das annehmbar genug war, um eine ungewisse Weile darin zu leben. Sally jedoch, die von ihrer Vergangenheit so abgeschnitten ist wie jemand, der an Gedächtnisverlust leidet, sieht die Dinge nicht so. Sie ist ruhiger und klüger als ich, weniger ein Geschöpf der Extreme. Für sie ist das Haus einfach nur ein nettes altes Haus, in dem sie schläft, ein relativ überzeugender Hintergrund für ein Leben, das sich im Vordergrund abspielt. Eine Lebensqualität, die sie perfektioniert hat und die ich bewundernswert finde, da sie so sehr dem entspricht, was ich gerne für mich hätte.
Am Kopf der schweren Eichentreppe gehe ich direkt in das luftige vordere Schlafzimmer mit den braunen Vorhängen. Sally hat es sich – egal, ob sie hier oder in New York ist, um sich mit einer Busladung Schwerkranker *Carnival* anzusehen – zur Gewohnheit gemacht, mir mein eigenes Zimmer zur Verfügung zu stellen, wenn ich hierher komme. (Bis jetzt war es noch nie ein Thema, wo ich schlafe, wenn die Sonne untergegangen ist – natürlich bei ihr in ihrem Zimmer nach hinten hinaus.) Aber dieses kleine, von einem vorspringenden Dach beschattete Zimmer mit Blick auf den Strand und auf das Ende der Ashbury Street, das ansonsten ein Gästezimmer wäre, wurde zu meinem Zimmer erklärt. Es hat braungestreifte Tapeten, einen antiken Deckenventilator, ein paar geschmackvolle, aber männliche Drucke mit Moorhuhnjagdszenen, eine Eichenkommode, ein Doppelbett

mit einem regenbogenförmigen Kopfteil aus Messing, einen Gewehrschrank, der zum Fernsehschrank umfunktioniert wurde, einen stummen Diener aus Mahagoni und gleich nebenan ein eigenes kleines Badezimmer in Waldgrün und Eiche. Perfekt für jemanden (einen Mann), den man nicht allzu gut kennt, irgendwie aber ganz gern hat.

Ich ziehe die Vorhänge zu, lege meine Kleider ab und krieche zwischen die kühlen Laken mit dem blauen Paisleymuster. Meine Füße sind immer noch feucht vom Regen. Erst als ich mich umdrehe, um die Nachttischlampe auszuschalten, sehe ich das Buch, das letzte Woche noch nicht hier lag, eine rote, abgegriffene Taschenbuchausgabe von Tocquevilles *Demokratie in Amerika*. Ein Buch, das, wie ich wetten würde, kein Mensch, der nicht an irgendeine lebenserhaltende Maschine angeschlossen ist, lesen kann. Daneben liegt in aller Auffälligkeit ein Satz Manschettenknöpfe, auf dem Anker, Kette und Eisenkugel des Marine Corps eingraviert sind – die Insignien meiner alten Truppe (obwohl ich nicht lange dabei war). Ich nehme einen der Manschettenknöpfe. Er liegt angenehm schwer in der Hand. Auf meinen nackten Ellbogen gestützt, versuche ich mich durch den Nebel der Zeit daran zu erinnern, ob diese Manschettenknöpfe die Originalmanschettenknöpfe sind, die von den Marines ausgegeben wurden, oder ein Erinnerungsstück, das irgendein alter Ledernacken anfertigen ließ, um einer von der Zeit vergoldeten Heldentat in fernen Landen zu gedenken.

Bloß daß ich keine Lust habe, mir Gedanken über die Herkunft von Manschettenknöpfen zu machen. Oder darüber, in wessen gestärkte Manschetten sie geknöpft waren. Oder ob sie hier liegengelassen worden sind, damit ich mich damit beschäftigen kann. Oder ob sie etwas damit zu tun haben, daß Sally mich letzte Nacht anrief, um sich über die Festgefahrenheit des Lebens zu beklagen. Wenn ich mit Sally Caldwell verheiratet wäre, würde ich mir darüber Gedanken machen. Aber ich bin nicht mit ihr verheiratet. Wenn das Zimmer, das freitags und samstags »mir gehört«, dienstags und mittwochs zum Zimmer von Colonel Rex »Knuckles« Trueblood wird, hoffe ich nur, daß unsere Pfade sich niemals kreuzen. Das Ganze ist etwas, was im Rahmen unseres

Arrangements unter »Laisser-faire« fällt. Eine Scheidung, sofern sie funktioniert, sollte einen von derartigen richtungslosen Belastungen befreien. Zumindest empfinde ich es so, jetzt, da willkommener Schlaf naht.

Ich blättere in dem alten, abgegriffenen Tocqueville, Band zwei, herum, suche auf dem Vorsatzblatt nach dem Besitzer, achte auf Unterstreichungen und Randbemerkungen (nichts) und erinnere mich dann an ein Experiment aus dem College. Auf dem Rücken liegend, das Buch auf richtige Leseentfernung haltend, schlage ich es aufs Geratewohl auf und fange an zu lesen, um zu sehen, wie viele Sekunden vergehen, bevor mir die Augen zufallen, die Arme nach unten sinken und ich selbst von der kissenweichen Klippe ins Traumland stürze.

Ich fange an: »Wie die demokratischen Einrichtungen und Sitten den Preis der Pacht erhöhen und ihre Dauer verkürzen.« Sogar zu langweilig, um es zu verschlafen. Draußen am Strand höre ich Mädchen kichern, höre die zahme Brandung, während ein weicher, schlafbringender Luftzug vom Meer den Fenstervorhang anhebt und ins Zimmer weht.

Ich blättere weiter zurück und fange noch einmal an: »Was fast alle Amerikaner zu den industriellen Berufen drängt.« Nichts. Noch einmal: »Weshalb man in den Vereinigten Staaten so viele ehrgeizige Männer und so wenig großen Ehrgeiz findet.« Vielleicht kann ich mich daran wenigstens acht Sekunden lang festbeißen. »Was in den Vereinigten Staaten als erstes auffällt, ist die zahllose Menge derer, die aus ihren ursprünglichen Lebensverhältnissen herauszukommen trachten; und das zweite ist die Seltenheit eines großen Strebens inmitten dieser allgemeinen Unruhe des Ehrgeizes. Es gibt keine Amerikaner, die nicht von der Begierde nach Aufstieg verzehrt würden; man sieht aber fast keine, die große Hoffnungen hegen oder hohe Ziele anstreben...«

Ich lege das Buch neben die Manschettenknöpfe mit den Marineinsignien auf den Nachttisch und lausche, jetzt eher wach als schlafend, auf die Stimmen von Kindern. Ein Stück weiter weg, dem sandigen Rand des Kontinents näher, sagt die Stimme einer Frau: »Was ich will, ist doch ganz einfach. Aber warum bist du so verdammt schwierig?« Gefolgt von der ruhigeren, verlegen klingenden Stimme eines Mannes: »Bin ich nicht«, sagt er. »Bin ich nicht. Bin ich wirklich nicht.« Die beiden reden weiter, aber ihre Worte werden vom leichten Wind der Küste New Jerseys verschluckt.

Und dann, ganz plötzlich, während ich den messingfarbenen Ventilator anstarre, der sich träge dreht, zucke ich aus irgendeinem Grund innerlich zusammen – Ssst-rums. Es ist, als wäre ein Stein oder ein beängstigender Schatten oder ein scharfes Projektil dicht an mir vorbeigesaust und hätte mich nur um ein Haar nicht verletzt. Mein Kopf zuckt nach rechts, mein Herz hämmert *dadong, dadong, dadong*, genau wie an dem Sommerabend, an dem Ann mir mitteilte, daß sie Frank Lloyd O'Dell heiraten und nach Deep River ziehen und mir meine Kinder wegnehmen werde.

Aber warum jetzt?

Es gibt natürlich sehr verschiedene Arten des Zusammenzuckens. Es gibt die der Liebe, den Schauder – oft von einem animalischen Aufstöhnen begleitet – beim Gedanken an heißen Sex, oft gefolgt von einem so massiven Gefühl des Verlusts, daß man ein Sofa damit polstern könnte. Es gibt das wilde Aufzucken des Kummers, das man um fünf Uhr morgens im Bett erlebt, wenn das Telefon klingelt und eine unbekannte Person einem mitteilt, daß die Mutter oder der älteste Sohn »bedauerlicherweise« verschieden ist. Begleitet wird dieses Gefühl gewöhnlich von einer die Brust aushöhlenden Traurigkeit, die fast, aber nicht ganz, eine Erleichterung ist. Dann gibt es das Zucken der Wut. Es stellt sich ein, wenn der irische Setter des Nachbarn, Prince Sterling mit Namen, schon seit Monaten Nacht für Nacht die Schatten der Eichhörnchen ankläfft, einen wach hält und in eine Erregung versetzt, die an Hysterie grenzt. Aber wenn man den Nachbarn eines Abends am Ende seiner Auffahrt zur Rede stellt, sagt er nur, daß man das bißchen Hundegebell doch sehr übertreibe und viel zu verkrampft sei und lieber mal an den Rosen schnuppern solle. Diesem Zucken folgt oft ein Kinnhaken, und es kann auch als Billy-Budd-Syndrom bezeichnet werden.

Was ich gerade erlebt habe, gehört in keine dieser Kategorien und hat mich so wirr und kribbelig gemacht, als hätte mich jemand insgeheim verdrahtet und eine elektrische Ladung durch meinen Körper gejagt. Schwarze Punkte wandern durch mein Blickfeld, und in meinen Ohren rauscht es, als hätte jemand Weingläser über sie gestülpt.

Aber dann, so schnell, wie es gekommen ist, ist es wieder vorbei, und ich kann die Stimmen am Strand wieder hören, das Zuklappen eines Buchs, ein leichtes Lachen, das Aneinanderschlagen sandiger Sandalen, das Klatschen einer Hand, die auf einen empfindlichen, roten Rücken trifft, und das gellende »Auuuuaaa«, das darauf folgt. Während die Brandung liebevoll die ewig zurückweichenden Kiesel schilt.

Was jetzt in mir aufsteigt (als Folge meines »großen Zusammenzuckens«), ist die seltsame Frage, was zum Teufel ich hier überhaupt mache. Dazu kommt die strenge Begleitempfindung, daß ich eigentlich ganz woanders sein sollte. Aber wo? Wo ich erwünscht wäre, statt nur erwartet zu werden? Wo ich besser hinpasse? Wo ich auf reinkarätigere Weise ekstatisch wäre, statt nur froh zu sein? Oder wenigstens an einem Ort, wo das Erfüllen der Bedingungen und Beschränkungen, die dem Leben auferlegt sind, nicht so vordergründig und zentral ist. Wo die Regeln nicht das Spiel sind.

Es gab Zeiten, in denen Augenblicke wie dieser – Augenblicke, in denen ich ausgestreckt in einem kühlen, einladenden Haus lag, das nicht mir gehörte, und auf den Schlaf zutrieb, gleichzeitig aber auch freudig erregt die Ankunft einer süßen, wundervollen, mitfühlenden Besucherin erwartete, die gerne bereit war, mir zu geben, was ich brauchte, weil auch sie es brauchte – es gab Zeiten, in denen solche Augenblicke das verdammt beste Gefühl auf Gottes Erdboden waren. Vielleicht sogar das Gefühl, für das das Wort »Leben« geprägt worden war. Und es war um so berauschender und genüßlicher, weil ich es im gleichen Augenblick erkannte, in dem es sich einstellte, und mit Sicherheit wußte, daß es niemandem sonst widerfuhr. So daß ich es ganz, ganz, ganz für mich allein haben konnte, so wie ich sonst nichts hatte.

Hier sind alle Requisiten vorhanden, Licht und Ton stimmen. Sally ist zweifellos in eben diesem Augenblick unterwegs hierher

und freut sich darauf (oder ist zumindest willens), die Treppe heraufzulaufen, zu mir ins Bett zu hüpfen, noch einmal den Schlüssel zu meinem Herzen zu finden, es rasselnd aufzuziehen und die ganze Sorgentruppe der letzten Nacht zu vertreiben.
Bloß daß das alte Kribbeln (meins) verschwunden ist und daß ich nicht ganz aufgeregt und flatterig bin, sondern aufs Geratewohl den Stimmen am Strand zuhöre, und daß die Art, wie ich mich früher fühlte und wie ich mich auch jetzt gerne fühlen würde, verschwunden ist. Geblieben ist nur ein Hauch dieses alten Gefühls und eine ausgehungerte Verwunderung darüber, wo es sein könnte und ob es je zurückkommen wird. Anders ausgedrückt, das Nichts. Wer zum Teufel würde da nicht zusammenzucken? Möglicherweise ist das Ganze eine weitere Version des »Verschwindens im eigenen Leben«, was karrieresüchtige Topmanager von Telefongesellschaften, übermäßig pflichtbewußte Eltern oder Bauunternehmer angeblich tun, ohne es zu wissen. Man erreicht einfach einen Punkt, an dem alles gleich aussieht, aber nichts mehr eine größere Rolle spielt. Es gibt keinen Beweis dafür, daß man tot ist, aber man verhält sich so.
Um dieses fahle Gefühl loszuwerden, versuche ich angestrengt, mir das erste Mädchen vorzustellen, mit dem ich je »ging«. Wie ein Schüler bin ich bereit, eindeutige Bilder zu projizieren und mich dazu zu bringen, die Dinge in die eigene Hand zu nehmen, wonach Schlaf ein Kinderspiel ist. Bloß daß mein Film leer ist. Ich scheine mich nicht an das erste Aufsteigen meiner Säfte erinnern zu können, obwohl die Fachleute schwören, daß es der eine Akt ist, den man *nie* vergißt, auch wenn man längst vergessen hat, wie man Fahrrad fährt. Er bleibt einem auch dann noch im Gedächtnis, wenn man in Windeln gewickelt im Altersheim auf der Veranda sitzt, verloren in einer Reihe dösender Senioren, und hofft, vor dem Mittagessen noch ein bißchen Farbe in die Wangen zu bekommen.
Ich vermute jedoch, daß es eine kleine, teigige Brünette namens Brenda Patterson war, die ein Klassenkamerad und ich dazu überredeten, mit uns auf dem heißen, mit Hundszahngras bewachsenen Platz der Keesler Air Force Base in Mississippi »Golf zu spielen«. Dann bettelten und quengelten wir so lange, bis

sie in einem stinkenden Männerklo aus Sperrholz in der Nähe des 9ten Lochs ihr Höschen auszog. Woraufhin wir – ich und mein Kumpel »Angel« Carlisle – mit grimmigem Gesicht den Gefallen erwiderten (wir waren vierzehn; der Rest ist Nebel). Ansonsten war es Jahre später in Ann Arbor, als ich unter den Zedernbüschen des Parks im Schatten der Eisenbahnbrücke der New York Central bei hellem, wäßrigem Tageslicht versuchte, ein Mädchen namens Mindy Levinson dazu zu überreden, es mich mit halb heruntergelassener Hose machen zu lassen, unser junges, zartes Fleisch auf den Blättern, Zweigen und Dornen. Ich weiß noch, daß sie ja sagte, obwohl ich, so uninspiriert, wie mir das Ganze heute vorkommt, nicht einmal mehr weiß, ob ich die Sache tatsächlich durchgezogen habe.
Aber plötzlich ist mein Hirn wie elektrifiziert von Sätzen, Wörtern und Strängen von Beziehungslosigkeiten, die in halbsyntaktischem Chaos dahintreiben. Manchmal kann ich auf diese Weise einschlafen, mitten im schwindligen Prozeß, Sinn in Unsinn zurückzuverwandeln (der Druck, etwas klar auszudrücken, ist für mich immer mühsam und manchmal schlafraubend). In meinem Kopf höre ich: *Versuch doch, den festgefahrenen Motorradfahrer aus dem Roßkastanienstaat zu verbrennen... Es gibt eine natürliche Ordnung des Cocktailkleides... Ich bin bewandert in den Sprengköpfen der Hysterektomie (oder nicht?)... Gib ihnen Lüge, komm, komm, setz zurück, auf lange Sicht sieht's weniger gut aus... Der Teufel steckt im Detail, oder war es Gott...*
Dieses Mal anscheinend nicht. (Welche Verwandtschaft diese bruchstückhaften Fetzen miteinander haben, ist ein Rätsel für Dr. Stopler, nicht für mich.)
Manchmal, aber nicht so *sehr* oft, wäre ich froh, wenn ich noch Schriftsteller wäre, da jedem so viele Dinge durch den Kopf gehen, die dann geradewegs zum Fenster hinausfliegen. Wenn man jedoch Schriftsteller ist – selbst ein unfähiger –, geht viel weniger verloren. Angenommen, du läßt dich von deiner Frau scheiden und denkst später an die Zeit vor, sagen wir, zwölf Jahren zurück, als du dich fast zum ersten Mal getrennt hättest, es aber nicht geschah, weil beide zu dem Schluß kamen, daß sie sich zu sehr lieb-

ten, oder weil sie zu klug waren oder weil sie beide Mumm und ein bißchen Charakter hatten. Und angenommen, du kommst später, als alles zu Ende ist, zu dem Schluß, du hättest dich doch schon vor langer Zeit scheiden lassen sollen, weil du jetzt denkst, daß du etwas Wundervolles und Unersetzliches verpaßt hast und folglich von einer tiefen Sehnsucht erfüllt bist, die du einfach nicht abschütteln kannst. Dann hättest du, *wenn du Schriftsteller wärst* (und sei es auch nur ein armseliger Autor von Kurzgeschichten), etwas, wo du diese Tatsachen unterbringen könntest, und müßtest nicht ständig darüber nachdenken. Du würdest einfach alles aufschreiben und die kläglichsten Zeilen in Anführungszeichen setzen und einem in den Mund legen, den es nicht gibt (oder besser noch, einem nur leicht abgewandelten Feind). Du könntest das Ganze in Pathos verwandeln und zur Erbauung anderer aus dem eigenen Lebensbuch streichen.

Natürlich ist es nicht so, daß man etwas je wirklich *verliert* – wie Paul gerade unter Schmerzen und Schwierigkeiten herausfindet –, egal, wie achtlos man ist oder wie geschickt im Vergessen. Nicht einmal, wenn man ein so guter Schriftsteller ist wie Saul Bellow. Aber man muß lernen, die Dinge nicht mit sich herumzuschleppen, bis man verrottet oder explodiert. (Die Existenzperiode ist speziell für diese Art von Anpassung gedacht.)

Ein Beispiel. Ich mache mir nie Gedanken darüber, ob meine Eltern damit zufrieden waren, mich zu haben, oder ob sie sich vielleicht noch ein Kind wünschten (eine auf Erinnerung basierende Angst, die eine gefährdete Person in den Wahnsinn treiben könnte). Und das liegt einfach nur daran, daß ich einmal eine Geschichte über eine kleine, sich liebende Familie an der Golfküste von Mississippi geschrieben habe. Sie hatten ein Kind, wünschten sich aber eigentlich noch eines blablabla. Die Mutter fährt an einem heißen Tag (ähnlich dem heutigen) mit der Fähre nach Horn Island hinüber, wo sie barfuß den Strand entlangwandert, alte Bierdosen aufhebt und zum Festland hinüberstarrt. Dann aber hört sie eine Nonne etwas zu ein paar verkrüppelten Kindern sagen und erkennt, daß die Sehnsucht nach unerreichbaren Dingen so ist, als wäre man auf einer Insel voller fremder Leute und höbe alte Bierdosen auf. Wo sie doch nur zur Fähre zurückgehen müßte (die gerade tutet), um zu ihrem Sohn und zu ihrem Ehemann zurückzukehren, die an dem Tag Fischen gefahren sind, aber bald wiederkommen und ihr Abendessen brauchen, und die ihr erst heute morgen gesagt haben, wie sehr sie sie lieben, was aber nur bewirkte, daß sie sich so traurig und einsam fühlte wie ein Einsiedler und das Bedürfnis hatte, mit der Fähre...

Diese Geschichte findet sich natürlich in einem Band Kurzgeschichten, den ich vor langer Zeit geschrieben habe, und trägt den Titel »Vor der Küste«. Aber da ich vor achtzehn Jahren aufgehört habe, Kurzgeschichten zu schreiben, muß ich andere Methoden finden, mit unerfreulichen und beunruhigenden Gedanken fertigzuwerden. (Sie zu ignorieren ist eine davon.)

1969, als Ann und ich frisch verheiratet waren und in New York lebten, und ich wie der Teufel schrieb und im Büro meines Agenten in der 35th Street herumhing und Ann jeden Abend meine kostbaren Seiten zeigte, stand sie oft schmollend am Fenster, weil ich, wie sie meinte, nie etwas über sie schrieb. Keine Kurzauftritte von hochgewachsenen, schlaksig-athletischen Golfspielerinnen von entschlossener, resolut-holländischer Abstammung, die so vernichtend witzige oder bissige Dinge sagten, daß weniger bedeutende Männer und Frauen, die natürlich allesamt Schlampen oder Langweiler waren, kein Bein auf den Boden bekamen. Ich sagte ihr damals – und möge der Himmel mich strafen, wenn ich fast zwanzig Jahre später immer noch lüge –, wenn ich sie in Worte fassen könnte, würde das bedeuten, daß ich sie weniger komplex machte, als sie in Wirklichkeit sei. Und das wiederum würde bedeuten, daß ich bereits auf Distanz zu ihr lebte, was irgendwann dazu führen würde, daß ich sie ablegte wie eine Erinnerung oder eine Sorge (was dann ja auch geschah, aber nicht aus diesem Grund und nicht mit vollem Erfolg).

Tatsächlich versuchte ich oft, ihr zu sagen, daß ihr Beitrag nicht darin bestehe, eine meiner Gestalten zu sein, sondern darin, meine kleinen Bemühungen, etwas zu schaffen, *dringlich* zu machen, und zwar dadurch, daß sie so wundervoll war, daß ich sie liebte. Geschichten seien schließlich nur Worte, die größeren, zwingenderen, aber ansonsten sprachlosen Geheimnissen wie

der Liebe und der Leidenschaft unterschiedliche Formen verliehen. Auf diese Weise, so erklärte ich ihr, sei sie meine Muse, wobei Musen keine niedlichen, verspielten Elfen seien, die einem auf der Schulter sitzen und Verbesserungsvorschläge machen und glockenhell lachen, wenn man das richtige Wort gefunden hat. Sie seien vielmehr gewaltige Mächte über Leben und Tod, die drohten, einen ohne Umschweife aus dem Boot zu werfen, wenn man nicht genug Worte produzierte, um die Wellen zu beruhigen. (Ich habe bis jetzt noch keinen Ersatz für diese Mächte gefunden, was vielleicht erklärt, wie ich mich in letzter Zeit und vor allem hier und heute fühle.)
Natürlich konnte Ann mit ihrer prosaischen Michigan-holländischen Art überhaupt nichts mit dem Teil anfangen, der mein Geheimnis zu sein schien, und glaubte immer, daß ich sie einfach auf den Arm nahm. Wenn wir jetzt in diesem Augenblick ein offenes Gespräch unter vier Augen führen könnten, würde sie letztlich wieder fragen, warum ich nie etwas über sie geschrieben hätte. Und meine Antwort würde lauten, daß ich sie nicht aufbrauchen, nicht in Worte binden und nicht beiseite legen wollte. Ich wollte sie nicht kleiner machen, als sie war. (Sie würde mir immer noch nicht glauben.)
Ich versuche, das alles bis zum Ende durchzudenken, während ich beobachte, wie der Deckenventilator Lichtrhythmen durch die Schatten meines Zimmers wirft: *Ann sehnt sich nach... Horn Island... Der Himmel strafe meine Round-Hill-Elfen... versuch mal, die hier zu verbrennen...*
Irgendwo in weiter Ferne scheine ich Schritte zu hören, dann das gedämpfte Geräusch eines Weinkorkens, der quietschend gezogen wird und mit einem Plop aus der Flasche gleitet. Ein Löffel wird sanft auf die metallene Abdeckplatte des Herds gelegt, ein Radio spielt gedämpft das Leitmotiv der Nachrichtensendung, die ich immer einschalte, ein Telefon klingelt und wird mit dankbarer Stimme beantwortet, gefolgt von einem verzeihenden Lachen. Eine kostbare häusliche Geräuschkulisse, die ich in letzter Zeit so selten höre, daß ich am liebsten liegenbleiben und ihr bis lange nach Einbruch der Dunkelheit lauschen würde. Wenn ich es doch nur könnte.

Ich trampele die Treppe hinunter, die Zähne geputzt, das Gesicht gewaschen, aber benommen und in der Zeit völlig durcheinander. Meine Zähne fühlen sich an, als hätten sie den richtigen Biß verloren, als hätte ich in irgendeinem Traum mit ihnen geknirscht (zweifellos hält die Zukunft eine deprimierende »Knirscherschiene« für mich bereit).
Es ist schon dämmerig. Ich habe stundenlang geschlafen, obwohl ich glaubte, nicht zu schlafen, und fühle mich nicht mehr wie in Trance, sondern erschöpft, als hätte ich von einem Wettrennen geträumt. Meine Beine sind schwer und schmerzen bis in den Unterleib hinein.
Als ich den Pfosten am Fuß der Treppe umrunde, erkenne ich durch die offene Vordertür ein paar dunkle Gestalten am Strand und weiter draußen die Lichter einer vertrauten Bohrinsel, die im Dunst des Tages nicht zu sehen ist. Jetzt aber durchschneiden ihre winzigen weißen Lichter den östlichen Himmel wie Diamanten. Ich frage mich, wo der Frachter ist, den ich vorhin gesehen habe – zweifellos im sicheren Hafen.
Eine einsame Kerze brennt in der Küche, und die kleine Tafel der Alarmanlage blinkt – genau wie in Ted Houlihans Haus – ihr grünes »Alles klar« durch den Flur. Sally läßt immer alle Lichter aus, bis niemand mehr in der Umgebung ist, stellt überall im Haus Duftkerzen auf und läuft barfuß herum. Es ist eine Gewohnheit, die ich inzwischen fast respektiere. Genau wie ihre verstohlenen Seitenblicke, die einem zu verstehen geben, daß sie einen durchschaut hat.
Niemand ist in der Küche, in der die beige Kerze nur mir zuliebe auf der Arbeitsplatte flackert. Wie Licht und Schatten stehen violette Iris und weiße Glyzinien als Tischschmuck in einer Keramikvase. Eine grüne Tonschüssel mit kalt werdenden Schmetterlingsnudeln steht auf dem Tisch. Daneben liegt ein Baguette, meine Flasche Round Hill steckt in einem Kühler. Zwei Gabeln, zwei Messer, zwei Löffel, zwei Teller, zwei Servietten.
Ich schenke mir ein Glas ein und gehe zur Veranda.
»Na, bist du in bester Form?« sagt Sally, als ich noch im Flur bin. Draußen ist es zu meiner Überraschung fast völlig dunkel, der Strand anscheinend leer, als hätten die beiden letzten Minu-

ten eine ganze Stunde gedauert. »Ich sehe mir das herrliche Ende des Tages an«, fährt sie fort. »Aber vor einer Stunde war ich oben und hab dir beim Schlafen zugesehen.« Sie lächelt aus den Schatten der Veranda zu mir herüber und streckt die Hand aus. Ich berühre sie, bleibe jedoch in der Tür stehen, einen Augenblick lang überwältigt von den Wellen, die weißschäumend aus der Nacht hervorbrechen. Zu unserer »Abmachung« gehört, keinen falschen Überschwang an den Tag zu legen, als wäre nicht ehrlich gemeinter Überschwang das, was unsere ganze Generation im Laufe ihrer Geschichte in Schwierigkeiten gebracht hätte. Ich frage mich verloren, ob Sally da weitermachen wird, wo sie letzte Nacht aufgehört hat: Ich als ein allmächtiger Christus über Maisfeldern, sie mit ihrem seltsamen Gefühl des Festgefahrenseins. Beides sind verschlüsselte Beschwerden über mich, die ich zwar verstehe, auf die ich aber keine Antwort weiß. Bis jetzt habe ich noch kein Wort gesagt.
»Tut mir leid, daß ich dich letzte Nacht geweckt hab. Aber ich hab mich so komisch gefühlt«, sagt sie. Sie sitzt in einem großen hölzernen Schaukelstuhl und trägt einen langen, weißen Kaftan, der an beiden Seiten Schlitze hat, so daß sie ihre langen Beine und nackten Füße hochziehen kann. Ihre gelben Haare hat sie zurückgekämmt und mit einer silbernen Spange zusammengefaßt, ihre Haut ist braun vom Strandleben, ihre Zähne schimmern. Ein feuchter Duft nach süßem Badeöl schwebt durch die Verandaluft davon.
»Hoffentlich hab ich nicht geschnarcht«, sage ich.
»Überhaupt nicht. Du bist der Traum jeder Ehefrau. Du schnarchst nie. Hast du gesehen, daß ich den Tocqueville für dich rausgelegt hab, wo du doch diesen Ausflug machen willst und außerdem mitten in der Nacht Geschichtsbücher liest? Ich hab ihn immer gemocht.«
»Ich auch«, lüge ich.
Da wirft sie mir ihren Blick zu. Ihr Gesicht ist schmal, ihre Nase scharf geschnitten, ihr Kinn kantig und sommersprossig – sie ist eine Pracht. Sie trägt dünne Silberohrringe und schwere Türkisarmbänder. »Aber du hast im Schlaf was über Ann gesagt – wo wir grade von Ehefrauen reden. Oder von früheren Ehefrauen.«

Das also ist der Grund für den Blick, nicht meine Lüge über Tocqueville.
»Ich weiß nur, daß ich geträumt hab, daß jemand seine Versicherung nicht rechtzeitig bezahlt hat. Und dann noch, ob es besser ist, getötet zu werden, oder erst gefoltert und dann getötet.«
»Ich weiß, wofür ich mich entscheiden würde«, sagt sie, trinkt, das runde Glas mit beiden Händen umfassend, einen Schluck Wein und sieht in die Dunkelheit hinaus, die nun den Strand verhüllt. Das feuchte Glühen New Yorks erhellt den sternlosen Himmel. Draußen auf der Hauptstraße ist offenbar ein Autorennen im Gange. Reifen quietschen, eine Sirene heult einmal auf.
Wenn Sally in so nachdenklicher Stimmung ist, meine ich immer, daß sie an Wally denkt, ihren verlorenen Mann, der durchs Ozon streift, irgendwo unter diesen kalten Sternen, »tot« für die Welt, aber (aller Wahrscheinlichkeit nach) nicht für sie. Ihre Situation ist der meinen nicht unähnlich – geschieden in einem allgemeinen Sinn –, mit der ganzen unsicheren Nicht-Endgültigkeit von Scheidungen, auf der, wenn alles andere versagt, der Verstand herumkaut wie auf einem Stück verdorbenen Fleisch, das man nicht runterschlucken kann.
Manchmal stelle ich mir vor, daß sie eines Abends in der Dämmerung hier auf ihrer Veranda sitzen und genau wie jetzt vor sich hingrübeln wird, und auf einmal wird der gute alte Wally vor ihr stehen, ein breites Grinsen auf den Lippen, o-beiniger, als sie es in Erinnerung hatte, ein bißchen voller um die Mitte herum, mit großen Augen und einem schwammigeren Gesicht als früher, aber unverkennbar er selbst. Er ist in seinem Leben als erfolgreicher Blumenhändler in Bellingham oder als Textilfabrikant unten in Pekin mitten in einem Kinofilm, auf einer Fähre oder auf halbem Weg über die Sunshine Bridge plötzlich aufgewacht und hat sofort die Reise zurück zu der Stelle angetreten, an der er an jenem längst vergangenen Vormittag in den Hoffman Estates vom Weg abkam. (Ich möchte bei dieser Wiedervereinigung lieber nicht dabei sein.) In meiner Version fallen die beiden sich in die Arme, weinen, essen in der Küche zu Abend, trinken zuviel Vino, finden es einfacher, miteinander zu reden, als sie gedacht hätten, gehen später zurück auf die Veranda, sitzen in der Dun-

kelheit, halten Händchen (wahlweise), kommen sich näher und erwägen eine Wanderung die Treppe hinauf und ins Schlafzimmer, wo eine weitere Kerze brennt. Dabei denken sie, was für ein seltsamer, aber vielleicht doch nicht ganz erträglicher Kick das wäre. Aber dann kippt die Stimmung plötzlich um. Sie lachen ein bißchen, verlegen über die beidseitig nicht eingestandene Absicht, werden weniger kumpelhaft, sogar kalt und ungeduldig, bis klar ist, daß es nicht genug Sprache gibt, um den Raum der Jahre und der Abwesenheit zu füllen. Dazu kommt, daß Wally (auch bekannt als Bert, Ned oder wie auch immer) unten in Pekin oder oben im pazifischen Nordwesten von seiner neuen/alten Frau und seinen halberwachsenen Kindern gebraucht wird. Und kurz nach Mitternacht geht er wieder, geht den Weg ins Vergessen, zusammen mit all den anderen gerichtlich deklarierten, aber nicht-ganz-Toten (nicht viel anders als das, was Sally und ich machen, obwohl ich immer wieder zurückkomme).

Alles darüber hinaus wäre natürlich zu komplex und zu traurig: zum Beispiel alle zusammen in einer Fernsehsendung, fein angezogen, unbehaglich auf Sofas sitzend – die Kinder, die Frauen, der Liebhaber, der Familiengeistliche, der Psychiater. Alle da, um den Rängen voller dicker Frauen darzulegen, wie sie sich fühlen, woraufhin diese Frauen aufstehen und sagen, sie selbst »wären wahrscheinlich *sehr* eifersüchtig, wissen Sie«, wenn sie an Stelle der beiden Ehefrauen wären, und im Grunde könne doch »niemand sicher sein, ob Wally wirklich die Wahrheit darüber sagt, wo er ...« Stimmt, stimmt, stimmt. Und wen interessiert das?

Irgendwo auf dem Wasser wird ein Boot, das keiner von uns sehen kann, plötzlich zur Abschußrampe für ein leuchtendes, spuckendes, blitzendes Projektil, das in den tintigen Himmel aufsteigt und in grellen rosa und grünen Ergüssen explodiert, die den Himmel erhellen wie die Schöpfungsdämmerung, und dann zu kleineren Explosionen zerbersten und zerfasern, bevor das ganze Spektakel vor unseren Augen verblaßt und verweht wie ein dahinschwindendes nächtliches Gespenst.

Unsichtbar auf dem Strand sagen Leute wie aus einem Mund *Ooooh* und *Aaah* und beklatschen jede Explosion. Ihre Anwesenheit ist eine Überraschung. Wir warten auf das nächste Bumm,

Wuuusch und Rumms, aber es kommt keins mehr. »Oh«, höre ich jemanden mit leiser Stimme sagen. »Scheiße.« »Einmal war doch schön«, sagt jemand anderes. »Einmal ist nie genug«, lautet die Antwort.

»Das war mein erstes offizielles ›Feuerwerk‹ des Feiertags«, sagt Sally fröhlich. »Ich find das immer sehr aufregend.« Da, wo sie hinsieht, wirkt der Himmel vor der Schwärze rauchig und bläulich. Wir sind beide in einem Schwebezustand, als warteten wir auf eine weitere Zündung.

»Früher, in Mississippi, hat meine Mutter immer so kleine Feuerwerkskörper gekauft«, werfe ich ein, »und in ihren Händen explodieren lassen. ›Teensies‹ hat sie sie genannt.« Ich lehne immer noch liebenswürdig am Türrahmen, das Glas lässig in der herabhängenden Hand, wie ein Filmstar auf einem Glamourfoto. Zwei Schluck Wein auf einen größtenteils leeren Magen, und ich bin ein bißchen beschwipst.

Sally sieht mich zweifelnd an. »War sie sehr enttäuscht vom Leben, deine Mom?«

»Nicht, daß ich wüßte.«

»Hm. Jemand könnte vielleicht auf die Idee kommen zu sagen, daß sie versuchte, sich aufzuwecken.«

»Vielleicht«, sage ich und habe ein unbehagliches Gefühl dabei, auf diese revisionistische Weise an meine arglosen Eltern zu denken. Eine Weise, die, wenn ich sie auch nur kurze Zeit verfolgen würde, zweifellos mein ganzes Leben bis zu diesem Zeitpunkt erklären könnte. Da ist es schon besser, eine Geschichte darüber zu schreiben.

»Als *ich* ein kleines Mädchen in Illinois war, haben *meine* Eltern es immer fertiggebracht, Silvester einen Riesenstreit vom Zaun zu brechen«, sagt Sally. »Sie schrien sich an und warfen mit Sachen, und später fuhr dann einer von ihnen mit dem Auto weg. Sie haben natürlich zuviel getrunken. Aber meine Schwestern und ich waren immer schrecklich aufgeregt wegen des Feuerwerks am Pine Lake. Wir wollten immer hinfahren und es uns vom Auto aus ansehen, bloß daß das Auto immer weg war. Also mußten wir im Schnee oder im Wind im Garten vor dem Haus stehen und uns mit dem begnügen, was man von da aus sehen konnte, was nicht

viel war. Ich bin sicher, wir haben das meiste von dem, was wir angeblich gesehen haben, einfach nur erfunden. Deshalb hab ich bei einem Feuerwerk immer das Gefühl, ein kleines Mädchen zu sein, was wahrscheinlich ziemlich albern ist. Eigentlich müßte es mir das Gefühl geben, betrogen worden zu sein, tut es aber nicht. Hast du deinen Vermontern übrigens ein Haus verkauft?«
»Ich hab sie auf kleiner Flamme.« (Hoffe ich.)
»Du bist sehr gut in deinem Beruf, nicht wahr? Du verkaufst Häuser, wenn niemand sonst welche verkauft.« Sie schaukelt vor und zurück, wozu sie nur ihre Schultern einsetzt. Der große Schaukelstuhl knirscht auf den Verandabrettern.
»Es ist kein schwieriger Job. Man fährt einfach mit fremden Leuten im Auto rum und telefoniert später mit ihnen.«
»So ähnlich ist es in meinem auch«, sagt Sally zufrieden, immer noch schaukelnd. Sallys Job ist bewundernswerter, aber auch belastender. Ich würde ihn nicht in hundert Jahren machen. Aber plötzlich möchte ich sie unbedingt küssen, sie an der Schulter oder der Taille oder sonstwo berühren, den Duft ihrer süßen, eingeölten Haut an diesem warmen Abend einatmen. Also tapse ich polter-polter über die knarrenden Dielen, beuge mich unbeholfen nach unten wie ein zu groß geratener Doktor, der mit dem nackten Ohr einen Herzschlag sucht, und pflanze ihr auf Wange und Hals einen Kuß, der meinetwegen zu fast allem führen könnte.
»He, laß das«, sagt sie nur halb im Scherz, als ich den exotischen Duft ihres Nackens einatme und die Feuchtigkeit ihrer Kopfhaut spüre. Auf ihrer Wange, dicht unter dem Ohr, hat sie einen ganz leisen Hauch von blondem Flaum, ein zartes, vielleicht empfindsames Merkmal, das ich schon immer erregend fand, von dem ich aber nie weiß, wie ich damit umgehen soll. Mein Kuß bewirkt jedoch kaum mehr als einen wohlgemeinten, nicht sonderlich festen Griff um mein Handgelenk, und eine willige Neigung des Kopfes in meine allgemeine Richtung, woraufhin ich mich mit meinem leeren Glas aufrichte, über den Strand hinweg auf nichts Besonderes blicke und dann zurückstapfe, um meinen Horchposten am Türrahmen wieder einzunehmen. Halb bin ich mir einer Übertretung bewußt, weiß aber nicht, wieso. Vielleicht sind neue Restriktionen in Kraft.

Am liebsten wäre mir, nicht jetzt oder in zwei Minuten rigorose, männliche, den Abend beendende Liebe zu machen, sondern schon *gemacht zu haben*. Ich will sie als getane, und zwar als gut getane Arbeit in meiner Akte verzeichnet haben. Und ich will, daß zwischen uns das träge, freundschaftliche Nachbehagen der Liebe herrscht, in dem alle Schranken fallen. Ich will der wackere Liebhaber sein, der den Abend vor den Untiefen der Nichtigkeit rettet – vor der Stimmung, unter der ich vor meinem Nachmittagsschlaf gelitten und aus der ich uns wie durch Zauber in den vergangenen Monaten immer wieder gerettet habe, indem ich vor guten Ideen sprühend ankam (ähnlich wie ich es bei Paul oder allen anderen versuche). Ich organisiere Fahrten ins Museum für Meeres-, Luft- und Raumforschung, eine Kanufahrt auf dem Batsto, einen Wochenendtrip zum Schlachtfeld von Gettysburg, dessen Höhepunkt eine Ballonfahrt sein sollte, auf die Sally sich eingelassen hätte, ich jedoch nicht. Ganz zu schweigen von einer dreitägigen Herbstfarbenbewunderungsfahrt durch Vermont im letzten Jahr, die ziemlich danebenging, da wir fast zwei ganze Tage in einer Kavalkade langsam kriechender Herbstlaubbewunderer in Reisebussen und Wohnmobilen feststeckten. Dazu kam, daß die Preise überhöht waren, die Betten zu schmal und das Essen schlecht. (Wir fuhren einen Abend früher als geplant zurück und kamen uns alt und müde vor – Sally verschlief den größten Teil der Fahrt. Und wir waren unfähig, auch nur einen Drink miteinander zu ertragen, als ich sie am Fuß der Ashbury Street absetzte.)
»Ich hab Schmetterlingsnudeln gemacht«, sagt Sally sehr fest in das lange Schweigen hinein, das durch meinen unerwünschten Kuß ausgelöst worden ist und das uns beiden klargemacht hat, daß wir nicht nach oben gehen werden, um uns ein bißchen zu vergnügen. »Die ißt du doch am liebsten, nicht wahr? *Farfalle?*«
»Jedenfalls *sehe* ich sie am liebsten«, sage ich.
Sie lächelt zu mir herüber und streckt ihre langen Beine von sich, bis die Knöchel knacken. »Ich hab das Gefühl, ich platz aus allen Nähten«, sagt sie. In Wirklichkeit ist sie eine ehrgeizige Tennisspielerin, die nur ungern verliert, und trotz ihres gekürzten Beines kann sie jeden erwachsenen Mann über den Platz jagen, daß er in Atemnot gerät.

»Denkst du gerade an Wally?« frage ich aus keinem besonderen Grund, außer daß es mir gerade einfällt.
»Wally Caldwell?« sagt sie, als wäre der Name ihr völlig neu.
»Ist mir nur so eingefallen. Aus meiner Distanz hier.«
»Geblieben ist allein der Name«, sagt sie. »Zu lange her.« Ich glaube ihr nicht, aber das spielt keine Rolle. »Ich mußte diesen Namen abschreiben. Er hat *mich* verlassen *und* seine Kinder. Also.« Sie schüttelt die dicken blonden Haare, als wäre das Gespenst von Wiesel-Wally da draußen in der Dunkelheit und suche Einlaß in unsere Unterhaltung, werde aber von ihr abgewiesen. »Woran ich wirklich gedacht hab – schon als ich nach New York gefahren bin, um ein paar Eintrittskarten abzuholen, hab ich daran gedacht –, das warst du, daß du hier sein würdest, wenn ich zurückkomme, und was wir dann tun würden, und wie lieb du immer bist.«
Kein gutes Omen, bei Gott!
»Ich *will* ja auch lieb sein«, sage ich in der Hoffnung, daß es das, was sie als nächstes sagen will, unterbinden wird. Nur in grundsoliden Ehen kann man hoffen, als »lieb« bezeichnet zu werden, ohne daß ein »aber« folgt wie ein heimtückischer Widerhaken. Es gibt vieles, was für eine grundsolide Ehe spricht.
»Aber was?«
»Kein aber. Das war alles«, sagt Sally und legt die Arme um die Knie. Ihre langen, nackten Füße ruhen nebeneinander auf der vorderen Kante des Schaukelstuhls, ihr langer Körper schaukelt vor und zurück. »Muß es ein ›Aber‹ geben?«
»Vielleicht bin ich das ›Aber‹.«
»Hm. Ich hab beim Fahren nur gedacht, daß ich dich mag. Das war alles. Ich kann gerne versuchen, schwieriger zu sein.«
»Ich bin ziemlich glücklich mit dir«, sage ich. Ein eigenartiges, einfältiges kleines Lächeln gräbt sich um meine albernen Lippen ein und verhärtet sich gegen meinen Willen auf meinen Wangen. Sally dreht sich zur Seite und sieht im Dämmerlicht der Veranda zu mir hoch. Eine klare Ansprache. »Gut.«
Ich sage nichts, grinse nur.
»Warum lächelst du so?« fragt sie. »Du siehst seltsam aus.«
»Ich weiß auch nicht«, sage ich, bohre einen Finger in die Wange

und drücke, woraufhin das hartnäckige kleine Lächeln sich zurückzieht und zu meinem ganz normalen bürgerlichen Ausdruck wird.

Sally sieht mich mit schmalen Augen an, als könne sie etwas in meinem Gesicht Verborgenes erkennen. Etwas, was sie noch nie gesehen hat, aber bestätigt finden will, weil sie immer vermutet hat, daß es da ist.

»Wenn ich an den Vierten Juli denk, hab ich immer das Gefühl, ich müßte bis dahin was erreicht oder beschlossen haben«, sagt sie. »Vielleicht war das gestern abend mein Problem. Es kommt daher, daß ich im Sommer immer so lange zur Schule gegangen bin. Der Herbst schien einfach zu weit weg. Ich weiß nicht mal, wofür zu weit weg.«

Ich jedoch denke an eine erfolgreichere Herbstfarbenfahrt. Michigan: Petoskey, Harbor Springs, Charlevoix. Ein Wochenende auf Mackinaw Island, mit dem Tandem unterwegs. (Alles natürlich Dinge, die ich schon mit Ann gemacht habe. Nichts ist neu.)

Sally hebt beide Arme über den Kopf, verschränkt die Hände ineinander und vollführt eine geschmeidige Yoga-Streckung, die alle Spannungen löst. Ihre Armbänder rieseln wie ein kleiner Wasserfall an ihren Armen herab. Diese Gangart der Dinge, dieses gelegentliche Schweigen, diese Nicht-Dringlichkeit oder Nachdenklichkeit, liegt dicht am Zentrum dessen, was mit uns nicht in Ordnung ist. Ich wäre glücklich, wenn es verschwände.

»Ich langweil dich«, sagt sie, die schimmernden Arme noch in der Luft. Sie läßt sich von niemandem etwas vormachen und ist ein wundervoller Anblick. Ein kluger Mann würde einen Weg finden, sie zu lieben.

»Du langweilst mich nicht«, sage ich, aus irgendeinem Grund in gehobener Stimmung. (Vielleicht ist der Vorläufer einer Kaltfront vorübergezogen, und alle an der Küste fühlen sich plötzlich besser.) »Ich hab nicht das Geringste dagegen, daß du mich magst. Ich finde das wunderbar.« Vielleicht sollte ich sie noch einmal küssen. Richtig.

»Du hast was mit anderen Frauen, nicht wahr?« sagt sie und fängt an, ihre Füße in ein Paar flache, goldene Sandalen zu zwängen.

»Eigentlich nicht.«

»Was heißt ›eigentlich‹?« Sie nimmt ihr Weinglas vom Boden auf. Eine Mücke summt an meinem Ohr. Ich bin mehr als bereit, ins Haus zu gehen und dieses Thema zu vergessen.
»Gar nicht. Das ist alles. Aber wenn eine käme, mit der ich was haben wollte, wär das wahrscheinlich okay. Für mich, mein ich.«
»Genau«, sagt Sally kurz.
Was immer sie vorhin veranlaßt hat, ihre Sandalen anzuziehen, ist jetzt vorbei. Ich höre, wie sie tief einatmet, wartet, und dann wieder ausatmet. Sie hält ihr Glas an seinem glatten, runden Fuß.
»Du triffst ja auch andere Männer«, sage ich hoffnungsvoll. Die Manschettenknöpfe fallen mir ein.
»Natürlich.« Sie nickt und sieht über das Geländer der Veranda hinweg auf kleine, gelbe Punkte, die in unbegreiflicher Ferne in die Dunkelheit eingebettet sind. Ich denke an unseren Club geschiedener Männer, wie wir uns auf unserem bewegungslos daliegenden Boot zusammendrängten und sehnsüchtig zum geheimnisvollen Land hinüberstarrten (vielleicht sogar zu diesem Haus). Wir stellten uns Leben vor, Partys, kühle Restaurants, spätnächtliche Aktivitäten, an denen wir unendlich gern teilgenommen hätten. Jeder von uns wäre gegen die Strömung an Land geschwommen, um zu tun, was ich jetzt tue. »Ich hab so ein merkwürdiges Gefühl, wenn es darum geht, andere Männer zu treffen«, sagt Sally mit großer Sorgfalt. »Daß ich es zwar *tue*, aber eigentlich nichts dabei vorhabe.« Zu meiner enormen Überraschung glaube ich – aber sicher bin ich nicht –, daß sie eine Träne aus dem Augenwinkel wischt und sie zwischen den Fingern zerreibt. Das ist der Grund, weshalb wir auf der Veranda bleiben. Ich hatte natürlich keine Ahnung, daß sie *tatsächlich* andere Männer trifft.
»Was erwartest du denn?« sage ich zu ernst.
»Ach, ich weiß nicht.« Sie schnieft, um mir zu zeigen, daß ich mir keine Gedanken über weitere Tränen machen muß. »Warten ist eine schlechte Angewohnheit. Das hab ich früher gemacht. Ich erwarte nichts, denk ich.« Sie fährt sich mit den Fingern durch die dicken Haare und schüttelt den Kopf, um ihn klarzubekommen. Ich würde sie gerne nach dem Anker mit der Kette und der Kugel fragen, aber jetzt ist nicht der richtige Augenblick. Ich

würde nur etwas herausfinden, und was dann? »Glaubst du, daß *du* darauf wartest, daß irgendwas passiert?« Sie sieht skeptisch zu mir auf. Wie immer meine Antwort ausfällt, sie rechnet damit, daß sie ärgerlich, unaufrichtig oder möglicherweise dumm sein wird.

»Nein«, sage ich und versuche, offen zu wirken – etwas, was ich im Augenblick wahrscheinlich nicht hinkriegen werde. »Ich wüßte auch nicht, worauf.«

»Also«, sagt Sally. »Was ist denn das Gute an irgendwas, wenn man nicht denkt, daß was Gutes passieren wird oder man am Ende einen Preis kriegt? Wo ist denn da das Geheimnis?«

»Das Geheimnis ist, wie lange etwas so weitergehen kann, wie es ist. Für mich ist das genug.« Ein Grundsatz der Existenzperiode *par excellence*. Sally und Ann sind sich in ihrer Abneigung gegen diese Haltung völlig einig.

»Oje, ojemine!« Sie legt den Kopf zurück, sieht zur sternenlosen Decke auf und lacht ein seltsames, hohes, mädchenhaftes *ha-ha-ha*. »Ich hab dich unterschätzt. Das ist gut. Ich ... ist ja auch egal. Du hast recht. Du hast vollkommen recht.«

»Ich wollte, ich hätte unrecht«, sage ich und sehe bestimmt außerordentlich albern aus.

»Na prima«, sagt Sally und sieht mich an, als sei ich die seltenste aller seltenen Spezies. »Aber darauf warten, daß jemand beweist, daß man unrecht hat, ist nicht gerade das, was man den Stier bei den Hörnern packen nennt. Was, Franky?«

»Ich hab sowieso nie verstanden, warum jemand den Wunsch haben sollte, einen Stier bei den Hörnern zu packen«, sage ich. »Die sind das gefährliche Ende.« Ich mag es nicht besonders, Franky genannt zu werden, als wäre ich sechs und von unbestimmtem Geschlecht.

»Also gut.« Sie ist jetzt sarkastisch. »Ist ja nur ein Experiment. Ist nicht persönlich gemeint.« Ihre Augen blitzen auf, obwohl es dunkel ist, fangen von irgendwoher Licht ein. Vielleicht vom Haus nebenan, in dem Lampen brennen, so daß es behaglich aussieht und zum Eintreten einlädt. Ich hätte nichts dagegen, jetzt dort zu sein. »Was bedeutet es für dich, jemandem zu sagen, daß du ihn liebst? Oder sie?«

»Ich hab eigentlich niemanden, zu dem ich das sagen könnte.«
Das ist alles sehr beunruhigend.
»Aber wenn du jemanden hättest. Eines Tages hast du vielleicht.« Diese Befragung läßt darauf schließen, daß ich zu einem charmanten, aber absolut nicht in Frage kommenden Besucher aus einem anderen ethischen System geworden bin.
»Ich wär vorsichtig damit.«
»Du bist immer vorsichtig.« Sally weiß viel über mein Leben – auch daß ich manchmal zwar wählerisch bin, aber eigentlich nicht oft vorsichtig. Es ist eher ironisch gemeint.
»Ich wär *noch* vorsichtiger«, sage ich.
»Aber was würde es bedeuten, wenn du es sagtest?« Vielleicht denkt sie, daß meine Antwort eines Tages eine Bedeutung für sie haben könnte und erklären wird, warum bestimmte Wege eingeschlagen und andere aufgegeben wurden. »Es war eine Phase meines Lebens, bei der ich von Glück sagen kann, daß ich sie überlebt habe.« Oder: »Das erklärt vielleicht, warum ich aus New Jersey wegging, um den Eingeborenen in Pago Pago zu helfen.«
»Nun«, sage ich, da sie eine ehrliche Antwort verdient. »Es käme darauf an. Wahrscheinlich würde ich meinen, daß ich etwas an dem Menschen mag. Und dann würde ich aus diesem Etwas die ganze Person zusammensetzen, sie sozusagen neu erfinden. Und diese Person würde ich gerne um mich haben.«
»Und was hat das mit Liebe zu tun?« Sie ist konzentriert, fast andächtig, und sieht mich auf eine Weise an, die ich für nicht ganz aussichtslos halte.
»Na ja, wir müßten uns darauf einigen, daß das eben jetzt Liebe ist. Aber vielleicht ist das zu hart.« (Obwohl ich das nicht wirklich denke.)
»Es ist hart«, sagt sie. Ein Fischerboot tutet draußen im Ozeandunkel.
»Ich wollte nicht übertreiben«, sage ich. »Als ich geschieden wurde, hab ich mir selbst das Versprechen gegeben, mich nie darüber zu beklagen, wie die Dinge sich entwickeln. Und nicht zu übertreiben ist eine Möglichkeit, sicherzustellen, daß es nichts gibt, worüber ich mich beklagen müßte.« Das ist es, was ich Joe

(mit seinen eingequetschten Eiern) heute morgen erklären wollte. Ohne Erfolg. (Aber was bedeutet es, wenn so ein Glaubenssatz zweimal am selben Tag zur Sprache kommt?)
»Aber du würdest dir deine harte Meinung über die Liebe ausreden lassen, oder? Hast du das gemeint, als du gesagt hast, du wolltest, du hättest unrecht?« Sally steht auf, hebt, das Weinglas in der Hand, noch einmal die Arme und dreht den Oberkörper hin und her. Daß eins ihrer Beine kürzer ist als das andere, fällt nicht auf. Sie ist einssiebenundsiebzig groß. Fast so groß wie ich.
»Ich glaub nicht.«
»Wahrscheinlich wär es nicht leicht, oder? Es müßte schon was Ungewöhnliches passieren.« Sie sieht zum Strand hinüber, wo jemand ein verbotenes Lagerfeuer angezündet hat, das die Nacht für einen Augenblick heimelig und fröhlich wirken läßt. Aber aus einem jähen, plötzlichen Unbehagen heraus und aus Zuneigung und Bewunderung für ihre Gewissenhaftigkeit muß ich plötzlich von hinten die Arme um sie legen und sie umarmen und ihr einen dicken, feuchten Kuß aufdrücken, der besser ankommt als der letzte. Ihr Körper unter dem Kaftan, unter dem sie nichts anzuhaben scheint, ist jetzt nicht mehr feucht, und sie ist süßer als süß. Aber ihre Arme hängen schlaff herab. Keine Erwiderung. »Wenigstens mußt du dir keine Gedanken darüber machen, noch einmal jemandem wirklich zu trauen. Dieser ganze schreckliche Scheiß, der Kram, über den meine sterbenden Leute nie reden. Sie haben dazu keine Zeit.«
»Vertrauen ist für die Katz'«, sage ich, die Arme immer noch um sie geschlungen. Ich lebe nur für Augenblicke wie diesen, für die Gischt der Pseudo-Intimität und die Freude eines Augenblicks, wenn man eigentlich nicht damit gerechnet hat. Es ist wundervoll. Obwohl ich nicht glaube, daß wir viel erreicht haben. Und das tut mir leid.
»Gut«, sagt Sally, löst sich von mir, schiebt meine lästig gewordenen Arme, ohne sich umzudrehen, gereizt von sich und geht zur Tür. Jetzt sieht man, daß sie hinkt. »Vertrauen ist für die Katz'. Wie recht du hast. So muß es wohl sein.«
»Ich bin ziemlich hungrig«, sage ich.
Sie geht ins Haus und läßt die Fliegengittertür hinter sich zufal-

len.« »Dann komm rein und iß deine Nudeln. Du hast noch einen weiten Weg vor dir, bevor du schlafen kannst.«
Während das Geräusch ihrer nackten Füße durch den Flur verklingt, bleibe ich allein im warmen Duft des Meeres stehen, der sich mit dem Rauch von Treibholz mischt – ein Lagerfeuergeruch, der perfekt zum Feiertag paßt. Nebenan schaltet jemand ein Radio ein, erst laut, dann leiser. Ein Unterhaltungssender aus New Brunswick. Liza Minelli singt, und einen Augenblick treibe ich wie Rauch in der Musik mit.
Beim Essen, das wir am runden Eichentisch unter heller Deckenbeleuchtung zu uns nehmen, zwischen uns die Vase mit den violetten Iris und den weißen Glyzinien und ein Weidenkorb, aus dem sommerliches Gemüse quillt, ist unsere Unterhaltung eklektisch, sprunghaft und ein bißchen schwindelerregend. Sie ist, wie ich weiß, das Vorspiel zu meiner Abreise. Alle Erinnerungen an Mattigkeit und an ernsthafte Diskussionen über die Besonderheiten der Liebe sind jetzt tabu, haben sich aufgelöst wie Rauch im Wind, der vom Meer kommt. (Die Polizei war in der Zwischenzeit da und hat die Feuermacher ins Gefängnis gekarrt, als sie anfingen, sich darüber zu verbreiten, daß der Strand Gott gehöre.)
Im Kerzenlicht wird Sally lebhaft. Ihre blauen Augen sind feucht und glänzen, ihr großartiges Gesicht ist sonnengebräunt und weich. Wir gabeln unsere Nudeln und reden über Filme, die wir nicht gesehen haben, aber gerne sehen möchten (ich – *Mondsüchtig* und *Wall Street*; sie – *Das Reich der Sonne* und vielleicht *Die Toten*). Wir reden über eine mögliche Panik auf dem Sojabohnenmarkt, seit der Regen der Dürre im ausgetrockneten Mittelwesten ein Ende bereitet hat. Ich erzähle von den Markhams und den McLeods und meinen Problemen mit ihnen, was irgendwie zu einer Diskussion über einen schwarzen Journalisten führt, der in seinem Garten einen Eindringling erschossen hat, was Sally zu der Bemerkung veranlaßt, daß sie gelegentlich eine Schußwaffe in ihrer Handtasche bei sich trägt, mitten in South Mantoloking, obwohl sie denkt, daß sie wahrscheinlich gerade dadurch zu Tode kommen wird. Ich erzähle kurz von Paul und berichte, daß er sich nicht sonderlich zu Feuer hingezogen fühlt, keine Tiere quält und

nicht ins Bett macht, jedenfalls nicht, daß ich wüßte, und daß ich hoffe, daß er im Herbst zu mir ziehen wird.
Dann (einem seltsamen Zwang folgend) stürze ich mich auf die Immobilienbranche. Ich teile Sally mit, daß vor zwei Jahren 2036 Einkaufszentren in den Vereinigten Staaten gebaut wurden, die Zahlen inzwischen aber »ganz anders« aussehen und viele große Projekte auf Eis gelegt würden. Ich bekräftige noch einmal, daß ich nicht glaube, daß die Wahl einen Einfluß auf den Immobilienmarkt haben wird, nicht die Bohne, worauf Sally sich daran erinnert, wie hoch die Zinsen im Jahr der Zweihundertjahrfeier waren (8,75 %). Damals war ich, wie ich sie erinnere, einunddreißig und lebte noch in der Hoving Road. Während sie Blaubeeren mit Kirschschnaps mischt, um beides über einen Biskuitkuchen zu löffeln, versuche ich, uns von der jüngeren Vergangenheit wegzulotsen und erzähle, wie Großvater Bascombe die Familienfarm in Iowa verspielte, eines Abends nach Hause kam, in der Küche eine Schüssel mit Beeren aß, dann auf die Veranda ging und sich eine Kugel in den Kopf jagte.
Während des ganzen Essens ist mir aufgefallen, daß Sally und ich uns lange und oft unnachgiebig in die Augen gesehen haben. Einmal, als sie Kaffee machte, wozu sie so ein Glasgefäß mit Drücker benutzt, hat sie verstohlen zu mir herübergesehen, als wolle sie sich selbst bestätigen, daß wir uns viel besser kennengelernt und uns näher aneinander herangewagt haben, daß ich mich jedoch seltsam und verrückt verhalte und jeden Augenblick aufspringen und anfangen könnte, Shakespeare auf Küchenlatein zu zitieren oder den Yankee Doodle mit dem Hintern zu pfeifen.
Gegen zehn sitzen wir in unseren Bugholzstühlen. Eine neue Kerze brennt, der Kaffee ist getrunken, und wir sind wieder zum Round Hill übergegangen. Sally hat ihre schweren Haare nach hinten gebunden, und wir befinden uns mitten in einer Diskussion darüber, wie wir uns selbst wahrnehmen. (Ich sehe mich mehr oder weniger als komischen Charakter; Sally sich als »Vermittlerin«, aber auch, wie sie sagt, von Zeit zu Zeit als »dunkle und ziemlich skrupellose Verhinderin« – was mir noch nie aufgefallen ist.) Mich sieht sie, wie sie sagt, in einem seltsamen, priesterlichen Licht, was nun wirklich das Schlimmste ist, was ich

mir vorstellen kann, da Priester die am wenigsten bewußten, unaufgeklärtesten, unentschlossensten, isoliertesten und frustriertesten Menschen der Welt sind (Politiker kommen an zweiter Stelle). Ich beschließe, die Bemerkung zu ignorieren oder zumindest als gutgemeint aufzufassen und so zu verstehen, daß auch ich eine Art Vermittler bin, was ich gern wäre, wenn ich könnte. Ich sage ihr, daß ich sie als große Schönheit sehe, die den Kopf fest auf beiden Schultern sitzen hat, und daß ich sie hinreißend finde und nicht glaube, daß es möglich wäre, sie auf die Weise zu erfinden, die ich vorhin verkündet habe. Ich meine das wirklich. (Ich bin immer noch erschüttert darüber, als Priester gesehen zu werden.) Wir kommen auf das Thema intensiver Gefühle zu sprechen und daß sie vielleicht wichtiger sind als die Liebe. Ich sage (warum, weiß ich nicht genau, da es eigentlich nicht der Wahrheit entspricht), daß es mir in letzter Zeit verteufelt gut ginge, und erkläre das mit der Existenzperiode, die ich früher schon in anderen Zusammenhängen erwähnt habe. Ich gebe offen zu, daß es mir vielleicht schwerfallen wird, mich eines Tages an diesen Teil meines Lebens zu erinnern – bis auf sie –, und daß ich manchmal das Gefühl habe, über die Liebe hinaus zu sein, was aber nur menschlich und kein Grund zur Sorge sei. Ich erzähle ihr auch, daß es für mich durchaus akzeptabel wäre, mein Leben als »Dekan« der Immobilienmakler New Jerseys zu beschließen, als bärbeißiger alter Kauz, der mehr vergessen hat, als jüngere Männer je wissen werden. (Ein Otto Schwindell, bloß ohne die Pall Malls und ohne die aus den Ohren wachsenden Haare.) Sie sagt mit ziemlicher Überzeugung, wobei sie mich die ganze Zeit anlächelt, sie hoffe, daß ich dazu kommen werde, etwas Denkwürdiges zu tun, und einen Augenblick lang überlege ich noch einmal, ob ich die Manschettenknöpfe und deren Verhältnis zu denkwürdigen Dingen zur Sprache bringen und vielleicht auch Anns Namen fallenlassen soll. Schließlich will ich nicht den Anschein erwecken, als sei ich dazu nicht fähig oder als sei Anns Existenz ein Angriff auf Sally, was nicht der Fall ist. Ich beschließe, keines von beidem zu tun.
Dann schleicht sich allmählich ein ernsterer Ton in Sallys Stimme, eine entschlossene Kehligkeit, die ich auch früher schon

gehört habe, und zwar an genauso erfreulichen Abenden wie diesem, an denen das gelbe Licht zuckt und flackert, die Sommerhitze nachläßt und gelegentlich ein Käfer gegen die Fliegengittertür brummt. Ein Ton, der ganz für sich sagt: »Denken wir an was, was ein bißchen direkter ist und uns beiden ein gutes Gefühl gibt. Besiegeln wir den Abend mit einem simplen Akt der Nächstenliebe und des Begehrens.« Meine eigene Stimme hat, da bin ich sicher, denselben eichenen, kehligen Klang.
Bloß daß die alte Nervosität in meinem Bauch flattert (in ihrem auch, vermute ich). Eine innere Unruhe, die mit einem Gedanken zusammenhängt, der nicht weggehen will und von dem jeder von uns erwartet, daß der andere ihn eingesteht – etwas Wichtiges, das die seufzende Begierde im Staub zurückläßt. Nämlich daß wir beide, jeder für sich, beschlossen haben, uns nicht wiederzusehen. (Obwohl »beschlossen« nicht das richtige Wort ist. »Akzeptieren«, »eingestehen«, »hinnehmen«, sie alle würden es eher treffen.) Es gibt reichlich von allem zwischen uns, genug für ein ganzes Leben der Tröstungen, und mehr. Aber irgendwie reicht das nicht, und sobald man das verstanden hat, bleibt nicht mehr viel zu sagen. (Oder?) Sowohl auf lange wie auch auf kurze Sicht gesehen, scheint nichts zwischen uns wichtig genug zu sein. Und das gestehen wir uns mit dem oben erwähnten kehligen Ton ein und mit den Worten, die Sally tatsächlich ausspricht: »Es wird Zeit, daß du dich aufmachst, mein Junge.« Sie strahlt mich durch den Kerzenschein an, als wäre sie irgendwie stolz auf uns. (Weshalb?) Sie hat schon vor einiger Zeit ihre Türkisarmbänder abgenommen und auf den Tisch gelegt und beim Reden hin und her geschoben wie eine Spielerin vor einem Ouija-Brett. Als ich aufstehe, beginnt sie, sie wieder anzulegen. »Hoffentlich läuft mit Paul alles gut«, sagt sie lächelnd.
Die Uhr im Flur schlägt halb elf. Ich sehe mich um, wie auf der Suche nach einem näheren Zeitmesser. Dabei weiß ich seit fast einer Stunde auf die Minute genau, wie spät es ist.
»Ja«, sage ich, hebe die Arme über den Kopf und gähne.
Sie steht jetzt neben dem Tisch, die Finger ganz leicht auf das Holz gelegt. Sie lächelt immer noch, als wäre sie meine beharrlichste Bewunderin. »Soll ich dir noch einen Kaffee machen?«

»Ich fahr besser, wenn ich schlaf«, sage ich und produziere ein geistloses Grinsen.
Und dann gehe ich, gehe schwerfällig durch den Flur, vorbei am grünblinkenden Kasten der Alarmanlage – die genausogut auf rot umgesprungen sein könnte.
Sally folgt mir im Abstand von zehn Schritten und nicht sonderlich schnell. Ihr Hinken ist jetzt deutlicher, da sie barfuß ist. Sie gibt mir die Möglichkeit, allein hinauszufinden.
»Also okay.« Ich drehe mich um. Sie lächelt immer noch, nicht weniger als acht Schritten von mir entfernt. Ich jedoch lächle nicht. In der Zeit, die ich gebraucht habe, um zur Fliegengittertür zu gehen, ist in mir die Bereitschaft gewachsen, mich fragen zu lassen, ob ich nicht doch bleiben will. Ich könnte früh aufstehen, schnell einen Kaffee trinken und nach einer Nacht des Abschieds und des möglichen Umdenkens nach Connecticut brettern. Ich schließe die Augen und täusche ein kleines, schwankendes Taumeln vor, das besagt: *Mann, ich bin müder, als ich gedacht habe, und vielleicht sogar eine Gefahr für mich selbst und andere.* Aber ich habe zu lange darauf gewartet, daß etwas geschieht, ohne selbst etwas tun zu müssen. Und wenn ich selbst fragte, ob ich bleiben könne, würde sie, da bin ich mir ganz sicher, einfach das Cabot Lodge in Neptune anrufen und mir ein Zimmer reservieren. Ich kann nicht mal mehr mein altes Zimmer zurückhaben. Mein Besuch ist zu einer Hausbesichtigung geworden, nach deren Beendigung ich nichts als meine Karte zurücklasse.
»Ich bin wirklich froh, daß du gekommen bist«, sagt Sally, und ich fürchte fast, daß sie ein »Legen Sie sie dahin« hinzufügen und mich mit diesen Worten durch die Tür schieben könnte, durch die ich vor Monaten in aller Unschuld ins Haus gekommen bin. Eine schlimmere Behandlung als die von Wally.
Aber sie tut es nicht. Sie kommt zu mir, packt meine kurzen Hemdsärmel über meinen Ellbogen – wir befinden uns auf gleicher Augenhöhe –, küßt mich auf den Mund, fest, aber nicht böse, und sagt mit einem leisen Hauch, der nicht einmal eine Kerze löschen würde: »Bye-bye.«
»Bye-bye«, antworte ich in dem Versuch, ihr verführerisches

Flüstern zu imitieren und möglicherweise in ein Hallo umzuwandeln. Mein Herz rast.

Aber ich bin Geschichte. Durch die Tür und die Treppe hinunter. Über den sandigen Strandweg aus Beton, über dem ein leiser Grillduft schwebt, und die sandige Treppe zur Ashbury Street hinunter, an deren beleuchtetem anderem Ende die Ocean Avenue überquillt vor Liebespaaren, die planlos hin- und hergondeln. Ich klettere in meinen Crown Vic. Aber als ich den Motor anlasse, drehe ich mich um und mustere die schattigen Autos rechts und links hinter mir in der Hoffnung, den anderen Kerl zu entdecken, wer immer er ist, falls es ihn gibt. Ein Kerl, der in sommerlicher Khakikleidung darauf wartet, daß ich mich verziehe, damit er meine Schritte zurückverfolgen und meinen angestammten Platz in Sallys Herz und Haus einnehmen kann.

Aber soweit ich sehen kann, lauert da niemand. Eine Katze huscht von der einen Reihe geparkter Autos in die hinüber, in der ich stehe. Am Ende der Ashbury Street blinkt eine Verandabeleuchtung. In fast allen Häusern brennt Licht, flackern die Fernseher. Es gibt nichts, nichts, weswegen ich mißtrauisch sein müßte, nichts, worüber ich nachdenken müßte, nichts, was mich auch nur eine weitere Sekunde hier hält. Ich kurbele am Steuer, setze zurück, werfe einen kurzen Blick auf mein dunkles Fenster und fahre los.

- 6 -

Die tintenschwarze Küste hinauf, hinein in die totgeborene, ozeanschwere Nacht, die Wagenfenster weit geöffnet, um nicht einzuschlafen. Die Garden State, Red Bank, Matawan, Cheesequake, der steile Anstieg zur Brücke über den Raritan, und dahinter die fahlen Lichtraster von Woodbridge.
Natürlich herrscht jede Menge Verkehr. Ein bestimmter Typ Amerikaner macht sommerliche Spritztouren nur nach Einbruch der Dunkelheit, wenn »es nicht so auf den Motor geht«, »weniger Bullen unterwegs sind« und »die Tankstellen die Preise senken«. Am Dreieck an der Ausfahrt 11 wimmelt es vor roten Rücklichtern: Miettransporter, Wohnmobile, Vans und Kombis, alle wälzen sie sich hier durch, weil ihre Fahrer unbedingt an Orte wollen, die nicht bis zum nächsten Morgen warten können: ein neues Heim in Barrington, eine Ferienwohnung am Lake Memphrémagog, ein schwieriges Familientreffen im Chalet eines erfolgreicheren Bruders am Mount Whiteface. Alle mit quengelnden Kindern an Bord, Boxen auf dem Dachgepäckträger, Packtaschen am Kühlergrill, die ganze verdammte Familie so festgezurrt, daß keiner mehr normal atmen kann.
Außerdem ist es die Zeit des Monats, zu der Mietverträge ab- und Arbeitsverträge auslaufen und Zahlungen fällig werden. Die Wagenfenster in der Schlange vor der Gebührenstelle geben den Blick frei auf angespannte Gesichter hinter Steuerrädern, besorgt gerunzelte Stirnen darüber, ob ein bestimmter Scheck gedeckt ist oder ob jemand, der dageblieben ist, die Polizei anruft, um zu melden, daß Möbel weggetragen, Schlösser aufgebrochen, Garagen ohne Erlaubnis betreten wurden. Vielleicht hat jemand die Nummer aufgeschrieben, während das Auto sich durch eine ruhige Vorstadtstraße davonschlich. Feiertage sind nicht immer festlich.

Man braucht kaum zu sagen, daß die Polizei in voller Stärke im Einsatz ist. Vor mir auf der Autobahn blinken überall Blaulichter, als ich die Mautstelle hinter mir lasse und auf Carteret und die flammenden Raffineriefelder und die Kühltürme von Elizabeth zuhalte. Ich merke, daß ich ein Glas Round Hill zuviel getrunken habe und mit zusammengekniffenen Augen auf die gelben Blinklichter und die Pfeile starre, die mich dazu auffordern, auf die linke Spur zu wechseln, da die Straßenasphaltierer unter Reihen von Flutlichtern trotz der späten Stunde noch am Werk sind. Unsere Straßensteuern im Einsatz.
Natürlich wäre es klüger gewesen, Sally einfach einzupacken, das Haus abzuschließen, die Alarmanlage einzuschalten und eine neue Strategie zur Rettung einer gefährdeten Liebe einzuläuten, da ich mir in diesem Augenblick ganz sicher bin, daß die wie auch immer geartete Entscheidung, die vor einer Stunde in die Wege geleitet wurde, nie so umgesetzt werden wird. Jenseits eines unklaren, aber kritischen Punktes im Leben (ohne Frage ungefähr in meinem Alter) zerbröckeln die meisten Vorsätze, und man tut entweder, was eben am einfachsten ist oder was einem am meisten am Herzen liegt. (Übrigens können die beiden durcheinandergeraten und jede Menge Ärger verursachen.) Gleichzeitig wird es immer schwieriger zu glauben, daß man etwas durch Prinzip oder Disziplin kontrollieren kann, obwohl wir alle so tun, als könnten wir es, und uns alle Mühe geben. Als ich am Newark Airport vorbeifahre, bin ich mir sicher, daß Sally alles stehen- und liegengelassen hätte und mitgekommen wäre, wenn ich sie gefragt hätte. (Wie Ann das gefunden hätte, ist natürlich ein anderes Paar Schuhe.) Paul, da bin ich sicher, hätte es völlig in Ordnung gefunden. Er und Sally hätten sich heimlich gegen mich verbünden können, und wer weiß, was die Zukunft für uns drei bereitgehalten hätte. Zum einen würde ich jetzt nicht allein in diesem verkehrsverstopften metallurgischen Luftschacht feststecken, unterwegs zu einem einsamen Bett in weiß der Himmel was für einem Motel in weiß der Himmel welchem Staat.
Eine wichtige Wahrheit in bezug auf meine alltäglichen Angelegenheiten ist die, daß ich mir eine gewisse Flexibilität bewahre, so daß meine persönliche Zeit und meine Aufenthaltsorte oft nicht

weiter wichtig sind. Als die arme, süße Clair Devane in Pheasant Meadow ihrem Drei-Uhr-Schicksal begegnete und in einen Strudel unglückseliger Ereignisse hineingezogen wurde, löste das ein ganzes Netz von alarmierten Aufschreien und besorgten Nachfragen aus, die von Liebe und Verwandtschaft sprachen – von Norden nach Süden, von Küste zu Küste. Der *Moment* ihres Todes wurde sofort von allem, was sie je berührt hatte, seismisch registriert. Ich jedoch kann an jedem x-beliebigen Tag aufstehen und meinen normalen Pflichten auf ganz normale Weise nachgehen; oder ich könnte nach Trenton fahren, einen Supermarkt überfallen oder einen Auftragsmord begehen und anschließend nach Caribou, Alberta, fliegen und nackt in die Sümpfe wandern, und niemand würde etwas bemerken oder auch nur registrieren, daß ich nicht mehr da bin. Tage, vielleicht sogar Wochen könnten vergehen, bevor einer ernsthaft Staub aufwirbeln würde. (Das liegt nicht daran, daß ich nicht existiere, sondern daran, daß ich nicht *so sehr* existiere.) Wenn ich also morgen nicht erschiene, um meinen Sohn abzuholen, oder zusammen mit Sally als provokativer Neuverpflichtung in meinem Team auftauchte oder mit der Zwei-Zentner-Dame aus dem Zirkus oder mit einer Kiste voll spuckender Kobras, würden alle Betroffenen das ziemlich gelassen aufnehmen. Teils um sich selbst so viel persönliche Freiheit und Flexibilität wie möglich zu bewahren, teils weil ich *per se* sowieso nicht besonders auffalle. (Das spiegelt natürlich meine eigenen Wünsche wider – die von keiner Eile geprägte Natur meines Single-Daseins im Zeichen der Existenzperiode –, obwohl es auch implizieren könnte, daß Laisser-faire eben nicht dasselbe ist wie Unabhängigkeit.)

Was jedoch Sally angeht, so übernehme ich die Verantwortung dafür, wie die Dinge heute abend gelaufen sind, da ich ungeachtet anderer, erfolgreicher Anpassungen immer noch lernen muß, etwas richtig zu *wollen*. Wenn ich länger als einen Tag mit Sally zusammen bin – entweder wenn wir in den Green Mountains unterwegs sind oder es uns in der geräumigen Hochzeitssuite der Colonial Inn in Gettysburg gemütlich machen oder einfach auf der Veranda sitzen und die Lichter der Bohrinseln und Kutter beobachten, die über den Atlantik schimmern, so wie heute abend –, denke ich immer: Warum liebe ich dich nicht? Worauf ich sofort Mitleid mit ihr bekomme und dann mit mir selbst, was zu Bitterkeit und Sarkasmus führen kann oder aber zu Abenden wie dem heutigen, an denen gekränkte Gefühle unter den oberflächlichen Nettigkeiten lauern (aber immer noch deutlich über den *tiefen* Gefühlen).

Was mich an Sally stört – anders als an Ann, die immer noch alles um mich herum schon deshalb beherrscht, weil sie noch da ist und eine unentrinnbare Geschichte mit mir teilt –, ist die Tatsache, daß Sally nichts beherrscht, nichts voraussetzt und im wesentlichen verspricht, nichts auch nur annähernd Ähnliches zu tun (außer mich zu *mögen*, was sie, wie sie sagt, tut). Und während es in der Ehe die nagende, kalte, gleichzeitig aber auch tröstliche Angst gibt, daß nach einer Weile kein *Ich* mehr übrig sein könnte, sondern nur noch ein *chemisch mit einem anderen Wesen verschmolzenes Ich*, lautet der Grundsatz bei Sally, daß es *nur* das Ich gibt. Für immer. Ich allein bin für immer verantwortlich für alles, was mein *Ich* betrifft. Keine kissenweiche »Chemie« zwischen zwei Menschen, keine berauschende Gleichzeitigkeit, auf die man zurückgreifen könnte, bloß ich und meine Handlungen, sie und ihre, irgendwie zusammen – was natürlich sehr viel beängstigender ist.

Genau das ist der Grund für das Gefühl, das wir beide hatten, als wir auf der dunklen Veranda saßen: nämlich daß wir nicht darauf warten, daß etwas geschieht oder sich verändert. Was vielleicht aussah wie hohle, rituelle Akte oder rituelle Gefühle zwischen uns, war in Wirklichkeit weder hohl noch rituell. Es waren reale Akte und ehrliche Gefühle – keine Nichtigkeit. Ganz und gar nicht. So haben wir uns heute abend gefühlt, und zwar in dem Augenblick, in dem wir uns so gefühlt haben: einfach gegenwärtig, allein und zusammen. Eigentlich war nichts daran verkehrt. Wenn man wollte, könnte man unsere »Beziehung« vielleicht als geteilte Existenzperiode bezeichnen.

Was ich offensichtlich tun muß, ist diese Wand »durchbrechen«. Ich muß klar und verständlich machen, was mir an Sally gefällt (was verdammt viel ist). Ich muß den Dingen nachgeben, die es wert sind, gewollt zu werden, muß annehmen, was angeboten wird. Ich muß die belastende Frage: »Warum liebe ich dich nicht?« umformulieren in das bessere, leichter zu beantwortende: »Wie kann ich dich lieben?« Wenn mir das gelänge, würde es wahrscheinlich bedeuten, das Leben ungefähr an dem Punkt wieder aufzunehmen, an den eine gute Ehe mich gebracht hätte, wäre es mir möglich gewesen, sie lange genug aufrechtzuerhalten.

Hinter der Ausfahrt 16-West, gegenüber dem Giants Stadion auf der anderen Seite des Hackensack River, fahre ich auf die Vince-Lombardi-Raststätte, um zu tanken, zu pinkeln, einen Kaffee zu trinken, damit mein Kopf wieder klar wird, und um meine Anrufe abzufragen.
Das »Vince« ist ein kleiner Backsteinpavillon im Kolonialstil. Um diese mitternächtliche Stunde quillt sein Parkplatz über vor Autos, Reisebussen, Wohnmobilen und Transportern – all meine Widersacher von der Gebührenstelle. Ihre Insassen trotten unter ein paar dahingesprenkelten Möwen und unter verwaschenen, orangefarbenen Lampen benommen ins Innere, Windeltüten, Thermosflaschen und Automülleimer schleppend, in Gedanken schon bei Tüten mit Roy Rogers-Burgern, Giants-Souvenirs, Juxkondomen und einem schnellen Abschiedsblick auf die Vince-Gedenksammlung aus den glorreichen Tagen des großen Mannes. Erst als einer der berühmten fünf Stürmer, die auch als »Granitblöcke« bekannt waren, später dann als Kapitän der Green Bay Packers, für den das Motto »Sieg oder Tod« galt, und noch später als Berater der wiederauferstandenen Skins (als Stolz noch zählte). Vince wurde natürlich in Brooklyn geboren, begann seine Laufbahn aber am St. Cecilia im nahegelegenen Englewoods, was der Grund dafür ist, daß er seine eigene Raststätte bekam. (Wenn man Sportreporter gewesen ist, erinnert man sich an solche Dinge.)
Da es an den Zapfsäulen ruhig ist, tanke ich erst, parke dann in der hintersten Reihe zwischen den Fernlastern und den wartenden Bussen und trabe über den Parkplatz in die Halle, in der es so chaotisch zugeht wie in einem Kaufhaus kurz vor Weihnachten, wo seltsamerweise aber auch eine halb schläfrige Atmosphäre herrscht (wie in einem altmodischen Vegas-Casino um vier Uhr

morgens). In der dunklen Ecke mit den Videospielen scheppert und bimmelt es, im Roy's und im Nathan's Famous haben sich lange Schlangen gebildet, und Familien wandern essend und halb in Trance durch die Gegend oder sitzen an Plastiktischen, die mit Papierabfällen übersät sind, und streiten sich. Nichts läßt auf den Vierten Juli schließen.

Ich betrete die höhlenartige Männertoilette, in der die Pinkelbecken selbsttätig spülen, sobald man fertig ist, und in der anständigerweise keine Fotos von Vince an den Wänden hängen. Im Roy's begebe ich mich an den Schnellschalter nur für Kaffee und trage meinen Pappbecher zur Wand mit den Telefonen, die wie üblich von zwanzig Lastwagenfahrern mit karierten Hemden und am Gürtel angeketteten Brieftaschen belagert wird. Sie lehnen sich, einen Finger im Ohr, in die kleinen Nischen aus Metall hinein und schwadronieren mit irgendwelchen Leuten, die Zeitzonen entfernt sind.

Ich warte, bis einer von ihnen seine Jeans zurechtrückt und von dannen geht wie ein Mann, der gerade etwas Unanständiges getrieben hat, mache es mir bequem und frage meine Anrufe ab, die ich seit drei Uhr nicht mehr abgehört habe – seit fast neun Stunden! (Mein Hörer speichert die klebrige Wärme der Hand des Lastwagenfahrers wie auch den Limonenduft aus den Seifenspendern im Waschraum, ein Geruch, an den viele Frauen sich anscheinend gewöhnen können.)

Nachricht eins (von zehn!) ist von Karl Bemish: »Frank? Nur damit du Bescheid weißt. Die kleinen Frito-Banditen sind grade wieder durchgerauscht. CEY 146. Schreib dir die Nummer auf, falls sie mich umlegen. Dieses Mal sitzt noch 'n Mexikaner auf dem Rücksitz. Ich hab den Sheriff angerufen. Kein Grund zur Sorge.« Klick.

Nachricht zwei ist ein weiterer Anruf von Joe Markham: »Hören Sie, Bascombe, verdammt noch mal. 259-6834. Rufen Sie mich an. Vorwahl 609. Wir sind den ganzen Abend hier.« Klick.

Nachricht drei – aufgehängt. Garantiert Joe, der so aus dem Häuschen ist, daß es ihm die Sprache verschlagen hat.

Nachricht vier ist von Paul, der sich vor lauter Albernheit nicht mehr einkriegt. »He, Boss? Sie da, Boss?« Seine nicht ganz perfekte Rochester-Stimme. Im Hintergrund ist quieksendes Lachen zu hören. »Der Unterleib hat doch beizeiten entschieden seine guten Seiten.« Lautstarke Ausgelassenheit, möglicherweise Pauls Freundin, die beunruhigende Stephanie Deridder, vielleicht aber auch Clarissa Bascombe, seine Komplizin. »Okay, okay, warte.« Er fängt was Neues an. Das alles klingt gar nicht gut. »Du Insekt. Du Parasit. Du Wurm. Hier ist Dr. Rektion, Dr. E. Rektion mit Ihren Testergebnissen. Sieht nicht gut aus für Sie, Frank. Die Onkologie wiederholt die Ontogenese.« Er kann nicht wissen, was das bedeutet. »Kläff, kläff, kläff, kläff, kläff.« Das ist natürlich alles sehr, sehr schlecht, obwohl die beiden sich vor Lachen kugeln. Kleingeld klickt in den Schlitz eines Münztelefons. »Nächster Halt: Schwarzwald. Ich nehm die Torte. Kläff, kläff, kläff, kläff. In dubio pro libido.« Der Hörer wird fallengelassen, und die beiden gehen kichernd weg. Ich warte und warte und warte, daß sie zurückkommen (als wären sie wirklich da, als könne ich mit Paul sprechen, als wäre das Ganze nicht vor Stunden aufgezeichnet worden). Aber sie kommen nicht zurück, und das Band stoppt. Ein schlimmer Anruf – ich weiß wirklich nicht, was ich davon halten soll.

Nachricht fünf ist von Ann (angespannt, geschäftsmäßig, ihre Stimme für den Installateur, der die Rohre falsch verlegt hat). »Frank, ruf mich bitte an, ja? Unter meiner Privatnummer. 203 526-1689. Es ist wichtig. Danke.« Klick.

Nachricht sechs, noch mal Ann: »Frank? Rufst du bitte zurück? Jederzeit heute abend, egal wo du bist – 526-1689.« Klick.

Nachricht sieben – wieder aufgehängt.

Nachricht acht, Joe Markham: »Wir fahren nach Vermont. Du kannst mich also, du Arschloch. Du Wichser! Du willst...« Klick! Du mich auch.

Nachricht neun, noch mal Joe (was für eine Überraschung): »Wir fahren jetzt sofort nach Vermont. Also kannst du dir diese Nachricht sonstwohin stecken.« Klick.

Nachricht zehn, Sally: »Hi.« Eine lange Pause, in der sie ihre Gedanken ordnet, dann ein Seufzen. »Ich hätte heute abend netter sein sollen. Aber ich ... ich weiß nicht.« Pause. Seufzen. »Es – es tut mir leid. Ich wollte, du wärst noch hier, auch wenn es dir nicht

so geht. Wenn, wenn, wenn. Wollen wir nicht...hm...Ruf mich an, wenn du zurück bist. Vielleicht komm ich vorbei. Bye-bye.«
Klick.
Bis auf den letzten Anruf eine ungewöhnlich beunruhigende Sammlung für kurz vor Mitternacht.
Ich wähle Anns Nummer. Sie hebt sofort ab.
»Was ist passiert?« sage ich nervöser, als ich klingen will.
»Tut mir leid«, sagt sie mit einer Stimme, die überhaupt nicht bedauernd klingt. »Es war heute ein bißchen chaotisch hier. Paul ist ausgeflippt, und ich dachte, du könntest vielleicht früher kommen und ihn mitnehmen, aber jetzt ist es wieder okay. Wo bist du?«
»Im Vince Lombardi.«
»Im Vince was?«
»Es ist an der Autobahn.« Sie war schon mal hier. Vor Jahren natürlich. »Ich kann in zwei Stunden da sein«, sage ich. »Was ist passiert?«
»Ach, er und Charley haben sich im Bootshaus gestritten. Über die richtige oder die falsche Art, Charleys Dinghy zu lackieren. Er hat Charley mit einer Ruderdolle ins Gesicht geschlagen. Ich denke, es war vielleicht keine Absicht, aber es hat ihn trotzdem umgehauen. Um ein Haar wär er bewußtlos gewesen.«
»Wie geht's ihm?«
»Ganz gut. Wenigstens ist nichts gebrochen.«
»Ich meine, geht's *Paul* gut?«
Eine Pause, um sich umzustellen. »Ja«, sagt sie. »Er war 'ne Weile weg, kam aber gegen neun nach Haus – was ein Verstoß gegen seine gerichtlichen Auflagen ist. Hat er dich angerufen?«
»Er hat mir was auf Band gesprochen.« Kein Grund, Einzelheiten wie Kläffen und hysterisches Gelächter zu nennen. (Groß sein heißt, mißverstanden sein.)
»War er hysterisch?«
»Er klang nur aufgeregt. Ich hatte das Gefühl, daß er mit Stephanie zusammen war.« Ann und ich sind uns in bezug auf Stephanie einig, was heißt, daß wir denken, daß die Chemie zwischen den beiden ganz und gar nicht stimmt. Wenn Stephanies Eltern sie auf eine Militärschule für Mädchen schicken würden – am besten in Tennessee –, wäre das, wie wir finden, eine gute Sache.

»Er ist völlig durcheinander. Ich weiß wirklich nicht, warum.« Ann nimmt einen Schluck von etwas mit Eiswürfeln drin. Sie hat ihre Trinkgewohnheiten geändert, seit sie in Connecticut wohnt. Von Bourbon (als sie mit mir verheiratet war) zu Wodka-Gimlets, deren korrekte Zubereitung Charley O'Dell anscheinend meisterlich beherrscht. Ann ist in letzter Zeit für mich viel schwerer zu verstehen, was wahrscheinlich der springende Punkt von Scheidungen ist. Was jedoch in bezug auf Paul die Frage: *Warum gerade jetzt?* angeht, so lautet meine Überzeugung, daß es an jedem beliebigen Tag tonnenweise gute Gründe zum »Ausflippen« gibt. Insbesondere Paul könnte jede Menge finden. Es ist überraschend, daß wir alle es nicht öfter tun.

»Wie geht's Clary?«

»Gut. Sie schlafen jetzt beide in seinem Zimmer. Sie sagt, sie will auf ihn aufpassen.«

»Mädchen werden wahrscheinlich schneller erwachsen als Jungen. Und wie geht's Charley? Hat er sein Dinghy richtig gewachst bekommen?«

»Er hat eine große Beule. Ach, es tut mir leid. Es ist alles wieder in Ordnung. Wo willst du noch mal mit ihm hin?«

»Zur Hall of Fame des Basketball und des Baseball.« Plötzlich hört sich beides überwältigend idiotisch an. »Soll ich ihn anrufen?« Mein Sohn hat ein eigenes Telefon, ein richtiger Connecticut-Teenager.

»Hol ihn einfach wie geplant ab.« Sie fühlt sich jetzt unwohl und würde am liebsten aufhängen.

»Und wie geht's dir?« Mir fällt ein, daß ich sie seit Wochen nicht gesehen habe. Nicht so lang, aber lang. Aus irgendeinem Grund ärgert es mich.

»Okay. Gut«, sagt sie müde.

»Verbringst du genug Zeit in Jollen? Kommst du dazu, dir den Morgennebel anzusehen?«

»Was willst du mit dem Ton andeuten?«

»Ich weiß es nicht. Ich weiß es wirklich nicht. Es geht mir dabei einfach besser.«

Telefonstille senkt sich herab. Die Geräusche aus der Video-Arkade und aus dem Roy Rogers werden lauter und hüllen mich ein. Ein weiterer Lastwagenfahrer mit kariertem Hemd, Jeans, welligen Haaren und dicker Brieftasche steht wartend mitten in der Halle, befingert einen Stapel geschäftlich aussehender Papiere und durchbohrt mich mit Blicken, als hätte ich seine Privatleitung mit Beschlag belegt.

»Sag mir irgendwas, was die Wahrheit ist«, sage ich zu Ann. Ich habe keine Ahnung wieso, aber meine Stimme klingt in meinen eigenen Ohren warm und vertrauensvoll und fordert dasselbe von ihr.

Aber ich weiß, was für ein Gesicht Ann jetzt macht. Sie hat die Augen geschlossen und wieder geöffnet, um in eine völlig andere Richtung zu blicken. Sie hat das Kinn hochgereckt, um an die lackierte Decke des exquisiten, architektonisch einzigartigen Zimmers zu starren, in dem sie sich gerade befindet. Ihre Lippen sind zu einer unnachgiebigen Linie zusammengepreßt. Ich bin froh, diesen Ausdruck nicht sehen zu müssen, da er mich völlig zum Schweigen bringen würde. »Mir ist wirklich ganz egal, was du damit meinst«, sagt sie mit eisiger Stimme. »Das hier ist keine freundschaftliche Unterhaltung. Sie ist einfach nur notwendig.«

»Ich wär einfach nur froh, von dir was Wichtiges zu hören, oder was Interessantes oder etwas, was von Herzen kommt. Das ist alles. Nichts Persönliches.« Ich stochere nach Anzeichen für den Streit mit Charley, von dem Paul erzählt hat. Das ist schließlich nichts Schlimmes.

Ann sagt nichts. Also sage ich lahm: »Dann sag ich *dir* was Interessantes.«

»Nichts, was von Herzen kommt?« sagt sie übellaunig.

»Also...« Natürlich habe ich den Mund aufgemacht, ohne zu wissen, was ich sagen, welche Überzeugungen ich verkünden oder bestätigen, welche menschlichen Befindlichkeiten ich unter mein winziges Mikroskop legen soll. Es ist beängstigend. Und doch ist es das, was alle tun – herausfinden, wo man steht, indem man sich selbst beim Reden zuhört. (Erstens Lüge, zweitens Lüge und drittens Lüge.)

Fast sage ich: »Ich werde wieder heiraten.« Aber irgendwie stoppe

ich mich nach dem »Ich«, was annähernd genug wie »Ach« klingt. Aber genau das möchte ich sagen, da es anzeigen würde, daß ich etwas Wichtiges zu *tun* habe. Der einzige Grund, weshalb ich es nicht sage (abgesehen davon, daß es nicht stimmt), ist der, daß ich hinterher für die Geschichte verantwortlich wäre und später eine ganze Serie fiktiver »Folgeereignisse« und schockierender Schicksalswendungen erfinden müßte, um mich wieder herauszuwinden. Dazu kommt, daß mein Schwindel vielleicht auffliegen und ich mich vor meinen Kindern lächerlich machen würde, die auch so schon ihre Vorbehalte haben.
Der Hillbilly von Lastwagenfahrer starrt mich immer noch an. Er ist ein großer, in den Hüften lockerer Bursche mit eingesunkenen Wangenknochen und tiefliegenden Knopfaugen. Wahrscheinlich mag auch er Limonenduft. Das Band seiner Armbanduhr besteht, wie ich jetzt sehe, aus ineinander verschlungenen vergoldeten Aufreißlaschen von Bierdosen. Und jetzt deutet der Mensch doch tatsächlich auf das Zifferblatt und formt lautlos die Worte: »Ich bin spät dran.« Ich forme irgendwelchen Humbug zurück und drehe mich tiefer in das kleine Halbkabuff hinein, das mich vom Rest der Menschheit trennt.
»Bist du noch da?« sagt Ann gereizt.
»Ja, sicher.« Mein Herz macht einen unerwarteten Sprung. Ich starre in meinen ungetrunkenen Kaffee. »Ich hab grade gedacht«, sage ich, immer noch durcheinander (vielleicht bin ich noch betrunken), »daß man nach einer Scheidung denkt, daß alles sich verändert und man eine Menge Zeug abwirft. Aber ich glaub, man wirft gar nichts ab. Man nimmt bloß noch mehr auf, wie ein Frachter. Auf die Weise erkennt man die Grenzen des eigenen Charakters und den Unterschied zwischen *kann nicht* und *will nicht*. Vielleicht erkennt man auch, daß man ein bißchen zynisch ist.«
»Ich muß dir sagen, daß ich keine Ahnung habe, wovon du redest. Bist du betrunken?«
»Vielleicht. Aber was ich gesagt hab, ist trotzdem wahr.« Mein rechtes Auge zuckt, während mein Herz bim-bam macht. Ich habe mir selbst Angst eingejagt.
»Wer weiß«, sagt sie.

»Fühlst du dich wie jemand, der schon mal verheiratet war?« Ich zwänge meine Schulter tiefer in meinen kleinen metallischen Telefonsarg, um an Stille zu finden, was da ist.
»Ich *fühl* mich nicht so, als wär ich schon mal verheiratet gewesen«, sagt Ann noch gereizter. »Ich *war* es. Vor langer Zeit. Mit dir.«
»Am achtzehnten sind es sieben Jahre«, sage ich. Und ganz plötzlich überfällt mich, wie Eiswasser über den Rücken, die Erkenntnis, daß ich tatsächlich mit Ann *spreche*. Genau jetzt. Statt zu tun, was ich die meiste Zeit tue – nämlich *nicht* mit ihr sprechen oder ihre Stimme auf Band hören, aber immer an sie denken. Ich bin versucht, ihr zu erzählen, wie eigenartig das ist. Es wäre ein Versuch, sie zu mir zurückzulocken. Aber was wäre dann? Und dann, so laut, daß es mir fast die Schuhe auszieht: *Klirr-klirr-klirr-ding-ding-ding! Schepper-schepper-schepper!* In der teuflischen Video-Arkade auf der anderen Seite der Halle hat jemand irgendeinen schrecklichen Jackpot gewonnen. Andere Spieler – gespenstische, völlig zugedröhnt aussehende Teenager – kommen näher, um zu glotzen. »Ich fühle mich nicht mehr so wie früher«, sage ich durch den Krach hindurch.
»Und was heißt das?« sagt Ann. »Meinst du, daß du nicht mehr weißt, wie es ist, sich verheiratet zu fühlen?«
»So was in der Art.«
»Das liegt daran, daß du *nicht* verheiratet bist. Du solltest aber heiraten. Wär besser für uns alle.«
»Es ist ganz nett, mit dem alten Charley verheiratet zu sein, was?« Ich bin froh, daß ich *nicht* gesagt habe, daß ich heiraten will. Dann wäre mir das hier entgangen.
»Ja. Und er ist nicht alt. Und überhaupt geht dich das gar nichts an. Also frag mich bitte nicht und denk bitte nicht, daß die Tatsache, daß ich dir nicht antworten will, was zu bedeuten hat.« Wieder Schweigen. Ich höre das Eis in ihrem Glas klingen. Dann wird es entschlossen auf eine feste Unterlage abgestellt. »Mein Leben ist meine Privatsache«, sagt sie, nachdem sie geschluckt hat. »Und das Ganze hat nichts damit zu tun, daß ich nicht darüber sprechen kann. Ich *will* es nicht. Es gibt nichts zu besprechen. Alles nur Worte. Und du bist vielleicht der zynischste Mann der Welt.«

»Das hoffe ich nicht«, sage ich, während etwas, was sich wie ein idiotisches Lächeln anfühlt, unaufgefordert auf meinem Gesicht erscheint.
»Du solltest wieder schreiben, Frank. Du hast zu früh aufgehört.« Ich höre, wie bei ihr eine Schublade geöffnet und wieder geschlossen wird, und in meinem Kopf überschlagen sich die Möglichkeiten. »Du könntest alle sagen lassen, was du sie sagen lassen wolltest, und alles würde bestens funktionieren – wenigstens für dich. Außer daß nichts davon wirklich passiert, was dir aber auch recht wäre.«
»Glaubst du, daß ich das wirklich will?« Was sie da sagte, war natürlich meinem Gedanken kurz vor dem Einschlafen in Sallys Haus sehr ähnlich.
»Du willst, daß alles schön aussieht und daß alle vergnügt scheinen. Und du bist bereit, den Schein an die Stelle des Seins zu setzen. Das ist alles Feigheit, du willst niemandem wehtun. Aber das ist ja nichts Neues. Ich weiß wirklich nicht, warum ich mir die Mühe mache.«
»Weil ich dich gefragt habe.« Dies ist ein Frontalangriff auf die Existenzperiode.
»Du hast gesagt, ich soll dir was sagen, was wahr ist. Das hier ist einfach nur offensichtlich.«
»Oder was Verläßliches. Damit wär ich auch zufrieden.«
»Ich will jetzt schlafen. Bitte! Okay? Ich hab einen anstrengenden Tag hinter mir. Ich will mich nicht mit dir streiten.«
»Wir streiten uns nicht.« Ich höre wieder, wie die Schublade geöffnet und geschlossen wird. Drüben bei den Souvenirläden ruft ein Mann: »Ich bremse für Biere«, und lacht sich fast kaputt.
»Bei dir steht immer alles in Anführungsstrichen, Frank. Nichts ist richtig handfest. Jedesmal, wenn ich mit dir rede, hab ich das Gefühl, alles sei von dir geschrieben. Sogar mein Text. Schrecklich, nicht wahr? Oder traurig?«
»Nicht, wenn er dir gefällt.«
»Mann...«, sagt Ann, als wäre irgendwo draußen vor dem Fenster in einer ansonsten grenzenlosen Dunkelheit ein Licht aufgeflammt und als wäre sie von seinem ungewöhnlichen Glanz bewegt und für einen Augenblick über sich selbst hinausgehoben.

»Vielleicht«, sagt sie, anscheinend verblüfft. »Ich bin einfach nur sehr müde. Ich muß jetzt Schluß machen. Du hast mich völlig erschöpft.« Das sind die persönlichsten Worte, die sie seit Jahren an mich gerichtet hat! (Ich habe keine Ahnung, was sie bewirkt haben könnte.) Aber trauriger als das, was sie für traurig hält, ist die Tatsache, daß mir, als ich diese Worte höre, nichts zu sagen bleibt. Ich habe nicht einmal mehr ein paar Zeilen Text, die ich für sie schreiben könnte. Sich näherkommen, und sei es nur ganz wenig, und sei es nur für die Dauer eines Herzschlags, ist eine andere Form des Geschichtenerzählens.
»Morgen früh bin ich da«, sage ich munter.
»Gut«, sagt Ann. »Gut, Liebling.« (Ein Versprecher.) »Paul wird sich freuen, dich zu sehen.« Sie hängt ein, bevor ich auch nur auf Wiedersehen sagen kann.

Diverse Reisende sind inzwischen aus dem Vince verschwunden, zurück in die Nacht, wach genug für eine weitere Stunde Fahrt, bevor der Schlaf oder die Polizei sie einholt. Der Lastwagenfahrer, der mich vorhin angestarrt hat, redet jetzt mit einem anderen Mitglied seiner Zunft, das ebenfalls ein kariertes Hemd trägt (in grün; exklusiv in Truckershops erhältlich). Der zweite Typ ist gigantisch. Er hat einen gewaltigen Bierbauch, rote Hosenträger, einen Schweineborstenhaarschnitt und eine überdimensionale, silbern-goldene Rodeoreiter-Gürtelschnalle, die seine Jeans über seinen garantiert winzigen Genitalien festzurrt. Die beiden schütteln angewidert den Kopf über mich. Ihre Geschäfte sind sichtlich wichtiger als meine – sie müssen eine 900er Nummer anrufen, um herauszufinden, welche ihrer Lieblingsnutten auf dem BP-Parkplatz an der Route 17 nördlich von Suffern arbeitet. Garantiert sind sie Republikaner. Wahrscheinlich sehe ich aus wie der Anrufer, der am leichtesten einzuschüchtern ist.
Ich jedoch beschließe, in diesem Augenblick der Verwirrung wegen Ann die Markhams anzurufen, da ich wette, daß Joes Gerede über ihre Abreise nur Gerede ist und er und Phyllis in genau diesem Augenblick stumpf-phlegmatisch vor dem Fernseher hocken und sich einen Kabelsender ansehen. Genau das, was ihnen in Island Pond gefehlt hat.

In der Zentrale klingelt es lange, bevor sich eine Frau meldet, die einen Moment vorher noch schlief und *Sleepy Hollow* so nuschelt, daß man es kaum verstehen kann.
»Die sind, glaub ich, weg«, sagt sie mit gepreßter Stimme, so als tue das Licht ihren Augen weh. »Ich glaub, ich hab so gegen neun gesehen, wie sie gepackt haben. Aber ich klingel mal durch.«
Und einen Augenblick später ist Joe in der Leitung.
»Hi, Joe, Frank Bascombe«, sage ich extrem fröhlich. »Tut mir leid, daß ich mich so lange nicht gemeldet habe, aber ich hatte da ein paar familiäre Probleme, die mich nicht losgelassen haben.« (Mein Sohn hat den Mann seiner Mutter mit einer Ruderdolle erschlagen und dann angefangen, wie ein Schäferhund zu kläffen, worauf wir alle mehrere Felder zurückgehen mußten.)
»Rat mal, wer *das* ist?« sagt Joe unverhohlen hämisch zu Phyllis, die zweifellos neben ihm im morastigen TV-Licht sitzt und Kartoffelchips mampft. An Joes Ende der Leitung bimmelt eine Glocke, und irgend jemand sagt was in schnellem Spanisch. Sie scheinen sich einen Boxkampf aus Mexiko anzusehen, was Joe wahrscheinlich in Kampfstimmung versetzt hat. »Ich hab gedacht, ich hätt Ihnen gesagt, daß wir hier abhauen.«
»Ich hab gehofft, Sie noch zu erwischen, nur um zu sehen, ob Sie noch irgendwelche Fragen haben. Könnte ja sein, daß Sie eine Entscheidung getroffen haben. Aber ich kann auch morgen noch mal anrufen, falls das besser paßt.« Ich ignoriere die Tatsache, daß Joe mich auf meinem Gerät Arschloch und Wichser genannt hat.
»Wir haben schon 'nen anderen Makler«, sagt Joe verächtlich.
»Nun, ich hab Ihnen alles gezeigt, was meines Wissens auf dem Markt ist. Und das Houlihan-Haus ist wirklich eine ernsthafte Überlegung wert. Da wird sich ziemlich schnell was tun, wenn die anderen Agenturen am Ball sind. Jetzt wär ein guter Zeitpunkt, ein Angebot abzugeben, falls Sie das wollen.«
»Sie führen Selbstgespräche«, höhnt Joe. Ich höre eine Flasche gegen den Rand erst eines und dann noch eines Glases klirren.
»Los, los, los«, höre ich ihn draufgängerisch sagen – offensichtlich zu Phyllis.
»Laß mich mit ihm reden«, sagt sie.

»Du redest *nicht* mit ihm. Was haben Sie mir sonst noch zu sagen?« sagt Joe. Der Hörer schabt über seinen idiotischen Ziegenbart. »Wir sehen uns die Boxkämpfe an. Letzte Runde. Dann fahren wir.« Joe hat den angeblichen anderen Makler schon wieder vergessen.
»Ich wollte mich nur melden. Ihre Nachricht klang ein bißchen aufgeregt.«
»Das war vor dreihundertfünfzig Jahren. Wir treffen uns morgen mit jemand anderem. Vor sechs Stunden hätten wir ein Angebot abgegeben. Jetzt nicht mehr.«
»Vielleicht ist es zu diesem Zeitpunkt gar keine schlechte Strategie, jemand anderen auszuprobieren«, sage ich mit – wie ich hoffe – aufreizender Gelassenheit.
»Gut. Freut mich, daß es Sie freut.«
»Falls es noch was gibt, was ich für Sie und Phyllis tun kann, haben Sie ja meine Nummer.«
»Ja, hab ich. Null. Null, null, null, null, null, null.«
»Vorwahl 609. Grüßen Sie Phyllis.«
»Bascombe läßt dich herzlich grüßen, Liebling«, sagt Joe mit höhnischer Stimme.
»Gib ihn mir«, höre ich sie sagen.
»Ein Wort mit vier Buchstaben, das mit ›n‹ anfängt und mit ›ein‹ aufhört.«
»Du brauchst dich nicht zu benehmen wie der letzte Hinterwäldler«, sagt sie. »Er tut, was er kann.«
»Damit willst du sagen, daß er 'n Arschloch ist, nicht?« sagt Joe, die Hand halb über der Muschel, so daß ich es hören, aber so tun kann, als hätte ich es nicht gehört. Und er kann sagen, was er will, aber so tun, als hätte er es nicht gesagt. Ab einem gewissen Punkt, den ich schon hinter mir haben könnte, läßt mich das aber völlig kalt.
Die Situation der Markhams sieht jedoch ziemlich genau so aus, wie ich sie mir heute morgen vorgestellt habe: nämlich daß sie in eine schreckliche Phase kommen würden, eine Art Feuerprobe, die etwas mit ihrem eigenen Selbstverständnis zu tun hat. Eine Phase, aus der sie völlig orientierungslos hervorgehen würden. Anschließend würden sie wie in einem Nebel herumwandern,

bis sie den Punkt erreicht hätten, an dem sie eine Entscheidung treffen müßten. An genau diesem Punkt wollte ich mit ihnen sprechen. Aber anscheinend habe ich angerufen, während sie noch orientierungslos sind und nur entschieden *wirken*. Wenn ich bis morgen gewartet hätte, wären sie wahrscheinlich soweit gewesen, zu allem ja und amen zu sagen. Denn für sie gilt, was für uns alle gilt (und ein Zeichen der reiferen Jahre ist): Man kann toben, Möbel zerschlagen, sich sinnlos betrinken, seinen Nova zu Schrott fahren und sich die Knöchel an den Backsteinen des beschissenen Zimmers, in dem man sich vorübergehend aufhält, blutig schlagen. Aber nichts davon ändert die grundlegende Situation, und man muß immer noch die Entscheidung treffen, die man nicht treffen wollte. Und wahrscheinlich trifft man sie genau so, wie man sie nicht treffen wollte, was der Auslöser für die ganze Toberei und das Feuerwerk der Psyche war.

Anders ausgedrückt, es gibt nicht viele Optionen. Und die Markhams haben zuviel Zeit in ihrem hohlköpfigen Vermont verbracht – und Beeren gepflückt, Rehe beobachtet und ihre Kleider nach althergebrachten Methoden selbst hergestellt –, um das zu wissen. In gewisser Weise biete ich ihnen einen Service, der ein weit größeres Spektrum hat, als man auf den ersten Blick vielleicht meint – eine kostenlose Einführung in die Realität.

»Frank?« Jetzt ist Phyllis in der Leitung. Im Hintergrund ist das Poltern und Scharren von Hotelmöbeln zu hören, als sei Joe dabei, alles ins Auto zu laden.

»Ich bin noch dran«, sage ich, denke aber, daß ich Sally anrufen werde. Vielleicht kann sie morgen früh nach Bradley fliegen, wo Paul und ich sie auf dem Weg zur Ruhmeshalle des Basketball abholen könnten. Anschließend könnten wir dann in einer neudimensionierten Familienkonstellation weiter nach Cooperstown fahren: geschiedener Vater plus Sohn, der in einem anderen Staat lebt und gerade seinen mentalen Sturm und Drang durchmacht, plus Vaters verwitwete Freundin, für die er beträchtliche Zuneigung und Zwiespältigkeit empfindet und die er vielleicht heiraten oder aber nie wiedersehen wird. Paul würde das als unseren modernen Zeiten angemessen empfinden.

»Ich glaub, Joe und ich ziehen inzwischen in dieser ganzen Sache am selben Strang.« Phyllis klingt, als müsse sie körperliche Gewalt anwenden, um reden zu können. Als würde sie in einen Schrank gestopft, oder als müsse sie sich zwischen Felsen durchquetschen. Ich stelle sie mir in einem rosafarbenen Oma-Morgenmantel vor. Ihre Arme sind über den Ellbogen mollig, und wahrscheinlich hat sie, wegen der ungewohnten Klimaanlage, Socken an.

»Das ist gut.« *Bing, bing, bingibing.* Die Jungs am Samurai-Showdown in der Video-Arkade sammeln Punkte. Das Vince ähnelt eher einem kleinstädtischen Einkaufszentrum als einer Teilzeit-Gedenkstätte des Sports.

»Tut mir leid, daß es so gekommen ist, nach all der Arbeit, die Sie investiert haben«, sagt sie, nachdem sie sich mit einiger Mühe von dem befreit hat, was sie zurückhielt. Wahrscheinlich liefern sie und Joe sich eine Art Armdrücken.

»Wir streiten uns ein andermal weiter«, sage ich munter. Ich bin sicher, daß sie die Absicht hat, mir zu erzählen, welche komplexen Gründe sie und Joe dafür hatten, mitten im Fluß die Pferde zu wechseln. Aber ich bin nur bereit, mir ihre Geschichte anzuhören, weil sie, sobald sie damit fertig ist, absolut verzweifelt sein wird. Für Esel von Klienten, wie die Markhams es sind, ist die schlimmste Alternative die, sich an die eigenen Entscheidungen halten zu müssen. Es ist viel einfacher, sicherer und tröstlicher, sich von einem bezahlten Profi wie mir erzählen zu lassen, was sie tun sollen, da dieser Ratschlag immer lauten wird, sich an die Konventionen zu halten. »Hauptsache, Sie haben das Gefühl, die richtige Entscheidung getroffen zu haben«, sage ich. Ich denke immer noch daran, daß Sally raufgeflogen kommen könnte, um mich zu treffen. Ich habe ein deutliches Bild vor Augen, wie sie in bester Stimmung in ein kleines Flugzeug steigt, eine Reisetasche in der Hand.

»Frank, Joe sagt, er sieht sich schon, wie er in der Auffahrt steht und von einem Reporter eines lokalen Fernsehsenders interviewt wird«, sagt Phyllis verlegen. »Und daß er so jemand nicht sein will, deshalb will er das Haus nicht.« Wie es aussieht, muß ich mit Joe über meine Theorie gesprochen haben, sich selbst zu erkennen und zu akzeptieren, da er sie jetzt als seine eigene patentierte Weisheit ausgibt. Anscheinend hat Joe das Zimmer verlassen.

»Aber warum sollten sie ihn denn interviewen?« sage ich.

»Das spielt keine Rolle, Frank. Es ist die ganze Situation.«

Auf dem orange-beleuchteten Parkplatz vor den Glastüren fährt ein großer, gold-grüner Reisebus vorbei. *Eureka* steht in üppiger, geschwungener Schreibschrift auf seiner Seite. Ich kenne diese Busse von meinen Fahrten über den Garden State-Highway zu Sally. Sie sind normalerweise vollgestopft mit angesäuselten Kanadiern auf dem Weg nach Atlantic City, wo sie im Trump Castle spielen wollen. Sie fahren die ganze Strecke in einem Rutsch durch, kommen um ein Uhr mittags an, spielen achtundvierzig Stunden ohne Pause (Essen und Trinken aus der Hand), kriechen dann wieder an Bord und schlafen den ganzen Weg bis nach Trois-Rivières, wo sie rechtzeitig genug ankommen, um am Montag noch den halben Tag zu arbeiten. Schöne Vorstellung von Vergnügen. Ich wär gerne weg, bevor ein ganzer Haufen von ihnen reingestürmt kommt.

Phyllis jedoch hat eine Runde gewonnen, indem sie es irgendwie geschafft hat, Joe dazu zu bringen, sich selbst davon zu überzeugen, daß er es ist – der schwierige, knüppelharte, kompromißlose Joe –, der Houlihans Haus ein für allemal vom Tisch gewischt hat. »Wir haben auch das Gefühl, Frank«, dröhnt Phyllis weiter, »und ich empfinde das genauso stark wie Joe, daß wir nicht zum falschen Zeitpunkt einsteigen sollten.«

»Und was für 'n Zeitpunkt wär das?«

»Ich mein die augenblickliche Marktlage. Wenn wir jetzt nicht einsteigen, haben wir später vielleicht bessere Chancen.«

»Na ja, das ist wahr. Man steigt nie zweimal in denselben Fluß«, sage ich gleichgültig. »Trotzdem würd mich interessieren, ob Sie schon wissen, wo Sie wohnen wollen, wenn die Schule anfängt.«

»Ja«, sagt Phyllis mit kompetenter Stimme. »Wenn es wirklich zum Schlimmsten kommen sollte, wird Joe sich eine Junggesellenwohnung in der Nähe seiner Arbeit suchen, und ich bleibe fürs erste in Island Pond, und Sonja kann weiter mit ihren Freunden in die Schule gehen. Wir haben vor, mit dem anderen Makler darüber zu reden.«

»Hört sich ganz vernünftig an«, sage ich.
»Finden Sie wirklich?« sagt Phyllis, und plötzlich schwingt unverhohlene Angst in ihrer Stimme mit. »Joe sagt, er hatte nicht das Gefühl, daß in den Häusern, die Sie uns gezeigt haben, je was Bedeutendes passiert ist. Ich selbst war mir da nicht so sicher.«
»Ich wüßte gerne, was er damit meint«, sage ich. Die Ermordung einer Berühmtheit? Oder die Entdeckung eines neuen Sonnensystems durch ein Teleskop im Dachfenster?
»Na ja, er meint, wenn wir aus Vermont weggehen, sollten wir uns in eine Sphäre wichtigerer Ereignisse hineinbegeben, die uns beide irgendwie weiterbringt. Bei den Häusern, die Sie uns gezeigt haben, hatte er dieses Gefühl nicht. Vielleicht sind Ihre Häuser besser für andere Leute geeignet.«
»Es sind nicht meine Häuser, Phyllis. Sie gehören anderen Leuten. Ich verkauf sie nur. Und eine Menge Leute kommen in ihnen gut zurecht.«
»Sicher«, sagt Phyllis düster. »Aber Sie wissen, was ich meine.«
»Nicht so ganz«, sage ich. Joes Theorie der bedeutenden Ereignisse heißt für mich, daß er sein neugefundenes Selbstvertrauen schon wieder verloren hat. Aber das interessiert mich nicht mehr. Wenn Joe sich eine kleine Dependance in Manalapan mietet und Phyllis eine »sinnvolle« Arbeit als Vertretung in der alternativen Kunsthandwerksschule von Island Pond findet und mit einem ganzen Kader spitzzüngiger, aber seelisch hilfreicher Freundinnen eine neue »Papiergruppe« aufmacht, während Sonja es schafft, an der Lyndon Academy in die Cheerleadertruppe aufgenommen zu werden, kann man die Ehe à la Markham bis spätestens Erntedankfest endgültig vergessen. Was natürlich das eigentliche Thema ist, um das es hier geht (Immobilienentscheidungen haben immer einen bedeutsameren Subtext): Lohnt das Zusammensein wirklich den unglaublichen Aufwand, den man auf sich nehmen muß, um die Bedürfnisse des anderen zu befriedigen? Oder würde es mehr Spaß machen, die Sache allein durchzuziehen? »Häuser besichtigen ist ein ziemlich guter Test für das, was man wirklich will, Phyllis«, sage ich (das allerletzte, was sie hören möchte).
»Ich hätte mir gern Ihr farbiges Haus angesehen, Frank – ich

meine das, was zu vermieten ist. Aber Joe hat einfach kein gutes Gefühl dabei.«

»Phyllis, ich bin in einer Telefonzelle an der Autobahn und mach besser, daß ich wegkomm, bevor ich von einem Laster überfahren werde. Aber Sie werden feststellen, daß der Markt für Mietwohnungen ziemlich eng ist.« Ich entdecke eine Phalanx glucksender Kanadier, die meisten von ihnen in Bermudashorts, die über den Parkplatz getrabt kommt. Alle haben sie das Ziel, aufs Klo zu gehen, sich den Bauch vollzuschlagen, die Vitrine mit den Vince-Trophäen zu beschnüffeln und dann ein letztes Nickerchen unterwegs einzuschieben, bevor es nonstop an die Spielautomaten geht.

»Frank, ich weiß nicht, was ich sagen soll.« Ich höre, wie etwas Gläsernes umgeworfen wird und in eine Menge Scherben zerspringt. »Scheiße«, sagt Phyllis. »Übrigens ist es kein Makler aus Haddam. Das heißt, es ist eine Maklerin, und sie bearbeitet eher die Gegend von East Brunswick.« Ein Teil des mittleren New Jersey, der der ausgedörrten Vorstadtwüste von Youngstown ähnelt. Wo Skip McPherson vor Tagesanbruch Zeit auf dem Eis mietet.

»Na, das wird Ihnen ein ganz neues Gefühl vermitteln.« (Das Youngstown-Gefühl.)

»Es ist wie eine Art Neuanfang, nicht wahr?« sagt Phyllis verwirrt.

»Vielleicht sieht Joe sich ja eher da oben. Aber das Ganze hat nichts mit einem Neuanfang zu tun, Phyllis. Es ist alles Teil Ihrer fortgesetzten Suche.«

»Was glauben Sie, was aus uns wird, Frank?«

Die Kanadier drängeln sich jetzt in die Halle, schubsen sich gegenseitig aus dem Weg und albern herum wie Eishockeyfans – Männer und Frauen. Alle sind große, gesunde, glückliche, angepaßte Weiße, die niemals eine Mahlzeit versäumen würden. Sie teilen sich in Zweier- und Dreiergrüppchen auf, Jungs und Mädchen getrennt, und verschwinden jodelnd durch die metallenen Doppeltüren in die Waschräume. (Meiner Meinung nach sind Kanadier die rundum besten Amerikaner. Überhaupt sollte ich mir überlegen, nach Kanada zu ziehen, da es alle guten Qualitäten der Staaten hat und fast keine der schlechten. Dazu kommt eine Gesundheitsversorgung von der Wiege bis zur Bahre und nur ein Bruchteil der Morde, die wir produzieren. Ein attraktiver Altersruhesitz wartet jenseits des neunundvierzigsten Breitengrads.)

»Haben Sie mich gehört, Frank?«

»Ich hör Sie, Phyllis. Laut und deutlich.« Die letzten der lachenden kanadischen Frauen verschwinden mit ihren Handtaschen in der Damentoilette, wo sie sofort anfangen werden, über die Männer zu tratschen und darüber zu reden, was für ein »Glück« sie haben, an eine Bande Hohlköpfe wie diese Typen geraten zu sein. »Sie und Joe machen sich einfach zu viele Gedanken über das Glück, Phyllis. Sie sollten Ihrer neuen Maklerin einfach das erstbeste Haus abkaufen, das Ihnen halbwegs gefällt, und anfangen, sich gegenseitig glücklich zu machen. Es ist gar nicht so kompliziert.«

»Wahrscheinlich bin ich einfach nur wegen meiner Operation in einer so düsteren Stimmung«, sagt Phyllis. »Ich weiß, daß es uns noch ziemlich gut geht. Manche jungen Leute können sich heutzutage nicht mal ein Haus leisten.«

»Manche älteren auch nicht.« Ich frage mich, ob Phyllis sich selbst und Joe zu den jungen Leuten des Landes zählt. »Ich muß jetzt wirklich los«, sage ich.

»Wie geht es Ihrem Sohn? Haben Sie nicht gesagt, er hätte die Hodgkinsche Krankheit oder einen Hirnschaden oder so was?«

»Er berappelt sich, Phyllis.« Bis zu diesem Nachmittag. »Er ist ein guter Junge. Danke der Nachfrage.«

»Joe braucht im Augenblick auch viel Pflege«, sagt Phyllis, um mich am Telefon festzuhalten. (Eine der Frauen im Waschraum stößt ein Indianergeheul aus, worauf die anderen loskreischen. Ich höre eine Kabinentür zuschlagen. »Mensch, Leute...«, sagt einer der Männer von nebenan.) »Wir haben einige Veränderungen in unserer Beziehung erlebt, Frank. Es ist nicht leicht, jemanden an sich ranzulassen, wenn es für beide die zweite Ehe ist.«

»Es ist auch nicht leicht, wenn's die erste ist«, sage ich ungeduldig. Phyllis scheint auf irgend etwas hinauszuwollen. Aber auf was? Einmal hatte ich eine Klientin – die Frau eines Professors für Kirchengeschichte und Mutter dreier Kinder, von denen eins autistisch war und in eine Halterung geschnallt im Auto sitzenbleiben mußte –, die mich fragte, ob ich daran interessiert sei, mich mit ihr nackt auf dem polierten Boden eines Ranchhauses in Belle Mead herumzuwälzen. Ein Haus, das ihrem Mann gefiel, das sie selbst sich aber noch einmal ansehen wollte, weil sie das Gefühl hatte, der Grundriß hätte nicht genug »Fluß«. Ein schöner Fall von Übertragung. Aber in der Immobilienbranche gibt es niemanden, der sich der sexuellen Dimension nicht bewußt wäre: Stunden, die allein auf engstem Raum verbracht werden (Vordersitze von Autos, provozierend leere Häuser); die nicht ganz falsche Aura von Verletzlichkeit und Ausgeliefertsein; die Möglichkeit einer Zukunft am selben Ort, einschließlich unerwarteter, prickelnder Begegnungen in der Gemüseabteilung des Supermarkts oder aufregender, fast verpaßter Augenkontakte quer über einen sommerheißen Parkplatz hinweg oder durch ein Restaurantfenster, im Beisein eines Ehegatten. Es gab in diesen dreieinhalb Jahren Augenblicke, in denen ich kein vorbildlicher Bürger war. Bloß daß man wegen solcher Spielereien seine Lizenz verlieren und zum Gespött der ganzen Stadt werden kann, beides Dinge, die ich nicht mehr sooft riskieren möchte, wie ich es früher vielleicht getan hätte.

Trotzdem merke ich, daß ich mir die fleischige Phyllis aus irgendeinem Grund nicht in einem rosa Morgenmantel mit Petunienmuster vorstelle, sondern in einem knappen Unterrock über dem nackten Körper, ein Glas mit lauwarmem Scotch in der Hand. Sie sieht durch die Jalousie hinaus auf den körnig-beleuchteten Parkplatz des Sleepy Hollow, wo der achtzehnjährige, halbpolynesische Sohn des Besitzers, Mombo, mit nacktem Oberkörper und schwellenden Muskeln eine Mülltonne zum Container vor dem Badezimmer schleppt, in dem der angetrunkene Joe hinter geschlossenen Türen mürrisch einem der weniger aufregenden Rufe der Natur folgt. Es ist das zweite Mal an diesem Tag, daß ich ungeachtet ihrer gesundheitlichen Situation »auf diese Weise« an Phyllis denke. Was mich daran interessiert, ist: Warum?

»Sie leben allein, nicht wahr?« sagt Phyllis.
»Wieso?«

»Weil Joe irgendwann mal gedacht hat, Sie könnten vielleicht schwul sein, das ist alles.«
»Nein. Ich bin ein aufgegangener Knoten, wie mein Sohn sagt.« Aber ich bin verblüfft. Innerhalb von zwei Stunden wurde ich verdächtigt, ein Priester, ein Arschloch und jetzt ein Homo zu sein. Anscheinend bin ich nicht in der Lage, meine Botschaft unmißverständlich rüberzubringen. Ich höre einen weiteren Rundengong *ding* machen, als Joe die Fernsehübertragung aus Mexiko lauter dreht.
»Wissen Sie«, flüstert Phyllis. »Ich hab mir nur eine Sekunde lang gewünscht, ich könnte dahin gehen, wo Sie hingehen, Frank. Wär sicher nett.«
»Sie hätten bestimmt keinen Spaß mit mir, Phyllis. Das kann ich Ihnen versprechen.«
»Ach, es ist einfach nur verrückt. Verrücktes Gerede.« Zu dumm, daß sie nicht zu den Kanadiern in den Bus steigen kann. »Sie sind ein guter Zuhörer, Frank. Das ist in Ihrem Beruf sicher ein Plus.«
»Manchmal. Aber nicht immer.«
»Sie sind nur bescheiden.«
»Viel Glück für Sie beide«, sage ich.
»Bis dann, Frank. Machen Sie's gut. Und danke.«
Klick.

Die Fernfahrer, die mich so böse angestarrt haben, sind inzwischen weitergewandert. Und jetzt tauchen die beiden Gruppen von Kanadiern aus ihren Erfrischungsstationen auf, die Hände feucht, die Nasen geputzt, die Gesichter benetzt, die Haare mit Wasser gekämmt, die Hemdzipfel für den Augenblick in die Hosen gestopft, immer noch lachend über die wie auch immer gearteten schmutzigen Geheimnisse, die sie einander anvertraut haben. Sie verziehen sich ins Roy's, während ihr schmaler, uniformierter Busfahrer draußen vor der Glastür steht und sich in der heißen Nachtluft eine Zigarette und ein bißchen Ruhe und Frieden gönnt. Er blickt in meine Richtung, sieht mich an den Telefonen stehen und ihn beobachten und schüttelt den Kopf, als wüßten wir beide über alles Bescheid. Dann wirft er seine Zigarette weg und wandert aus meinem Blickfeld.

Ohne auch nur einen Gedanken an das Abendessen bei ihr zu verschwenden, tippe ich Sallys Nummer ein, da ich das Gefühl habe, einen Fehler gemacht zu haben. Ich hätte bleiben und sie umwerben sollen, bis die Gefahr gebannt gewesen wäre, wie ein Mann, der weiß, wie er seine Botschaft rüberbringt. (Mein Anruf könnte sich natürlich als ein noch schlimmerer Fehler herausstellen – müde, halb betrunken, gereizt, der Sprache nicht mehr mächtig. Obwohl es manchmal besser ist, einen Fehler zu machen, als gar nichts zu tun.)
Aber ihrer Nachricht nach zu urteilen, muß Sally in einer ähnlichen Stimmung sein, und ich würde am liebsten kehrtmachen und zu ihrem Haus zurückfahren, mit ihr ins Bett kriechen und auf der Stelle einschlafen wie ein altes Ehepaar. Morgen würde ich sie dann einfach mitnehmen und anfangen, etwas wirklich zu wollen und ein bißchen Spaß in mein Leben einzubauen, und aufhören, ein Mann zu sein, der immer nur geduldig wartet. Vierzig Spiritisten, die dazu in der Lage wären, Jimmy Hoffa auf einer Müllkippe zu finden oder einem Menschen zu sagen, in welcher Straße in Great Falls sein verschwundener Zwillingsbruder Norbert lebt, könnten mir nichts Besseres nennen als Sally Caldwell. (Natürlich lautet eines der Paradoxa der Existenzperiode, daß man, gerade wenn man denkt, man ließe sie hinter sich, womöglich noch tiefer in sie hineinwatet.)
»Uff, du gottverdammter Blödmann«, schimpft einer der Kanadier, während Sallys Telefon klingelt und klingelt und klingelt. Aber schnell habe ich meinen nächsten Entschluß gefaßt: Ich werde eine Nachricht hinterlassen, daß ich zurückgedüst *wäre*, aber leider nicht wüßte, wo sie steckt. Und daß ich eine Piper Comanche chartern will, um sie nach Springfield düsen zu lassen, wo Paul und ich sie rechtzeitig zum Mittagessen abholen werden. Düs. Düs.
Aber statt ihrer süßen Stimme und ihrer aus Sicherheitsgründen irreführenden Ansage – »Hi! Wir sind im Augenblick nicht da, Ihr Anruf ist uns jedoch wichtig« – klingelt und klingelt es immer weiter. Ich stelle mir vor, wie das Telefon auf dem Tisch neben ihrem großen Doppelbett, das in meinem Tableau liebevoll aufgeschlagen, aber leer ist, rasselt und rasselt. Ich hämmere die Num-

mer noch einmal ein und versuche mir vorzustellen, wie Sally aus der Dusche springt oder gerade von einem nachdenklichen Mitternachtsspaziergang am Strand von Mantoloking zurückkommt, ohne auf ihr Hinken zu achten, zwei Stufen auf einmal nehmend, die Treppe hinaufläuft und hofft, daß ich es bin. Und ich bin es tatsächlich. Aber klingel, klingel, klingel, klingel.
Ein fast übelkeitserregender Geruch nach verkochten Hot dogs treibt aus dem Nathan's durch die Halle. »Du hast doch nur Scheiße im Kopf«, fährt eine der kanadischen Frauen einen der Männer in der Schlange an.
»Besser als gar nichts. Laß mich in Ruhe. Ich bin schließlich nicht mit dir verheiratet!«
»Noch nicht«, lacht ein anderer Mann.
Niedergeschlagen beschließe ich zu gehen und marschiere durch die Lobby hinaus. Ein paar hagere Jungs aus Moonachie und Nutley schlendern zu den Mortal-Combat- und Drug-War-Maschinen, um das große Morden anzufangen. Neue Reisende mit müden Augen kommen auf der Suche nach Erholung durch die Türen, ohne auf die Vince-Trophäen-Sammlung zu achten – zuviel, so spät am Abend. Ich sollte, genau hier und jetzt, ein Mitbringsel für Clarissa kaufen, aber es gibt nur Football-Ramsch und Postkarten, die die New Jersey Turnpike in der Stimmung aller vier Jahreszeiten zeigen (ich werde morgen was finden müssen). Ich verlasse die Klimaanlagenluft und komme direkt am Fahrer des Eureka-Busses vorbei. Er hat einen Fuß auf die Stufe seines wartenden Molochs gestützt, der, jetzt von weißen Möwen umgeben, reglos in der Dunkelheit steht.

Zurück auf die dahinströmende, lichtergrelle Autobahn. Die Digitaluhr an meinem Armaturenbrett zeigt 12.40. Es ist schon morgen, der 2. Juli, und mein persönliches Trachten ist auf Schlaf gerichtet, da der Rest dieses morgigen Tages anstrengend wird, selbst wenn alles in allen Punkten perfekt läuft, was nicht der Fall sein wird. So daß ich – auch wenn es morgen früh später wird – entschlossen bin, meinen benommenen Kopf *irgendwo* im Verfassungs-Staat Connecticut zu betten, als kleines Zeichen des Fortschritts und der Ermutigung für meine Reise.

Aber die Autobahn vereitelt meine Pläne. Abgesehen von den Verzögerungen durch Baustellen, Auffahrten, Instandhaltungsarbeiten und auf der Standspur liegengebliebene Fahrzeuge und ganz allgemein von der heißen, mechanischen Vorahnung, daß die gesamte Küste einfach explodieren könnte, herrscht jetzt noch mehr wütender, ingrimmiger Dunkelheitsverkehr und eine allgemeine Verkehrsverzweiflung, als bedeutete es den sicheren Tod, im Morgengrauen noch in New Jersey angetroffen zu werden.
An der Abfahrt 18 Ost und West, wo die Turnpike endet, stapeln sich die Autos weiter als das Auge reicht in Richtung George Washington Bridge. Automatische Anzeigetafeln über den Spuren teilen wegmüden Reisenden mit, daß sie sich auf LANGE WARTEZEITEN gefaßt machen oder AUSWEICHSTRECKEN nehmen sollen. Ein verantwortlicherer Rat würde lauten: ÜBERLEGEN SIE ES SICH LIEBER! FAHREN SIE NACH HAUSE! Ich stelle mir kilometerlange Staus auf der Cross Bronx vor (ich selbst in gefährlicher Höhe über dem wimmelnden, höllischen, städtischen Niemandsland darunter schwebend), gefolgt von Unfällen mit zahlreichen Verletzten auf der Hutch, weitere lange Verzögerungen vor den Mautstellen auf der Schnellstraße und eine trübe Monotonie von BELEGT-Schildern bis nach Old Saybrook und darüber hinaus. Das Ganze wird damit enden, daß ich mich auf irgendeiner stechmückengeplagten Raststätte auf den Rücksitz lege und (im schlimmsten Fall) von psychotischen Teenagern, die vielleicht schon seit dem Vince hinter mir herfahren, gefesselt, zusammengeschlagen, ausgeraubt und ermordet werde. Mein Körper wird, Futter für die Krähen, stumm auf einem Hügel in der Nähe von Darien liegen.
Und so folge ich dem schlechten Rat und nehme eine Ausweichstrecke.
Bloß daß es keine wirkliche Ausweichstrecke gibt, sondern nur eine *andere*, eine längere, auf der Karte kaum erkennbare, durch nichts zu rechtfertigende Idiotenstrecke, auf der man nach Westen kreuzt, um nach Osten zu kommen. Rauf auf die 80, wo ungezählte Autos nach Osten Fluten, in westlicher Richtung nach Hackensack, auf die 17 bis hinter Paramus, auf der Garden State (schon wieder), auf der unheimlicherweise kaum Verkehr

herrscht, in Richtung Norden. Durch River Edge und Oradell und Westwood und zwei Mautstellen weit zur Staatsgrenze von New York, dann östlich nach Nyack und über den Tappan Zee, weiter über Tarrytown (einst Heim von Karl Bemish), wo der Osten sich öffnet, so wie der Norden sich einst für den alten Henry Hudson geöffnet haben muß.

Was an einem guten Sommerabend eine halbe Stunde dauern dürfte – nach Greenwich und auf schnellsten Weg in ein exklusives kleines Hotel mit Blick auf mondbeleuchtetes Wasser –, dauert heute eine Stunde und fünfzehn Minuten, und ich bin *immer noch* südlich von Katonah. Meine Augen prickeln und schmerzen, Phantome springen aus Straßengräben, und die ständige Gefahr des Eindösens zwingt mich, das Steuer so fest zu umklammern wie ein Le-Mans-Fahrer, der einen Herzanfall hat. Mehrmals bin ich versucht, einfach nachzugeben, am Straßenrand anzuhalten, vor Müdigkeit zur Seite zu kippen und mich dem auszuliefern, was die nächtlichen Pirschgänger, die in den Außenbezirken von Pleasantville und Valhalla lauern, sich für mich ausgedacht haben – mein Auto ohne Räder, mein Kofferraum aufgebrochen, mein Gepäck und meine Immobilienschilder überall verstreut, meine Brieftasche die Beute von schattenhaften Gestalten in Air-Jordan-Sportschuhen.

Aber ich bin zu dicht dran. Und statt auf der großen, sicheren, verläßlichen 287 bis hinauf zur großen, sicheren, verläßlichen 684 zu bleiben und die zusätzlichen dreißig Kilometer nach Danbury zu fahren (eine Motel-Stadt, wie sie im Buch steht, vielleicht sogar mit einem die ganze Nacht geöffneten Spirituosengeschäft), nehme ich die Sawmill nach Norden (allein der heimelige Name macht mich schläfrig) und halte auf Katonah zu, nachdem ich meinen AAA-Atlas nach der schnellsten Route nach Connecticut befragt habe.

Und dann, fast nicht zu sehen, ein winziges, hölzernes Schild – CONNECTICUT – mit einem kleinen, handgemalten Pfeil, der geradewegs aus den dreißiger Jahren herauszudeuten scheint. Und ich folge ihm die NY 35 hinunter. Meine Scheinwerfer saugen die schmalen, gewundenen, von Steinmauern eingefaßten und von Wäldern dicht umdrängten Nebenstraßen ein, an denen ich auf dem Weg nach Ridgefield vorbeikomme, was meiner Schätzung nach (Strecken, die auf der Karte lang aussehen, sind in Wirklichkeit kurz) fünfzehn Kilometer entfernt ist. Und zehn Minuten später bin ich tatsächlich da. Die schlafende Kleinstadt kommt lieblich und ländlich in Sicht, was bedeutet, daß ich die Staatsgrenze passiert habe, ohne es zu merken.

Als ich langsam in den Ort einfahre und nach Polizisten und Motels Ausschau halte, erweist sich Ridgefield als kleiner Ort, der selbst im blassen Schein seiner Barium-Schwefel-Lampen jeden mit Ausnahme eines gebürtigen Ridgefielders an Haddam, New Jersey, erinnern würde – bloß reicher. Eine schmale, englisch wirkende Main Street taucht am baumreichen südlichen Ortsrand auf und führt durch einen von Nußbäumen überschatteten Villenbezirk mit gepflegten Rasenflächen und diskret zurückgesetzten Herrenhäusern von gemischtem architektonischem Charakter, die allesamt ausgetüftelte Alarmsysteme haben. Dann windet sie sich durch einen malerischen, holzgeschindelten, überwiegend im Tudorstil gehaltenen Geschäfts- und Wohnbezirk (reiche Immobilienmakler, ein Autohandel der gehobenen Klasse, ein japanisches Delikatessengeschäft, ein kleiner Laden für Angelzubehör, ein Weine & Spirituosen, ein Bücher-zum-Nachdenken-Buchladen). Ein von einer Mauer eingefaßtes Kriegerdenkmal steht mitten im Zentrum, flankiert von großen protestantischen Kirchen und zwei weiteren Villen, die Anwaltskanzleien beherbergen. Die Lions treffen sich mittwochs, die Kiwanis donnerstags. Andere, kürzere Straßen zweigen ab und schlängeln und winden sich durch bescheidenere, aber immer noch grüne Viertel, in denen die Straßen Baldy, Pudding, Toddy Hill, Scarlet Oak und Jasper heißen. Jeder, der im Schatten des Cross Bronx-Highways wohnt, würde auf der Stelle hierher ziehen, wenn er es sich leisten könnte.

Aber wenn man um 2:19 Uhr durch die »Stadt« fährt, gleitet sie an einem vorbei, bevor man es merkt, und viel zu schnell ist man hindurch und wieder auf der Route 7, ohne irgendwo vorbeigekommen zu sein, wo man hätte fragen können, und ohne ein einziges freundliches Motelschild gesichtet zu haben. Ich habe nur zwei dunkle Restaurants (Le Chateau und Le Perigord) gesehen, in denen ein Mann sich in Begleitung seiner Sekretärin über einen Hummer Thermidor hermachen könnte. Oder er könnte sich zusammen mit seinem Sohn, der eine nahegelegene Prep School besucht, ein Kalbs-Scarpatti und anschließend eine flambierte Eistorte genehmigen. Aber ein Zimmer kann man da nicht erwarten. Ridgefield ist ein Ort, der niemanden zum Verweilen einlädt und in dem die Dienstleistungen ausschließlich auf die Einwohner abgestimmt sind, was es in meinem Notizbuch zu einem erbärmlichen Nest macht.

Erschöpft und enttäuscht biege ich an der Ampel widerwillig nach links auf die 7 ab, nachdem ich mich damit abgefunden habe, bis nach Danbury zuckeln zu müssen, das noch zwanzig Kilometer entfernt ist und inzwischen wahrscheinlich überquillt vor dunklen Autos, die auf dunklen Motelparkplätzen stehen. Ich habe das alles völlig falsch angepackt. Eine entschlossenere Haltung bei Sally oder wenigstens ein Stop in Tarrytown hätten mich gerettet.

Aber ein Stück vor mir im Dunkel, wo die 7 die Ridgefielder Ortsgrenze kreuzt und im Hinterland des Krüppelgestrüpps von Connecticut verschwindet, sehe ich das flackernde rote Neonglühen, auf das ich schon nicht mehr zu hoffen gewagt habe. MOTEL. Und darunter, in kleineren, verwischteren Buchstaben, das lebensrettende ZIMMER FREI. Ich halte darauf zu wie eine Rakete.

Aber als ich auf das kleine, halbmondförmige Motelgelände einbiege (es heißt Sea Breeze, obwohl kein Meer nahe genug ist, um eine Brise zu bieten), ist irgendwas im Gange. Motelgäste stehen in Bademänteln, Hausschuhen und T-Shirts vor ihren Zimmern. Die Staatspolizei ist zahlreich vertreten – Blaulichter rotieren –, und ein großer, weiß-orangefarbener Krankenwagen mit angeschaltetem Blinklicht und offener Hecktür ist anscheinend bereit, einen Passagier aufzunehmen. Das ganze Gelände hat die ausgeleuchtete, mit halber Geschwindigkeit ablaufende Nicht-Realität eines Drehorts (nicht das, worauf ich gehofft hatte), und ich bin versucht, weiterzufahren, obwohl das bedeuten würde, im Auto zu schlafen und zu hoffen, daß niemand mich ermordet.

Die Polizeiaktivitäten konzentrieren sich auf das eine Ende des

Parkplatzes, vor dem letzten Zimmer in der Reihe. Also parke ich am anderen Ende, hinter dem Büro, in dem Licht brennt und in dem durch das Fenster ein Empfangspult zu sehen ist. Wenn ich ein Zimmer fern der Aufregung bekäme, könnte ich vielleicht doch noch ein Drittel meines Nachtschlafs schaffen.
Im Inneren des Büros ist die Klimaanlage voll aufgedreht. Trotzdem machen durchdringende Kochdünste aus einer hinter einem roten Vorhang liegenden Wohnung die Luft heiß und stickig. Der Mensch am Empfang ist ein schlanker, mürrisch dreinblickender Subkontinentler, der an einem Schreibtisch hinter dem Tresen sitzt. Seine Augen irrlichtern kurz zu mir herüber, während er mit unglaublicher Geschwindigkeit und in einer Sprache, die ich als nicht die meine erkenne, in ein Telefon spricht. Ohne sich zu unterbrechen, zieht er eine Anmeldekarte von einem Stapel und schiebt sie auf die Glasplatte des Pults, wo ein Kugelschreiber an einer kleinen Kette befestigt ist. Mehrere handgeschriebene, unmißverständliche Anweisungen, die sich auf die Benutzung der Zimmer beziehen, stecken unter der Glasplatte: keine Tiere, keine Anrufe auf Rechnung, kein Kochen, keine stundenweise Vermietung, keine zusätzlichen Gäste, kein Betreiben von Geschäften (nichts davon zählt im Moment zu meinen Plänen).
Der Mann, der ein kurzärmeliges weißes Hemd mit schmutzigem Kragen und eine schwarze Hose trägt, redet ununterbrochen weiter. An einem Punkt wird er sogar hitzig und schreit in den Hörer, während ich die Anmeldung ausfülle und zusammen mit meiner Visakarte zurückschiebe. In diesem Augenblick legt er den Hörer einfach hin, räuspert sich, steht auf und fängt an, mit seinem Kugelschreiber auf der Anmeldung herumzukritzeln. Meine Bedürfnisse sind denen der anderen Gäste offensichtlich so ähnlich, daß wir auf Nettigkeiten verzichten können.
»Was ist denn da hinten los?« sage ich in der Hoffnung zu hören, daß alles vorbei ist und sowieso nichts Weltbewegendes war. Nur eine von den Stadtvätern angeordnete Polizeiübung oder so was.
»Machen Sie sich keine Sorgen«, sagt er so nervös, daß jeder anfangen würde, sich Sorgen zu machen. »Es ist alles schon wieder in Ordnung.«

Er zieht meine Visakarte durch sein Checkgerät, sieht mich ohne zu lächeln an, holt erschöpft Luft und wartet darauf, daß die grünen Zahlen bestätigen, daß ich für 52,80 Dollar ein akzeptables Risiko bin.
»Ja, aber was ist denn passiert?« Ich täusche absolute Sorglosigkeit vor.
Er seufzt. »Am besten bleiben Sie einfach weg da«, sagt er, daran gewöhnt, ausschließlich Fragen nach Zimmerpreisen und Abreisezeiten zu beantworten. Er hat einen langen, schlanken Hals, der an einer Frau bedeutend besser aussehen würde, und ein paar klägliche, nicht sehr männliche Schnurrbarthaare, die seine Mundwinkel überschatten. Er erweckt kein grenzenloses Vertrauen.
»Reine Neugier«, sage ich. »Ich hatte nicht vor, hinzugehen.« Ich werfe einen Blick aus dem Fenster, wo die Lichter der Polizeiautos und des Krankenwagens immer noch durch die Dunkelheit zucken. Auf der Route 7 haben mehrere Autos mit Schaulustigen angehalten. Die Gesichter der Fahrer werden von den Blinklichtern angeleuchtet. Zwei Beamte der Staatspolizei von Connecticut, die breite Stetsons tragen, unterhalten sich neben ihrem Dienstwagen, die Arme vor der Brust verschränkt. Ihre steifen, engsitzenden Uniformen lassen sie muskulös und unerbittlich wirken, wenn auch fraglos unparteiisch.
»Könnte sein, daß jemand überfallen wurde«, sagt der Empfangschef und schiebt mir die Visaquittung zu, damit ich mein Frank Bascombe daruntersetzen kann. In diesem Augenblick taucht eine kleine, pummelige Frau mit schweren Haaren, einem rotschwarzen Sari und einem gequälten Gesichtsausdruck in der Tür auf. Sie flüstert dem Mann etwas zu und verschwindet wieder. Aus irgendeinem Grund ahne ich, daß sie per Nebenanschluß mit der Person gesprochen hat, mit der er eben sprach, und daß jetzt wieder er verlangt wird – wahrscheinlich, um sich von irgendeinem Verwandten in Karatschi wegen des Überfalls die Hölle heiß machen zu lassen.
»Und wie ist es passiert?« sage ich, während ich meinen Namen auf die gepunktete Linie setze.
»Keine Ahnung.« Er schüttelt den Kopf, vergleicht die Unterschriften und zieht die dünnen Durchschläge von der Quittung

ab, scheinbar ohne die Frau, die kam und ging, auch nur wahrgenommen zu haben. Sie ist, da bin ich mir ganz sicher, für die giftigen Kochdünste verantwortlich. »Die Leute sind rein. Später war dann da hinten großes Geschrei. Ich hab nicht gesehen, was passiert ist.«

»Jemand verletzt?« Ich starre die Visaquittung in seiner Hand an und wünsche, ich hätte sie nicht unterschrieben.

»Vielleicht. Ich weiß nicht.« Er gibt mir meine Karte, meine Quittung und einen Schlüssel. »Das Schlüsselpfand kriegen Sie wieder, wenn Sie auschecken. Zehn Uhr spätestens.«

»Prima«, sage ich, lächle hoffnungslos und überlege, ob ich nicht doch nach Danbury weiterfahren soll.

»Es ist am anderen Ende, okay?« sagt er und deutet mit einem spärlichen Lächeln, das kleine, gerade Zähne enthüllt, auf die erhoffte Seite. Er muß in seinen kurzen Ärmeln frieren, aber er wendet sich sofort dem Telefon zu und fängt an, in seiner komplizierten Sprache zu sprechen. Seine Stimme ist leise, für den Fall, daß ich das eine oder andere Wort Urdu verstehe und wichtige Geheimnisse ausplaudere.

Draußen auf dem Parkplatz ist die Nachtluft jetzt noch aufgeladener und aufgeheizter. Andere Motelgäste gehen wieder in ihr Zimmer zurück, aber die Polizeifunkgeräte knistern noch, das flackernde rote MOTEL-Schild sirrt, und ein noch dichteres Gesumm von undefinierbaren Geräuschen geht von den Streifenwagen, dem Krankenwagen und den Autos, die auf der Straße angehalten haben, aus. Irgendwo in der Nähe ist ein Stinktier aufgeschreckt worden. Sein beißender Geruch wabert aus den Bäumen hinter den Lichtern herüber. Ich denke an Paul, der jetzt gar nicht mehr so weit entfernt ist, und wünsche ihn mir schlafend im Bett, wo auch ich sein sollte.

Die letzte Tür in der Reihe der Motelzimmer auf der anderen Seite steht jetzt offen. Drinnen brennt grelles Licht, in dem Schatten hin und her huschen. Mehrere Polizisten stehen um einen in zwei Blautönen lackierten Chevy Suburban herum, der direkt vor dem Zimmer geparkt ist. Seine fünf Türen sind offen, die Innenbeleuchtung brennt. Hinten ist ein Segeloot angekoppelt, das mit Freizeitsachen vollgestopft ist – ein Fahrrad, Wasserski, ein paar zusammengebundene Gartenmöbel, Taucherflaschen und eine hölzerne Hundehütte. Die Polizisten leuchten alles mit Taschenlampen ab. Ein großer, grinsender Bugs Bunny hängt an Saugnäpfen in einem der hinteren Seitenfenster.

»Man is einfach nirgends mehr sicher«, sagt die belegte Stimme eines Mannes und läßt mich wie von der Tarantel gestochen zusammenfahren. Ich drehe mich hastig um und sehe einen immens breiten, schwer atmenden Schwarzen, der in der grünen Uniform der Umzugsspedition Mayflower hinter mir steht. Unter dem Arm trägt er einen schwarzen Diplomatenkoffer, und über seiner Brusttasche ist unter einem roten »Mayflower« das Wort »Tanks« in ein gelbes Oval eingestickt. Er beobachtet, was ich beobachte. Wir stehen genau hinter meinem geparkten Crown Victoria, und im gleichen Augenblick, in dem ich den Mann sehe, sehe ich auch den Mayflower-Laster, der auf der anderen Seite der 7 in der Einbuchtung eines Gemüsestands steht, der um diese Zeit geschlossen ist.

»Was ist denn da hinten los?« sage ich.

»Zwei Jungs sind in das Zimmer von den Leuten eingebrochen, denen der Suburban da gehört, und haben sie ausgeraubt. Und dann haben sie den Mann umgebracht. Die beiden sitzen« – er deutet mit dem Finger – »in dem Streifenwagen da drüben. Man sollte einfach rübergehen und ihnen die Rübe wegpusten, fertig.«

Mr. Tanks (Vorname, Nachname, Spitzname?) atmet noch einmal schwer ein. Er hat das breite Gesicht eines Football-Verteidigers, eine riesige Nase mit großen Nasenlöchern und fast unsichtbare, tiefliegende Augen. Zu seiner Uniform gehören lächerliche grüne Shorts, die an Hintern und Oberschenkeln fast aus den Nähten platzen, und schwarze Kniestrümpfe aus Nylon, die seine Beefsteak-Waden betonen. Er ist einen Kopf kleiner als ich, aber man kann sich gut vorstellen, wie er ganz allein einen Schrank oder einen neuen Herd mehrere Treppen hinunterhievt. Erst jetzt erkenne ich, daß die beiden Staatspolizisten ihr Auto *bewachen*, das mit eingeschalteten Scheinwerfern genau in der Mitte des Parkplatzes steht. Durch das Heckfenster kann ich in der Dunkelheit erst ein weißes Gesicht ausmachen und dann noch eins. Es sind Jungengesichter, nach vorne geneigt, was dar-

auf hinweist, daß die beiden Handschellen tragen. Sie schweigen und scheinen die Staatspolizisten zu beobachten. Der Junge, den ich deutlicher sehen kann, scheint als Reaktion darauf, daß Mr. Tanks auf ihn gezeigt hat, zu lächeln.
Der Anblick der beiden Gesichter löst in mir ein kribbeliges Flattern aus, als drehte sich ein Ventilator in meinem Magen. Ich frage mich, ob ich gleich wieder zusammenzucke, tue es aber nicht. »Woher wissen Sie, daß die beiden es waren?«
»Weil sie abgehauen sind, deshalb«, sagt Mr. Tanks selbstsicher. »Ich war draußen auf der 7. Und dann ist der Streifenwagen mit hundert an mir vorbei. Und zwei Meilen weiter standen sie alle da. Die zwei mit den Armen auf der Kühlerhaube. Hat keine fünf Minuten gedauert. Hat der Trooper mir gesagt.« Mr. Tanks macht einen weiteren bedrohlichen Atemzug. Sein schwerer Fernfahrergeruch ist eine Mischung aus einem angenehmen, ledrigen Duft und einem anderen, der wahrscheinlich von den Umzugsdecken stammt. »Bridgeport«, sagt er und spricht das »port« so aus, daß es wie »pot« klingt. »Die bringen aus Spaß Leute um.«
»Und wo sind die Leute her?« sage ich.
»Utah, glaub ich.« Er schweigt einen Augenblick. Dann sagt er: »Mit dem kleinen Boot hinten dran.«
In diesem Augenblick erscheinen zwei Sanitäter in der Tür des Motelzimmers. Sie tragen eine Metallbahre in die Nacht hinaus. Ein langer schwarzer Plastiksack, der wie eine Tasche für Golfschläger aussieht, ist darauf festgeschnallt. Der Körper darin macht ihn klumpig. Einen Augenblick später geleitet ein kleiner, verbissen aussehender weißer Mann, der ein weißes, kurzärmeliges Hemd, eine Krawatte, eine Pistole und eine Polizeimarke trägt, die an einer Schnur um seinen Hals baumelt, eine blonde Frau in einem dünnen, blaugeblümten Kleid durch die Tür. Er hält ihren Oberarm umfaßt, als stünde sie unter Arrest. Die beiden gehen mit schnellen Schritten zum Wagen der Staatspolizisten, wo einer der Beamten die Hintertür aufmacht, um den Jungen herauszuziehen, der vorhin gelächelt hat. Aber der Kriminalbeamte sagt etwas, und der Staatspolizist tritt zur Seite und läßt den Jungen sitzen, während sein Kollege eine Taschenlampe zückt.

Der Kriminalbeamte führt die blonde Frau zur offenen Autotür. Sie scheint sehr leichtfüßig zu sein. Der Staatspolizist richtet den Strahl der Taschenlampe genau auf das Gesicht des Jungen. Seine Haut ist geisterhaft blaß und sieht sogar von hier feucht aus. Seine Haare sind an den Seiten fast völlig wegrasiert, hinten jedoch lang. Er sieht in den Lichtschein hinein, als sei er bereit, alles preiszugeben, was es über ihn zu wissen gibt.
Die Frau sieht ihn nur kurz an und wendet dann den Kopf ab. Der Junge sagt etwas – ich sehe, wie seine Lippen sich bewegen –, und die Frau sagt etwas zu dem Kriminalbeamten. Dann drehen die beiden sich um und gehen mit schnellen Schritten zum Zimmer zurück. Die Staatspolizisten schlagen die hintere Tür des Autos zu und steigen vorne ein, von beiden Seiten. Ihre Sirene heult einmal auf, *wüp–wuup*, ihr Blaulicht blitzt einmal auf, und das Auto – ein Crown Vic, wie meiner – kriecht ein paar Meter, bevor der Motor aufheult, die Reifen durchdrehen und sie auf die 7 hinausschießen, wo sie in Richtung Norden verschwinden. Erst als sie außer Sichtweite sind, wird die Sirene wieder eingeschaltet.
»Und wo wollen *Sie* hin?« sagt Mr. Tanks barsch. Er wickelt umständlich zwei Streifen Spearmint-Kaugummi aus, die er sich zusammen in den großen Mund steckt. Den Diplomatenkoffer hat er immer noch unter seinen Arm geklemmt.
»Deep River«, sage ich, fast stumm gemacht durch das, was ich gerade gesehen habe. »Ich hol meinen Sohn ab.« Das kribbelige Flattern in meinem Bauch hat aufgehört.
Die Zuschauer auf der Route 7 verziehen sich allmählich. Der Krankenwagen, jetzt geschlossen und mit ausgeschalteter Innenbeleuchtung, setzt vorsichtig von der Zimmertür zurück und verschwindet in die Richtung, in die auch die Staatspolizisten gefahren sind – nach Danbury vermutlich. Seine silbernen und roten Lichter drehen sich, aber die Sirene bleibt still.
»Und wo soll's dann hingehen?« Mr. Tanks zerknüllt das Kaugummipapier und kaut energisch. Am rechten Ringfinger trägt er einen großen, klobigen, diamantenbesetzten Goldring von der Art, wie ein Mensch mit breiten Fingern ihn für sich selbst entwerfen läßt oder aber bekommt, wenn er das Super Bowl-Endspiel gewinnt.

»Wir wollen zur Hall of Fame des Baseball«, sage ich und sehe ihn freundlich an. »Waren Sie schon mal da?«
»Hm-hm«, macht er und schüttelt den Kopf. Aus seinem Mund dringt intensive Spearmint-Süße. Mr. Tanks' Haare sind kurz und dicht und schwarz, wachsen aber nicht überall auf seinem Kopf. Hier und da sind Inseln glitzernder schwarzer Kopfhaut zu sehen und lassen ihn älter wirken, als er meiner Meinung nach ist. Ich schätze, daß wir gleich alt sind. »Und was machen Sie?«
Das ZIMMER FREI-Schild geht lautlos aus, das MOTEL-Schild ebenfalls. Zurück bleibt nur das summende rote KEIN. Der Empfangschef läßt die Jalousie am Fenster des Büros herunter und stellt die Lamellen so ein, daß man nicht mehr hineinsehen kann. Fast im gleichen Augenblick geht das Licht aus.
Dies ist, wie ich erkenne, keine bloß gesellige Unterhaltung. Wir stehen hier als Zeugen für die Gefahren des Lebens und die Ungewißheiten unserer Existenz zusammen. Abgesehen davon gibt es keinen Grund für uns, nicht ins Bett zu gehen.
»Immobilien«, sage ich. »Unten in Haddam, New Jersey. Etwa zweieinhalb Stunden von hier.«
»Is 'ne Stadt für Reiche«, sagt Mr. Tanks, der immer noch heftig kaut.
»Ein *paar* Reiche gibt's schon«, sage ich. »Aber andere verkaufen einfach nur Immobilien. Wo wohnen Sie?«
»Bin geschieden«, sagt Mr. Tanks, »ich leb praktisch in der Kiste da drüben.« Er schwenkt sein großes mitternächtliches Gesicht in die Richtung seines Lasters.
In den Schatten offenbart Mr. Tanks' riesiges Gespann das gute Schiff Mayflower in grün auf einem fröhlichen Meer in gelb. Es ist das Patriotischste, was ich in der Ridgefielder Gegend gesehen habe. Ich stelle mir vor, wie Mr. Tanks es sich in seinem hochtechnisierten Schlafkokon gemütlich macht. Er trägt (aus irgendeinem Grund) einen roten Seidenpyjama, hat seine Kopfhörer in eine Al-Hibbler-CD gestöpselt, blättert in einem *Playboy* oder einem *Smithsonian* herum und kaut ein Gourmetsandwich, das er irgendwo unterwegs gekauft und in seiner Minimikrowelle aufgewärmt hat. Genausogut wie das, was ich tue. Vielleicht soll-

ten die Markhams anstelle eines Vorstadthauses eine Fernfahrerexistenz in Erwägung ziehen.« »Hört sich gar nicht schlecht an«, sage ich.
»Kann einem auf die Nerven gehen. Die Enge kann einem auf die Nerven gehen«, sagt er. Mr. Tanks muß 250 Pfund wiegen. »Aber in Alhambra hab ich 'n Haus.«
»Wohnt da Ihre Frau?«
»Hm-hm«, grunzt Mr. Tanks. »Meine Möbel sind da drin. Ich fahr ab und zu mal vorbei, wenn ich's vermiß.«
Vor dem erleuchteten Zimmer, in dem ein Mord stattgefunden hat, machen die Ortspolizisten die Türen des Suburban zu und gehen leise miteinander redend hinein, ihre Polizeimützen weit nach hinten geschoben. Mr. Tanks und ich sind die letzten Beobachter, die noch übrig sind. Bestimmt ist es fast drei. Ich sehne mich nach meinem Bett und nach Schlaf, will Mr. Tanks aber nicht allein lassen.
»Kann ich Sie mal was fragen?« Mr. Tanks hat den Diplomatenkoffer immer noch unter seinem gewaltigen Arm und kaut ernsthaft auf seinem Kaugummi. »Wo Sie jetzt in Immobilien machen« (als wäre ich erst seit ein paar Wochen in der Branche). Er sieht mich nicht an. Vielleicht ist es ihm peinlich, mich auf meinen Beruf anzusprechen. »Ich überleg nämlich, ob ich mein Haus verkaufen soll.« Er starrt geradeaus in die Dunkelheit hinein.
»Das in Alhambra?«
»M-mh.« Wieder atmet er geräuschvoll durch seine großen Nasenlöcher.
»Kalifornien ist sehr wertbeständig, soviel ich höre, falls es das ist, was Sie wissen wollen.«
»Ich hab's sechsundsiebzig gekauft.« Noch ein tiefes Seufzen.
»Dann stehen Sie gut da«, sage ich, ohne zu wissen warum, da ich noch nie in Alhambra war. Ich kenne weder die Steuersituation noch die ethnische Zusammensetzung, die Konkurrenz oder die Marktlage. Wahrscheinlich werde ich eher *die* Alhambra besuchen als das Alhambra von Mr. Tanks.
»Ich frag mich bloß«, sagt Mr. Tanks und fährt sich mit einer großen Hand über das Gesicht, »ob ich nicht hierher ziehen soll.«
»Nach Ridgefield?« Da scheint er mir nicht recht hinzupassen.

»Wär mir egal wohin.«
»Haben Sie hier oben Freunde oder Verwandte?«
»Nee.«
»Ist die Mayflower-Zentrale irgendwo in der Nähe?«
Er schüttelt den Kopf. »Is denen egal, wo man wohnt. Man fährt nur für die.«
Ich sehe Mr. Tanks neugierig an. »Gefällt's Ihnen denn hier?« Womit ich die Küste meine, von Del-Mar-Va bis Eastport, von Water Gap bis Block Island.
»Is ganz nett hier«, sagt er. Seine tiefliegenden Höhlenaugen werden schmal und zucken zu mir herüber, als hätte er die Befürchtung, ich könne mich über ihn lustig machen.
Aber das tue ich nicht! Ich verstehe (denke ich) durchaus, worauf er hinauswill. Wenn er mir die übliche Antwort gegeben hätte – daß seine Tante Pansy in Brockton lebt oder sein Bruder Sherman in Trenton, oder daß er sich um einen Managerposten in der Mayflower-Zentrale in Frederick, MD, oder in Ayer, Mass., bewerben will und dafür in die Nähe ziehen muß –, hätte das ganz vernünftig geklungen. Dafür wäre es vom menschlichen Standpunkt weit weniger interessant gewesen. Wenn ich recht habe, hat seine Frage einen bedeutend tieferen und ahnungsvolleren Grund, der etwas mit seiner Zukunftserwartung zu tun hat (nicht mit der Wirtschaftslage im Rostgürtel oder mit dem Rückgang der Immobilienpreise im Großraum Hartford-Waterbury).
Statt dessen führt er die Art von Debatte, die die meisten von uns nur für sich allein führen, nur mit ihrem stummen Ich, und die, die richtigen Antworten vorausgesetzt, ein tiefes Gefühl des Hier und Jetzt bewirken kann, ähnlich denen, mit denen ich vor vier Jahren aus Frankreich zurückkam. Alles um einen herum scheint plötzlich zu glitzern, und alles, was man tut, scheint von einem warmen, unsichtbaren Astralstrahl geleitet zu werden, der von einem Punkt im All ausgeht, der zu weit entfernt ist, als daß man ihn lokalisieren könnte, der einen aber – wenn es einem gelingt, ihm zu folgen und ihn ständig im Blick zu halten – zu dem Ort führt, an dem man unbedingt sein möchte. Christen haben ihre dunkleren Versionen dieses Strahls. Dschainisten ebenfalls. Und wahrscheinlich auch Eistänzer, Rodeoreiter und Trauerberater.

Mr. Tanks gehört zur vielköpfigen Schar derer, die voller Hoffnung danach streben, einen Zustand hinter sich zu lassen, den sie müde geworden sind. Er sucht etwas Besseres und will wissen, was er tun soll. Es ist eine tiefgründige Frage.

Ich würde ihm natürlich gerne bei der Ausrichtung seiner kleinen Sterne behilflich sein, und zwar so, daß er sich nicht sorgen muß, ich könnte ein Verrückter oder ein Immobilienhai oder ein Homosexueller mit polyrassischen pyknischen Gelüsten sein. Im großmütigsten Sinn ist eine derartige Hilfe das Herz der Immobilienbranche.

Ich kreuze die Arme und lehne mich zur Seite, so daß meine Hüfte den hinteren Kotflügel meines Crown Victoria berührt. Ich warte ein paar Sekunden und sage dann: »Ich glaub, ich weiß genau, worauf Sie hinauswollen.«

»Womit?« sagt Mr. Tanks mißtrauisch.

»Mit Ihrer Frage, wo Sie hinsollen«, sage ich so unaggressiv, unhaiisch und unhomophil wie möglich.

»Is nich so wichtig«, sagt Mr. Tanks, der jetzt, da er das Thema angeschnitten hat, sofort wieder davor zurückschreckt. »Aber okay«, fügt er dann hinzu, doch noch interessiert. »Wissen Sie, ich würd mich gern woanders niederlassen. In 'ner richtigen Nachbarschaft.«

»Würden Sie da wohnen?« sage ich mit hilfsbereiter, professioneller Stimme. »Oder wär es nur 'n Haus, wo Ihre Möbel wohnen würden?«

»Ich würd da wohnen«, sagt Mr. Tanks, nickt und sieht zum Himmel auf, als könne er dort die Zukunft sehen. »Wenn's mir gefällt, hätt ich nicht mal was dagegen, wohin zu ziehen, wo ich schon mal gewohnt hab. Versteh'n Sie?«

»Ich denk schon«, sage ich und meine »absolut«.

»Die Ostküste kommt mir irgendwie gemütlich vor.« Plötzlich sieht Mr. Tanks zu seinem Laster hinüber, als habe er ein Geräusch gehört und rechne damit, daß jemand an der Seite hochklettert, um das Ding aufzubrechen und seinen Fernseher zu klauen. Aber es ist niemand da.

»Wo sind Sie aufgewachsen?« sage ich.

Er starrt immer noch auf seinen Laster und weg von mir. »Michi-

gan. Mein alter Herr war oben im Norden Chiropraktiker. Gab nicht viele Schwarze in dem Beruf.«
»Das glaub ich gern. Hat's Ihnen da oben gefallen?«
»Oh ja. Und wie!«
Es bringt nichts, ihm zu erzählen, daß auch ich ein alter Wolverine bin, wie die Bewohner Michigans genannt werden, oder zu sagen, daß wir möglicherweise gemeinsame Erfahrungen haben – die Scheidung zum Beispiel. Aber wahrscheinlich hat er ganz andere Erinnerungen als ich.
»Warum gehen Sie dann nicht zurück und kaufen sich da ein Haus? Oder bauen sich eins? Damit gibt's die geringsten Probleme, die einem später auf den Geist gehen.«
Mr. Tanks dreht sich um und sieht mich mißtrauisch an, als hätte ich auf seinen Geist angespielt. »Meine Ex-Frau wohnt jetzt da oben. Das würd nich klappen.«
»Haben Sie Kinder?«
»Nein. Deshalb war ich auch noch nie in 'ner Hall of Fame.« Seine großen Augenbrauen senken sich. (Was geht es mich an, ob er Kinder hat?)
»Also, lassen Sie mich Ihnen eins sagen.« Ich würde Mr. Tanks immer noch gerne mit ein paar nützlichen Fakten für seine Suche aushelfen. Ich habe die Sorge, daß er vielleicht nicht weiß, wie genau ich nachempfinden kann, wie er sich fühlt, und daß ich mich einmal genauso gefühlt habe. Es ist ein Fehler, ein solches Verständnis den anderen nicht zu vermitteln. »Ich *möchte* Ihnen eins sagen«, fange ich noch einmal an, mich selbst korrigierend. »Ich verkaufe zur Zeit Häuser. Und ich lebe da unten in einer ganz netten Stadt. Und wir werden bald einen Preisanstieg erleben, und ich glaube, daß die Zinsen zum Ende des Jahres und vielleicht sogar schon vorher anziehen werden.«
»Da unten isses mir zu reich. Ich war mal da. Hab für die Mutter von 'nem Basketballspieler den Umzug in ein großes Haus gemacht. Und sie zwei Jahre später wieder weggeholt.«
»Sie haben recht, es ist nicht billig. Aber lassen Sie mich noch sagen, daß die meisten Experten der Meinung sind, daß ein Kaufpreis in zweieinhalbfacher Höhe des jährlichen Einkommens vor Steuer eine vertretbare Belastung ist. Und ich hab im Augenblick

Häuser, mitten im alten Zentrum« – alle den Markhams gezeigt, alle prompt verworfen – »für um die zweihundertfünfzig, und mit der Zeit werd ich weitere reinkriegen. Und ich denke, daß auf lange Sicht gesehen und egal, ob Dukakis oder Bush oder Jackson« – sehr wahrscheinlich! – »das Rennen macht, die Preise in New Jersey stabil bleiben werden.«

»M-mh«, macht Mr. Tanks, woraufhin ich mir wie ein richtiger Immobilienhai vorkomme (der man wahrscheinlich tatsächlich ist, wenn man Makler ist).

Ich finde aber wirklich, daß ich jemandem einen großen Gefallen tue, wenn ich ihm ein Haus in einer Stadt verkaufe, in der das Leben erträglich ist. Und wenn ich es versuche, es aber nicht schaffe, dann hat der Klient eben eine andere Vorstellung, was ja in Ordnung ist (vorausgesetzt, er kann sie sich leisten). Dazu kommt, daß ich nichts davon halte, die Zugbrücke hochzuziehen, womit Mr. Tanks wahrscheinlich so seine Erfahrungen hat. Ich habe die Absicht, allen dieselben Rechte und Freiheiten zuzubilligen. Und wenn das bedeutet, daß ich die Erde von New Jersey verhökern muß wie Hundeköttel, damit wir alle ein schönes Stück davon abbekommen, dann soll es eben so sein. In vierzig Jahren sind wir sowieso alle tot.

Anders ausgedrückt, will (oder kann) ich mich nicht so leicht damit abfinden, bloß ein Immobilienhai zu sein. Und Mr. Tanks wäre eine echte Bereicherung und in der Cleveland Street so willkommen, wie seine Brieftasche es zuläßt. (Sein Gespann müßte er natürlich woanders parken.) Und ich würde niemandem einen Gefallen tun, wenn ich nicht versuchte, ihn dafür zu interessieren.

»Was is'n der schlimmste Teil, wenn man Makler is?« Er sieht schon wieder woanders hin – über das Dach des Sea Breeze hinweg, wo ein buckliger Mond höher gestiegen und von einem diesigen Hof umgeben ist. Mr. Tanks gibt mir damit zu verstehen, daß er noch nicht soweit ist, ein Haus in New Jersey zu kaufen, was in Ordnung ist. Vielleicht redet er mit jedem, den er trifft, über dieses Thema. Vielleicht ist es sein »Ding«, betrübt zu erzählen, wie froh er wäre, wenn er irgendwo sein könnte, wo alles besser ist – und ich habe ihm den Spaß verdorben, indem ich versucht habe, das Wo und Wie zu klären. Vielleicht ist er glücklich damit, sein Leben den Umzügen anderer Leute zu widmen.

»Ich bin übrigens Frank Bascombe.« In einer Geste, die gleichzeitig Hallo und auf Wiedersehen bedeutet, bewege ich meine Hand auf Mr. Tanks' prallen grünen Bauch zu. Er verabreicht mir ein halbherziges kleines Schütteln nur meiner Finger. Mr. Tanks sieht vielleicht aus wie ein Bewacher des alten Vince in den guten Tagen von Bart Starr und Fuzzy Thurston, aber sein Händedruck ist der einer Debütantin.

»Tanks«, ist alles, was er brummt.

»Na ja, ich weiß gar nicht, ob es einen schlimmsten Teil hat«, komme ich auf die Maklerfrage zurück. Plötzlich ist mein Gehirn vor Müdigkeit wie ausgeschaltet, und ich habe ein schmerzendes Schlafbedürfnis. Ich mache eine Pause, um Luft zu holen. »Wenn die Arbeit mir *persönlich* nicht so gut gefällt, versuch ich, nicht weiter drauf zu achten, und bleib einfach zu Hause und les ein Buch. Aber wenn sie eine unangenehme Seite haben *muß*, dann vielleicht die, daß die Kunden denken, daß ich ihnen ein Haus verkaufen will, das ihnen nicht gefällt, oder daß es mir egal ist, ob es ihnen gefällt oder nicht. Was nie stimmt.« Ich fahre mir mit der Hand über das Gesicht und schiebe meine Augenlider nach oben, um sie offenzuhalten.

»Sie wollen nich *mißverstanden* werden, was?« Mr. Tanks sieht amüsiert aus. Er gibt ein seltsames, gurgelndes Glucksen von sich, das tief aus seinem Hals kommt und mich verlegen macht.

»Wahrscheinlich ja. Oder nein.«

»Ich hab euch Typen immer für Gauner gehalten«, sagt Mr. Tanks, als spreche er mit jemand anderem über was anderes. »Wie Gebrauchtwagenhändler, bloß mit Häusern. Oder wie diese Sterbeversicherungsfritzen. So was in der Art.«

»Wahrscheinlich gibt's Leute, die so denken.« Ich selbst denke, daß wir in diesem Augenblick nur zwei Schritte von meinem Kofferraum mit den Immobilienschildern, Angebotsformularen, Einzahlungsquittungen, Hausbeschreibungen, Prospekten und Aufklebern mit der Aufschrift REDUZIERT oder SIE HABEN ES LEIDER VERPASST entfernt sind. Für Mr. Tanks alles Diebeswerkzeug. »Ein wichtiges Anliegen ist wirklich, Mißverständnisse zu

vermeiden. Ich will mit Ihnen nichts machen, was ich nicht auch gern selbst gemacht bekäme – wenigstens soweit es Immobilien betrifft.« Das ist nicht richtig rausgekommen (aufgrund der Erschöpfung).
»Hnnh«, ist alles, was Mr. Tanks dazu sagt. Unsere Zeit als Zeugen für die Merkwürdigkeiten des Lebens ist fast abgelaufen.
Plötzlich tauchen am Ende des Motels, in der Tür des erleuchteten Zimmers, über das wir die ganze Zeit gewacht haben, zwei Polizisten in Uniform auf, gefolgt von dem hartgesottenen Kriminalbeamten, gefolgt von einer uniformierten Polizistin. Sie hält die junge blaugekleidete Frau am Arm, die wiederum die kleine Hand eines winzigen blonden Mädchens hält. Die Kleine sieht sich ängstlich in der Dunkelheit um und blickt dann zurück auf das Zimmer, das sie gerade verlassen hat. Und dann, als hätte sie sich gerade an was erinnert, dreht sie sich um und sieht zu dem Bugs Bunny rüber, der im Fenster des Suburban klebt und sich den Verstand aus dem Leib grinst. Sie trägt niedliche gelbe Shorts und Tennisschuhe mit weißen Söckchen und einen grellrosa Pullover mit einem roten Herz vorne drauf, wie eine Zielscheibe. Sie hat leichte X-Beine. Als sie sich wieder umdreht und niemanden entdeckt, den sie kennt, richtet sie den Blick fest auf Mr. Tanks, während sie über den Parkplatz zu einem Zivilfahrzeug geführt wird, das sie und ihre Mutter woanders hinbringen wird. In eine andere Stadt in Connecticut, in der nichts so Schreckliches passiert ist. Um dort zu schlafen.
Die Zimmertür ist offengeblieben, und das Boot ist vollgestopft mit Sachen, die irgend jemand einschließen sollte, damit sie nicht geklaut werden. (Wegen so was wäre ich damals, 1984, mitten in der Nacht aufgewacht und hätte mir Sorgen gemacht, auch wenn meine Liebste ermordet worden wäre.)
In dem Augenblick, in dem die junge Frau sich bückt, um einzusteigen, sieht sie zu ihrem Zimmer und dem Suburban und dem Sea Breeze zurück, und dann nach links, zu Mr. Tanks und mir, ihren Leidensgefährten, wenn man so will, die mit distanziertem Mitgefühl beobachten, wie sie Kummer und Verwirrung und Verlust ganz allein und alle auf einmal erlebt. Sie hebt den Kopf, Licht fällt auf ihr Gesicht, so daß ich den verwunderten Ausdruck auf

ihren frischen, jungen Zügen erkennen kann. Es ist ihre erste Ahnung, ihre erste Einsicht, daß sie nicht mehr in der alten Art von vor zwei Stunden mit allem verbunden ist, sondern sich jetzt in einem neuen Zusammenhang befindet, in dem Vorsicht und Mißtrauen die beherrschenden Elemente sind.
Ihr Gesicht verschwindet im Streifenwagen. Die Tür schlägt mit einem Knall zu, und eine halbe Minute später sind alle weg – die örtlichen Jungs in ihrem Fairfield-Streifenwagen mit blinkendem Licht vorneweg. Das Zivilfahrzeug mit der Polizistin am Steuer – unterwegs in die entgegengesetzte Richtung, in die der Krankenwagen verschwunden ist. Und als sie alle außer Sicht sind, heult wie vorhin eine Sirene auf. Heute nacht wird keiner mehr zurückkommen.
»Ich wette, die hatten ihre Versicherung bezahlt«, sagt Mr. Tanks. »Mormonen. Die zahlen immer. Die Leute passen auf.« Er konsultiert seine Armbanduhr, die tief in seinen massigen Arm einschneidet. Für ihn hat die Zeit keine Bedeutung. Ich weiß nicht, woher er weiß, daß sie Mormonen sind. »Wissen Sie, wie Sie 'nen Mormonen daran hindern, ihr Sandwich zu klauen, wenn Sie fischen gehen?«
»Wie?« Ein seltsamer Augenblick für einen Witz.
»Nehmen Sie noch 'n Mormonen mit.« Mr. Tanks gibt wieder das tief aus seinem Brustkorb kommende Glucksen von sich. Es ist seine Art, das Unlösbare zu lösen.
Ich jedoch hätte gute Lust – da seine Meinung über Makler lautet, daß wir Vettern ersten Grades von tachomanipulierenden Autohändlern und Versicherungsvertretern sind, die einem nicht existierende Grabstellen verkaufen –, ihn nach seiner Meinung über Speditionsfahrer zu fragen. In meiner Branche, wo sie im allgemeinen als die schwarzen Schafe der Umzugsindustrie gelten, hört man jede Menge unerfreulicher Sachen über sie. Aber ich bin sicher, daß er dazu keine eigene Meinung hat. Ich wäre überrascht, wenn Mr. Tanks viele analytische Ansichten über sich selbst hegte. Er ist zweifellos am glücklichsten, wenn er sich auf das konzentrieren kann, was vor seiner Windschutzscheibe liegt. In dieser Hinsicht ist er wie ein Vermonter.
In den dichten Bäumen hinter dem Sea Breeze höre ich einen

Hund bellen – vielleicht bellt er das Stinktier an. Irgendwo anders klingelt leise ein Telefon. Mr. Tanks und ich haben nicht viel miteinander geteilt, obwohl ich es mir gewünscht hätte. Wir sind, fürchte ich, nicht füreinander gemacht.

»Ich glaub, ich geh jetzt in die Falle«, sage ich, als wäre mir der Gedanke gerade erst gekommen. Ich biete Mr. Tanks ein hoffnungsvolles Lächeln an, das aber nicht zum Abschluß unseres Gespräches führt.

»Wo wir grade von mißverstanden werden reden.« Mr. Tanks ist in Gedanken noch bei unserer Unterhaltung von vorhin (eine Überraschung).

»Richtig«, sage ich, ohne zu wissen, was richtig ist.

»Vielleicht komm ich wirklich runter nach New Jersey und kauf Ihnen 'n großes Haus ab«, verkündet er majestätisch. Ich fange an, mich zentimeterweise auf mein Zimmer zuzuschieben.

»Ich würd mich freuen. Wär wunderbar.«

»Gibt's denn ein Viertel, wo ich den Laster parken kann?«

»Das zu finden könnte 'ne Weile dauern«, sage ich. »Aber wir würden uns schon was einfallen lassen.« Ein Speicher in Kendall Park zum Beispiel.

»Wär möglich, was?« Mr. Tanks gähnt ein höhlenartiges Gähnen und schließt die Augen, während er seinen großen, pelzigen Schädel im Mondlicht in den Nacken legt.

»Bestimmt. Wo parken Sie denn in Alhambra?«

Er dreht sich um und merkt, daß ich jetzt weiter weg bin. »Gibt's auch Nigger in Ihrem Teil von New Jersey?«

»Jede Menge«, sage ich.

Mr. Tanks sieht mich fest an, und obwohl ich todmüde bin, tut es mir schrecklich leid, das gesagt zu haben. Aber ich kann meine Worte nicht wieder zurücknehmen. Also bleibe ich einfach stehen, einen Fuß schon auf dem hölzernen Gehsteig des Sea Breeze, und mache ein hilfloses Gesicht.

»Weil ich nich das einzige Schaf unter Böcken sein will, versteh'n Se?« Mr. Tanks scheint wirklich ernsthaft, wenn auch kurz, an einen Umzug zu denken, an ein Leben in New Jersey, meilenweit vom einsamen Alhambra und vom lichtlosen, polaren Michigan entfernt.

»Ich wette, Sie würden sich da wohlfühlen«, sage ich sanftmütig.
»Vielleicht muß ich Sie wirklich mal anrufen«, sagt Mr. Tanks. Auch er geht jetzt, marschiert fast beschwingt davon. Seine kurzen Bierfäßchenbeine in den grünen Shorts sind oben gespreizt, an den Knien aber dicht beisammen, ein Seemannsgang fiele ihm nicht leicht. Seine massigen Arme schlenkern, obwohl er den Diplomatenkoffer unter einen davon geklemmt hat.
»Das wär wunderbar.« Ich muß ihm meine Karte geben, damit er mich anrufen kann, falls er spätabends angedonnert kommt und weder einen Parkplatz findet noch jemanden, der ihm weiterhelfen kann. Aber er ist schon dabei, seine Tür aufzuschließen. Sein Zimmer ist drei Türen vom Tatort entfernt. Innen brennt Licht. Und bevor ich etwas rufen und meine Karte erwähnen oder »Gute Nacht« oder sonst was sagen kann, ist er durch die Tür und hat sie schnell hinter sich zugeklappt.

In meinem Doppelzimmer drehe ich die Klimaanlage auf mittlere Stärke, mache das Licht aus, krieche schnellstmöglich ins Bett und bete um den Schlaf, der vor zehn Minuten oder einer Stunde so überwältigend schien. An mir nagt der Gedanke, daß ich Sally anrufen sollte (wen interessiert schon, daß es halb vier ist? Ich habe ihr ein wichtiges Angebot zu machen). Aber das Telefon läuft über die pakistanische Schaltzentrale, und da drüben schlafen alle längst.
Und dann – nicht zum ersten Mal am heutigen Tag, aber zum ersten Mal seit meinem Gespräch mit Ann auf der Autobahn – gelten meine beunruhigten, bedrängenden Gedanken Paul, der in eben dieser Minute von nur scheinhaften, aber auch von echten Kümmernissen belagert wird und dem als offizieller Initiationsritus in das Leben jenseits der Kindheit eine Gerichtsverhandlung bevorsteht. Ich könnte mir was Besseres vorstellen. Ich wünschte mir auch, daß er aufhörte, anderen Leuten mit Ruderdollen den Schädel einzuschlagen und Kondome zu klauen und sich mit dem Sicherheitspersonal herumzuprügeln. Er sollte aufhören, um Hunde zu trauern, die seit einem Jahrzehnt tot sind, und um ihre Rückkehr zu bellen. Dr. Stopler sagt (arroganterweise), es könnte sein, daß er den Verlust der Person betrau-

ert, von der Ann und ich hofften, daß er sie sein würde. Aber ich weiß nicht, wer dieser Junge ist oder war (es sei denn, sein toter Bruder – was nicht der Fall ist). Ich will immer nur die Person stärken, die er ist, wann immer ich ihn treffe – obwohl das nicht immer derselbe Junge ist und ich, da ich es nur als Teilzeitjob mache, möglicherweise keine ganz befriedigende Arbeit geleistet habe. So daß klar ist, daß ich es in Zukunft besser machen muß. Ich muß mir die Ansicht zu eigen machen, daß mein Sohn etwas braucht, was nur ich ihm bieten kann (auch wenn das nicht stimmt), und dann muß ich mit allen Kräften versuchen, dahinterzukommen, was dieses Etwas sein könnte.

Und dann kommt ein Halbschlaf, bei dem es sich mehr um den Kampf zwischen Schlaf und Nicht-Schlaf handelt als um echte Ruhe und in dem ich wegen der eben erlebten Nähe zum Tod halb von Clair und unserer Winterromanze träume, halb darüber nachdenke. Sie begann vier Monate, nachdem sie zu uns ins Büro gekommen war, und endete drei Monate später, als sie den älteren, würdevollen schwarzen Anwalt kennenlernte, der für sie wie gemacht war und meine geringen Reize in Ballast verwandelte.

Clair war eine richtige kleine Traumfrau mit großen, feuchtbraunen Augen und kurzen, muskulösen Beinen, die nach oben hin zwar etwas breiter, aber nicht weicher wurden. Sie hatte superweiße Zähne und rote Lippenstiftlippen, die soviel wie möglich lächelten (auch wenn sie nicht glücklich war). Sie hatte eine aufgeplusterte, wellige Eischneefrisur, die sie und ihre Zimmergenossinnen am Spelman-College sich vom Miss-Black-America-Wettbewerb abgeguckt hatten und die selbst Nächte heftigster Leidenschaft unbeschadet überstand. Sie hatte eine hohe, selbstsichere, melodische Alabama-Stimme mit der Andeutung eines Lispelns und trug enge Wollröcke, undurchsichtige Strumpfhosen und pastellfarbene Kaschmirpullover, die ihre wundervolle Ebenholzhaut zur Geltung brachten, so daß es mich jedesmal, wenn ich einen zusätzlichen Zentimeter davon zu sehen bekam, in den Fingern juckte und ich es kaum erwarten konnte, mit ihr allein zu sein. (In vieler Hinsicht kleidete und verhielt sie sich genau wie die weißen Mädchen aus Biloxi, die ich kannte, als ich

1960 in Gulf Pines war, und sie kam mir aus diesem schönen Grund ein bißchen altmodisch und vertraut vor.) Aufgrund ihrer ländlichen, streng-christlichen Erziehung war Clair unerbittlich in ihrer Forderung, unser kleines Techtelmechtel geheimzuhalten, wogegen mir jede zurückhaltende Befangenheit fehlte. Insbesondere störte es mich kein bißchen, ein zweiundvierzigjähriger geschiedener weißer Mann zu sein, der wegen einer fünfundzwanzigjährigen schwarzen Frau mit Kindern völlig aus dem Häuschen war. (Man könnte natürlich argumentieren, ich hätte aus vernünftigen professionellen und aus lachhaften Kleinstadtgründen die Finger von der ganzen Sache lassen sollen, nur tat ich es natürlich nicht.) Für mich war die ganze Geschichte das Natürlichste von der Welt, und ich ließ mich von ihr tragen und genoß sie und mich ein bißchen, wie man ein Klassentreffen genießt, auf dem man ein Mädchen wiedertrifft, das kein Mensch damals für schön hielt, das jetzt aber eine Schönheitskönigin ist – nur hat das noch keiner gemerkt, und man hat sie ganz für sich allein.

Für Clair jedoch hatte die Sache mit uns beiden einen »Anstrich« (ihre Alabama-Bezeichnung für ›unguten Beigeschmack‹). Was sie für mich um so berauschender und aufregender machte, für sie jedoch zu etwas, was falsch und aussichtslos war. Sie wollte unter keinen Umständen, daß ihr Ex-Mann Vernell oder ihre Mutter in Talladega je Wind davon bekamen, so daß wir uns unsere intimsten Augenblicke erschleichen mußten. Clairs blauer Civic stahl sich im Schutz der Dunkelheit in meine Garage in der Cleveland Street, und sie selbst kam immer durch die Hintertür. Noch schlimmer war es, wenn wir uns zum Essen inklusive verstohlenem Händchenhalten und Küßchengeben in angstbeladenen öffentlichen Lokalitäten wie dem HoJo's in Hightstown, dem Red Lobster in Trenton oder dem Embers in Yardley trafen, einfallslosen Läden, in denen Clair sich absolut unsichtbar und wohl fühlte und in denen sie Fuzzy Navels trank, bis sie kichernd albern wurde. Und dann schlichen wir uns ins Auto und machten herum, bis unsere Lippen taub und unsere Körper schlaff waren.

Aber wir verbrachten auch viele ganz gewöhnliche, wolkig-winterliche Sonntage mit ihren Kindern. Wir stapften die Treidelpfade an beiden Ufern des Delaware rauf und runter und bewunderten die ganz schöne, aber unspektakuläre Flußszenerie wie jedes moderne Paar, das Höhen und Tiefen erlebt hat und nun ganz gut mit dem Leben zurechtkommt. Die Leute, die uns im Appleby's in New Hope gegenübersaßen oder in Joghurt-Läden hinter uns in der Schlange standen, sahen uns bewundernd an, weil sie meinten, daß wir uns mit großem Gleichmut in einer Welt hoher sozialer Hürden bewegten. Ich sagte ihr oft, sie und ich seien die Verkörperung genau der multikulturellen Familie, die Millionen liberaler weißer Amerikaner für ihr Leben gern funktionieren sehen wollten. Und daß unser Arrangement für mich gefühlsmäßig perfekt sei, abgesehen davon, daß es viele Anlässe zu großer Heiterkeit bot. Sie jedoch teilte diese Einstellung nicht, sie hatte immer das Gefühl – wie sie mit ihrem süßen Talladega-Lispeln sagte – *aufsufallen*. Und aus diesem Grund (nicht daß es ein kleiner wäre) entgingen uns wahrscheinlich längerfristige Wonnen.

Der Rassenunterschied war natürlich nicht offiziell unser Verhängnis. Statt dessen beharrte Clair darauf, mein hilfloses Alter sei der Grund, der uns eine wirkliche Zukunft miteinander versperrte, die ich mir von Zeit zu Zeit trotz allem auf die schlimmste Weise wünschte. Deshalb einigten wir uns auf ein fortwährendes kleines Taschendrama, in dem ich die Rolle des onkelhaften, aber auf charmante Weise lüsternen weißen Professors übernahm, der ein erfolgreiches, aber hoffnungslos langweiliges früheres Leben geopfert hatte, um in den wenigen ihm verbleibenden produktiven Jahren an einem (Ein-Studenten)-College zu lehren, wo Clair die schöne, intelligente, schlagfertige, ein bißchen naive und übermütige, aber im Grunde gutherzige Musterschülerin war, die erkannt hatte, daß wir die gleichen hochfliegenden, aber hoffnungslosen Ideale hegten. Im Dienst schlichter menschlicher Nächstenliebe war sie jedoch bereit, private, extrem spannungsgeladene (wegen des Altersunterschieds), aber zukunftslose Liebesspiele mit mir zu treiben und meine alternde Visage bei Fischstäbchen und teigigen Pfannkuchen in seelenlosen Billigrestaurants anzuhimmeln, während sie allen anderen gegenüber so tat, als käme so etwas niemals in Frage.

(Natürlich ließ sich niemand auch nur eine Minute täuschen, wie Shax Murphy mir – mit einem beunruhigenden Zwinkern – am Tag nach Clairs Beerdigung mitteilte.)

Clairs Haltung war eisern, einfach und unverhohlen: Wir waren lachhaft verkehrt füreinander und würden keine einzige Saison überstehen. Aber obwohl wir so verkehrt füreinander waren, diente die Geschichte einem guten Zweck, da sie ihr über eine schwierige Zeit hinweghalf, in der ihre Finanzen wacklig und ihre Gefühle ein einziges Chaos waren und sie keine Menschenseele in Haddam kannte und zu stolz war, um nach Alabama zurückzugehen. (Dr. Stopler würde wahrscheinlich sagen, sie habe etwas in sich selbst ausbrennen wollen und mich als das rotglühende Werkzeug dafür benutzt.) Wohingegen Clair für mich, von den verbotenen Phantasien einer dauerhaften Bindung einmal abgesehen, das Junggesellenleben auf hundert aufregende Arten interessant, unterhaltsam und verlockend exotisch machte. Sie weckte meine hochgradige Bewunderung und hielt mich bei Laune, während ich mich an die Immobilienbranche und die Tatsache gewöhnte, daß meine Kinder weg waren.

»Als ich noch am College war«, sagte Clair einmal mit ihrer hohen, süß-monotonen, lispelnden Stimme (wir lagen splitternackt im abenddämmrigen vorderen Schlafzimmer im Ex-Haus meiner Ex-Frau), »haben wir alle darüber *gelaaaacht* und gelacht, daß wir uns irgendeinen reichen, alten, weißen Kerl angeln würden. Einen fetten Bankdirektor oder einen hohen Politiker. Wir haben böse Witze darüber gerissen, verstehst du? Zum Beispiel, daß dies oder das passieren würde, ›wenn du erst mit diesem alten weißen Knacker verheiratet bist‹. Er würde einem ein neues Auto schenken, oder eine Reise nach Europa, und dann würde man ihn über's Ohr hauen. Du weißt ja, wie Mädchen so sind.«

»Mehr oder weniger«, sagte ich und dachte natürlich, daß ich zwar eine Tochter hatte, aber nicht wußte, wie Mädchen so waren. Bloß daß mein Mädchen eines Tages wahrscheinlich genau wie Clair sein würde: süß, selbstsicher und aus gutem Grund prinzipiell mißtrauisch. »Und was war an uns alten weißen Typen so verkehrt?«

»Ach, du weißt schon«, sagte Clair, richtete sich auf einen ihrer spitzen kleinen Ellbogen auf und sah mich an, als wäre ich gerade erst auf der Oberfläche der Erde gelandet und hätte ein paar harte Lektionen nötig. »Ihr seid alle langweilig. Weiße Männer sind langweilig. Du bist einfach nur nicht so schlimm wie die anderen. Noch nicht.«

»Je länger man am Leben bleibt, desto interessanter wird man, ist meine Meinung«, sagte ich, um ein gutes Wort für meine Rasse und mein Alter einzulegen. »Vielleicht wirst du deshalb lernen, mich mehr zu mögen, statt weniger, und nicht mehr ohne mich leben können.«

»Hm-mh, da hast du was falsch verstanden«, sagte sie und dachte, wie ich sicher glaube, an ihr eigenes Leben, das bis zu diesem Zeitpunkt nicht unbedingt ein Honiglecken gewesen war, mit dem es aber, wie ich behauptet hätte, bergauf ging. Es stimmte jedoch, daß sie nur wenig Lust hatte, über mich nachzudenken, und in der Zeit, die wir zusammen waren, stellte sie mir nie auch nur fünf Fragen über meine Kinder oder das Leben, das ich geführt hatte, bevor ich sie kennenlernte. (Obwohl es mir nie was ausmachte, da ich sicher war, daß eine kleine persönliche Exegese nur bestätigt hätte, was sie sowieso erwartete.)

»Wenn wir nicht immer interessanter würden«, sagte ich, glücklich darüber, auf einem strittigen Punkt herumhacken zu können, »wäre der ganze andere Mist, mit dem wir uns im Leben abfinden, möglicherweise unerträglich.«

»Da sind wir Baptisten ganz anderer Meinung«, sagte sie, legte den Arm über meine Brust und rammte ihr Kinn in meine nackten Rippen. »Aber, wie heißt er gleich noch mal – Aristoteles? Aristoteles hat seinen Unterricht für heute abgesagt. Er hat es satt, seine eigene Stimme zu hören und kann leider nicht kommen.«

»Ich hab nichts, was ich dir beibringen könnte«, sagte ich, begeistert wie immer.

»Das ist *nicht* falsch«, sagte Clair. »Ich werd dich sowieso nicht lange behalten. Wenn du anfängst, mich zu langweilen, wenn du anfängst, dich zu wiederholen, bin ich weg.«

Und so ähnlich kam es dann auch.

An einem Märzmorgen kam ich früh ins Büro (wie meistens), um ein Exposé für eine Hausbesichtigung zu tippen, die ich später durchführen wollte. Clair hatte den Kurs für die Maklerprüfung fast beendet und saß an ihrem Schreibtisch und lernte. Sie sprach im Büro nicht gerne über private Dinge. Aber kaum daß ich mich gesetzt hatte, stand sie auf. Sie trug eine kleine, pfirsichfarbene Kombination aus Rock und Pullover und rote hochhackige Schuhe, kam direkt zu meinem Schreibtisch am vorderen Fenster, setzte sich und teilte mir sehr sachlich und nüchtern mit, sie habe in dieser Woche einen Mann kennengelernt, den Anwalt und Notar McSweeny, und beschlossen, ihn wiederzusehen. Und deshalb habe sie beschlossen, mich nicht mehr zu sehen.
Ich weiß noch, daß ich wie vor den Kopf geschlagen war. In erster Linie wegen ihrer unerschütterlichen Gewißheit, die mich an ein Erschießungskommando erinnerte, und dann darüber, wie verdammt unglücklich diese Aussicht mich machte. Aber ich lächelte und nickte, als hätte ich selbst schon an so was gedacht (hatte ich ganz und gar nicht), und sagte, meiner Meinung nach tue sie wahrscheinlich das Richtige. Und dann lächelte ich mein falsches Lächeln immer weiter, bis mir die Wangen weh taten.
Sie sagte, sie habe endlich mit ihrer Mutter über mich gesprochen, und ihre Mutter habe sofort erklärt, und zwar, wie Clair sagte, mit »groben« Worten, sie solle machen, daß sie so weit wie möglich von mir wegkomme (ich bin sicher, daß es nicht an meinem Alter lag), auch wenn es bedeute, daß sie die Abende allein zu Hause verbrachte oder aus Haddam wegzog oder sich einen Job in einer anderen Stadt suchte. Ich sagte, das sei ein bißchen sehr extrem. Ich würde einfach zuvorkommend beiseite treten, hoffen, daß sie glücklich würde, und froh sein, daß ich wenigstens die Zeit mit ihr verbringen konnte, die ich mit ihr verbracht hatte. Ich sagte aber auch, daß ich nicht der Meinung sei, daß wir etwas anderes getan hätten als das, was Männer und Frauen zu allen Zeiten für- und miteinander getan hatten. Das machte sie sichtlich ärgerlich. (Sie war nicht darin geübt, mit sich streiten zu lassen.) So daß ich schließlich einfach den Mund hielt und sie noch einmal angrinste wie ein Schwachkopf, was (wie ich vermute) auch eine Art war, adieu zu sagen.

Warum ich nicht protestierte, weiß ich nicht so genau, da sie mich tief getroffen hatte, und zwar überraschend dicht am Herzen. Hinterher verbrachte ich ganze Tage damit, mir verworrene futuristische Szenarien auszumalen, in denen das Leben verdammt hart gewesen wäre. Aber genau die noch unerprobte Neuheit und Unwahrscheinlichkeit hätten sich als die letzten fehlenden Ingredienzen für wahre und dauerhafte Liebe herausgestellt. In welchem Fall sie der Konvention einen gipfelstürmerischen Sieg geopfert hätte, der nur den tapferen und aufgeklärten Wenigen vorbehalten ist. Es stimmt jedoch unzweifelhaft, daß meine idyllische Vorstellung von einer dauerhaften Verbindung ganz darauf basierte, daß Clair auch für mich eine absolute Unmöglichkeit war, also letztendlich nie etwas anderes als eine Nebendarstellerin in einem Melodram der Existenzperiode, das ich mir selbst zusammengebastelt hatte (nichts, worauf ich stolz wäre, aber auch nicht so radikal anders als mein Kurzauftritt in ihrem kurzen Leben).

Nach unserem abrupten Sayonara ging sie an ihren Schreibtisch zurück und widmete sich wieder ihren Maklerbüchern, und ungeachtet dieses neuen Stands der Dinge blieben wir weitere ganze anderthalb Stunden an unseren Schreibtischen sitzen und arbeiteten! Unsere Kollegen kamen und gingen. Wir führten beide amüsierte, sogar witzige Unterhaltungen mit verschiedenen Leuten. Einmal fragte ich sie nach dem Stand einer Zwangsversteigerung, und sie antwortete mir so gleichmütig und fröhlich, wie man es in jedem gutgehenden, gewinnorientierten Büro erwarten würde. Keiner von uns sagte noch etwas Bedeutendes, und schließlich war ich mit meinem Exposé fertig, rief auf gut Glück ein paar potentielle Kunden an, rätselte ein bißchen an einem Kreuzworträtsel, schrieb einen Brief, zog meinen Mantel an, wanderte ein paar Minuten durchs Büro und alberte mit Shax Murphy herum, verabschiedete mich dann und ging ins Coffee Spot, aus dem ich nicht zurückkam. Währenddessen blieb Clair (vermutlich) an ihrem Schreibtisch sitzen und konzentrierte sich wie eine Nonne. Und das war's im Grunde.

In kürzester Zeit wurden sie und Anwalt McSweeny in der Stadt zu einem netten, akzeptablen, einrassigen Gesprächsgegenstand.

(Sie begann allerdings, mich im Büro mit einer meiner Meinung nach unnötigen Korrektheit zu behandeln, wobei das Büro natürlich der einzige Ort war, an dem ich sie noch sah.) Alle waren sich einig, daß die beiden von Glück sagen konnten, sich gefunden zu haben, wo doch attraktive Mitglieder ihrer Rasse so selten waren wie Diamanten. Vorhersehbare Schwierigkeiten traten auf, die eine baldige Heirat verhinderten. Eds geldgierige erwachsene Kinder machten einen Aufstand wegen Clairs Alter und finanzieller Situation (Ed ist natürlich in *meinem* Alter und gut betucht). Clairs Ex-Mann Vernell ging in Canoga Park pleite und versuchte, die Scheidungsvereinbarung anzufechten. Clairs Großmutter starb in Mobile, ihre Mutter brach sich die Hüfte, ihr jüngerer Bruder kam ins Gefängnis – das übliche ermüdende Inventar der Hindernisse, die das Leben einem in den Weg legt. Langfristig hätte sich jedoch alles geklärt, und Clair und Ed hätten zur Melodie eines klar und eindeutig formulierten Ehevertrags geheiratet. Clair wäre in Eds großes, spätviktorianisches Haus in der Cromwell Lane gezogen und hätte einen Blumengarten und ein netteres Auto als einen Honda Civic bekommen. Ihre beiden Kinder hätten sich daran gewöhnt, zusammen mit weißen Kindern in die Schule zu gehen, und sogar Gefallen daran gefunden und mit der Zeit vergessen, daß es einen Unterschied gibt. Sie selbst hätte auch weiterhin Eigentumswohnungen verkauft und wäre immer besser geworden. Eds erwachsene Kinder hätten sie irgendwann als die ehrliche, offene, vielleicht ein bißchen zu selbstsichere Person schätzengelernt, die sie war, und nicht als eine hergelaufene Erbschleicherin, der sie ihre Anwälte auf den Hals hetzen mußten. Sie und Ed hätten mit der Zeit ein etwas isoliertes Vorstadtleben geführt, mit einigen, aber nicht vielen Leuten, die regelmäßig zum Essen gekommen wären, und noch weniger guten Freunden. Ein Leben, das sie auf eine so angenehme Weise miteinander verbrachten, daß viele Geld dafür bezahlt hätten, ihr Geheimnis zu erfahren, da sie selbst es nicht hinkriegten, weil ihre Tage zu angefüllt waren mit Gelegenheiten, zu denen sie nicht nein sagen konnten.
Bloß daß Clair an einem Frühlingsnachmittag nach Pheasant Meadow fuhr und auf berufsbedingte Weise in eine Falle geriet

und hinterher so tot war wie der reisende Mormone von Zimmer 15 in seinem Plastiksack. Und während ich hier im Bett liege, selbst noch lebendig, und die Schlitze der Klimaanlage frische, chemisch gekühlte Brisen über meine Laken wehen, versuche ich, einen Trost für die Gefühle zu finden, die diese Erinnerung und die Ereignisse der Nacht in mir geweckt haben. Ich komme mir gelähmt und eingesperrt vor, unfähig, mich zu rühren. Was sich auch daran erwies, daß Mr. Tanks und ich nebeneinander in der mörderischen Nacht standen – unfähig, einen Funken zu schlagen, ein überzeugend ermutigendes Wort zum anderen zu sagen, hilfreich zu sein, Hallo zu rufen, grüßend mit den Tragflächen zu wippen. Unfähig angesichts des traurigen Übergangs eines anderen Menschen in das karge Jenseits, etwas Hoffnungsvolles miteinander zu teilen. Wären wir dazu fähig gewesen, ginge es uns jetzt vielleicht besser.

Als Veteran des Todes, der ich bin, scheint der Tod mir jetzt so nah, so allgegenwärtig, so einschneidend und bedeutsam, daß mir angst und bange wird. Aber in ein paar Stunden werde ich mit meinem Sohn einen anderen Kurs einschlagen, einen hoffnungsvollen, lebensbejahenden Kurs gegen das Nichts; ich werde ihm meine Auffassung vom Leben nur mit Worten und mit mir als Vorbild nahebringen – ohne so dramatische Elemente wie eine schwarze Plastikhülle oder verlorene Erinnerungen an eine verlorene Liebe.

Plötzlich macht mein Herz wieder dadong, dadong, dadong, als wäre ich selbst dabei, das Leben übereilt zu verlassen. Und wenn ich könnte, würde ich aufspringen, das Licht anschalten, jemanden anrufen und in den harten kleinen Hörer schreien: »Schon gut. Ich bin noch mal davongekommen. Es war verdammt knapp, das kann ich dir sagen. Aber es hat mich nicht erwischt. Ich hab seinen Atem gespürt und seine roten Augen in der Dunkelheit gesehen. Eine kalte Hand hat meine berührt. Aber ich hab's geschafft. Ich hab überlebt. Warte auf mich. Warte auf mich. Auch wenn nicht mehr viel zu tun ist.« Bloß daß es niemanden gibt. Nicht hier und nirgendwo in der Nähe, zu dem ich diese Worte sagen könnte. Und es tut mir leid, leid, leid, leid, leid.

- 7 -

Acht Uhr morgens. Die Dinge beschleunigen sich. Als ich das Sea Breeze verlasse, vergesse ich nicht, über den Parkplatz zu gehen, an der grünen Flanke von Mr. Tanks' Gespann hochzusteigen und eine Visitenkarte unter den großen Scheibenwischer zu klemmen. Auf die Rückseite habe ich eine persönliche Notiz geschrieben: »Mr. T. War nett, Sie kennengelernt zu haben. Rufen Sie mal an. FB.« Ich schreibe meine Privatnummer dazu. (Die Kunst des Verkaufs besteht zunächst darin, sich den Verkauf vorstellen zu können.) Seltsamerweise sehe ich, als ich einen schnellen Blick ins Führerhaus werfe, einen Haufen *Reader's Digest* und darauf sitzend eine riesige gelbe Katze, die ein goldenes Halsband trägt und mich ansieht, als wäre ich eine Illusion. (Haustiere sind im Sea Breeze nicht erlaubt, und Mr. Tanks ist zweifellos ein Mann, der alle Regeln gewissenhaft beachtet.) Als ich herunterklettere, bemerke ich auch einen Namen, der in dekorativer roter Schrift zwischen Anführungszeichen auf die Tür gesetzt ist: »Cyril«. Mr. Tanks ist ein Mann, der nähere Betrachtung verdient hätte.

Als ich zurückkomme (ich werd den Schlüssel in der Tür stecken lassen und das Pfandgeld opfern – die Rezeption ist noch nicht auf), sehe ich, daß der Suburban mit dem Segelbootanhänger weg ist. Gelbes Plastikband ist quer über die geschlossene Tür von Nr. 15 gespannt, um den Tatort abzuriegeln. Und dann wird mir klar, daß ich von all dem geträumt habe: von einem versiegelten Zimmer, einem Wagen, der von kleinen, muskulösen, schwitzenden weißen Männern in ärmellosen Hemden abgeschleppt wurde. Sie riefen: »Setz zurück, setz zurück.« Dem folgten erschreckende Geräusche von Ketten und Winden und großen Motoren, die hochgejagt wurden, dann rief jemand: »Okay, okay, okay.«

Um Viertel vor neun halte ich mit müden Augen vor einem Friendly's in Hawleyville, um einen Kaffee zu trinken. Nachdem ich auf die Karte gesehen habe, beschließe ich, den Yankee Expressway nach Waterbury und von da nach Meriden zu nehmen, dann quer rüber nach Middletown – wo Charley den Studentinnen am Wesleyan College beibringt, wie man ionische von dorischen Säulen unterscheidet –, dann die CT 9 direkt nach Deep River. Das ist besser, als Stoßstange an Stoßstange nach Norwalk und zur 95 zu kriechen, was ich gestern abend vorhatte, an der östlichen Seite des Sound entlang, was garantiert vier Billionen weitere Amerikaner tun, die sich ein sicheres und gesundes Wochenende wünschen, aber alles tun, um es mir vorzuenthalten.
Im Friendly's blättere ich die *Hour* durch, die Zeitung von Norwalk, um zu sehen, ob sie etwas über die Tragödie von gestern abend bringen, obwohl ich eigentlich sicher bin, daß es zu spät passiert ist. Ich erfahre aber, daß Axis Sally, Absolvent des Wesleyan College von Ohio, im Alter von siebenundachtzig Jahren gestorben ist; Martina Navratilova hat Chris Evert in drei Sätzen geschlagen; Hydrologen in Illinois haben beschlossen, den Michigan-See anzuzapfen, um mehr Wasser für den wichtigeren und dürregeplagten Mississippi abzuzweigen; und Vizepräsident Bush hat erklärt, der Wohlstand des Landes befinde sich auf »Rekordhöhe«. (Allerdings stehen rechts und links davon Meldungen, die ihn Lügen strafen. Geringerer Verbrauch, nachgebende Auftragslage in der Industrie, der Flugzeugbau sieht schlecht aus, unangenehme Nachrichten von der Preisfront, den Aktienfonds und Wertpapieren – alles Dinge, die das Portemonnaie des Bürgers treffen und die der Langweiler Dukakis auf seine Fahnen schreiben sollte, wenn er im November nicht einen auf den Sack kriegen will.)
Nachdem ich bezahlt habe, mache ich, eingeklemmt zwischen den Doppeltüren der »Lobby« des Friendly's, meine strategischen Anrufe: bei meinem Beantworter, auf dem nichts ist – eine Erleichterung; bei Sally; ich will ihr anbieten, sie in einer gecharterten Maschine irgendwohin fliegen zu lassen, wo ich sie treffen kann, aber keine Antwort, nicht mal ihre Ansage, was mir durch Mark und Bein geht.

Besorgt rufe ich daraufhin Karl Bemish an, erst am Rootbeer-Palast, wo er eigentlich so früh noch nicht zu sein braucht, dann in seiner Junggesellenhöhle in Lambertville, wo er beim zweiten Läuten abnimmt.
»Alles paletti hier, Frank«, ruft er, als ich ihn nach den verbrecherischen Mexikanern frage. »Ja, Mann, ich hätt dich gestern abend zurückrufen sollen. Ich hab statt dessen den Sheriff angerufen. Hab eigentlich etwas Action erwartet. Aber nix. Falscher Alarm. Die kleinen Scheißer sind nicht wieder aufgetaucht.«
»Ich will nicht, daß du dich da unten in Gefahr bringst, Karl.« Gäste strömen neben mir rein und raus, öffnen die Tür, rempeln mich an, lassen heiße Luft herein.
»Ich hab meine Spritze«, sagt Karl.
»Was hast du?«
»Ne abgesägte Kanone, zwölf Millimeter«, sagt Karl überlegen und keucht ein böses Lachen heraus. »Hartes Stück Artillerie.«
Es ist das erste Mal, daß ich von seiner Spritze höre, und es gefällt mir gar nicht. Es erschreckt mich sogar zutiefst. »Ich find nicht, daß es eine gute Idee ist, eine Spritze an einem Rootbeer-Stand zu haben, Karl.« Karl mag es nicht, wenn ich von Rootbeer rede oder von einem »Stand«, aber für mich ist es das. Was denn sonst. Ein Büro?
»Na ja, immer noch besser, als mit dem Gesicht nach unten hinter der Kühlmaschine zu liegen und das eigene Gehirn aus der Papiermütze zu trinken. Oder täusch ich mich?« sagt Karl kühl.
»Gott noch mal, Karl.«
»Mach dir keine Sorgen. Ich hol sie erst nach zehn raus.«
»Weiß die Polizei davon?«
»Die haben mir sogar gesagt, wo ich so 'n Ding kaufen kann. Oben in Scotch Plains.« Karl schreit das ins Telefon. »Ich hätt dir nichts davon erzählen sollen. Du bist so 'n verdammt nervöses Hemd.«
»Es macht mich auch verdammt nervös«, sage ich. »Ich kann dich als Leiche nicht gebrauchen. Dann müßte ich selbst Rootbeer ausschenken, außerdem zahlt die Versicherung nicht, wenn du umgebracht wirst, und da liegt 'ne unregistrierte Kanone rum. Wahrscheinlich stellen sie mich dann vor Gericht.«
»Mach dir ein paar schöne Tage mit dem Jungen. Ich werd die Fe-

stung hier schon halten. Ich hab noch was andres zu tun, als mit dir zu reden. Ich bin nicht allein.«

Jetzt ist kein Durchkommen mehr. Karl will nichts mehr hören. »Hinterlaß mir was auf meinem Anrufbeantworter, wenn dir was komisch vorkommt, hörst du?« sage ich mit wenig überzeugter Stimme.

»Ich hab vor, den *ganzen* Morgen unerreichbar zu sein«, sagt Karl, stößt eine stupide Har-Har-Lache aus und legt auf.

Ich wähle Sallys Nummer noch mal, falls sie nur kurz weg war, um Croissants und den *Daily Argonaut* zu holen. Aber nichts.

Mein letzter Anruf gilt Ted Houlihan – um mich generell zu informieren, aber auch, um nach dem Status unserer »Exklusivvereinbarung« zu fragen. Klienten anzurufen, gehört zum Befriedigendsten an meiner Arbeit. Rolly Mounger hatte vollkommen recht, als er sagte, das Immobiliengeschäft habe nichts mit dem Seelenzustand des Maklers zu tun; ein Telefonat mit einem Klienten entspricht daher in etwa einem angenehmen Tischtennismatch. »Frank Bascombe, Ted. Wie sieht's aus?«

»Alles bestens, Frank.« Ted klingt etwas schwächer als gestern, aber so vergnügt, wie er behauptet. Vielleicht erzeugt ein kleines Gasleck eine unschlagbare Euphorie.

»Wollte Ihnen nur sagen, daß meine Klienten noch mal drüber schlafen, Ted. Das Haus hat sie beeindruckt. Aber sie haben schon eine Menge Häuser gesehen, und jetzt müssen sie sich einen Ruck geben. Ich meine aber, das letzte Haus, das sie gesehen haben, ist das, was sie kaufen sollten, und das war Ihres.«

»Super«, sagt Ted. »Einfach super.«

»Ist noch jemand dagewesen?« Die entscheidende Frage.

»Gestern. Ein paar Leute gleich nach Ihnen.« Eine nicht unerwartete, aber trotzdem ärgerliche Nachricht.

»Ted, ich muß Sie daran erinnern, daß wir Ihr Haus exklusiv führen. Die Markhams verlassen sich darauf. Sie gehen davon aus, daß sie eine Zeitlang in aller Ruhe nachdenken können. Das war so abgemacht.«

»Tja, ich weiß nicht, Frank«, sagt Ted ein bißchen dümmlich. Es ist natürlich vorstellbar, daß Julie Loukinen die Exklusivitätsklausel bei ihm ein bißchen aufgeweicht hat, um ihn nicht abzuschrecken, und sie dann trotzdem auf das Schild gesetzt hat. Vielleicht ist Ted auch weit und breit als ewiger potentieller Verkäufer bekannt, und es ist möglich, daß irgendein anderer Makler sich einfach reindrängt, um die Kommission später aufzuteilen. Wobei uns nur bliebe, ihn vor Gericht zu zerren, und das hieße, das ganze Geschäft platzen zu lassen – was man nie tun sollte. Drittens könnte Ted aber auch ein Schlitzohr sein, das nicht mal dem lieben Gott im Himmel die Wahrheit sagt. Seine angebliche Krankheit könnte Teil der Nummer sein. (Heutzutage überrascht einen nichts mehr.)

»Hören Sie mal, Ted«, sage ich. »Gehn Sie doch mal raus und gucken Sie sich das grüngraue Schild an. Da steht ›exklusiv‹ drauf, wenn mich nicht alles täuscht. Ich will da jetzt keine große Sache draus machen, weil ich hier oben in Connecticut bin. Aber ich werd das am Dienstag in Ordnung bringen.«

»Wie ist das Wetter da oben?« sagt Ted ungerührt.

»Heiß.«

»Sind Sie auf Mount Tom?«

»Nein. Ich bin in Hawleyville. Aber wenn Sie bitte die Güte haben würden, Ted, das Haus niemandem mehr zu zeigen, können wir vielleicht einen großen Prozeß vermeiden. Meine Klienten sollten die Chance haben, ein Angebot zu machen.« Nicht, daß sie nicht reichlich Zeit dafür gehabt hätten. Und jetzt kreuzen sie wahrscheinlich auf den verlassenen, elenden Straßen von East Brunswick herum, immer in der Hoffnung, etwas viel Besseres zu finden.

»Ich hätte nichts dagegen«, sagt Ted, jetzt wieder energisch.

»Gut«, sage ich. »Ich ruf Sie so schnell wie möglich wieder an.«

»Die Leute von gestern haben gesagt, sie würden heut morgen ein Angebot machen.«

»Wenn Sie's tun, Ted«, und ich sage das drohend, »denken Sie daran, daß meine Klienten die erste Option haben. Das haben wir schriftlich.« Zumindest müßten wir's haben. Natürlich ist das der übliche Unfug, den beide Seiten immer wieder einsetzen: das Angebot im Morgengrauen, frisch und fröhlich. Im allgemeinen machen sich Leute (meistens Käufer), die so etwas versprechen, nur wichtig und haben es meistens um fünf Uhr nachmittags vergessen, oder sie wiegen sich in der Illusion, daß alle Beteiligten sich durch die bloße Aussicht auf ein dickes Angebot besser fühlen. Aber natürlich sorgen nur wirkliche Anzahlungen, die man zwischen Daumen und Zeigefinger reiben kann, für gute Laune. Und bis so eins in Sicht kommt, braucht niemand sich aufzuregen (wenn auch ein bißchen »Verkäuferangst« noch nie geschadet hat).

»Frank, ich hab was wirklich Seltsames festgestellt«, sagt Ted, anscheinend im Zustand dämlicher Verwunderung.

»Ja?« Durch das Fenster beobachte ich eine Kleinbusladung behinderter Kinder auf dem Parkplatz des Friendly's. Teenager mit heraushängender Zunge, dünne schielende Mädchen, dickliche Down-Syndrom-Überlebende von undefinierbarem Geschlecht – ungefähr acht. In kurzen Hosen unterschiedlicher Buntheit und dicken Turnschuhen purzeln sie auf den heißen Asphalt. Alle tragen dunkelblaue T-Shirts mit der Aufschrift YALE. Ihre Betreuer, zwei kräftige Collegemädchen in braunen Shorts und weißen Pullovern, die aussehen, als spielten sie Wasserball am Oberlin-College, schließen den Bus ab, während die Kinder alle in verschiedene Richtungen starren.

»Ich hab festgestellt, daß es mir Spaß macht, Leuten mein Haus zu zeigen«, plaudert Ted weiter. »Jeder, der's gesehen hat, schien es zu mögen, und alle finden, daß Susan und ich was draus gemacht haben. Das ist ein gutes Gefühl. Ich hab eigentlich gedacht, daß ich's überhaupt nicht mögen, daß es mich traurig machen würde, weil es ja eine Art Einbruch in mein Leben ist. Wissen Sie, was ich meine?«

»Jaaa«, sage ich. Mein Interesse an Ted läßt rapide nach, weil ich begreife, daß er sehr wahrscheinlich einer jener Spinner ist, die ihr Haus gar nicht verkaufen wollen. »Das bedeutet nur, daß Sie Lust haben, weiterzuziehen, Ted. Sie sind reif für Albuquerque und den Sonnenschein dort.« (Und laß dir die Eier in Bernstein fassen.)

»Mein Sohn ist Chirurg in Tucson, Frank. Ich laß mich im September operieren.«

»Ja, das haben Sie mir gesagt.« (Ich habe die Stadt verwechselt.) Die Schar gestörter Teens und ihre beiden kräftigen, sonnengebräunten Aufpasserinnen kommen jetzt auf die Tür zu, einige der Kinder im Galopp, die meisten tragen Plastikhelme wie Footballspieler. »Ted, ich wollte nur mal nachfragen, wie's gestern gelaufen ist. Und ich hatte das Gefühl, ich sollte Sie an unseren Exklusivvertrag erinnern. Das ist eine ernsthafte Verpflichtung, Ted.«

»Okay«, sagt Ted fröhlich. »Vielen Dank.« Ich stell ihn mir vor, weißhaarig, weiche Hände, klein, aber gutaussehend, wie er am hinteren Fenster steht und sich nachdenklich den Bambus am Zaun ansieht, der ihn so lange von dem friedlichen Gefängnis abgeschirmt hat. In mir hinterläßt das ein dumpfes Gefühl, die ganze Sache falsch angepackt zu haben. Ich hätte in der Nähe der Markhams bleiben sollen, habe aber instinktiv etwas anderes gemacht.

»Frank, ich denk mir, wenn ich diese Krebsgeschichte hinter mir hab, könnte ich's vielleicht selbst mal mit dem Immobiliengeschäft versuchen. Ich glaub, ich hab Begabung dafür. Was meinen Sie?«

»Sicher. Aber man braucht dazu gar keine Begabung, Ted. Es ist so, als wär man Schriftsteller. Man hat nichts zu tun, also sucht man sich was zu tun. Ich muß jetzt los. Ich muß meinen Sohn abholen.«

»Schön für Sie«, sagt Ted. »Nur zu. Wir reden ein andermal.«

»Bestimmt«, sage ich finster, und dann ist das vorbei.

Die Kinder stehen nun in einer Gruppe vor der Glastür, die Betreuerinnen gehen lachend zwischen ihnen herum. Ein Junge reißt wild an der Klinke und starrt zornig in die Glasscheibe, in der er zweifellos sein Spiegelbild sehen kann. Der Rest blickt immer noch ziellos in der Gegend herum. Als die erste Betreuerin die Tür aufzieht, starrt der an der Klinke hängende Junge sie wütend an und stößt ein lautes, völlig ungehemmtes Brüllen aus. Durch die offene Tür schlägt mir heiße Luft ins Gesicht. Dann strömt der ganze Haufen herein und an mir vorbei, auf dem Weg zur zweiten Tür.

»Hoppla«, sagt das erste der großen Mädchen mit einem wundervoll großzügigen Lächeln zu mir. »Tut mir leid, wir sind ein bißchen unbeholfen.« Sie treibt im Gewimmel der Kinder in

ihren Yale-Hemden an mir vorbei. Ihr T-Shirt hat ein hellrotes Feld auf der Brust, auf dem *Challenges Inc.* steht, und darunter *Wendy*. Ich schenke ihr ein ermutigendes Lächeln.
Plötzlich wirbelt der Down-Junge, der immer noch an der Tür hängt, nach links herum und brüllt wieder, möglicherweise meint er mich, seine dunklen Zahnstümpfchen zusammengebissen, sein dickes weißes Ärmchen erhoben, die Faust geballt. Ich stehe am Telefon und lächle auf ihn hinunter – ich habe immer noch Hoffnungen für diesen Tag.
»Das heißt, daß er Sie mag«, sagt die zweite Betreuerin – *Megan* –, die am Schluß der Herde an mir vorbeikommt. Sie macht sich natürlich über mich lustig. In Wirklichkeit bedeutet das Gebrüll: »Laß unsere Mädchen in Ruhe, oder es gibt was aufs Maul.« (In vieler Hinsicht sind alle Menschen gleich.)
»Er scheint mich zu kennen«, sage ich zu Megan mit den goldenen Armen.
»Aber ja, er kennt Sie.« Sie hat Sommersprossen und schlichte braune Augen. »Sie sehen alle gleich aus, aber uns können sie auf Kilometer auseinanderhalten. Sie haben einen sechsten Sinn.« Sie lächelt ohne jede Befangenheit, ein Lächeln, das vielleicht ein paar Minuten, wohl aber keine Stunden mit Sehnsucht erfüllen könnte. Die innere Tür zum Friendly's geht zischend auf, schließt sich dann langsam hinter ihr. Und ich trete in den sonnigen Morgen hinaus, um mich auf meine letzte Etappe nach Deep River zu machen.

Gegen neun Uhr fünfzig – ich habe das Gefühl, spät, spät, spät dran zu sein – brettere ich die Hügel rauf und runter auf Middletown, Waterbury und Meriden zu, die schon vom silbernen Dunst des Morgens verhüllt daliegen. Die CT 147 ist so grün, kurvenreich und schön wie eine von Hecken eingefaßte Landstraße in Irland, nur ohne Hecken. Kleine Stauseen, gemütliche Naturschutzparks, winzige Ski-»Berge«, wie gemacht für Highschool-Mannschaften, und solide Holzhäuser mit Satellitenschüsseln im Garten tauchen hinter jeder Kurve auf. Viele Häuser stehen zum Verkauf, fällt mir auf, und viele Vorgartenbäume tragen gelbe Schleifen. Ich kann mich nicht erinnern, wo und von wem zur Zeit Amerikaner gefangengehalten werden, obwohl es immer vorstellbar ist, daß es *irgendwo irgendwelche* Gefangenen geben muß. Oder die gelben Bänder drücken eine Wunschvorstellung aus, die Sehnsucht nach einem neuen sauberen kleinen Krieg wie Grenada, der für alle Beteiligten so glatt abgelaufen ist. Patriotische Gefühle sind viel erwärmender, wenn sie sich auf etwas Kurzes, Übersichtliches richten, und nichts trägt mehr dazu bei, sich selbst frei wie ein Vogel zu fühlen, als jemand anderem kräftig in den Hintern zu treten und ihm die Freiheit zu rauben.

Widerstrebend kehren meine Gedanken zu den traurigen Markhams zurück, die zweifellos genau in diesem Moment in irgendeine schaurige Sackgasse einbiegen. Wahrscheinlich begleitet von einer näselnden, dicklichen Vertreterin meiner Profession, deren Geplapper sie vollends demoralisiert. Ein unanständiger, unprofessioneller Teil von mir hofft, daß sie aus Angst davor, mich reumütig mit einem Angebot anrufen zu müssen, auf das letzte Haus springen, das sie an dem Tag gesehen haben: etwa ein leerstehendes Monster im Cod-Stil mit Dachfenstern, dessen Besitzer es der Bank überlassen mußten, als sie 1984 nach Moose Jack zogen, ein düsterer, möglicherweise radonverseuchter Schuppen mit leckender Sickergrube, dessen Regenrinnen repariert werden müssen, bevor die Blätter fallen.

Warum die Markhams mir in diesem ansonsten angenehmen und profitablen Sommer so sehr den Sinn verdunkeln, ist nicht klar. Vielleicht, weil ich mir soviel Mühe gegeben habe und ihnen nach all den Enttäuschungen, Behinderungen und idiotischen Umwegen nun das richtige Haus angeboten habe, ein wahres Weihnachtsgeschenk, das sie nur noch annehmen müssen. Und weil ich fürchte, daß sie es nicht einmal richtig angucken, woraufhin ihr Leben eine weitere Wendung zum Schlechteren nehmen wird. Dabei sollte man doch schlau genug sein, zuzugreifen, wenn einem etwas Gutes geboten wird.

Vor Jahren, erinnere ich mich, in dem Monat, bevor Ann und ich nach Haddam zogen, den frischen, glücklichen Vorstadtäther in der Nase, kamen wir plötzlich auf die Idee, einen praktischen, stabilen Volvo zu kaufen. Wir fuhren im alten Chrysler Newport meiner Mutter zum Händler in Hastings-on-Hudson, guckten

uns anderthalb Stunden die Autos an – rieben uns am Kinn, kratzten uns am Kopf, ganz die potentiellen jungen Käufer. Wir betasteten die spiegelnde Karosserie eines schlicht olivgrünen Kombis, setzten uns auf seine vernünftigen Sitze, rochen sein frostiges Parfüm, sahen nach, wieviel Platz im Handschuhfach war, und überprüften den ungewohnten Wagenheber und das Werkzeug. Schließlich stellten wir uns sogar vor, wir wären mit ihm unterwegs. Wir sahen – Ann neben mir – durch die Windschutzscheibe und das Fenster des Ausstellungsraums hinaus auf eine Phantasiestraße in unsere Zukunft als neue Volvobesitzer.
Bis wir schließlich entschieden, daß wir's nicht tun würden. Wer weiß, warum? Wir waren jung, erfanden jede Minute das Leben neu, wiesen dies zurück, sagten ja zu jenem, ganz nach Laune. Und ein Volvo, ein Wagen, den ich vielleicht heute noch haben würde, um Blumenerde oder Lebensmittel oder Kaminholz zu transportieren oder um mit ihm zum Fischen zu fahren – ein Volvo paßte irgendwie nicht zu uns. Danach fuhren wir in die Stadt zurück, zu dem, was zu uns paßte, zu unserer wirklichen Zukunft: Ehe, Kinder, Sportjournalismus, Golf, Fröhlichkeit, Trauer, Tod, tiefes Unglück, die Unfähigkeit, in dem ganzen Wirbel ein Zentrum zu finden, und später Scheidung, Trennung und die lange Reise ins Heute.
Manchmal allerdings, wenn ich in der richtigen Stimmung bin, wenn mich die Vergangenheit überwältigt und ich mir betrogen und verraten vorkomme und zufällig einen robust-glatten schwarzen oder silbernen Volvo neueren Typs sehe – mit seinen beneidenswerten Sicherheitsstatistiken, seinem Motor, der bei einem Zusammenstoß herausfällt, seinem mehr als geräumigen Kofferraum und der Karosserie aus einem Stück –, dann frage ich mich mit einem ziehenden Schmerz im Herzen: *Was wäre, wenn?*
Was, wenn unser Leben anders verlaufen wäre... in eine Richtung, in die ein *Auto* uns hätte führen können, ein Leben, für das dieses Auto jetzt ein Symbol wäre? Ein anderes Haus, eine andere Stadt, eine andere Kinderzahl und so weiter. Wäre dann alles besser? Solche Dinge geschehen, und aus eben solchen unerheblichen Gründen. Und es kann lähmend sein, wenn man bedenkt,

daß eine unbedeutende Entscheidung, ein Hebel, den man in diese, statt in die andere Richtung umlegt, viele Dinge zum Besseren hätte wenden, vielleicht sogar alles hätte retten können. (Meine größte Schwäche und Stärke ist, daß ich mir immer vorstellen kann, wie alles – eine Ehe, eine Unterhaltung, eine Regierung – auch ganz anders sein könnte. Eine Eigenschaft, die vielleicht einen guten Anwalt oder Romanschriftsteller oder Makler aus einem machen kann, die aber auch dafür sorgt, daß man nicht ganz so verläßlich oder ethisch gefestigt ist wie vielleicht erwünscht.)

Es ist besser, diese Gedanken ruhen zu lassen. Obwohl das sicher auch ein Grund dafür ist, daß mir die Markhams an einem Wochenende nicht aus dem Sinn gehen, an dem mein eigenes Leben an einem Wendepunkt oder zumindest vor einer Biegung zu stehen scheint. Wahrscheinlich kennen Joe und Phyllis diese Dinge ebensogut wie ich und sind krank vor Angst. Trotzdem, auch wenn es schlimm ist, das Falsche zu tun, wie ich es bei dem Volvo vielleicht getan habe – noch schlimmer ist es, schon im voraus alles zu bereuen und das Vorsicht zu nennen. Und ich glaube, genau das tun sie, während sie sich in East Brunswick herumtreiben. So was verhindert die Katastrophe auch nicht. Da ist es besser – viel, viel besser –, der alten Davy Crockett-Regel zu folgen (ein wenig für den Erwachsenengebrauch umformuliert), die da sagt: Geh sicher, daß du nicht völlig falsch liegst, dann marschier los.

Um halb elf liegt die nichtssagende Unistadt Middletown hinter mir, und ich bin auf Route 9. Ich habe den nur mäßig atemberaubenden Blick auf den Connecticut-River vor mir, auf dem Urlauber eifrig Kanus paddeln, mit Jetskis herumrasen, windsurfen, segeln, Wasserski fahren oder sich an Fallschirmen direkt in die Brühe stürzen. Nun noch den Fluß runter in gerader Linie nach Deep River.

Unter meinen nachgeordneten Hoffnungen nimmt einen prominenten Platz die ein, Charley nicht sehen zu müssen – aus Gründen, die ich vielleicht bereits ans Licht gebracht habe. Mit etwas Glück pflegt er irgendwo außer Sichtweite sein angeschlagenes

Kinn oder wachst sein Dinghy oder guckt der Angelschnur nach oder kritzelt in seinem Skizzenbuch – was immer reiche Architektendilettanten tun, wenn sie nicht gerade Marathon-Rommé-Turniere spielen oder versuchen, sich mit geschlossenen Augen die Fliege zu binden.

Ann versteht, daß ich Charley nicht gerade hasse, daß ich aber glaube, hinter ihrer Aussage, sie liebe ihn, stehe sozusagen ein Sternchen, das darauf hinweist, daß es auf dem Gebiet frühere, weit überlegene Leistungen gibt. Womit ich so tue, als sei ich sicher, daß sie das alles eines Tages hinwerfen und den letzten langen Walzer des Lebens mit mir und mir allein beginnen wird (obwohl keiner von uns das zu wollen scheint).

Bei fast allen meinen früheren Besuchen habe ich hinterher immer das Gefühl gehabt, als wäre ich über den Zaun gestiegen, hätte mich auf das Grundstück geschlichen und mich dann mit den Kindern davongemacht, als wäre die Polizei hinter mir her. Egal wohin, zur Muschelausstellung in Woods Hole, einem Spiel der Mets, einer böigen Überfahrt mit der Fähre nach Block Island, um dort ein bißchen gestohlene Zeit zu genießen. Ann sagt, daß diese Gefühle selbstgemacht sind. Ja, und? Ich habe sie nun mal.

Im Gegensatz zu mir, der ich alles für wandelbar halte, ist Charley der Typ Mann, der auf »Charakter« setzt. Wenn er allein ist, meditiert er wahrscheinlich über »Werte« und »Treu und Glauben«, wie man die Spreu vom Weizen trennt und Knaben zu Männern macht. Aber er ist auch einer (darauf würde ich eine Wette abschließen), der vor dem beschlagenen Spiegel im Umkleideraum seines Country Clubs steht und über seinen Schwanz nachsinnt, sich wünscht, er hätte einen größeren, überlegt, ob der rechteckige Spiegel nicht die Proportionen verzerrt, und zu dem Schluß kommt, daß er immer zu klein aussieht, wenn der kritische Besitzer auf ihn hinunterblickt, und daß seiner, absolut gesehen, größer ist, als er wirkt, weil Charley hochgewachsen ist. Und das ist er wirklich.

Eines Abends standen wir zusammen unterhalb des Hügels, auf den er sein Haus gestellt hat, und scharrten mit den Schuhen im Kies des Weges, der zu seinem Bootshaus hinunterführt. Und da, an dieser kleinen, von wilden Rosen umwucherten Gezeitenbucht, die durch einen Wall aus Tulpenbäumen vom Connecticut-River abgeschirmt wird, sagte Charley zu mir: »Also weißt du, Frank, Shakespeare muß 'n ziemlich helles Kerlchen gewesen sein.« In seiner großen knochigen Hand hielt er einen seiner tödlichen Wodka-Gimlets in einem dickwandigen, mundgeblasenen mexikanischen Schwenker. (Er hatte mir keinen angeboten, weil ich nicht über Nacht bleiben wollte.) »Ich hab mir dieses Jahr alles angesehen, was er geschrieben hat, okay? Und ich muß sagen, daß die Schriftsteller seit sechzehnhundert-was-noch die Latte nicht viel höher gelegt haben. Niemand hat menschliche Schwächen klarer gesehen als er, und das mit Sympathie.« Er blinzelte ein paar Mal und wühlte mit der Zunge hinter den Lippen herum. »Und das macht doch die Größe eines Schriftstellers aus, oder? Sympathie für menschliche Schwächen?«

»Ich weiß nicht. Ich hab mir darüber noch keine Gedanken gemacht«, sagte ich trübe, aber ungehobelt. Wie ich wußte, fand Charley es »merkwürdig«, daß ein Mann, der einmal respektable Kurzgeschichten geschrieben hatte, nun Immobilienmakler war. Er hatte auch eine Meinung dazu, daß ich in Anns altem Haus wohnte. Ich habe ihn nie danach gefragt (bin mir aber sicher, daß sie vorurteilsgeladen ist).

»Ja, gut, aber wie siehst *du* das?« schnüffelte Charley durch seine große Episkopalen-Nase. Dabei zog er die silbernen Brauen zusammen, als röche er im Abenddunst ein subtiles Blumenbouquet, das nur ihm zuflog (und möglicherweise seinen Freunden). Er trug die üblichen Mokassins ohne Socken, Khakishorts und T-Shirt, dazu aber einen dicken blauen Pullover mit Reißverschluß, den ich zuletzt vor dreißig Jahren in einem J. Press-Katalog gesehen und mich schon damals gefragt hatte, wer so was kaufte. Er ist natürlich fit wie eine Bulldogge und steht auf irgendeiner Senioren-Squash-Rangliste.

»Ich glaub nicht, daß Literatur etwas mit einer Meßlatte zu tun hat«, sagte ich angeekelt (ich hatte recht). »Sie hat was damit zu tun, in einem absoluten Sinn gut zu sein, nicht besser als irgend jemand.« Ich wünschte, ich hätte das mit einem hysterischen Lachen unterstrichen.

»Okay. Das ist eine sehr hoffnungsvolle Sicht.« Charley zog an seinem langen Ohrläppchen und sah zu Boden. Er nickte, als stellte er sich bildlich vor, was ich da gesagt hatte. Sein dickes weißes Haar leuchtete im letzten Licht der Dämmerung. »Das ist wirklich ziemlich hoffnungsvoll«, sagte er feierlich.

»Ich bin ein hoffnungsvoller Mensch«, sagte ich und fühlte mich prompt so hoffnungslos wie ein Vertriebener im Exil.

»Also gut«, sagte er. »Geht deine Hoffnung so weit, daß du glaubst, wir könnten jemals Freunde werden?« Er hob den Kopf ein wenig und sah mich durch seine metallgerahmten Brillengläser an. »Freund« bedeutete, das wußte ich, in Charleys Sicht das Erhabenste an menschlicher Verfassung, was Männer von Charakter erstreben konnten, so ähnlich wie das Nirwana für die Hindus. Nie in meinem Leben hatte ich weniger Lust, Freunde zu haben.

»Nein«, sagte ich grob.

»Warum nicht? Was meinst du?«

»Weil alles, was wir gemein haben, meine Ex-Frau ist. Und irgendwann findest du es okay, mit mir über sie zu reden, und das würde mir enorm auf den Wecker gehen.«

Charley hielt immer noch sein Ohrläppchen fest, den Gimlet in der anderen Hand. »Könnte sein.« Er nickte nachdenklich. »Man stößt in denen, die man liebt, immer auf etwas, was man nicht versteht, stimmt's? Und dann muß man jemanden fragen. Wahrscheinlich wärst du ein naheliegender Kandidat. Ann ist nicht so einfach, wie du wahrscheinlich weißt.«

Er war schon dabei. »Weiß ich nicht«, sagte ich. »Nein.«

»Vielleicht solltest du's noch mal mit der Ehe versuchen, so wie ich. Vielleicht würdest du's diesmal hinkriegen.« Charley sah mich mit runden Augen an und nickte wieder.

»Ach, fick dich doch ins Knie«, sagte ich idiotischerweise und starrte ihn wütend an. Ich war durchaus bereit, ihm ohne Rücksicht auf sein Alter und seine ausgezeichnete körperliche Verfassung einen Haken zu verpassen (in der Hoffnung, daß meine Kinder es nicht sahen). Ich spürte eine Kühle, die sich wie eine Säule kalter Luft vom Wasser erhob. Die Härchen an meinen Armen stellten sich prickelnd auf. Es war Ende Mai. Kleine Lichter standen wie gestanzt jenseits der Silberfläche des Connecticut.

Ich hörte das metallische Schlagen einer Bootsglocke. In dem Augenblick fühlte ich mich nicht wütend genug, um Charley auszuzählen, eher traurig, einsam, verloren, unglücklich und ziellos neben einem Mann, an dem ich nicht einmal interessiert genug war, um ihn zu hassen, wie ein Mann von Charakter es getan hätte.
»Weißt du«, sagte Charley, den Reißverschluß bis zu seinem klumpigen Adamsapfel hochziehend und an seinen Ärmeln zupfend, als hätte auch er die Kühle gespürt. »Da ist was an dir, dem ich nicht traue, Frank. Vielleicht haben Architekten und Immobilienmakler doch nicht so viel gemeinsam, wie man denken sollte.« Er sah mich wachsam an, als habe er Angst, ich könne ihm an die Kehle springen.
»Das ist vollkommen in Ordnung«, sagte ich. »Ich würde mir auch nicht trauen, wenn ich du wär.«
Charley warf den Inhalt seines Glases mit einer sanften Bewegung auf den Rasen. Er sagte: »Frank, man kann Dur und Moll spielen, aber man sollte in der richtigen Tonlage bleiben, weißt du.« Er schien enttäuscht, fast ratlos. Dann schlenderte er davon, den Kiesweg hinunter auf das Bootshaus zu. »Man muß auch mal verlieren können«, hörte ich ihn theatralisch im Dunkeln zu sich selbst sagen. Ich blieb stehen, bis er unten ankam, die Schiebetür öffnete und wieder hinter sich schloß (ich bin mir sicher, daß er da drin nichts zu tun hatte). Dann ging ich um sein Haus herum, setzte mich ins Auto und wartete auf meine Kinder, die bald mit mir zusammen und glücklich sein würden.

Deep River, das ich eilig durchfahre, ist der Inbegriff dösender, sommerlicher Ambivalenz im südlichen New-England. Ein kleines Nest mit grünen Fensterläden und gefegten Gehsteigen, wo nur Wir-ganz-normalen-einfachen-Leute in stoischer Akzeptanz einer verwässerten kongregationalistischen und römisch-katholischen Mäßigung leben. Während es unten am Fluß die übliche Enklave selbstzufriedener, pseudozurückgezogener Neureicher gibt, die ihre weitläufigen Häuser auf mit Farnen und Schwarzlinden bewachsenen Riesengrundstücken direkt am Fluß errichtet haben – ihre Rückseite entschlossen dem zugekehrt, wie die andere Hälfte lebt. Wohlhabende Jura-Profs aus New Haven, schwerreiche Rechtsverdreher aus Hartford und Springfield, Millionäre im Ruhestand aus New York – sie alle rollen heiter in die Stadt, um bei Greta's Grünzeug, im Blumenkorb, im Steak-Himmel und im Maison du Vin einzukaufen. (Das Körperkunst-Tattoo-Studio, den Pornovideoshop oder den Freundlichen Pfandleiher werden sie weniger häufig aufsuchen.) Dann rollen sie in sonniger Stimmung wieder zurück, den Landrover vollgestapelt mit Hundefutter, Pancetta, Mangold, frischen Tulpen und Gin – alle in Erwartung des Sechs-Uhr-Cocktails, dann Lammkoteletts vom Grill, dann noch eine Stunde herumhängen, dann ins Bett und in der nebelgekühlten Flußbrise schlafen. Es ist kein Vergnügen, sich vorzustellen, daß die eigenen Kinder da leben (oder die Ex-Frau).

Für den Unabhängigkeitstag am Montag scheint hier nichts Extravagantes geplant zu sein. Ein paar schlaffe Flaggen an den Laternenmasten. Die Highschool veranstaltet eine etwas lahme »Freiheitsautowäsche« auf der Auffahrt zum Feuerwehrgebäude, vor dem True Value-Laden gibt es Gartengeräte zu Sonderpreisen. Verschiedene Geschäfte haben sogar die rotweiße Ahornblattflagge neben dem Sternenbanner aufgezogen, was wahrscheinlich auf irgendeine alte Kanada-Verbindung deutet – vielleicht ist hier eine unglückliche Gruppe weißer Siedler 1757 von Montcalms Truppen unverständlicher-, aber großmütigerweise verschont worden, was in den Herzen der Bewohner eine gewisse Zuneigung zu Kanada geweckt hat. Sogar Donnas Friseursalon »Haarscharf« hat ein Schild im Fenster: »Der scharfe Schnitt zum Unabhängigkeitstag.« Aber das ist es dann auch schon – als wollte Deep River sagen: »Wir sind schon so lange da (seit 1635), wir atmen und leben hier jeden Tag den Geist der Unabhängigkeit. In aller Stille. Also erwartet nicht viel.«

Ich biege ab zum Fluß und fahre die baumbestandene Selden Neck Lane entlang in den noch schattigeren, lorbeerüberwucherten Brainard Settlement House Way, der sich durch enge Kurven windet, schmaler wird und in die von Holunderbüschen und Walnußbäumen gesäumte Swallow Lane mündet. Das ist die Straße, an der Anns und Charleys Briefkasten – auch der Briefka-

sten meiner Kinder – unauffällig auf einem schlanken Zedernpfahl ruht, die dunkelgrünen Buchstaben sagen nur: THE KNOLL. Daneben verschwindet eine mit grobem Kies bestreute Auffahrt hinter anonymen Bäumen, so daß den zufällig Vorbeigehenden eine Atmosphäre von exklusiver, nicht unbedingt gastfreundlicher Bewohntheit grüßt: Hier leben Menschen, aber du kennst sie nicht.
In der Zeit, die ich gebraucht habe, um die Stadt hinter mir zu lassen und in diese waldigen Gefilde der Reichen hinunterzukurven, hat sich eine unangenehme Spannung hinter meinen Schläfen eingenistet. Ich habe einen steifen Nacken und spüre einen Druck im oberen Magenbereich, als müßte ich rülpsen oder mich übergeben oder einfach aufplatzen, um mich zu erleichtern. Ich habe ja auch wenig und schlecht geschlafen. Ich habe gestern abend bei Sally zuviel getrunken; ich bin zu weit gefahren, habe zuviel meiner kostbaren Sorgenzeit an die Markhams, die McLeods, an Ted Houlihan und Karl Bemish verschwendet und zuwenig über meinen Sohn nachgedacht.
Aber die quälendste Wahrheit ist natürlich die, daß ich dabei bin, meiner Frau in ihrem auf mich folgenden und besseren Leben einen Besuch abzustatten. Gleich werde ich meine verwaisten Kinder auf den weiten Rasenflächen ihrer flotteren Existenz herumtollen sehen. Vielleicht muß ich schließlich doch eine demütigende, zähneknirschende Unterhaltung mit Charley O'Dell durchstehen, den ich viel lieber gefesselt den Krebsen am Strand zum Fraß vorwerfen würde. Wer würde da keinen Druck hinter den Schläfen und im allgemeinen Thoraxbereich spüren? Mich überrascht eher, daß es nichts Schlimmeres ist.
Ein kleines Plastikschild, das ich vorher nie bemerkt habe, hängt unter dem Briefkasten, es ist wie der Kasten selbst burgunderrot und trägt eine grüne Aufschrift. Sie lautet: DIES IST EIN VOGELSCHUTZGEBIET. HELFEN SIE MIT. SCHÜTZEN SIE UNSERE ZUKUNFT. Karl würde sich freuen, daß die Laubsänger hier in Connecticut noch sicher sind.
Bloß liegt direkt unter dem Kasten, auf dem unkrautbewachsenen Mutterboden, ein Vogel, eine Elster oder Krähe, die Augen vom Tod verklebt, die steifen Federn von Ameisen überrannt. Ich

blicke durch das Seitenfenster auf ihn herab und bin verwundert: Vögel sterben, das wissen wir alle. Vögel haben Herzattacken, Gehirntumore, Anämie, manchmal auch Pech und Unfälle, dann kratzen sie ab wie wir alle – sogar in einem Schutzgebiet, wo niemand es auf sie abgesehen hat und alle sie lieben.

Aber hier? Unter ihrem eigenen Schild? Das ist merkwürdig. Und ich bin mir in meinem schläfenpochenden Unbehagen plötzlich, auf der Stelle, sicher, daß mein Sohn dahintersteckt (nennen wir's den Instinkt eines Vaters). Dazu kommt, daß Tierquälerei eines der deutlichsten Alarmsignale bei Kindern ist: Es bedeutet, daß er den Guerillakrieg der Zermürbung gegen sein neues Zuhause, gegen Charley, gegen kühle Rasenflächen, Morgennebel, Tennisplätze und Solarzellen begonnen hat, gegen alles, was ihm ungewollt geschehen ist. (Ich kann ihn nicht uneingeschränkt schuldig sprechen.)

Nicht, daß ich das Abmurksen unschuldiger Piepmätze billige, auch nicht die Plazierung unter Briefkästen als geflügelte Unheilsboten. Ich billige es nicht. Es macht mir wahnsinnige Angst. Und obwohl ich hoffe, mich an diesem Ort aus häuslichen Konflikten heraushalten zu können, wäre eine kleine Intervention zur rechten Zeit jetzt vielleicht doch angebracht, um Schlimmeres zu verhüten. Also steige ich aus, bücke mich steif mit noch immer anschwellendem Hirn, hebe den stumpffedrigen, ameisenüberlaufenen Kadaver an der Flügelspitze hoch, blicke mich schnell in der sanft geschwungenen Swallow Lane um und werfe ihn dann aus dem Handgelenk flach in die Büsche, wo er lautlos landet und meinem Sohn (hoffe ich jedenfalls) ein wenig Ärger in einem Leben erspart, das bereits jetzt eine ungebrochene Kette zukünftiger Ärgernisse andeutet.

Aus uralter Gewohnheit hebe ich schnell die Hand an die Nase, rieche an den Fingern, falls ich irgendwohin muß – vielleicht zu der Chevron-Tankstelle oben an der Route 9 –, um den Todesgeruch abzuwaschen. Aber im selben Augenblick taucht ein kleiner, dunkelblauer Wagen (ich glaube, es ist ein Yugo) auf und stellt sich quer vor meinen. Auf der Tür trägt er ein silbernes Polizeiabzeichen mit der Inschrift AGAZZIZ SICHERHEITSDIENST. (Wo ist *der* denn hergekommen?)

Ein schlanker blonder Mann in blauer Uniform steigt schnell aus, als bestünde die Möglichkeit, daß ich mich in die Büsche schlage, bleibt dann aber hinter der offenen Wagentür stehen und sieht mich mit einem seltsamen, humorlosen Lächeln an – ein Lächeln, das jeder Amerikaner erkennen würde. Es bedeutet Wachsamkeit, Arroganz, Autorität und die Überzeugung, daß Fremde nur Ärger machen. Vielleicht denkt er, ich klau die Post – Reklame für billige Reggae-CDs oder Ia-Steaks aus Idaho, nur für Feinschmecker.
Ich lasse die Hand sinken – unglücklicherweise riecht sie nach kreatürlichem Tod –, meine Nackensehnen schmerzend angespannt. »Hi«, sage ich betont fröhlich.
»Hi«, sagt der junge Mann und nickt in unklarer Zustimmung. »Was machen Sie da?«
Ich strahle ihn rechtschaffen an. »Ich bin auf dem Weg zu den O'Dells. Vertret mir nur die Beine. War 'ne lange Fahrt.«
»Aha«, sagt er und strahlt kalte Gleichgültigkeit zurück. Er sieht aus wie ein Rasiermesser. Zwar dünn, aber zweifellos in jeder Kampfsportart geschult. Ich sehe keine Schußwaffe, aber er trägt ein Miniaturmikrophon, das es ihm erlaubt, mit jemandem an einem anderen Ort zu kommunizieren, indem er direkt in seine Schulter spricht. »Sie kennen die O'Dells also?« sagt er heiter.
»Ja. Sicher.«
»Entschuldigen Sie, aber was haben Sie da eben ins Gebüsch geworfen?«
»Einen Vogel. Da lag ein Vogel. Ein toter Vogel.«
»Okay«, sagt er und blickt scharf in die fragliche Richtung, als könnte er einen toten Vogel sehen. Kann er aber nicht. »Wo kam der denn her?«
»Muß sich am Außenspiegel verfangen haben. Ich hab ihn erst gesehen, als ich ausgestiegen bin. War 'ne Krähe.«
»Okay. Was für 'n Vogel war das?« (Vielleicht meint er, ich ändere im Lauf des Verhörs meine Geschichte.)
»Krähe«, sage ich, als könne das Wort eine humorvolle Reaktion hervorbringen, was es aber nicht tut.
»Sie wissen, daß das hier ein Schutzgebiet ist. Absolutes Jagdverbot.«
»Ich hab sie nicht gejagt. Ich hab sie nur weggeschafft, um nicht

mit ihr am Spiegel reinzufahren. Ich dachte, das wär besser. Die liegt da gut.« Ich sehe zum Gebüsch hinüber.
»Wo kommen Sie her?« Seine wäßrigen Jungenaugen werfen einen schnellen Blick auf mein blau-gelbes Nummernschild, dann richten sie sich wieder auf mich. Falls ich jetzt behaupte, ich sei aus Oracle, Arizona, oder aus International Falls, kann er schnell Verstärkung anfordern.
»Ich komm aus Haddam, New Jersey.« Ich nehme eine Stimme an, die andeutet, daß ich mich freue, ihm in jeder Weise behilflich zu sein, und bereit bin, einen anerkennenden Brief an seine Vorgesetzten zu schreiben, sobald ich wieder an meinem Schreibtisch sitze.
»Und wie ist Ihr Name, Sir?«
»Bascombe.« Und ich habe nicht das Geringste getan, sage ich im stillen, ich habe nur einen toten Vogel in die Büsche geworfen, um allen Beteiligten Ärger zu ersparen (obwohl ich natürlich gelogen habe). »Frank Bascombe.« Kühle Luft aus meiner offenen Wagentür umgibt mich.
»Okay, Mr. Bascombe. Wenn ich nur mal eben Ihren Führerschein sehen dürfte, verziehe ich mich gleich wieder.« Der junge Mietbulle scheint erfreut zu sein, als gehöre der Satz zum Standardrepertoire und als liebe er es geradezu, ihn aufzusagen.
»Aber sicher«, sage ich, ziehe meine Brieftasche und fische blitzschnell den Führerschein aus dem kleinen Fach unter der Maklerzulassung, der Red Man Club-Mitglieds- und der Universitätsclubkarte heraus.
»Wenn Sie ihn rüberbringen und auf die Kühlerhaube legen würden«, sagt er, während er sein Schultermikrophon zurechtrückt. »Sie gehen zurück, ich guck ihn mir kurz an, dann leg ich ihn wieder hin, und Sie können sich ihn holen. In Ordnung?«
»Aber ja. Scheint mir nur ein bißchen umständlich. Ich könnte ihn Ihnen ja einfach geben.«
Ich mache einen Schritt auf den Yugo zu, der eine federnde Antenne auf dem buckligen Dach trägt. Aber er sagt nervös: »Kommen Sie nicht näher, Mr. Bascombe. Wenn Sie mir Ihren Führerschein nicht zeigen wollen« – er wirft wieder einen Blick auf sein Schultermikrophon – »kann ich auch die Staatspolizei

rufen, und Sie können denen Ihren Fall erklären.« Die liebenswürdige Fassade des blonden Jungen ist verschwunden, und zum Vorschein kommt ein giftiger, sturer Vorschriftenreiter, der nichts lieber täte, als aus offensichtlicher Unschuld klare Schuld zu machen. Ich bin sicher, daß sein wahres Ich gerade mit der Frage beschäftigt ist, wie man Bascombe schreibt, da es offensichtlich ein jüdischer Name ist. New Jersey ist sowieso bis obenhin voll mit Juden, Latinos, Niggern, Kameltreibern und Kommunisten, die alle mal einkassiert und an ein paar Dinge erinnert werden sollten. Ich sehe, daß seine Hände langsam unter die Fensterebene sinken und auf den Rücken wandern, wo er wahrscheinlich sein Eisen trägt. (Ich habe das nicht provoziert, ich übergebe ihm nur meinen Führerschein.)
»Ich bin gar kein Fall«, sage ich, frische mein Lächeln auf, gehe zu seinem Yugo hinüber und lege den Führerschein auf den Kühler über dem Scheinwerfer. »Ich mach das gerne nach Ihren Regeln.« Ich trete ein paar Schritte zurück.
Der junge Mann wartet ab, bis ich zehn Schritte weg bin, dann geht er um seine Wagentür herum und nimmt den Führerschein vorsichtig auf. Ich kann sein idiotisches, goldfarbenes Namensschild über der Brusttasche erkennen. *Erik*. Außer dem blauen Hemd und der blauen Hose trägt er dicksohlige Hilfspolizistenstiefel und ein schwachsinniges kleines rotes Halstuch. Ich sehe jetzt auch, daß er älter ist, als er wirkt. Er sieht aus wie zweiundzwanzig, aber wahrscheinlich ist er fünfunddreißig und hat sich bei sämtlichen Polizeibezirken von Connecticut beworben, ist aber wegen »Unregelmäßigkeiten« beim Rorschach-Test abgelehnt worden.
Erik tritt wieder hinter seine Wagentür und beginnt, meinen Führerschein gründlich zu studieren. Das schließt einen Blick auf mich ein, um mich mit dem Verbrecherfoto zu vergleichen. Ich sehe jetzt, daß er auf der bleichen Oberlippe einen fast farblosen Hitlerjugend-Schnurrbart und auf der Hand eine Tätowierung hat – einen Schädel vielleicht oder eine Schlange, die sich um einen Schädel ringelt (ohne Zweifel eine Kreation des Körperkunst-Studios). Außerdem trägt er einen winzigen Goldknopf im Ohrläppchen. Für Deep River eine amüsante Kombination.

Er dreht den Führerschein um, wohl um nachzusehen, ob ich Organspender bin (bin ich nicht), dann geht er wieder nach vorn, legt ihn auf die Kühlerhaube und kehrt hinter die schützende Tür zurück. Ich kann immer noch nicht sehen, ob er eine Waffe trägt.

»Alles klar«, sagt er mit einem Rest seiner früheren Wärme. Ich weiß nicht, was mein Führerschein ihm gesagt hat, denn wenn ich ein Serienkiller wäre, würde das wohl kaum da draufstehen. »Wir haben hier 'ne Menge Fremder, die in der Gegend rumfahren, Mr. Bascombe. Die Leute, die hier leben, haben's nicht so gerne, wenn sie belästigt werden. Verschafft uns den Job, schätz ich.« Er grinst liebenswürdig. Jetzt sind wir Freunde.

»Ich hab das auch nicht so gern«, sage ich, gehe hinüber und schiebe den Führerschein wieder in meine Brieftasche. Ich frage mich, ob Erik etwas von dem Geruch des toten Vogels mitgekriegt hat.

»Sie würden sich wundern, wie viele Spinner von der I-95 runterfahren und sich hier rumtreiben.«

»Glaub ich sofort«, sage ich. »Hundert Prozent.« Und dann bin ich aus irgendeinem Grund entnervt, als wäre ich tagelang im Knast gewesen und träte nun zum ersten Mal ins grelle Tageslicht hinaus.

»Besonders an Feiertagen«, sagt Erik, der Soziologe. »Und besonders an diesem. Der scheint alle Psychos von New York, New Jersey und Pennsylvania hierherzulocken.« Er schüttelt den Kopf. Aus seiner Sicht sind das die Staaten, wo die Verrückten wohnen. »Sind Sie 'n alter Freund von Mr. O'Dell?« Er lächelt hinter der schützenden Tür. »Ich mag ihn sehr.«

»Nein«, sage ich und gehe zu meinem Wagen zurück, aus dem noch immer kalte Luft herausströmt, was mich noch gereizter macht.

»Dann sind Sie Geschäftsfreunde, nehm ich an«, sagt er. »Sind Sie auch Architekt?«

»Nein«, sage ich. »Meine frühere Frau ist mit Mr. O'Dell verheiratet, und ich hol meinen Sohn ab. Wir wollen einen kleinen Ausflug machen. Hört sich doch gut an, oder?« Ich kann mir leicht vorstellen, Erik weh zu tun.

»Mann, scheint ja ein ernster Fall zu sein«, feixt er hinter seiner

offenen blauen Tür. Jetzt hat er mich natürlich durchschaut: Ich bin ein Verlierer, eine traurige Figur auf einer demütigenden und hoffnungslosen Mission – lange nicht so interessant wie ein Irrer von der I-95. Obwohl auch ein Typ wie ich Ärger machen kann: Vielleicht ist mein Kofferraum vollgestopft mit Molotowcocktails und Plastiksprengstoff. Vielleicht kann ich es gar nicht erwarten, in der Nachbarschaft ein Blutbad anzurichten.
»So schlimm ist es nicht«, sage ich, mache eine Pause und sehe ihn an. »Ich freu mich darauf.«
»Ist Paul *Ihr* Sohn?« sagt Erik. Er berührt seinen Ohrknopf mit dem Mittelfinger, eine kleine Herrschaftsgeste.
»Ja. Sie kennen Paul?«
»Oh ja«, sagt Erik mit einem häßlichen Grinsen. »Wir haben alle schon das Vergnügen gehabt.«
»Alle wer? Was soll das heißen?« Ich spüre, wie sich meine Brauen zusammenziehen.
»Wir haben alle schon mal Kontakt mit ihm gehabt.« Erik beginnt, sich in seinem dämlichen Yugo niederzulassen.
»Ich glaub kaum, daß er Ihnen Schwierigkeiten gemacht hat«, sage ich, denke aber, daß er das wahrscheinlich sehr wohl getan hat und wieder tun wird. Über einen Vogel wie Erik könnte Paul sich totlachen.
Erik sitzt jetzt wieder hinterm Steuer und sagt etwas, was ich nicht verstehen kann. Zweifellos was Unverschämtes, das ich nicht hören soll. Oder er funkt Botschaften über seine Schulter in die Welt hinaus. Er legt den Rückwärtsgang ein, setzt zurück und wendet.
Ich überlege, ob ich etwas Bösartiges sagen, zu ihm hinüberlaufen und ins Fenster schreien soll. Aber ich kann es mir nicht leisten, an der Auffahrt meiner Ex-Frau festgenommen zu werden. Also winke ich nur, und er winkt zurück. Ich glaube, er sagt: »Schönen Tag noch«, bevor er langsam die Swallow Lane hinauf und aus meinem Blick rollt.

Meine Tochter Clarissa ist die erste lebende Seele, die ich erblicke, als ich mit müden Augen auf das Gelände der O'Dells fahre. Sie steht in einiger Entfernung vom großen Haus auf dem weiten Rasenhang oberhalb des Teichs und prügelt mit großer Intensität auf einen gelben Ball ein, der an einer Gummischnur hängt und immer wieder zu ihr zurückspringt. Sie ist ganz allein und selbstvergessen wie ein Sperling, hat keine Ahnung, daß ich sie aus der Ferne beobachte.

Ich stelle den Wagen an der Rückseite des Hauses ab (die Vorderseite blickt auf den Rasen, die Luft, das Wasser, den Sonnenaufgang und, soviel ich weiß, auf den Pfad zur Weisheit) und steige müde in den heißen, von Gezwitscher erfüllten Morgen. Ich bin ganz damit einverstanden, daß ich Paul anscheinend selber suchen muß.

Charleys Haus ist natürlich ein phantastisches Bauwerk mit kalkblauen Schindeln und weißem Holzwerk, einer komplexen Giebelkonstruktion, hohen Fenstern und einer breiten, drei Seiten des Hauses umlaufenden Veranda, von der weiße Treppenstufen auf den Rasen führen – zu genau dem Fleck, wo Charley und ich über Shakespeare gesprochen haben und zu dem Schluß gekommen sind, daß keiner von uns dem anderen traut.

Ich zwänge mich durch eine Reihe purpurrot blühender Hortensien (denke an meine armen, vertrockneten Stauden in der Clio Street), stolpere nur ein bißchen und trete auf den heißen, schattenlosen Rasen hinaus. Ich fühle mich unsicher auf den Beinen und benommen, meine Lider zucken, meine Augen wandern hin und her, um festzustellen, wer mich zuerst sieht (solche Auftritte haben nie Würde). Ich habe zu meiner ewigen Schande vergessen, Clarissa heute morgen ein Geschenk zu kaufen, ein Liebes- und Friedensangebot dafür, daß ich nur ihren Bruder mitnehme. Was gäbe ich nicht für ein buntes Vince Lombardi-Stirnband oder ein Sportbuch mit inspirierenden Halbzeit-Sprüchen. Daraus könnten wir einen ständigen Witz zwischen uns beiden machen. Ich fühle mich hier verloren.

Clarissa hört auf, mit dem Ball herumzutoben, als sie mich sieht, legt die Hand über die Augen und winkt. Sie kann mich offenbar nicht genau erkennen – hofft aber wohl, daß ich es bin und nicht ein Polizist in Zivil, der ihren Bruder verhören will.

Ich winke zurück und merke, daß ich aus irgendeinem Grund,

weiß der Himmel warum, angefangen habe zu *humpeln*, als wäre ich, seit ich meine Lieben das letzte Mal gesehen habe, im Krieg gewesen und als verwandelter und zerschlagener Mann zurückgekehrt. Obwohl Clarissa es gar nicht merken wird. So selten sie mich sieht – neuerdings nur noch einmal im Monat –, ich bin ein zeitloses Inventar ihres Lebens. Nichts würde ihr ungewöhnlich vorkommen; eine Augenklappe, eine Armprothese, ein brandneues Gebiß: alles nicht der Rede wert.

»Hal-loo, hal-loo, hal-loo«, ruft sie aus, als klar ist, daß ich es bin, dem sie ihr Willkommen zuwinkt. Sie trägt starke Kontaktlinsen und sieht auf größere Entfernung nicht gut, was ihr aber egal ist. Sie läuft und hüpft barfuß über das trockene Gras auf mich zu, bereit, mir mit einem Ringergriff um den schmerzenden Hals zu fallen. Es ist jedesmal wie ein Schwitzkasten und läßt mich aufstöhnen.

»Ich bin sofort gekommen, als ich davon gehört hab«, sage ich. (In unserem improvisierten Phantasieleben tauche ich immer gerade noch rechtzeitig auf, um eine Katastrophe abzuwenden – Clarissa und ich sind die verantwortungsvollen Erwachsenen, Paul und ihre Mutter die launischen Kinder, die gerettet werden müssen.) Ich hinke immer noch, aber mein Herz schlägt vor Freude stark und regelmäßig, der Druck hinter den Schläfen ist wie durch ein Wunder verschwunden.

»Paul ist drinnen, mit Mom, er packt, sie streiten sich wahrscheinlich.«

Clarissa springt in ihren leuchtendroten Shorts, die sie über einem blauen Radleranzug trägt, an mir hoch und nimmt mich in ihre Schwitzkastenumarmung, und ich wirbele sie herum, bis ich sie mit weichen Knien im Gras absetze. Sie riecht wundervoll – nach Feuchtigkeit und dem mädchenhaften Parfüm, das sie vor Stunden aufgetragen hat und das jetzt fast verflogen ist. Vor uns liegt das Bootshaus – der Ort des Verbrechens –, der Teich, wieder dicht bedeckt mit rosa Flohkraut und wilder Calla, und weiter draußen stehen die reglosen Tulpenbäume vor dem unsichtbaren Fluß, über dem ein Trupp Pelikane einen langsamen und graziösen Steigflug ausführt.

»Wo ist der Herr des Hauses?« Ich lasse mich schwer neben ihr nieder und lehne den Rücken an die Stange ihres Tetherballspiels. Clarissas Beine sind dünn und braungebrannt, mit einem goldenen Härchenschimmer, ihre nackten Füße milchweiß. Sie legt sich auf den Bauch, das Kinn auf die Hände gestützt, die Augen hinter den Kontaktlinsen klar und fest auf mich gerichtet. Ihr Gesicht ist eine hübschere Version des meinen: kleine Nase, blaue Augen, markantere Wangenknochen als ihre Mutter, von der Paul die breite holländische Stirn und das dicke Haar hat.

»Er a-a-arbeitet in seinem Studi-o-o.« Sie sieht mich wissend und ohne viel Ironie an. Für sie ist das alles hier das Leben – wenige Tragödien, wenige große, überzeugende Siege, alles ganz in Ordnung oder okay. In unserer Familieneinheit geben wir ein gutes Paar ab.

Charleys Studio lugt halb hinter einer Reihe tiefgrüner Laubbäume hervor, die den Rasen begrenzt und bis zum Teich läuft. Ich sehe den Schimmer des Blechdachs, die Zypressenholzpfähle, über die ein Steg führt (ein Projekt, das Charley und sein Zimmergenosse in ihrem ersten Jahr im College, das war '44, als Witz ausgebrütet haben, das Charley aber »immer schon mal bauen wollte«).

»Also, wie ist das Wetter?« sage ich – erleichtert zu wissen, wo er ist.

»Oh, bestens«, sagt Clarissa neutral. Vom Spielen steht ihr noch eine Spur Schweiß auf der Stirn. Mein Hemd wird auf dem Rücken schon naß.

»Und wie geht's deinem Bruder?«

»Bißchen seltsam. Aber okay.« Auf dem Bauch liegend, läßt sie den Kopf auf dem schlanken Hals kreisen, irgendeine Übung aus der Ballettschule oder vom Turnen, aber ein unübersehbares Signal: Sie ist Pauls *buen amiga*; die beiden sind einander näher als wir beide; das hätte mit besseren Eltern alles anders sein können, aber so ist es nun mal nicht.

»Und deiner Mom geht's auch gut?«

Clarissa hört auf, den Kopf kreisen zu lassen, und zieht die Nase kraus, als hätte ich ein unappetitliches Thema angesprochen, dann rollt sie sich auf den Rücken und starrt zum Himmel. »Viel

schlechter«, sagt sie und macht ein nicht überzeugendes besorgtes Gesicht.
»Schlechter als was?«
»Als dir!« Sie zieht die Augenbrauen in gespielter Überraschung hoch. »Sie und Charley hatten diese Woche einen Heuler. Und letzte Woche hatten sie auch einen. Und die Woche davor auch.«
»Heuler« sind große Kräche. »Hmmm, hmm, hmm«, macht sie, was bedeutet, daß sie das meiste, was sie weiß, für sich behält. Ich kann natürlich bei dem Thema nicht weiter nachfragen – eine Grundregel der Scheidung –, obwohl ich gern mehr wüßte.
Ich reiße einen Grashalm aus, halte ihn wie ein ein Reetrohr fest zwischen den Daumen und blase, heraus kommt ein spotzendes, quäkendes, aber immer noch einigermaßen erfolgreiches Saxophongeräusch – ein Trick aus uralten Zeiten.
»Kannst du ›Gypsy Road‹ spielen oder ›Born in the U.S.A.‹?« Sie setzt sich auf.
»Das ist mein ganzes Repertoire auf Gras«, sage ich und lege die Hände auf ihre Kniescheiben, die kalt und knochig und weich zugleich sind. Es ist durchaus möglich, daß sie die tote Krähe riecht. »Dein alter Dad hat dich lieb«, sage ich. »Tut mir leid, daß ich nur Paul kidnappen kann und nicht euch beide. Ich würd lieber als Trio rumziehen.«
»Er braucht es im Moment mehr«, sagt Clarissa und streicht mit einem Grashalm über meine Handrücken, die auf ihren vollkommenen Kniescheiben ruhen. »Ich bin ihm emotional weit voraus. Ich krieg bald meine Periode.« Sie sieht mich bedeutungsschwer an, bläst die Mundwinkel auf, bringt ihre Augen langsam in Schielposition und läßt sie so.
»Na, das ist ja beruhigend«, sage ich, mein Herz macht rumsbums, meine Augen sind plötzlich heiß und unglücklich feucht – nicht von unglücklichen Tränen, sondern von unglücklichem Schweiß, der auf meiner Stirn ausgebrochen ist. »Und wie alt bist du«, sage ich. »Sieben-unddreißig oder acht-unddreißig?«
»Zwölf-unddreißig«, sagt sie und piekst mit dem Grashalm leicht an meine Knöchel.
»Okay, das ist alt genug. Du brauchst nicht älter zu werden. Du bist vollkommen.«

»Charley kennt Bush«, sagt sie mit säuerlichem Gesicht. »Weißt du das?« Ihre blauen Augen sind ernst auf mich gerichtet. Das ist für sie von tiefster Bedeutung. Alles, was Charley möglicherweise hätte vergeben werden können, wird ihm mit dieser tollen Neuigkeit wieder zur Last gelegt. Meine Tochter ist wie ihr alter Herr Demokrat vom New Deal-Flügel und hält die meisten Republikaner und besonders VP Bush für unsägliche Holzköpfe.
»Ich glaub, ich wußte es, ohne es zu wissen.« Ich schrubbe meine beiden Finger im Gras, um den Todesgeruch loszuwerden.
»Er ist für die Partei von Geld, Tradition und Einfluß«, sagt sie etwas zu großspurig, wenn man bedenkt, daß Charleys Tradition und Einfluß ihre Rechnungen, Spiele, Tutus und Geigenstunden bezahlen. Sie ist für die Partei ohne Tradition, ohne Einfluß, ohne Nichts, genau wie ihr Vater.
»Das ist sein gutes Recht«, sage ich und füge ein lahmes »Das mein ich ernst« hinzu. Ich kann nicht umhin, mir vorzustellen, wie Charleys Gesicht aussieht, nachdem Paul ihm eine verpaßt hat.
Clarissa starrt ihren Grashalm an und fragt sich bestimmt, warum sie Charley irgendwelche Rechte zugestehen sollte. »Liebling«, sage ich feierlich, »kannst du mir nicht was über den alten Paul sagen? Du sollst mir kein tiefschwarzes Geheimnis verraten, aber vielleicht ein hellgraues. Es wär natürlich ganz-und-gar-vertraulich.« Letzteres sage ich, um es halbwegs zu einem Witz zu machen, damit sie das Gefühl hat, wir sind Kumpel, wenn sie mir etwas verrät.
Sie starrt schweigend auf den dicken Grasteppich, legt dann den Kopf schief und blinzelt zum Haus mit den blühenden Büschen und der weißen Veranda hinauf. Auf der höchsten Dachzinne, inmitten der hervorspringenden Winkel und Giebelspitzen, hängt eine amerikanische Fahne (eine kleine) an einer Stange, sie bewegt sich ein wenig in einer unmerklichen Brise.
»Bist du traurig?« sagt sie. In ihrem sonnenblonden Haar sehe ich ein schmales rotes Band mit einer Schleife, das ich bisher noch nicht bemerkt habe, wofür ich sie aber auf der Stelle verehre, denn zusammen mit ihrer Frage macht es sie zu einer Person mit komplexen kleinen Eigenheiten.

»Nein, ich bin nicht traurig, außer darüber, daß du nicht mit Paul und mir nach Cooperstown fährst. Und ich hab vergessen, dir was mitzubringen. Das ist ziemlich traurig.«
»Hast du ein Autotelefon?« Sie hebt anklagend den Blick.
»Nein.«
»Hast du einen Beeper?«
»Nein, leider nicht.« Ich lächle sie wissend an.
»Wie kommst du denn dann mit deinen Anrufen zurecht?«
»Na ja, ich krieg gar nicht so viele. Manchmal ist was von dir auf dem Anrufbeantworter, aber nicht so oft.«
»Ich weiß.«
»Du hast mir nichts über Paul gesagt, Liebling. Ich will ja nur ein guter Papi sein, soweit ich kann.«
»Seine Probleme haben alle mit Streß zu tun«, sagt sie mit offiziell klingender Stimme. Sie reißt noch einen trockenen grünen Grashalm aus und schiebt ihn in den Aufschlag meiner Khakihose. Ich sitze im Schneidersitz neben ihr.
»Unter was für einem Streß leidet er denn?«
»Weiß ich nicht.«
»Ist das deine ganze Diagnose?«
»Ja.«
»Und was ist mit dir? Hast du irgendwelche Streßprobleme?«
»Nein.« Sie schüttelt den Kopf, schürzt die Lippen. »Meine kommen erst später, wenn überhaupt.«
»Wer hat dir das gesagt?«
»Das Fernsehen.« Sie sieht mich ernsthaft an, als wolle sie sagen, daß Fernsehen auch seine guten Seiten hat.
Irgendwo hoch am Firmament höre ich einen Bussard rufen, vielleicht auch einen Fischadler, obwohl ich nichts sehe, als ich aufblicke.
»Was kann ich tun, um Paul bei seinen Streßproblemen zu helfen?« sage ich, und bei Gott, ich wünschte, sie rückte mit einer guten Antwort heraus. Ich würde es in Ordnung bringen, bevor die Sonne untergeht. Irgendwo dann ein anderes Geräusch – kein Raubvogel, sondern ein wummerndes Geräusch, eine Tür oder ein Fenster, eine Schublade vielleicht. Als ich aufsehe, steht Ann am Verandageländer und beobachtet uns über den Rasen hinweg.

Ich habe das Gefühl, sie ist gerade erst gekommen, will aber, daß ich meine Unterhaltung mit Clarissa beende und mich mit Paul auf den Weg mache. Ich winke ihr mit einer freundlichen Ex-Ehemann-der-keinen-Ärger-machen-will-Handbewegung zu, eine Geste, die in mir kein gutes Gefühl hinterläßt. »Ich glaub, da ist deine Mom«, sage ich.

Clarissa sieht zur Veranda hinauf. »Hallo«, sagt sie.

»Wir machen mal lieber Schluß hier.« Sie wird, wie ich merke, aus alter Loyalität nichts Hilfreiches über ihren Bruder sagen. Sie hat Angst, nehme ich an, im Namen der Liebe kompromittierende Geheimnisse auszuplaudern. Heutzutage durchschauen Kinder die Methoden der Erwachsenen, und das haben wir uns selbst zuzuschreiben.

»Vielleicht wär's besser für Paul, wenn du in Deep River wohnen könntest. Oder vielleicht in Old Saybrook«, sagt sie in einem Ton, als erforderten diese Worte eine enorme Anstrengung und bei jedem einzelnen nickt sie leicht. (Eltern können auseinandergehen, sich nicht mehr lieben, sich in großer Bitterkeit scheiden lassen, andere heiraten, viele Kilometer wegziehen – für die Kinder ist das alles erträglich, solange ein Elternteil hinter dem anderen herzottelt wie ein Sklave.)

Es gab natürlich – in der furchtbaren Periode, nachdem Ann '84 weggezogen war – eine kummervolle Zeit, als ich in diesen Hügeln und Flußtälern herumspukte wie ein Schnüffler; ich fuhr auf Schulparkplätzen herum, durch Winkel und Gassen, sah mir Spielhallen und Eislaufbahnen an, Finasts und Burger Kings, nur um die Orte zu sehen, an denen meine Kinder die Tage und Nachmittage verbringen *könnten*, die sie mit mir hätten verbringen sollen. Ich ging sogar so weit, mich nach dem Preis einer Wohnung in Essex zu erkundigen, einem sterilen kleinen Horchposten, von dem aus ich ihnen nahe sein, die Liebe am Leben halten konnte.

Nur hätte es mich noch verdrießlicher gemacht, allein in einer Wohnung aufzuwachen! In Essex! Darauf zu warten, die Kinder zur verabredeten Uhrzeit abzuholen, um sie wohin zu bringen? In meine Wohnung? Und dann auf der Rückfahrt düster die 95 hinunterzuglotzen, einer nachtwandlerischen Arbeitswoche entgegen, bis Freitag, wenn der Irrsinn wieder begann? Es gibt Eltern, die solche Gewaltakte vollführen, ohne mit der Wimper zu zucken, die ihr Leben und das jedes anderen im Umkreis von zehn Kilometern ruinieren, nur um zu beweisen – wenn längst alle Pferde durchgegangen sind –, daß sie immer gute und treue Versorger gewesen sind.

Aber zu denen gehöre ich nicht. Ich habe mich bereit erklärt, meine Kinder weniger oft zu sehen, uns allen dreien nur ab und zu die Fahrt rauf und runter aufzuerlegen, damit ich in Haddam ein Leben führen kann, in das sie hineinschlüpfen können, wenn sie wollen, und in dem ich mir meine geistige Gesundheit bewahre. Statt mich in Orte und Wohnungen zu zwingen, in die ich nicht gehöre, was nur dazu führen würde, daß alle mich hassen. Es ist nicht die beste aller Welten, weil ich die beiden quälend vermisse. Aber es ist besser, ein unvollkommener Vater zu sein als ein vollkommener Irrer.

Und auch wenn ich die Wohnung genommen hätte, wären sie aufgewachsen und weg, bevor ich bis drei hätte zählen können; Ann und Charley hätten sich scheiden lassen. Und ich stünde (im schlimmsten Fall) mit einer wertlosen Wohnung da, die ich nicht einmal verschenken könnte. Dann hätte ich das Haus in der Cleveland Street verkaufen müssen, um mich über Wasser zu halten, wäre vielleicht ganz nach Essex gezogen, um meiner Hypothek Gesellschaft zu leisten, und hätte meine letzten Jahre grimmig damit verbracht, in Kordhosen und Pullover und mit Hush Puppies an den Füßen vor dem Fernseher zu sitzen. Vielleicht mit einem Aushilfsjob in einem kleinen Buchladen, wo Charley manchmal reingetattert käme, um eine Bestellung aufzugeben. Und er würde mich nicht einmal erkennen.

So was passiert! Wir Makler sind manchmal genau diejenigen, die man in solchen Fällen zur Schadensbegrenzung herbeiruft. Zum Glück legte sich meine Verzweiflung ein wenig, und ich blieb, wo ich war und wo ich mich mehr oder weniger auskannte. Haddam, New Jersey.

»Liebling«, sage ich zärtlich zu meiner Tochter, »deine Mutter fänd es überhaupt nicht gut, wenn ich hier wohnte, und du und Paul, ihr hättet kein eigenes Zimmer, wenn ihr zu mir kämt und eure armen alten Freunde besuchtet. Manchmal ändert man Dinge und macht sie nur schlimmer.«

»Ich weiß«, sagt sie barsch. Ann hat sicher noch nicht mit ihr darüber gesprochen, daß Paul vielleicht zu mir ziehen soll. Ich habe keine Ahnung, was sie dazu sagen wird. Vielleicht findet sie es sogar gut, bei aller Loyalität. Mir an ihrer Stelle würde es wahrscheinlich so gehen.

Sie fährt sich mit den Fingern in ihr gelbes Haar, ihr Mund ein Flunsch der Konzentration. Sie zieht die kleine rote Schleife an den feinen blonden Strähnen entlang und übergibt sie mir, noch gebunden, fast beiläufig. »Das ist *mein* neuestes Geschenk«, sagt sie, »du kannst es tragen, dann bist du mein Verehrer.«

»Danke«, sage ich, nehme das kleine Band in die Hand und drücke es. Leider habe ich nichts, was ich ihr meinerseits als Zeichen der Liebe geben könnte. Und dann steht sie auf ihren nackten Füßen, klopft den Hosenboden ihrer roten Shorts ab und schüttelt das Haar aus. Sie guckt dabei mit wirrer Mähne wie eine kleine Löwin nach unten. Ich bin weniger schnell, stehe aber auch auf, wobei ich mich an der Tetherballstange abstütze. Ich sehe zum Haus hinüber, wo jetzt niemand mehr auf der Veranda steht. Aus irgendeinem Grund liegt mir ein Lächeln auf den Lippen. Die eine Hand auf der knochigen Schulter meiner Tochter, ihre rote Schleife, mein Tapferkeitsabzeichen, in der anderen, gehen wir – wir beide – den weiten Hang hinauf.

»Hast du in Mississippi mit deinem Vater mal solche Ausflüge gemacht?« fragt Ann ohne echtes Interesse. Wir sitzen einander auf der großen Veranda gegenüber. Der Connecticut-River, den man jetzt über den ausgezackten Baumwipfeln sehen kann, ist von zierlichen Segelbooten mit rostroten Segeln gefleckt, die Masten unbewegt, während der Wind sie gegen den Strom nach Hartford hinaufträgt. Alles Boote einer bestimmten Klasse, gehoben von einer steigenden Flut.

»Ja, sicher. Manchmal sind wir nach Florida rübergefahren. Einmal sind wir nach Norfolk und haben auf dem Rückweg den Großen Elendssumpf besucht.« Ich habe ihr das schon mal erzählt, aber sie hat es vergessen.

»Und war er elend?«
»Und wie!« Ich lächle sie unverbindlich an, da das nun unser Verhältnis ist.
»Und habt ihr euch immer gut vertragen?« Sie sieht mich nicht an, sondern auf den Rasen hinaus.
»Ziemlich gut. Meine Mutter war nicht dabei, das hat die Sache vereinfacht, also haben wir uns von unserer besten Seite gezeigt. Zu dritt war's komplizierter.«
»Frauen machen Männern eben gern das Leben schwer«, sagt sie.
Wir sitzen tief in zwei riesigen grünen Korbsesseln mit riesigen Kissen, die ein üppiges, verschlungenes Seerosenmuster haben. Ann hat einen auf alt gemachten Krug aus bernsteinfarbenem Glas mit Eistee herausgebracht. Clarissa hat den Tee gemacht und ein dickes Grinsgesicht darauf gemalt. Der Eistee und die Gläser und ein kleiner Eiskübel aus Zinn stehen auf einem niedrigen Beistelltisch in Kniehöhe. Wir warten beide auf Paul, der spät aufgestanden ist und nur langsam in Gang kommt. (Von unserem gefühlvollen Abschied bei dem Telefongespräch von gestern abend ist nichts mehr zu spüren.)
Ann fährt mit den Fingern durch ihr dichtes, sportlich kurzgeschnittenes Haar, das sie so gefärbt hat, daß ein paar hellere Strähnen darin aufleuchten. Es sieht gut aus. Sie trägt weiße Golfshorts und ein teuer aussehendes, ärmelloses Top in einer erdigen gelbgrauen Farbe, das lose herabfällt und ihre Brüste fast geheimnisvoll betont. Braune Halbschuhe ohne Socken lassen ihre gebräunten Beine noch länger und kräftiger aussehen, was einen leichten erotischen Taumel in mir auslöst. Das habe ich von diesem Tag nicht erwartet. Ich habe im letzten Jahr bemerkt, daß Anns wunderbarer Hintern ein wenig voller geworden ist, daß ihre Oberschenkel und Oberarme etwas fülliger und schlaffer geworden sind. Aus meiner Sicht ist eine gewisse angespannte Mädchenhaftigkeit, die immer da war (und die ich nie so recht mochte), dabei zu verschwinden und durch eine weichere, fraulichere und in jeder Hinsicht substantiellere und reizvollere Reife ersetzt zu werden, eine Reife, die ich außerordentlich bewundere. (Ich könnte das erwähnen, wenn ich die Zeit hätte, deutlich zu machen, daß ich es mag; aber ich sehe, daß sie heute Charleys

protzige Goldkette trägt, und so erscheint mir der Gedanke lächerlich.)
Sie hat mich nicht hereingebeten, aber ich hatte schon von mir aus beschlossen, das unselige verglaste »Familienzimmer« nicht zu betreten, in das ich durch die hohen getönten Fenster neben mir hineinsehen kann. Charley hat da drinnen natürlich ein großes antikes Teleskop installiert, mit allen notwendigen Messingknöpfen und -beschlägen, eingravierten Kalibrationen und Mondphasen. Sicher kann er damit bis zum Tower von London gucken, wenn er Lust hat. Ich kann auch das gespenstisch weiße Untier von einem Flügel ausmachen und daneben den Beaux Arts-Notenständer, vor dem Ann und Clarissa wohl an manchem kalten Winterabend zu Charleys Erbauung Mendelssohn-Duette spielen. Kein erfreulicher Gedanke.
Die Wahrheit ist, daß ich, als ich einmal darin gewartet habe (ich wollte die Kinder abholen, um mit ihnen zu der Schleuse in South Hadley zu fahren, wo Fische mit einem Lift befördert werden), fast eine Stunde lang die eindrucksvoll auf dem Couchtisch liegende Bildbandsammlung durchblätterte (*Klassische Golfkurse, Erotische Friedhofskunst, Segeln*) und schließlich weiter unten im Stapel auf ein grellpinkes Anzeigenblatt einer Frauenklinik in New London stieß, das einen Kurs zur Verbesserung der sexuellen Leistungsfähigkeit anbot, was mich auf der Stelle in Panik versetzte. Klüger also, auf der Veranda zu bleiben und sich wie ein verlegen grinsender Schüler vorzukommen, der mit den Eltern plaudert, während er auf sein Mädchen wartet.
Ann hat mir schon erklärt, daß ich noch gar nicht weiß, wie schlimm es gestern war. Noch viel schlimmer als das, was sie mir gestern abend erzählt hat, als sie mir vorwarf, ich könnte »Sein« und »Schein« nicht auseinanderhalten (was vielleicht früher mal stimmte, aber jetzt nicht mehr). Wie es scheint, hat Paul nicht nur den armen Charley mit einer Ruderdolle von dessen eigenem verdammten Dinghi verletzt, er hat auch seiner Mutter in eben dem Wohnzimmer, das ich nicht betreten will, und in Anwesenheit des beschädigten Charley mitgeteilt, daß sie »Arschloch Chuck« loswerden *müsse*. Anschließend ist er rausmarschiert, in den Mercedes-Kombi seiner Mutter gestiegen, führerscheinlos

aus der Auffahrt rausgebrettert und gleich aus der allerersten Kurve geflogen, wobei er eine zweihundert Jahre alte Bergesche auf dem Grundstück des Nachbarn (natürlich ein Rechtsanwalt) gestreift hat. Er ist mit dem Kopf aufs Lenkrad geknallt, hat den Airbag ausgelöst und sich am Ohr verletzt, so daß er in der Ambulanz von Old Saybrook genäht werden mußte. Erik, der Mann von Agazziz, war sofort nach dem Unfall zur Stelle – so wie er auch mich erwischt hat – und brachte ihn nach Hause. Die Polizei wurde nicht eingeschaltet. Dann verschwand er später noch mal, dieses Mal zu Fuß, und kam erst lange nach Einbruch der Dunkelheit zurück. (Ann hörte, wie er in seinem Zimmer einmal bellte.)

Sie hat natürlich Dr. Stopler angerufen, der sie ruhig auf die Grenzen der Wissenschaft hinwies. Keiner könne sagen, wie der Kollege Verstand mit dem Kollegen Hirn zusammenarbeite, ob gut, schlecht oder überhaupt nicht. Belastete Familienverhältnisse seien aber in jedem Fall Faktoren, die bei Kindern zu Nervenkrankheiten führen könnten. Und Paul habe, das wisse er ja bereits, ein paar ungünstige Vorbedingungen: einen toten Bruder, geschiedene Eltern, einen Vater, der selten auftaucht, zwei große Umzüge vor der Pubertät (plus Charley O'Dell als Stiefvater).

Er räumte aber ein, daß Paul, als er damals im Mai seine diagnostische »Unterhaltung« mit ihm hatte, in keiner Weise geringe Selbstwertgefühle, Selbstmordneigungen oder neurologische Fehlfunktionen gezeigt habe. Er war nicht einmal besonders »oppositionell« (damals), sein IQ war nicht abgestürzt, und er hatte keine Verhaltensstörungen – was hieß, daß er keine Brände legte oder Vögel umbrachte. Er habe sogar, so der Doktor, »wirkliches Mitgefühl« gezeigt und eine »fast unheimliche Fähigkeit, sich in andere hineinzuversetzen«. Aber die Umstände können sich immer über Nacht ändern, und Paul könnte in diesem Augenblick sehr wohl unter einer oder jeder der erwähnten Krankheiten leiden, und vielleicht hat er auch beschlossen, überhaupt jedes Mitgefühl aufzugeben.

»Im Moment geht er mir wirklich auf die Nerven«, sagt Ann. Sie steht am Verandageländer, wo ich sie vorhin zuerst gesehen habe,

und starrt über den schimmernden Flußstreifen auf die paar kleinen weißen Hausfassaden, die tief im satten Grün der Bäume eingebettet die Sonne auffangen. Ich werfe wieder einen verstohlenen, billigenden Blick auf ihre neue Fraulichkeit, die sie nichts von ihrer sexuellen Attraktivität gekostet hat. Auch ihre Lippen, fällt mir jetzt auf, wirken voller, als hätte sie sie »betonen lassen«. (Solche Schönheitsoperationen gehen manchmal wie ein Lauffeuer durch wohlhabendere Gemeinden, wie eine Welle neuer Küchengeräte.) Sie reibt sich mit dem Schuh über ihre muskulöse Wade und seufzt. »Du weißt gar nicht, wie gut du's gehabt hast«, sagt sie, nachdem sie eine Zeitlang schweigend hinausgestarrt hat.
Ich beabsichtige, nichts zu sagen. Eine genaue Untersuchung dessen, wie gut ich es gehabt habe, könnte zu leicht dazu führen, mehr von meinen »Sein/Schein«-Missetaten aufzudecken, und sich mit der Möglichkeit verbinden, daß ich ein Feigling oder ein Lügner oder Schlimmeres bin. Ich kratze mich an der Nase und kann *noch immer* Krähe an meinen Fingern riechen.
Sie sieht sich zu mir um. Ich sitze nicht sehr bequem auf meinen Seerosen.
»Wärst du bereit, mal zu Dr. Stopler zu gehen?«
»Als Patient?« Ich blinzle.
»Als Elternteil«, sagt sie. »*Und* als Patient.«
»Ich bin nicht in New Haven zu Hause«, sage ich. »Und ich mag keine Shrinks. Sie wollen nur, daß man sich verhält wie alle anderen.«
»Da mach dir mal keine Sorgen.« Sie sieht mich an wie eine ungeduldige ältere Schwester. »Ich meine nur, wenn du und ich, oder vielleicht du und ich und Paul mal runterfahren, könnten wir ein paar Dinge ausbügeln. Das ist alles.«
»Wir können Charley ja noch dazubitten, wenn du willst. Er könnte ein bißchen Ausbügeln gebrauchen, wenn ich mich nicht täusche. Er ist auch Elternteil, oder?«
»Er macht das, wenn ich ihn darum bitte.«
Ich gucke mich um und sehe auf das getönte Fenster, hinter dem der Gespensterflügel und eine Menge ultramoderner, heller Möbelstücke mit klaren Linien vor pastellfarbenen Wänden stehen.

Dies soll einerseits den Eindruck einer interessanten Raumgestaltung erwecken und andererseits unvorstellbar gemütlich sein. In der Scheibe spiegelt sich der Azurhimmel, ein Teil des Rasens, ein paar Zentimeter Bootshausdach und eine Kette ferner Baumwipfel. Es ist ein leerer Ausblick, das Elend opulenter amerikanischer Eintönigkeit, in das Ann aus irgendeinem Grund eingeheiratet hat. Ich würde am liebsten aufstehen und auf den Rasen hinausgehen – dort im Gras auf meinen Sohn warten. Ich habe keine Lust, Dr. Stopler zu treffen und meine Schwächen behandeln zu lassen. Meine Schwächen haben mich immerhin so weit gebracht.

Hinter dem Glas wird aber unerwartet die zierliche Gestalt meiner Tochter sichtbar, die von links nach rechts geht, wohin, weiß ich nicht. Als sie vorbeigeht, blickt sie zu uns heraus – auf ihre Eltern, die sich streiten –, und zeigt in der Annahme, daß ich sie nicht sehen kann, einem oder beiden von uns in einer spiralförmigen, beschwörenden Bewegung wie bei einem feierlichen Salam den Finger und verschwindet dann durch die Tür in einen anderen Teil des Hauses.

»Ich denk mal drüber nach«, sage ich. »Ich weiß aber immer noch nicht, was ein Milieutherapeut ist.«

Anns Mundwinkel spannen sich vor Mißbilligung – meiner Person. »Vielleicht könntest du deine Kinder mal als eine Form der Selbstentdeckung betrachten. Vielleicht hättest du dann mehr Interesse daran und würdest weniger halbherzig leben.« Ann ist der Ansicht, daß ich ein halbherziger Vater bin; ich bin der Ansicht, daß ich mein Bestes tue.

»Vielleicht«, sage ich, obwohl der Gedanke an grauenvolle wöchentliche Fahrten ins grauenvolle New Haven für teure fünfundfünfzig grauenvolle Minuten von *mea culpa! mea culpa!*, die man einem müden, Grauen-resistenten österreichischen Seelenklempner ins Ohr flüstert, jeden in den Eskapismus treiben muß.

Dahinter steckt natürlich, daß Ann ein sehr unklares Bild von mir und meinen gegenwärtigen Lebensumständen hat. Sie schätzt das Immobiliengeschäft nicht und versteht nicht, warum es mir Spaß macht. Sie glaubt nicht, daß man da überhaupt etwas tun muß.

Von meinem Privatleben weiß sie nur, was die Kinder beiläufig erzählen, sie weiß nicht, welche Ausflüge ich unternehme oder welche Bücher ich lese. Im Laufe der Zeit bin ich für sie immer verschwommener geworden, was sie mit ihrem alten Michiganer Positivismus dazu bringt, fast alles zu mißbilligen, was ich tue, es sei denn, ich arbeitete für das Rote Kreuz und widmete mein Leben verhungernden Menschen an fernen Küsten (keine schlechte zweite Wahl, aber selbst das könnte mir den Vorwurf des Pathos eintragen). In jeder wichtigen Hinsicht bin ich für sie nicht besser als zu der Zeit, als unsere Scheidung ausgesprochen wurde – während sie natürlich Riesenfortschritte gemacht hat.
Nur stört mich das eigentlich nicht. Wenn sie kein klares Bild von mir hat, sehnt sie sich danach und damit indirekt nach mir (das denke ich zumindest). So gesehen, schafft und füllt die Abwesenheit ein sehr erwünschtes Vakuum.
Aber nicht alles ist positiv: Wenn man geschieden ist, fragt man sich immer (ich mich zumindest und manchmal bis zur Besessenheit), was die Ex-Frau von einem hält. Wie sieht sie die eigenen Entscheidungen (wenn sie überhaupt meint, daß man welche trifft)? Ist sie neidisch, oder findet sie gut, was man macht, ist sie herablassend, macht sie einem verächtliche Vorwürfe? Oder ist sie einfach gleichgültig? Das kann einem das Leben ziemlich schwer machen, es zu einer bloßen Funktion der eigenen Sicht von *ihrer* Sicht machen – als beobachtete man den Verkäufer im Spiegel eines Bekleidungsgeschäftes, um festzustellen, ob er den grellkarierten Anzug wirklich gut findet, zu dessen Kauf man noch nicht ganz entschlossen ist. Ich würde es also vorziehen, wenn Ann zu folgender Ansicht käme: Hier ist ein Mann, der sich tapfer von einer gescheiterten und unglücklichen Ehe erholt hat, der inzwischen gesunde Entscheidungen und gute Lösungen für die dornigen Dilemmata des Lebens gefunden hat. Ansonsten ist es mir lieber, daß sie im Dunkeln tappt.
Der wirkliche Trick bei einer Scheidung besteht angesichts dieser zunehmenden Brechungen der Perspektive letztlich darin, sich *selbst* nicht ironisch zu sehen und nicht den Mut zu verlieren. Auf der einen Seite hat man ein so besessen detailliertes Bild von sich selbst aus einer früheren Existenz und auf der anderen Seite ein

ebenso genaues aus der Periode nach der Scheidung, daß es einem fast unmöglich ist, sich selbst nicht als schwaches menschliches Oxymoron zu sehen. Und manchmal ist es verdammt schwierig, überhaupt noch zu erkennen, wer man ist. Nur muß man das. Schriftsteller überleben diesen Zustand besser als andere, weil sie wissen, daß fast alles – *a-l-l-e-s* – weniger aus »Ansichten« besteht als aus Wörtern, die man, wenn sie einem nicht gefallen, auswechseln kann. (Das ist übrigens gar nicht so weit von dem entfernt, was Ann mir gestern abend am Telefon gesagt hat.)
Ann hat sich auf das Geländer gesetzt, ein kräftiges, reizendes Knie hochgezogen, das andere schwingt hin und her. Halb ist sie mir zugewandt, halb beobachtet sie die Regatta der roten Segel. Die meisten Schiffskörper liegen unterhalb der Baumlinie. »Tut mir leid«, sagt sie düster. »Wo fahrt ihr noch mal hin? Du hast es mir gestern abend gesagt, aber ich hab's vergessen.«
»Heute morgen fahren wir rauf nach Springfield«, sage ich heiter – froh, daß ich nicht mehr Gegenstand des Gesprächs bin. »Wir werden den ›Sportlunch‹ in der Basketball Hall of Fame zu uns nehmen. Dann fahren wir weiter nach Cooperstown.« Ich will lieber nicht erwähnen, daß Sally Caldwell vielleicht zu uns stößt. »Morgen früh gucken wir uns die Baseball Hall of Fame an, und um Punkt sechs geb ich ihn in der Stadt ab.« Ich lächle ein verläßliches Sie-sind-bei-uns-in-guten-Händen-Lächeln.
»Er ist doch gar kein großer Baseballfan, oder?« Sie sagt das fast klagend.
»Er weiß mehr, als du glaubst. Außerdem ist das die Ur-Vater-Sohn-Erfahrung.« Ich radiere mein Lächeln aus, um ihr zu zeigen, daß ich nur halb bluffe.
»Und hast du dir ein paar bedeutende Vatersachen ausgedacht, die ihm bei seinen Problemen helfen?« Sie blinzelt mich an und zupft genau wie Charley am Ohrläppchen.
Ich habe nicht die Absicht, zu verraten, was ich Paul auf unserer Fahrt sagen werde. Es ist zu leicht, die eigenen guten Vorsätze zu untergraben, wenn man mit der gedankenlosen Skepsis Dritter kämpfen muß. Ann ist nicht in der richtigen Verfassung, zerbrechliche gute Vorsätze zu stützen, insbesondere, wenn es um meine geht.

»Ich seh die Sache so, daß ich ihm ein Angebot mache«, sage ich hoffnungsfroh. »Ich glaub, er hat einfach Probleme, sich von sich selbst ein Bild zu machen« – das ist sehr milde ausgedrückt –, »und ich will ihm ein besseres anbieten, damit er sich nicht zu sehr an das hängt, was er jetzt hat. Denn das scheint nicht besonders zu funktionieren. Eine falsche Einstellung kann zum Freund werden, wenn man nicht aufpaßt. Es ist sozusagen eine Frage der Risikobewältigung. Er muß schon riskieren, etwas vielleicht ganz Bequemes, was aber nicht funktioniert, aufzugeben, wenn er etwas aus sich machen will. Das ist nicht leicht.« Ich würde gerne wieder lächeln, aber mein Mund ist trocken wie Pappe, weil ich soviel geredet habe. Ich habe mir Mühe gegeben, so aufrichtig zu erscheinen, wie ich es meine. Ich trinke einen Schluck Eistee, der süß ist, wie Kinder ihn mögen. Außerdem ist Zitrone und Zimt und Pfefferminz und weiß der Himmel was noch alles drin, und er schmeckt entsetzlich. Clarissas mit dem Finger gezeichnetes Grinsgesicht ist in der Hitze zerlaufen und zu einer schlechtgelaunten Grimasse geworden.

»Glaubst du, du bist der Richtige, ihm so was wie Risikobewältigung beizubringen?« Ann guckt plötzlich zum Fluß hinüber, als hätte sie in der Sommerluft ein unvertrautes Geräusch gehört. Und tatsächlich kommt eine trübe Brise vom Meer und zieht den Fluß hinauf. Sie bringt Laute und Gerüche mit sich, die für Ann vielleicht ungewohnt sind.

»Ich bin gar nicht so schlecht, was das angeht«, sage ich.

»Nein.« Sie sieht immer noch hinaus. »Nicht, was Risikobewältigung angeht. Das stimmt.«

Ich höre jetzt selbst ein Geräusch, unvertraut und nah, und ich stehe auf und trete ans Geländer, werfe einen Blick über den Rasen und hoffe, daß ich Paul den Hügel heraufkommen sehe. Statt dessen sehe ich links am Rand der Laubbäume Charleys Studio in voller Größe. Wie von Charley mehr als einmal erwähnt, ist es eine richtige Seemannskapelle aus New England, idiotischerweise drei Meter über der Teichoberfläche auf Zypressenpfähle gesetzt und durch einen Steg mit dem Land verbunden. Die Kirchenfarbe wurde abgestrahlt, so daß man die bloßen, überlappenden Bretter sieht. Die Fenster sind große, hohe, klare Spitz-

bögen. Das Metalldach siedet in der Sonne des späten Vormittags.
Und dann erscheint Charley selbst (zum Glück in Miniatur) auf der kleinen Holzveranda, direkt aus dem Brainstorming dieses Morgens. Wahrscheinlich hat er großartige Entwürfe für den Skipalast eines reichen Neurochirurgen in Big Sky oder für einen Taucher-Bungalow in Cabo Cartouche zusammengebraut – und noch immer tost Berlioz in seinen überdimensionalen Ohren. Mit nacktem Oberkörper, braungebrannt und silberhaarig, in seinen üblichen Khakishorts, trägt er einen Teller mit etwas darauf heraus und setzt ihn auf einem niedrigen Tisch neben einem einzelnen Holzstuhl ab. Ich wollte, ich könnte sein großes Teleskop rumschwenken und den Dollenschaden an seinem Ohr besichtigen. Das würde mich interessieren. (Es ist nie leicht zu verstehen, warum die Ex-Frau den Mann heiratet, den sie heiratet, wenn man es nicht selber ist.)
Ich würde aber nun wirklich gerne über Paul reden: über die Möglichkeit, daß er zu mir nach Haddam zieht, damit ich mein Vaterdasein nicht mehr auf Wochenenden und Ferien beschränken muß. Ich habe die damit verbundenen Veränderungen meiner privaten Umstände noch nicht ganz durchdacht. Die neuen Geräusche und Gerüche in meiner Luft, neue Sorgen um Zeit, Privatsphäre, Zurückhaltung. Vielleicht auch eine neue Wertschätzung der Momente, die ich für mich habe, meiner Freiheiten, meiner *Rolle*: ein Mann, der sich wieder in die traditionelle Überwachung eines Vollzeitsohns einfinden muß, in Pflichten, für die Dads gemacht sind, die ich vermißt habe und nach denen ich mich sehne. (Auch würde es mich nicht stören, etwas über die »Heuler« zu hören, die Ann und Charley inszenieren, obwohl es mich nichts angeht und sich als bloßes Nichts herausstellen könnte, Unfug, den sich Clarissa und Paul ausgedacht haben, um die Tagesordnung aller Beteiligten durcheinanderzubringen.)
Aber ich weiß nicht, wie ich damit anfangen soll, und bin, offen gesagt, vor Ann ein wenig gehemmt. (Vielleicht ist das ein weiteres Ziel der Scheidung – die Hemmungen wieder in Kraft zu setzen, die man abgestreift hatte, als alles rosig war.) Es ist eine Versuchung, auf weniger umstrittene Themen auszuweichen, wie

ich es gestern abend gemacht habe: meine Bauchschmerzen wegen der Markhams und McLeods, die steigenden Zinsen, die Wahl, Mr. Tanks – meine unvergeßlichste Begegnung – mit seinem Laster, seiner Katze mit dem goldenen Halsband und seinen Reader's Digests, Lebensumstände, die meine Existenzperiode wie zehn Jahre Sonnenschein aussehen lassen.

Ann sagt plötzlich aus dem Nichts, aber natürlich auch aus allem Durchlebten heraus: »Es ist gar nicht so einfach, geschieden zu sein, nicht? Wir Geschiedenen sind nicht gerade sehr nützlich im Rahmen des großen Ganzen. Wir bringen nichts richtig voran. Wir treiben nur so ungebunden herum, sogar wenn wir gar nicht ungebunden sind.« Sie reibt sich mit dem Handrücken über die Nase und schnaubt. Es ist, als sähe sie uns außerhalb unserer realen Körper, wie Geister über dem Fluß, und als wünschte sie, wir würden verschwinden.

»Eins bleibt uns immer noch.« Sie nennt mich betont selten beim Namen, außer wenn sie wütend ist, und oft tue ich einfach so, als hätte ich etwas überhört, um dann mit einer überraschenden Antwort herauszuplatzen.

»Und das wäre?« Sie sieht mich mißbilligend an, die Stirn umwölkt, während ihr Bein kaum wahrnehmbar zuckt.

»Wir können wieder heiraten«, sage ich, »das liegt doch auf der Hand.« Was nicht heißt, daß es auch so kommen muß. »Im letzten Jahr hab ich drei Paaren Häuser verkauft« – in Wirklichkeit waren es zwei –, »die alle schon mal miteinander verheiratet gewesen waren, sich scheiden ließen, jemand anderen heirateten, sich wieder scheiden ließen, und ihre alte wahre Liebe wieder heirateten. Wenn man's sagen kann, kann man's auch tun, denk ich.«

»Den Spruch lassen wir auf deinen Grabstein setzen«, sagt Ann mit offenem Widerwillen. »Das ist die Geschichte deines Lebens. Du denkst dir irgendwas aus, sagst es, und dann ist es 'ne gute Idee. Aber es war vor sieben Jahren keine gute Idee, mit dir verheiratet zu sein, warum sollte es also jetzt 'ne bessere Idee sein? *Du* bist nicht besser.« (Das ist unbewiesen.) »Es ist durchaus vorstellbar, daß du schlechter bist.«

»Außerdem bist du glücklich verheiratet«, sage ich, zufrieden mit mir, wenn ich mich auch frage, wer das auserwählte Wesen sein wird, das über meinen Grabstein verfügen wird. Am besten ich selbst.

Ann sieht zu Charley hinüber, der mit langen Schritten auf nackten Füßen und mit nacktem Oberkörper wieder in sein Studio zurückwandert, zweifellos um nachzugucken, ob seine Misosuppe fertig ist, und um die Sojasoße und die Schalotten aus dem schwedischen Minikühlschrank zu klauben. Charley, stelle ich fest, hat einen deutlich gebeugten Gang, Kopf voran, Rücken krumm, was ihn überraschend alt wirken läßt. Dabei ist er erst einundsechzig. Das löst in *mir* eine plötzliche, unerwartete und absolut ungewollte und taktisch unkluge Sympathie für ihn aus. Ein Kopftreffer mit einer Dolle hinterläßt natürlich bei einem Mann dieses Alters mehr Eindruck.

»Du denkst, es sollte mir leid tun, daß ich Charley geheiratet hab. Es tut mir aber nicht leid. Überhaupt nicht«, sagt Ann, und ihr brauner Schuh zuckt nervös. »Er ist ein viel besserer Mensch als du« – völlig unbewiesen –, »das kannst du natürlich nicht wissen, weil du ihn nicht kennst. Er hat sogar eine gute Meinung von dir. Er gibt sich große Mühe, den Kindern ein Freund zu sein. Er glaubt, daß wir's mit ihnen ganz gut gemacht haben.« (Seine Tochter, die Schriftstellerin, wird nicht erwähnt.) »Er ist gut zu mir. Er sagt die Wahrheit. Er ist treu.« Dafür würde ich die Hand nicht ins Feuer legen, aber ich kann mich täuschen. Manche Männer sind so. Außerdem würde ich von Charley gerne mal eine Wahrheit hören – zweifellos wäre das irgendeine pompöse konservative Binsenwahrheit: Wer den Pfennig nicht ehrt..., Wo ein Wille ist..., der alte Shakespeare kannte seine Pappenheimer. Meine unbegründete Sympathie für ihn flattert wieder davon.

»Ich hab gar nicht gewußt, daß ich in so hoher Achtung stehe«, sage ich (und bin sicher, daß es nicht stimmt). »Vielleicht sollten wir Freunde fürs Leben werden. Er hat mal so was gesagt. Ich mußte leider ablehnen.«

Ann schüttelt nur den Kopf, tut mich so ab, wie ein großer Schauspieler einen Zwischenrufer im Publikum abtut – vernichtend und ohne ihn richtig wahrzunehmen.

»Weißt du, Frank, als wir vor fünf Jahren alle noch in Haddam wohnten, in diesem kranken kleinen Arrangement, das dir so gelegen kam, und du mit diesem kleinen Flittchen aus Texas rumgemacht und dich bestens amüsiert hast, hab ich tatsächlich eine Anzeige im *Pennysaver* aufgegeben, ›junge Frau sucht männliche Begleitung‹. Ich hab Langeweile und Vergewaltigung riskiert, nur um die Dinge so zu belassen, wie du sie haben wolltest.«

Es ist nicht das erste Mal, daß ich vom *Pennysaver* usw. höre. Und Vicki Arcenault war keineswegs ein Flittchen. »Wir hätten jederzeit wieder heiraten können«, sage ich. »Und ich hab mich nicht bestens amüsiert. *Du* hast dich von mir scheiden lassen, wenn du dich noch erinnern kannst. Uns stand alles offen.«

Möglicherweise werde ich gleich zu hören bekommen, daß die schwierigste Anpassungsphase meines erwachsenen Lebens gar nicht nötig gewesen wäre (wenn ich die Dinge nur klarer gesehen hätte). Das ist das Schlimmste, was man jemandem sagen kann, und ich hätte gute Lust, Ann eine zu scheuern.

»Ich wollte dich nicht heiraten.« Sie schüttelt immer weiter den Kopf, wenn auch weniger kräftig. »Ich hätte nur weggehen sollen, das ist alles. Du weißt ja wahrscheinlich noch nicht mal, warum das mit dir und mir auseinandergegangen ist.« Sie wirft mir einen kurzen, forschenden Blick zu – Sallys Blick unangenehm ähnlich. Ich habe im Moment eigentlich keine Lust, mich mit der Vergangenheit zu beschäftigen, lieber mit der Zukunft oder zumindest der Gegenwart, in der ich mich am ehesten zu Hause fühle. Ich bin aber selbst schuld, weil ich das schwierige Thema Heirat – oder zumindest das Wort – unbesonnen ins Gespräch gebracht habe.

»Ich habe mehrfach zu Protokoll gegeben«, sage ich, um fair und geradeaus zu antworten, »wie ich es sehe. Unser Sohn ist gestorben, und du und ich, wir haben versucht, damit fertigzuwerden, haben es aber nicht geschafft. Dann bin ich eine Weile fortgegangen und hatte ein paar Freundinnen, und du hast die Scheidung eingereicht, weil du mich loswerden wolltest.« Ich stocke und sehe sie an, als hätte ich in der Schilderung unseres Lebens soviel gesagt wie: ein Goya hätte auch von einer Oma in Des Moines gemalt werden können. »Vielleicht täusche ich mich.«

Ann nickt, als versuche sie, meine Sicht der Dinge in ihrem

Kopf zu ordnen. »Ich habe mich von dir scheiden lassen«, sagt sie langsam und sehr genau, »weil ich dich nicht mochte. Und ich mochte dich nicht, weil ich dir nicht traute. Hast du mir je die Wahrheit gesagt, die ganze Wahrheit?« Sie tippt, ohne mich anzusehen, mit den Fingern auf ihrem nackten Schenkel herum. (Das ist das ewige Thema ihres Lebens: die Suche nach Wahrheit und die Niederlage der Wahrheit im Kampf mit den Kräften des Ungewissen, meistens verkörpert durch meine Wenigkeit.)
»Die Wahrheit worüber?« sage ich.
»Irgendwas«, sagt sie, nun wie erstarrt.
»Ich hab dir gesagt, daß ich dich liebe. Das war die Wahrheit. Ich hab dir gesagt, daß ich die Scheidung nicht wollte. Das war auch wahr. Was gab's da sonst noch?«
»Es gab wichtige Dinge, die du nie zugegeben hast. Es hat keinen Sinn, jetzt darüber zu reden.« Sie nickt wieder, wie um das zu bekräftigen. Obwohl in ihrer Stimme unerwartete Trauer liegt und sogar ein Beben der Reue, das mir das Herz schwellen läßt. Meine Luftröhre ist zugeschnürt, so daß ich einen langen, schwärenden Moment nicht sprechen kann. (Es ist ein Jammer: Sie ist traurig und niedergeschlagen, und ich kann nicht antworten.)
»Ziemlich lange«, fährt sie sehr leise und vorsichtig fort, nachdem sie wieder ein wenig zu sich gekommen ist, »wirklich eine lange Zeit hindurch wußte ich, daß wir miteinander noch nicht bei der Wahrheit angekommen waren. Aber das war okay, weil wir zusammen versuchten, dahin zu gelangen. Aber dann empfand ich das plötzlich als hoffnungslos, und ich hab gemerkt, daß es für dich in Wirklichkeit gar keine Wahrheit gab. Obwohl du von mir die ganze Zeit nur die Wahrheit bekommen hast.«
Ann hatte immer den Verdacht, daß andere Leute glücklicher waren als sie, daß andere Männer ihre Frauen mehr liebten, zu größerer Nähe befähigt waren und so weiter. Das ist im modernen Leben wahrscheinlich nicht ungewöhnlich, obwohl es auf unseres nicht zutraf. Aber dies ist das endgültige, verspätete Urteil über unsere ganze Vorzeit: warum die Liebe scheiterte, warum das Leben in so viele Stücke zerbrach und dieses Muster

annahm, wer letztlich die Schuld hatte. Ich. (Warum jetzt, weiß ich nicht. Und tatsächlich ist mir immer noch unklar, wovon sie redet.) Und dennoch möchte ich ihr plötzlich so sehr die Hand aufs Knie legen, um sie zu trösten, daß ich es einfach tue – ich lege ihr die Hand aufs Knie, um sie zu trösten. Nur der Himmel weiß, wie ich sie trösten könnte.
»Kannst du mir nicht irgendwas Bestimmteres sagen?« sage ich sanft. »Frauen? Oder etwas, was ich dachte? Oder etwas, von dem du meintest, daß ich es dachte? Einfach etwas, was mit deinen Gefühlen für mich zu tun hatte?«
»Es war nichts Bestimmtes«, sagt sie gewissenhaft. Und hört dann auf. »Laß uns jetzt davon reden, wie man Häuser kauft und verkauft. Okay? Das kannst du doch so gut.« Sie wirft mir einen unangenehmen, abschätzenden Blick zu. Sie macht sich nicht die Mühe, meine warme, feuchte Hand von ihrem glatten Knie zu schieben. »Ich wollte jemand Aufrichtiges, das ist alles. Das warst du nicht.«
»Herrgott noch mal, ich *bin* aufrichtig«, sage ich. Schockiert. »Und ich *habe* mich gebessert. Man *kann* ein besserer Mensch werden. Du würdest das doch gar nicht merken.«
»Mir ist damals klargeworden«, sagt sie ohne Interesse für mich, »daß du nie richtig da warst. Und das war lange bevor Ralph gestorben ist, aber auch danach.«
»Aber ich habe dich geliebt«, sage ich, plötzlich höllisch wütend. »Ich wollte dein Mann bleiben. Was aus dem Land der Wahrheit wolltest du noch? Sonst gab's doch nichts zu sagen. *Das* war die Wahrheit. Es gibt viel, was man vom anderen nicht wissen kann, und das ist weiß Gott auch besser so. Ich weiß gar nicht, was alles. Da gibt's viel in einem, Zeug, das überhaupt keine Rolle spielt. Und wo zum Teufel soll ich denn gewesen sein, wenn ich nicht da war?«
»Ich weiß nicht. Wo du immer noch bist. Unten in Haddam. Ich wollte nur, daß die Dinge klar und eindeutig waren.«
»Ich bin aufrichtig«, rufe ich und bin wieder versucht, ihr eine zu langen, wenn auch nur aufs Knie. »Du bist eine von denen, die glauben, daß Gott *nur* in den Details steckt, und wenn die dann nicht ganz genau stimmen, ist das ganze Leben vermurkst. Du

erfindest Sachen, die es gar nicht gibt, dann machst du dir Sorgen, daß du sie vielleicht nicht kriegst. Und dann verpaßt du die Sachen, die wirklich da sind. Vielleicht liegt's an dir, weißt du? Vielleicht gibt's für manche Wahrheiten gar keine Worte, oder vielleicht war die Wahrheit das, was du am wenigsten wolltest, oder vielleicht bist du eine wankelmütige Frau. Oder eine mit geringem Selbstwertgefühl oder so was.«
Ich nehme die Hand von ihrem Knie, ich habe keine Lust mehr, sie zu trösten.
»Wir brauchen darüber wirklich nicht zu reden.«
»Du hast angefangen! Du hast gestern angefangen, mit Sein und Schein, als wärst du die große Expertin im Sein. Du wolltest einfach was anderes, das ist alles. Du wolltest mehr, als es gibt.« Sie hat natürlich recht, wir sollten damit nicht weitermachen, da dies ein Streit ist, den zwei Menschen überall haben könnten, gehabt haben, zweifellos im ganzen Land in diesem Moment haben, um die Feiertage richtig einzuleiten. Er hat in Wirklichkeit nichts mit uns zu tun. In gewissem Sinne existieren wir nicht mal, wir beide zusammen.
Ich sehe mich um, sehe die lange Veranda, das große blaue Haus auf seinem riesigen Rasen, die schimmernden Fenster, hinter denen meine Kinder eingesperrt sind, für mich möglicherweise verloren. Charley ist nicht wieder auf seine kleine Veranda herausgekommen. Was ich mir gedacht habe – daß er seinen ethischen Lunch im ethischen Sonnenschein essen wollte, während wir beide weit über ihm und außer Hörweite aufeinander einschlugen –, ist wahrscheinlich ganz falsch. Ich weiß nichts von ihm, und ich sollte nicht so bösartig sein.
Ann schüttelt nur wieder den Kopf, ohne begleitende Worte. Sie läßt sich vom Verandageländer herabgleiten, hebt das Kinn, zieht einen Finger von der Schläfe durch das Haar und wirft einen kurzen Blick in das spiegelnde Fenster, als sähe sie jemanden kommen – was sie tut: unseren Sohn Paul. Endlich.
»Tut mir leid«, sage ich. »Tut mir leid, daß ich dich zum Wahnsinn getrieben habe, als wir verheiratet waren. Hätt ich das gewußt, hätt ich dich niemals geheiratet. Wahrscheinlich hast du recht, ich red mir was ein, und dann glaub ich daran. Das ist mein Problem.«

»Ich dachte, du dachtest so, wie ich dachte«, sagt sie leise. »Vielleicht ist das meins.«
»Ich hab's versucht. Ich hätte es tun sollen. Ich hab dich die ganze Zeit sehr geliebt.«
»Es gibt Dinge, die man hinterher nicht mehr in Ordnung bringen kann, nicht?« sagt sie.
»Nein, hinterher nicht«, sage ich. »Hinterher geht's nicht mehr.« Und genau das ist es letztlich.

»Warum so 'n langes Gesicht?« sagt Paul zu seiner Mutter und auch zu mir. Er ist da, steht grinsend auf der Veranda und sieht viel zu sehr aus wie der jugendliche Mörder von Ridgefield gestern nacht, mit dem Unglück verschwistert wie ein Galgenvogel in der Todeszelle. Und zu meiner Überraschung ist er noch schwammiger und irgendwie größer, mit dicken, erwachsenen Augenbrauen, kräftiger noch als die seiner Mutter, aber mit einem schlechten, teigigen Teint – nicht mehr so wie vor einem Monat und überhaupt nicht mehr wie der kleine leichtgläubige Junge, der zu Hause in Haddam Tauben hielt. (Wie kann sich das alles so schnell ändern?) Er hat sich eine neue, an beiden Seiten hoch ausrasierte Frisur zugelegt, so daß man sein verletztes Ohr mit dem blutigen kleinen Verband sehen kann. Außerdem hat sich sein Gang in ein o-beiniges, hackenschlurfendes, rundschultriges Geschiebe verwandelt, als trüge er zu große Schuhe und wolle dem abstrakten Konzept der herablassenden Verachtung für alles in seiner Sicht menschliche Gestalt verleihen. (Das ist ohne Zweifel eine Streßfolge.) Jetzt steht er einfach vor uns – seinen Eltern – und tut nichts. »Ich hab mir ein gutes Teekesselchen ausgedacht, als ich mich angezogen hab«, sagt er hinterlistig zu einem oder beiden von uns. »Spuken und Spucken. Nur bedeuten sie beide dasselbe.« Er grinst, will unbedingt so sein, wie wir es nicht mögen, wie jemand, der IQ-Punkte verloren hat oder das in Erwägung zieht.
»Wir haben gerade über dich gesprochen«, sage ich. Ich wollte eigentlich was über Dr. Rection sagen, mit ihm in unserem Privatcode sprechen, aber ich tue es nicht. Ich bin nicht begeistert, ihn zu sehen.

Seine Mutter aber geht zu ihm – im wesentlichen ignoriert sie ihn und mich –, packt ihn mit ihren kräftigen Golferfingern am Kinn und dreht seinen Kopf, um das verletzte Ohr zu inspizieren. (Er ist fast so groß wie sie.) Paul hat eine schwarze Sporttasche bei sich, auf der in Weiß steht: *Paramount Pictures – Reach Your Peak* (Stephanies Stiefvater ist Studiomanager, habe ich gehört). Er trägt riesige schwarzrote Reebok-Stiefel mit Silberblitzen an der Seite, lange weite schwarze Shorts und ein langes mitternachtsblaues T-Shirt, auf dessen Brust unter dem Bild eines grellroten Corvette steht: *Happiness Is Being Single*. Er ist ein Junge, den man auf Anhieb durchschaut, obwohl er auch einer ist, dem man auf der Straße lieber nicht begegnen würde. Und schon gar nicht im eigenen Haus.

Ann fragt ihn mit vertraulicher Stimme, ob er alles hat, was er braucht (hat er), ob er Geld hat (er hat), ob er weiß, wo sie sich in der Penn-Station in New York treffen (ja), ob er sich gut fühlt (keine Antwort). Er wirft mir einen verschlagenen Blick zu und zieht einen Mundwinkel hoch, als wären wir gegen sie verbündet. (Sind wir nicht.)

Dann sagt Ann abrupt: »Also gut, du siehst nicht gerade überwältigend aus, aber setz dich bitte schon mal in den Wagen und warte. Ich möchte noch kurz mit deinem Vater sprechen.«

Paul verzieht den Mund zu einem freudlosen kleinen allwissenden Ausdruck der Verachtung, der etwas mit dem merkwürdigen Einfall zu tun hat, daß seine Mutter mit seinem Vater sprechen will. Er ist zu einem Grinser geworden. Aber wie? Wann?

»Was hast du übrigens mit deinem Ohr gemacht?« sage ich, obwohl ich weiß, was er gemacht hat.

»Ich hab es bestraft«, sagt er. »Es hat Sachen gehört, die ich nicht mochte.« Er sagt das mechanisch und mit monotoner Stimme. Ich gebe ihm einen kleinen Schubs in die Richtung, aus der er gekommen ist, zurück durchs Haus und hinaus zum Wagen. Und er geht.

»Ich wär dir dankbar, wenn du vorsichtig mit ihm wärst«, sagt Ann. »Ich will, daß er bei seiner Vorladung am Dienstag einen guten Eindruck macht.«

Sie hat versucht, mich in die Richtung zu führen, die Paul genommen hat, durch das Haus, aber ich will mit ihrem gespenstischen »Schönen Heim« nichts zu tun haben, mit seinem giftigen Elan, seinen schicken Linien und blutleeren Farben. Ich führe uns (unerklärlicherweise hinke ich noch immer) die Treppe hinunter auf den Rasen und auf dem sicheren Gras ums Haus herum und durch die Büsche auf die Kieseinfahrt, wie der Gärtner gehen würde.
»Ich glaub, er ist verletzungsanfällig«, sagt sie ruhig, während sie mir folgt. »Ich hab geträumt, daß ihm was passiert.«
Ich zwänge mich durch die grünblättrigen, stark duftenden Hortensien, die in einem kräftigen Purpur blühen. »Meine Träume sind immer wie die Sechs-Uhr-Nachrichten«, sage ich. »Alles passiert anderen Leuten.« Das leichte sexuelle Prickeln, das mich gepackt hatte, als ich Ann sah, hat sich schon lange gelegt.
»Ist ja schön, daß das in deinen Träumen so ist«, sagt sie, die Hände in den Taschen. »Das war zufällig meiner.«
Ich will nicht an Unfälle denken. »Er ist dick geworden«, sage ich. »Schluckt er Beruhigungspillen oder Neuroblocker oder so was?«
Paul und Clarissa beratschlagen sich schon an meinem Wagen. Sie ist kleiner als er, und sie hält sein Handgelenk in beiden Händen, versucht sich seine Hand in einer Art schwesterlichem Trick auf den Kopf zu legen, aber er will nicht. »Mach schon!« hör ich sie sagen, »du Klotz.«
Ann sagt: »Er schluckt nichts. Er wird einfach erwachsen.« An einer Seite des Kiesparkplatzes steht eine breite Garage mit fünf Stellplätzen, die dem Haus in jedem liebevollen Detail nachgebildet ist, einschließlich einer Miniaturwetterfahne aus Kupfer in der Form eines Squashschlägers. Zwei der Garagentore stehen offen, und zwei Mercedes Benz mit Connecticut-Nummernschildern stehen im Halbdunkel. Ich frage mich, wo Pauls Kombi ist. »Dr. Stopler sagt, er zeigt alle Symptome eines Einzelkindes, was natürlich nicht gut ist.«
»Ich war Einzelkind. Mir hat das gefallen.«
»Er *ist* aber keins. Dr. Stopler hat auch gesagt« – sie ignoriert mich, und warum auch nicht? – »daß wir mit ihm nicht soviel über Politik reden sollen. Das macht ihm Angst.«

»Kann gut sein«, sage ich. Ich hätte Lust, etwas Sarkastisches über die Kindheit zu sagen, um endgültig zu beweisen, daß dies mein Tag ist – zum Beispiel, was Wittgenstein gesagt hat: In der Gegenwart zu leben, heißt ewig zu leben, blah, blah, blah. Aber ich laß es lieber. Es hat keinen Sinn. Alle Boote sinken bei einer bitteren Ebbe – Kinder wissen das besser als jeder Erwachsene.
»Hast du 'ne Ahnung, was ihn auf einmal so schwierig macht?«
Sie schüttelt den Kopf, umfaßt ihr rechtes Handgelenk mit der linken Hand und dreht sie gegeneinander, schenkt mir dann ein dünnes Lächeln. »Du und ich, nehm ich an. Was sonst?«
»Ich hätte lieber eine etwas kompliziertere Antwort.«
»Schön für dich.« Sie reibt sich jetzt auf dieselbe Art das andere Handgelenk. »Dir fällt bestimmt eine ein.«
»Vielleicht sollte ich mir das auf den Grabstein setzen lassen: Er erwartete eine kompliziertere Antwort.«
»Laß uns nicht mehr drüber reden, okay? Wir sind heute abend im Yale Club, falls du uns erreichen mußt.« Sie sieht mich mit krausgezogener Nase an und läßt eine Schulter hängen. Sie hat es nicht so barsch gemeint.
Jetzt, zwischen den Hortensien, sieht Ann zum ersten Mal an diesem Tag vollkommen schön aus – so hübsch, daß ich tief ausatmen muß, mich ganz öffne und sie in einer Weise ansehe, wie ich sie früher immer angesehen habe, an jedem einzelnen Tag unseres alten Lebens in Haddam. Das wäre der perfekte Moment für einen zukunftsgestaltenden Kuß oder dafür, daß sie mir sagt, sie sterbe an Leukämie, oder daß ich es ihr sage. Aber das geschieht nicht. Sie lächelt jetzt ihr tapferes Lächeln, eines, das lange schon enttäuscht ist und nun, wenn's sein muß, alles ertragen kann – Lügen, Lügen und noch mehr Lügen.
»Laßt es euch gutgehen«, sagt sie. »Und sei bitte vorsichtig mit ihm.«
»Er ist mein Sohn«, sage ich wie ein Idiot.
»Oh, ich weiß. Er ist genau wie du.« Und dann dreht sie sich um und geht in den Garten zurück und, so nehme ich an, hinunter ans Wasser, um mit ihrem Mann zu essen.

-8-

Clarissa Bascombe hat Paul etwas Winziges und Geheimes in die Hand gedrückt, als wir aufgebrochen sind. Und auf unserem Weg nach Hartford, auf unserem Weg nach Springfield, auf unserem Weg zur Ruhmeshalle des Basketball hat er es einfach in der Hand gehalten, ohne etwas dazu zu sagen, während ich begeistert drauflos geredet habe. Über alles, was meiner Meinung nach das Eis brechen, den Ball ins Rollen bringen, das Feuer anfachen könnte. Ich will diese Fahrt, die unsere letzte und wichtigste als Vater und Sohn sein könnte (obwohl das wahrscheinlich gar nicht stimmt), unbedingt auf dem richtigen Fuß beginnen.

Sobald wir von der belebten CT 9 auf die belebtere, verstopfte I-91 geschwenkt und an dem schmierigen Jai-Alai-Palast und einem neuen, von Indianern geführten Kasino vorbei sind, fange ich mit meinem ersten »interessanten Thema« an: Wie schwer es doch ist, sich jetzt und hier, fünfzehn Kilometer südlich von Hartford, am 2. Juli 1988, wo doch alles in Butter zu sein scheint, vorzustellen, daß sich am 2. Juli 1776 alle Kolonien der Ostküste zutiefst mißtrauten. Sie benahmen sich wie feindliche Kriegerstämme, die sich vor fallenden Grundstückspreisen und vor der Religion ihrer Nachbarn zu Tode fürchteten (genau wie heute). Dabei wußten sie genau, daß sie etwas unternehmen mußten, um glücklicher und sicherer zu leben, und so gingen sie eifrig daran, sich etwas auszudenken. (Falls das komplett schwachsinnig klingt – das ist es nicht. Man schlage im Geschichtsbuch nach unter: »Versöhnung von Vergangenheit und Gegenwart: Von der Zersplitterung zur Einheit und Unabhängigkeit.« In meinen Augen ist das für Paul von größter Bedeutung. Er hat Schwierigkeiten, seine zersplitterte Vergangenheit mit seiner hektischen Gegenwart zu versöhnen. Die beiden Teile seines Lebens müssen

auf vernünftige Weise miteinander verbunden werden, damit er ein freier und unabhängiger Mensch wird, statt weiter so zusammenhanglos und verwirrt in der Gegend herumzuirren und schließlich völlig verrückt zu werden. Die Lehren der Geschichte sind subtil. Sie fordern uns dazu auf, selektiv vorzugehen, manches zu vergessen und anderes im Gedächtnis zu behalten. Deshalb sind sie viel besser als die der Psychiatrie, die uns dazu zwingen will, nichts zu vergessen.)
»John Adams«, sage ich, »hat gesagt, daß es genauso schwierig war, alle Kolonien dazu zu bewegen, die Unabhängigkeit auszurufen, wie dreizehn Uhren dazu zu bringen, zur selben Sekunde zu schlagen.«
»Wer ist John Adams?« sagt Paul gelangweilt – seine bleichen, nackten Beine, die gerade erst anfangen, Haare zu bekommen, hat er in besorgniserregend unmännlicher Weise übereinandergeschlagen, ein greller Reebok mit neongelben Schnürbändern bedrohlich nahe am Schalthebel.
»John Adams war der erste Vizepräsident«, sage ich. »Er war auch der erste, der gesagt hat, es wär ein stupider Job. Und zwar in aller Öffentlichkeit. Das war 1779. Hast du dein Exemplar der Unabhängigkeitserklärung mit?«
»Hhnn.« Das konnte beides bedeuten.
Er starrt auf den wiederaufgetauchten Connecticut hinaus, auf dem ein schlankes Motorboot eine winzige weibliche Gestalt auf Wasserskiern hinter sich her zieht und Wellen in die glänzende Haut des Flusses legt. In ihrer hellgelben Schwimmweste lehnt sich das Mädchen weit gegen das Zugseil zurück und reißt eine hochschäumende, durchscheinende Spur aus der Heckwelle.
»Warum fährst du so langsam?« sagt er. Das soll ein Witz sein. Dann mit einer nachgemachten Großmutterstimme: »Alle überholen mich, aber ich komm genauso schnell ans Ziel wie die andern.«
Ich habe natürlich vor, genauso schnell zu fahren, wie ich will, und keinen Deut schneller, aber ich werfe einen abschätzenden Blick auf ihn, den ersten, seit wir von Deep River losgezogen sind. In dem Ohr, das nicht auf das Mercedeslenkrad geknallt ist, sehe ich graues, fußliges Zeug. Paul riecht auch nicht besonders,

ehrlich gesagt riecht er wie jemand, der lange nicht geduscht hat und in seiner Kleidung schläft. Auch scheint er sich seit einer ganzen Weile die Zähne nicht geputzt zu haben. Vielleicht ist er auf dem Weg zurück zur Natur.
»Die ursprünglichen Verfassungsväter«, sage ich hoffnungsfroh, bringe aber sofort die Männer, die die Verfassung geschrieben haben, mit den Unterzeichnern durcheinander (ein Fehler, den ich immer wieder mache, aber Paul weiß das natürlich nicht), »wollten die Freiheit haben, neue Fehler zu machen. Sie wollten nicht die alten Fehler als einzelne Kolonien immer noch mal machen, ohne wirklich voranzukommen. Deshalb beschlossen sie, sich zusammenzutun und unabhängig zu werden und ein paar Rechte aufzugeben, die sie immer gehabt hatten, um etwas Besseres dafür einzutauschen – vor allem freieren Handel mit der Welt draußen.«
Paul sieht mich verächtlich an, als wäre ich ein altes Radio mit einer so eintönigen Sendung, daß sie schon fast wieder komisch ist. »Väter? Wieso Väter?«
»Einige von ihnen waren wirklich Väter«, sage ich. Ich kann jetzt nicht mehr zurück. Ich habe noch keinen richtigen Kontakt zu ihm gefunden. »Aber Leute, die nicht aufhören, immer wieder dieselben Fehler zu machen, sind das, was wir Konservative nennen. Und die Konservativen waren alle gegen die Unabhängigkeit, unter ihnen Benjamin Franklins Sohn, der schließlich nach Connecticut deportiert wurde, genau wie du.«
»Sind Väter konservativ?« sagt er und tut so, als stünde er vor einem Rätsel, macht sich aber in Wirklichkeit über mich lustig.
»Viele sind es«, sage ich, »obwohl sie's eigentlich nicht sein sollten. Was hat deine Schwester dir geschenkt?« Ich beobachte seine geschlossene linke Faust. Wir nähern uns schnell der Straßenverengung bei Hartford. Eine riesige Baustelle zur Rechten, zwischen der Interstate und dem Fluß – eine aufragende neue Abfahrtsrampe, eine neue parallele Fahrspur, blinkende Pfeile, gelbe Riesenmaschinen voller Connecticut-Erde, die neben uns herrumpeln. Weiße Männer mit Schutzhelmen und weißen Hemden stehen draußen in der böigen heißen Brise und starren auf dicke Rollen von Bauplänen.
Paul blickt auf seine Faust, als hätte er keine Ahnung, was sich

darin befindet, öffnet sie dann langsam und zeigt mir eine kleine gelbe Schleife, ein Zwilling der roten, die Clarissa mir gegeben hat. »Sie hat dir auch eine gegeben«, murmelt er. »Eine rote. Weil du ihr Verehrer sein wolltest.« Ich bin schockiert darüber, was für eine zwielichtige Intrigantin meine Tochter ist. Paul hält die beiden losen Enden seiner Schleife und zieht sie auseinander, so daß die beiden Schlingen sich zierlich zusammenziehen und dann einen Knoten bilden. Dann steckt er das Ganze in den Mund und schluckt es. »Mmmm«, sagt er und lächelt mich böse an. »Zum Verschlingen.« (Er hat das Ganze inszeniert, hat auch die Worte seiner Schwester verdreht, nur um diese Pointe loszuwerden.)
»Ich glaub, ich heb mir meine für später auf.«
»Sie hat mir für später noch eine gegeben.« Er wirft mir seinen schlitzäugigen Blick zu. Er ist mir weit voraus, und mir ist klar, daß es nicht einfach werden wird.
»Also, okay, was ist das Problem zwischen dir und Charley?« Ich bin dabei, uns an der Innenstadt von Hartford vorbeizumanövrieren, das kleine Kapitol mit dem goldenen Dach verliert sich zwischen den Versicherungspalästen. »Könnt ihr beide euch nicht vernünftig benehmen?«
»Ich schon. Er ist 'n Arschloch.«
Paul sieht aus dem Seitenfenster zu, wie eine Horde Shriner auf Harley-Davidsons mit Fezen auf den Köpfen auf unsere Höhe kommt. Die Shriner sind große, aus den Nähten platzende, dickwangige Typen in goldgrünen Haremsgewändern mit Handschuhen und Motorradstiefeln und Schutzbrillen. Auf ihren riesigen roten Electra Glides sind sie so imposant wie richtige Haremswachen. Sie fahren zu zweit nebeneinander in Sicherheitsformation, der Motorenlärm ist sogar durch das geschlossene Fenster laut und bedrückend.
»Ja, aber meinst du, es ist eine Lösung, wenn du ihm 'ne Dolle über 'n Schädel ziehst?« Dies wird meine einzige, unaufrichtige Konzession an Charleys Wohlergehen bleiben.
Der Shriner an der Spitze hat Paul erspäht und macht ihm grinsend ein behandschuhtes Daumen-hoch-Zeichen. Er und seine Mannschaft sind fröhliche Fettsäcke, zweifellos auf dem Weg in irgendeine Kleinstadt, um dort vor einer glücklichen und dankba-

ren Menge am Einkaufszentrum Achten und perfekte Kreise zu fahren und dann auf der Hauptstraße die Parade anzuführen.
»Das ist nur *eine* Lösung«, sagt Paul und erwidert den Daumen-hoch-Gruß des obersten Haremwächters, indem er die Stirn ans Fenster legt und sarkastisch zurückgrinst. »Die Typen gefallen mir. Charley sollte da mitmachen. Wie nennt man die?«
»Shriner«, sage ich und grüße meinerseits mit hochgerecktem Daumen.
»Was machen die?«
»Das ist nicht so leicht zu erklären«, sage ich und halte uns in unserer Spur.
»Die Aufmachung gefällt mir.« Er gibt ein ersticktes und unerwartetes kurzes Bellen von sich wie ein wütender Terrier. Er will offensichtlich nicht, daß ich es höre, kann aber nicht anders, als es noch einmal zu machen. Einer der Shriner scheint begriffen zu haben und macht mit dem Mund Bewegungen, die wie Bellen aussehen, hebt dann noch mal den Daumen.
»Bellst du wieder, Paul?« Ich guck ihn kurz von der Seite an und ziehe den Wagen leicht nach rechts. Ein Unfall hier wäre eine totale Niederlage.
»Ich glaub schon.«
»Warum? Glaubst du, du bellst für Mr. Toby oder was?«
»Ich *brauch* das.« Er hat mir schon ein paarmal erklärt, daß seiner Meinung nach die Leute heutzutage »ich brauch das« sagen, wenn sie »ich will das« meinen. Er findet das komisch. Die Shriner sind jetzt wieder hinter mir in der rechten Spur. Wahrscheinlich sind sie nervös geworden, weil ich ihnen zu nahe gekommen bin. »Ich fühl mich dann besser. Ich muß das nicht machen.«
Und ehrlich gesagt, habe ich nicht das Gefühl, daß ich etwas dazu sagen kann. Wenn es ihm gefällt, die Welt mit einem gelegentlichen Bellen zu begrüßen statt mit dem normalen »Wie geht's?« oder einem Daumen-hoch-Zeichen, warum nicht? Warum soll man sich darüber aufregen? Es könnte sich bei College-Aufnahmeprüfungen als hinderlich erweisen oder zum Problem werden, wenn er *nur noch* bellte und für den Rest seines Lebens aufs Reden verzichtete. Aber ich glaube nicht, daß es so ernst ist. Wie

alles andere, wird auch das vorbeigehen. Ich sollte es wahrscheinlich selbst mal probieren. Vielleicht ginge es *mir* dann besser.
»Fahren wir nun zur Basketball Hall of Fame oder nicht?« sagt er, als hätten wir uns darüber gestritten. Wo sind seine Gedanken jetzt? Vielleicht denkt er an Mr. Toby und möchte es eigentlich lieber nicht.
»Aber sicher«, sage ich. »Wir sind bald da. Freust du dich darauf?«
»Jaaa«, sagt er. »Weil ich pinkeln muß, wenn wir da sind.« Und dann sagt er eine Reihe von Kilometern nichts mehr.

Nach eiligen dreißig Minuten biegen wir von der 91 ab und fahren nach Springfield hinein. Wir kreuzen in der alten Stahlwerksstadt herum, folgen den immer wieder verschwindenden, braun-weißen Schildern mit BB HALL OF FAME, bis wir weit im Norden des Stadtzentrums landen und vor einer dichtbebauten Sozialwohnungsgegend auf einer breiten und windigen, abfallübersäten Straße neben einer Auffahrt zu der Autobahn halten, die wir gerade verlassen haben. Wir haben uns verfahren.
Hier steht ein verlorener Burger King, um den viele junge schwarze Männer herumhängen. Daneben, hinter dem Parkplatz, eine große Plakatwand, die Gouverneur Dukakis zeigt. Er lächelt sein unaufrichtiges Lächeln und ist umgeben von begeisterten, gutgenährten, gesund aussehenden, aber armen Kindern jeder Rasse, jeden Glaubens und jeder Farbe. Hier ist schon ein paar Tage lang kein Abfall mehr beseitigt worden, und eine auffallend große Zahl von Fahrzeugen steht verlassen oder ausgeschlachtet am Straßenrand. Eine Ruhmeshalle, jede Ruhmeshalle, die in dreißig Kilometer Umgebung von diesem Fleck steht, scheint mir kaum das Risiko wert, auf dem Weg zu ihr erschossen zu werden. Ich bin durchaus bereit, das Ganze zu vergessen und zur Massachusetts Turnpike zu fahren, dann nach Westen und nach Cooperstown (250 Kilometer), was uns genau zur Cocktailstunde in die Deerslayer Inn brächte, wo ich ein Doppelzimmer gebucht habe.
Aber es jetzt hinzuschmeißen hieße, einen bloßen Irrtum an einer Abzweigung in eine Niederlage zu übersetzen (eine

schlechte Lektion auf einer Reise, die ja auch belehrend sein soll). Außerdem wäre es sehr launenhaft, jetzt, da wir so dicht dran sind, *nicht* hinzufahren, und selbst in meinen schlimmsten Charakterabrechnungen um drei Uhr morgens ist »launenhaft« etwas, was ich nicht bin. Selbst ein durchschnittlicher Vater sollte nicht launenhaft sein.

Paul, der meiner Entschlossenheit stets mißtraut, hat nichts gesagt. Er hat nur durch die Windschutzscheibe auf Gouverneur Dukakis gestarrt, als wäre der das Normalste auf der Welt.

Ich wende schnell und fahre in Richtung Stadtzentrum zurück, rolle vor einen BP-Delimarkt und frage einen schwarzen Kunden, der gerade herauskommt, nach der Richtung. Der zeigt uns höflich den Weg zurück auf die Interstate nach Süden. Und fünf Minuten später sind wir wieder auf der Autobahn, dann wieder runter, aber diesmal an einer gutbeschilderten Abfahrt zur BB-HOF, an deren Ende wir unter der hallenden Autobahn durchfahren und direkt auf dem Parkplatz der Ruhmeshalle landen. Viele Autos stehen hier, und es gibt einen sauberen kleinen Rasen mit Holzbänken und jungen Bäumen am Rande des still und schimmernd vorbeifließenden Connecticut, wo nachdenkliche Basketballfans sitzen oder Leute ihr Picknick genießen können.

Als ich den Motor abstelle, bleiben Paul und ich einfach sitzen und starren durch die jungen Bäume auf die alten Fabrikruinen auf der anderen Seite des Flusses, als erwarteten wir, daß da drüben plötzlich ein großes Schild aufblinkt, um uns zuzurufen: »Nein! Hier! Es ist jetzt hier drüben! Ihr seid da falsch! Ihr seid an uns vorbeigefahren! Ihr habt es wieder falsch gemacht!«

Ich sollte diesen Moment der Stille bei unserer Ankunft natürlich dazu nutzen, den alten Emerson ins Gespräch zu bringen, den optimistischen Fatalisten, ihn auf die Tagesordnung unserer Reise setzen und *Selbstvertrauen* vom Rücksitz ziehen, wo Phyllis das Buch zuletzt gehabt hat. Vor allem könnte ich die scharfsinnige Bemerkung: »Unzufriedenheit ist Mangel an Selbstvertrauen, ist Krankheit des Willens«, an Paul ausprobieren. Oder etwas in der Art, daß man den Ort, den die Vorsehung einem zugewiesen hat, akzeptieren muß, die Gesellschaft der Zeitgenossen, die Folge der Ereignisse im Leben. Beides scheint mir enorm

dienlich, eines von beiden geht aber nur, weil sie einander widersprechen.
Paul dreht sich um und sieht mit gerunzelter Stirn auf die Glas- und Metallkonstruktion der Ruhmeshalle, die weniger wie ein ehrwürdiger Schrein von Basketballegenden wirkt als wie eine High-Tech-Zahnklinik. Die dunkelrote Pseudo-Betonfassade ist genau das Richtige, um nervöse Patienten zu beruhigen, wenn sie zu ihrer ersten Prophylaxe- und Säuberungsbehandlung kommen: »Hier tut dir keiner was, hier gibt es keine überhöhten Rechnungen und keine schlechten Nachrichten.« Über den Türen aber hängen Stoffbanner in verschiedenen leuchtenden Farben, auf denen zu lesen ist: BASKETBALL – DER SPORT AMERIKAS.
Während er sich umblickt, sehe ich, daß Paul an der Außenkante der rechten Hand unterhalb des kleinen Fingers eine dicke, häßliche, entzündet und ungesund aussehende Warze hat. Ich bemerke zu meiner Bestürzung auch etwas, was eine blaue Tätowierung auf der Innenseite seines rechten Handgelenks sein könnte. Es ähnelt dem, was Knastbrüder tragen, und Paul könnte das selbst gemacht haben. Es ist ein Wort, das ich nicht entziffern kann, aber ich mag es nicht und beschließe auf der Stelle, daß ich mich um seine Hygiene kümmern muß, wenn seine Mutter es schon nicht tut.
»Was ist da drin?« sagt er.
»Jede Menge tolle Sachen«, sage ich. Emerson muß noch etwas warten. Ich versuche, die Tätowierung zu ignorieren und ein bißchen Begeisterung für Basketball aufzubauen. Ich möchte jetzt vor allem aus dem Wagen raus, irgendwo ein Sandwich essen und einen letzten verzweifelten Anruf in South Mantoloking machen. »Filme und die Trikots der Vereine und Fotos. Und man kann selber ein paar Würfe machen. Ich hab dir die Broschüren geschickt.« Das klingt alles nicht spektakulär genug. Vielleicht wäre es immer noch leichter, wieder wegzufahren.
Paul wirft mir einen selbstzufriedenen Blick zu, als wäre ein Foto von ihm, wie er einen Korb erzielt, eine enorm amüsante Sache. Für einen halben Dollar würde ich *ihm* gerne eine Rückhand auf die Nase geben, für die verdammte Tätowierung. Obwohl das –

innerhalb unserer ersten gemeinsam verbrachten Stunde – gegen meine Vorsätze verstoßen würde, diesen Ausflug zu einem Erlebnis für uns beide zu machen.

»Man kann sich neben einen großen Wilt the Stilt aus Pappe stellen und sehen, wie klein man neben ihm ist«, sage ich. Unsere Klimaanlage beginnt im Leerlauf zu streiken.

»Wer ist Milt the Stilt?«

Ich weiß genau, daß er das weiß. Er war ein Fan der Sixers, als er wegzog. Wir sind zu den Spielen gegangen. Er hat Bilder von ihm gesehen. Ein Basketballkorb hängt noch immer an meiner Garage in der Cleveland Street. Jetzt aber spielt er komplexere Spiele.

»Ein berühmter Proktologe«, sage ich. »Komm, gehen wir 'nen Burger essen. Ich hab deiner Mutter gesagt, daß ich dich zu einem Sportlunch einlade. Vielleicht gibt's 'nen Slam-Dunk-Burger.«

Er sieht mich mit zusammengekniffenen Augen von seinem Sitz aus an. Seine Zunge zuckt nervös in die Mundwinkel. Das gefällt ihm. Seine Wimpern, stelle ich fest, sind lächerlich lang – wie die seiner Mutter. Ich kann mit seiner Entwicklung nicht Schritt halten. »Bist du so hungrig, daß du 'nen Stinktierarsch fressen könntest?« sagt er und blinzelt mich unverfroren an.

»Ja, Mann, ich bin ziemlich hungrig.« Ich stoße meine Tür auf und lasse eine steife, nach Diesel riechende Brise, den Lärm der Autobahn und den fauligen Flußgestank in einem einzigen heißen, tödlichen Atemzug hereinströmen. Auch habe ich von Paul schon jetzt die Nase voll.

»Na, dann bist du ja ziemlich hungrig«, sagt er. Dann fällt ihm nichts mehr ein. Alles, was er noch sagen kann, ist: »Meinst du, ich hab Symptome, die behandelt werden müssen?«

»Nein, ich glaub nicht, daß du Symptome hast, mein Junge«, sage ich in den Wagen hinunter. »Ich glaub, daß du eine Persönlichkeit hast, was in deinem Fall schlimmer sein könnte.« Ich sollte ihn nach dem toten Vogel fragen, kann mich aber nicht dazu überwinden.

»Blablamo«, sagt Paul. Ich stehe da und blicke über das heiße Dach meines Wagens hinweg, über den Connecticut, über den grünen Westen von Massachusetts, in dem wir bald unterwegs sein wer-

den. Aus irgendeinem Grund fühle ich mich einsam wie ein Schiffswrack.
»Was heißt ›ich hab Hunger‹ auf italienisch?« sagt er.
»Ciao«, sage ich. Das ist unsere älteste, verläßlichste witzelnde Art, die Vater-Sohn-Geschichte abzuwickeln. Nur scheint sie heute aufgrund völlig unkontrollierbarer technischer Schwierigkeiten nicht gerade glänzend zu funktionieren. Und unsere Worte werden von der Brise fortgetragen, niemand interessiert sich dafür, ob wir die komplizierte Sprache der Liebe sprechen oder nicht. Vater sein kann das Schlimmste an Unzufriedenheit in einem hervorbringen.
»Ciao«, sagt Paul. Er hat nicht gehört, daß ich das schon gesagt habe. »Ciao. Wie schnell man vergißt.« Er steigt aus. Jetzt ist er bereit, mit mir hineinzugehen.

Einmal drinnen, wandern Paul und ich wie verlorene Seelen herum, die fünf Dollar bezahlt haben, um ins Fegefeuer zu kommen. (Ich habe endlich aufgehört zu hinken.) Strategisch plazierte breite Rolltreppen, auf die rote Kordeln zur Bewältigung der Massen zu führen, tragen uns und andere wie eine Herde hinauf auf Ebene 3, wo es einen kurzen Abriß der Geschichte des Basketballs zu bestaunen gibt. Die Luft ist hier übersauber und frostig wie am Polarkreis – wahrscheinlich, damit sich niemand zu lange aufhält. Alle flüstern wie beim Bestattungsunternehmer, und die Lampen sind heruntergedreht, um die scheinwerferbeleuchteten mumifizierten Puppen und Gegenstände in verschiedenen langen Korridoren hervortreten zu lassen. Sie stehen hinter Glas, das nur eine Rakete mit multiplem Gefechtskopf durchbrechen könnte. Hier ist eine Kurzbiographie des Basketballerfinders Naismith (der sich als Kanadier herausstellt!), daneben eine Kopie seines ersten Entwurfs, den er auf einen Umschlag kritzelte: »Ein Spiel, das man in einer Turnhalle spielen kann.« (Das hat er geschafft.) Ein Stück weiter befindet sich ein Schaukasten mit Schwarzweißbildern von Forrest »Phogg« Allen, dem geliebten Coach der Jayhawks in den Zwanzigern, daneben eine Nachbildung des »ursprünglichen« Pfirsichkorbs – zusammen mit einer Danksagung an die Vereine Christlicher Junger Männer in aller Welt. An den Wänden hängen grobkörnige alte Fotos. Auf ihnen sieht man dünne, unathletisch wirkende weiße Jungen in dunklen Turnhallen mit Drahtgitterfenstern, die »das Spiel« spielen. Zweihundert alte Mannschaftstrikots hängen von den dunklen Deckenbalken herab wie Gespenster in einem Spukhaus.

Ein paar lustlose Familien betreten ein dunkles kleines »Aktionstheater«. Paul drückt sich darum, indem er das Klo aufsucht. Ich sehe vom Eingang aus, wie sich die Geschichte des Spiels vor unseren hungrigen Augen entfaltet, die Geräusche werden aus dem Hintergrund eingespielt.

Acht Minuten später bewegen wir uns flott hinunter auf Ebene 2, wo es mehr von demselben zu sehen gibt, wenn auch moderner und zumindest für mich vertrauter. Paul bekundet ein flüchtiges Interesse an Bob Laniers Basketballschuh, Größe 52, an einem Modell eines noch intakten menschlichen Knies mit roten und gelben Plastikstreifen, die die Sehnen darstellen, und an einem Film, den man in einem weiteren kleinen, planetariumartigen Kino sehen kann. Der Film zeigt, wie übernatürlich groß Basketballspieler sind und was sie alles »mit dem Ball« machen können – im Gegensatz zu dem kleinwüchsigen und talentlosen Rest, den wir anderen darstellen. In der Hinsicht ist die Ruhmeshalle ein wirklicher Schrein, ganz der Absicht gewidmet, normale Menschen dazu zu bringen, sich als unbedeutende Außenseiter zu fühlen, was Paul nichts auszumachen scheint. (Selbst das »Vince« war gastfreundlicher.)

»Wir haben im Camp Basketball gespielt«, sagt er ausdruckslos, als wir draußen vor dem Amphitheater stehen und beide auf einen hypnotischen Bildschirm starren, auf dem riesige, muskulöse schwarze Männer in Mannschaftstracht Ball auf Ball durch Korb auf Korb rammen. Die Zuschauer sind hingerissen und klatschen ab und zu.

»Und? Warst du eine Macht?« frage ich. »Furchteinflößend, Profi-Material, ein Mann mit hohem Körpereinsatz?« Ich bin froh über jeden unbelasteten Austausch, obwohl ich auf seine Shorts starre, sein T-Shirt und seine Frisur, und nichts davon mag. Es ist, als wäre er verkleidet.

»Eher nicht«, sagt er ganz ernst. »Ich kann nicht springen. Oder laufen. Oder werfen, und ich bin Linkshänder. Und es ist mir scheißegal. Basketball ist nichts für mich.«
»Lanier war Linkshänder«, sage ich. »Russell auch.« Vielleicht weiß er nicht, wer sie sind, auch wenn er jetzt ihre Schuhe kennt. Die Zuschauer vor dem Schirm geben ein leises »Uuuuuh« reiner Ehrfurcht von sich. Andere Männer mit ihren Jungen stehen neben uns, sehen hinein, haben aber offenbar keine Lust, sich hinzusetzen.
»Wir haben auch gar nicht gespielt, um zu gewinnen«, sagt Paul.
»Weshalb denn? Aus Spaß?«
»Theee-raa-piii«, sagt er, um einen Witz daraus zu machen, klingt aber unironisch. »Einige von den Jungs da vergaßen immer, welchen Monat wir hatten, ein paar redeten zu laut oder hatten Anfälle. Das war ziemlich schlimm. Und wenn wir Basketball gespielt haben, sogar wenn wir uns dabei blöd anstellten, ging's ihnen allen 'ne Zeitlang besser. Nach jedem Spiel hatten wir 'ne Gesprächsstunde, und alle hatten ein besseres Gefühl dabei. Zumindest für 'ne Weile. Ich nicht. Chuck hat in Yale Basketball gespielt.« Paul hat die Hände in die Taschen gesteckt, er starrt an die im Schatten liegende Decke, die mit ihren Metallstreben, Trägern, Sparren und Leitungen des Löschsystems, alles schwarz gestrichen, industrielle Moderne darstellt. Basketball, denke ich, ist Amerikas postindustrielles Nationalvergnügen.
»War er gut?« Warum sollte ich das nicht fragen?
»Keine Ahnung«, sagt er, bohrt einen Finger in sein moosiges Ohr und verzieht einen Mundwinkel wie ein Hinterwäldler. Ein zweites »Uuuuuh« kommt von drinnen. Jemand, eine Frau, ruft: »Mein Gott, guck dir das an!« Ich weiß nicht, was sie gesehen hat.
»Weißt du, was man wirklich nur selbst machen kann und woran die Gesellschaft überhaupt nichts ändern kann?« sagt er. »Das hab ich im Camp gehört.«
»Ich glaub nicht.« Die Leute um uns herum verlaufen sich allmählich.
»Niesen. Wenn du auf irgendeine verrückte, blöde Art niest oder ganz laut, so daß du die Leute im Kino ärgerst, müssen die das hinnehmen. Niemand kann sagen: ›Nies anders, du Arschloch.‹«

»Wer hat dir das denn erzählt?«
»Weiß nicht mehr.«
»Findest du das ungewöhnlich?«
»Ja.« Langsam senkt er den Blick von der Decke, sieht mich aber nicht an. Sein Finger hört auf, im Ohr herumzugraben. Er ist jetzt verlegen, weil er so unironisch und kindlich gewesen ist.
»Weißt du nicht, daß alles so ist, wenn man älter wird? Alle lassen dich machen, was du willst. Wenn sie's nicht mögen, lassen sie sich einfach nicht mehr blicken.«
»Hört sich gut an«, sagt Paul und lächelt tatsächlich, als wäre so eine Welt, in der die Leute einen in Ruhe lassen, ein Ausstellungsstück, das er gerne sehen würde.
»Vielleicht ist es gut«, sage ich. »Vielleicht auch nicht.«
»Was ist das mißverstandenste Autozubehör?« Er will von der ernsthaften Schiene herunter, wachsam gegen die Gefahren, die in meiner ernsten Stimme liegen könnten.
»Weiß ich nicht. Der Luftfilter«, sage ich. Der Film da drinnen geht zu Ende. Ich habe den Papp-Wilt the Stilt, der uns versprochen worden ist, noch nicht gesehen.
»Das ist ziemlich nah dran.« Paul nickt sehr ernsthaft. »Es ist der Winterreifen. Man schätzt ihn nicht, bis man ihn braucht, und dann ist es meistens zu spät.«
»Wieso ist er deshalb mißverstanden? Warum nicht einfach unterschätzt?«
»Das ist dasselbe«, sagt er und wendet sich ab.
»Ach so. Ja, vielleicht hast du recht.« Und dann gehen wir beide auf die Treppe zu.

Auf Ebene 1 gibt es eine Geschenkboutique, in der viel los ist, einen kleinen Ausstellungsraum, der den Sportmedien gewidmet ist (null Faszination für mich), eine authentische Umkleidekabine, eine Wand mit Verkaufsautomaten und ein paar Gags, Ausstellungsgegenstände zum Anfassen, an denen Paul ein mildes Interesse zeigt. Ich beschließe, Sally anzurufen, bevor wir weiterfahren. Allerdings habe ich noch keine vernünftige Imbißbar gesehen, so daß Paul in seinem neuen, schweren, o-beinigen, armrudernden Gang, den ich hasse, zu den Automaten wandert, um

meinen Befehl auszuführen, uns »was Gutes« zu holen. Ich habe ihm dafür Geld gegeben (da seines offenbar für andere Zwecke gedacht ist – vielleicht für einen Kidnapping-Notfall).
Der Telefonbereich ist ein netter, abgeschlossener, warm beleuchteter Alkoven neben den Toiletten mit dickem, lärmdämpfenden Teppichbelag auch an den Wänden und dem Modernsten an schwarzer Telefon-Technologie – Kreditkartenschlitze, kleine grüne Computerschirme und Knöpfe, um die Lautstärke zu erhöhen, falls man nicht glauben kann, was man hört. Es ist ein idealer Ort für obszöne Anrufe.
Als ich ihre 609-Nummer gedrückt habe, hebt Sally zu meiner freudigen Erregung beim ersten Klingeln ab.
»Wo bist du denn überhaupt?« sagt sie, ihre Stimme ist munter und glücklich, aber auch forschend. »Ich hab dir gestern abend eine lange und bewegende Nachricht aufs Band gesprochen. Kann sein, daß ich betrunken war.«
»Und ich hab versucht, dich heute morgen sofort zurückzurufen, um dich zu fragen, ob du mit einer gecharterten Cessna rauffliegen und mit uns nach Cooperstown kommen willst. Paul fände es toll. Es würde bestimmt Spaß machen.«
»Oh. Meine Güte. Ich weiß nicht«, sagt Sally. Sie wirkt glücklich, aber verwirrt. »Wo bist du denn jetzt?«
»Im Moment bin ich in der Basketball Hall of Fame. Ich mein, wir besuchen sie – wir sind keine Ausstellungsstücke. Noch nicht, zumindest.« Ein plötzliches Glücksgefühl weitet mir die Brust. Noch ist nicht alles verloren.
»Aber ist die nicht in Ohio?«
»Nein, in Springfield, Mass., wo sie den ersten Pfirsichkorb an die erste Stalltür genagelt haben, und der Rest ist Geschichte. Die in Ohio ist für Football. Dafür reicht unsere Zeit nicht.«
»Und *wo* wollt ihr noch mal hin?«
Das Ganze macht ihr Spaß. Vielleicht ist sie erleichtert, sie mag es, gebeten zu werden, sie tut ein wenig atemlos. Offensichtlich ist vieles möglich. »Cooperstown in New York. Zweihundertfünfzig Kilometer von hier«, sage ich begeistert. Eine Frau, die ein paar Nischen weiter telefoniert, lehnt sich zurück und sieht mich streng an, als würde meine Stimme verstärkt in ihren Hörer

übertragen. Möglicherweise fühlt sie sich in der Nähe einer so gutgelaunten Person gefährdet. »Also, was meinst du?« sage ich. »Flieg nach Albany rauf, und wir holen dich da ab.« Ich rede wirklich zu laut und muß mich ein bißchen zusammenreißen, damit mir das Krisenkommando der Ruhmeshalle nicht aufs Dach steigt. »Im Ernst«, sage ich gedämpfter, aber auch ernster.
»Also, ich finde es nett von dir, daß du mich fragst.«
»Ich *bin* nett. Das ist wahr. Aber ich laß dich nicht so leicht vom Haken.« Das sage ich auch etwas zu laut. »Ich bin heute morgen aufgewacht, und mir war klar, daß ich gestern abend völlig verrückt gewesen sein muß und daß ich verrückt nach dir bin. Und ich will nicht bis Montag oder wann immer warten.« Ich hätte wirklich nichts dagegen, Paul wieder ins Auto zu setzen und mit ihm nach South Mantoloking hinunterzufahren – zusammen mit all den anderen Schwachsinnigen, die ans Wasser wollen. Obwohl es charakterlich nicht zu vertreten wäre. Daß ich bereit bin, Sally in unsere heilige Mann-zu-Mann-Begegnung zu holen, ist schon schlimm genug – obwohl Paul, wie jeder andere, sicher Spaß daran hätte, weil es strenggenommen nicht ganz erlaubt wäre. Wie ich ihm gesagt habe, läßt die Welt einen tun, was man will, wenn man bereit ist, die Konsequenzen zu tragen. Wir sind alle freie Menschen.
»Kann ich dich was fragen?« sagt sie, eine Spur zu ernst.
»Ich weiß nicht«, sage ich. »Vielleicht ist es zu ernst. Ich bin kein ernster Mensch. Und es darf nicht darum gehen, daß du nicht herkommen willst.«
»Würdest du mir verraten, was du jetzt so fesselnd findest und gestern abend noch nicht bemerkt hast?« Sally sagt das in einem selbstironischen, gutmütigen Ton. Aber es geht ihr um eine wichtige Information. Wer könnte ihr das vorwerfen?
»Na ja«, sage ich, und in meinem Kopf wirbelt es plötzlich. Ein Mann kommt aus der Toilette, und ein strenger Geruch nach WC-Reiniger dringt zu mir. »Du bist eine erwachsene Frau, und du bist genau das, was du zu sein scheinst, jedenfalls soweit ich sehe. Nicht alle sind so.« Ich selbst eingeschlossen. »Und du bist loyal und du kannst objektiv über die Dinge reden« – das klingt komisch – »und bist trotzdem leidenschaftlich, das mag ich

wirklich. Ich glaub einfach, daß einiges zwischen uns sich noch weiterentwickeln sollte, sonst würde es uns beiden leid tun. Oder *mir* jedenfalls. Außerdem bist du so ungefähr die schönste Frau, die ich kenne.«
»Ich bin *nicht* ungefähr die schönste Frau, die du kennst«, sagt Sally. »Ich seh ganz gut aus. Und ich bin zweiundvierzig. Und ich bin zu groß.« Sie seufzt, als machte es sie müde, so groß zu sein. »Hör mal, setz dich ins Flugzeug und komm hier rauf, dann können wir darüber reden, wie schön du bist oder nicht bist, wenn der Mond über dem romantischen Lake Otsego untergeht und wir einen Cocktail auf Kosten des Hauses trinken.« Während Paul Gott weiß wohin geht? »Ich werde von Sehnsucht nach dir überflutet, und alle Boote heben sich mit der steigenden Flut.«
»Dein Boot scheint sich vor allem zu heben, wenn ich nicht in der Nähe bin«, sagt Sally mit deutlich verminderter Gutmütigkeit. (Es ist möglich, daß meine Antworten wieder nicht überzeugend genug sind.) Die Frau in der Nische weiter unten läßt eine riesige schwarze Lacklederhandtasche zuschnappen und schreitet mit schnellen Schritten hinaus. »Weißt du noch, daß du gestern abend gesagt hast, du wolltest der Dekan der Immobilienmakler von New Jersey werden? Weißt du das überhaupt noch? Du hast von Sojabohnen und der Trockenheit und Einkaufszentren gesprochen. Wir haben 'ne Menge getrunken. Aber du warst in einer merkwürdigen Verfassung. Du hast auch gesagt, du wärst über die Liebe hinaus. Vielleicht bist du immer noch in einer merkwürdigen Verfassung.« (Ich sollte vielleicht ab und zu ein Bellen einwerfen, um zu beweisen, daß ich ein Irrer bin.) »Hast du deine Frau besucht?«
Es ist nicht klug von ihr, dem Gespräch diese Wendung zu geben, und ich sollte sie eigentlich warnen. Aber ich starre nur auf meinen kleinen schwarzen Telefonbildschirm, wo in kühlen grünen Lettern die Frage steht: *Wollen Sie einen weiteren Anruf tätigen?*
»Stimmt. Hab ich«, sage ich.
»Und wie war's – war's nett?«
»Nicht besonders.«
»Magst du sie auch lieber, wenn sie nicht da ist?«
»Sie ist nicht ›nicht da‹«, sage ich. »Wir sind geschieden. Sie hat

einen Kapitän zur See geheiratet. Es ist wie bei Wally. Sie ist *offiziell* tot, nur reden wir noch miteinander.« Ich bin plötzlich bei dem Gedanken an Ann so niedergeschlagen, wie ich bei dem Gedanken an Sally glücklich war, und ich bin versucht zu sagen: »Und jetzt paß auf, das ist die wirkliche Überraschung: Sie verläßt den alten Käpt'n Chuck, und wir heiraten wieder und ziehen nach New Mexico und gründen da einen Radiosender für die Blinden. Deshalb ruf ich eigentlich an – ich wollte dich gar nicht einladen, hier raufzukommen, ich wollte dir nur die gute Nachricht verkünden. Freust du dich nicht für mich?« Es entsteht eine unbehagliche Pause, und dann sage ich: »Ich wollte eigentlich nur anrufen, um dir zu sagen, daß ich's gestern abend schön fand.«
»Ich wollte, du wärst geblieben. Das hab ich dir auf den Anrufbeantworter gesprochen, falls du's noch nicht abgehört hast.« Jetzt ist sie einsilbig. Unser kleiner Streit und meine kleine steigende Flut sind zusammen von einer kräftigen, kalten Brise davongetragen worden. Gute Stimmungen sind bekanntlich sehr viel fragiler als schlechte.
Ein großer breitschultriger Mann in einem blaßblauen Freizeitanzug kommt den Korridor heruntergeschlendert, ein kleines Mädchen an der Hand. Sie bleiben an der gegenüberliegenden Telefonreihe stehen, wo der Mann zu wählen beginnt. Er liest die Zahlen von einem Papierfetzen ab. Das kleine Mädchen, in einem rosa Rüschenrock und einem weißen Cowboyhemd, sieht ihm zu. Sie guckt mich über den halbdunklen Gang hinweg an – ihre Augen sind, wie meine, müde.
»Bist du noch da?« sagt Sally, möglicherweise entschuldigend.
»Ich hab nur zugesehen, wie ein Mann jemanden anruft. Er erinnert mich irgendwie an Wally, obwohl das eigentlich nicht geht, weil ich Wally, glaub ich, nie gesehen habe.«
Eine weitere wortkarge Pause. »Du hast wirklich wenig Kanten, weißt du das, Frank. Du gehst immer so glatt von einem zum nächsten über. Da komm ich nicht mit.«
»Das sagt meine Frau auch. Vielleicht solltet ihr beide euch mal darüber unterhalten. Ich glaub, ich bin eher im Durchschnittlichen zu Hause. Das ist meine Version des Erhabenen.«
»Du bist auch sehr vorsichtig, weißt du«, sagt Sally. »Und du legst

dich nicht fest. Das weißt du doch, oder? Ich bin sicher, daß du das gemeint hast, als du gestern abend gesagt hast, du wärst über die Liebe hinaus. Du bist glatt, und du bist vorsichtig, und du legst dich nicht fest. Das ist keine sehr einfache Kombination für mich.« (Auch keine gute, da bin ich sicher.)
»Ich hab kein sehr sicheres Urteil«, sage ich, »deshalb versuch ich einfach, nicht zuviel Schaden anzurichten.« Joe Markham hat gestern etwas ganz Ähnliches gesagt. Vielleicht bin ich dabei, mich in Joe zu verwandeln. »Aber wenn ich etwas stark empfinde, dann handle ich auch danach. Und so fühl ich mich im Moment.« (Oder hab mich so gefühlt.)
»Jedenfalls scheint es so«, sagt Sally. »Habt ihr viel Spaß zusammen, du und Paul?« Das ist eine Wendung zurück in Richtung gute Stimmung. Und sie redet von glatt.
»Ja. Und wie. Dir würde es auch Spaß machen.« Ein schwacher, aber fauliger Geruch nach toter Krähe steigt mir von meiner Hörerhand in die Nase. Anscheinend wird er für immer auf meiner Haut bleiben. Ich habe die Absicht, diese letzte Bemerkung, daß ich nur zu handeln *scheine*, zu ignorieren.
»Es tut mir leid, daß du dein Urteil für nicht sehr sicher hältst«, sagt Sally mit falscher Lebhaftigkeit. »Das hat wohl auch für deine Gefühle mir gegenüber nichts Gutes zu bedeuten, stimmt's?«
»Wessen Manschettenknöpfe waren das auf dem Nachttisch?« Das ist natürlich unbesonnen und spricht gegen jedes Urteilsvermögen. Aber ich bin empört, obwohl das keineswegs mein gutes Recht ist.
»Wallys«, sagt Sally lebhaft, aber nicht mit falscher Lebhaftigkeit. »Hast du geglaubt, die gehören jemand anderem? Ich hab sie nur rausgeholt, weil ich sie seiner Mutter schicken will.«
»Ich dachte, Wally wär bei der Navy gewesen. Er wurde fast mit seinem Schiff in die Luft gejagt, oder?«
»Das stimmt. Aber er war bei den Marines. Ist nicht wichtig. Das mit der Navy hast du dir ausgedacht. Das ist in Ordnung.«
»Okay. Jaaah, ich ruf an wegen dem Haus am Friar Tuck Drive, das zu vermieten ist«, höre ich den großen Mann auf der anderen Seite sagen. Das kleine Mädchen starrt zu seinem Papa / Onkel / Entführer hinauf, als hätte er ihr gesagt, er brauche moralische

Unterstützung und sie solle all ihre Gedanken darauf konzentrieren. »Wie hoch ist die Miete?« sagt er. Er kommt aus dem Südwesten, vielleicht ein näselnder Texaner. Obwohl er keine staubigen Cowboystiefel trägt, sondern weiße Tennisschuhe wie ein Krankenpfleger oder ein Häftling im halboffenen Strafvollzug. Die beiden sind Texaner ohne Ranch. Meiner Einschätzung nach hat er seinen Job auf dem Ölfeld verloren und verlegt seine geliebte kleine Brut wie ein moderner Joad hinauf in den Rostgürtel, um ein neues Leben anzufangen. Mir fällt dabei ein, daß die McLeods finanziell wahrscheinlich auch in Schwierigkeiten sind und Hilfe gebrauchen könnten, aber zu verstockt sind, um etwas zu sagen. Das würde meine Haltung in Sachen Miete ändern, wenn auch nicht total.

»Frank, hast du gehört, was ich gesagt habe, oder bist du irgendwo im Weltall?«

»Hier ist ein Mann, der ein Haus mieten will. Ich hab ihm zugesehen. Ich wollte, ich hätte was für ihn in Springfield. Aber ich leb ja nicht hier.«

»Also gut«, sagt Sally, nun auch bereit, unsere Unterhaltung davontreiben zu lassen. Ich weiß jetzt, wessen Manschettenknöpfe es waren, obwohl mich das gar nichts angeht. Die Verwechslung von Navy und Marines kann ich mir nicht erklären. »Ist es schön da oben?« fragt sie munter.

»Oh ja, es ist schön. Aber wirklich«, sage ich und stelle mir plötzlich Sallys Gesicht vor, ein gewinnendes Gesicht, das man gerne küssen möchte. »Willst du nicht kommen? Ich zahl alles. Dein Geld zählt nicht. Alles, was du essen kannst. Carte blanche.«

»Ruf mich später noch mal an, okay? Ich bin heute abend zu Hause. Du bist so geistesabwesend. Wahrscheinlich bist du müde.«

»Meinst du? Ich würd dich wirklich gerne sehen.« Ich sollte erwähnen, daß ich nicht über die Liebe hinaus bin, weil ich's wirklich nicht bin.

»Ja«, sagt sie. »Und jetzt muß ich Schluß machen.«

»Okay«, sage ich. »Okay.«

»Bis dann also«, sagt sie, und wir legen auf.

Das kleine Mädchen auf der anderen Seite wirft mir einen unru-

higen Blick zu. Vielleicht habe ich wieder zu laut geredet. Sein kräftiger texanischer Daddy dreht sich halb herum, um mich anzusehen. Er hat ein großes Gesicht mit einem energischen Kinn, störrisches schwarzes Haar und riesige Klempnerfäuste. »Nein«, sagt er entschieden ins Telefon. »Nein, das läuft nicht, das ist viel zu viel. Das können Sie vergessen.« Er hängt ein, knüllt seinen Papierfetzen zusammen und läßt ihn auf den Teppich fallen.
Er greift in seine Brusttasche, findet eine Schachtel Kools, zieht eine Zigarette mit dem Mund heraus, während er die kleine Susi immer noch an der Hand hält, und zündet sie sich einhändig mit einem bösartig aussehenden, dicken Zippo-Feuerzeug an. Er bläst einen langen, frustrierten, lungenerschütternden Zug direkt auf das internationale NO SMOKING-Schild, das von der teppichverkleideten Decke herabhängt, und ich erwarte auf der Stelle, von kalten Chemikalien durchtränkt zu werden, während Alarmglocken schrillen und Sicherheitsleute im gestreckten Galopp um die Ecke geschlittert kommen. Aber nichts geschieht. Er wirft mir einen feindseligen Blick zu. »Stimmt was nicht?« sagt er und sucht schon wieder in seiner Zigarettentasche nach etwas, was er nicht findet.
»Nein«, sage ich grinsend. »Ich hab nur eine Tochter etwa im Alter Ihrer Tochter« – eine glatte Erfindung, auf die sofort eine weitere folgt –, »und sie hat mich an sie erinnert.«
Der Mann sieht auf seine Tochter hinunter, die acht Jahre sein muß und lächelnd zu ihm aufblickt. Es schmeichelt ihr, daß sie beachtet wird, aber sie weiß nicht genau, wie sie sich verhalten soll. »Soll ich Ihnen die hier verkaufen?« sagt er, worauf das kleine Mädchen den Kopf zurückwirft und sich ganz schwer macht, so daß sie an seiner großen Hand hängt. Sie lächelt und schüttelt den hübschen Kopf.
»Nö, nö, nö, nö, nö«, sagt sie.
»Die sind zu teuer für mich«, sagt er mit seinem texanischen Akzent. Er hebt sein Kind, das sich wie tot hängenläßt, vom Boden und schaukelt es leicht hin und her.
»Du kannst mich nicht verkaufen«, sagt sie mit einer kehligen, befehlenden Stimme. »Ich kann nicht verkauft werden.«
»Oh doch, dich verkaufen wir jetzt«, sagt er. Ich lächle über sei-

nen Witz – ein hilfloser väterlicher Versuch, mir trotz seiner Notlage Sympathie zu zeigen. Ich sollte das wirklich schätzen.
»Sie haben nicht zufällig ein Haus zu vermieten, was?«
»Leider nicht«, sage ich. »Ich bin nicht von hier. Ich bin nur zu Besuch. Mein Sohn läuft hier irgendwo rum.«
»Wissen Sie, wie lange man braucht, um von Oklahoma hier raufzufahren?« sagt er, die Zigarette im Mundwinkel.
»Wahrscheinlich 'ne ganze Weile.«
»Zwei Tage, zwei Nächte, durchgefahren. Und wir sind jetzt schon drei Tage auf'm Campingplatz. Ich hab 'nen Job im Straßenbau, der in einer Woche anfängt, und ich kann nichts finden. Ich werd diese Waise hier zurückschicken müssen.«
»Mich nicht«, sagt das kleine Mädchen mit ihrer Kommandostimme und macht die Knie weich, läßt sich hängen. »Ich bin keine Waise.«
»Du!« sagt der große Mann zu seiner Tochter und runzelt die Stirn, aber nicht zornig. »Du bist mein ganzes verdammtes Problem. Wenn ich dich nicht bei mir hätte, wär schon jemand nett zu mir gewesen.« Er sieht mich mit einem lüsternen Grinsen und rollenden Augen an. »Stell dich hin, Kristy.«
»Du bist ein Hinterwäldler«, sagt seine Tochter und lacht.
»Vielleicht, vielleicht bin ich auch was Schlimmeres«, sagt er ernster. »Ist Ihre Tochter auch so wie die da?« Er will schon weggehen, hält die winzige Hand seiner Tochter in seiner riesigen.
»Ich wette, die sind beide süß, wenn sie wollen«, sage ich, während ich die schnellen, x-beinigen Schritte seines Mädchens beobachte und an Clarissa denke, die Ann und mir, oder vielleicht auch nur mir, den Finger gezeigt hat. »Nach den Feiertagen sieht bestimmt alles besser aus«, sage ich, obwohl ich nicht sagen könnte, wieso. »Sie finden bestimmt 'ne Wohnung.«
»Das, oder ich muß drastische Maßnahmen ergreifen«, sagt er, schon auf dem Weg in die Eingangshalle.
»Was heißt das?« sagt seine Tochter, an seiner Hand hängend. »Was sind drastische Maßnahmen?«
»Dein Vater sein, zum Beispiel«, sagt er, als sie sich entfernen. Dann fügt er hinzu: »Aber auch 'ne Menge andrer Dinge.«

Als ich Paul finde, wartet er nicht mit einem Armvoll Automaten-Vorräte, sondern steht in Beobachterposition vor dem »Shoot-Out«-Bereich, der sich über eine ganze Seite von Ebene 1 hinzieht. Eine Menge Besucher machen bereits in großer Lautstärke mit.
Der »Shoot-Out« besteht vor allem aus einem großen, summenden Laufband wie auf einem Flughafen. Es verläuft parallel zu einer von Scheinwerfern erhellten Arena, in der jede Menge Körbe in unterschiedlicher Höhe und Entfernung vom Laufband angebracht sind – drei Meter hoch, vier Meter Entfernung, einen Meter hoch, drei Meter Entfernung und so weiter. Parallel zu dem sich ebenfalls bewegenden Handlauf und zwischen der Arena mit den Körben und dem Laufband speist eine Druckleitung, so ähnlich wie beim Bowling, immer neue Basketbälle in einen langen Trog. Wenn man sich auf das Laufband stellt, bewegt man sich langsam an den Körben vorbei und kann, was viele tun, einen Ball nach dem anderen aufnehmen und auf die Körbe werfen – Sprungwürfe, Hakenwürfe, Beidhandwürfe, mit dem Rücken zum Korb, das ganze Repertoire. Bis man das andere Ende des Laufbandes erreicht und es verläßt. (Diese verrückte, aber geniale Maschine hat zweifellos jemand mit einem Doktor in Massenpsychologie und Spielplatztheorie von der Universität von Südkalifornien erfunden. Und jeder, der noch ein bißchen Grips hat, würde darum kämpfen, in die Idee investieren zu dürfen. Wenn das Management der Ruhmeshalle nicht darauf bestünde, daß man zuerst an trüben Phogg Allen-Fotos und Bob Laniers Galoschen vorbeiziehen muß, würden wahrscheinlich alle ihren ganzen Nachmittag hier unten verbringen, wo wirklich was los ist, und den Rest des Gebäudes könnte man tatsächlich an Zahnärzte vermieten.)
Eine kleine Tribüne steht auf der anderen Seite des Laufbandes, und da sitzen jetzt jede Menge Zuschauer, die lärmend ihre Kinder, Brüder, Neffen, Stiefsöhne auf dem Laufband anfeuern.
Paul, der an der Seitenlinie neben dem Einlaß steht, wo sich eine Schlange von Kindern gebildet hat, die auf das Laufband wollen, wirkt sehr wach, so als leite er die ganze Operation. Er beobachtet aber vor allem einen wirbeligen weißen Jungen mit kräftigen

Schenkeln, der das Trikot der New York Knicks trägt und emsig unter den Körben und Rückbrettern herumspringt, um eingeklemmte Bälle herauszuholen und sie in Richtung auf die Druckleitung zu werfen. Er tippt festhängende Bälle aus den Korbnetzen heraus, schießt sie mit harten Pässen den Jungs auf dem Laufband zu und macht ab und an selbst einen ungraziösen, kurzen Hakenwurf, der immer im Netz landet, egal, auf welchen Korb er zielt. Er ist zweifellos der Sohn des Direktors.
»Hast du schon deinen berühmten Beidhänder probiert?« sage ich durch den Lärm, als ich hinter Paul stehe. Ich rieche sofort seinen strengen Schweißgeruch, als ich ihm die Hand auf die Schulter lege. Außerdem hat er, wie ich jetzt sehe, eine dicke, verschorfte Schnittwunde am Schädel, wo derjenige, der für seinen Punkhaarschnitt verantwortlich ist, einen Fehler gemacht hat. (Wo wird so was bloß gemacht?)
»Wär nicht schlecht, was?« sagt er kalt und sieht weiter dem weißen Jungen zu. »Der Schwachkopf denkt, er wird besser, weil er hier arbeitet. Aber der Boden ist schief, und die Körbe sind nicht wie beim richtigen Basketball. Also ist das eigentlich Quatsch, was er macht.«
»Willst du's nicht mal versuchen?« sage ich durch den Basketball-Lärm und das Brummeln der großen Maschine. Ich fühle mich genau wie ein Vater unter anderen richtigen Vätern: Ich ermutige meinen Sohn zu etwas, was er nicht will, weil er Angst hat, er könnte es schlecht machen.
»Dribbelst du immer, bevor du wirfst?« ruft jemand von der Tribüne auf das Laufband herunter. Ein kleiner, glatzköpfiger Mann, der gerade zu einem wackligen Hakenwurf ansetzt, ruft ohne hinzusehen zurück: »Leck mich«, und sein Wurf landet irgendwo, wo kein Korb ist. Andere Leute auf der Tribüne lachen.
»Mach du doch.« Paul schnaubt verächtlich durch die Nase. »Ich hab ein paar Talentsucher von den Nets auf der Tribüne gesehen.« Über die Nets macht er sich am liebsten lustig, weil sie schlecht sind und aus New Jersey kommen.
»Okay, aber dann mußt du auch.« Ich schlage ihm auf unnatürlich kameradschaftliche Weise auf die Schulter, wobei mein Blick wieder auf sein unappetitlich verletztes Ohr fällt.

»Ich *muß* gar nichts«, sagt er, ohne mich anzusehen, er guckt einfach in die Gegend, in die helle Luft der Halle, die von orangefarbenen Bällen erfüllt ist.
»Also gut, paß auf!« sage ich lahm.
Ich gehe um ihn herum und stelle mich in die Schlange. Schnell bin ich am Einlaß, hinter einem kleinen schwarzen Jungen. Ich werfe einen Blick zurück auf Paul, der mich beobachtet. Er steht an dem Sperrholzzaun, der die Arena von der Schlange trennt, und hat einen Ellenbogen aufgestützt. Sein Gesicht ist völlig unbeindruckt, als erwarte er, daß ich gleich etwas tue, was an Dummheit alles Bisherige übertrifft.
»Paß auf, wie meine Bälle rotieren«, rufe ich ihm zu und hoffe, daß es ihm peinlich ist, aber er scheint mich nicht zu hören.
Und dann bin ich auf dem rumpelnden Laufband. Ich bewege mich von rechts nach links, während der Balltrog und der kleine Wald aus Körben, die wie von Bühnenscheinwerfern beleuchtet sind, schnell in die andere Richtung gleiten. Ich habe auf der Stelle Angst hinzufallen und versuche gar nicht, an einen Ball zu kommen. Der schwarze Junge vor mir trägt eine riesige purpurrote und goldene Mannschaftsjacke, auf deren Rücken in glitzernden goldenen Lettern *Mr. New Hampshire Basketball* steht. Er scheint mindestens drei Bälle auf einmal verarbeiten zu können und spuckt förmlich Bälle in alle Richtungen, in jede Höhe und Distanz. Bei jedem Wurf stößt er ein kurzes rauhes *Uff* aus, wie ein Boxer beim Punch. Und natürlich geht jeder Wurf rein: ein weiter, ein kurzer, ein Einhänder, einer im Zurückgehen, ein kurzer Haken, wie die von dem Balljungen – es fehlt nur noch ein Dunk.
Als ich halb durch bin, lege ich zum ersten Mal die Hände auf einen Ball. Ich stehe immer noch nicht sicher, mein Herz fängt plötzlich an, schneller zu schlagen, weil andere Werfer hinter mir sind. Ich blinzele angestrengt zu dem Durcheinander aus roten Metallpfosten und orangefarbenen Körben hinüber, setze die Füße, so gut ich kann, hebe den Ball hinters Ohr und bringe einen hohen Bogenwurf heraus, der an dem Korb, den ich treffen wollte, glatt vorbeigeht, auf einen darunter prallt, und fast in dem niedrigsten landet, den ich überhaupt nicht gesehen hatte.

Ich greife mir schnell noch einen Ball, während Mr. New Hampshire Basketball Wurf auf Wurf herunterspult, wobei er jedesmal sein angeberisches leises *Uff* macht und immer ins Netz trifft. Ich ziele auf einen Korb in mittlerer Höhe und mittlerer Entfernung und lasse einen Einhänder los, aber mit kräftigem Drall aus einer Bewegung heraus, die ich mir im Fernsehen abgeguckt habe. Um ein Haar hätte ich auch getroffen, aber einer von Mr. Basketballs Bällen zischt heran und lenkt ihn ab, so daß er vorbeigeht. (Auch verliere ich das Gleichgewicht und muß das Plastikgeländer des Laufbandes packen, um nicht hinzufallen und eine Kettenreaktion auszulösen.) Mr. B. wirft mir über seinen großen purpurroten Rollkragen einen mißtrauischen Blick zu, als wäre das alles gegen ihn gerichtet. Ich lächle ihn an und brummle: »Noch mal Glück gehabt.«

»Du mußt dribbeln, *bevor* du wirfst, nicht hinterher, du Gurke«, ruft derselbe Idiot über das allgemeine Stimmengewirr und das metallische Summen hinweg. Es riecht nach Maschine. Ich drehe mich um und sehe mit zusammengekniffenen Augen in die Menge, die im wesentlichen unsichtbar ist, weil die Scheinwerfer auf die Körbe gerichtet sind. Mir ist es eigentlich völlig egal, wer mir das zugerufen hat, obwohl ich mir sicher bin, daß der Typ keinen verächtlich grinsenden Sohn in der Halle hat.

Ich schaffe es, noch einen wilden Wurf loszuwerden, bevor ich am Ende angelangt bin – ein holpriger, wieder nicht richtig ausbalancierter Einhänder, der an allem vorbeifliegt und hinter den Körben und der Holzbarriere runtergeht, wo keine Basketbälle hingehören. »Gute Länge«, sagt die altkluge kleine Turnhallenratte von einem Balljungen, als er hinüberklettert, um meinen Ball zurückzuholen. »Wie wär's mit 'ner Wette, eins zu einer Million?«

»Dann müßte ich ja ernst machen«, sage ich. Mein Herz bummert, als ich wieder *terra firma* betrete, die Aufregung vorbei.

Mr. New Hampshire Basketball ist mit seinem Vater schon unterwegs zur Sportmedien-Galerie. Der Vater ist ein großer Schwarzer in einer glänzenden grünen Celtics-Jacke und einer dazu passenden grünen Hose, sein langer Arm liegt auf den dünnen Schultern des Jungen. Zweifellos erklärt er ihm gerade eine

überlegene Strategie, wie man den Center herauszieht, um von außen durchzustoßen, oder wie man den Gegner auflaufen läßt, um das Foul zu provozieren – für mich, den früheren Sportreporter, alles nur Worte ohne jeden praktischen Nutzen.
Paul starrt mich über die ganze Länge des Laufbandes an. Vielleicht hat er seinen Beifall herausgebellt, während ich geworfen habe, will das aber jetzt nicht wahrhaben. Mir hat das Ganze wirklich Spaß gemacht.
»Tu dein Bestes!« rufe ich durch den Lärm der Menge. Der Balljunge steht jetzt an der Seite der Arena und redet auf seine kräftige blonde Freundin ein. Er hat ihr die fleischigen Hände auf die festen Schultern gelegt und sieht ihr so schmachtend in die Augen wie Clark Gable. Aus irgendeinem Grund, der sicher mit einer Warteschlangentheorie zu tun hat, ist zur Zeit niemand auf dem Laufband. »Na los«, rufe ich Paul mit gespieltem Groll zu. »Schlechter als ich kannst du's auch nicht machen.« Nur wenige Zuschauer sitzen noch auf der verdunkelten Tribüne. Andere verschwinden in Richtung Ausstellungsräume. Es ist ein perfekter Moment für Paul. »Komm schon, Langer«, sage ich – ein Ausdruck, an den ich mich vage aus einem Sportfilm erinnere.
Pauls Lippen bewegen sich – Wörter, die ich nicht hören kann, was wohl auch besser ist. Ein witzelndes »Du kannst mich mal...« oder ein kerniges »Das ist für'n Arsch«, das älterer Herkunft ist, schon fast antik (das hat er von mir). Er sieht sich um, dahin, wo jetzt eine fast leere Eingangshalle ist, wackelt dann langsam in seinem schweren Zehen-nach-innen-Gang zum Laufband, bleibt noch einmal stehen, um mich, offenbar angewidert, anzusehen, starrt einen Moment auf die angestrahlten Körbe und Pfosten und tritt dann einfach auf das Laufband, ganz allein.
Das Laufband scheint ihn sehr viel langsamer zu bewegen, als es mir eben vorkam, gewiß gemächlich genug, um sechs, sieben gute Würfe loszuwerden und vielleicht vor den Würfen ein wenig zu dribbeln. Der Balljunge wirft Paul mit seinen Mülleimerschuhen und seinem unheimlichen Haarschnitt, die Hände seltsam in die Hüften gestützt, einen beiläufig verächtlichen Blick zu. Er hat ein

unangenehmes Grinsen aufgesetzt und sagt etwas zu seiner Freundin, damit sie hinguckt. Das tut sie, wenn auch gutmütiger, in der Art eines älteren Mädchens, die einen ekligen Jungen anguckt, der nichts dafür kann, daß er eklig ist, aber sonst ein gutes Herz hat und Einsen in Mathe schreibt (was er nicht tut).

Als er ans Ende kommt – die ganze Zeit hat er die Körbe angeguckt, nicht ein einziges Mal mich, hat wie ein Hypnotiseur in die kleine Arena gestarrt und keinen Ball aufgenommen, ist einfach nur durchgeglitten –, springt er wackelig herunter auf den Teppich, kommt auf mich zu und stellt sich wieder neben mich.

Ich habe zugeschaut wie jeder andere Dad.

»Bravo, bravo«, ruft ein Nachzügler mit ironischer Stimme von der Tribüne.

»Versuch doch, das nächste Mal zu werfen«, sage ich und ignoriere den Zuruf, weil ich mich freue, daß er es überhaupt versucht hat.

»Wieso, kommen wir denn in näherer Zukunft noch mal her?« Er sieht mich an, seine kleinen grauen Augen in Sorge.

»Nein«, sage ich. »Du kannst mit *deinem* Sohn wiederkommen.« Eine weitere Gruppe von Erwachsenen mit Söhnen und Töchtern läßt sich jetzt auf den Bänken der Tribüne nieder, und ein paar Väter stellen sich am Einlaß zum Laufband an. Sie sehen prüfend in die Arena, versuchen abzuschätzen, wieviel Spaß das Ganze machen wird.

»Das hat mir gefallen«, sagt Paul und blickt die angestrahlten Pfosten und Körbe an. Ich höre die überraschte Stimme des Jungen, der er einmal gewesen ist (noch vor einem Monat, scheint mir, jetzt verschwunden). »Weißt du, ich denk die ganze Zeit, daß ich denk. Bloß als ich auf dem Ding war, hab ich damit aufgehört. Das war schön.«

»Mach's doch noch mal«, sage ich, »bevor es zu voll wird.« Leider kann er ja nicht den Rest seines Lebens auf dem Laufband zubringen.

»Nein, ist schon okay.« Er guckt zu, wie andere Jugendliche von dem Einlaß weggleiten, wie neue Bälle durch die helle Luft fliegen, die ersten unvermeidlichen Fehlwürfe. »Eigentlich mag ich solche Sachen nicht. Das hier war 'ne Ausnahme. Ich mag gewöhnlich die Sachen nicht, die ich mögen soll.« Er sieht die anderen sehnsüchtig an. Es kann nicht einfach sein, so was vor seinem Vater zuzugeben – daß man die meisten Dinge nicht mag, die man mögen soll. Es ist eine sehr erwachsene Erkenntnis, obwohl auch die meisten Erwachsenen das nicht zugeben würden.

»Dein alter Herr ist auch nicht besonders gut darin. Falls dir das hilft. Ich wär gern anders. Vielleicht kannst du mir sagen, was du dabei so schön fandest, daß du aufhören konntest zu denken, daß du denkst.«

»Du bist noch gar nicht so alt.« Paul sieht mich mürrisch an.

»Vierundvierzig.«

»Hm«, sagt er – vielleicht ist ihm etwas eingefallen, worüber er lieber nicht reden will. »Du könntest dich immer noch ändern.«

»Ich weiß nicht«, sage ich. »Deine Mutter meint, nicht.« Das ist nun wirklich keine Neuigkeit.

»Weißt du, was die beste Fluggesellschaft ist?«

»Nein, sag schon!«

»Northwest«, sagt Paul ernst. »Weil sie in die Zwillingsstädte Minneapolis und Saint Paul fliegt.« Und plötzlich versucht er, ein lautes Lachen zu unterdrücken. Aus irgendeinem Grund ist das witzig.

»Vielleicht gehen wir da mal zelten.« Ich beobachte, wie Basketbälle die Luft erfüllen wie Seifenblasen.

»Gibt's 'ne Hall of Fame in Minnesota?«

»Wohl kaum.«

»Okay, gut«, sagt er. »Dann jederzeit.«

Auf dem Weg hinaus machen wir einen schnellen Beutezug durch die Geschenkboutique. Nach meinen Anweisungen sucht Paul winzige goldene Basketball-Ohrringe für seine Schwester und einen Basketball-Briefbeschwerer aus Plastik für seine Mutter aus – er ist sich nicht sicher, ob sie die Sachen mögen, aber ich sage ihm, daß sie sich bestimmt freuen. Wir diskutieren über eine Kaninchenpfote mit einem kleinen daran hängenden Basketball als Olivenzweig-Geste für Charley, aber Paul wird störrisch, nachdem er sie eine Minute angestarrt hat. »Er hat alles, was er

will«, sagt er grollend, ohne hinzuzufügen: »Einschließlich deiner Frau und deiner Kinder.« So daß wir, nachdem wir uns noch zwei T-Shirts gekauft haben, auf den Parkplatz hinausgehen und Charley unbeschenkt bleibt, was uns beiden durchaus recht ist.
Auf dem Asphalt ist es jetzt voller, heißer Massachusetts-Nachmittag. Neue Autos sind angekommen. Der Fluß ist noch übelriechender und dunstiger geworden. Wir haben in dieser Ruhmeshalle eine dreiviertel Stunde verbracht. Ich bin zufrieden, wir haben es genossen, haben Worte der Hoffnung ausgetauscht, sind auf bestimmte Themen von Interesse gestoßen, haben Sorgen angesprochen (Pauls Denken, daß er denkt) und sind aus dem Ganzen als Einheit hervorgegangen. Ein besserer Anfang, als ich erwartet habe.
Der große Mann aus Oklahoma im Freizeitanzug liegt mit seiner Tochter unter einer der jungen Linden an der Ufermauer im Gras. Sie essen ihren Lunch aus Alufolien, die um sie herum ausgebreitet sind, und trinken aus Pappbechern etwas aus einer Igloo-Kühlbox. Er hat Tennisschuhe und Socken ausgezogen und die Hosenbeine hochgerollt wie ein Farmer. Die kleine Kristy ist so frisch und manierlich wie ein Ostergeschenk und redet mit vertraulicher, lebhafter Stimme auf ihn ein. Mit beiden Händen spielt sie an einem seiner Zehen herum, während er in den Himmel starrt. Ich bin versucht, hinüberzuschlendern und mich zu verabschieden, zum zweiten Mal mit ihnen zu reden, weil ich einmal mit ihnen geredet habe, als eine Art Willkommenskomitee des Nordost-Korridors zu fungieren, mir etwas einfallen zu lassen wie: »Mir ist da gerade was in den Sinn gekommen«, und ich sei froh, das noch mit ihnen besprechen zu können – etwas aus dem Immobilienbereich. Wie immer bin ich von den Entwurzelungsnöten anderer Amerikaner berührt.
Bloß daß es nichts gibt, was ich weiß und er nicht (das ist das Wesen aller Immobilienweisheit), und so laß ich es lieber und bleibe an meiner Wagentür stehen und beobachte sie respektvoll – sie haben mir den Rücken zugewandt, und ihr bescheidenes Picknick vor dem Panorama des großen, fremdartig wirkenden Flusses bietet ein Bild von Trost und Gemeinschaft. All ihre Hoffnungen sind auf ein neues Zuhause gerichtet. Einige Leute

kommen allein ganz gut zurecht und lassen sich instinktiv dort nieder, wo sie am glücklichsten sind.
»Willst du mal raten, wie hungrig ich bin?« sagt Paul über das heiße Wagendach hinweg. Er wartet darauf, daß ich aufschließe. Er hat die Augen in der Sonne zusammengekniffen und sieht so unerfreulich aus wie ein jugendlicher Straftäter.
»Moment mal«, sage ich. »Du solltest uns doch was aus den Scheiß-Automaten holen.« Ich sage »Scheiß« nur, um ihn zu amüsieren. Hinter uns pulsiert die Autobahn – Personenwagen, Lastwagen, Busse. Amerika in seinem Samstagnachmittag-Bewegungswahn.
»Ich glaub, da hab ich Scheiße gebaut«, sagt er, um es mir zurückzugeben. »Aber ich könnt 'nen toten Whopper fressen.« Ein unverschämtes Feixen entstellt seine dicklichen Gesichtszüge.
»Auf ein leeres Hirn wär Suppe besser«, sage ich und laß die Türknöpfe hochspringen.
»Okay, Doktoor! Doktoor, Doktoor, Doktoor«, sagt er, reißt die Tür auf und setzt sich hinein. Ich höre ihn im Auto bellen. »Wuff, wuff, wuff, wuff.« Ich weiß nicht, was das heißen soll: Glücksgefühle (wie bei einem richtigen Hund)? Oder Ungewißheit, die alles Glück besiegt hat? Furcht und Hoffnung, erinnere ich mich von irgendwoher, sind unter der Oberfläche dasselbe.
Im Schatten der Linde hört Kristy etwas in der Nachmittagsbrise – einen Hund, der irgendwo bellt, meinen Sohn in unserem Wagen. Sie dreht sich um und sieht verwundert zu mir herüber. Ich winke ihr zu, ein flüchtiges Winken, das ihr Hinterwäldlervater nicht sieht. Dann schlüpfe ich gebückt in den backofenheißen Wagen, und los geht's nach Cooperstown.

Um ein Uhr machen wir einen Boxenstop, und ich schicke Paul los, um Sandwiches und Diet Pepsys zu holen, während ich auf der Toilette tote Krähe von meiner Hand wasche. Und dann fahren wir weiter, am Appalachian Trail vorbei und durch die bescheidenen Hügel der Berkshires, wo Paul vor gar nicht langer Zeit ein Camper in Camp Unhappy gewesen ist. Das erwähnt er jetzt allerdings nicht, so tief ist er in seine sorgenvollen Hirngespinste versunken – vielleicht denkt er gerade wieder, daß er denkt, oder er bellt im stillen, oder sein Penis kribbelt.

Nachdem ich eine halbe Stunde lang Pauls Geruch nach verdorbenem Fleisch eingeatmet habe, schlage ich ihm vor, sein *Happiness Is Being Single*-T-Shirt auszuziehen und sein neues anzuziehen – als Szenenwechsel, aber auch als symbolische Geste für unseren Ausflug. Zu meiner Überraschung stimmt er zu, pellt das alte dreckige gleich da auf dem Autositz ab, wobei er ohne Verlegenheit seinen ungebräunten, haarlosen und überraschend wabbeligen Torso enthüllt. (Möglicherweise wird er einer von diesen enorm Dicken, Ann und mir ganz unähnlich; das ist aber egal, solange er nur älter als fünfzehn wird.)
Das neue T-Shirt ist Xtra Large, lang und weiß, auf der Brust nur ein großer, überwirklicher, orangefarbener Basketball und darunter in roten Lettern die Wörter *The Rock*. Es riecht neu und gestärkt und chemisch rein und wird, wie ich hoffe, Pauls ungewaschenes, muffiges Aroma überdecken, bis wir die Deerslayer Inn erreichen, wo er ein Zwangsbad nehmen wird und ich sein altes T-Shirt heimlich wegwerfen kann.
Nachdem wir unsere Sandwiches gegessen haben, verfällt Paul wieder in seine mürrische Schweigsamkeit. Dann werden ihm die Lider schwer, und er nickt ein, während das grüne platte Land von Massachusetts sich zu beiden Seiten entrollt. Ich schalte das Radio ein, um den Wetterbericht und die Verkehrsnachrichten zu hören, und vielleicht auch etwas über den Mord von gestern abend, der trotz aller Zeit und Fahrerei, die wir inzwischen hinter uns gebracht haben, nur 120 Kilometer südlich von uns geschehen ist. Wir sind noch immer im mittleren New England, in der Reichweite des kleinen kreisenden Radarstrahls aus Trauer, Verlust und Empörung, der von dem Mord ausgeht. Aber weder auf AM noch FM ist irgend etwas zu finden, nur die normalen Todesopfer des Feiertagsverkehrs: Sechs in Connecticut, sechs in Mass., zwei in Vermont, zehn in New York; dazu fünf Ertrunkene, drei Bootsunfälle, zwei Stürze von etwas Hohem, ein Erstickungsfall, ein Todesfall durch Feuerwerkskörper. Keine Messerstecherei. Offensichtlich hat man den Toten von gestern abend nicht dem Feiertag zur Last gelegt.
Ich suche dann herum, bin froh, daß Paul erstmal aus dem Spiel ist und ich hören kann, was meinem Gemütszustand und Trost-

bedürfnis entspricht: eine medizinische Frage-und-Antwort-Sendung, in der ein Anrufer aus Pittsfield »schmerzfreie Erektionshilfe« anbietet; ein christlicher Geldspenden-Sender aus Schaghticoke interpretiert die Meinung des Schöpfers zu Bankrotterklärungen nach Paragraph 13 (Gott meint, daß einige darunter ganz okay sind). Ein weiterer Sender berichtet von Lebenslänglichen in Attica, die auf der Straße für einen guten Zweck Pfadfinderinnenplätzchen verkaufen. »Wir meinen *schon*, daß man uns nicht daran hindern sollte, auch mal was Gutes für die Gesellschaft zu tun« – Gelächter von anderen Häftlingen –, »aber wir laufen nicht in unseren kleinen grünen Anzügen rum und klopfen an die Zellen der anderen.« Obwohl eine Falsettstimme hinzufügt: »Wenigstens nicht heut nachmittag.«
Ich schalte ab, als der Sender an der Grenze nach New York zu rauschen anfängt. Der Kopf meines Sohnes neben mir lehnt zerschlagen und geschnitten am kühlen Fensterglas, er ist in einer übervölkerten, traumgequälten Dunkelheit versunken, die seine Finger tanzen und seine Wange zucken läßt wie bei einem jungen Hund, der von der Freiheit träumt. Ich aber muß plötzlich mit unerwarteter Bewunderung an den Baumeister O'Dell denken und an sein schönes blaues Haus auf dem Hügel. Was für ein großartiges, wenn auch unpersönliches, traumhaftes *Heim* das doch ist. Jede moderne Familie, welcher Richtung oder ehelichen Takelung auch immer, müßte hirnrissig sein, wenn sie darin nicht etwas aus ihrem Leben machte. Was ich nie ganz geschafft habe, auch nicht in den besten Tagen, als wir noch eine richtige Familie in unserem soliden Heim in Haddam waren. Ich habe es nie ganz fertiggebracht, eine ausreichende Dichte des Familienlebens zu erzeugen, eine Reihe von Selbstverständlichkeiten zu schaffen, die wir dann selbstverständlich in Anspruch nehmen konnten. Ich war immer zuviel weg, zu oft als Sportreporter unterwegs. Ich hatte auch nie das Gefühl, daß Besitz sich allzusehr von Mieten unterschied (außer daß man nicht wegziehen konnte). Immer hatte ich das Gefühl, daß alles vom Zufall abhing und sich jederzeit ändern konnte, obwohl wir über ein Jahrzehnt dort lebten und ich sogar noch länger blieb. Mir schien es völlig ausreichend, wenn alle sich liebten (wovon ich Ann heute wieder überzeugen

wollte und was sie wieder zurückwies). Das Haus, in dem sich diese Liebe abspielte, war für mich immer nur die Bühne – und nicht etwa ein Spieler in dem Stück selbst.

Charley ist da natürlich entschieden *anderer* Überzeugung. Er glaubt, daß eine gute Struktur eine gute Struktur hervorbringt (deshalb ist er so freigebig mit Binsenwahrheiten, er hat das Hirn eines wahren Republikaners). Wie ich aus diskreten Erkundigungen weiß, fand er es völlig in Ordnung, daß sein alter Herr mitmischte an der Rohstoffbörse, ein geheimgehaltenes kleines *pied-à-terre* an der Fifth Avenue sein eigen nannte und eine ganze zweite korsische Familie in Forest Hills unterhielt. Es machte Charley auch gar nichts aus, daß sein Vater kaum mehr als eine graue Eminenz war, die Charley fast nie sah, und die er nur »Vater« nannte, wenn er ihn mal zu Gesicht bekam (niemals Dad oder Herb oder Walt oder Phil). Alles war bestens, solange es einen altehrwürdigen, aus Feldstein gebauten georgianischen *Wohnsitz* mit Schieferdach, vielen Kaminen und Säulen, bleigefaßten Fenstern und breiten Hecken gab. Ein verläßliches Haus in Old Greenwich, das nach Nebel und Liguster und Bootslack und Messingpolitur roch, nach alten Tennisschuhen und Badehosen im Bootshaus, die jeder benutzen konnte. Das bedeutet nach Charleys Überzeugung Leben und zweifellos auch Wahrheit: pure physische Verankerung. Ein Dach über dem Kopf, um zu beweisen, daß man einen Kopf hat. Warum sollte man auch sonst Architekt werden?

Und aus irgendeinem Grund habe ich jetzt, da ich mit meinem Sohn im Schlepp nach Westen fahre – und nicht, weil einem von uns Baseball besonders viel bedeutet, sondern weil wir für unsere halb-heiligen Absichten nichts Besseres haben – das Gefühl, daß Charley mit seiner Herrenhaus-Weltsicht des reichen Knaben vielleicht nicht ganz falsch liegt. Vielleicht wäre es wirklich besser, wenn alles etwas fester verankert wäre. (Vizepräsident Bush, der Connecticut-Texaner, würde bestimmt zustimmen.)

Obwohl in mir etwas Schiefes ist, weshalb es mir sicher schwer fällt, eine feste Verankerung zu finden. Ich bin zum Beispiel nicht so optimistisch, wie man es eigentlich sein sollte (die Beziehung zu Sally Caldwell ist ein gutes Beispiel); andererseits bin ich viel

zu optimistisch (auch dafür könnte man Sally anführen). Ich erhole mich von Rückschlägen nicht so schnell, wie man es tun sollte (oder wie ich es früher getan habe); dann wieder trifft auch das Gegenteil zu – ich vergesse zu schnell und erinnere mich nicht immer genau genug daran, was ich tun sollte (hierfür sind die Markhams ein Beispiel). Und trotz all meiner hartnäckigen Appelle, daß sie – die Markhams – sich selbst klarer sehen sollten, habe ich mir nie ein ganz klares Bild von mir selbst oder den anderen gemacht, mit denen ich mein Leben teilen könnte. Aus diesem Grund bin ich oft gegenüber denen zu tolerant, die es nicht verdient haben. Oder, was mich selbst betrifft, zu kritisch. Diese Ungewißheiten tragen mit Sicherheit dazu bei, daß ich ein klassischer (und möglicherweise charakterschwacher) Liberaler bin, und sie machen vielleicht sogar meinen Sohn so verrückt, daß er nachts den Mond ankläfft.
Gerade was ihn angeht, wünschte ich mir, ich könnte aus einer gefestigteren Situation heraus sprechen – wie Charley es könnte, wenn er der Vater wäre –, statt aus dieser Konstellation, in der ich mich so schwerelos herumbewege. Wenn ich für mich einen Fixpunkt fände, statt immer in einem Prozeß zu sein (die Essenz der Existenzperiode), würde es für uns bestimmt besser laufen – für mich und meinen bellenden Sohn. Da könnte Ann recht haben, wenn sie sagt, daß Kinder nur das widerspiegeln, was man an sich selbst entdeckt, und daß mit Paul nur das nicht in Ordnung ist, was mit uns nicht in Ordnung ist. Aber wie soll man das ändern?

Wir schießen über den Hudson und an Albany vorbei – an der »Hauptstadt-Region« –, und ich achte jetzt darauf, die I-88 nicht zu verpassen. Die blauen Hügel der Catskills heben sich im Süden abrupt ins Blickfeld, dunstig und mit sanfter Massigkeit, rauchige Nebelfahnen ziehen sich über die Bergrücken. Nach seinem Nickerchen hat Paul einen Walkman und einen *New Yorker* aus seiner Tasche gefischt. Er hat sich mürrisch nach Kassetten erkundigt, und ich habe ihm meine »Kollektion« aus dem Handschuhfach angeboten: Crosby, Stills and Nash von 1970, die allerdings kaputt ist; Laurence Olivier liest Rilke-Gedichte, auch kaputt; *Ol' Blue Eyes Does the Standards*, Teil I und II, die ich mal in einer einsamen Nacht in Montana telefonisch bestellt habe; zwei Verkaufsmotivations-Reden, die im März an alle Makler verteilt wurden und die ich mir noch nicht angehört habe, sowie ein Band, auf dem ich selbst *Doktor Schiwago* lese (für die Blinden) und das mir der Sendeleiter, der fand, daß ich's fantastisch gemacht hätte, zu Weihnachten schenkte, damit ich auch etwas von meiner Mühe hätte. Die habe ich auch noch nie gehört, weil ich kein großer Fan von Kassetten bin. Ich ziehe immer noch Bücher vor.

Paul legt *Doktor Schiwago* in seinen Walkman ein, hört annähernd zwei Minuten zu, sieht mich dann mit einem Ausdruck gespielten, großäugigen Erstaunens an und sagt schließlich, den Kopfhörer noch auf den Ohren: »Das ist ja sehr interessant: ›Ruffina Onissimowna war eine Frau mit fortschrittlichen Ansichten, vollkommen unvoreingenommen und allem zugeneigt, was sie bejahend und lebensvoll nannte.‹« Er lächelt ein schmales, herabsetzendes Lächeln. Ich sage nichts, weil mir das Ganze aus irgendeinem Grund peinlich ist. Dann klickt er Sinatra in seinen Walkman, und ich kann Franks dünne Insektenstimme hören. Paul greift sich den *New Yorker* und beginnt, in steinernem Schweigen zu lesen.

Aber fast unmittelbar nachdem wir Albany und seine unschönen Verwaltungshochhäuser hinter uns gelassen haben, werden alle Ausblicke wundervoll und von schroffer Dramatik, sind so von Literatur und Geschichte durchtränkt wie nur irgend etwas in England oder Frankreich. Ein Schild an einer Abfahrt informiert uns, daß wir uns nun mitten im »Lederstrumpfgebiet« befinden, und kurz dahinter öffnet sich wie auf Stichwort der große zerklüftete Gletschergraben kilometerweit nach Südwesten, während die Straße ansteigt und die letzten Ausläufer der Catskills schwärzliche Nachmittagsschatten auf niedrigere Hügel werfen. Hier und da sieht man kleine Steinbrüche, winzige Dörfer und alte Farmen mit Windrädern, die sich im unmerklichen Wind drehen. Alles vor uns sagt plötzlich: »Ein verdammt großer Kontinent liegt in dieser Richtung, mein Freund, also gib acht.« (Es ist die perfekte Landschaft für einen nicht sehr guten Roman, und ich bedaure, daß ich meinen Vier-Romane-in-einem-

Band-Cooper nicht mitgebracht habe, um nach dem Dinner, sobald wir es uns auf der Veranda gemütlich gemacht haben, laut daraus vorzulesen. Wäre allemal besser, als sich wegen *Doktor Schiwago* verspotten zu lassen.)
Nach meiner offiziellen Meinung sollte man von hier an absolut nichts verpassen. Diese Geographie bietet eine natürliche Bekräftigung von Emersons Ansicht, daß die Kraft in den Momenten des Wandels liegt, wenn man »über einen Abgrund springt, auf ein Ziel zuschnellt«. Paul wäre gut beraten, den *New Yorker* wegzulegen und sein eigenes Dasein in diesen nützlichen Begriffen zu überdenken: den Begriffen des Wandels und des Abwerfens der Vergangenheit. »Leben allein nützt, nicht das Gelebt-haben.« Ich hätte das als Tonbandkassette kaufen sollen, nicht als Buch.
Aber er ist in dem Klangkokon von »Two sweethearts in the summer wind« eingesponnen, liest »Talk of the Town« mit sich bewegenden Lippen und interessiert sich nicht die Bohne, was für ein spannender Film da draußen abläuft. Reisen ist letztlich doch »des Narren Himmelreich«.
Ich halte an einem Aussichtspunkt unterhalb von Cobleskill, um mir die Beine zu vertreten (mein Steißbein fängt an zu schmerzen). Ich lasse Paul im Auto sitzen, steige auf dem windigen kleinen Parkplatz aus und gehe zu der niedrigen Sandsteinbrüstung hinüber. Als ich hinuntersehe, springt mir das weite, in kraftvollen Grün- und Brauntönen leuchtende Pleistozäntal mit der animalischen Erhabenheit eines Binnenreiches entgegen, das zu zähmen auch ein echter Pionier gezögert hätte. Ich klettere sogar auf die Mauer, mache mehrere tiefe Atemzüge und dann ein paar Hampelmannsprünge und Kniebeugen, berühre mit den Fingerspitzen die Zehen, knete die Finger und lasse den Kopf rollen, während süße Düfte in der wäßrigen Luft schweben. Vor mir gleiten Bussarde, Schwalben stoßen herab, ein winziges Flugzeug summt umher, und ein ferner Drachenflieger kreist wankend auf den aufsteigenden Molekülen. Eine Tür in einem weit entfernten, unsichtbaren Haus schlägt hörbar zu, ein Auto hupt, ein Hund bellt. Und auf dem Hügel gegenüber, wo die Sonne ein gelbes Viereck auf den westlichen Hang malt, hält ein Traktor, winzig, aber erkennbar rot, auf einem smaragdgrünen Feld, eine

kleine Gestalt mit Hut klettert herunter, steht still, geht dann den Hügel hinauf, den sie mit dem Traktor heruntergekommen ist. Der Mann geht eine weite Strecke langsam hinauf, biegt ab und wandert ein Stück auf dem geschwungenen Kamm entlang, um dann entschlossen und undramatisch in aller Ruhe auf der anderen Seite zu verschwinden. Es ist ein schöner Augenblick, auch wenn man allein ist, und ich koste ihn aus, obwohl ich wünschte, daß mein Sohn aus seiner Betäubung erwachen und ihn mit mir teilen würde. Man kann ein Pferd zum Wasser führen, aber man kann es nicht dazu bringen, eine Arie zu singen.
Ich stehe noch eine Weile da und starre auf nichts Besonderes, meine Übungen habe ich hinter mir, mein Rücken ist entspannt, mein Sohn ist im Auto begraben und liest eine Zeitschrift. Das gelbe Viereck auf dem gegenüberliegenden Hang beginnt langsam zu verblassen, bewegt sich dann geheimnisvollerweise nach links, verdunkelt die grüne Wiese, statt sie zu erhellen, und ich beschließe – befriedigt und merklich belebt –, mich wieder auf den Weg zu machen.
Jemand hat eine Plastiktüte mit Verpackungsmaterial nur halb in den Abfallkorb gesteckt, und die blaßgrünen kleinen Styroporflocken, die man in Paketen mit Elektrogeräten und ähnlichem findet, fallen heraus. Die warme Nachmittagsbrise weht die federleichten Flocken auf dem Parkplatz umher. Bevor ich wieder einsteige, stopfe ich die Tüte tiefer in den Abfallkorb und sammle so viele Flocken ein, wie ich in beiden Händen halten kann.
Paul sieht von seinem *New Yorker* auf und starrt mich an, während ich um den Wagen herum die Flocken vom Asphalt auflese. Ich sehe von meiner Seite des Wagens zu ihm hinein, die Hände voll von dem haftenden grünen Zeug. Er befingert sein verletztes Ohr unter dem Walkman, formt dann langsam mit den Fingern eine Pistole, legt den Zeigefinger an die Schläfe und macht ein stilles, kleines »Bum«-Geräusch mit den Lippen, wirft den Kopf in einem schrecklichen Scheintod zurück und liest dann wieder weiter. Es ist zum Fürchten. Jedem würde das erschreckend vorkommen. Besonders einem Vater. Aber es ist auch verdammt komisch. Er ist nicht der schlechteste Junge.

Kurzfristige Ziele sind bei weitem die besten. Paul und ich streifen kurz nach fünf die Ausläufer von Oneonta, wenden uns auf Route 28 nach Norden, den wieder viel Wasser führenden Susquehanna entlang, und sind praktisch da. (Geographie ist einerseits lehrreich, andererseits aber die große Attraktion des Nordostens und eines seiner bestgehüteten Geheimnisse, denn in drei Stunden kann man an den plätschernden Stränden des Long Island Sound stehen und wie Jay Gatz auf ein schicksalhaftes Licht hinausblicken, das einen leitet oder irreführt; und innerhalb von wiederum drei Stunden könnte man zum Cocktail dort sein, wo Lederstrumpf seinen ersten Indianer umgelegt hat – die beiden Orte so unterschiedlich wie Seattle und Waco.)
Route 28 nimmt ihren hübschen ahorn- und hickorybeschatteten Verlauf direkt den Fluß hinauf durch kleine Postkartendörfer, vorbei an Farmen, Forsten, Häusern und Ranches. Man sieht Tannenschonungen, wo man sich seinen eigenen Weihnachtsbaum schlagen kann, Himbeerfelder und Apfelgärten, in denen man selbst pflücken darf, ein zwischen Zuckerahornbäumen verstecktes bescheidenes Bed & Breakfast, eine Kampfhund-Schule, ein häßliches Kahlschlaggebiet, an das eine dürftige Weide grenzt. Guernsey-Kühe grasen am Rand einer Kiesgrube.
Hier gibt es wohl kaum so etwas wie Kommunalplanung, Siedlungsgesetze, umständliche Bauvorschriften, hygienische Abwasserstandards, Erschließungskosten oder Landschaftsschutzmaßnahmen. In diesem noch unverdorbenen Gebiet kann man sein Sommerhaus oder seinen Wohnwagen hinstellen, wo und genau wie man will – in Sichtweite eines guten Italieners mit Genesee vom Faß und hausgemachter Marinade oder in die Nähe von Milford, wo es sonntags um zehn Uhr abends noch eine Messe für Nachteulen in der St. Joe's Kirche gibt. Mit anderen Worten, es ist die perfekte Mischung zwischen einer Vermont-Atmosphäre auf etwas niedrigerem Niveau und unprätentiösem Provinzlertum – alles nur zwei, drei Stunden von der George-Washington-Brücke. (Ab und zu mögen dunkle Gerüchte an die Oberfläche kommen, daß die Gegend auch bei der New Yorker Unterwelt beliebt ist, die hier ihre Patzer ablädt, aber es gibt keinen Ort auf der Welt ohne Schattenseite.)

Inzwischen hat sich meine Stimmung entschieden gehoben, und ich möchte Paul jetzt gerne in einen vorgeplanten, aber scheinbar beiläufigen Meinungsaustausch über den Gedanken des Unabhängigkeitstages selbst verwickeln. Ich würde ihm gerne nahebringen, daß der Feiertag keineswegs nur ein staubiger alter Reliquienwitz ist, mit Männern, die sich als Uncle Sam verkleiden, und mit Haremswächtern auf Harleys, die in Einkaufszentren im Kreis fahren. Sondern daß er in Wirklichkeit eine Feier des menschlichen Vermögens ist, was uns in aller Besonnenheit veranlassen sollte, darüber nachzudenken, wovon wir abhängig sind (Bellen zu Ehren toter Bassets, Denken, daß wir denken, Peniskribbeln und so weiter). Und danach sollten wir überlegen, in welcher Hinsicht wir unabhängig sind oder es sein könnten; um zu dem Schluß zu kommen, daß wir uns – zum Besten der Allgemeinheit – darüber nicht zu viele Sorgen machen sollten.

Das ist wahrscheinlich die einzige Art, wie ich als Bedarfsvater aufrichtig mit den Lebensproblemen meines Sohnes in Kontakt treten kann. Sozusagen siderisch, indem ich brauchbare Lebensregeln wie Sterne über ihn setze und hoffe, daß er sie wie ein Astronom mit seinen eigenen Entdeckungen und Ansichten verbindet. Alles, was rein erzieherischer Natur ist, würde nicht funktionieren: Wenn ich zum Beispiel wirklich einsteige und versuche, den Stall auszumisten, ihn frage, was er damit bezweckt, daß er Gummis klaut, Autos zu Bruch fährt, Sicherheitspersonal tritt, seinem Stiefvater (der es vielleicht sogar verdient hat) einen über den Schädel zieht und unschuldige Vögel quält, und schließlich auch noch seinen Gerichtstermin heranziehe, einschließlich der Tatsache, daß dieser verhindern könnte, daß er zu mir nach Haddam zieht, und später durchaus auch einem Stipendium an einer guten Universität im Wege stehen könnte – es würde zu nichts führen. In der schwindelerregend kurzen Zeit, die wir zusammen verbringen, würde er sich nur in sein rauhes Bellen, sein verstohlenes Grinsen und ein noch mürrischeres Schweigen zurückziehen. Ich würde in Wut verfallen und ihn sehr wahrscheinlich nach Deep River zurückverfrachten und mich als absoluter Versager fühlen (was ich auch wäre). Ich weiß ja auch wirklich nicht, was er hat oder ob er überhaupt was hat.

Vielleicht ist das, was er angeblich »hat«, ja auch nur eine Metapher für etwas anderes, das selbst eine Metapher ist. Aber wenn etwas mit ihm schiefgegangen ist, dann wahrscheinlich nichts anderes, als was ab und zu mit uns allen schiefgeht – wir sind nicht glücklich, wir wissen nicht warum, und der Versuch, es besser zu machen, treibt uns in den Wahnsinn.

Paul hat seinen Walkman in die Tasche zurückgesteckt und seinen *New Yorker* aufs Armaturenbrett gelegt, wo er eine irritierende Spiegelung in der Windschutzscheibe verursacht. Aber er hat sich auch den schmalen grünen Emerson vom Rücksitz gegriffen, wo er auf meinem roten Makleranorak gelegen hat, und liest nun darin herum. Das ist besser als alles, was ich hätte planen können, obwohl klar ist, daß er keinen Blick in die Ausgabe geworfen hat, die ich ihm geschickt habe.

»Was meinst du, hättest du lieber ein Kind mit Down-Syndrom oder eins mit einer normalen Geisteskrankheit?« sagt er, während er beiläufig *Selbstvertrauen* von hinten durchblättert, als wäre es eine Zeitschrift.

»Ich bin ganz zufrieden mit Clarissa und dir. Also hätte ich lieber keins von beiden.« Ein mentales Bild des blutrünstigen kleinen Mongoloiden im Friendly's vor ein paar Stunden schießt mir durch den Kopf, und ich habe plötzlich die grausame Vorstellung, daß Paul denken könnte, er sei auf dem besten Weg dahin.

»Nein, du mußt dich entscheiden«, sagt Paul, noch immer blätternd. »Und dann mußt du das begründen.«

Zur Rechten, hinter dem hübschen, alten Milford, liegt eine Corvette Hall of Fame, ein Schrein, den Paul, wenn er ihn sähe, unbedingt besuchen wollen würde, weil er die Corvette zu seinem Lieblingsauto erkoren hat. Das ist wahrscheinlich eine Reaktion auf Charleys konservativen Autogeschmack. (Paul sagt, er mag Corvettes, weil sie geil sind.) Aber er sieht nichts, weil er in den Emerson guckt! (Außerdem rieche ich jetzt bereits den Stall und freue mich auf einen ordentlichen Drink und einen Abend in einem großen Korbschaukelstuhl, den örtliche Handwerker aus örtlichen Materialien gemacht haben.)

»Dann lieber normal geisteskrank«, sage ich. »Das ist manchmal heilbar. Mit Down-Syndrom sitzt man ziemlich fest.«

Pauls Augen, die schiefergrauen seiner Mutter, blinzeln mich scharfsinnig an, als registrierten sie etwas – ich bin mir nicht sicher, was. »Manchmal«, sagt er mit düsterer Stimme.
»Willst du immer noch Pantomime werden?« Wir fahren jetzt wieder an dem schmalen Susquehanna entlang – noch mehr Postkartenmaisfelder, blaue und weiße Getreidesilos, Snowmobil-Werkstätten.
»Ich wollte *nie* Pantomime werden. Das war nur ein Witz im Camp. Ich will *Karikaturist* werden. Ich kann nur nicht zeichnen.« Er kratzt sich mit der warzigen Handkante am Schädel und schnieft, macht dann ein offenbar unwillkürliches leises Quiekgeräusch, verzieht den Mund und hält beide Hände mit den Handflächen nach außen vors Gesicht. Er spielt den Mann im Glaskasten und sieht zu mir herüber, immer noch grimassierend, stumm die Worte »Hilfe, Hilfe!« formend. Dann hört er auf und beginnt sofort wieder, im Emerson herumzublättern, von hinten nach vorne. »Worum geht's eigentlich in dem Buch?« Er starrt auf die Seite, die er zufällig aufgeschlagen hat. »Ist das ein Roman?«
»Das ist ein tolles Buch«, sage ich, nicht sicher, wie ich es ihm schmackhaft machen soll. »Es hat...«
»Du hast 'ne Menge unterstrichen«, sagt Paul. »Du mußt es im College durchgenommen haben.« (Das ist eine seltene Anerkennung der Tatsache, daß ich schon vor seiner Geburt ein Leben gehabt habe. Für einen Jungen, den seine Vergangenheit in Bedrängnis gebracht hat, zeigt er wenig Interesse für das, was vor ihm war. Meine Familiengeschichte oder die seiner Mutter, zum Beispiel, lassen ihn völlig kalt. Nicht, daß ich es ihm verübeln könnte.)
»Du kannst es gerne lesen.«
»Ger-ne, gerne«, sagt er, um sich über mich lustig zu machen. »Und so liegen die Dinge nun mal, Frank«, sagt er, wieder Cronkite nachahmend. Er starrt auf *Selbstvertrauen*, das in seinem Schoß liegt, als ob es ihn interessierte.
Dann, fast überraschend, sind wir schon am südlichen Rand von Cooperstown, neben uns ein eingezäunter Ausstellungsplatz mit gebrauchten Motorbooten, ein anderer mit »Bigfoot-Trucks«,

dann eine strenge weiße Methodistenkirche mit einem Schild, das eine FERIENBIBELSCHULE ankündigt, an die sich unmittelbar eine Reihe sauberer, kleiner, spießiger, wahrscheinlich überteuerten Motels aus den vierziger Jahren anschließt, auf deren Parkplätzen bereits mit Gepäck vollgestopfte Personenwagen und Kombis stehen. Als wir am Ortsschild vorbeikommen, fordert ein großes neues Plakat den Passanten auf: »Stimmen Sie mit Ja!« Ich sehe indessen keine Schilder der Deerslayer Inn oder der Ruhmeshalle, was bedeuten mag, daß Cooperstown den zweifelhaften Werten von Ruhm oder Glanz nicht vertraut und es vorzieht, auf eigenen bürgerlichen Füßen zu stehen.

»›Aber der große Mensch‹«, liest Paul in einem gespielt ehrfurchtsvollen Charlton Heston-Baß vor, »›ist der, der mitten im Gewühl mit vollkommener Anmut die Unabhängigkeit des Einsiedlers bewahrt.‹ Blah, blah, blah, blah, blah, blah, blah. Gluck, gluck, gluck. ›Der Nachteil, sich Gebräuchen anzupassen, die für dich innerlich tot sind, liegt darin, daß es deine Kräfte vergeudet. Es ist Zeitverschwendung und verwischt den Charakter.‹ Quark, Quark, Quark, Quark. Ich bin der große Mann, der Großmann, die Großmama, ich bin der Fischkopf...«

»Groß sein, heißt gewöhnlich, mißverstanden sein«, sage ich, den Verkehr beobachtend und nach Hinweisschildern suchend. »Das solltest du dir merken. Da sind noch mehr gute Sachen drin.«

»Ich muß mir schon genug merken«, sagt er. »Ich ertrinke. Gluck, gluck, gluck.« Er hebt die Hände und macht Bewegungen wie beim Schwimmen und Ertrinken, dann gibt er ein schnelles, vertrauliches »Iiick« von sich wie ein altes Gartentor, das geölt werden muß, und verzieht wieder das Gesicht zu einer Grimasse.

»Du brauchst es nur zu lesen. Du brauchst keinen Test darüber zu schreiben.«

»Test. Tests kann ich nicht leiden«, sagt Paul und reißt plötzlich mit seinen schmutzigen Fingern die Seite heraus, von der er gerade vorgelesen hat.

»Laß das!« Ich greife nach dem Buch und verziehe dabei den grünen Schutzumschlag, das glänzende Papier bekommt einen Knick. »Nur ein total schwachsinniges Arschloch macht so was!«

Ich stecke das Buch unter meinen Oberschenkel. Paul hat allerdings die herausgerissene Seite und faltet sie sorgfältig zusammen. Das fasse ich als Unverschämtheit auf.
»Ich behalt das, statt es mir zu merken.« Er bewahrt Ruhe, während meine ganz dahin ist. Er steckt die zusammengefaltete Seite in die Hosentasche und sieht auf seiner Seite aus dem Fenster. Ich starre ihn wütend an. »Ich hab nur 'ne Seite aus deinem Buch genommen.« Dann sagt er in seiner Heston-Stimme: »Betrachtest du dich übrigens als totalen Versager?«
»In welcher Hinsicht?« sage ich bitter. »Und nimm den verdammten *New Yorker* vom Armaturenbrett.« Ich greife ihn mir und werfe ihn auf den Rücksitz. Wir sind jetzt in dichterem Verkehr, kommen in schattige, enge, kurvenreiche Kleinstadtstraßen. Zwei Zeitungsjungen sitzen nebeneinander an einer Straßenecke, nehmen Nachmittagszeitungen von einem Stapel und bieten sie zusammengefaltet an. Die Luft draußen, die ich natürlich nicht spüre, wirkt kühl und einladend, obwohl ich mir sicher bin, daß sie heiß ist.
»In jeder Hinsicht.« Er macht sein leises Quieken tief in der Kehle, als sollte ich es nicht hören.
Ich fühle mich leer vor Empörung und Trauer (wegen einer Buchseite?), aber ich antworte, weil ich gefragt worden bin.
»Meine Ehe mit deiner Mutter und deine Erziehung. Die sind nach meiner augenblicklichen Einschätzung nicht die größten Leistungen meines Lebens. Alles andere ist aber absolut in Ordnung.« Ich bin ganz hohl davon, wie erschreckend wenig Lust ich habe, mit meinem Sohn allein im Auto zu sein, wo wir doch gerade erst in den sagenumwobenen Straßen unseres Ziels angekommen sind. Mein Kinn ist verhärtet wie Stahl, mein Rücken schmerzt wieder, und das Innere des Wagens erscheint mir drückend und luftlos, als würde ich von einem entsetzlichen Grauen betäubt. Ich bete zu einem einsamen, fernen und gleichgültigen Gott, daß Sally Caldwell bei uns im Auto sein möge; oder besser noch, daß Sally hier wäre und Paul wieder in Deep River, wo er meinetwegen Vögel quälen, Menschen verletzen und seine grauenvolle Wirkung unter der dortigen Bevölkerung entfalten soll. (Die Existenzperiode ist zu dem Zweck patentiert

worden, solch unwillkommene Gefühle abzuwehren. Nur funktioniert das jetzt nicht.)
»Weißt du, wie alt Mr. Toby jetzt wär, wenn die ihn nicht überfahren hätten?«
Ich wollte ihn gerade fragen, ob es ihm Spaß macht, Krähen den Hals umzudrehen. »Dreizehn, warum?« Meine Augen suchen hektisch nach einem INN-Schild.
»Weil ich immer wieder daran denken muß«, sagt er zum etwa dreißigsten Mal, als wir die Kreuzung in der Ortsmitte erreichen. Ein paar Jungen, die genauso gekleidet sind wie Paul, hängen an der Ecke herum und spielen ihr idiotisches Hacky Sack mitten unter den Passanten. Die »Stadt« scheint ein Dorf aus Backsteinhäusern mit weißen Fensterläden zu sein, große Eichen und Hickorys spenden Schatten, und alles ist so zauberhaft und energisch saubergehalten wie ein gutgepflegter Friedhof.
»Warum mußt du daran denken?« sage ich gereizt.
»Ich weiß nicht. Mir kommt es so vor, als hätte Mr. Tobys Tod alles kaputt gemacht, was damals so fest war.«
»Hat er nicht. Fest ist sowieso nichts. Versuch doch mal, ein paar von den Sachen aufzuschreiben.« Aus irgendeinem Grund erbittert mich die Geschichte meiner Mutter und der Nonne auf Horn Island mit dem Wunsch (Gott weiß, warum) nach mehr Kindern.
»Du meinst, wie ein Tagebuch?« Er sieht mich zweifelnd an.
»Genau. So was.«
»Wir haben das im Camp gemacht. Dann haben wir uns mit den Seiten den Arsch abgewischt und sie ins Feuer geworfen. Das war alles, wozu man die gebrauchen konnte.«
An der Ecke sehe ich unerwartet am Ende der nach rechts abgehenden Straße die Ruhmeshalle des Baseball, ein blaßrotes Gebäude im klassizistischen Stil, das nach Postamt aussieht, und ich mache eine schnelle, gefährliche Rechtskurve von der Chestnut Street herunter auf die Straße, die sich als Main Street herausstellt. Ich möchte gerne mal vorbeifahren und mir die Ruhmeshalle näher ansehen und verschiebe dafür meinen Drink.
Die Main Street ist voller Baseball-Touristen und hat die seelenlos gleichmütige, geschäftige Atmosphäre eines Collegestädt-

chens, wenn die Studenten zum Herbstsemester zurückkommen. Die Läden an beiden Straßenseiten verkaufen alles, was mit Baseball zu tun hat: Trikots, Karten, Poster, Autoaufkleber, zweifellos auch Radkappen und Kondome; und diese Läden teilen sich die Straße mit gewöhnlichen Kleinstadtgeschäften – einer Drogerie, einem Herrenbekleidungsgeschäft, zwei Blumenläden, einer Gaststätte, einer deutschen Bäckerei und verschiedenen Immobilienmaklern, deren Sprossenfenster mit Fotos von Einfamilienhäusern und »schöngelegenen Sommerhäusern mit Aussicht« auf den Soundso-See gefüllt sind.

Im Gegensatz zum steifen Deep River und zum hartleibigen Ridgefield sind in Cooperstown weit mehr Fähnchen und Banner zum Vierten Juli zu sehen. Sie sind über die Straße gespannt, hängen an Laternenpfählen, Ampeln und sogar an Parkuhren, als wollten sie sagen, so was muß man richtig machen, und wir machen's richtig. Poster an jeder Ecke versprechen für Montag eine »Große Starparade« mit Country Music-Größen, und alle Besucher, die die Gehsteige bevölkern, scheinen froh zu sein, daß sie hier sind. Das Städtchen erscheint tatsächlich auf den ersten Blick wie ein idealer Ort, um sich hier niederzulassen, zur Kirche zu gehen, Geld zu verdienen, eine Familie großzuziehen, alt und krank zu werden und zu sterben. Und dennoch: irgendwo ist etwas Verdächtiges – in der Menge selbst, in den zu vielen Blumenkörben an jeder Ecke mit unwirklich roten Geranien und in den allzu sichtbaren französischen *poubelle*-Abfallkörben, im verräterischen Anblick eines roten City of Westminster-Doppeldeckerbusses und in der Tatsache, daß die Ruhmeshalle *nirgendwo* auch nur *erwähnt* wird. Das Verdächtige besteht darin, daß diese Kleinstadt nur eine Kopie (eines legitimen Ortes) ist, ein auf alt getrimmter Hintergrund für die Ruhmeshalle oder für etwas noch weniger Definierbares, ohne daß hier irgend etwas Authentisches (wie Kriminalität, Verzweiflung, Schmutz, religiöse Erweckung) vor sich ginge. (In dieser Hinsicht ist Cooperstown natürlich genau so, wie ich es mir vorgestellt habe, aber dennoch vielleicht der perfekte Ort für den Versuch, einen Sohn von seinen Problemen wegzulocken und ihm guten Rat zuteil werden zu lassen – wenn der Sohn kein Arschloch wäre.)

Wir gleiten langsam durch den wenig eindrucksvollen Backsteinbogen des Eingangstores zur Halle, die jetzt noch mehr nach Postamt mit amerikanischer Fahne aussieht. Davor steht ein einzelner Zuckerahorn. Mehrere lärmende Bürger scheinen im Kreis auf dem Gehsteig herumzuparadieren und ihr Bestes zu tun, um den zahlenden Kunden im Weg zu sein, die von nahegelegenen Hotels oder Campingplätzen hierhergekommen sind, um einen kurzen Abendrundgang durch die Ausstellung zu machen. Die Demonstranten haben Plakate und Spruchbänder in den Händen oder tragen Sandwich-Schilder und rufen etwas, was, als ich Pauls Fenster herunterlasse, wie »Schute, Schute, Schute« klingt. (Es ist schwer sich vorzustellen, wogegen man an einem Ort wie diesem protestieren könnte.)
»Was sind denn das für Idioten?« sagt Paul und macht ein schnelles *Iiik*, dem ein bestürzter Blick folgt.
»Ich bin auch eben erst gekommen«, sage ich.
»Rute, Rute, Rute«, sagt er mit rauher, tiefer Stimme. »Pute, Pute, Pute.«
»Das ist aber die Baseball Hall of Fame.« Ich bin, ehrlich gesagt, enttäuscht, obwohl ich kein Recht dazu habe. »Jetzt hast du sie gesehen, also können wir nach Hause fahren, wenn du willst.«
»Pute, Pute, Pute«, sagt Paul. »Iiik, iiik.«
»Wollen wir's einfach abbrechen? Ich kann dich heute abend noch nach New York bringen. Du kannst im Yale Club übernachten.«
»Ich würd lieber noch 'ne ganze Weile hierbleiben«, sagt Paul, immer noch aus dem Fenster sehend.
»Okay«, sage ich und deute das so, daß er lieber nicht nach New York fahren will. Obwohl der Ärger tief in mir sitzt und ich meine Aufgabe als Vater wieder als ein nie endendes, lebenslanges Unterfangen sehe.
»Was soll hier noch mal passiert sein? Ich hab's vergessen.« Er blickt nachdenklich auf das Gewimmel vor der Halle.
»Angeblich hat sich 1839 Abner Doubleday hier das Baseballspiel einfallen lassen, aber eigentlich glaubt das keiner.« Alles, was ich sage, habe ich aus Broschüren. »Es ist nur ein Mythos, der es den Besuchern erlaubt, ihr Interesse auf einen Ort zu

richten und alles über das Spiel zu erfahren. Es ist wie mit der Unabhängigkeitserklärung, die angeblich am Vierten Juli unterzeichnet wurde, in Wirklichkeit aber zu einem anderen Zeitpunkt.« Letzteres stammt natürlich von dem onkelhaften alten Becker und ist im Moment wahrscheinlich Zeitverschwendung.
»Das ist wie eine Kurzversion, die die Leute davon abhält, sich in unbedeutenden Einzelheiten zu verlieren und den tieferen Sinn nicht mitzukriegen. Ich erinnere mich allerdings nicht, was der Sinn bei Baseball ist.« Eine zweite Welle tiefer Ermüdung geht plötzlich über mich hinweg. Ich bin wirklich versucht, irgendwo anzuhalten und auf meinem Sitz einzuschlafen und zu sehen, wer da ist, wenn ich aufwache.
»Das ist also alles nur Beschiß«, sagt Paul hinausblickend.
»Das kann man so nicht sagen. Viele Dinge, die wir für wahr halten, sind nicht wahr, genauso wie viele Dinge wahr sind, die einem scheißegal sein können. Man muß da selbst urteilen. Das Leben ist voll von solchen kleinen, eingemachten Lehren.«
»Na, dann vielen Dank. Danke, danke, danke, danke.« Er sieht mich amüsiert an, aber er meint es verächtlich. Ich könnte leicht in Ohnmacht fallen.
Aber ich bin trotzdem nicht bereit, aufzugeben, ich versuche immer noch, die Spreu vom Weizen zu trennen oder vielleicht auch den Wald von den Bäumen. »Man sollte nicht zulassen, daß man in Situationen gerät, die einen nicht glücklich machen«, sage ich.
»Ich bin selbst nicht besonders gut darin. Ich mach viel falsch. Aber ich versuch's.«
»Ich versuch's auch«, sagt er – zu meiner großen und herzzerreißenden Überraschung. Irgend etwas hat ihn berührt. Ein Gemeinplatz. Die Kraft eines einfachen Gemeinplatzes. Was sonst habe ich ihm zu bieten? »Ich weiß nur nicht so richtig, was ich tun soll.«
»Na ja, wenn du's versuchst, mehr kannst du nicht tun.«
»Iiik«, sagt er leise. »Pute.«
»Pute. Genau«, sage ich, und wir rollen weiter.
Ich fahre weiter die Main Street entlang in ein baumreiches Viertel mit teuren und vertrauten föderalistischen und klassizistischen Villen – alle in erstklassigem Zustand und beschattet von

zweihundertjährigen Buchen und Eichen –, Häuser, die in Haddam 1,8 Millionen kosten würden und nie auf den Markt kommen (Freunde verkaufen an Freunde, um uns Makler rauszuhalten). Ein paar von denen hier haben aber Schilder auf dem Rasen stehen, eines mit einem GERADE HERABGESETZT-Aufkleber. Ein weiterer Zeitungsjunge macht hier seine Runde, seine Tasche mit der Nachmittagsausgabe schwingt hin und her. Ein älterer Mann in grellroter Hose und einem gelben Hemd steht hinter dem Palisadenzaun seines Vorgartens, einen Drink mit Eis in der einen Hand, die andere erhoben, um die Zeitung aufzufangen, die der Zeitungsjunge ihm gerade zuwirft. Der Junge wendet sich uns zu, als wir langsam vorbeirollen, und winkt Paul verstohlen zu, weil er ihn offensichtlich verwechselt, bricht dann die Geste schnell ab und guckt woandershin. Paul aber winkt zurück! Als denke er – wie ein echter Träumer –, er könnte dieser Junge sein, wenn wir alle noch in Haddam lebten und alles wieder so wäre, wie es eigentlich sein sollte.

»Magst du, wie ich mich anziehe?« sagt er, während er sein Fenster schließt.

»Nicht sehr«, sage ich und fahre um eine Kurve in eine weitere schattige Straße, in der ein blaues KRANKENHAUS-Schild steht. Frauen in Krankenschwesterntracht und Männer in Ärztekitteln mit baumelnden Stethoskopen kommen uns auf dem Gehsteig entgegen, auf dem Weg nach Hause. »Magst du, was ich trag?« Paul sieht ernsthaft an mir herunter – helle Baumwollhosen, Hush Puppies, gelbe Socken, ein kariertes kurzärmeliges Blackwatch-Hemd von Mountain Eyrie Outfitters in Leech Lake, Minnesota, Kleidungsstücke, wie ich sie getragen habe, seit er mich kennt, die gleichen wie die, die ich damals trug, als ich 1963 in Ann Arbor aus dem New York Central-Zug stieg. Typische Kleidung.

»Nein«, sagt Paul.

»Weißt du«, sage ich, das zerdrückte *Selbstvertrauen* noch immer unter dem Schenkel, »bei meiner Arbeit muß ich mich so kleiden, daß die Klienten Mitleid mit mir haben, oder besser noch, daß sie sich mir überlegen fühlen. Ich glaub, das krieg ich ganz gut hin.« Paul sieht mich noch einmal von oben bis unten an, mit

einem angeekelten Blick, der in Sarkasmus übergehen könnte, falls ich mich über ihn lustig mache. Er sagt nichts. Was ich ihm gerade gesagt habe, ist aber natürlich nur die simple Wahrheit.
Ich steuere uns nun zurück durch ein nettes, wenn auch nicht mehr ganz so nettes Viertel mit engeren Straßen und Häusern mit roten und grünen Fensterläden. Ich glaube, daß ich auf dieser Route zur 28 zurückkomme und dann die Deerslayer Inn finden kann. Hier steht auch viel zum Verkauf. Ganz Cooperstown, so scheint es, ist zu haben.
»Was steht auf deiner neuen Tätowierung?«
Paul hält mir sofort sein rechtes Handgelenk hin. Was ich verkehrt herum ausmachen kann, ist das Wort »Insekt«, stumpfblau mit Kulitinte in sein zartes Fleisch gestochen. »Hast du dir das selbst ausgedacht«, sage ich, »oder hat dir jemand geholfen?«
Paul schnieft. »Im nächsten Jahrhundert werden wir alle von den Insekten versklavt, die die Pestizide dieses Jahrhunderts überleben. Hiermit erkenne ich an, daß ich zu einer Gruppe schlechtangepaßter Wesen gehöre, deren Zeit zu Ende geht. Ich hoffe, die neuen Führer werden mich als Freund betrachten.« Er schnieft wieder und behelligt dann mit schmutzigen Fingern seine Nase.
»Ist das aus einem Rocksong?« Ich steuere uns in den Verkehrsfluß zurück, wir rollen wieder in Richtung Stadtzentrum. Wir sind im Kreis gefahren.
»Das ist allgemein bekannt«, sagt Paul und reibt sich mit der Warze am Knie.
Fast sofort erblicke ich ein Schild, das ich übersehen habe, als Paul und ich uns gestritten haben: Ein hochgewachsener, dürrer Pionier, in Hirschleder und mit hohen Mokassins, der eine lange Steinschloßflinte hält, steht im Profil am Ufer eines Sees, hinter ihm dreieckige Fichten. DEERSLAYER INN GERADEAUS. Eine segensvolle Verheißung.
»Fällt dir zum menschlichen Fortschritt nichts Besseres ein?« Ich fahre im Spätsamstagsverkehr die Main Street hinunter. Elektrobusse karren Touristen hin und her. Lake Otsego liegt plötzlich direkt vor uns – üppige, norwegisch aussehende Landzungen, kilometerweit entfernt am gegenüberliegenden Ufer, verlieren sich nach Norden in den dunstigen Adirondacks.

»Mich beschäftigen die ganze Zeit zu viele Dinge. Das macht mich ganz fertig.«
»Weißt du«, sage ich, ihn ignorierend, »die Leute, die das hier gegründet haben, meinten, sie müßten sich von alten Abhängigkeiten lösen, weil sie sonst dem Bösen in der Welt ausgeliefert wären...«
»Meinst du mit dem hier Cooperstown?«
»Nein. Ich mein was anderes.«
»Und nach wem ist Cooperstown benannt?« sagt er, das Gesicht dem schimmernden See zugewandt, als überlege er ernsthaft, in diese Weite hinauszufliegen.
»James Fenimore Cooper«, sage ich. »Er war ein berühmter amerikanischer Romanschriftsteller, der Bücher über baseballspielende Indianer geschrieben hat.« Paul wirft mir einen schnellen Blick zu, in dem so etwas wie freundliche Ungewißheit liegt. Er weiß, daß er mir auf die Nerven geht und daß ich mich möglicherweise wieder über ihn lustig mache. Im gefleckten Licht kann ich in seinen Zügen das Erwachsenengesicht sehen, das er einmal haben wird: breit, ernst, ironisch, vielleicht leichtgläubig, vielleicht sanft, aber wahrscheinlich nicht sehr glücklich. Nicht mein Gesicht, aber eines, das bei weniger Lebenstüchtigkeit meines hätte sein können. »Glaubst du, *du* bist ein Versager?« sage ich, während ich gegenüber dem Deerslayer langsamer werde, um nach rechts in die Auffahrt zwischen zwei Reihen hoher Fichten einzubiegen, an deren Ende die ersehnte Inn liegt. Die Veranden liegen so spät am Tag im tiefen Schatten, ein paar der großen Sessel, denen meine Tagträume galten, sind von zufriedenen Reisenden besetzt. Aber noch ist Platz.
»Wieso?« sagt Paul. »Ich hab noch nicht genug Zeit gehabt, um zu versagen. Ich lern noch, wie man das macht.« Ich warte auf eine Lücke im Verkehr. Lake Otsego liegt jetzt neben uns, glatt und unbewegt unter dem Nachmittagsdunst.
»Ich mein im Kindsein. Als Arscholeszent. Oder wofür du dich im Moment hältst.« Mein Winker blinkt, meine Hände umklammern das Steuerrad.
»Aber sicher, Frank«, sagt Paul arrogant. Wahrscheinlich weiß er gar nicht, was er da sagt.

»Du bist aber kein Versager«, sage ich. »Also mußt du dir was anderes ausdenken. Weil du kein Versager bist. Ich hab dich lieb. Und nenn mich nicht Frank, verdammt noch mal. Ich will nicht, daß mein Sohn mich Frank nennt. Ich bin doch nicht dein beschissener Stiefvater. Erzähl mir lieber einen Witz. Das kannst du doch so gut.«
Und dann, während wir darauf warten, abbiegen zu können, senkt sich eine plötzliche himmlische Ruhe auf uns. Es ist, als hätten wir ein schwieriges Hindernis erreicht, hätten ohne Erfolg versucht, es zu nehmen, und wären dann aber flott hinübergekommen, bevor wir selbst wußten, wie. Ich spüre aus irgendeinem Grund, daß Paul in Tränen ausbrechen könnte oder zumindest dicht davor ist – etwas, was ich schon lange nicht mehr erlebt habe und womit er offiziell aufgehört hat, was er aber noch dieses eine Mal um der alten Zeiten willen versuchen könnte.
In Wirklichkeit aber sind es meine Augen, die heiß und feucht werden, obwohl ich nicht wüßte, warum (es sei denn, es ist das Alter).
»Kannst du die Luft fünfundfünfzig Sekunden anhalten?« sagt Paul, als ich die Gegenfahrbahn überquere.
»Weiß nicht, vielleicht.«
»Mach mal«, sagt Paul und sieht mir ungerührt in die Augen. »Halt einfach an.« Er macht ein undurchsichtiges Gesicht, voll hämischer Vorfreude auf etwas sehr Komisches.
Also trete ich auf die Bremse und halte in der schattigen Auffahrt des Deerslayer an. »Gut, ich mach's«, sage ich. »Ich hoffe nur, es ist ein guter. Ich kann einen Drink gebrauchen.«
Er preßt die Lippen zusammen und schließt die Augen, und ich schließe meine, und wir warten zusammen im Murmeln von Klimaanlage und Motor und beim Klicken des Thermostats, während ich zähle, ein-und-zwanzig, zwei-und-zwanzig, drei-und-zwanzig...
Als ich die Augen geschlossen habe, stand die Digitaluhr am Armaturenbrett auf 5:14, und als ich sie öffne, sagt sie 5:15. Pauls Augen sind geöffnet, aber er scheint zu zählen wie ein Eiferer, der einen privaten Gefallen von Gott erfleht.

»Okay. Fünfundfünfzig. Was ist die Pointe? Ich hab's eilig.« Mein Fuß löst sich langsam von der Bremse. »›Ich wußte nicht, daß ein Arschloch so lange die Luft anhalten kann?‹ Etwas in der Art?«
»Fünfundfünfzig Sekunden dauert der erste Stromstoß auf dem elektrischen Stuhl. Ich hab das in einer Zeitschrift gelesen. Kam dir das lang vor oder nicht so lang?« Er blinzelt mich neugierig an.
»Kam mir ziemlich lang vor«, sage ich unglücklich. »Und das ist nicht sehr witzig.«
»Mir auch«, sagt er, fummelt an seinem verletzten Ohr herum und untersucht dann die Finger auf Blut. »Es soll einen aber sofort bewußtlos machen.«
»Das wär auch besser«, sage ich. Eltern denken natürlich Tag und Nacht ans Sterben – insbesondere, wenn sie ihre Kinder nur ein Wochenende im Monat sehen. Es ist keine Überraschung, daß ihre Kinder es ihnen nachtun.
»Man verliert alles, wenn man seinen Sinn für Humor verliert«, sagt Paul in seiner gekünstelt offiziellen Stimme.
Und ich habe den Gang wieder eingelegt, die Reifen rutschen beim Anfahren auf Fichtennadeln, und wir rollen hinauf in die kühlen und (so hoffe ich) glückseligen Gefilde des Deerslayer. Eine Glocke ertönt. Ich sehe einen alten Glockenstuhl auf dem Hof, der von einer lächelnden jungen Frau in weißem Kittel und mit einer Kochmütze auf dem Kopf in Bewegung gesetzt wird. Sie winkt uns zu, als wir ankommen, genau wie in dem Katalog über glückliche Sommertage in Cooperstown. Ich fahre mit dem Gefühl hinein, daß wir spät dran sind und die anderen Gäste uns vermißt haben. Jetzt aber sind wir da, und alles kann beginnen.

- 9 -

Die Deerslayer Inn ist so perfekt, wie ich es mir erhofft habe – ein geräumiges, weit ausgreifendes viktorianisches Gebäude mit spatigen Dächern und gelben, ausgebuchteten Mansarden, Verandageländern mit Spindelpfosten, knarrenden Treppen, die in lange, dunkle, nach Desinfektionsmittel riechende Korridore führen, kleinen Einzelbetten mit gußeisernen Gestellen, einem Tischventilator und Toiletten am Ende des Ganges.

Unten gibt es einen langen, verschlafenen Salon, in dem alt riechende Sofas mit abnehmbaren Bezügen und ein ramponiertes Kimball-Spinett stehen. Es gibt auch eine Art Bibliothek, aus der man ein Buch mitnehmen kann, wenn man dafür ein anderes daläßt. Das Abendessen wird zwischen 17.30 und 19 Uhr im halbdunklen Speiseraum (»Bitte keine späten Gäste!«) serviert. Leider aber gibt es keine Bar, keine Cocktails auf Kosten des Hauses, keine Canapés, keinen Fernseher. (Ich habe mir etwas übertriebene Vorstellungen gemacht, aber wer wollte mir das vorwerfen?) Dennoch scheint es mir ein Ort zu sein, an dem ein Mann mit seinem Sohn in einem Zimmer schlafen kann, ohne Verdacht zu erregen.

Ohne Drink also strecke ich mich auf der zu weichen Matratze aus, während Paul auf »Entdeckungsreise« geht. Ich entspanne den Kiefer, mache ein paar Rückenübungen, bewege die Zehen in der Ventilatorbrise und warte darauf, daß sich der Schlaf heranstiehlt wie ein Buschmann im Zwielicht. Um nachzuhelfen, knüpfe ich neue Unsinnskomponenten zusammen, die mir wie Betäubungsmittel in den Kopf sickern. *Wir müssen unsere Sally Caldwell abstauben... Tut mir leid, daß ich Ihre Erektion überfahren habe, Sie Nachtwächter... Phogg Allen, das lange Gesicht... Sie müssen ein schöner Doktor Schiwago gewesen sein...*

ein Fremder im Susquehanna... Und ich verschwinde in einem dunklen Tunnel, bevor ich dafür dankbar sein kann.
Und dann, früher als gewünscht, bin ich wieder da, wie betrunken, schwindlig in der Dunkelheit, allein, mein Sohn nirgends in Sicht.
Ich bleibe eine Zeitlang still liegen. Eine kühle Seebrise kommt durch die Fichten und Ulmen ins Zimmer, angezogen vom leise sirrenden Ventilator. Irgendwo in der Nähe brät ein Insektenvernichter einen großen Düsenjägermoskito der nördlichen Wälder nach dem anderen, und an der Decke über mir blinkt ein Rauchdetektor wie ein rotes Auge in der Dunkelheit.
Mehrere Stockwerke unter mir klappern Gabeln auf Tellern, Stühle schrammen auf dem Boden, gedämpftes Gelächter, gefolgt von Schritten die Treppen hinauf, an meiner Tür vorbei, das Geräusch einer Tür, die geschlossen wird, und bald darauf die Spülung einer Toilette – das Plätschern des Wassers, das leise Rauschen in den Leitungen. Dann geht die Tür wieder auf, und weitere schwere Schritte verklingen allmählich in den Abend.
Durch die Wand höre ich jemanden schnarchen, so wie ich es getan haben muß – tiefe, gleichmäßige, gründliche Atemzüge. Jemand spielt mit einem Finger auf dem Spinett. Ich höre, wie eine Autotür auf dem Kiesparkplatz unter meinem Fenster geöffnet wird – das gedämpfte *ping, ping, ping* des »Tür offen«-Signals aus dem Inneren –, dann reden ein Mann und eine Frau leise und zärtlich miteinander. »Es ist wirklich verdammt billig hier«, flüstert der Mann, als dürfe das niemand erfahren.
»Jaah, aber was dann?« sagt die Frau und kichert. »Was sollen wir hier machen?«
»Was man überall macht«, sagt er. »Fischen gehen, Golf spielen, essen und seine Frau bumsen. Genau wie zu Hause.«
»Ich bin für Möglichkeit Nummer vier«, sagt sie. »*Da*von gibt's zu Hause nicht genug.« Sie kichert wieder. Dann, rums, wird der Kofferraum zugeschlagen, zirp, die Alarmanlage eingeschaltet. Die beiden wandern knirschend in Richtung See über den Kies. Sie sprechen von Häusern. Ich weiß es. Morgen werden sie bei den Maklern ins Fenster sehen, sich ein, vielleicht zwei Häuser angucken, um ein Gefühl für die Preise zu bekommen, über eine

machbare Anzahlung diskutieren und dann verträumt die Hauptstraße hinunterschlendern und nie wieder daran denken. Nicht, daß es immer so ist. Es gibt auch Leute, die dicke Schecks ausstellen, ihre Möbel heranschaffen lassen, in zwei Wochen ein ganz neues Leben aufbauen – und *dann* Zweifel bekommen. Wonach sie ihr Haus an denselben Makler geben, seine Courtage zahlen und eine Vertragsstrafe hinnehmen müssen – und auf diese Weise, durch den Prozeß von Fehlern und Korrekturen, bleibt die Wirtschaft in Schwung. In diesem Sinne geht es bei Immobilien nicht darum, sein Traumhaus zu finden, sondern es wieder loszuwerden.

Ich denke wehmütig an Paul und frage mich, wo er in diesem fremden, aber gefahrfreien Städtchen nach Einbruch der Dunkelheit sein könnte. Vielleicht hat er Blutsbrüderschaft mit der Hacky-Sack-Bande von der Ecke Main- und Chestnut Street geschlossen, und sie sind zu einer schäbigen Imbißbude gezogen und essen Pommes, Waffeln und Burger auf seine Kosten. Vielleicht hat er in Deep River, wo jeder mindestens alt genug ist, um als Erwachsener zu gelten, wirklich nicht die richtige Gesellschaft. In Haddam wird es ihm besser gehen.

»Gott noch mal«, höre ich jemanden sagen, die nasale Stimme einer Frau, die die knarrenden Stufen zum dritten Stock heraufsteigt. »Ich hab zu Mark gesagt, warum kann sie nicht einfach nach Minneapolis ziehen, wo wir ein Auge auf sie haben können, dann müßte Dad nicht so weit zu seiner Dialyse fahren. Er ist ohne sie vollkommen hilflos.«

»Und was hat Mark dazu gesagt?« sagt eine andere nasale Frauenstimme ohne wirkliches Interesse – schwere Schritte an meiner Tür vorbei den Gang entlang.

»Ach, du weißt doch, wie Mark ist. Er ist so ein Klotz.« Der Schlüssel im Schloß, eine Tür geht auf. »Er hat nicht viel dazu gesagt.« Tür zu.

Da ich in meinen Kleidern geschlafen habe (ein unwiderstehlicher Luxus), wechsle ich nur das Hemd, ziehe Schuhe an, mache ein paar Streckübungen für meinen Rücken und laufe etwas unsicher über den Gang zum Etagenbad, um mich zu erleichtern und mir das Gesicht zu waschen. Dann schlendere ich hinunter – ich will mich umsehen und Paul suchen und einen Tip fürs Abendessen bekommen. Das in der Inn habe ich verpaßt: Spaghetti, Knoblauchbrot, Tapioka, hochgepriesen von dem Aufsteller auf meiner Kommode (»Mmmm« hat ein früherer Gast daraufgekritzelt).

In dem langen Salon mit dem braunen Teppich brennen gemütlich all die alten Lampen mit Pergamentschirmen, und verschiedene Gäste spielen Gin-Rommé oder lesen Zeitungen oder Bücher aus der Bibliothek. Eine zu strenge Zimtkerze schwelt irgendwo, und über dem kalten offenen Kamin hängt ein dunkles, zwei Meter hohes Porträt eines Mannes, der komplett in Leder gekleidet ist, einen albernen und zugleich verlegenen Ausdruck auf dem U-förmigen Gesicht. Das ist der Wildtöter selbst. Ein großer älterer, schwedisch aussehender Mann mit langen Ohren und riesigen Pranken redet mit vertraulicher Stimme auf einen Japaner ein. Es geht um »radikale Operationsmethoden«. Er würde alles tun, um sie zu vermeiden.

Auf der anderen Seite des Raums sitzt eine Frau mittleren Alters mit Pferdegesicht in einem rotweißgepunkteten Kleid am Spinett. Ihre Stimme klingt nach Südstaaten, und sie unterhält sich zu laut mit einer Frau, die einen breiten Stützkragen trägt. Die Augen der Frau mit dem gepunkteten Kleid wandern durch den langen Raum, sie will wissen, wer sich von ihr aufs Beste unterhalten läßt. Ihr Thema ist die Frage, ob man einem gutaussehenden Mann trauen kann, der mit einer nicht-so-hübschen Frau verheiratet ist. »Ich würd erstmal ein Schloß an meinem Porzellanschrank anbringen«, sagt sie mit lauter, offizieller Stimme. Sie erspäht mich, wie ich in der Tür stehe und zufrieden auf dieses Bild freundlichen Inn-Lebens blicke (genau wie jeder potentielle Inn-Besitzer es sich vorstellen würde: jedes Zimmer vergeben, alle Kreditkarten sicher im Safe, keine Ermäßigung, alle um 22 Uhr im Bett). Ihre Augen blitzen mich an. Sie starrt mit langen Zähnen böse herüber und winkt mir zu, als kennte sie mich aus Bogalusa oder Minter City – vielleicht erkennt sie mich auch als Mit-Südstaatler (etwas an der unterwürfigen, hochgezogenen Schulterhaltung). »He Sie! Ja, Sie! Kommen Sie doch mal her, ich seh Sie«, ruft sie zur Tür herüber. Ihre Ringe glitzern, ihre Armbänder klimpern, ihr Gebiß funkelt. Ich winke ihr gutmütig zu, aber da ich Angst habe, mit einem Gehirnschlag neben dem Spinett zu enden, trete ich diskret zurück und gehe dann eilig durch den Flur und zu den Telefonen unter der Treppe.

Vor allem würde ich gerne Sally anrufen, und ich sollte wirklich die Anrufe auf meiner Maschine abhören. Vielleicht sind die Markhams aus der Welt des Wahns zurückgekehrt, und vielleicht gibt es eine Entwarnung von Karl. Diese Themen waren mir glücklicherweise ein paar Stunden lang entfallen, was mir aber auch nicht viel Erleichterung gebracht hat.

Jemand (zweifellos die alte Südstaatenschachtel) hat angefangen, langsam und kummervoll »Lullaby of Birdland« zu spielen, so daß die ganze Atmosphäre des Stockwerks plötzlich darauf angelegt scheint, alle ins Bett zu scheuchen.

Ich habe meinen Anrufbeantworter angewählt, und während ich auf die Nachrichten warte, starre ich auf ein Poster, auf dem die fünf Schritte abgebildet sind, mit denen man jemanden vor dem Ersticken bewahren kann. Ich befingere einen Stapel Karten für ein Dinnertheater in Susquehanna, Pennsylvania. Heute abend gibt es *Annie Get Your Gun*, und die Programme, die auf einem anderen Stapel liegen, sind des Lobes voll: »Das ganze Ensemble erstklassig« – *Press & Sun Bulletin* aus Binghamton; »Besser als Cats« – *Scranton Times*; »Dies Baby hat Flügel« – der *Republican* aus Cooperstown. Ich denke mir eine Kritik aus, die Sally schreiben könnte: »Der todgeweihte Haufen, mit dem ich die Premiere besuchte, konnte einfach nicht genug kriegen. Wir lachten, wir weinten, wir wären fast gestorben« – *Curtain Call Newsletter*.

Biiiiip. »Hallo, Mr. Bascombe. Hier ist Fred Koeppel. Ich ruf noch mal aus Griggstown an. Ich weiß, es ist das Feiertagswochenende, aber ich würde gerne mit dem Haus in Gang kommen. Vielleicht können wir es schon am Montag zeigen, wenn wir die Courtage geregelt haben.« Klick. Aber sicher.

Biiiiip. »Hallo Frank, Phyllis.« Pause, sie räuspert sich, als hätte sie geschlafen. »East Brunswick war ein einziger Alptraum. Warum haben Sie uns das nicht gesagt, um Himmels willen? Joe war schon nach dem ersten Haus völlig fertig. Ich hab Angst, daß

er auf einen totalen Zusammenbruch zusteuert. Also, wir haben uns das mit dem Hanrahan-Haus noch mal überlegt. Ich bin bereit nachzugeben, glaub ich. Es muß ja nicht für die Ewigkeit sein. Wenn's uns nicht gefällt, können wir's ja wieder verkaufen. Joe mochte es ja von Anfang an. Ich werd mich schon an das Gefängnis gewöhnen. Ich bin hier in einer Telefonzelle.« Ihre Stimme verändert sich zusehends (was hat das zu bedeuten?). »Joe schläft. Ich hab mir gerade einen Drink an der Bar im Raritan Ramada genehmigt. Das war vielleicht ein Tag, sag ich Ihnen. Ein *Tag.*« Eine weitere lange Pause. Vielleicht legt sie sich Rechenschaft über die ganze Markham-Menage ab. »Ich wollte, ich könnte mit Ihnen reden. Aber. Ich hoffe, Sie kriegen diese Nachricht noch heute abend und rufen uns morgen früh an, damit wir dem alten Hanrahan ein Angebot machen können. Tut mir leid, daß Joe so 'n Grobian war. Er ist nicht einfach, das weiß ich.« Eine dritte Pause, ich höre, wie sie »Ja, sicher« zu jemandem sagt. Dann: »Rufen Sie uns bitte im Ramada an. 201-452-6022. Ich bin bestimmt lange auf. Wir konnten das Motel nicht mehr ertragen. Ich hoffe, daß es Ihnen mit Ihrem Sohn gut geht.« Klick.
Außer der alkoholisierten Sehnsucht (die ich ignoriere) nichts Schockierendes. East Brunswick ist bekannt für öde, billige Schablonen-Monotonie. Es ist absolut keine Alternative, nicht einmal zu Penns Neck, obwohl ich überrascht bin, daß die Markhams das so schnell gemerkt haben. Zu schade, daß sie den Tag nicht dazu genutzt haben, hierherzufahren, um sich in Susquehanna *Annie* anzusehen und dabei Pollo piccante zu essen. Sie hätten gelacht, sie hätten geweint, und Phyllis hätte alle Sorgen über das Gefängnis hinterm Gartenzaun vergessen können. Natürlich würde es mich nicht überraschen, wenn das Haus des »alten Hanrahan« (Houlihan) jetzt schon Immobiliengeschichte wäre. Gute Sachen warten nicht, bis Kalbsköpfe wie die Markhams mit dem Haarespalten durch sind, auch nicht in dieser Wirtschaftslage.
Ich rufe sofort in Penns Neck an, um Ted auf ein Angebot am frühen Morgen vorzubereiten. (Ich werde Julie Loukinen bitten, es zu überbringen.) Aber das Telefon klingelt und klingelt und

klingelt. Ich wähle noch einmal und stelle mir mit großer Sorgfalt jede Nummer vor, bevor ich sie drücke, und lasse dann bestimmt dreißigmal klingeln, während ich an der alten Großvateruhr und dem Porträt von General Doubleday vorbei den Flur hinunterblicke und hinaus durch die offene Fliegengittertür und weiter durch Bäume auf die glitzernden Lichter einer anderen, grandioseren Inn auf der gegenüberliegenden Seite der Straße am Seeufer, die ich heute nachmittag nicht gesehen habe. Die Fensterreihen dort sind warm erleuchtet, Autoscheinwerfer kommen und gehen wie bei einem noblen Kasino an einer fernen Küste. Auf der Veranda der Deerslayer Inn bewegen sich die Rückenlehnen der hohen Schaukelstühle, in denen meine Mitgäste ihre Spaghetti abdösen oder über den Tag reden und leise lachen. Ich höre von etwas zum Ausschütten Witzigem, mit dem der Sohn von jemandem vor der Büste von Heinie Manusch herausgeplatzt ist, etwas über das Für und Wider der Eröffnung eines neuen Kopiergeschäftes in einer Stadt wie dieser, etwas über Gouverneur Dukakis, den jemand, wahrscheinlich ein Mitdemokrat, lachend als »diesen Bostoner Clown« bezeichnet.

Aber keine Antwort in Penns Neck. Vielleicht ist Ted zu einem »Unabhängigkeitstag der offenen Tür« auf die andere Seite des Zauns entschlüpft.

Ich versuche Sallys Nummer, da sie gesagt hat, ich soll anrufen, und ich die Absicht habe, unsere amouröse Verbindung in der Sekunde zu erneuern, da ich Paul in New York absetze, ein Zeitpunkt, der jetzt viele Kilometer und Stunden entfernt scheint, es aber nicht ist. (Mit Kindern passiert alles blitzschnell; es scheint nie ein Jetzt zu geben, nur ein Damals, und hinterher fragt man sich, was eigentlich geschehen ist, und versucht sich vorzustellen, ob es wohl noch einmal geschehen könnte, damit man es diesmal richtig mitbekommt.)

»Hallo-ho«, sagt Sally mit glücklicher, luftiger Stimme, als wäre sie gerade dabeigewesen, draußen Wäsche auf die Leine zu hängen.

»Hi«, sage ich, erleichtert und froh darüber, daß überhaupt jemand meine Anrufe beantwortet. »Ich bin's noch mal.«

»›Ich‹ noch mal? Na. Gut. Wie geht's, ›Ich‹? Immer noch so abge-

lenkt? Es ist ein wunderschöner Abend hier am Strand. Ich wollte, du könntest dich hierher ablenken. Ich sitze auf der Veranda, ich kann Musik hören, ich hab Radicchio und Pilze gegessen und einen guten Fumé blanc getrunken. Ich hoffe, euch beiden geht's genausogut, wo immer ihr seid. Wo seid ihr?«
»In Cooperstown. Und es geht uns gut. Es ist fantastisch. Schade, daß du nicht hier bist.« Ich stelle mir ein langes, schimmerndes Bein vor, einen Schuh (goldfarben in meiner Fantasie), der über ihr Verandageländer in die Dunkelheit baumelt, ein großes funkelndes Weinglas in ihrer entspannten Hand (dies ist *die* Nacht für beschwipste Frauen). »Hast du Gesellschaft?« Sogar ich kann den scharfen Ton der Besorgnis in meiner Stimme hören.
»Nein. Keine Gesellschaft. Keine Verehrer, die die Mauern erklimmen. Heute abend nicht.«
»Das ist gut.«
»Ich glaub schon«, sagt sie und räuspert sich wie Phyllis. »Es ist sehr, sehr nett von dir, mich anzurufen. Tut mir leid, daß ich heute nach deiner früheren Frau gefragt habe. Das war indiskret und nicht sehr feinfühlig von mir. Kommt nie wieder vor.«
»Ich möchte immer noch, daß du herkommst.« Das ist nicht ganz die Wahrheit, wenn auch nicht allzuweit von ihr entfernt. (Ich bin mir sicher, daß sie sowieso nicht kommt.)
»Also«, sagt Sally, als lächelte sie in die Dunkelheit hinein, ihre Stimme wird einen Moment schwach, dann wieder kräftig. »Ich denke sehr ernsthaft über dich nach, Frank. Obwohl du heute am Telefon sehr unfreundlich oder zumindest komisch warst. Vielleicht konntest du nicht anders.«
»Vielleicht nicht«, sage ich. »Aber das ist wunderbar. Ich hab auch ernsthaft an dich gedacht.«
»Wirklich?«
»Doch. Ich hab gestern abend gedacht, daß wir an einen Scheideweg gekommen sind, wir beide, und den falschen Weg eingeschlagen haben.« Ein Geräusch in South Mantoloking bringt mich auf den Gedanken, daß ich die Brandung höre, die sich seufzend an den Strand wirft, ein glückseliger, ersehnter Laut hier im stickigen Korridor des Deerslayer. Obwohl es möglicherweise nur die schwachen Batterien in Sallys schnurlosem Te-

lefon sind. »Ich glaub, wir müssen ein paar Dinge ganz anders anfassen«, sage ich.

Sally nippt direkt neben dem Hörer an ihrem Fumé blanc. »Ich habe darüber nachgedacht, was du über die Liebe gesagt hast. Und ich finde, du warst sehr ehrlich. Aber es schien mir auch sehr kalt. Du bist doch nicht kalt, oder?«

»Das hat mir noch nie jemand vorgeworfen. Dafür viele andere Fehler.« (Einige erst kürzlich.) Wer immer im Salon »Lullaby of Birdland« gespielt hat, ist jetzt abrupt zu »The Happy Wanderer« übergegangen und spielt es im Allegretto-Tempo, die schweren Baßnoten klingen flach und metallisch. Jemand klatscht zwei Takte mit, hört dann auf. Draußen auf der Veranda lacht ein Mann und sagt: »Ich bin selbst ein glücklicher Wandersmann.«

»Ich hab den ganzen Nachmittag so ein merkwürdiges Gefühl gehabt«, sagt Sally. »Ich mußte daran denken, was du gesagt hast, und daß ich dir gesagt hab, daß du so schwer festzulegen bist und so glatt. Das bist du auch wirklich. Aber wenn ich mich nun einmal so stark zu dir hingezogen fühle, sollte ich dann nicht meinen Gefühlen folgen? Wenn ich eine Chance habe? Ich glaube, ich hab alles klarer gesehen, als ich jünger war. Ich hab ganz bestimmt immer geglaubt, daß ich den Lauf der Dinge beeinflussen konnte, wenn ich das wollte. Hast du nicht gesagt, du würdest von irgendwas überflutet oder so was? Irgendwas mit Flut jedenfalls.«

»Ich hab gesagt, ich würde von Sehnsucht nach dir überflutet. Und das stimmt.« Vielleicht kommen wir jetzt und hier über das Glatte und Nichtfestgelegte hinaus. Jemand – eine Frau – beginnt, mit zittriger und halblachender Stimme laut »Bums-heidii, Bums-heidaa« zu singen. Wahrscheinlich die Großmäulige im gepunkteten Kleid, die mich so roh angestarrt hat.

»Was soll das bedeuten, eine Flut der Sehnsucht?« sagt Sally.

»Das ist schwer in Worte zu fassen. Es ist einfach stark und anhaltend. Dessen bin ich mir sicher. Ich glaub, es ist viel schwerer, etwas auszudrücken, was man mag, als etwas, was man nicht mag.«

»Na ja«, sagt Sally fast traurig. »Gestern abend hatte ich das Ge-

fühl, als ob die Gezeiten mich zu dir zögen. Nur ist das nicht passiert. Also bin ich mir nicht so sicher. Darüber hab ich nachgedacht.«
»Ist doch nicht schlecht, wenn es dich zu mir zieht, oder?«
»Ich glaub nicht. Aber es hat mich nervös gemacht, und ich bin eigentlich kein nervöser Mensch. Das liegt nicht in meiner Natur. Ich bin ins Auto gestiegen und bis Lakewood gefahren und hab im Kino *Die Toten* gesehen. Dann hab ich ganz allein Radicchio und Pilze bei Johnny Matassa gegessen, wo wir waren, als wir das erste Mal ausgegangen sind.«
»Ging's dir danach besser?« sage ich, während ich an zwei *Annie*-Karten herumfummele. Ich frage mich, ob eine Gestalt in *Die Toten* sie an mich erinnert hat.
»Nein, eigentlich nicht. Ich war mir immer noch nicht darüber im klaren, ob der eindeutige Kurs nun von dir weg oder zu dir hin führte. Es ist ein Dilemma.«
»Ich liebe dich«, sage ich, mich selbst vollständig überrumpelnd. Ein Gezeitenstrom anderer Art hat mich gerade in sehr tiefes, möglicherweise gefährliches Wasser gezogen. Die Worte sind nicht unwahr, oder ich empfinde sie zumindest nicht als unwahr, aber ich hätte sie nicht gerade in diesem Moment aussprechen müssen (jetzt allerdings würde sie nur ein Arschloch zurücknehmen).
»Wie bitte«, sagt Sally verständlicherweise. »Was war das? Was?«
»Du hast schon richtig gehört.« Die Salonpianistin spielt den »Happy Wanderer« jetzt viel lauter – hämmert das Stück herunter. Der Japaner, der alles über Totaloperationen erfahren hat, kommt lächelnd heraus, hört aber sofort auf zu lächeln, als er den Flur erreicht. Er sieht mich und schüttelt den Kopf, als wäre er für die Musik verantwortlich, die nun aber nicht mehr aufhört. Dann geht er die Vordertreppe hinauf. Paul und ich können von Glück reden, daß wir im dritten Stock sind.
»Und was bedeutet das, Frank?«
»Mir ist nur klargeworden, daß ich es dir sagen wollte. Also hab ich's gesagt. Ich weiß nicht, was es bedeutet« – das ist noch milde ausgedrückt –, »aber ich weiß, daß es nicht nichts bedeutet.«
»Aber hast du mir nicht gesagt, daß man jemanden erfinden

müßte, um ihn zu lieben? Und hast du nicht gesagt, daß dies eine Zeit deines Lebens sei, an die du dich später wahrscheinlich gar nicht mehr erinnern würdest?«

»Vielleicht ist die Zeit vorbei, oder sie ändert sich.« Mir ist zittrig und schwindlig, als ich das sage. »Aber ich würde an dir sowieso nichts erfinden. Das ist gar nicht möglich. Das hab ich dir heut nachmittag schon gesagt.« Ich frage mich, was geschehen wäre, wenn ich ein »nicht« hinzugefügt hätte. Ich liebe dich nicht. Was dann? Könnte das die Art sein, wie das Leben in meinem Alter seinen Lauf nimmt? Ein Stolpern *in* die Dunkelheit und *heraus* aus dem Licht? Man entdeckt, daß man jemanden liebt, indem man den Satz ohne das »nicht« hinter dem Verb ausprobiert? Zufällig, ohne es eigentlich selbst zu wollen, ohne eine Beziehung zu dem, was man empfindet? Wenn ja, wäre es nicht gut.

Es entsteht eine Pause in unserem Gespräch, da Sally verständlicherweise nachdenkt. Ich bin sehr daran interessiert, sie zu fragen, ob sie mich liebt. Sie versteht sicher etwas ganz anderes darunter. Wir könnten dann die Unterschiede klären. Aber ich frage nicht.

Der »Happy Wanderer« kommt an sein krachendes Ende. Im Salon tritt eine vollständige, erleichterte Stille ein. Ich höre die knarrenden Schritte des Japaners über mir, dann klickt eine Tür zu. Ich höre, wie jemand auf der anderen Seite der Wand in der Küche mit Töpfen rumort und sie schrubbt. Draußen auf der dunklen Veranda schaukeln die hohen Schaukelstühle immer noch. Die Menschen in ihnen starren zweifellos schlechtgelaunt zu der schöneren Inn hinüber, die zu nobel für sie ist und wahrscheinlich das Geld nicht wert.

»Es ist sehr komisch«, sagt Sally und räuspert sich wieder, als wolle sie das Thema wechseln, womit ich ganz einverstanden wäre. »Nachdem ich heute mit dir gesprochen hatte, wo immer du gerade warst und bevor ich *Die Toten* gesehen habe, bin ich eine Weile am Strand entlanggegangen – du hattest mich nach Wallys Manschettenknöpfen gefragt, und ich kriegte diesen Gedanken nicht mehr aus dem Kopf. Und als ich wieder zu Hause war, hab ich seine Mutter in Lake Forest angerufen und verlangt, daß sie mir endlich sagt, wo er ist. Aus irgendeinem Grund war

ich auf die Idee gekommen, daß sie es immer gewußt hat und es mir nie sagen wollte. Das war das große Geheimnis, trotz allem. Und ich hab nie auch nur daran gedacht, daß es da überhaupt ein großes Geheimnis gab.« (Im Gegensatz etwa zu Ann.)
»Was hat sie gesagt?« Das wäre eine interessante neue Folge. *Wally: Die Fortsetzung.*
»Sie wußte wirklich nicht, wo er war. Sie fing sogar am Telefon an zu weinen, die Ärmste. Es war schrecklich. *Ich* war schrecklich. Ich hab gesagt, es täte mir leid, aber ich bin mir sicher, daß sie mir das nicht verzeiht. Ich würde es mir auch nicht verzeihen. Ich hab dir ja gesagt, daß ich manchmal hart sein kann.«
»Ging's dir danach besser?«
»Nein. Ich muß die Geschichte wirklich vergessen, das ist alles. Du kannst deine Ex-Frau immer noch treffen, auch wenn du es gar nicht willst. Ich weiß nicht, was besser ist.«
»Deshalb ritzen Leute Herzen in Bäume, nehm ich an«, sage ich und finde das sofort idiotisch, fühle mich einen Moment aber auch zutiefst niedergeschlagen, als hätte ich schon wieder eine Chance verpaßt. Ann scheint mir nur noch ungreifbarer und ferner, gerade weil sie durchaus greifbar und gar nicht so fern ist.
»Ich komm mir selber so unintelligent vor«, sagt Sally, meine Bemerkung über Bäume ignorierend. Sie trinkt einen Schluck Wein, stößt mit dem Rand des Glases an den Hörer. »Vielleicht sind das die ersten Symptome von etwas. Ein Selbstmitleidkomplex, der mich daran hindert, einen bedeutungsvollen Beitrag zum Leben zu liefern.«
»Das stimmt nun überhaupt nicht«, sage ich. »Du hilfst sterbenden Menschen und machst sie glücklicher. Das ist ein verdammt wichtiger Beitrag. Viel wichtiger, als was ich mache.«
»Frauen haben doch gewöhnlich keine Midlife-crisis, oder?« sagt sie. »Vielleicht aber Frauen, die alleine sind.«
»Liebst du mich?« sage ich unbesonnen.
»Würdest du das denn überhaupt wollen?«
»Ja. Ich fände das wunderbar.«
»Findest du nicht, daß ich zu lau bin? Ich glaube, ich bin sehr lau.«
»Nein! Ich finde nicht, daß du lau bist. Ich finde, du bist wunder-

voll.« Aus irgendeinem Grund drücke ich den Hörer fest ans Ohr.
»Ich glaub, ich bin lau.«
»Vielleicht sind deine Gefühle für mich lau.« Hoffentlich nicht, und mein Blick fällt wieder auf den Stapel der rosafarbenen Theaterkarten. Jetzt sehe ich, daß sie für den 2. Juli 1987 gültig waren – vor genau einem Jahr. »Wenn's umsonst ist, kann's nicht gut sein« – F. Bascombes Wahlspruch.
»Eins würd ich wirklich gerne wissen.« Sie hätte jedes Recht, vieles wissen zu wollen.
»Ich sag dir alles. Ich halt nichts zurück. Die ganze Wahrheit.«
»Sag mir, warum du Frauen in deinem Alter anziehend findest?« Das bezieht sich auf eine Unterhaltung, die wir auf unserem unglückseligen Herbstausflug nach Vermont geführt haben, wo wir uns das Herbstlaub ansahen, zähen Spießbraten aßen und in langen Busstaus standen, um schließlich in einem wunden, aufgeladenen Schweigen nach Hause zurückzufahren. Auf dem Weg nach Vermont und noch in bester Stimmung, hatte ich ihr nebenbei und ohne Anlaß erklärt, daß jüngere Frauen (ich weiß nicht mehr, an wen ich gedacht habe, aber es war jemand Mitte zwanzig und nicht besonders intelligent) mich immer aufheitern und mit mir fühlen wollten und daß einen das schließlich zu Tränen langweilte, da ich gar nicht wollte, daß jemand mit mir fühlte, und ich eigentlich auch so immer recht heiter war. Wir schossen den Taconic hoch, und ich sagte weiter, daß es mir wie eine Paradedefinition des Erwachsenseins vorkomme, daß man nicht mehr versuchte, jemanden, den man liebte, aufzuheitern, sondern die Person so nahm, wie sie war – vorausgesetzt, man mochte sie. Sally antwortete damals nicht, als meinte sie, ich erfände das Ganze nur ihretwegen. Sie schien nicht interessiert. (Kann sein, daß ich mich damals schon darin übte, Menschen nicht zu erfinden, um sie lieben zu können.)
»Na ja«, sage ich, und ich bin mir sehr bewußt, daß ich die ganze Geschichte mit einer ungeschickten Wendung ruinieren kann, »jüngere Frauen wollen immer, daß alles gut läuft, und machen die Liebe davon abhängig. Aber man liebt jemanden auch, wenn es mal nicht so gut läuft.«
Wieder ein Schweigen auf der anderen Seite. Wieder glaube ich, die Brandung träge an den Sandstrand schlagen zu hören.

Sally sagt: »Ich glaub, das ist nicht genau das, was du im letzten Herbst gesagt hast.«
»Aber es kommt dem ziemlich nahe«, sage ich, »und das habe ich damals gemeint, ich meine es jetzt auch. Außerdem kann es dir doch egal sein. Du bist in meinem Alter, oder fast. Und ich liebe sonst niemanden.« (Außer meine Ex-Frau, was hier aber nicht zur Debatte steht.)
»Ich glaub, ich hab Angst, daß du etwas aus mir machst, was ich nicht bin. Vielleicht denkst du, daß es für jeden nur eine Person auf der Welt gibt, und die erfindest du dir. Ich hab nichts dagegen, wenn du versuchst, mich ein bißchen besser zu machen, aber du mußt dich grundsätzlich schon an das halten, was da ist.«
»Ich muß das mit dem Erfinden vergessen«, sage ich schuldbewußt. Es tut mir leid, daß ich den Gedanken jemals ausgesprochen habe. »Und ich glaub nicht daran, daß es für jeden nur eine Person gibt. Zumindest hoffe ich das nicht, zum Teufel, denn ich hab bisher nicht viel Glück gehabt.«
»Hier machen sie schon wieder Feuerwerk draußen auf dem Wasser«, sagt Sally träumerisch. »Das ist sehr schön. Vielleicht bin ich heute abend besonders empfänglich. Jedenfalls freu ich mich, daß du angerufen hast.«
»Es ist schön, mit dir zu reden«, sage ich, und plötzlich kommt die knochige Frau mit dem Pferdegesicht, die auf das Spinett eingeprügelt hat, mit langen Schritten ins Foyer und sieht durch den Gang zu mir herüber. Ich lehne an der Wand hinter dem Telefontisch. Neben ihr geht die dickliche Frau mit dem Stützkragen, die sie zweifellos dazu gebracht hat, »Bums-heidii, Bums-heidaa« zu singen. Sie wirft mir einen weiteren Blick unter böse zusammengezogenen Augenbrauen zu, als hätte sie mich dabei ertappt, wie ich mein engelhaftes und ahnungsloses Frauchen betrüge. »Hör mal. Ich bin hier an einem öffentlichen Telefon. Aber mir geht's jetzt viel besser. Ich möchte dich nur unbedingt morgen treffen, wenn ich dich schon nicht in zehn Minuten sehen kann.«
»Wo?« sagt Sally leise, immer noch empfänglich.
»Irgendwo. Wo du willst. Ich charter 'ne Cessna.« Die beiden Frauen bleiben im erleuchteten Foyer stehen, starren schamlos zu mir herüber und hören zu.

»Bringst du Paul immer noch in New York zum Zug?«
»Um sechs Uhr müssen wir da sein«, sage ich und frage mich, wo Paul im Moment steckt.
»Also, ich könnte ja einen Zug rauf nehmen und dich da treffen. Das fänd ich schön. Ich würd gerne den Vierten Juli mit dir verbringen.«
»Weißt du, es ist mein liebster nichtreligiöser Feiertag.« Ich bin begeistert, daß sie einverstanden ist, auch wenn sie sich sehr vorsichtig ausdrückt. Sie kann allerdings oft zugänglicher erscheinen, als sie in Wirklichkeit ist. (Ich muß all die Erklärungen und Vorsätze, auf die ich mich in den letzten zehn Minuten eingelassen habe, später auswerten.) »Du hast meine Frage noch nicht beantwortet.«
»Oh.« Sie schnüffelt einmal. »Es ist so schwer, dich festzulegen. Und ich glaub nicht, daß ich für so jemanden eine gute Dauergeliebte oder Ehefrau wäre. Ich hatte einen Mann, der schwer festzulegen war.«
»Das ist schon in Ordnung«, sage ich. Obwohl ich doch sicherlich nicht so schwer faßbar bin wie Wally! Wally, der seit fast zwanzig Jahren verschwunden ist!
»Ist das in Ordnung? Daß ich keine gute Geliebte oder Frau bin?« Sie hält inne, um über diese neue Idee nachzudenken. »Ist dir das egal, oder willst du mich nur nicht unter Druck setzen, mich zu ändern?«
»Mir ist gar nichts egal«, sage ich. »Ich freu mich schon, wenn du ein paar freundliche Worte für mich hast.«
»Es geht nicht alles nur darum, wie man es ausdrückt«, sagt Sally sehr förmlich. »Und ich wüßte sowieso nicht, was ich sagen sollte. Ich glaube nicht, daß wir dasselbe meinen, wenn wir dasselbe sagen.« (Wie prophezeit.)
»Das macht nichts. Solange du dir nur nicht sicher bist, daß du mich *nicht* liebst. Ich hab irgendwo ein Gedicht gelesen, in dem es hieß, daß die vollkommene Liebe darin besteht, daß man nicht weiß, daß man nicht liebt. Vielleicht ist es das.«
»Oh Gott«, sagt sie und klingt bekümmert. »Das ist mir zu kompliziert, Frank, und auch nicht viel anders als gestern abend. Das ist für mich nicht sehr ermutigend.«

»Es ist anders, weil wir uns morgen sehen. Triff mich um sieben bei Rocky und Carlo an der Ecke Seventh Avenue und Thirtythird. Dann fangen wir neu an.«
»Also«, sagt sie. »Haben wir jetzt eine geschäftliche Abmachung getroffen, uns zu lieben? Ist es das?«
»Nein, das ist es nicht. Aber es ist trotzdem ein gutes Geschäft. Zur Abwechslung mal alles ohne Kleingedrucktes.« Sie lacht. Und dann versuche ich zu lachen, kann aber nicht und muß ein Lachen vortäuschen.
»Okay, okay«, sagt sie mit wenig hoffnungsfroher Stimme. »Bis morgen dann.«
»Worauf du dich verlassen kannst«, sage ich mit beschwingterem Ton. Und wir hängen ein. Aber sobald sie nicht mehr dran ist, nehme ich den Hörer noch einmal auf und rufe ins Nichts: »Und du bist bloß ein erbärmliches Arschloch, und ich laß dich noch vor Labor Day umlegen, das ist ein feierliches Versprechen, bei Gott.« Ich werfe den beiden von der Fliegengittertür gerahmten, mich anstarrenden Frauen einen bösartigen Blick zu. »Bis dann in der Hölle«, sage ich in die tote Leitung und knalle den Hörer auf, während die Frauen sich umdrehen und hastig nach oben und zu ihren Betten streben.

Ich schaue schnell auf die Veranda, um zu sehen, ob Paul da ist. Er ist es nicht – nur einer der Rommé-Spieler ist noch übriggeblieben, er schläft, schafft es aber trotzdem, seinen Schaukelstuhl in Bewegung zu halten. Ich sehe mich im nach Essen riechenden Speisesaal um, wo das Licht noch brennt und das große Buffet abgeräumt ist. Es glänzt stumpf vor sich hin, jemand muß es mit einem fettigen Lappen abgewischt haben. Durch die Schwingtür zur Küche sehe ich die junge Frau, die mit der Kochmütze auf dem Kopf die Essensglocke geschlagen und mir und Paul zugewunken hat, als wir ankamen. Sie sitzt in dem brackigen Licht an einem langen Metalltisch, raucht eine Zigarette und blättert eine Zeitschrift durch, die Hand um eine Dose Bier gelegt, die Kochmütze liegt vor ihr auf dem Tisch. Es ist eindeutig ihre wohlverdiente Ruhepause nach der Arbeit. Aber nichts würde mich im Moment glücklicher machen als ein Teller übriggeblie-

bener, aufgewärmter Spaghetti mit einem Stück Knoblauchbrot, kalt meinetwegen, und dazu ein Bier. Ich würde es hier essen, im Stehen sogar, oder den Teller auf mein Zimmer schmuggeln, so daß die anderen Gäste nichts mitbekommen. (»Da könnte ja jeder kommen und spät essen, und wir würden von heute bis Weihnachten Dinner servieren. Irgendwo muß mal Schluß sein« – was natürlich nicht zu bestreiten ist.)
»Hi«, sage ich durch die Küchentür, ich klinge schüchterner als geplant.
Die junge Frau, die immer noch die unvorteilhafte weiße Kochjacke, eine weite Krankenhaushose und ein rotes Halstuch trägt, dreht sich um und wirft mir einen skeptischen, nicht sehr erfreuten Blick zu. Ein runder Blechaschenbecher steht vor ihr auf dem Tisch, daneben liegt eine Schachtel Winston. Sie schnippt die Asche ihrer Zigarette in den Aschenbecher.
»Kann ich was für Sie tun?« sagt sie, ohne mich anzusehen. Ich trete zwei winzige Schritte näher an die Tür heran. Ich bitte gar nicht gerne um Extrawürste, ein spätes Dinner, die Wäsche ohne den Schein, die Fotos ohne Beleg, die Reifen heute nachmittag noch gewechselt, weil ich morgen früh nach Buffalo rauf muß und der linke Vorderreifen ein bißchen unregelmäßig abgefahren scheint. Ich steh lieber an meinem Platz in der Warteschlange. Bloß heute abend, nach 22 Uhr, selbst etwas abgefahren nach einem langen, verwirrenden Tag mit meinem Sohn, bin ich bereit, die Regeln wie jeder andere ein bißchen flexibel auszulegen.
»Könnten Sie mir vielleicht einen Tip geben, wo ich jetzt noch was zu essen bekomm?« sage ich mit einem Sie-wissen-schon-was-ich-meine-Blick. Meine müden Augen wandern durch den Teil der Küche, den ich einsehen kann: ein riesiger Kühlschrank, ein schwarzer Vulcan-Herd mit acht Flammen, ein großer silberner Geschirrspüler mit offenstehender Tür, vier Spülen, die trocken wie die Wüste sind, und jede Menge Utensilien – Töpfe, Pfannen, Kessel, Schneebesen, Kochlöffel –, die wie Waffen an einem Gestell an der Rückwand baumeln. Nirgends sehe ich einen noch warmen Topf Spaghetti, aus dem ein Löffelstiel herausragt. Was Essen angeht, läuft hier gar nichts.
»Ich glaub, die Küche im Tunnicliff macht um neun Schluß.« Die

Köchin sieht auf ihre Armbanduhr und schüttelt, ohne aufzusehen, den Kopf. »Da sind Sie eine Stunde zu spät dran. Tut mir leid, daß ich Ihnen nichts Erfreulicheres sagen kann.«
Sie ist ein härterer Brocken, als ich erwartet habe. Krauses blondes Haar, blaß – sie kommt wohl zu wenig an die Luft – und wahrscheinlich mit fleckiger Haut an den Stellen, die man jetzt nicht sehen kann. Sie hat einen kräftigen Hals, dicke kleine Handgelenke und unbestimmbare Brüste, die von ihrer Küchenmontur nicht gut zur Geltung gebracht werden. Sie ist bestimmt neunundzwanzig und hat ein Kind zu Hause, zu dem zu fahren sie es offensichtlich nicht eilig hat. Und sehr wahrscheinlich kommt sie auf einer schweren Harley zur Arbeit. (Mit ziemlicher Sicherheit hat sie ein Verhältnis mit dem Hoteldirektor.) Aber wie auch immer, sie ist nicht leicht rumzukriegen.
»Haben Sie sonst noch eine Idee?« Mein Magen gibt wie auf Kommando ein hörbares Knurren von sich.
Sie zieht an ihrer Winston und dreht den Kopf ein wenig, um den Rauch zur anderen Seite zu blasen. Ich sehe jetzt, daß der Titel des Heftes *Besserer Sex in der Ehe* lautet (so was kriegt man wahrscheinlich per Versand). Ich stelle auch fest, daß sie keinen Ehering trägt, obwohl mich das nichts angeht. »Wenn Sie nach Oneonta runterfahren wollen, da gibt's einen Chinesen, der bis Mitternacht aufhat. Das Chop-suey da ist fast eßbar.« Sie versucht, ein Gähnen zu unterdrücken.
»Das ist 'n bißchen weit«, sage ich und grinse dümmlich. Es riecht nach Gas und abgestandenen Lebensmitteln, ein Geruch, der mich an Ted Houlihans Haus erinnert. Natürlich hasse ich Eistichsuppe, kenne niemanden, der sie wirklich mag, und bleibe hartnäckig.
»Vierzig Kilometer Luftlinie.« Sie blättert in dem Heft herum, bis sie an eine Seite mit Bildern kommt. Ich bin nicht nahe genug, um sie sehen zu können.
»Und sonst gibt's hier wirklich nichts?« Ich bin nicht sehr überzeugend, das merke ich.
»Ein paar Bars. Das hier ist ein Dorf, auch wenn alle so tun, als wär's 'ne Stadt. Aber das ist ja nichts Neues.« Sie blättert gleichgültig die Seite um, beugt sich dann vor, um etwas genauer an-

zusehen – möglicherweise eine geschicktere »Besteigungsstrategie« oder ein neues Penetrationsprotokoll, einen trickreichen schwedischen Apparat zur Manipulation bisher unentdeckter Glieder und Zonen, eine Erfindung zur Steigerung der Lebensfreude. (Mein eigenes Glied, stelle ich dunkel fest, ist seit ewigen Zeiten nur noch auf die Uraltmethode manipuliert worden; ich frage mich düster, ob Paul vielleicht irgendwo in der unbedrohlichen Zeitfalte von Cooperstown verschwunden ist, um seine Zonen leidenschaftlich bearbeiten zu lassen, während ich hier stehe und um Essen bettle.)

»Hören Sie«, sage ich, »könnte ich nicht einen Rest Spaghetti kriegen? Ich hab einen Bärenhunger, und ich würd sie auch kalt essen. Oder was sonst leicht zu machen ist. Vielleicht ein bißchen Tapioka oder ein Sandwich.« Ich stelle mich in die Tür, um meine Anwesenheit deutlicher zu machen.

Sie schüttelt den krausen Kopf und klopft mit der Bierdose auf den Tisch, während sie immer noch interessiert in ihr Sexheft sieht. »Jeremy hat ein dickes Schloß an den Kühlschrank gehängt, damit nachts niemand runterkommt und sich was zu essen holt, was immer wieder passiert ist, besonders wenn wir Japaner haben. Die sind anscheinend immer am Verhungern. Aber mir hat man die Kombination nicht anvertraut, weil ich alles weggeben würde.«

Ich sehe zu dem stumpf glänzenden Traulsen-Kühlschrank hinüber, und tatsächlich entdecke ich eine aufgeschweißte Haspe, einen Bügel und ein dickes, offensichtlich unüberwindbares Schloß. Es würde Mühe kosten, das Ding aufzubrechen.

Ich bin jetzt aber nahe genug dran, um das Bild zu sehen, das die Aufmerksamkeit der Köchin gefesselt hat: es ist eine ganze Seite mit Zeichnungen, die einen Mann und eine Frau zeigen, beide nackt und in zurückhaltenden, unaufdringlichen Farben gehalten, vor einem völlig asexuellen erbsengrünen Hintergrund verschwommener Schlafzimmerdetails (die alle auf eheliche Bindung hinweisen). Auf Bild Nr. 1 knien beide; auf Bild Nr. 2 steht »er«, und »sie« liegt halb auf dem Bett, sich ganz »darbietend«; auf Nr. 3 stehen beide. Nr. 4 kann ich nicht sehen, würde ich aber gern.

»Suchen Sie da neue Rezepte?« Ich sehe lüstern auf sie herunter. Sie wirft den Kopf herum und sieht mich mit einem schamlosen, schmollmündigen Ausdruck an, der besagt: Kümmern Sie sich um Ihre eigenen Angelegenheiten, oder ich tu's für Sie. Das macht sie mir auf der Stelle sympathisch, auch wenn sie den Kühlschrank nicht aufschließen und mir kein Sandwich machen will. Zu essen gibt es hier nichts mehr, denke ich, obwohl ich mir sicher bin, daß sie die Kombination kennt.

»Ich dachte, Sie wollten einen Sandwich«, sagt sie und sieht wieder ins Heft, amüsiert von den Eskapaden zweier idealisierter Pastellversionen verheirateter Menschen, die aussehen wie du und ich. »Was sagt sie wohl gerade?« Sie deutet mit ihrem kurzen Finger, an dessen Nagel noch etwas Mehl klebt, auf Nr. 1, auf dem die weibliche Figur sich zu der bereits angekoppelten männlichen umsieht, als sei ihr gerade eine gute neue Idee gekommen.

»›Klopf, klopf, wer ist denn da?‹« sagt die Köchin. »›Hast du auch die Garagentür gehört?‹ oder: ›Kann ich was vom Konto abheben?‹« Sie fährt sich mit der Zunge schelmisch in der Wange herum und macht ein gespielt empörtes Gesicht, als wär das alles einfach schamlos.

»Vielleicht reden sie über einen Sandwich«, sage ich, während ich merke, daß mein eigener, wenig beachteter Unterdeck-Apparat sich langsam verlagert.

»Vielleicht«, sagt sie und lehnt sich wieder zurück, während sie raucht. »Vielleicht sagt sie: ›Hast du daran gedacht, frischen Salat zu kaufen, oder hast du wieder einen alten Eisbergsalat mitgebracht?‹«

»Wie heißen Sie?« sage ich. (Mein Gespräch mit Sally war eher ernst und erleichternd, nicht so witzig.)

»C-h-a-r, Char«, sagt sie. Sie trinkt einen Schluck Bier. »Kurz für Charlane, nicht Charlotte und auch nicht Charmayne. Damit sind meine älteren Schwestern gesegnet.«

»Ihr Vater muß Charles geheißen haben.«

»Sie kennen ihn?« sagt sie. »Großer, kräftiger, lauter Typ mit einem ganz winzigen Hirn?«

»Ich glaub nicht.« Ich warte darauf, daß sie umblättert. Mich interessiert, was der Zeichner noch zu bieten hat.

»Komisch«, sagt sie und steckt sich die Winston zwischen die Zähne, so daß sie die Augen gegen den Rauch zusammenkneifen muß. Sie schiebt die weiten Kochärmel bis über ihre zerbrechlichen Ellbogen hoch. Auf den zweiten Blick ist sie doch zierlicher. Es ist nur ihr Aufzug, der sie gedrungen und hart wirken läßt. Der »Koch-Look« ist kein guter Look für sie.
»Wie sind Sie Köchin geworden?« sage ich. Auch nur einen Moment hier in der beleuchteten Küche mit einer Frau zu reden, macht mich glücklicher, als irgendwo im Dunkeln einen Burger herunterzuwürgen oder darum zu kämpfen, meinem Sohn näherzukommen.
»Lassen Sie mich mal überlegen, ich war erst in Harvard und hab mein Examen in – Moment mal – Dosenöffnen gemacht. Dann hab ich den Doktor in Rührerei und Toast gemacht. Das muß in Princeton gewesen sein.«
»Das stellt ja jedes Literaturstudium in den Schatten.«
»Das können Sie laut sagen.« Sie blättert die Seite um und enthüllt weitere Zeichnungen. Diesmal geht es vor allem um Fellatio, mit lebensechten, aber nicht geschmacklosen Naheinstellungen, die alles zeigen, was man von einem Bild verlangen könnte. Die weibliche Figur, bemerke ich, hat sich die Haare jetzt zu einem entgegenkommenden Pferdeschwanz zurückgebunden.
»Mannomann«, sagt Char.
»Haben Sie das abonniert?« sage ich schelmisch. Mein Magen gibt ein weiteres tiefes, organisch klingendes Grummeln und Gurgeln von sich.
»Ich les nur, was die Gäste nach dem Essen liegenlassen. Das ist alles.« Char hält sich länger mit den Fellatiobildern auf. »Das lag unter einem Stuhl. Ich bin gespannt, wer morgen danach fragt. Nach meiner Einschätzung kann ich's behalten.«
Ich stelle mir vor, wie die Pferdegesichtige im Dunkeln herunterschleicht und den Speisesaal auf den Kopf stellt.
»Hören Sie«, sage ich in der plötzlichen Erkenntnis (wieder mal), daß ich alles tun kann, was ich will (außer einen Teller Spaghetti bekommen). »Hätten Sie nicht Lust, eine dieser Bars aufzusuchen und sich von mir zu einem Bier einladen zu lassen, während ich einen Gin und vielleicht einen Sandwich zu mir nehme? Mein

Name ist übrigens Frank Bascombe.« Ich lächle sie an und überlege, ob ich ihr die Hand schütteln soll.
»Und was noch übrigens?« sagt Char, sich über mich lustig machend. Sie klappt das Heft zu. Auf der Rückseite ist eine ganzseitige Farbanzeige für einen dicken, rosafarbenen, anatomisch kühnen aber ziemlich unscharf fotografierten Dildo, auf den irgendein Witzbold ein rotes Grinsgesicht gezeichnet hat. »Ja, hallo«, sagt Char und blinzelt den rosa Apparat an, der vom Tisch zurückgrinst. »Wen haben wir denn da, und so glücklich!« In der Anzeige wird der Dildo »Standard-Lusteinheit« genannt, obwohl ich große Zweifel habe, daß er etwas mit irgendwelchen realen Ehestandards zu tun hat. Unter realistischen Bedingungen wäre es nicht einfach, diesem Standard zu entsprechen. Der Apparat hat in der Tat keine gute Wirkung auf meine Begeisterung und macht mich seltsam beklommen.
»Sie können mich ja zum Tunnicliff rüberbringen, wenn Sie wollen«, sagt Char und läßt das Heft über die glatte Tischfläche rutschen. Sie schiebt ihren Metallstuhl zurück und wendet mir schließlich ihre volle Aufmerksamkeit zu. »Es liegt auf meinem Nachhauseweg. Und da werden wir uns auch verabschieden, damit Sie Bescheid wissen.«
»Wunderbar«, sage ich. »Das ist doch ein schöner Abschluß des Abends.«
Sie bleibt aber sitzen, drückt die Augen zu, reißt sie dann wieder auf, als wäre sie aus einer Trance erwacht, wackelt mit dem Kopf, als müsse sie nach der harten Arbeit eines langen Tages die Muskeln lockern. »Was machen Sie beruflich, Frank?« Sie ist noch nicht ganz so weit aufzustehen, vielleicht braucht sie noch ein bißchen Hintergrundinformation über mich.
»Immobilien. Häuser und Wohnungen.«
»Wo?« Sie betastet ihre Schachtel Winston, als wären ihre Gedanken woanders.
»Unten in Haddam, New Jersey. Etwa vier Stunden von hier.«
»Nie gehört«, sagt sie.
»Ist auch ein echter Geheimtip.«
»Sind Sie im Millionth Dollar-Club? Würd mich beeindrucken.« Sie hebt die Augenbrauen.

»Mich auch«, sage ich. (In Haddam muß man spätestens am Valentinstag zu diesem Club gehören, wenn man bis Ostern im Geschäft bleiben will.)
»Ich miete lieber«, sagt Char und starrt reglos auf den weggeschobenen *Besseren Sex* mit dem glücklichen Gesicht der Lusteinheit. »Ich würd mir eigentlich gerne eine Wohnung kaufen, aber heute kostet ein Auto so viel wie früher eine Wohnung. Und ich bin noch dabei, meinen Wagen abzustottern.« (Also keine Harley.)
»Heutzutage«, sage ich fröhlich, »ist Mieten viel günstiger als Kaufen, da kann man viel Geld sparen.« (Es hat ja auch keinen Zweck, ihr zu erklären, daß man in ihrem Alter – achtundzwanzig oder dreiunddreißig – keine große Veränderung mehr erwarten kann, es sei denn, man überfällt eine Bank oder heiratet einen Bankier.)
»Also gut«, sagt Char, plötzlich von irgend etwas motiviert – einer Idee vielleicht, einer Erinnerung oder dem Entschluß, in Gegenwart eines Fremden nicht zu klagen. »Ich glaub, ich muß einfach einen reichen Mann finden.« Sie klopft kräftig auf den Tisch, greift sich ihre Schachtel Zigaretten und steht auf (sie ist nicht sehr groß). »Ich muß noch diesen Krankenhauskittel loswerden.« Sie geht langsam auf eine kleine Tür zu. Als sie sie aufmacht und das Licht einschaltet, erweist sich der Raum dahinter als ein kleines, neonbeleuchtetes Bad. »Bis gleich auf der Piazza«, sagt sie.
»Alles klar«, sage ich zur Tür, die zugeklappt und verriegelt wird.

Ich schlendere ins Foyer zurück, um in der kühlen Brise zu warten, die durch die Fliegengittertür hereinkommt. Der alte Schwede mit den Henkelohren hängt jetzt über dem winzigen Telefon, das ich auch benutzt habe, einen dicken Finger ins andere Ohr gerammt, um besser zu hören. »Und du bist wohl 'n Heiliger, du Arschgeige?« höre ich ihn sagen. »Das möcht ich jetzt mal wissen. Das würd ich heut abend gern mal klären.«
Ich sehe hinaus auf die Veranda, wo jetzt alle Stühle leer sind – alle schön im Bett, die Pläne sehen für morgen früh eine geschlossene Attacke auf die Ruhmeshalle vor.

Aus der Dunkelheit, in der der Duft frisch gemähten Grases liegt, höre ich die fernen Harmonien eines Amateurquartetts, das etwas singt, was sehr nach *Michelle, ma belle, sont des mots qui vont très bien ensemble, très bien ensemble* klingt. Und hinten zwischen den Ulmen und Fichten taucht ein Paar in heller, leichter Sommerkleidung auf, die Arme umeinandergelegt. Die beiden kehren (da bin ich sicher) von einem wunderbaren Fünf-Gänge-Dinner in einer eichenholzgetäfelten Seeufer-*Auberge* zurück, die jetzt natürlich geschlossen und verrammelt ist wie eine Festung. Sie lachen, was mich daran erinnert, daß man sich in diesen Abendstunden wohlfühlen sollte. Man ist da angekommen, wo man den ganzen Tag über hinwollte, und hat noch eine glückliche Stunde mit etwas Besonderem vor sich. Halb überrascht, daß der Tag schon wieder vorbei ist, denkt man vielleicht daran, daß der Vierte Juli der Höhepunkt des Sommers ist, und bald der Herbst mit seinen schnellen Veränderungen und kürzeren Tagen da sein wird, vielleicht auch mit bösen Ahnungen, die erst wieder verschwinden, wenn der Frühling kommt. Diese beiden sind mir in dem Spiel weit voraus.
Sie kommen näher, beleuchtet vom Widerschein der Fenster. Er trägt weiße Mokassins, eine helle Sommerhose und hat ein gelbes Sakko über die Schultern geworfen wie ein Auslandskorrespondent. Sie hat einen dünnen, pastellfarbenen Rock und eine rosafarbene Peter Pan-Bluse an. Ich erkenne sie an den flachen Ohio-Vokalen wieder; sie sind das Paar vom Parkplatz, das ich gehört habe, als ich dösend auf dem Bett lag und die beiden noch an Immobilienpreisen interessiert waren. Jetzt haben sie andere Interessen.
»Ich hab zuviel gegessen«, sagt er. »Ich hätte die Cajun-Linguine nicht bestellen sollen. Ich werd nie schlafen können.«
»Das macht nichts«, sagt sie. »Du kannst schlafen, wenn du wieder zu Hause bist. Ich hab was mit dir vor.«
»Du bist die Expertin«, sagt er, nicht begeistert genug für meinen Geschmack.
»Da hast du verdammt recht«, sagt sie und lacht auf: »Ha.«
Ich will nicht in der Nähe sein, wenn sie hereinkommen – dafür liegt mir plötzlich zuviel Sex in der Nachtluft. Ich will nicht hin-

ter dem Fliegengitter stehen, ein wissendes Viel-Spaß-Grinsen auf dem Gesicht. Als ich ihre Schritte auf der Eingangstreppe höre, schlüpfe ich in den Salon, um dort auf mein »Rendezvous« zu warten.
Zwei Lampen mit roten Schirmen sind noch an, als ich in den langen, warmen Raum trete, der mit Möbeln vollgestellt ist und nach Zimt duftet. Die beiden aus Ohio ziehen vorbei, ohne mich zu sehen, ihre Stimmen werden leiser, intimer, als sie den Absatz des ersten Stocks und dann den Flur darüber erreichen. Sie sind ganz still, als der Schlüssel ins Schloß gesteckt wird.
Ich schlendere in dem alten getäfelten Raum herum, an dessen Wänden sich Bücherborde aus Eichenholz entlangziehen. Eine ganze Sammlung von alten Beistelltischen, Chaiselongues und Sofas, wackligen gepolsterten Fußbänken und nautisch aussehenden Lampen steht hier herum, alle offenbar auf Antikmessen und Flohmärkten des Cortland-Binghamton-Oneonta-Dreiecks zusammengesucht. Die Duftkerze ist gelöscht, und die Bilder an der Wand liegen in tiefen Schatten. Neben Natty Bumppo, dem Wildtöter, hängen da ein gerahmter, vergilbter Stich aus den Zwanzigern, der »Lake Otsego und Umgebung« zeigt, verschiedene Porträts bärtiger »Gründer« – zweifellos Krämer, die sich fein gemacht haben, als wären sie Präsidentschaftskandidaten –, und schließlich ein gerahmtes Sprichwort über der Tür mit einem guten Rat für den modernen Pilgersmann: »*Vertraulichkeiten sind leicht zu geben, aber schwer zurückzunehmen.*«
Ich beuge mich über einige Tische, befingere das Lesematerial – Stapel von Immobilienkatalogen für Gäste, deren Vorstellungen von Ferien darin bestehen, an fremden Orten Wurzeln zu schlagen (die beiden aus Ohio zum Beispiel). Der Preis des noblen föderalistischen Schuppens, an dem Paul und ich heute nachmittag vorbeigefahren sind, ist mit 580 Riesen für Haddamer Verhältnisse verblüffend niedrig (da muß was faul sein). Reichlich alte Ausgaben von *People* und *American Heritage* und *National Geographic* liegen gestapelt auf dem langen Bibliothekstisch vor dem hinteren Fenster. Ich überfliege die Titel der in steife Deckel gebundenen Hefte von *New York History*, *Otsego Times*, *Encyclopedia of the Collectibles*, *American Cage Bird* und *Mecha-*

nix Illustrated. Da ist auch Hershey's *Hiroshima* in drei verschiedenen Ausgaben, dazu zwei Meter einheitlich gebundener Fenimore Cooper-Bände, eine *Goldene Zitatensammlung*, zwei Bände *Rallen der Welt*, überraschenderweise noch ein *Klassische Golfplätze* und ein Stapel neuerer *Hartford Courants* – als wäre jemand aus Hartford hierhergezogen, der den Kontakt nicht verlieren will. Und zu meiner Verwunderung und gegen alle Wahrscheinlichkeit steht unter den verstreuten und unkategorisierten Büchern ein Exemplar meines eigenen, jetzt schon alten Kurzgeschichtenbandes, *Blauer Herbst*, in seinem ursprünglichen Schutzumschlag. Auf der Vorderseite ist das verblichene Porträt eines sensiblen jungen Mannes abgebildet, Typus 68er, mit Bürstenschnitt, einem offenen weißen Hemd und einem ungewissen Halblächeln, der allein (symbolisch bedeutsam!) auf dem ungepflasterten Parkplatz einer ländlichen Tankstelle steht. Ein schlichter grüner Pickup (vielleicht seiner) ist über einer Schulter zu sehen. Vieles ist hier angedeutet.

Wie immer, wenn ich das Bild sehe, zucke ich zusammen, da der Künstler unter panikartigem Zeitdruck beschloß, *mein* Gesicht direkt vom Autorenfoto abzumalen und auf diese Gestalt zu übertragen, so daß ich jetzt mein jüngeres Ich erblicke, ratlos und ewig aus dem Umschlagbild meines allerersten (und einzigen) literarischen Werks herausstarrend.

Und dennoch trage ich das Buch voll unerwarteter Erregung zu einer der rotschirmigen Lampen. Das große Bücherpaket, das man mir nach Haddam schickte, als das Buch verramscht wurde, ist auf dem Dachboden an der Hoving Road geblieben, seit seiner Ankunft unberührt und für mich nicht interessanter als eine Kiste alter Kleider, die nicht mehr passen.

Aber *dieses* Buch, dieses *Exemplar* weckt mein Interesse – denn es ist schließlich noch »draußen«, noch im Umlauf, noch real, wenn auch etwas kompromittiert, immer noch die Absichten erstrebend, die ich mit ihm hatte: Ausfälle gegen die Sprachlosigkeit zu führen, eine Axt für das gefrorene Meer in uns zu sein, der allgemeinen Ungenauigkeit die Befriedigung des Glaubens entgegenzuhalten. (An hochfliegenden Absichten ist weder heute noch damals etwas auszusetzen.)

Eine feine Staubschicht liegt auf der Oberkante. Keiner der Romméspieler von heute hat es sich gegriffen, um vor dem Zubettgehen noch ein bißchen darin zu blättern. Die alte Klebebindung knackt wie trockenes Laub, als ich es weit öffne. Die ersten Seiten, stelle ich fest, sind gelb und haben Wasserflecken, während die in der Mitte milchig, glatt und unberührt sind. Ich werfe einen Blick auf das bereits erwähnte Autorenporträt, ein Schwarzweißfoto, aufgenommen von meiner damaligen Freundin Dale McIver: nochmals ein junger Mann, obwohl dieses Mal mit dem Ausdruck einer vollständig unbegründeten Selbstsicherheit um die dünnen Lippen. Er hält lächerlicherweise ein Bier in der Hand, er raucht eine Zigarette (!), hinter ihm ein leerer (vielleicht mexikanischer) Barraum mit Tischen. Und er starrt in die Kamera, als wollte er sagen: »Ja, Leute, ihr müßt schon hier in der Wildnis leben, wenn ihr so 'n Baby zustande bringen wollt. Aber ihr könntet es wahrscheinlich sowieso nicht, wenn ihr's genau wissen wollt.« Und ich konnte es natürlich auch nicht, ließ mich in der Tat auf ein sehr viel leichteres Baby in einer sehr viel laueren Wildnis ein.

Obwohl ich sagen muß, daß ich nicht ganz unerfreut bin, mich so zu sehen – vorne und hinten, auf meinem eigenen Buch, zwei Seiten einer Medaille. Ich habe kein unbehagliches Gefühl in der Magengrube, wo sich das meiste von dem ablagert, was im Leben unerfüllt geblieben ist. Ich habe diese bittere Reue 1970 eine Weile in mir herumgetragen und sie dann einfach fallengelassen, so wie ich möchte, daß Paul seine Alpträume und die Angst, daß Pech und unverantwortliche Erwachsene ihm die Kindheit gestohlen haben, einfach fallenläßt. Vergiß es, vergiß es, vergiß es.

Und es ist auch nicht das erste Mal, daß ich zufällig auf mein Buch stoße: Ich habe es auf Kirchenbasaren, bei Straßenfesten in New York und bei privaten Entrümpelungsverkäufen in den unwahrscheinlichsten Städten im mittleren Westen gesehen. Und einmal habe ich ein Exemplar an einem verregneten Abend auf dem Deckel einer Mülltonne hinter der öffentlichen Bibliothek von Haddam gefunden, wo ich auf der Suche nach dem Einwurfschlitz für Rückgaben außerhalb der Bibliothekszeiten herumschlich. Und dann zu meinem Entsetzen im Haus eines Freundes, kurz nachdem er sich eine Kugel durch den Kopf gejagt hatte, obwohl ich nicht glaube, daß mein Buch dabei eine Rolle gespielt hat. Einmal veröffentlicht, entfernt sich ein Buch niemals allzuweit von seinem Autor.

Aber ohne einen Gedanken an seinen absoluten Wert zu verschwenden, habe ich die Absicht, mein Buch in Chars Hände zu legen, sobald sie auftaucht, und ihr zu sagen, was ich nun kaum erwarten kann: »Rat mal, wer das hier geschrieben hat. Ich hab es im Regal gefunden, unter Natty Bumppos Porträt und direkt neben den Cooper-Bänden.« (Meine beiden Konterfeis werden der Beweis sein.) Nicht, daß es großen Eindruck auf sie machen wird. Aber für *mich* steht die Tatsache, daß es noch in »Gebrauch« ist, ganz oben auf der Liste schriftstellerischer Freuden – wie zum Beispiel, es in den Händen eines Fremden zu sehen, der es in einem Überlandbus in der Türkei verschlingt; oder es in einem Regal hinter dem Moderator von *Meet the Press* im Fernsehen zu entdecken, neben *The Wealth of Nations* und *Giants in the Earth*; oder es auf einer Liste der zu Unrecht in Vergessenheit geratenen amerikanischen Meisterwerke wiederzufinden, zusammengestellt von früheren Insidern der Kennedy-Regierung. (Keiner dieser Glücksfälle ist bisher eingetreten.)

Ich puste den Staub weg und lasse einen Finger über den Beschnitt gleiten, um die ursprüngliche rote Färbung zu entdecken, schlage das Buch vorne auf und lese das Inhaltsverzeichnis, zwölf kurze Titel, jeder so ernst wie eine Grabschrift: »Wörter zum Sterben«, »Die Nase des Kamels«, »Epitaph«, »Nachtschwingen«, »Vor der Küste« bis hinunter zur Titelgeschichte, die ich zu einem Roman erweitern wollte, meine »Chance«, den großen Durchbruch zu schaffen.

Dieses Buch scheint tatsächlich nie aufgeschlagen worden zu sein (es ist nur in den Regen gehalten worden). Ich überblättere die Widmung – »Meinen Eltern« (wem sonst?) – und sehe mir die Titelseite an. Da steht das solide »Frank Bascombe«, »Blauer Herbst« und »1969«, in der kräftigen, leserfreundlichen Ehrhardt gesetzt. Die alte Gleichzeitigkeit greift nach mir im Hier und Jetzt. Nur fällt jetzt mein Blick auf eine in blau über die Titelseite gekritzelte Widmung, in einer mir unbekannten Handschrift: »Für Esther, zur Erinnerung an einen Herbst *en bleu* mit Dir. In Liebe, Carl. Frühjahr 1970.« Jeder Buchstabe ist mit einem schmierenden Lippenstift durchgekreuzt, und darunter steht: »Carl. Reimt sich auf Qual. Reimt sich auf Scheiß. Reimt sich auf den schlimmsten Fehler meines Lebens. In tiefer Verachtung, Esther. Winter 1972.« Unter Esthers Unterschrift ist ein dicker roter Fleck auf die Seite gemalt, ein Pfeil verbindet ihn mit den Wörtern »Leck mich am«, ebenfalls in Lippenstift. Das ist etwas ganz anderes – im Sinne von sehr viel weniger –, als ich erwartet habe.

Aber was ich mit einem plötzlichen Schwindel empfinde, ist nicht trockene, bittersüße, die Merkwürdigkeiten des Lebens wägende Belustigung über den armen Carl und die arme Esther, deren Flamme so plötzlich erstickt wurde, sondern eine völlig unerwartete, erschreckende Leere, die sich in meinem Magen auftut – genau dort, wo sie, wie ich gesagt habe, vor zwei Minuten nicht war.

Ann und das Ende von Ann und mir und alles, was mit uns zusammenhängt, schießt mir plötzlich wie zähflüssiges Gift in die Nase, schlimmer, als es das in der dunkelsten Verzweiflung der letzten sieben Jahre getan hat, in jenen finsteren Tagen neuer Hoffnung und neuer Enttäuschung. Und statt wie ein gepfählter Zyklop aufzubrüllen, schlage ich instinktiv das Buch zu und schleudere es mit einer seitlichen Armbewegung durch den Raum. Es knallt gegen die braune Wand, schlägt ein Stück Putz in der Form Floridas heraus und fällt mit den weißen Krümeln staubig zu Boden. (Viele Schicksale haben Bücher neben dem, gelesen und geliebt zu werden.)

Der Abgrund (und das ist es für mich) zwischen unserer weit zurückliegenden gemeinsamen Zeit und diesem Moment macht mir plötzlich gähnend klar, daß nun alles aus und vorbei ist. So als wäre sie nie *jene* Sie gewesen und ich niemals *jenes* Ich, so als wären wir nie zusammen in ein Leben aufgebrochen, das zu diesem sonderbaren Bibliotheksmoment führte. Und statt wider alle Erwartung zu sein, entspricht dies präzise dem, was zu erwarten war: daß das Leben mich hierher oder an einen anderen, ebenso einsamen und trostlosen Ort führen würde, genauso wie

es Carl und die feurige Esther mit ihrem gebrochenen Herzen, unsere Ebenbilder in der Liebe, an ihr Ende geführt hatte. Wie das zischende Verlöschen einer Kerze. (Wenn mir nicht gerade in diesem Moment Tränen in die Augen träten, dann würde ich meinen Verlust mit Würde tragen. Schließlich bin ich derjenige, der immer zur Aufgabe geliebter Dinge rät, wenn sich mit ihnen keine Hoffnung mehr verbindet.)
Ich fahre mir mit dem Handgelenk über die Wangen und betupfe die Augen mit dem Hemdzipfel. Ich spüre, daß jemand kommt, und gehe schnell hinüber, um mein Buch aufzuheben, den Umschlag zurechtzuschieben, die Seiten glattzustreichen und es wieder in die Sarglücke zu schieben, wo es die nächsten zwanzig Jahre überwintern kann. Da taucht Char auch schon an der Eingangstür auf. Sie guckt auf die Veranda hinaus, sieht mich dann aber hier stehen wie einen weinerlichen Immigranten und kommt hereingeschlendert. Sie riecht nach Zigaretten und einem süßlichen Apfelduft, den sie in der vagen Hoffnung aufgelegt hat, daß ich der Mann bin, der ihr die Wohnung kauft.
Und Char ist nicht die Char von vor zehn Minuten. Jetzt trägt sie hauteng Jeans mit roten Cowboystiefeln und einem Concha-Gürtel, ein ärmelloses schwarzes Top, das runde, nackte athletische Schultern enthüllt. Sie hat die Brüste, die ich mir schon vorgestellt habe (jetzt *sehr* viel deutlicher zu sehen). Sie hat etwas mit ihren Augen gemacht und auch mit ihren Haaren, die jetzt noch krauser sind. Die Wangen haben eine rosige Farbe, und die Lippen glänzen wie von etwas Feuchtem. Man kann sie zwar als die Köchin wiedererkennen, aber nur mit Mühe. Obwohl sie mir nicht annähernd so anmutig vorkommt wie in ihrem kastenförmigen Weiß, als weniger von ihr ausgestellt war.
Aber weder bin ich emotional noch »da«, wo ich vor zehn Minuten war, noch bin ich an Frauen gewöhnt, die ihre Titten so weithin sichtbar zur Schau stellen. Und ich freue mich nicht mehr darauf, durch die Tür des Tunnicliff gezerrt zu werden – ein Lokal, das ich mir nur zu genau vorstellen kann – und dort als »einer von Chars Typen aus der Inn« aufzutreten, von den Einheimischen als die Dummglocke abgeschrieben, die ich bin.
»Okay, Mr. Lusteinheit, kann's losgehen? Oder lesen Sie noch

die Gebrauchsanweisung?« Chars neue Wimpern klappen auf und zu, ihre kleinen braunen Augen fixieren mich schelmisch.
»Was haben Sie mit Ihren Augen gemacht? Haben Sie etwa geheult? Was hab ich mir da aufgehalst?«
»Ich hab ein Buch angeguckt und Staub in die Augen bekommen«, sage ich lächerlicherweise.
»Ich wußte gar nicht, daß jemand diese Bücher *liest*. Ich dachte, sie wären nur dazu da, den Raum gemütlich zu machen.« Sie läßt den Blick unbeeindruckt über die Regale schweifen. »Jeremy kauft sie tonnenweise bei einem Recycler in Albany.« Sie schnüffelt, offenbar ist ihr der Zimtduft in die Nase gestiegen. »Puuh. Puhuuh«, sagt sie. »Riecht wie im Altenheim zu Weihnachten. Ich brauch dringend einen Black Velvet.« Sie feuert ein herausforderndes Lächeln auf mich ab. Ein Lächeln mit Zukunft.
»Wunderbar!« sage ich, denke aber, daß es mir besser ginge, wenn ich allein das feuchte Seeufer entlanggehen und zuhören könnte, wie namen- und gesichtslose Menschen sich bei Gläsergeklingel in langen, rottapezierten, von Kristallüstern erhellten Räumen unterhalten. Das ist nun wirklich nicht viel verlangt. Aber ich kann mich schlecht aus etwas so Harmlosem wie einem einfachen Spaziergang und einem Drink zurückziehen, vor allem, da ich es vorgeschlagen habe. Wenn ich jetzt nein sage, stehe ich da wie ein weinerlicher, wehleidiger Irrer, der aus Furcht und Scham immer gleich drei Schritte zurückspringt, wenn er einen vorwärts gemacht hat.
»Vielleicht muß ich doch noch ein Einsehen haben und Ihnen einen Eiersandwich à la Charlane machen. Wenn Sie so ausgehungert sind.« Sie bewegt sich auf die Haustür zu, ihr harter Hintern in Denim gegossen wie der eines Rodeoreiters, ihre Schenkel stramm und kräftig.
»Ich sollte wohl auch mal meinen Sohn suchen«, murmle ich nicht laut genug, um gehört zu werden, als ich ihr auf die Veranda folge. Die Lichter der Stadt glitzern zwischen den Bäumen.
»Was haben Sie gesagt?« Char sieht mich mit geneigtem Kopf an. Wir stehen jetzt im dichten Dunkel der Veranda.
»Mein Sohn Paul ist auch da«, sage ich. »Wir wollen morgen früh in die Hall of Fame.«

»Habt ihr Mami diesmal zu Hause gelassen?« Sie bewegt die Zunge wieder in der Wange. Sie hat ein Warnsignal gehört.
»In gewissem Sinn ja. Ich bin nicht mehr mit ihr verheiratet.«
»Mit wem *sind* Sie denn verheiratet?«
»Mit niemandem.«
»Und wo ist Ihr Sohn abgeblieben?« Sie blickt auf dem dunklen Rasen herum, als wäre er dort. Sie fährt mit einem Finger unter den Träger ihres Tops, um sich den Anschein von Gleichgültigkeit zu geben. Ich rieche wieder das Apfelparfüm. Das müßte als erstes weg.
»Ich weiß nicht, wo er ist«, sage ich und versuche, zugleich gelassen und besorgt zu erscheinen. »Er ist verschwunden, als wir angekommen sind. Ich hab geschlafen.«
»Und wann war das?«
»Ich nehm an, halb sechs oder Viertel vor sechs. Er kommt bestimmt bald wieder.« Ich habe jetzt alle Lust verloren – weder ein Spaziergang noch das Tunnicliff noch ein Drink noch *œufs à la Charlane* haben irgendeinen Reiz. Mein Versagen ist aber ein Teil des menschlichen Mysteriums, für den ich Verständnis habe, sogar ein wenig Sympathie. »Ich sollte vielleicht lieber hierbleiben. Damit er weiß, wo ich bin.« Ich lächle sie in der Dunkelheit demütig an.
Draußen auf der Straße rumpelt ein dunkler Wagen vorbei. Entweder es ist ein Kabriolett oder die Fenster sind offen, denn laute Rockmusik lärmt und stampft durch die stillen Bäume. Paul könnte in dem Auto sein, auf der Flucht, für immer verschwunden. Ich würde sein Bild nur noch auf Suchanzeigen und an den Schwarzen Brettern von Supermärkten sehen: »Paul Bascombe, geb. 8. 2. 73, zuletzt gesehen in der Nähe der Baseball Hall of Fame am 2. 7. 88.« Kein beruhigender Gedanke.
»Na, tun Sie, was Sie nicht lassen können«, sagt Charlane, in Gedanken, wie ich hoffe, bereits woanders. »Ich muß los.« Sie geht schon die Treppen hinunter, ist wahrscheinlich zu dem Schluß gekommen, daß ich der Mühe nicht wert bin. Vielleicht schämt sie sich auch für mich.
»Haben Sie Kinder?« sage ich, um etwas zu sagen.
»Aber ja«, sagt sie und wendet sich halb um.

»Und wo ist er jetzt?« sage ich. »Oder sie? Oder die?«
»*Er* ist bei einem Überlebenstraining.«
In diesem Augenblick höre ich einen leisen Schrei, die hohe Stimme einer Frau, kurz und zitternd, irgendwo über uns. Char sieht auf, ein schmales Lächeln geht über ihre Lippen. »Da genießt eine ihr Feuerwerk aber früh.«
»Was soll Ihr Sohn denn überleben lernen?« sage ich und versuche, nicht an das Paar aus Ohio direkt über uns zu denken. Char und ich bewegen uns rückwärts durch die Stufen der Vertraulichkeit. In einer Minute werden wir wieder Fremde sein.
Sie seufzt. »Er ist bei seinem Vater. Der lebt irgendwo in Montana in einem Zelt oder in einer Höhle. Ich weiß nicht. Ich nehm an, sie versuchen, einander zu überleben.«
»Sie sind bestimmt eine gute Mutter«, sage ich unvermittelt.
»Die Religion des Fernen Ostens«, sagt sie mit witzelnder Stimme. »Als Mutter kommt man der ziemlich nahe.« Sie hebt die kleine Nase in die warme, nach Fichten duftende Luft und schnüffelt. »Ich hab gerade Flieder gerochen, aber es ist zu spät für Flieder. Muß das Parfüm von jemandem gewesen sein.« Sie sieht mich mit zusammengekniffenen Augen scharf an, als hätte ich mich plötzlich weit, weit von ihr entfernt und entfernte mich immer noch weiter (was ich tue). Es ist ein freundlicher Blick, voller Sympathie, und ich möchte die Verandatreppe hinuntersteigen und zu ihr gehen, um sie an die Brust zu drücken, aber das würde alles durcheinanderbringen. »Sie werden Ihren Sohn schon finden«, sagt sie. »Oder er Sie. Wie auch immer.«
»Ja«, sage ich und bleibe stehen. »Danke.«
»Gut«, sagt Char und fügt dann, als machte sie irgend etwas anderes verlegen, hinzu: »Sie bleiben gewöhnlich nicht lange weg. Manchmal nicht lange genug, für meinen Geschmack.« Dann wandert sie allein davon und verschwindet zwischen den Bäumen, bevor ich ein hörbares Adieu hervorbringen kann.

»*Très amusant*«, sagt eine vertraute Stimme aus der sommerlichen Dunkelheit. »*Très, très amusant*. Das wichtigste Sexualorgan befindet sich zwischen den Ohren. Iiick, iiick, iiick. Also gebrauch es!«

Am Ende der Veranda, im letzten Schaukelstuhl der Reihe, liegt Paul, kaum sichtbar hinter seinen hochgezogenen Knien, sein *The Rock*-Hemd ist der einzige Lichtfleck. Er hat meinen ungelenken Abschied mitangehört und sich ohne Zweifel gefragt, ob es noch was zu essen gibt.

»Wie geht's uns?« sage ich, gehe die Reihe der Schaukelstühle entlang, lege die Hand auf den glatten Spindelrücken seines Stuhles und gebe ihm einen väterlichen Schubs.

»Gut, und selbst?«

»War das der anatomische Rat von Dr. E. Rection?« Ich bin, weiß Gott, sehr erleichtert, daß er nicht in dem Wagen mit der lauten Musik nach Chicago oder San Francisco abgehauen ist oder, schlimmer noch, in der Unfallstation von Cooperstown liegt, mit einer Stichwunde, von der das Blut auf die Fliesen tropft, während er darauf wartet, daß ein seniler praktischer Arzt, der sich im Tunnicliff besoffen hat, einen klaren Kopf bekommt. (Wenn ich ihn sicher wieder nach Hause bringen will, muß ich etwas wachsamer sein.)

»War das meine neue Mama?«

»Um ein Haar. Hast du was gegessen?«

»Ich sprang nur über Stock und Stein und aß kein einzig Blättelein, mäh, mäh.« Das ist ein altes Spiel aus der Kindheit. Wenn ich sein Gesicht sehen könnte, trüge es wahrscheinlich den Ausdruck heimlicher Zufriedenheit. Er wirkt vollkommen ruhig. Vielleicht habe ich Fortschritte mit ihm gemacht, ohne es zu merken (die liebste Hoffnung aller Eltern).

»Willst du deine Mutter anrufen und ihr sagen, daß du gut angekommen bist?«

»Nixnix.« Im Dunkeln wirft er einen kleinen Hacky Sack hoch, es ist eine kaum wahrnehmbare Bewegung, aber sie könnte bedeuten, daß er nicht so ruhig ist, wie er scheint. Ich kann Hacky Sacks nicht leiden. Meiner Meinung nach ist das nur was für die Sorte von gehirntoten jugendlichen Delinquenten, die mir im Frühjahr auf dem Weg nach Hause einen über den Schädel gezogen haben. Aus der Existenz des Hacky Sacks schließe ich jedoch, daß Paul Kontakt zu den Jungen an der Straßenecke aufgenommen haben könnte.

»Wo hast du das Ding her?«

»Ich habe es erworben.« Er hat sich immer noch nicht zu mir umgesehen. »Im Finast des Ortes.« Ich würde ihn noch immer gerne fragen, ob er die hilflose Krähe umgebracht hat, aber das scheint mir im Moment ein zu heikles Thema. Auch kommt es mir absurd vor, daß er das getan haben könnte. »Ich hab eine neue Frage für dich.« Das sagt er mit festerer Stimme. Möglicherweise hat er die letzten vier Stunden damit verbracht, in einer schummrigen Imbißstube Emerson zu lesen. Seinen Hacky Sack in der Hand, hat er vielleicht tief darüber nachgedacht, ob die Natur in ihrem Reich tatsächlich nichts duldet, was sich nicht selber hilft; oder ob jeder wahre Mann ein Panier ist, ein Land und ein Zeitalter. Alles Dinge, über die man gut meditieren kann.

»Okay«, sage ich ebenso bestimmt, versuche aber, mir meine Hoffnung nicht anmerken zu lassen. Über den Rasen hinweg dringt der aufdringliche Geruch nicht von Flieder, sondern vom Auspuff eines Autos an meine Nase. Ich höre eine Eule, die ganz in der Nähe im Dunkeln auf einem Fichtenast sitzt. *Hu-hu, hu-hu, hu-hu.*

»Okay, weißt du noch, als ich ziemlich klein war«, sagt Paul sehr ernst, »und mir immer Freunde erfunden hab? Ich hab mit ihnen gesprochen, und sie haben mir Sachen erzählt, und ich war da ziemlich drin?« Er starrt entschlossen nach vorn.

»Ich erinner mich. Machst du das jetzt wieder?« Es geht nicht um Emerson.

Jetzt sieht er sich um, als wolle er mein Gesicht sehen. »Nein. Aber hast du ein komisches Gefühl dabei gehabt? Hat es dich böse gemacht oder fandst du es ekelhaft oder zum Kotzen?«

»Ich glaub nicht. Warum?« Ich kann seine Augen erkennen. Ich bin mir sicher, daß er denkt, ich lüge.

»Du lügst, aber das macht nichts.«

»Ich hatte ein komisches Gefühl dabei«, sage ich. »Aber sonst nichts.« Ich will nicht, daß er mich Lügner nennt, wenn ich die Wahrheit auf meiner Seite habe.

»Warum?« Er scheint nicht böse zu sein.

»Weiß ich nicht. Ich hab nie darüber nachgedacht.«

»Dann denk jetzt darüber nach. Ich *muß* es wissen. Es ist wie mit einem von meinen Ringen.« Er dreht sich wieder um und richtet den Blick auf die Fenster der vornehmeren Inn auf der anderen Seite, wo jetzt weniger warme, gelbe Zimmerlampen an sind. Er will sich ganz auf meine Stimme konzentrieren. Der abnehmende Mond hat einen seidenen, glitzernden Pfad über den See gelegt, und über dem schwach leuchtenden Wasser steht eine Festversammlung von Sommersternen. Er macht, ich höre es vage, ein weiteres ganz leises *Iick*, ein Laut, der ihn beruhigt und vielleicht ermutigt.

»Ich hatte ein merkwürdiges Gefühl dabei«, sage ich unbehaglich. »Ich dachte, daß du dich da auf was einläßt, was dir auf längere Sicht vielleicht schaden könnte.« (Unschuld, was sonst? Obwohl das Wort auch nicht ganz richtig erscheint.) »Ich wollte nicht, daß du auf einen falschen Weg gerätst. Vielleicht war das nicht besonders großzügig von mir. Tut mir leid. Vielleicht täusche ich mich auch. Vielleicht war ich einfach eifersüchtig. Tut mir leid.«

Ich höre ihn atmen, die Luft streift über seine nackten Knie, die er mit den Armen an die Brust gezogen hat. Ich empfinde ein wenig Erleichterung – und natürlich auch Scham –, weil ich ihm damals das Gefühl gegeben habe, seine Vorstellungen und Träume seien weniger wichtig als meine. Wer hätte gedacht, daß wir über so etwas reden würden?

»Das ist schon in Ordnung«, sagt er, als wüßte er sehr, sehr viel über mich.

»Wieso fällt dir das jetzt ein?« sage ich, eine warme Hand an seinem Schaukelstuhl. Er kehrt mir noch immer den Rücken zu.

»Ich erinner mich nur daran. Ich mochte das, und ich hatte das Gefühl, daß du es nicht gut fandest. Bist du wirklich sicher, daß mit mir alles stimmt?« sagt er – ohne daß er es weiß, ist er in diesem einen Moment ganz selbstbestimmt, ein Erwachsener.

»Ziemlich sicher. Du hast nichts Besonderes.«

»Auf einer Skala von eins bis fünf, wobei fünf hoffnungslos ist, was würdest du sagen?«

»Och«, sage ich. »Eins wahrscheinlich, oder eineinhalb. Besser als ich. Nicht so gut wie deine Schwester.«

»Findest du mich oberflächlich?«

»Was tust du denn, das oberflächlich wäre?« Ich frage mich, wo er gewesen ist, woher er diese Fragen mitgebracht hat.
»Ich mach manchmal Geräusche. Andere Sachen.«
»Das ist nicht so schlimm.«
»Weißt du, wie alt Mr. Toby jetzt wär? Tut mir leid, daß ich das frage.«
»Dreizehn«, sage ich tapfer. »Das hast du heute schon mal gefragt.«
»Er könnte aber noch leben.« Er schaukelt vorwärts, dann zurück, dann vorwärts. Vielleicht wird alles besser, wenn Mr. Toby das Ende seiner potentiellen Lebenserwartung erreicht. Ich halte Pauls Stuhl fest. »Ich denk gerade wieder, daß ich denke«, sagt er wie zu sich selbst. »Alles paßt immer nur kurze Zeit zusammen.«
»Machst du dir Sorgen über deine Gerichtsverhandlung?« Ich halte die Lehne fest, bringe sie fast zum Stillstand.
»Nicht besonders«, sagt er. »Sollst du mir dazu ein paar bedeutsame Ratschläge geben?«
»Versuch nur nicht, den großen Gesellschaftskritiker zu spielen, das ist alles. Sei kein Klugscheißer. Laß deine besten Eigenschaften ganz natürlich zum Vorschein kommen. Es wird schon gutgehn.« Ich berühre seine saubere Baumwollschulter, wieder beschämt, diesmal, weil es so lange gedauert hat, bis ich ihn liebevoll berührt habe.
»Kommst du mit?«
»Nein. Deine Mutter geht mit.«
»Ich glaub, Mom hat einen Freund.«
»Das interessiert mich nicht.«
»Na ja, sollte es vielleicht.« Er sagt das, als hätte es mit ihm nichts zu tun.
»Davon verstehst du nichts. Warum, glaubst du, erinnerst du dich an all die Dinge und denkst, daß du denkst?«
»Ich weiß nicht.« Er starrt auf ein Paar Scheinwerfer, die vor der Inn die Straße entlangkurven. »Das Zeug kommt einfach immer wieder hoch.«
»Kommen dir die alten Sachen denn so wichtig vor?«
»Wichtiger als was?«

»Keine Ahnung. Wichtiger als was anderes, was du machst.« Der Debattierklub in der Schule, das Junior-Lebensrettungsabzeichen, alles mögliche im Hier und Jetzt.
»Ich will das nicht für immer haben. Das wär wirklich Scheiße.« Seine Zähne schlagen einmal zusammen und knirschen dann hart aufeinander. »Heute zum Beispiel auf dem Basketballding ging's eine Weile weg. Dann fing's wieder an.«
Wir schweigen wieder. Die erste erwachsene Unterhaltung, die ein Mann mit seinem Sohn haben kann, ist eine, in der er anerkennt, daß er nicht weiß, was für sein Kind gut ist, und daß er nur eine veraltete Vorstellung von dem hat, was schlecht ist. Ich weiß nicht, was ich sagen soll.
Unter den Bäumen kommt jetzt ein mittelgroßer, weiß und braun gefleckter Hund in Sicht, ein Springerspaniel. Er läuft mit leichtem Gang auf uns zu, ein gelbes Frisbee im Maul, mit klingelndem Halsband. Er hechelt. Hinter ihm hört man die kernige Stimme des Mannes, der mit ihm in der Dunkelheit spazierengeht. »Keester! Hierher, Keester«, ruft er. »Komm, Keester. Hol ihn! Keester – hierher, Keester.« Keester, der in eigener Mission unterwegs ist, bleibt stehen, sieht zu uns im Schatten der Veranda herauf, wittert uns, das Frisbee fest zwischen den Zähnen haltend, während sein Herr rufend weitergeht.
»Komm, Keester, komm«, sagt Paul. »Iiick, iiick.«
»Das ist Keester, der Wunderhund«, sage ich. Keester scheint damit sehr zufrieden zu sein.
»Ich war verwirrt, als mir aufging, daß ich mich in einen Hund verwandelt hatte...«
»Einen Hund mit Namen Keester«, sage ich. Keester blickt jetzt unverwandt zu uns herauf, nicht sicher, wie es kommt, daß wir Fremden seinen Namen kennen. »Meine Einschätzung ist, glaub ich«, sage ich, »daß du zuviel kontrollieren willst, mein Junge, und das hält dich zurück. Vielleicht willst du mit etwas in Berührung bleiben, was dir lieb war, aber du mußt weiterziehen. Selbst wenn es dir Angst macht und du Mist baust.«
»Hm-hm.« Er wendet mir wieder den Kopf zu und sieht auf. »Wie soll ich das machen, kein Gesellschaftskritiker sein? Hältst du das wirklich für wichtig?«

»Das muß nichts Bedeutendes sein«, sage ich. »Aber wenn du zum Beispiel in ein Restaurant gehst, und der Fußboden ist Marmor und die Wände Eiche, dann frag dich nicht lange, ob das echt oder unecht ist. Setz dich hin und bestell dein Steak und sei glücklich. Und wenn's dir nicht gefällt oder du es für einen Fehler hältst, da zu essen, geh einfach nicht wieder hin. Leuchtet dir das ein?«

»Nein.« Er schüttelt mit Überzeugung den Kopf. »Ich könnte wahrscheinlich gar nicht aufhören, darüber nachzudenken. Manchmal ist das auch gar nicht so schlecht. Keester«, sagt er mit scharfer Kommandostimme zum armen, alten, verblüfften Keester. »Denk nach! Denk nach, Junge! Erinner dich an deinen Namen.«

»Eines Tages *wird* es dir einleuchten«, sage ich. »Du bist nicht dazu da, immer alles in Ordnung zu bringen, das ist alles. Manchmal solltest du dich auch entspannen.« Ich sehe, daß in der großen Inn auf der anderen Seite zwei weitere gelbe Fensterquadrate dunkel werden. *Hu-hu*, macht die Eule, *Hu-hu. Hu-hu.* Sie hat Keester im Auge, der mit seinem Frisbee dumm dasteht und darauf wartet, daß wir Lust bekommen, es wegzuwerfen, wie wir es ja immer tun.

»Wenn du Seiltänzer im Zirkus wärst, was wär dein bester Trick?« Paul sieht zu mir auf und lächelt grausam.

»Keine Ahnung. Es mit verbundenen Augen machen. Es nackt machen.«

»Runterfallen«, sagt Paul mit Nachdruck.

»Das ist kein Trick«, sage ich. »Das ist vermasselt.«

»Jaaa, aber er kann das Gerade und Schmale keine Minute länger aushalten, weil es so langweilig ist. Und niemand kann wissen, ob er fällt oder springt. Das ist toll.«

»Wer hat dir das erzählt?« Keester, nun doch enttäuscht von uns, dreht sich um und trottet durch die Bäume davon, wird zu einem immer blasseren Loch in der Dunkelheit und ist verschwunden.

»Clarissa. Sie ist schlimmer als ich. Sie läßt es sich nur nicht anmerken. Sie macht nichts offen, weil sie gerissen ist.«

»Wer sagt das?« Ich bin mir absolut sicher, daß das nicht stimmt, sicher, daß sie ist, was sie zu sein scheint, ein Mädchen, das ihren

Eltern hinter deren Rücken den Finger zeigt, wie jedes ganz normale Mädchen.
»Dr. A. F. Geil sagt das«, sagt Paul und springt plötzlich auf, während ich mich immer noch an die Rückenlehne klammere. »Meine Sitzung ist für heute abend vorbei, Doktoor.« Er geht auf die Eingangstür zu, seine dicken Schuhe platschen laut auf den Verandabrettern. Er zieht wieder einen strengen Geruch hinter sich her. Vielleicht ist das der Geruch, den Streß-Symptome mit sich bringen. »Wir brauchen Feuerwerkskörper«, sagt er.
»Ich hab Raketen und Wunderkerzen im Auto. Und das war keine Sitzung. Wir machen keine Sitzungen. Das war eine ernste Unterhaltung zwischen dir und deinem Vater.«
»Die Leute sind immer schockiert, wenn ich« – die Fliegengittertür schwingt auf, und Paul marschiert hinein und ist außer Sicht – »ciao sage.«
»Ich hab dich lieb«, sage ich zu meinem davongehenden Sohn, der diese Worte noch hören sollte, wenn auch nur, um später einmal sagen zu können: »Das hat mal jemand zu mir gesagt, und seitdem ist mir alles nicht mehr ganz so schlimm vorgekommen.«

-10-

Wissen Sie, Jerry, in Wahrheit hab ich inzwischen begriffen, daß es mir ganz egal ist, was mit mir passiert, verstehen Sie? Immer nur Sorgen und Sorgen darüber, wie man's im Leben richtig macht, verstehen Sie? Alles bereuen, was man sagt und tut, alles scheint einen zu bremsen, und dann versucht man, sich selbst nicht mehr zu bremsen. Aber dann ist *das* auch wieder ein Fehler. Letztlich muß man sich klarmachen, daß man 'ne Menge Dinge einfach nicht kontrollieren kann, oder?«
»Genau! Danke! Das war Bob aus Sarnia! Unser nächster Anrufer. Sie sind bei *Blues Talk*. Sie sind auf Sendung, Oshawa!«
»Hi, Jerry, hier ist Stan...«
Unter meinem Fenster bearbeitet ein hochgewachsener, blonder, gebräunter Mann meines Alters ohne Hemd und mit einem wie gemeißelt wirkenden Oberkörper seinen roten Mustang-Oldie mit einem großen Polierleder. Das Nummernschild scheint das rotweiße von Wisconsin zu sein. Aus irgendeinem Grund trägt er eine grüne Lederhose, und sein lautes, plärrendes Radio hat mich wachgerüttelt. Strahlendes Morgenlicht und die fleckigen Schatten des Laubes überziehen den Kiesparkplatz und die Rasenflächen der Häuser hinter der Deerslayer Inn. Es ist Sonntag. Der Typ in der Lederhose ist wegen der »Oldtimer-Parade« hier, die morgen abrollen soll, und er will nicht, daß Staub und Schmiere die Oberhand gewinnen. Seine hübsche, knödelrunde Frau hockt auf dem Kotflügel *meines* Wagens. Sie hält die kurzen braunen Beine in die Sonne und lächelt. Sie haben ihre hellroten Fußmatten zum Trocknen über meine Stoßstange gehängt.
Ein anderer Amerikaner – Joe Markham zum Beispiel – hätte sie angeknurrt: »NehmenSiedieverdammtenMattendawegSieArschloch.« Aber das würde den Morgen verderben und die Welt (dar-

unter meinen Sohn) zu früh wecken. Bob aus Sarnia hat es ja schon ganz gut ausgedrückt.
Gegen acht bin ich mit Rasieren und Duschen fertig. Das feuchte Hartfaserplattenkabuff mit dem winzigen Fenster ist bereits heiß und übelriechend, weil es schon benutzt wurde. (Ich habe die Frau mit der Halskrause hineinschlüpfen sehen.)
Paul hat sich in seine Laken verdreht, als ich ihn mit unserer ältesten Reveille aufscheuche: »Die Zeit vergeht ... noch viele Meilen vor uns ... hungrig wie ein Bär ... ab in die Dusche.« Bezahlt haben wir schon beim Anmelden, jetzt müssen wir nur noch essen und können los.
Dann bin ich auf dem Weg die Treppe hinunter, höre schon Kirchenglocken und die gedämpften üppigen Laute des reichhaltigen Frühstücks, das im Speisesaal von einer Gruppe völlig fremder Menschen eingenommen wird, vereint nur durch die Ruhmeshalle des Baseball.
Ich will unbedingt Ted Houlihan anrufen (gestern abend habe ich vergessen, es nochmals zu versuchen) und ihn auf das Wunder vorbereiten: die Markhams haben ihren Widerstand aufgegeben, meine Strategie ist aufgegangen. Aber das Plakat mit den Rettungsmaßnahmen bei Erstickungsanfällen, das über dem Telefon hängt, erinnert mich, während es klingelt und klingelt, unfehlbar daran, worum es beim Immobiliengeschäft geht: Wir – die Geier von Buy and Large, Ted, ich, die Bank, die Bauinspektoren –, wir wollen alle nur das eine, irgend jemandem die Hände um den Hals legen und ihn würgen, bis er das halbgekaute Stück Knorpel wieder ausspuckt, das wir dann unseren »Anteil« nennen. Darum geht's, das ist die Karotte, die den Esel zum Traben bringt. Besser ist es natürlich, die Dinge etwas nobler zu sehen und von Dienstleistung zu reden. Wahrscheinlich läuft es dann etwas glatter.
»Hallo?«
»He, Ted, gute Nachrichten!« rufe ich in den Hörer. Der Frühstücksklub im Nebenraum verstummt beim Klang meiner Stimme – als hätte ich einen hysterischen Anfall.
»Ich hab auch gute Nachrichten«, sagt Ted.
»Ihre zuerst.« Ich bin sofort mißtrauisch.

»Ich hab das Haus verkauft«, sagt Ted. »Über irgendeinen neuen Verein unten in New Egypt. Bohemia oder so Immobilien. Die Frau schleppte gestern abend gegen acht eine koreanische Familie an, und ich hatte um zehn ein Angebot in der Hand.« Als ich mit Paul darüber plauderte, ob er wirklich ein hoffnungsloser Fall ist oder nicht. »Ich hab so gegen neun bei Ihnen angerufen und Ihnen was aufs Band gesprochen. Aber ich konnte wirklich nicht nein sagen. Sie hatten das Geld noch in der Nacht auf dem Anderkonto.«
»Wieviel?« frage ich grimmig. Ein kurzes Frösteln überläuft mich, und mein Magen zieht sich zusammen.
»Wie bitte?«
»Wieviel haben die Koreaner gezahlt?«
»Den vollen Preis!« sagt Ted begeistert. »Aber sicher. Hundertfünfundfünfzig. Und ich hab das Mädchen auch noch einen Prozentpunkt runtergehandelt. Sie hatte ja nichts dafür getan. Sie haben viel mehr getan. Ihr Büro kriegt natürlich die Hälfte.«
»Bloß wissen meine Klienten jetzt nicht, wo sie hin sollen, Ted.« Meine Stimme ist nur noch ein rasiermesserdünnes flüstern. Ich würde Ted mit Freuden erwürgen. »Wir hatten einen Exklusivvertrag mit Ihnen, wir haben gestern darüber gesprochen, und zuallermindestens hätten Sie sich mit mir verständigen müssen, damit ich ein Gegenangebot hätte abgeben können, wozu ich inzwischen übrigens autorisiert bin.« Oder fast. »Einsfünffünf. Voller Preis, wie Sie sagen.«
»Hm.« Ted hält verlegen inne. »Wenn Sie mit hundertsechzig dagegenhalten wollen, könnte ich den Koreanern vielleicht sagen, daß ich da was übersehen hab. Ihr Büro müßte das mit Bohemia klarmachen. Evelyn Irgendwas ist der Name von dem Mädchen. Ein richtiges Energiebündel.«
»Ich glaub was andres, Ted, ich glaub, wir werden Sie wegen Vertragsbruch verklagen müssen.« Ich sage das ganz ruhig, aber ich bin nicht ruhig. »Das würde Ihr Haus zwei Jahre aus dem Verkehr ziehen, während die Preise fallen und Sie sich zu Hause von Ihrer Operation erholen können.« Alles Bluff, natürlich. Wir haben noch nie einen Klienten verklagt. Geschäftlich gesehen wäre das Selbstmord. Statt dessen steckt man eben die drei Prozent

ein, von denen ich die Hälfte kriege, genau 2.325 Dollar. Und schickt vielleicht eine Beschwerde an die staatliche Immobilienaufsicht, die natürlich auch nichts bringt. Um das Ganze dann zu vergessen.

»Na ja, ich schätze, Sie müssen tun, was Sie tun müssen«, sagt Ted. Bestimmt steht er wieder in einem ärmellosen Pullover und einer Baumwollhose am Fenster und blickt verträumt auf seine Laube und den Bambusvorhang hinaus, den er gerade in großem Stil durchbrochen hat. Ich frage mich, ob sich die Koreaner gestern abend überhaupt die Mühe gemacht haben, sich hinter dem Haus umzusehen. Andererseits ist es durchaus möglich, daß ein großes beleuchtetes Gefängnis für sie ein Pluspunkt ist, weil es ihnen ein Gefühl der Sicherheit gibt. Koreaner sind nicht blöd.

»Ted, ich weiß nicht, was ich sagen soll.« Die lauten Esser im Nebenraum klappern wieder mit dem Besteck und reden, den Mund voller Pfannkuchen, darüber, was für Auswirkungen die Straßenarbeiten zwischen Cooperstown und Rochester auf die Fahrtzeit zu den Niagarafällen haben werden. Mein Frösteln ist plötzlich weg, und mir ist heiß wie in der Sauna.

»Freuen Sie sich doch einfach für mich, Frank, statt mich vor Gericht zu bringen. Wahrscheinlich bin ich in einem Jahr tot. Also ist es gut, daß ich mein Haus verkauft hab. Ich kann jetzt zu meinem Sohn ziehen.«

»Ich wollte es ja für Sie verkaufen, Ted.« Ich fühle mich bei der unerwarteten Erwähnung des Todes etwas beklommen. »Und genaugenommen *habe* ich es auch verkauft«, sage ich schwach.

»Sie werden schon ein anderes Haus für die beiden finden, Frank. Ich glaub nicht, daß es ihnen hier wirklich gefallen hat.« Ich drücke die Fingerspitzen hart auf den Stapel der längst abgelaufenen *Annie Get Your Gun*-Tickets. Jemand hat, wie ich sehe, *Besserer Sex in der Ehe* unter den Stapel geschoben, mit dem Grinsgesicht auf der »Lusteinheit« nach oben. »Es hat ihnen sehr gefallen«, sage ich und denke an Betty Hutton mit Cowboyhut in *Annie*. »Sie waren vorsichtig, aber jetzt sind sie sicher. Ich hoffe, Ihre Koreaner sind genauso zuverlässig.«

»Zwanzigtausend Eier auf die Hand. Keine Bedingungen«, sagt Ted. »Und sie wissen, daß es andere Interessenten gibt, also wer-

den sie bei der Stange bleiben. Diese Leute schmeißen kein Geld weg, Frank. Die haben eine Grasfarm in der Nähe von Fort Dix, und sie sind auf dem Weg nach oben.« Er würde in seinem Glück gerne immer weiter plappern, hört aber aus Höflichkeit mir gegenüber auf.
»Ich bin wirklich enttäuscht, Ted. Mehr kann ich dazu nicht sagen.« Obwohl ich im Kopf alle Möglichkeiten einer akzeptablen Rückzugsposition durchgehe. Auf meiner Stirn bricht Schweiß aus. Ich bin schuld, ich habe mich von den üblichen Praktiken abbringen lassen (obwohl ich nicht sagen kann, daß ich Praktiken habe, die man als üblich klassifizieren könnte).
»Wen wählen Sie im Herbst?« sagt Ted. »Ihr seid wohl alle für die Republikaner, weil ihr meint, die tun was für die Wirtschaft, oder?« Ich frage mich, ob irgendein Hacker bei Bohemia unseren Computer geknackt hat. Oder ob Julie Loukinen, die noch nicht lange bei uns ist, unsere Liste insgeheim an die Konkurrenz schickt. Ich versuche, mich daran zu erinnern, ob ich sie je mit einem abgerissenen, osteuropäisch aussehenden Freund gesehen habe. Das Wahrscheinlichste ist aber, daß Ted sein Haus einfach jedem »exklusiv« gegeben hat, der bei ihm anklopfte. (Und wen überrascht das schon in einem freien Land? Hier herrscht Laisser-faire: Setz den Nachbarn deine Omi zum Frühstück vor.)
»Aber wissen Sie, weder Dukakis noch Bush wollen mit einem Budget rausrücken. Die wollen niemandem weh tun. Mir wär's lieber, die sagten klipp und klar, daß sie uns über den Tisch ziehen wollen, dann könnt ich mich wenigstens entspannen.« Das ist ein flotter neuer Jargon für Ted, den erfolgreichen Hausverkäufer. »Soll ich übrigens das Schild wegnehmen?«
»Wir schicken jemand vorbei«, sage ich schlechtgelaunt. Dann wird die Verbindung nach Penns Neck plötzlich schlecht, durch das laute Rauschen kann ich Ted kaum noch verstehen, der sich nun in seinem Plapperstil den Mißhelligkeiten des *fin de siècle* zugewandt zu haben scheint, oder etwas in der Richtung.
»Ich kann Sie nicht verstehen, Ted«, sage ich in den alten, übelriechenden Hörer, während ich mit gerunzelter Stirn das Strichmännchen anstarre, das mir durch die um den Hals gekrampften Hände einen Erstickungsanfall anzeigt, während ein Ausdruck

runden Entsetzens auf seinem Ballongesicht liegt. Dann hört das Rauschen auf, und ich verstehe Ted wieder, der jetzt davon anfängt, daß weder Bush noch Dukakis einen guten Witz erzählen könnten, selbst wenn ihr Leben davon abhinge. Ich höre ihn darüber lachen. »Wiedersehn, Ted«, sage ich, sicher, daß er mich nicht hören kann.
»Ich hab gelesen, daß Bush Jesus Christus als seinen persönlichen Erlöser bezeichnet hat. Also, wenn das kein Witz ist...«, sagt Ted, jetzt sehr laut.
Ich lege den Hörer sanft auf die Gabel. Ich weiß, daß dieses Stück Leben – seines und meines – vorbei ist. Ich bin fast dankbar.

Meine Pflicht ist es nun natürlich, die Markhams schleunigst anzurufen und ihnen die schlechte Nachricht zu übermitteln. Das versuche ich auch, aber sie sind nicht auf ihrem Zimmer im Raritan Ramada. (Wahrscheinlich sind sie gerade beim zweiten Gang durch das Brunch-Buffet, bester Stimmung, weil sie die richtige Entscheidung getroffen haben – zu spät.) Ich lasse es fünfundzwanzigmal klingeln, aber niemand nimmt ab. Ich rufe die Rezeption an, um eine Nachricht zu hinterlassen, aber eine Tonbandstimme vertröstet mich und läßt mich dann zur Musik von »Jungle-flute« in einem verschwommenen »Warte«-Purgatorium hängen. Ich zähle bis sechzig, meine Hände werden feucht, und ich beschließe, es später noch mal zu versuchen, da es jetzt sowieso um nichts mehr geht.
Ich sollte noch ein paar andere Gespräche führen: ein mahnender, morgendlicher »Geschäfts«-Anruf bei den McLeods mit der Andeutung nicht näher erläuterter »Schritte«, die auf sie zukommen, wenn sie die Miete nicht zahlen, egal, in welcher finanziellen Klemme sie stecken; ein Anruf bei Julie Loukinen, um sie wissen zu lassen, daß »jemand« Ted schwimmen gelassen hat. Ein Gespräch mit Sally, um alle Gefühle zu bekräftigen und zu sagen, was mir gerade in den Kopf kommt, egal, wie verwirrend. Aber zu keinem dieser Anrufe fühle ich mich so ganz in der Lage. Jeder einzelne scheint mir an diesem heißen Morgen zu kompliziert, keiner verspricht etwas Lohnendes.
Aber gerade, als ich mich abwende, um Paul noch einmal aus sei-

nen Träumen zu rütteln, habe ich das plötzliche, erhitzte, fast atemlose Bedürfnis, Cathy Flaherty in New York anzurufen. Viele Male habe ich mir vorgestellt, wie begrüßenswert (und befriedigend) es wäre, stünde sie eines Tages einfach mit einer Flasche Dom Perignon vor meiner Tür. In meinen Träumen würde sie sofortige umfassende Informationen verlangen: wie es auf meinem persönlichen Barometer aussieht, welche Temperatur mein Leben hat, wie es mir *wirklich* ergangen ist, seit wir uns das letzte Mal gesehen haben. Natürlich hätte sie nicht weniger als eine millionmal an mich gedacht, mit vielfachen Was-wärewenn-Fragen an jeder Ecke. Und so hätte sie schließlich beschlossen, mich über das Verzeichnis ehemaliger Studenten der Michigan University ausfindig zu machen und unangemeldet, aber »hoffentlich« nicht unwillkommen aufzutauchen. (In meinem ersten Entwurf des Drehbuchs reden wir nur.)

Wie ich in meinem Zimmer bei Sally vor zwei Tagen gedacht habe, ist nichts so angenehm, wie nichts tun zu müssen, während einem lauter gute Dinge zufallen, als hätte man ein Recht darauf. Es ist genau das, was der arme Joe Markham von seiner »Freundin« in Boise erwartete, nur daß sie zu schlau für ihn war.

Zufällig weiß ich Cathys Nummer immer noch auswendig. Ich habe sie vor vier Jahren angerufen, nachdem Ann mir mitgeteilt hatte, daß sie Charley heiraten und die Kinder mitnehmen würde, und ich mehrere Volten schlug, bis ich im Immobiliengeschäft landete. (Damals hörte ich nur die Aufnahme auf Cathys Band, und ich wußte nicht, was ich darauf sprechen sollte, außer: »Hilfe, Hilfe, Hilfe, Hilfe!«, worauf ich allerdings doch lieber verzichtete.)

Aber fast bevor ich weiß, was ich tue, habe ich die alte Nummer im alten New York gewählt – eine Stadt, die mir früher immer einen seltsamen Tiefstand meiner Selbstachtung garantierte, als ich dort als Sportreporter arbeitete und mein Leben zum ersten Mal aus den Fugen geriet. (Heute kommt sie mir nicht seltsamer vor als Cleveland – das sind die befreienden, entmystifizierenden Nebenwirkungen des Immobilienmakelns.)

Eifrige Frühstücksgeräusche, vermischt mit freudlosem Gelächter, dringen mal lauter, mal leiser aus dem Nebenraum. Ich warte,

bis die Zahlen durchgelaufen sind und dann darauf, daß jemand auf die Idee kommt, abzunehmen – nämlich Cathy mit Honighaar und -haut. Sie ist jetzt wahrscheinlich eine richtige Medizinerin und am Einstein- oder Cornell-College an irgendwelchen hochspezialisierten Forschungsarbeiten beteiligt. Und sie wird mir, so hoffe ich sehr, ein paar Momente einer *ad hominem-pro bono*-Telefonbehandlung zukommen lassen. (Ich rechne hier mit einer gewissen Rückwirkung auf mich selbst. Ich hoffe, daß schon der Klang von Cathys Stimme mich auf der Stelle auf eine höhere Intelligenzebene hebt – was durchaus passieren kann. Aber ich habe auch das Gefühl, daß ich hellwach sein muß, wenn ich nicht von nachwachsenden Generationen mit Eiswasser in den Adern niedergetrampelt werden will.)
Es klingelt und klingelt. Dann ein Klick. Dann ein harsches mechanisches Sirren, dann ein weiteres Klicken. Nicht sehr vielversprechend. Dann endlich eine Stimme – männlich, jung, selbstgefällig, noch unenttäuscht, ein unerträglicher Klugscheißer, für den telefonische Ansagen nur dazu dienen, sich einen aufgeblasenen Spaß zu machen und uns schuldlosen Anrufern zu zeigen, was für ein Arschloch er ist. »Hi. Hier ist der Anrufbeantworter von Cathy und Steve. Wir sind im Moment nicht zu Hause. Wirklich. Ich schwöre es. Wir liegen nicht im Bett und schneiden Grimassen und lachen uns tot. Cathy ist wahrscheinlich im Krankenhaus und rettet zahllose Leben oder ähnliches. Ich bin wahrscheinlich im Büro von Burnham und Culhane und versuche, mir ein größeres Stück vom Kuchen abzuschneiden. Also habt Geduld mit uns und hinterlaßt eine Nachricht, und sobald unsere Zeit es erlaubt, wird einer von uns zurückrufen. Wahrscheinlich Cathy, da Anrufbeantworter mich nervös machen. Bis dann. Und wartet auf den Piepston.«
Biiiiiiiiiiiiiiiiiiiiiiiiiiip, klick, dann die gähnende, lähmende Möglichkeit, die passendste aller Botschaften zu hinterlassen. »Hi, Cathy?« sage ich, zu fröhlich. »Hier ist Frank.« (Weniger fröhlich.) »Äh, Bascombe. Es ist nichts Besonderes. Ich bin, äh, es ist der Vierte Juli oder so ungefähr. Ich bin grade hier oben in Cooperstown und hab plötzlich an dich gedacht.« Um acht Uhr morgens. »Ich freue mich, daß du im Krankenhaus bist. Das ist

ein gutes Zeichen. Mir geht's ganz gut. Bin hier oben mit meinem Sohn Paul, den du nicht kennst.« Eine lange Pause, während das Band läuft. »Na ja, das wär's eigentlich. Übrigens kannst du Steve von mir ausrichten, er kann mich mal am Arsch lecken. Ich bin gerne bereit, ihm eine aufs Maul zu hauen, wann immer er Zeit dafür findet. Bye.« Klick. Ich bleibe einen Moment stehen, den Hörer in der verschwitzten Hand, und versuche zu ermessen, was ich gerade getan habe, einmal in Hinsicht auf meine Gefühle, zum zweiten auch in Hinsicht darauf, daß dies eine geringfügige, aber unbesonnene und möglicherweise idiotische und erniedrigende Handlung war. Und die Antwort ist: ich fühle mich besser. Viel besser. Unerklärlicherweise. Es kann sehr lohnend sein, idiotische Dinge zu tun.

Ich wandere wieder hinauf, um zu packen, Paul aus dem Bett zu werfen und den Tag richtig anzufangen, da er zumindest für mein Hauptanliegen (die Markhams ausgenommen) noch nicht ganz vertan ist. Ich denke dabei an die wacklige Annäherung mit Paul von gestern abend, vor allem aber daran, daß der Tag in nicht allzu langer Zeit ganz woanders enden wird, bei Rocky and Carlo, wo ich Sally treffen werde.

Paul kommt mir oben an der Treppe entgegen, seine Paramount-Tasche in der Hand und den Walkman-Kopfhörer um den Hals. Er sieht verschlafen aus, und seine Haare sind naß, aber er hat frische kastanienbraune, weite Shorts an, frische Socken in Neonorange und ein neues großes, schwarzes T-Shirt, auf dem aus mir unbekannten Gründen in weißen Lettern *Clergy* steht (eine Rockgruppe?). Als er mich sieht, nimmt sein Gesicht einen dickwangigen, unbewegten Ausdruck an, als wäre es eine Sache, mich zu kennen, mich zu treffen aber eine ganz andere. »Ich bin überrascht, einen Furzer wie dich hier oben zu sehen«, sagt er, stößt dann ein kurzes kehliges *Oink* aus und geht an mir vorbei die Treppe hinunter.

Fünf Minuten später aber, nachdem ich Pauls Laken auf verräterische Flecken untersucht habe (nichts), bin ich mit meinem Kleidersack und meiner Olympus wieder unten, fertig zum Frühstück. Aber der große Speisesaal ist immer noch von frühstückenden Langweilern besetzt, und Paul steht an der Tür und sieht mit amüsierter Herablassung hinein. Charlane serviert in einem engen T-Shirt und den verwaschenen Jeans von gestern abend Teller mit Pfannkuchen und Speck und Schüsseln mit dampfendem Fertigrührei. Sie sieht mich an, scheint mich aber nicht zu erkennen. So daß ich schnell beschließe, daß es keinen Sinn hat, hier zu warten (und von Charlane gehässig behandelt zu werden), wenn wir unser Zeug genausogut in den Wagen packen und zur Main Street hinüberlaufen können, um dort ein Frühstück aufzustöbern, bevor die Ruhmeshalle um neun aufmacht. Anders ausgedrückt, in den Orkus mit dem alten Deerslayer.

Obwohl er so schlecht nicht war, auch wenn es keine Bar mit Gratisgetränken gab. In seinen Mauern habe ich vielleicht die unendliche Geschichte mit Ann beendet, eine Karambolage mit Charlane vermieden und die Dinge mit Sally Caldwell aufs richtige Gleis gebracht. Dazu haben Paul und ich uns näher an ein gegenseitiges Vertrauen herangefochten, und ich war in der Lage, zumindest ein paar der wegweisenden Worte zu sprechen, die ich für diesen Zweck vorbereitet hatte. Mit noch ein bißchen mehr Glück hätte der Deerslayer ein geweihter oder sogar heiliger Ort werden können, zu dem Paul, sagen wir, Anfang des nächsten Jahrhunderts, allein oder mit seiner Frau oder einer Freundin oder seiner eigenen schwierigen Brut hätte zurückkehren und sagen können, hier sei er »damals mit seinem verstorbenen Vater gewesen«. Hier habe er die lebensverändernden Weisheiten vernommen, die später für sein Leben so bedeutsam wurden – wenn er auch nicht mit vollständiger Gewißheit sagen könne, worin diese Weisheiten bestünden.

Verschiedene kauende Frühstücksgäste (ich erkenne keinen wieder) schauen uns über ihre Teller hinweg frostig an, als wir von den intensiven Geruchsströmungen, bestehend aus gutem Kaffee, geräucherter Wurst, Bratkartoffeln, klebrigen süßen Brötchen, Pfannkuchensirup, Schinken und Rührei, kurz an der Speisesaaltür festgehalten werden. Ihre abschätzigen Blicke sagen: »He, wir lassen uns nicht drängen.« »Wir haben dafür bezahlt.« »Wir haben das Recht, uns Zeit zu lassen.« »Das ist unser Urlaub.« »Wartet ab, bis ihr an der Reihe seid.« »Ist das nicht der

Clown, der ins Telefon gebrüllt hat?« »Was soll das heißen: *Clergy*?« »Mit den beiden ist doch irgendwas faul.«
Paul aber, die Paramount-Tasche über der dicklichen Schulter, drückt plötzlich beide Hände gegen eine unsichtbare Wand und beginnt, sie darauf herumgleiten zu lassen, von hier nach dort, von oben nach unten, von einer Seite zur anderen. Ein Ausdruck leeren Entsetzens verzerrt sein süßes Jungengesicht, und er flüstert: »Helft mir, helft mir, ich will nicht sterben.«
»Ich glaub, es ist kein Raum für uns in der Herberge, mein Junge«, sage ich.
»Laßt mich bitte nicht sterben«, fährt Paul leise fort, so daß nur ich es hören kann. »Ich will keine Zyankalikapsel. Bitte, Aufseher.« Er *ist* ein lieber, gewitzter Junge und ganz nach meinem Herzen – mein Verbündeter, gerade wenn (oder fast wenn) ich einen Verbündeten am meisten brauche.
Er wendet mir sein von Entsetzen gezeichnetes Sterbegesicht zu, der Mund offen, die Hände in stummem, betroffenem Staunen an den Wangen. Niemand im Raum will ihn jetzt noch ansehen. Alle haben die Nasen in ihrem Fraß wie Strafgefangene. Paul bringt zwei deutlich hörbare *Iücks* hervor, die vom Grund eines seichten Brunnens zu kommen scheinen. »Alias Sibelius«, sagt er.
»Was heißt das?« Ich hebe meinen Kleidersack hoch, bereit zum Aufbruch.
»Ist 'ne gute Pointe. Bloß kann ich mich nicht mehr an den Witz erinnern. Seit Mom einen Freund hat, tut sie mir Arsen ins Essen. Deshalb fällt mein IQ.«
»Ich werd mal versuchen, mit ihr zu reden«, sage ich, und damit gehen wir. Niemand achtet auf uns, als wir zusammen in den heißen, gleißenden Morgen hinaustreten, auf dem Weg zur Ruhmeshalle.

Kirchenglocken scheppern durch die ganze Stadt, rufen die Herde zum Morgengottesdienst zusammen. Gutgekleidete, bleichgesichtige Familiengruppen von drei, vier oder sechs Personen marschieren nebeneinander die Kleinstadtstraßen entlang, biegen in diese Richtung zur Zweiten Methodistenkirche ab, in jene zu den Kongregationalisten, in noch eine andere zu den Episkopalen und den Ersten Presbyterianern. Weniger sorgfältig gekleidete Menschen – die Männer in sauberen, aber ungebügelten Arbeitskhakis und Polohemden, die Frauen in roten Wickelröcken, ohne Strümpfe, dafür aber mit Halstuch – steigen aus Autos, um in die katholische Kirche Unserer Lieben Frau vom See zu eilen, auf eine kurze und atemlose Begegnung mit der Gnade, bevor sie zu ihrem Kellnerinnenjob müssen, zum Golf oder zu einer Bestimmung in einer anderen Kleinstadt.

Paul und ich passen gut zu der weltlicheren Pilgerschar – unandächtige, unfromme, kameraschwenkende Väter und Söhne, Väter und Töchter, in sommerlichen Klamotten, voller Zuversicht, aber ein wenig verlegen auf dem Weg zur Ruhmeshalle (als wäre ein Besuch dort etwas Beschämendes). Autos schieben sich an uns vorbei, Elektrobusse kutschieren »Seniorengruppen« zu den anderen Attraktionen der Stadt – dem Fenimore-Haus und dem Farmers' Museum, wo sich Modelle von Gebrauchsgegenständen befinden, wie sie früher beschaffen waren, als die Welt noch besser war. Alle Läden sind geöffnet, es gibt Eis zu kaufen, Musik liegt in der Luft, der See ist voller Wasser – nichts fehlt, was ein Besucher sich wünschen könnte.

Wir haben unser Gepäck im Auto hinter der Inn gelassen und sind auf gut Glück zum Hafen hinuntergewandert, wo wir eine Nische in einem kleinen wasserblauen Diner mit überdimensionierten Fenstern gefunden haben. Es heißt »The Water's Edge« und ragt, genau wie Charleys Studio, über das Wasser hinaus, nur auf Betonpfeilern. Drinnen jedoch ist es so eisgekühlt, daß das Aroma der Käsefritten und der Denver-Omelettes so dumpfigfeucht wirkt wie das Innere einer alten Eistruhe. Trotz der schönen Aussicht auf den See komme ich zu dem Schluß, daß es klüger gewesen wäre, dort auf einen Platz zu warten, wo wir schon bezahlt hatten.

Auf unserem Weg durch die kurzen Gassen in der Nähe des Seeufers, die von heimeligen Lauben gesäumt sind, hat sich Paul zur besten Stimmung unseres Ausflugs aufgeschwungen, und als wir in unserer roten Nische sitzen, holt er zu einem breiten Diskurs darüber aus, wie es wäre, in Cooperstown zu leben.

Während er sich über seine Riesenportion belgische Waffeln hermacht, die mit Schlagsahne aus der Dose und eisigen Erdbeeren überhäuft sind, erklärt er, daß er, sollten wir hierherziehen, ganz bestimmt groß ins Zeitungsaustragen einsteigen würde (in Deep River, sagt er, wird dieses Geschäft von »italienischen Schmalzköpfen« beherrscht, die Bleichgesichtern, die da mitmischen wollen, in den Arsch treten). Er sagt auch – jetzt ohne jeden Sarkasmus und mit glänzenden grauen Augen –, daß er sich verpflichtet fühlen würde, die Ruhmeshalle einmal in der Woche zu besuchen, bis er alles auswendig gelernt hätte. »Warum sollte man sonst hier wohnen?« Außerdem würde er »ohne Ausnahme jeden Sonntagmorgen« hier im Water's Edge essen, so wie jetzt, würde alles über den Cardiff-Riesen (eine weitere Attraktion des Ortes) und das Farmers' Museum herausfinden, vielleicht sogar als Fremdenführer arbeiten und wahrscheinlich in der Highschool Baseball und Football spielen.

Während ich mich durch meinen schon fast eingefrorenen »Home Run-Teller« arbeite und ab und zu auf einen Schwarm Stockenten hinausblicke, die von den Touristen Popcorn schnorren, informiert er mich, daß er alles von Emerson lesen will, sobald er zu Hause ist, weil seine Strafe wahrscheinlich auf Bewährung ausgesetzt wird und er dann mehr Zeit zum Lesen hat. Er verschmiert die verlaufene Schlagsahne über die Waffelraster, verteilt sie sorgfältig auf alle Sektoren, während er mit gesenktem Kopf, die Kopfhörer noch um den Hals, erklärt, daß er mit seiner latenten Legasthenie (das ist mir neu) mehr registriert als die meisten anderen seiner Altersgruppe, weil er die Dinge nicht so schnell »verarbeitet« und dadurch mehr Zeit hat, sich mit »bestimmten Themen« zu befassen (oder sich von ihnen aus dem Gleis werfen zu lassen). Deshalb, sagt er, liest er den arbeitsintensiven *New Yorker* – »aus Chucks Scheißhaus geklaut«. Und deshalb ist er auch zu der Meinung gelangt, ich solle das Immobiliengeschäft sausen lassen – »nicht interessant genug« – und aus New Jersey wegziehen – dito –, möglicherweise an »einen Ort ungefähr wie diesen hier« – und vielleicht in etwas Handwerkliches einsteigen wie Möbel abschleifen oder in einer Bar arbeiten, irgendwas Praktisches und Unstressiges, und »vielleicht wieder Kurzgeschichten schreiben«. (Er hat die Tatsache, daß ich

mal Schriftsteller war, immer respektiert und bewahrt ein signiertes Exemplar von *Blauer Herbst* in seinem Zimmer auf.) Ich bin, das brauche ich kaum zu sagen, tief gerührt. Unter der unruhigen Oberfläche will er für alle überall das Beste, Sicherheitsbeamte eingeschlossen. Noch bevor er durch die Tore seiner magischen Ruhmeshalle getreten ist, hat Cooperstown ihn erobert, indem es ihm die streßfreie Idylle eines Lebens als großer Fisch in einem kleinen Teich vorgegaukelt hat. (Anscheinend haben all seine schlecht zusammenpassenden Ringe nun zu einer glücklichen Kongruenz gefunden.) Obwohl ich mich unwillkürlich frage, ob er nicht auf diesen kurzen Entwurf eines idealen Lebens, der durchaus der glücklichste Moment in seinem Leben sein könnte, in Kürze nur verständnislos zurückblicken wird. Es könnte sich sogar herausstellen, daß er ihn noch ängstlicher und verdrehter macht, weil er eine solche Idylle in genau dieser Form nicht noch einmal heraufbeschwören könnte. Und dennoch wird er sie auch nie wieder ganz vergessen und sich immer wieder fragen, wohin sie verschwunden ist. Ich bin darüber genauso besorgt wie damals, als er klein war und anfing, mit Kindern zu reden, die nicht da waren. Damals dachte ich, ich müßte ihn schützen. Ich hätte aber begreifen müssen, was ich heute weiß und was für Kinder und sogar auch für Ältere gilt: Nichts bleibt lange so, wie es ist, und, um es noch einmal zu sagen: es gibt kein falsches Gefühl des Wohlbefindens.
Ich sollte meine Olympus heben und ihn in diesem offiziellen Glücksmoment fotografieren. Aber ich kann es nicht riskieren, den Zauber des Augenblicks zu zerstören. Denn bald wird er wieder auf das Leben blicken und wie wir alle zu dem Schluß kommen, daß er früher glücklicher war, sich aber nicht genau erinnern kann, warum.
»Aber sieh mal«, sage ich, ohne den Bann zu brechen. Ich habe kalte Hände, und ich sehe auf seinen verletzten Schädel, während er die Waffel untersucht und die Gedanken in seinem Kopf herumstolpern. Seine Kiefermuskeln bewegen sich, als versuchte er, seine Backenzähne genau aufeinanderzusetzen. (Ich liebe seine helle, empfindliche Kopfhaut.) »Ich mag das Immobiliengeschäft wirklich. Es ist in die Zukunft gerichtet und

zugleich konservativ. Es war schon immer mein Ideal, die beiden zu verbinden.«

Er sieht nicht auf. Der alte dünnarmige Koch, der ein fleckiges T-Shirt und eine dreckige Seemannsjacke trägt, schielt lüstern von seinem Platz hinter dem Tresen mit der Reihe leerer Barhocker davor und den Salz- und Pfefferstreuern darauf zu uns herüber. Er glaubt, daß wir uns streiten – über eine Scheidung, einen Internatswechsel, ein schlechtes Zeugnis, eine Drogengeschichte, irgend etwas, worüber Väter und Söhne, die die Stadt besuchen, sich in seiner Hörweite gewöhnlich streiten (gewöhnlich *nicht* über die Berufswahl eines Vaters mittleren Alters). Ich werfe ihm einen drohenden Blick zu, und er schüttelt den Kopf, hängt sich eine feuchte Zigarette in den knorrigen Mund und betrachtet wieder seinen Grill.

Außer uns sind noch drei andere Gäste da – ein Mann und eine Frau, die nicht miteinander reden, sondern nur am Fenster sitzen und über ihrem Kaffee auf den See hinausstarren, und ein älterer kahlköpfiger Mann in einer grünen Hose und einem grünen Nylonhemd, der in einer dunklen Ecke an einem illegalen Pokerautomaten spielt und ab und zu einen lärmenden Gewinn erzielt.

»Weißt du noch, was ich über den Seiltänzer gesagt hab? Daß er runterfällt und so tut, als wär das sein großer Trick?« Paul ignoriert, was ich über das empfindliche Gleichgewicht zwischen Fortschrittlichkeit und Konservativismus und über die Immobilienbranche als Konvergenz zwischen den beiden gesagt habe. »Das war nur ein Witz.« Er sieht zu mir auf, kneift die Augen über seiner zu drei Vierteln verschlungenen Waffel zusammen und schlägt die langen Wimpern auf und nieder. Er ist schlauer als die meisten Jungen.

»Hab ich mir schon gedacht«, lüge ich und sehe ihm in die Augen. »Aber ich hab dich auch ernstgenommen. Ich war mir nur ziemlich sicher, daß du wußtest, daß wilde Veränderungen nichts mit wirklicher Selbstbestimmung zu tun haben. Und ich möchte, daß du ein selbstbestimmter Mensch wirst, was ja auch was ganz Natürliches ist. Es ist gar nicht so kompliziert.« Ich lächle ihn idiotisch an.

»Ich weiß schon, wo ich aufs College geh.« Er schiebt einen Fin-

ger in den zähflüssigen Rest Ahornsirup, den er wie einen Burggraben um seine Waffel gegossen hat. Er zeichnet einen Kreis und leckt sich dann schmatzend den Finger ab.
»Ich bin ganz Mohr«, sage ich, worauf er mir einen verschlagenen Blick zuwirft; das ist noch einer unserer Kindheitswitze. *Wie Gesagt, Vertan; Das Leben anders einpacken; Da beißt du bei mir auf Gras.* Er wird, wie ich, angezogen von den Rissen zwischen dem Buchstäblichen und dem Imaginären.
»In Kalifornien gibt's ein College, ja? Man studiert und arbeitet gleichzeitig auf 'ner Farm, lernt Pferde fangen und Kühe mit dem Brandeisen kennzeichnen.«
»Klingt nicht schlecht«, sage ich nickend. Ich will unsere Stimmung auf hoher Ebene halten.
»Find ich auch«, sagt er, ein junger Gary Cooper.
»Glaubst du, du kannst Astrophysik auf einem Bronco studieren?«
»Was ist ein Bronco?« Er hat vergessen, daß er Karikaturist werden wollte. »Gehn wir nicht angeln?« sagt er und blickt sofort hinaus, wo der See sich von den Bootsliegeplätzen bis zu fernen, verschwommenen Bergufern erstreckt. Am Rand der Kaimauer sitzt ein Mädchen in einem schwarzen Badeanzug und einer orangefarbenen Schwimmweste. Sie hat ein Paar kurzer Wasserskier an den Füßen. Ein schlankes Motorboot, in dem ihre Freunde, zwei Jungen und ein Mädchen, sitzen, schaukelt mit leerlaufendem, gurgelndem Motor etwa fünfzehn Meter vor der Mauer. Alle im Boot beobachten sie. Das Mädchen hebt die Hand und schwenkt sie in einem weiten Bogen hin und her. Der eine Junge wendet sich um und gibt Gas. Selbst durch die Fensterscheiben hören wir, wie der Motor lauter gurgelt und dann losbrüllt. Das Boot scheint einen Moment zu zögern, zieht dann an, springt mit gehobenem Bug vorwärts, das Heck in den Schaum gedrückt. Das Seil strafft sich und reißt das Mädchen von der Kaimauer auf ihre Skier, läßt sie über die Spiegeloberfläche des Wassers von uns wegschießen, bis sie – schneller als man annehmen würde – auf dem See ganz klein wird, ein farbloser Punkt vor den grünen Hügeln. »Das ist 'n Ding, Bing«, sagt Paul, der das Ganze grimmig beobachtet hat. Er hat gestern was

Ähnliches auf dem Connecticut gesehen, läßt sich aber nicht anmerken, ob er sich daran erinnert.
»Ich glaub, wir gehen nicht angeln«, gebe ich zögernd zu. »Ich glaub, wir haben keine Zeit mehr dazu. Ich hatte etwas übertriebene Vorstellungen. Ich dachte, wir hätten 'ne Ewigkeit. Canton, Ohio, und Beaton, Texas, schaffen wir wahrscheinlich auch nicht mehr.« Ich glaube nicht, daß es ihm etwas ausmacht, obwohl ich mich trübe frage, ob er eines Tages mein Hüter sein und es besser machen wird. Und ich frage mich genauso trübe, ob Ann wirklich einen Freund hat, und wenn ja, wo sie ihn trifft und was sie dabei trägt und ob sie den Wahrheitsfanatiker Charley so belügt, wie ich sie damals belogen habe (meine Vermutung ist, ja).
»Wie oft, glaubst du, heiratest du noch?« sagt Paul, der immer noch die ferne Wasserskiläuferin beobachtet. Er will mir bei diesem Thema nicht in die Augen sehen – es ist ihm wichtig. Er sieht sich schnell in dem Lokal um, blickt auf das große Farbfoto an der Wand hinter dem Tresen. Es zeigt einen Hamburger auf einem sauberen weißen Teller, daneben eine Tasse Suppe in seltsamem Rot und eine Coke aus dem Zapfhahn. Das Ganze ist von einer so dicken Fettschicht überzogen, daß eine Fliege bis zum Jüngsten Tag daran kleben bleiben würde. Er hat mir dieselbe Frage vor zwei Tagen schon mal gestellt, glaube ich.
»Hm, keine Ahnung«, sage ich. »Acht- oder neunmal, bevor ich endgültig genug davon hab, schätz ich.« Ich schließe die Augen, öffne sie dann langsam wieder und sehe ihn direkt an. »Das kann dir doch egal sein. Oder hast du 'ne alte Stripperin unten in Oneonta, die ich mal treffen sollte?« Er kennt Sally natürlich von unseren Besuchen an der Küste, hat aber sehr bewußt nichts über sie gesagt, was auch richtig ist.
»Ist nicht weiter wichtig«, sagt er fast unhörbar. Meine Angst – die übliche und anhaltende Angst aller Eltern –, daß er keine richtige Kindheit gehabt hat, ist angesichts des Ausdrucks auf seinem Gesicht eindeutig unbegründet. Anns Angst dagegen, daß er schwach und verletzlich ist, steigt jetzt wie eine Warnung in mir auf. Es kann so leicht etwas passieren, ein Bootsunglück, ein Autounfall an einer gefährlichen Kreuzung, ein Faustschlag bei einer Keilerei, der ihn mit dem Kopf auf die Bordsteinkante

knallen läßt. Daß ich ihn gestern abend unbewacht in die Dunkelheit habe entschlüpfen lassen, würde mir von den Experten angekreidet und vielleicht sogar als Verletzung der Aufsichtspflicht bewertet werden.
Er puhlt an dem Klebeband herum, das die uralten Plastikwände der Nischen im Water's Edge zusammenhält. »Schade, daß wir nicht noch einen Tag hierbleiben können«, sagt er.
»Na ja, wir müssen eben mal wieder herkommen.« Und mit diesen Worten hole ich ruckzuck meine Kamera heraus. »Ich mach ein Bild, um zu beweisen, daß du wirklich hier warst.« Paul sieht sich schnell um, denn es könnte ja sein, daß jemand hinter ihm nicht fotografiert werden will. Die Kaffeetrinker sind inzwischen zum Kai hinuntergegangen. Der Pokerspieler steht vornübergebeugt an seiner Maschine. Der Koch ist damit beschäftigt, sich selbst ein schnelles Frühstück zu machen. Paul sieht mich über den kleinen Tisch hinweg an, in seinen Augen steht der Wunsch, daß etwas mehr auf dem Bild erscheint – vielleicht will er, daß ich mit ihm drauf bin. Aber das geht nicht. Er ist alles, mehr als ihn gibt's nicht.
»Erzähl mir noch einen guten Witz«, sage ich hinter meiner Olympus, durch die sein mädchenhaftes Gesicht klein, aber vollständig zu sehen ist.
»Hast du den Hamburger mit drauf?« sagt er mit strengem Gesicht.
»Ja«, sage ich, »der Hamburger ist mit drauf.« Und das ist er.
»Ich hatte mir schon Sorgen gemacht«, sagt er, und dann lächelt er mich wunderbarerweise strahlend an.
Und das ist das Bild, das ich für immer behalten werde.

Seite an Seite wandern wir den freundlich warmen Hügel hinauf, endlich auf dem Weg zur Ruhmeshalle. Es ist 9:30, und die Zeit vergeht in der Tat schnell. Aber als wir um die Ecke auf die sonnige Main Street kommen, einen halben Block von der Halle entfernt – roter Backstein, mit griechischem Giebel und zweifelhaften Dreiblattverzierungen an den Giebelenden, ein architektonisches Sammelsurium –, stimmt wieder was nicht. Vor dem Gebäude, auf dem Bürgersteig, marschiert eine andere, vielleicht

aber auch dieselbe Gruppe Männer und Frauen, Jungen und Mädchen im Kreis. Sie tragen Plakate, Sandwichschilder und rufen etwas, was von hier aus – von der rot-weiß-blau-geschmückten Ecke von Schneiders Deutscher Bäckerei – wie »Schuster, Schuster, Schuster« klingt. Inzwischen scheinen es allerdings mehr Demonstranten zu sein. Um sie herum ein Kreis von Zuschauern – Väter und Söhne, größere Familien, ältere Leute und normale Kirchgänger, die Pfarrer Damien gerade aus Unserer Lieben Frau entlassen hat. Sie alle drängen sich um die Marschierenden, beobachten sie, stehen bis auf die Straße, behindern den Verkehr und blockieren den Zugang zu dem Gebäude, auf das Paul und ich zustreben.
»Was is'n das schon wieder für 'ne schöne Scheiße?« sagt er und sieht mit gerunzelter Stirn auf die Menge und den Kern lärmender Demonstranten, der sich plötzlich zu zwei Kreisen formiert, die in entgegengesetzter Richtung rotieren, so daß nun überhaupt kein Durchkommen mehr ist.
»Ich nehm an, daß die Hall of Fame doch was hat, wogegen man protestieren kann«, sage ich und blicke bewundernd auf die Demonstranten. Ihre (von hier aus) unlesbaren Plakate ragen in die Luft, und ihre Rufe werden lauter, als sie in unsere Richtung rotieren. Das alles erinnert mich auf angenehme Weise an meine Collegetage in Ann Arbor (obwohl ich bei so etwas nie mitgemacht habe, da ich ein angsterfüllter, überkorrekter Besitzer eines jederzeit widerrufbaren Reserveoffizier-Stipendiums war). Ich finde es lobenswert, daß es immer noch einen Geist kultivierter Unruhe und gemäßigten Streits im fruchtbaren Garten unserer Republik gibt, auch wenn es um nichts Bedeutendes geht.
Paul indessen weiß nicht, was er angesichts des Protests anderer Menschen sagen soll, da er nur an seinen eigenen Protest gewöhnt ist. »Also gut, was sollen wir jetzt machen – warten, oder was?« sagt er und kreuzt die Arme vor der Brust wie ein böses altes Weib. Andere Besucher, die auch in die Ruhmeshalle wollen, kommen an uns vorbei, bleiben aber bald stehen, um das Schauspiel zu betrachten. Ein paar Cooperstowner Polizisten stehen auf der anderen Straßenseite, zwei dicke Männer und zwei kleine

terrierartige Frauen in blauen Hemden, die Daumen in die Gürtel geklemmt, von dem ganzen Ereignis amüsiert. Ab und zu deuten sie auf etwas, was sie für besonders komisch halten.
»Proteste dauern meiner Erfahrung nach nie lange«, sage ich.
Paul sagt nichts, sondern starrt nur böse hinüber, hebt die Hand und beißt vorsichtig, aber entschieden auf seine Warze. Er fühlt sich unbehaglich; seine Guter-Junge-Stimmung ist mit dem Tau verflogen. »Können wir nicht einfach um sie rum reingehen?« sagt er, während er sein eigen Fleisch und Blut schmeckt.
Niemand – es ist offensichtlich – kommt da durch oder versucht es auch nur. Die meisten Zuschauer sind sogar ganz fröhlich und unterhalten sich mit den Demonstranten oder fotografieren sie. Das ist alles nicht so ernst. »Die wollen es uns nur ein bißchen unbequem machen, dann werden sie uns schon reinlassen. Sie wollen auf irgendeinen Mißstand aufmerksam machen.«
»Ich finde, die Bullen sollten sie festnehmen«, sagt Paul. Er macht ein nachdrückliches leises *Iiick* in der Kehle und zieht eine Grimasse. (Offenbar hat er mehr Zeit mit Charley verbracht, als gut für ihn ist, denn seine Haltung zu Menschenrechtsfragen ist nicht gerade sensibel: Wenn ein blinder Bettler einen epileptischen Anfall in der Glasdrehtür deines Universitätsclubs hat, läßt du ihn einmal rotieren, um deine Platzstunde für die Trostrunde in der Doppelausscheidung für über Sechzigjährige ja nicht zu verpassen.) Ich könnte leicht eine deutliche Analogie zu den frühen Tagen unserer Nation ziehen, in denen legitime Klagen ignoriert wurden, was schließlich zu einer Krise führte –, aber das würde auf taube Ohren stoßen. Ich indessen werde das Anliegen der Demonstranten respektieren, auch wenn ich nicht weiß, was sie wollen. Für das wenige, was wir uns vorgenommen haben, ist immer noch Zeit genug.
»Komm, wir gehen ein Stück spazieren«, sage ich und lege meinem Sohn die Hand auf die Schulter wie ein ganz gewöhnlicher alter Dad. Ich führe uns die belebte Main Street entlang und auf die Feuerwehr- und Rettungsstation von Cooperstown zu, vor der schimmernde gelbe Fahrzeuge stehen, offenbar als eine Art Sonntagsvorführung. Feuerwehrleute in Uniform und Sanitäter stehen an den Türen und sehen sich *Breakfast at Wimbledon* an.

Autos mit Kirchgängern und ein paar vollbesetzte Elektrobusse stehen im Stau, einige Fahrer durchaus willens, sich auf die Hupe zu lehnen und die Köpfe gereizt aus dem Fenster zu stecken, um zu sehen, was da nun schon wieder los ist. Paul, so merke ich, ist von dieser Verzögerung und dem Chaos genervt, und ich möchte uns aus dem Trubel rausbringen, auch um einen weiteren Streit zu vermeiden. Also laufe ich gegen den Fußgängerstrom den Bürgersteig entlang, vorbei an Schaufenstern mit Sportartikeln und Tauschkarten, vorbei an zwei früh geöffneten Bars, in denen nonstop World-Series-Spiele aus den vierziger Jahren gezeigt werden, einem Kino und dem spießigen Maklerbüro, das ich gestern aus dem Auto gesehen habe, mit seinen grellen Farbfotos im Fenster. Wohin wir gehen, weiß ich nicht. Aber als wir eine Nebenstraße überqueren und ich nach links in eine enge Gasse blicke, die an ihrem sonnigen Ende wieder breiter wird, sehe ich Doubleday Field, das Baseballstadion von Cooperstown, weihevoll und tiefgrün im Licht des frühen Vormittags – der ideale Ort, um Baseball zu sehen oder selbst zu spielen (und seinen schlechtgelaunten Sohn abzulenken). Irgendwo in der Nähe und wie auf Stichwort beginnt eine dudelnde Dampforgel »Take Me Out to the Ballgame« zu spielen, als würden unsere ziellosen Aktivitäten von jemandem beobachtet.

»Wer spielt hier, die Kinderliga?« sagt Paul. Er ist noch voller Mißbilligung und schwer zugänglich; besiegt von unserem simplen Scheitern, in die Ruhmeshalle zu gelangen. Dabei werden wir schon bald hineingelangen und all die Wunder in uns aufsaugen: die Ausstellungsräume durchstreifen, uns in den Pavillons tummeln, Lou Gehrigs Autonummer betrachten, den echten Handschuh vom Say-Hey-Kid, Ted Williams graphisch dargestellte Schlagzone und die Baseballbriefmarkenserie der Vereinigten Emirate.

»Das ist Doubleday Field«, sage ich mit freundlicher Stimme, in der Bewunderung liegt. »Ich hab dir doch die Broschüren geschickt, in denen das alles drinsteht. Hier wird das Hall-of-Fame-Match gespielt, wenn im August die neuen Kandidaten ernannt werden.« Ich versuche, mich an einen der Spieler zu erinnern, die im nächsten Monat mit der Mitgliedschaft in der Hall of

Fame geehrt werden sollen, komme aber auf keinen Baseballspielernamen außer Babe Ruth. »Es faßt zehntausend Menschen, wurde 1939 gebaut, als das ganze Land darniederlag und die Regierung neue Jobs schuf, was heutzutage auch 'ne gute Idee wäre.«

Paul starrt bloß auf drei öffentliche Schlagkäfige, die direkt hinter der Tribünenwand stehen und von denen wir ein scharfes *Poink* hören, das Geräusch eines Aluminiumschlägers, der den mit Pferdeleder bezogenen Ball trifft. Ein kleiner schwarzer Junge steht in Joe-Morgan-Haltung auf dem Schlagmal und trifft den vom Automaten ausgespuckten Ball mit vernichtender Kraft. Dies ist wahrscheinlich der »schnelle« Käfig. Mir geht auf – so wie Paul wahrscheinlich auch –, daß wir hier eine Neuauflage von Mr. New Hampshire Basketball vor uns haben, der wieder seine Angebershow abzieht, in einem anderen Sport in einer anderen Stadt, und daß er und sein Vater auf derselben gutgemeinten Vater-Sohn-Tour sind wie wir, aber sehr viel mehr Spaß haben. Bloß, daß es hier Mr. New Hampshire *Baseball* ist.

Aber natürlich ist es ein ganz anderer Junge. Der hier hat Freunde, die draußen an den Käfigstangen herumturnen und sich auf kumpelhafte Weise über ihn lustig machen. Sie ermuntern ihn, daneben zu schlagen, damit sie an die Reihe kommen. Einer von ihnen ist ein dünner Junge mit schlechter Haltung, in dem ich einen der Hacky-Sack-Punks von gestern wiedererkenne – einen der Hänger, von denen ich geglaubt hatte, Paul hätte gestern abend mit ihnen bei Pommes und Burgern Blutsbrüderschaft geschlossen. Jetzt kommen sie mir allerdings viel älter vor als Paul, und ich bin mir sicher, daß er gar nicht wüßte, wie er sie ansprechen sollte (es sei denn, sie kommunizierten durch Bellen).

Wir gehen ein Stück die breiter werdende Gasse entlang bis hinter die alten Backsteinhäuser der Main Street, wo sie in den Parkplatz von Doubleday Field mündet. Ein paar Männer – alle etwa mein Alter – steigen mit Schlägern und Handschuhen aus ihren Autos. Sie tragen Big League-Anzüge, die neu aussehen, und laufen mit klickenden Stollen auf den offenen Tunnel unter der Tribüne zu, als kämen sie zu spät zum Spiel. Man sieht zwei ver-

schiedene Trikots: das grelle Gelb und unappetitliche Grün der Oakland A's und das konservativere Rotweißblau der Atlanta Braves. Ich suche eine Rückennummer oder ein Gesicht, das ich aus meinen Jahren als Sportreporter kenne – jemand, der geschmeichelt wäre, wenn man sich an ihn erinnerte –, aber niemand kommt mir bekannt vor.
Und die beiden A's, die dicht an uns vorbeigehen – *R.Begtzos* und *J. Bergman* steht auf ihren Trikotrücken –, haben Bierbäuche und dicke, fast die Hose sprengende Hinterteile, die dagegen sprechen, daß sie irgendwann in der jüngeren Geschichte in der Liga gespielt haben.
»Keine Ahnung, was wir hier sollen«, sagt Paul. Sein eigener Aufzug ist nicht appetitlicher als der von Bergman und Begtzos.
»Es ist ein wichtiger Teil der ganzen Cooperstown-Erfahrung, hier mal vorbeizuschauen.« Ich folge den Spielern in Richtung Tunnel. »Es bringt angeblich Glück.« (Das habe ich mir gerade ausgedacht. Aber Pauls gute Stimmung ist jetzt wie weggeblasen, und ich bin wieder auf meine Methoden der Konfliktbegrenzung zurückgeworfen. Ich will, daß wir unsere letzten gemeinsamen Stunden zumindest als freundliche Feinde verbringen.)
»Ich muß den Zug kriegen«, sagt er und trottet hinter mir her.
»Den kriegst du auch«, sage ich, jetzt auch ein wenig unfreundlicher. »Ich hab auch noch was vor.«
Nachdem wir durch den Tunnel gegangen sind, könnten wir wie die anderen mühelos direkt aufs Spielfeld hinausschlendern oder auch die steilen alten Betontreppen auf die Tribüne hinaufsteigen. Paul schreckt davor zurück, das Spielfeld zu betreten, als wäre er ermahnt worden, und nimmt die Stufen. Für mich aber ist es unwiderstehlich, ein paar Meter auf den Platz hinauszugehen, über die Sandbegrenzung hinweg, und einfach auf dem Gras zu stehen, wo sich die Ersatz-Braves und die Ersatz-A's zum Auflockern Bälle zuwerfen. Sie klatschen in Handschuhe, Schläger krachen, Ausrufe verlieren sich im hellen Sonnenschein: »Wenn ich ihn gesehen hätte, hätt ich ihn gefangen«, oder: »Das kann ich nicht mit meinem steifen Bein«, oder: »Paß auf, paß auf, paß auf.«
Ohne Tracht wage ich mich so weit hinaus, daß ich aus dem Schatten der Tribüne in den blauen Himmel hinaufsehen kann

und dann hinüber zum Zaun auf der rechten Feldseite, auf der
»312 Fuß« steht. Dahinter sind die Sitzreihen, und jenseits davon
Baumwipfel und die Hausdächer der Nachbarschaft, und darüber ein MOBIL-Schild, das sich dreht wie eine Radarschüssel.
Schwere Männer in Baseballanzügen, aber ohne Kappen, sitzen
unten am Zaun im Gras oder liegen auf dem Rücken und starren
in den Himmel, genießen Momente der Erlösung, sorgenfrei und
unauffällig. Ich habe keine Ahnung, was sie da oben sehen, aber
ich wäre gern für einen Augenblick einer von ihnen, mit Trikot
und ohne Sohn.

Paul sitzt allein auf einer alten Tribünenbank und gibt eine Vorstellung zeitloser Langeweile. Der Walkman-Kopfhörer hängt
ihm um den Hals, und er hat das Kinn auf das Metallgeländer gestützt. Hier ist wenig los, das Stadion ist fast leer. Ein paar Jungen
seines Alters sitzen weit oben in den zugigen letzten Reihen, lachen und witzeln. Grüppchen sich unterhaltender Ehefrauen
drängen sich unten auf den reservierten Plätzen – Frauen in Hosenanzügen und luftigen Sommerkleidern, zu zweit oder dritt
nebeneinander. Sie sehen auf das Feld und die Spieler, lachen ab
und zu, loben eine gute Aktion oder reden einfach über vertraute
und harmlose Themen. Und glücklich sind sie, glücklich wie
Sperlinge in einem warmen leichten Wind, die nichts zu tun haben, außer zu zwitschern.

»Was sagt der Barmann zum Maultier, als es ein Bier bestellt?«
sage ich, als ich die Sitzreihe entlang auf ihn zugehe. Ich habe das
Gefühl, neuen Boden betreten zu müssen.

Er sieht mich verächtlich an, ohne das Kinn von dem Geländer
zu heben. Das kann ja gar nicht witzig sein, deutet sein Gesichtsausdruck an. Seine »Insekten«-Tätowierung ist sichtbar. »Keine
Ahnung«, sagt er unhöflich.

»›Entschuldigen Sie, Sir, was gefällt Ihnen nicht?‹« Ich setze mich
neben ihn, erwünscht oder nicht erwünscht, und blicke nachdenklich und schweigend auf das Spielfeld hinunter. Ein winziger, uralter Mann in strahlendweißer Montur schiebt eine Kreidemaschine vor sich her auf das Mal zu. Auf der Mitte der
Strecke bleibt er stehen und sieht sich um, überprüft, ob die Linie
gerade ist, geht dann weiter auf das Mal zu. Ich hebe meine Ka-

mera und fotografiere ihn, mache dann ein Bild vom Feld und den Spielern, die sich anscheinend bereit machen, ihr Match zu beginnen, und schließlich eins vom Himmel mit der Flagge im Vordergrund, die bewegungslos hoch über dem »390«-Schild hängt.
»Was für 'n Sinn hat es, an einen schönen Ort zu kommen?« sagt Paul grüblerisch, das Kinn immer noch auf dem grünen Geländer, die dicken Beine mit den flaumigen Härchen weit von sich gestreckt, so daß man eine Narbe an seinem Knie sieht, ein langes, rosafarbenes und noch schorfiges Ding unbekannter Herkunft.
»Der Grundgedanke dabei ist, glaub ich, daß man sich später daran erinnert und sehr viel glücklicher ist.« Ich könnte hinzufügen: »Wenn du also ein paar schlechte oder nutzlose Erinnerungen hast, ist dies ein guter Ort, sie abzuladen.« Aber was ich meine, ist offensichtlich.
Paul wirft mir einen ausdruckslosen Blick zu und scharrt mit seinen Reeboks. Die Spieler, die draußen auf dem Feld Sprints und Streckübungen gemacht haben, kommen langsam auf uns zugewandert. Einige haben ihre Kappen jetzt verkehrt herum aufgesetzt, einige haben einander die Arme um die Schultern gelegt und albern herum. »Ran jetzt, Joe Louis!« ruft eine der Frauen, die Sportarten und Helden durcheinanderbringend. Die anderen Frauen lachen. »Schrei Fred nicht so an«, sagt eine. »Du erschreckst ihn ja zu Tode.«
»Ich hab's satt, daß ich nichts mag«, sagt Paul, als wäre ihm alles egal. »Ich muß alles anders machen.«
Das ist eine willkommene Neuigkeit, da ihm ein Umzug nach Haddam bevorstehen könnte. »Du fängst doch gerade erst an«, sage ich. »Du wirst noch 'ne Menge Sachen finden, die du magst.«
»Dr. Stopler sagt nicht.« Er starrt auf das weite, fast leere Spielfeld hinaus.
»Na ja, dann scheißen wir eben auf Dr. Stopler. Er ist ein Arschloch.«
»Du kennst ihn ja gar nicht.«
Ich denke flüchtig daran, Paul zu erzählen, daß ich nach New

Mexico ziehen und einen FM-Sender für Blinde gründen werde. Oder daß ich wieder heirate. Oder daß ich Krebs habe.
»Ich kenn ihn sehr wohl«, sage ich. »Psychiater sind doch alle gleich.« Dann sitze ich schweigend da und ärgere mich, daß Dr. Stopler eine Autorität in allem, was das Leben angeht, sein soll, meines eingeschlossen.
»Was soll ich noch mal tun, wenn ich kein Gesellschaftskritiker sein soll?« Er analysiert das Thema schon seit gestern abend. Der Gedanke, das Leben anders anzupacken, könnte seine kurzlebige Euphorie ausgelöst haben.
»Also«, sage ich, während ich beobachte, wie die Spieler zwei gegnerische, aber freundschaftliche »Mannschaften« bilden und ein sehr dicker Mann mit einem Stativ und einer Boxkamera langsam aus dem Tunnel hervorkommt. Der Fotograf, der ein steifes Bein hat, sieht nach dem Stand der Sonne und beginnt dann, seinen Apparat aufzubauen. »Ich fände es schön, wenn du eine Zeitlang bei mir wohnen würdest. Vielleicht kannst du Trompete spielen lernen und später in Bowdoin Meeresbiologie studieren. Und du solltest nicht so abgekapselt und introvertiert sein. Ich fände es schön, wenn du ein bißchen naiv bliebst und dir nicht zu viele Sorgen um Tests machtest. Auf längere Sicht möchte ich gerne, daß du heiratest und so monogam wie möglich lebst. Vielleicht könntest du dir ein Haus am Wasser kaufen, im Staat Washington zum Beispiel, und ich könnte dich besuchen kommen. Ich sage dir Genaueres, wenn ich die Zeit habe, jeden deiner wachen Momente zu begleiten.«
»Was ist monogam?«
»Es ist so was wie alte Mathematik. Eine lästige Theorie, die niemand mehr praktiziert, die aber immer noch funktioniert.«
»Glaubst du, daß ich jemals mißhandelt worden bin?«
»Nicht von mir. Vielleicht kannst du dich an ein paar kleinere Grausamkeiten erinnern. Du hast ein ziemlich gutes Gedächtnis.« Ich starre ihn an, nicht amüsiert, da seine Mutter und ich ihn mehr lieben, als er je wissen wird. »Willst du dir einen Anwalt nehmen? Oder am Dienstag mit deinem Ombudsmann darüber sprechen?«
»Ich glaub nicht.«

»Weißt du, du darfst nicht denken, daß es dir verboten ist, glücklich zu sein, Paul. Verstehst du das? Du darfst dich nicht daran gewöhnen, nicht glücklich zu sein, nur weil du nicht alles auf die Reihe kriegst. Man kriegt nicht immer alles auf die Reihe. Man muß letzten Endes einige Dinge einfach laufenlassen.« Dies wäre der richtige Moment, anzumerken, was für ein gerissener alter Fuchs Jefferson war – ein ganz praktischer Idealist –, der sein ganzes Leben damit zubrachte, die Geheimnisse des Status quo zu analysieren, um die Zukunft besser in den Griff zu bekommen. Vielleicht könnte ich auch eine Baseball-Metapher heranziehen, die ein Gleichnis zöge zwischen dem, was innerhalb der weißen Linien passiert und was außerhalb.
Nur, daß ich plötzlich nicht weiter weiß. Das war nicht vorgesehen.
Die A's und die Braves haben jetzt zwei Gruppen für Mannschaftsfotos gebildet, die größeren Männer hinten, die kleineren vor ihnen kniend (die Herren Begtzos und Bergman gehören zu den kleineren). Die Knienden haben ihre Handschuhe und einen Fächer aus Holzschlägern im Gras vor sich ausgebreitet. Ein niedriges, transportables Gestell ist herausgerollt und vor sie plaziert worden. O'MALLEY'S FAN-TASY BASEBALL CAMP ist in roten Druckbuchstaben daraufgemalt, und darunter steht in auswechselbaren Lettern: »Braves gegen die '67er Red Sox – 3. Juli 1988.« Alle Braves lachen über das Schild. Von den Red Sox scheint niemand anwesend zu sein.
Es wird fotografiert. Der Mann, der mit der Kreidemaschine unterwegs war, rollt das Gestell zu den kanariengelben A's hinüber, wo er die Buchstaben austauscht, so daß es jetzt heißt: O'MALLEY'S FAN-TASY BASEBALL CAMP: »Athletics gegen die '67er Red Sox – 3. Juli 1988.«
Alle klatschen, als die Fotografiererei zu Ende ist, und die Spieler gehen auseinander. Einige gehen zum Unterstand hinüber, andere die Linien entlang zum Mal. Oder sie wandern in ihren zu engen Anzügen im Innenfeld herum. Sie sehen alle aus, als wäre eben etwas wahrhaft Denkwürdiges geschehen, was ihnen aber entgangen ist. Und das, obwohl das *große Spiel* gegen die Boston Red Sox, das Spektakel, das Ereignis des Jahres, ja noch bevor-

steht. »Du siehst toll aus, Nigel«, ruft eine der Frauen mit rauher Stimme und australischem Akzent von der Tribüne herab. Nigel, ein großer, langarmiger und bärtiger »Brave«, der um die Mitte etwas dick ist und über den großen Onkel geht, was ihn schüchtern wirken läßt, bleibt an den Stufen zum Unterstand stehen und hebt seine blaue Atlanta-Kappe wie der alte Hank in seinen besten Tagen. »Du siehst verdammt gut aus«, ruft sie. »Steht dir verdammt gut.« Nigel lächelt in sich gekehrt, nickt und verschwindet dann mit seinen Kameraden im Dunkel des Unterstands. Ich hätte ihn fotografieren sollen.

Denn wie sonst kann man einen solchen Moment festhalten? Wie soll man die richtigen Worte zur richtigen Zeit in die leere Luft hinausrufen? Einen Moment markieren, der ein ganzes Leben halten soll?

Die zwei Tage scheinen uns an einen toten Punkt getragen zu haben. Wir sind noch nicht einmal im Inneren der Ruhmeshalle, sondern in einem unspektakulären Moment in einem nicht ganz authentischen Baseballstadion, wo zwei unechte »Clubs« sich darauf vorbereiten, gegen eine wirkliche Mannschaft zu spielen, deren Ruhm vor langer Zeit verblaßt ist. Und durch irgendein Zusammenspiel innerer Gewichte und Maße sind mir gerade jetzt die bedeutenden Worte ausgegangen: bevor ich genug gesagt habe, bevor ich die ersehnte Wirkung erzielt habe und bevor der Schwung einer gemeinsamen Handlung – durch die heiligen Hallen wandern, die Handschuhe, die Autonummern der Stars und die Schlagzonen betrachten – uns mitreißen und an ein gutes Ende tragen kann. Bevor ich diesen Tag zu einer Erinnerung gemacht habe, die zu bewahren sich lohnt.

Es wäre besser gewesen, in der Menge zu warten, bis der Weg zum Eingang frei war, statt wieder nach etwas Besserem zu suchen und dieses flache Gefühl des Langweiligen und Banalen zu riskieren. Und dazu kommt noch, daß das einzige, worauf ich mich mit meinem Sohn in den letzten Minuten einigen konnte, die Tatsache ist, daß ich ihn wahrscheinlich nicht mißhandelt habe. (Ich habe immer geglaubt, daß Worte die meisten Dinge besser machen können, und es gibt nichts, was man nicht verbessern könnte. Aber man muß die Worte *finden*.)

»Menschen in meinem Alter bewegen sich in Sechs-Monats-Zyklen«, sagt Paul mit nachdenklicher Erwachsenenstimme. Die »A's« und die »Braves« laufen an den Seitenlinien herum, sie wollen, daß was passiert, sie haben schließlich dafür bezahlt. Ich hätte immer noch Lust, bei ihnen mitzumachen. »Wahrscheinlich werd ich Weihnachten ganz anders sein. Erwachsene haben das Problem nicht.«
»Wir haben andere Probleme«, sage ich.
»Welche zum Beispiel?« Er wendet sich um und sieht mich an.
»Unsere Zyklen dauern viel länger.«
»Richtig«, sagt er. »Und dann kratzt ihr ab.«
Ich sage fast: »Oder Schlimmeres.« Was ihn wahrscheinlich zu einer Inventur schlimmer Dinge veranlassen würde: Mr. Toby, sein toter Bruder, der elektrische Stuhl, mit Arsen vergiftet werden, die Gaskammer – immer auf der Jagd nach etwas Neuem und Schrecklichem in der Welt, von dem man besessen sein und über das man später Witze machen kann. Also sage ich nichts. Ich habe allerdings den Verdacht, daß mein Gesicht den Gedanken an einen Scherz über den Tod und seinen gar nicht so erschreckenden Stachel verrät. Aber wie schon gesagt, ich weiß nichts mehr zu sagen.
Ich höre die Dampforgel, die mit »Way down upon the Swanee River« einsetzt. Über unser kleines Stadion legt sich jetzt eine träge, melancholische Karnevalsatmosphäre. Paul sieht mich forschend an, da ich nicht wie erwartet antworte, seine Mundwinkel zittern, als kenne er ein Geheimnis, aber ich weiß, daß dem nicht so ist.
»Ich glaub, wir können jetzt zurückgehen«, sage ich und beschließe, mich nicht auf ein Gespräch über den Tod einzulassen.
»Was machen die Typen da unten?« sagt er und sieht schnell auf das Feld hinunter, als hätte er es jetzt erst bemerkt.
»Sie amüsieren sich«, sage ich. »Sehen sie nicht aus, als ob sie Spaß hätten?«
»Sieht so aus, als ob sie gar nichts machen.«
»So vergnügen sich Erwachsene. Sie genießen das alles wirklich sehr. Es ist für sie so leicht, daß sie sich gar nicht groß bemühen müssen.«
Und dann gehen wir. Paul voran, den Gang hinter den Frauen

entlang, dann die hohen Stufen hinunter zur Aschenbahn. Ich werfe einen letzten Blick auf das friedliche Feld, auf dem die Männer ein bißchen verloren herumstehen. Aber es sind zwei Mannschaften, die auf ihr Spiel warten.
Wir gehen durch das Dunkel des Tunnels hinaus auf den sonnigen Parkplatz, wo die Orgelmusik weiter entfernt klingt. Auf der Main Street fahren Autos. Ich bin sicher, daß die Ruhmeshalle jetzt geöffnet und die Morgenkrise vorüber ist.
Die Jungs in den Schlagkäfigen sind weg, ihre Metallschläger lehnen draußen am Maschendraht. Die drei Käfige sind leer und einladend.
»Ich glaub, wir sollten ein paar Schläge probieren, was meinst du?« sage ich zu Paul. Ich bin noch nicht wieder in Bestform, aber plötzlich bereit, *irgendwas* zu machen.
Paul sieht die Käfige aus der Entfernung abschätzend an, seine unbeholfenen Füße jetzt nach außen gedreht, so plattfüßig wie der unsportlichste aller Jungen, schwerfällig und für nichts zu begeistern.
»Komm«, sage ich, »du kannst mein Coach sein.« Kann sein, daß er daraufhin ein leises doppeltes *Iiick* hervorpreßt oder ein flüchtiges Bellen; ich bin mir nicht sicher. Aber er kommt mit.
Wie ein herrischer Ferienlager-Aufseher führe ich uns auf geradem Weg hinüber zu den Käfigen. Sie sind mit Fünfzig-Cent-Boxen ausgestattet, und an der Innenseite des Zauns hängen grüne Netze, die Querschläger auffangen und die Menschen und Wurfmaschinen vor Schäden bewahren sollen. Die Wurfmaschinen selbst sind große, dunkelgrüne, technisch aussehende rechteckige Apparate. Sie speisen Bälle aus einem Plastiktrichter in ein kettengetriebenes Laufband, das an zwei Autoreifen endet, die im spitzen Winkel zueinander angebracht sind und gegenläufig mit hoher Geschwindigkeit rotieren. Zwischen ihnen wird der »*Pitch*« herausgepreßt. Überall hängen Schilder, die einen daran erinnern, einen Helm aufzusetzen, eine Schutzbrille und Handschuhe zu tragen, die Türen geschlossen zu halten, den Käfig nur allein zu betreten, kleine Kinder, Haustiere, Flaschen und alles Zerbrechliche einschließlich Menschen in Rollstühlen draußen zu lassen – und falls keine dieser Warnungen überzeugend genug

ist, trägt man ohnehin das ganze Risiko selbst (als ob man das nicht wüßte).

Die drei Metallschläger, die am Zaun lehnen, sind alle zu kurz, zu leicht, ihre mit Isolierband umwickelten Griffe viel zu dünn. Ich sage Paul, er solle ein wenig zurücktreten, während ich einen Schläger ausprobiere. Ich halte ihn vor mich wie ein Ritterschwert, spähe den blauen Aluminiumschaft entlang (wie ich es vor langer Zeit, als ich noch an der Militärakademie spielte, immer getan habe) und wackele aus irgendeinem Grund mit ihm herum. Ich stelle mich seitlich neben Paul auf – die Kamera noch über der Schulter –, hole mit dem Schläger aus und gehe in eine Stan Musial-Stellung, die Knie nach innen, und nehme ihn scharf ins Visier, als wäre er Jim Lonborg, der alte Boston Red Sox-Pitcher, der gleich losfeuern wird.

»So hat Stan the Man immer gestanden«, sage ich über meinen rechten Ellenbogen hinweg, die Augen halb zugekniffen. Ich führe einen harten Schlag aus, der sich aber unbeholfen und lächerlich anfühlt. Irgendeine notwendige Hebelwirkung zwischen Handgelenken und Schultern ist nicht mehr da. Wenn ich einen Ball getroffen hätte, dann mit einem leichten Klaps, der keine Fliege aus einer Telefonzelle gescheucht hätte.

»Und so hat Stan the Man geschlagen?« sagt Paul.

»Jaaah, und er flog 'ne Meile«, sage ich. Ich höre Rufe, einen Chor von »Ich hab ihn, ich hab ihn« aus dem Stadion. Ich sehe auf und über die Tribüne hinweg, auf der wir vor fünf Minuten saßen; weiße Bälle segeln in hohem Bogen durch die Luft, zwei oder drei auf einmal, die alle gefangen werden müssen, was wir aber von hier nicht verfolgen können.

Jeder Käfig hat einen Namen, um die Geschwindigkeit der Automatenbälle zu illustrieren: »Dyno-Express« (75 mph). »The Minors« (65 mph). »Hot Stove League« (55 mph). Ich zögere nicht, mein Können am »Dyno-Express« zu erproben, also gebe ich Paul meine Kamera und zwei Vierteldollar. Die Helme lasse ich an ihren Haken am Zaun. Ich gehe hinein, schließe die Tür, trete auf das Schlagmal und blicke auf die bösartig wirkende, grüne Maschine, während ich mir einen festen Stand auf der Gummiplatte suche, die in zwei schäbige rechteckige Tartanflächen eingebettet ist, damit es authentisch aussieht. Ich nehme wieder die Musial-Haltung ein, führe den Schläger langsam und gemessen durch meine voraussichtliche Schlagzone, packe den Griff, drehe das Markenetikett nach hinten und bringe meine Leinenschuhe auf eine Linie mit der Flagge im Centerfield (die es hier natürlich nicht gibt, nur die Wurfmaschine selbst und das Fangnetz in Schlagrichtung, hinter dem ein Schild mit der Aufschrift HOME RUN? hängt). Ich atme ein und wieder aus, schwinge den Schläger noch einmal sorgfältig über das Mal und hebe ihn langsam wieder zurück in die Ausgangsstellung.

»Wie spät ist es?« sagt Paul.

»Zehn. Baseball kennt keine Uhrzeit.« Ich blicke über meine Schulter durch die Rhomben des Maschendrahts zu ihm zurück. Er sieht zum Himmel auf und dann zum Tribüneneingang, wo ein paar Fantasy-Spieler und ihre jung wirkenden Frauen fröhlich in den Sonnenschein hineinschlendern, behandschuhte Hände auf weiche Schultern gelegt, die Kappen seitwärts gedreht, alle bereit für ein Bier, eine Bratwurst und ein paar Witze vor dem großen Spiel gegen Boston.

»Hatten wir nicht noch was vor?« sagt er und sieht mich an. »Etwas mit 'ner Hall of Fame?«

»Da kommst du schon hin«, sage ich. »Vertrau mir.«

Ich muß wieder in Stellung gehen, die richtige Balance und Ruhe finden. Sobald ich damit fertig bin, sage ich laut zu Paul: »Rein mit dem Geld!« Er wirft es ein, wonach für einen langen Moment Ruhe eintritt und die Maschine eine Art menschlicher Geduld ausstrahlt, die jedoch nach ein paar Sekunden durch ein tiefes mechanisches Brummen unterbrochen wird. Oben auf der Maschine schaltet sich eine bisher unbemerkte rote Birne ein. Dann beginnt der Plastiktrichter mit den Bällen zu vibrieren. Ansonsten gibt die Maschine keine Anzeichen von sich, daß sie es ernst meint, aber ich starre gebannt auf den Punkt, an dem die beiden Autoreifen, die sich noch nicht bewegt haben, zusammentreffen.

»Die Deppen haben sie kaputtgemacht«, sagt Paul hinter mir. »Dein Geld ist futsch.«

»Glaub ich nicht«, sage ich, Stellung und Balance haltend, meine innere Ruhe unerschüttert, den Schläger hinter der Schulter, die

Augen auf die Maschine gerichtet. Meine Handflächen und Finger krallen sich um das Isolierband des Griffes, meine Schultern spannen sich. Ich bemerke allerdings, daß meine Handgelenke in einer Weise abgeknickt sind, die Stan mißbilligen würde, ich aber für notwendig halte, wenn es mir gelingen soll, den Schläger schnell genug in die Flugbahn des Balls zu bringen, um die mädchenhafte »Klapsbewegung« zu vermeiden, mit der mein »Schlag« nichts zu tun haben soll. Ich höre jemanden rufen: »Guck dir das Arschloch an«, kann einem kurzen Blick nicht widerstehen, um festzustellen, wer gemeint war, sehe niemanden, und wende den Blick schnell wieder der Maschine und den beiden Reifen zu. Dort geschieht aber immer noch nichts, was auf einen *Pitch* hinweist. Ich beschließe, meine Schultern ein wenig zu entspannen, um eine Verkrampfung zu vermeiden. Und dann macht die Maschine ein verheißungsvolleres, metallisches, sirrendes Geräusch. Die schwarzen Reifen beginnen sofort, mit hoher Geschwindigkeit zu rotieren. Ein einzelner Ball wippt eine vorher unbemerkte Metallrinne hinunter und verschwindet in einer engeren Spalte, woraufhin er – oder ein anderer Ball – mit bösartiger Wucht zwischen den rotierenden Gummireifen herausgespuckt wird und die Platte so schnell und so dicht vor mir überquert, daß ich nicht einmal versuche, ihn zu treffen, sondern ihn einfach gegen den Drahtzaun hinter mir knallen lasse. Von da springt er zurück und rollt zwischen meinen Beinen hindurch auf eine Betonluke zu, die ich vorher nicht gesehen habe und die offenbar die Aufgabe hat, die Bälle zurück zum Trichter zu befördern. (Die Basketballversion war spektakulärer.)
Paul schweigt. Ich drehe mich nicht einmal zu ihm um, sondern konzentriere mich wie ein Scharfschütze auf das, was mein Gegner ist – den Schlitz zwischen den rotierenden Reifen. Ein weiteres inneres Sirren ist zu hören. Ich sehe zu, wie ein weiterer Ball die Metallrinne hinunterwackelt, verschwindet und dann durch den Raum geschossen wird, über die Platte hinweg und direkt unter meinen Fäusten durchzischt und wieder in den Zaun hämmert, unberührt und ohne daß ich auch nur versucht hätte, ihn zu treffen.
Paul sagt auch dieses Mal nichts. Nicht »knapp daneben ist auch

vorbei«, oder »lag hoch«, oder »versuch ihn einfach nur zu treffen, Dad«. Kein Kichern, kein Räuspern und kein Furzen. Nicht mal ein ermutigendes Bellen. Nur ein verurteilendes Schweigen.
»Wie viele hab ich?« sage ich, nur um einen Laut zu hören.
»Ich bin auch eben erst gekommen«, sagt er.
Aber gerade als ich mir vorstelle, daß die Zahl fünf die wahrscheinlichste Antwort ist, schießt ein weiterer Ball mit orangefarbenen Nähten über die Platte und schüttelt den Drahtzaun durch, möglicherweise wollte die Maschine mich mit einem schnellen *Pitch* reinlegen.
Mir bricht der Schweiß aus. Für Ball Nummer vier halte ich die Keule wie einen Schlagbaum quer in die Schlagzone, bis die Maschine mit einem weiteren *Pitch* herausrückt, der den Schläger trifft und vom metallenen Idealpunkt mit einem *ding-doing* abprallt. Der Ball geht in die Foulzone und fliegt gegen eins der Warnschilder, von wo er zurückspringt und mich tatsächlich an der Ferse trifft.
»Abtropfen lassen«, sagt Paul.
»Abtropfen lassen, Scheiße. Kannst du machen, wenn *du* dran bist. Ich will das Ding schlagen.« Ich sehe ihn nicht an.
»Du solltest 'ne Windjacke tragen«, sagt er. »Wo du soviel Wind machst.«
Ich blicke angestrengt in die jetzt unheimlich gewordene schwarze Falte, packe den Griff fester, versuche, die Handgelenke nicht abzuknicken, um eine dem großen Stan ähnlichere Haltung anzunehmen, verlege das Gewicht auf den rechten Fußballen und bin darauf vorbereitet, die Hacke des linken Fußes im Moment des Kontakts zu heben. Die Maschine sirrt, das rote Licht geht an, der Ball wippt seine Metallrinne hinunter, verschwindet und peitscht dann schnell und klar erkennbar zwischen den Reifen heraus. Im selben Moment werfe ich mich nach vorn, hämmere den blauen Schläger runter in seine vorgegebene Ebene, höre, wie meine Handgelenke knacken, *sehe*, wie meine Arme sich strecken, meine Ellbogen fast zusammenstoßen, und spüre, wie sich mein Gewicht verlagert, während die Luft aus mir herausschießt – alles in dem Moment, bevor ich die Augen fest zusammendrücke. Diesmal prallt der Ball offenbar vom Schläger gera-

dewegs hoch ins Netz, springt wie eine Flipperkugel über Eck von zwei Zaunflächen zurück, fällt dann auf den Asphalt vor mir, rollt zur Luke und läßt mich mit einem schrecklichen Brennen in den Handflächen zurück, das ich mir mit keinem Wort anmerken lassen werde.

»Strike fünf, du bist erledigt«, sagt Paul, und ich starre ihn wütend an, während er mich mit meiner Kamera fotografiert, herablassende Konzentration auf den dicken Lippen. (Ich kann nicht umhin, mir vorzustellen, wie ich auf dem Bild aussehen werde: der Schläger hängt schräg herab, Schweiß auf den Wangen, die Haare durcheinander, das Gesicht zu einer Grimasse des Scheiterns verzogen.) »Der Herr der Hocke«, sagt Paul und macht noch ein Bild.

»Wenn du so 'n großer Experte bist, versuch's doch selber!« sage ich. Ich habe immer noch das Gefühl von tausend Brennesseln in den Händen.

»Na klar.« Paul schüttelt den Kopf, als hätte ich etwas unendlich Absurdes gesagt. Wir sind hier ganz allein, obwohl weitere Fantasy-Spieler und ihre realen Frauen und Kinder sorglos und glücklich über den heißen Parkplatz schlendern, die Stimmen voller Lob und gutem Willen. Noch immer heben sich Bälle in den Himmel und fallen im Bogen ins Doubleday-Stadion zurück. Das ist die leise, tröstende Musik des Baseball. Wenn ein Mann seinen Sohn dazu bringt, ein paar Schläge zu versuchen, ist das keine Mißhandlung.

»Was ist?« sage ich, als ich aus der Käfigtür heraustrete. »Wenn du danebenschlägst, kannst du immer noch sagen, du hast es mit Absicht getan. Hast du nicht gesagt, das wär der beste Trick?« (Er hat das natürlich schon zurückgenommen, aber aus irgendeinem Grund will ich ihn damit nicht davonkommen lassen.) »Ohne Streß kannst du doch nicht leben, oder?«

Paul hält meine Kamera in Bauchhöhe, unter »Clergy«, und macht mit einem bösen Lächeln noch ein Foto.

»Du bist doch der tollkühne Seiltänzer, nicht?« sage ich und stelle den Schläger wieder an den Zaun. Die große grüne Maschine hinter mir ist jetzt still. Eine warme Brise wirbelt den groben Sand des Parkplatzes auf und fegt ihn auf uns zu, ich spüre

ihn an meinen schweißnassen Armen. »Ich glaub, du brauchst einen neuen Trick. Wer den Ball treffen will, muß zumindest ausholen.« Ich wische mir den Schweiß von den Unterarmen.
»Wie du schon gesagt hast.« Sein Lächeln wird zu einem Grinsen der Abneigung. Er drückt immer noch auf den Auslöser, ein Bild nach dem anderen – immer dasselbe Bild.
»Was soll ich gesagt haben? Ich weiß nicht mehr.«
»Scheiß auf dich.«
»Oh. Scheiß auf mich. Tut mir leid, das hatte ich ganz vergessen.« Ich gehe plötzlich auf ihn zu, Mitleid und Mord und Liebe, alles schreit danach, ins Spiel zu kommen. Nicht eben eine seltene väterliche Kombination. Kinder, die einem manchmal wie Engel zur Selbsterkenntnis verhelfen, können zu anderen Zeiten das Schlimmste sein, was es auf Erden gibt.
Ich weiß nicht warum, aber als ich bei ihm bin, nehme ich ihn in den Schwitzkasten. Meine Finger schmerzen noch vom Griff des Schlägers, meine Schultern sind gewichtslos, als gäbe es meine Arme nicht. »Ich hab mir gedacht«, sage ich und halte ihn mit aller Kraft fest, »wir beide könnten uns hier gemeinsam blamieren und dann Arm in Arm das Weite suchen, und ich lad dich zu einem Bier ein. Von Mann zu Mann.«
»Scheiß auf dich! Ich darf nichts trinken. Ich bin fünfzehn«, sagt Paul mit wilder Stimme in meine Brust, an die ich ihn noch immer drücke.
»Ach ja, das hab ich auch vergessen. Das wär wahrscheinlich 'ne Mißhandlung.« Ich ziehe ihn noch gröber an mich, spüre seinen kratzigen, rasierten Haaransatz, seine Kopfhörer und seine Nackensehnen. Ich drücke sein Gesicht an mich, so daß seine Nase an mein Brustbein stößt und seine warzigen Finger und sogar meine Kamera sich in seinem Abwehrkampf in meine Rippen wühlen. Ich weiß nicht so richtig, was ich da eigentlich tue oder was er tun soll: sich ändern, etwas versprechen, zugeben, mir garantieren, daß etwas Wichtiges besser werden oder in Ordnung kommen wird, alles in einer Sprache ausgedrückt, für die es keine Worte gibt. »Und warum bist du so ein kleiner Mistkerl?« bringe ich mühsam heraus. Es ist möglich, daß ich ihm weh tue, aber es ist das Recht eines Vaters, nicht so in die Enge getrieben

zu werden, und ich drücke ihn noch mehr, ich will ihn festhalten, bis der Dämon ihn verläßt, bis er nachgibt und heiße Tränen weint, die nur ich stillen kann. Sein Vater.
Aber das geschieht nicht. Wir zwei rangeln unbeholfen auf dem Asphalt neben den Baseballkäfigen und ziehen fast sofort die Aufmerksamkeit von Touristen und Kirchgängern auf uns, die ihren Sonntagsspaziergang machen, sowie von Baseballfans, die auf dem Weg zu dem berühmten Schrein sind, zu dem wir uns auch aufmachen sollten – nur daß wir uns hier herumbalgen. Ich kann sie fast murmeln hören: »Was ist denn da los? Das kann doch wohl nicht normal sein. Wir müssen jemanden rufen. Ja, los. Rufen wir die Bullen an. 911. Wo sind wir hier eigentlich?« Aber natürlich wird keiner von ihnen was sagen. Sie bleiben nur stehen und glotzen. Mißhandlung kann faszinierend sein.
Ich lockere den Griff und lasse meinen Sohn los. Sein fleischiges Gesicht ist grau vor Zorn und Ekel und Scham. Ich habe sein verletztes Ohr wieder zum Bluten gebracht, der kleine Verband ist weggerissen. Als ich das bemerke, gucke ich meine Hand an, und tatsächlich ist hellrotes verschmiertes Blut am Mittelfinger und auf der Handfläche.
Paul sieht mich mit aufgerissenen Augen an, die linke Hand – in der anderen hält er meine Kamera, die er mir in die Rippen gebohrt hat – ist grimmig in die Tasche seiner weiten braunen Shorts gestoßen, als versuchte er, noch in der Wut gelassen auszusehen. Seine Augen werden schmal und glänzend, obwohl seine Pupillen mich geweitet anstarren.
»War nur Spaß. Kein Grund zur Aufregung«, sage ich und zeige ihm ein lahmes, hoffnungsloses Grinsen. »Alles klar?« Meine eine Hand ist erhoben, um in seine zu klatschen, die andere, die blutige, verschwindet in meiner Hosentasche. Touristen beobachten uns vom Parkplatz aus dreißig Meter Entfernung.
»Gib mir den gottverdammten Schläger«, faucht er, ignoriert meine Hand, stampft an mir vorbei, greift sich den blauen Schläger und betritt den Käfig wie ein Mann, der sich einer Aufgabe zuwendet, die er ein Leben lang aufgeschoben hat. (Den Kopfhörer hat er noch um den Hals, meine Kamera hat er in eine Hosentasche gestopft.)

Im »Dyno-Express«-Käfig geht er steifbeinig zum Mal, den Schläger über der Schulter, und blinzelt nach unten wie in eine Wasserpfütze. Plötzlich dreht er sich mit einem Ausdruck brennenden Hasses zu mir um, sieht dann wieder auf seine Fußspitzen, als richtete er sie an irgend etwas aus. Der Schläger sackt herunter, obwohl er versucht, ihn hochzuhalten. Er ist kein Schlagmann, der Angst und Schrecken verbreitet. »Steck das Scheißgeld rein, Frank«, ruft er.

»Schlag mit links, mein Junge«, sage ich. »Du bist Linkshänder, ja? Und geh ein Stück zurück, damit du mehr Platz hast.«

Paul sieht mich wieder an, diesmal mit einem Ausdruck dunkelster Tücke, fast einem Lächeln. »Wirf schon das Geld rein«, sagt er. Und ich tu's. Ich lasse zwei 25-Cent-Stücke in die dunkle, hohle schwarze Box fallen.

Dieses Mal wird die grüne Maschine viel schneller lebendig, als hätte ich sie vorhin aus dem Schlaf gerissen, die rote Birne leuchtet matt in der Sonne. Das Sirren beginnt, und wieder schüttelt sich der ganze Apparat. Der Plastiktrichter vibriert, und die Gummireifen beginnen sofort, mit hoher Geschwindigkeit zu rotieren. Die erste weiße Pille kommt aus ihrem Behälter heraus, klappert die Metallbahn entlang, verschwindet und taucht sofort wieder auf, zischt über die Platte und schlägt genau dort, wo ich stehe, in den Draht, so daß ich aus Angst um meine Finger, obwohl sie in den Hosentaschen vergraben sind, einen Schritt zurücktrete.

Paul versucht natürlich gar nicht erst, den Ball zu treffen. Er steht nur da und starrt die Maschine an. Er hält den Schläger noch immer hinter dem Kopf, schwer wie eine Sense. Er steht in Rechtshänderposition.

»Geh ein Stück zurück, mein Junge«, sage ich noch einmal, als die Maschine sich wieder stockend aufzieht, brummend und bebend, und einen zweiten Pfeil genau an Pauls Bauch vorbeischießt. Er landet wieder krachend im Zaun, von dem ich jetzt ein gutes Stück entfernt stehe. (Paul ist, glaube ich, in Wirklichkeit ein Stück näher herangerückt.) »Hol mit dem Schläger richtig aus«, sage ich. Wir haben Schlagrituale ausgeführt, seit er fünf war, in unserem Garten, auf Spielplätzen, auf einem Schlachtfeld

des Revolutionskrieges, in Parks, auf der Cleveland Street (wenn auch nicht in letzter Zeit).
»Wie schnell ist der Ball?« fragt er nicht mich, sondern irgend jemand, die Maschine, die Schicksalsgötter, die ihm helfen könnten. »Fünfundsiebzig«, sage ich. »Ryne Duren hat mit hundert geworfen. Spahn mit neunzig. Du kannst es zumindest versuchen. Mach nicht die Augen zu« (wie ich). Ich höre die Dampforgel spielen: »No use in sit-ting a-lone on the shelf, life is a hol-i-day.«
Die Maschine schüttelt sich wieder. Paul beugt sich diesmal über das Mal, den Schläger *noch immer* auf der Schulter, er guckt, nehme ich an, auf die Ritze, aus der der Ball kommen wird. Aber als er kommt, zieht er den Oberkörper zurück und läßt ihn an sich vorbeizischen und in den Zaun hämmern. »Du bist zu dicht dran, Paul«, sage ich. »Das ist zu dicht. Du kriegst noch einen auf die Birne.«
»So schnell ist er gar nicht«, sagt er, macht ein leises *Iiick* und zieht eine Grimasse. Die Maschine geht bebend an ihre vorletzte Produktion. Paul, den Schläger auf der Schulter, beobachtet sie einen Moment und macht dann zu meiner Überraschung einen kurzen, ungelenken Schritt vorwärts und wendet sein Gesicht der Maschine zu, die, da sie kein Gehirn oder Herz oder Nachsicht oder Furcht hat, keine Erfahrung außer der des Werfens, einen weiteren Ball durch die schwarze Falte preßt, hinaus in die Luft, und dieser Ball trifft meinen Sohn voll ins Gesicht und schmettert ihn mit einem schrecklichen, lauten *wock* nieder, flach auf den Rücken. Wonach sich alles verändert.
In einer Zeit, die ich nicht als Zeit wahrnehme, sondern als permanentes summendes Motorengeräusch in meinen Ohren, bin ich durch die Metalltür hindurch auf dem Tartan und neben ihm; es ist, als wäre ich schon losgelaufen, bevor er getroffen wurde. Auf den Knien liegend, packe ich ihn an den Schultern, die er nach unten gedrückt hält, die Ellenbogen an sich gezogen, beide Hände vor dem Gesicht – sie bedecken die Augen, die Nase, die Wange, den Kiefer, das Kinn –, und darunter kommt ein langes und fast ununterbrochenes *wiiii* hervor, ein Laut, den *er* macht, wie er da zusammengekrümmt und mit angezogenen Knien liegt, ein hartes Bündel aus Angst und jähem Schmerz, dessen

Zentrum da ist, wo ich nichts sehen kann, obwohl ich es versuche, meine Hände geschäftig, aber hilflos, mein Herz in meinen Ohren dröhnend wie eine Kanone, meine Kopfhaut kribblig, feucht, luftig vor Angst.

»Laß sehen, Paul« – meine Stimme ist eine halbe Oktave zu hoch, obwohl ich versuche ruhig zu klingen. »Was ist?« Ball Nummer fünf trifft mich, ein scharfer Hieb wie ein Faustschlag, auf Nacken und Hinterkopf, von da springt er in den Maschendraht. »Wiiii, wiiii, wiiii.«

»Laß sehen, Paul«, sage ich, die Luft zwischen ihm und mir ist seltsam rotgetönt. »Alles in Ordnung? Laß sehen, Paul, alles in Ordnung?«

»Wiiii, wiiii, wiiiiii.«

Leute. Ich höre ihre Schritte auf dem Beton. »Ruf sofort an«, sagt jemand. »Ich hab das bis halb nach Albany gehört.« »Oh Gott.« »Oooh Gott.« Die Käfigtür rasselt. Schuhe. Atmen. Hosenaufschläge. Fremde Hände. Ein Geruch wie von einem eingeölten Baseballhandschuh. Chanel No. 5.

»Ohhhh!« sagt Paul mit einem tiefen Ausatmen, das Schmerz zugesteht. Er krümmt sich zur Seite, die Ellenbogen immer noch in die Rippen gedrückt, die Hände immer noch auf dem Gesicht, das Ohr immer noch blutig von meinem zu harten Griff.

»Paul«, sage ich, die Luft um mich immer noch rötlich, »laß sehen, Junge.« Meine Stimme versagt ein wenig, und ich tippe ihm mit den Fingern auf die Schulter, als könnte ich ihn aufwecken, als könnte etwas anderes geschehen, etwas, was bei weitem nicht so schlimm ist.

»Der Krankenwagen kommt gleich, Frank«, sagt jemand aus dem Gewirr der Beine, Hände, Atemzüge um mich herum, jemand, der mich als Frank kennt. Ein Mann. Ich höre noch mehr Schritte, hebe voller Angst den Kopf und sehe mich um. Braves und A's stehen auf der anderen Seite des Zauns, glotzen herein, ihre Frauen daneben mit düsteren, besorgten Gesichtern. »Hat er denn keinen Helm getragen?« höre ich eine fragen. »Nein, hat er nicht«, sage ich laut zu wem auch immer. »Er hat nichts getragen.«

»Wiiii, wiiii«, weint Paul wieder auf, die Hände vor dem Gesicht, das braune Haar auf dem schmutzigen weißen Mal. Es ist ein

Weinen, das ich nicht kenne, ein Weinen, das ich noch nie von ihm gehört habe.

»Paul«, sage ich. »Paul. Beruhige dich, mein Junge.« Ich habe nicht das Gefühl, daß da was passiert, was Hilfe bringen könnte. Obwohl ich aus nicht sehr großer Entfernung zwei scharfe *Bwuup-bwuups* einer Sirene höre, dann das Aufbrüllen eines schweren Motors, dann *bwuup-bwuup-bwuup*. Jemand sagt: »Okay, Gott sei Dank.« Ich merke, daß sich mehr Füße um mich herum bewegen. Meine Hände sind fest an Pauls Schulter gepreßt – sein Rücken ist mir zugewandt –, und ich spüre, wie steif sein Körper geworden ist, wie ausschließlich auf die Verletzung konzentriert. Jemand sagt: »Frank, laß jetzt mal die Leute da ran. Sie können ihm helfen. Laß sie dahin, wo du bist.«

Das. Das ist das Schlimmste überhaupt.

Ich stehe unsicher auf, ein bißchen schwindlig, und trete zwischen viele andere zurück. Jemand hat meinen Oberarm gepackt, hilft mir sanft beim Zurücktreten, während eine stämmige weiße Frau in einem weißen Hemd und engen blauen Shorts über einem riesigen Hintern und dann ein dünnerer Mann in derselben Montur mit Stethoskop an uns vorbeischlüpfen und sich auf dem Tartan auf Hände und Knie niederlassen. Sie fangen an, etwas mit meinem Sohn zu machen, was ich nicht sehen kann, was aber Paul ein »Neiiiin!« herausschreien läßt, das dann wieder in das *Wiiii*-Weinen übergeht. Ich dränge mich an ihn heran und merke, daß ich zu den Leuten, die jetzt um uns herum stehen, sage: »Laßt mich mit ihm reden, laßt mich mit ihm reden. Es wird schon gut«, als könnte man Paul überreden, nicht mehr verletzt zu sein.

Aber der große Mann, der meinen Namen kennt – wer immer er ist –, sagt: »Bleib hier, Frank, bleib ganz ruhig. Sie helfen ihm. Es ist besser, hier stehenzubleiben und sie machen zu lassen.«

Also tu ich das. Ich stehe in der Menge, während sie meinen Sohn behandeln und ihm helfen, mein Herz schlägt wild bis in den Magen hinunter, meine Finger sind kalt und schwitzig. Der Mann, der mich Frank genannt hat, umklammert immer noch meinen Arm, sagt aber nichts, obwohl ich mich plötzlich zu ihm umwende und sein schmales jüdisches Gesicht mit dem langen Kinn

mustere, große schwarze Augen hinter Brillengläsern, eine glatte, hohe gebräunte Stirn, und dann sage, als hätte ich ein Recht, das zu wissen: »Wer sind Sie?« (Obwohl die Wörter eigentlich gar nicht herauskommen.)
»Ich bin Irv, Frank. Irv Ornstein. Jakes Sohn.« Er lächelt entschuldigend und drückt meinen Arm noch fester.
Was immer die Luft rot gemacht hat, hört jetzt auf. Hier ist ein Name – Irv – und ein (verändertes) Gesicht aus der Ferne und der Vergangenheit. Skokie, 1964. Irv – der gute Sohn des guten Gatten Nr. 2 meiner Mutter, mein Stiefbruder, der nach dem Tod meiner Mutter mit seinem Vater im Schlepptau nach Phoenix gezogen ist.
Ich weiß nicht, was ich zu Irv sagen soll, und starre ihn nur an wie ein Gespenst.
»Ich weiß, das ist kein guter Augenblick, sich wiederzusehen«, sagt Irv zu meinem stummen Gesicht. »Wir haben dich heute morgen auf der Straße gesehen, drüben bei der Feuerwache, und ich hab zu Erma gesagt: ›Den kenn ich doch.‹ Das muß dein Sohn sein, der sich da verletzt hat.« Irv hat das im Flüsterton gesagt. Jetzt wirft er einen besorgten Blick auf die Sanitäter, die bei Paul knien, der unter ihren Händen wieder »Neiiiin!« schreit.
»Ja, das ist mein Sohn«, sage ich und bewege mich auf seinen Schrei zu, aber Irv hält mich wieder zurück.
»Gib ihnen noch ein paar Minuten, Frank. Die wissen, was sie tun.« Ich sehe zur anderen Seite, und da steht eine appetitliche kleine Frau mit weizenblonden Haaren, um die dreißig, neben mir. Sie trägt einen engen gelben und pfirsichfarbenen Einteiler, der einem Raumanzug ähnelt. Sie hat meinen anderen Ellbogen gepackt, als kennte sie mich so gut wie Irv und als wären die beiden übereingekommen, mich zu stützen. Möglicherweise ist sie Gewichtheberin oder Aerobic-Lehrerin.
»Ich bin Erma«, sagt sie und blinzelt mich an wie eine Garderobenfrau. »Ich bin Irvs Freundin. Sicher geht es ihm bald wieder gut. Er hat nur Angst, der arme Kerl.« Sie sieht jetzt auch auf die beiden Sanitäter hinunter, die über meinen Sohn gebeugt sind. Ihr Gesicht drückt Zweifel aus, und die Unterlippe zittert vor leisem Mitgefühl. Das Chanel, das ich gerochen habe, ist ihres.

»Es ist das linke Auge«, höre ich einen der Sanitäter sagen. Dann stöhnt Paul: »Ohhh!«
Dann höre ich, wie jemand hinter mir sagt: »Oh, Mann.« Einige der Braves und A's gehen schon wieder weg. Eine Frau sagt: »Genau, es ist das Auge.« Und jemand anderes sagt: »Hat wahrscheinlich keine Schutzbrille getragen.« Dann sagt jemand: »Da steht *Clergy* drauf. Vielleicht ist er Pastor.«
»Wo bist du jetzt, Frank?« sagt Irv, noch immer vertraulich flüsternd. Seine Hand scheint meinen Oberarm ganz zu umfassen, sein Griff ist fest. Er ist ein großer, braungebrannter, behaarter Ingenieurstyp, und er trägt blaue Designer-Jogginghosen mit roten Litzen und eine goldfarbene Strickjacke ohne Hemd darunter. Er ist viel größer als in meiner Erinnerung, damals, als wir im College-Alter waren, ich in Michigan, er in Purdue.
»Was?« Meine Stimme klingt ruhiger, als ich mich fühle. »In New Jersey. Haddam, New Jersey.«
»Und was machst du da?« flüstert Irv.
»Immobilien«, sage ich und gucke ihn plötzlich wieder an, seine breite Stirn und den Mund mit den vollen leberfarbenen Lippen, der Sympathie ausdrückt. Ich erinnere mich genau an ihn und habe zugleich nicht die geringste Ahnung, wer er ist. Ich blicke auf seine Hand mit den behaarten Fingern, die an meinem Arm liegt, und stelle fest, daß er einen Diamantring am kleinen Finger trägt.
»Wir wollten gerade rüberkommen, um mit dir zu reden, als dein Junge den Unfall hatte«, sagt Irv und nickt Erma bekräftigend zu.
»Gut«, sage ich, während ich auf den breiten Rücken der Sanitäterin hinuntersehe, auf dem sich ein Büstenhalter in Maxigröße abzeichnet. Es ist, als erwartete ich von diesem Körperteil den ersten Hinweis auf das Kommende. Genau in dem Moment kommt sie mühsam wieder auf die Beine, dreht sich um und läßt suchend die Augen über uns und die zwei, drei anderen schweifen, die hier noch stehen.
»Jemand verantwortlich für den jungen Mann?« sagt sie in einem harsch näselnden Südboston-Akzent und zieht ein großes schwarzes Walkie-Talkie aus ihrem Gürtelholster.

»Ich bin sein Vater«, sage ich atemlos und mache mich von Irv los. Sie hält mir ihr Walkie-Talkie entgegen, als erwartete sie, daß ich hineinsprechen will, ihr Finger liegt auf dem roten Sprechknopf.
»Ja, also«, sagt sie mit ihrer harten Stimme. Sie ist ungefähr vierzig, vielleicht auch etwas jünger. An ihrem Gürtel hängt eine ganze Werkstatt von Instrumenten und schwerem Gerät. »Okay, die Sache ist die«, sagt sie, jetzt völlig geschäftsmäßig. »Wir müssen ihn so schnell wie möglich nach Oneonta runterbringen.«
»Was hat er denn?« Ich sage das zu laut, voller Angst davor, daß sie sagen wird, daß sein Gehirn nicht mehr zu gebrauchen ist.
»Na ja, was – ist er von einem Baseball getroffen worden?« Sie drückt auf einen Knopf an ihrem Walkie-Talkie, aus dem ein kratziges Rauschen kommt.
»Ja«, sage ich. »Er hat den Helm vergessen.«
»Also, er hat ihn aufs Auge gekriegt. Okay? Und ich kann nicht mit Sicherheit sagen, ob er damit noch sehen kann, weil es schon angeschwollen ist und voller Blut, und er macht es nicht auf. Aber er muß sofort untersucht werden. Augenverletzungen bringen wir nach Oneonta runter. Die haben die Fachleute dafür.«
»Ich fahr ihn.« Mein Herz schlägt heftig. Cooperstown: keine *richtige* Stadt für *richtige* Verletzungen.
»Sie müssen mir ein Formular unterschreiben, wenn sie ihn selbst fahren wollen«, sagt sie. »Wir kriegen ihn in zwanzig Minuten dahin – das schaffen Sie nicht –, wir können ihn stabil halten und überwachen.« Ich lese ihren Namen auf einem silbernen Namensschild: *Oustalette* (muß ich mir merken).
»Okay, gut. Dann fahr ich einfach mit.« Ich beuge mich zur Seite, um Paul zu sehen, aber ich kann nur seine nackten Beine und seine Schuhe mit den Blitzen und die orangefarbenen Socken und den Saum seiner braunen Shorts sehen, alles andere wird von dem Sanitäter verdeckt, der noch neben ihm kniet.
»Unsere Versicherung läßt das nicht zu«, sagt sie noch geschäftsmäßiger. »Sie müssen in einem anderen Fahrzeug nachkommen.« Sie klickt wieder an ihrer roten Sprechtaste herum. Sie hat es eilig.
»Gut. Dann fahr ich eben.« Ich lächle ein schreckliches Lächeln.
»Frank, ich fahr dich«, sagt Irv Ornstein neben mir und mit

großem Nachdruck. Er packt mich wieder am Arm, als wollte ich entwischen.

»Okay«, sagt Ms. Oustalette und beginnt sofort, mit ihrem harten Jargon in ihr großes Walkie-Talkie zu sprechen, ohne sich auch nur abzuwenden. »Cooperstown Sechzehn? Transport eines männlichen Weißen, jugendlich, DNF zu A. O. Fox. Ophthalmologie. OP...« Einen Moment lang höre ich den leerlaufenden Motor ihres Unfallwagens und zwei Baseballschläge in schneller Folge aus dem Stadion. Dann brechen plötzlich fünf riesige Düsenjäger über uns herein, niedrig und lächerlich dicht zusammen, die Flügel steif wie Messerklingen, und einen Herzschlag danach ihre *Kaaa-wuusch*-Eruption. Alle sehen erschrocken auf. Die Flugzeuge heben sich dunkelblau gegen das morgendliche Blau des Himmels ab. (Kann denn jemand glauben, daß es noch Morgen ist?) Ms. Oustalette sieht nicht einmal auf, während sie auf ihre Bestätigung wartet.

»Blue Angels«, sagt Irv in mein betäubtes Ohr. »Ziemlich niedrig. Die haben hier morgen eine Schau.«

Ich löse mich von Irv, die Ohren hohl, und gehe auf Paul zu. Der andere Sanitäter ist gerade aufgestanden. Paul liegt allein auf dem Rücken, weiß wie ein Ei, die Hände über den Augen, sein weicher Bauch, nackt unter dem hochgeschobenen »Clergy«-Hemd, hebt und senkt sich schwer. Er gibt ein leises kehliges Stöhnen tiefen Schmerzes von sich.

»Paul?« sage ich, während die Blue Angels in der Ferne über den See davondonnern.

»Hhnn«, ist alles, was er sagt.

»Das waren nur die Blue Angels, die hier rübergeflogen sind. Das kommt schon wieder in Ordnung.«

»Hhnn«, sagt er wieder, ohne die Hände zu bewegen, die Lippen offen und trocken. Sein Ohr blutet nicht mehr, am klarsten kann ich seine Insekten-Tätowierung sehen – seine Konzession an die Geheimnisse des nächsten Jahrhunderts. Er riecht nach Schweiß. Er schwitzt reichlich und ihm ist kalt, genau wie mir.

»Ich bin's, Dad«, sage ich.

»Hhnn-nnh.«

Ich greife in seine Shortstasche und ziehe vorsichtig meine Ka-

mera heraus. Ich denke daran, ihm die Kopfhörer abzunehmen, tue es aber nicht. Er bewegt sich nicht, nur seine Schuhe wackeln auf dem Pseudotartan hin und her. Ich lege die Finger auf den hellen Flies seines Oberschenkels, wo die Sonnenbräune in einer geraden Linie aufhört. »Hab keine Angst«, sage ich.
»Mir geht's jetzt gut«, sagt Paul verschwommen, aber hörbar unter seinen Händen. »Mir geht's wirklich gut.« Er zieht die Luft tief durch die Nase ein und hält sie einen langen, schmerzhaften Moment an, atmet dann langsam aus. Ich kann sein verletztes Auge nicht sehen und will es auch nicht, obwohl ich es mir angucken würde, wenn er das wollte. Wie im Traum sagt er: »Gib Mom und Clarissa die Geschenke nicht, okay? Sie sind zu blöde.« Er ist einfach zu ruhig.
»Okay«, sage ich. »Also. Wir fahren zum Krankenhaus in Oneonta. Ich fahr auch dahin. In einem anderen Wagen.« Vermutlich hat ihm niemand gesagt, daß er nach Oneonta gebracht wird.
»Jap«, sagt er. Er nimmt eine Hand von einem feuchten grauen Auge, dem unverletzten, und sieht mich an, das andere Auge immer noch vor mir und dem Licht verborgen. »Mußt du's Mom erzählen?« Sein eines Auge zwinkert mich an.
»Das ist schon okay«, sage ich und bin so erleichtert, als höbe ich vom Boden ab. »Ich mach einen Witz draus.«
»Okay.« Sein Auge schließt sich. »Jetzt gehn wir nicht mehr in die Hall of Fame«, sagt er kaum hörbar.
»Man kann nie wissen«, sage ich. »Das Leben ist lang.«
»Oh. Okay.« Hinter mir höre ich das knarrende Geräusch einer Trage und Irvs tiefe offizielle Stimme. »Mach ihnen ein bißchen Platz, mach ihnen ein bißchen Platz, Frank. Die müssen da ran.«
»Kopf hoch, Paul«, sage ich. Aber Paul sagt nichts.
Ich stehe auf und werde zurückgezogen, meine Olympus in der Hand. Paul verschwindet wieder hinter den Sanitätern, als Ms. Oustalette beginnt, ihm die Trage unterzuschieben. Ich höre, wie sie sagt: »In Ordnung?« Irv zieht mich wieder zurück. Ich höre Paul »Paul Bascombe« sagen, als ihn jemand etwas fragt, dann »nein« auf die Frage nach Allergien, Medikamenten und sonstigen Krankheiten. Dann liegt er plötzlich auf der zusammen-

klappbaren Trage, und Irv zerrt mich noch weiter aus dem Weg, ganz bis an die Seite des Schlagkäfigs, in dem wir uns immer noch befinden. Jetzt sind nur noch wenige Leute da. Ein »Brave« und seine Frau gucken mich durch den Zaun mißtrauisch an. Ich kann's ihnen nicht verübeln.
Jemand sagt: »Laßt uns bitte durch.«
Und dann ist Paul auf dem Weg, unter einer Decke. Wie bei einem Kriegsopfer verdeckt noch immer eine Hand das verletzte Auge. Sie gehen durch die Käfigtür und über den Asphalt zu dem blinkenden, klickenden gelben Life-Line-Krankenwagen – ein Dodge-Ram-Wagon mit Antennen, Suchscheinwerfern und rotierenden Blaulichtern.
Zusammen mit Irv beobachte ich, wie die Bahre hineingeschoben wird. Die Türen schließen sich, die beiden Sanitäter gehen nach vorne und steigen ohne große Eile ein. Zwei weitere laute *Bwuup-bwuup* ertönen als Aufforderung, zurückzutreten, dann gibt der Motor ein tiefes hallendes Grummeln von sich, knirscht in den ersten Gang, noch mehr Lichter blinken unvermittelt auf, die ganze riesige Maschine schiebt sich zentimeterweise nach vorn, hält, die Räder wenden, dann fährt sie wieder, wird schneller und verschwindet ohne Sirene in Richtung Main Street.

-11-

Irv-der-Fürsorgliche ist sehr darauf bedacht, mich von meinem Kummer abzulenken, und fährt uns so langsam die Route 28 entlang, als wären wir Teil eines Trauerzugs. Er hat seinen gemieteten blauen Seville auf »Cruise Control« gestellt und redet über alles mögliche, was einen wie ihn von seinem Kummer ablenken und an die schöneren Seiten des Lebens erinnern würde. Er trägt große Rattansandalen, die ihn zusammen mit seinem dunklen, kahlwerdenden Schädel und der goldenen Strickjacke über der behaarten Brust wie einen Mafia-Capo aussehen lassen, der in der Gegend spazierenfährt. In Wahrheit ist er draußen in Sun Valley in der Simulatorenbranche. Seine besondere Aufgabe besteht darin, einen Flugsimulator zu entwerfen, an dem die Piloten aller großen Luftlinien ihr Handwerk erlernen können. Die Voraussetzungen dafür hat er an der Technischen Universität von Kalifornien erworben, wo er Flugzeugbau studiert hat (obwohl ich mir sicher bin, daß er mal Boiler zusammengebaut hat).

Irv hat aber nicht die Absicht, nur über »Sechs-Grad-Toleranz und das alles« zu reden – was, wie er mich wissen läßt, das hohe Leitprinzip des Simulatorengewerbes ist (rollen, schaukeln, gieren, nach vorn, seitlich, nach hinten). »Es hat damit zu tun, was dein Mittelohr dir sagt, und mehr oder weniger ist alles Routine.« Wirklich interessiert ist er daran, daß er und ich »nach all diesen Schicksalsschlägen wieder aufs richtige Gleis« kommen. Dazu gehört, daß er mir zu meiner Überraschung erzählt, was für eine wundervolle Frau meine Mutter, und auch, was für eine »echte Type« sein Dad gewesen sei und was für ein Glück die beiden gehabt hätten, noch so spät im Leben zueinanderzufinden. Sein Dad habe ihm einmal anvertraut, daß meine Mutter sich immer gewünscht habe, mir nach ihrer zweiten Heirat näher zu sein.

Aber Irv meint, sie habe schon verstanden, daß ich gut auf mich selbst aufpassen konnte und daß ich drüben in Ann Arbor war und mich auf eine verdammt gute Karriere, in was immer ich wollte, vorbereitete (sie wäre heute vielleicht überrascht). Und er, Irv, habe im Laufe der Jahre mehrmals versucht, Kontakt zu mir aufzunehmen, sei aber nie »durchgekommen«.

Als wir gespenstisch langsam an den Werkverkaufsstellen und den Unterbodenschutzgaragen an der Route 28 vorbeigleiten und weiter draußen an den Ahornsirupschuppen und Maisfeldern und den unberührten Laubwaldhängen, die mich auf der Fahrt gestern so beeindruckt haben, fällt mir ein, daß Erma, Irvs Freundin, aus irgendeinem Grund verschwunden und noch nicht einmal erwähnt worden ist. Und sie ist ein schwerer Verlust, da ich sicher bin, daß Irv schneller fahren würde, wenn sie auf dem Rücksitz säße. Außerdem würden sie dann miteinander reden, meinen Kummer respektieren und mich in Ruhe lassen.

Irv fängt indessen an, von Chicago zu reden, das er *Sche-ko-guh* ausspricht. Er sagt, daß er mit dem Gedanken spiele, dahin zurückzuziehen, vielleicht nach Lake Forest (wo Sally Caldwells Verwandte leben), da die Flugzeugindustrie in seinen Augen kurz vor einer Bauchlandung stehe. Er ist wie jeder andere lebende Ingenieur dieser Welt ein Reagan-Mann, und er wird sich jetzt, glaubt er, »auf Bushs Seite schlagen«, hat aber das Gefühl, daß die Amerikaner dessen Unentschlossenheit nicht mögen. Entschiedenheit ist seiner Meinung nach tatsächlich nicht Bushs Stärke, aber er ist in seinen Augen besser als jeder der »geistigen Zwerge«, die meine Partei im Moment aufbietet. Er schließt allerdings eine Protestwahl noch nicht ganz aus oder auch einen unabhängigen Kandidaten, da die Republikaner die arbeitenden Menschen verraten haben, so wie die Nazis »ihre Freunde, die Tschechen«. (Ich glaube nicht, daß er Jesse Jackson seine Stimme geben wird.)

Ich sage kaum etwas, denke bekümmert an meinen Sohn und diesen Tag, beides bittere und bodenlose Verluste ohne jede Hoffnung, irgend etwas wiedergutmachen zu können. Jetzt gibt es kein *scheinen* mehr. Alles *ist*. In einer besseren Welt hätte Paul auf der Tribüne mit bloßer Hand einen von einem Fantasy-»A« die Linie entlang geschlagenen Ball gefangen, wäre mit einer stolzen

geschwollenen Faust zur Ruhmeshalle gestapft, hätte vernünftigen, aber nicht übertriebenen Spaß daran gehabt, im nachgebauten Umkleidefach von Babe Ruth herumzuschnüffeln, hätte ein Video von Johnny Bench gesehen und die vom Band gespielten Publikumsgeräusche aus den dreißiger Jahren gehört. Später wären wir im gleißenden Sonntagssonnenlicht mit dem erbeuteten Ball in der Hand spazierengegangen, hätten ein Malzbier getrunken, irgendwo Aspirin gekauft, hätten uns mit klassischen Baseballkappen auf dem Kopf zusammen als Karikatur zeichnen lassen. Wir hätten miteinander gelacht, Frisbee gespielt, meine Raketen an einem leeren Seeufer abgeschossen und den Tag früh damit beendet, unter einer der wenigen nicht abgestorbenen Ulmen im Gras zu liegen, wo ich ihm den hohen Wert guter Manieren erklärt hätte und den Sinn eines vernünftigen Fortschrittsglaubens, der (obwohl er nur eine christliche Erfindung ist) immer noch als ein guter pragmatischer Wegweiser für ein Leben dienen kann, das lang und heikel werden könnte. Später, auf dem Weg nach Süden, wäre ich auf eine Nebenstraße abgebogen und hätte ihn zum Spaß mal fahren lassen. Danach hätten wir Pläne geschmiedet, wie er ab Herbst nach Haddam ziehen und dort zur Schule gehen könnte – sobald seine juristischen Probleme gelöst wären. Es wäre, mit anderen Worten, ein Tag gewesen, der die Vergangenheit weiter weggeschoben und neutralisiert hätte. Wir hätten einen Kurs in die Zukunft entwerfen können, der auf dem Postulat basierte, daß Unabhängigkeit und Isolation nicht dasselbe sind. Es wäre ein Tag gewesen, an dem alle Ringe sich harmonisch übereinandergelegt hätten und eine echte (bellfreie, *iick*lose) Lebensfreude im Hier und Jetzt aufgeblüht wäre, wie sie das nur in jungen Jahren tut.
Aber statt dessen: Reue. Schmerz. Vorwürfe. Blindheit (oder im besten Fall eine Brille). Resignation. Öde (lange, einsame Fahrten zum Psychiater nach New Haven, die nichts bringen außer Verdrängung und Abwehr). Das alles hätten wir auch haben können, wenn wir zu Hause geblieben wären oder noch mal den Fischlift besucht hätten. (Er wird jetzt nie zu mir ziehen, das weiß ich.)
Irv, der aus Respekt oder Langeweile still geworden ist, fährt

über den Kamm des letzten Hügels vor der I-88, und durch die getönte Windschutzscheibe sehe ich ein langes Maisfeld, das sich am Fluß entlang in das enge Tal des Susquehanna windet, wo die beiden Straßen sich kreuzen. Ein Fasan bricht aus den hohen grünen Stielen hervor, streicht über die Troddelspitzen, breitet über einer Hecke die Flügel aus, segelt über die eine Seite der vierspurigen Autobahn und läßt sich im Gras des Mittelstreifens nieder.
Wer oder was hat ihn aufgeschreckt, frage ich mich. Ist er da in der Mitte sicher? Kann er da überhaupt überleben?
»Weißt du, Frank, man kann sich in meinem Geschäft zu sehr in einen Gedanken verrennen«, sagt Irv. Anscheinend hat er die Stille satt und sagt einfach laut, woran er gerade denkt, während wir nach Westen in Richtung auf Oneonta abbiegen. Es ist die Angewohnheit eines Mannes, der zuviel allein ist. Ich kenne die Symptome. »Nichts erscheint einem so interessant wie Simulation, wenn man sich richtig darauf einläßt. Alles scheint simulierbar. Aber«, fügt er hinzu und sieht mich ernst an, um seinen Worten Nachdruck zu verleihen, »die Leute, die's am besten machen, sind Leute, die ihre Arbeit im Büro lassen. Mag sein, daß sie nicht immer Genies sind, aber sie wissen, daß Simulation eine Sache ist und das Leben eine andere. Sie ist nur ein Werkzeug, weißt du.« Aus Gründen der Bequemlichkeit rückt Irv sein Werkzeug in der Hose mit zwei Fingern ein bißchen zur Seite. »Man kriegt Schwierigkeiten, wenn man die beiden durcheinanderbringt.«
»Stimmt, Irv«, sage ich. Irv, der nach Cooperstown gefahren ist, um morgen eines der O'Malley-Fan-tasy-Spiele zu sehen (gegen die 59er White Sox), ist wirklich ein guter und netter Mann. Ich wollte, ich kennte ihn besser.
»Bist du verheiratet, Frank?«
»Zur Zeit nicht«, sage ich und spüre, daß meine Arme und Schultergelenke steif werden und schmerzen, als hätte *ich* einen Unfall gehabt oder als wäre ich in einer Stunde um zwanzig Jahre gealtert. Auch knirsche ich mit den Zähnen und werde, da bin ich mir sicher, bis morgen früh meine kostbaren Keramikkronen ruiniert haben. Ich sehe das wichtige blaue Schild mit dem weißen

»H« und weise Irv darauf hin. Wir folgen den Schildern in die Stadt hinein, wo überall in den Kirchen die Gottesdienste in Gang sind und man kaum Autos auf den Straßen sieht.
»Erma macht gerade einen Probelauf als meine dritte Frau«, sagt Irv nüchtern, anscheinend dabei, das ganze Konzept von Ehefrauen gewissenhaft zu überdenken (obwohl er keinen Hinweis auf Ermas jetzigen Aufenthalt gibt). »Wenn du einen großen häßlichen Kerl wie mich mit einem hübschen Mädchen wie Erma siehst, weißt du, daß alles nur Glück ist. Glück gehört dazu und ein guter Zuhörer zu sein.« Er stülpt seine dicken glatten Lippen ein wenig nach außen, wie Mussolini, wohl um anzudeuten, daß er willens wäre, jetzt mit dem Zuhören anzufangen, wenn es etwas gibt, dem zuzuhören lohnt. »Seid ihr in die Hall of Fame reingekommen?«
»Wir wollten grade hin, Irv.« Ich suche nach einem weiteren »H«-Schild, sehe aber keines und habe Angst, daß wir es verpaßt haben und am anderen Ende der Stadt landen und in falscher Richtung wieder auf die Autobahn geraten wie in Springfield. Wir würden kostbare Zeit verlieren.
»Ihr solltet wirklich hingehen, wenn das hier vorbei ist. Es ist ein Erlebnis. Man kann da was lernen, wirklich, mehr als man an einem Tag verarbeiten kann. Diese Jungs, die frühen Jungs, die haben gespielt, weil sie spielen wollten. Weil sie spielen *konnten*. Für die war das keine Karriere. Es war nur ein Spiel. Jetzt«, Irv macht ein mißbilligendes Gesicht, »ist es nur noch Geschäft.« Seine Stimme verliert sich. Ich weiß, daß er sich sagt, er habe für seinen lange verlorenen Nicht-ganz-Bruder wirklich getan, was er konnte, kenne ihn nun etwas genauer, habe aber auch herausgefunden, daß er ihn noch nie besonders mochte, und wäre ganz glücklich, wenn er ihn nie wieder sähe, obwohl er immer noch Munterkeit simuliert und diesem Bruder hilft, wie er einem behinderten Anhalter in einem Schneesturm helfen würde, auch wenn der ein verurteilter Verbrecher wäre. »Ereignisse, die wir nicht kontrollieren können, machen uns zu dem, was wir sind – nicht wahr, Frank?« sagt Irv, das Thema wechselnd, während er plötzlich scharf links in eine unauffällige, parkartige Auffahrt abbiegt, die geradewegs auf ein neues dreistöckiges Backsteinge-

bäude mit viel Glas und einer in der Sonne blinkenden Antenne und Satellitenschüsseln auf dem Dach zuführt. Das A. O. Fox-Hospital. Irv hat genau aufgepaßt, während ich in Gedanken verloren war.
»Stimmt, Irv«, sage ich, obwohl ich nichts verstanden habe. »Zumindest kann man's so sehen.«
»Ich glaub bestimmt, daß es Jack schon wieder besser geht«, sagt Irv und steuert uns mit einer Hand eine geschwungene, von Büschen gerahmte Straße entlang, den roten NOTAUFNAHME-Schildern und -Pfeilen folgend. Der gelbe Life Line-Krankenwagen kommt gerade wieder aus der Auffahrt heraus, das Blaulicht ist aus, der Innenraum dunkel, als wäre etwas Tödliches passiert. Ms. Oustalette sitzt am Steuer und redet mit großer Lebhaftigkeit, während sie eine Zigarette raucht. Ihr namenloser männlicher Partner ist auf dem dunklen Beifahrersitz kaum zu sehen.
Irv hält vor einer Reihe von Glasschiebetüren, die die einfache Aufschrift »Notaufnahme« tragen. »Spring schon mal rein, Franky«, sagt er und lächelt mir zu. Ich bin bereits dabei, auszusteigen. »Ich park das Ding hier und find dich dann schon.«
»Okay.« Irv strahlt eine grenzenlose Sympathie aus, die nichts damit zu tun hat, ob er mich mag oder nicht. »Danke, Irv«, sage ich, mich einen Augenblick zur Tür herabbeugend, aus der Kühle strömt. Hier draußen herrscht heißes, metallisches Sonnenlicht.
»Ruhe simulieren«, sagt Irv und schiebt ein großes, blaubekleidetes Knie auf den Ledersitz. Ein helles Piepsen ertönt im Wagen.
»Er muß wahrscheinlich nur 'ne Brille tragen, das ist alles«, sage ich. Ich schüttele den Kopf über diesen Wunschgedanken.
»Wir werden sehen. Vielleicht lacht er sich da drin jetzt schon schief.«
»Wär schön«, sage ich und denke, wie schön das wäre – und auch das erste Mal seit langem.

Aber das ist überhaupt nicht der Fall.
Drinnen am langen apfelgrünen Aufnahmetresen sagt mir die Krankenschwester, daß Paul »sofort reingegangen sei – was be-

deutet, daß er außerhalb meiner Reichweite hinter irgendwelchen dicken, glänzenden Metalltüren ist – und daß ein Ophtalmologe »hinzugezogen« wurde, um ihn zu untersuchen. Wenn ich mich »da drüben« setzen wolle, werde die Ärztin bald herauskommen und mit mir sprechen.
Angesichts der antiseptischen Krankenhausfarben, der kalten Oberflächen und des strengen, geruchlosen, geschäftigen Hin und Her von allem, was da zu sehen und zu hören ist, fängt mein Herz wieder an zu wummern. (Alles hier ist neu, sieht nach Chrom und Hartplastik aus und verdankt, da bin ich mir sicher, seine Existenz einer großen Aktienemission.) Und alles dient trauervoll, verzweifelt irgendeinem Zweck; nichts ist nur für sich selbst da oder, besser noch, für gar nichts. Gäbe es hier rote Geranien, so würden sie herausgerissen, gäbe es ein Exemplar des *American Caged Bird*, würde es weggeworfen wie ein Apfelgehäuse. Ein Immobilienkatalog, ein Stapel Tickets für *Annie Get Your Gun* würden keine fünf Minuten überdauern. Leute, die hier landen, sagen diese Wände, lassen sich von Gratistickets nicht mehr trösten.
Ich setze mich nervös in der Mitte einer Reihe zusammengesteckter, kirschroter Plastiksessel stabilster Art hin und blicke zu einem unerreichbar hoch an der Wand angebrachten Fernseher auf, für den es keine Fernbedienung gibt. Reverend Jackson, in einem beigen Safarihemd mit offenem Kragen, wird in einer Podiumsdiskussion von weißen Männern in Geschäftsanzügen befragt, die ihn mit prüdem Selbstvertrauen anstrahlen, als fänden sie ihn amüsant. Der Reverend seinerseits trägt seine eigene Art glatter Selbstzufriedenheit zur Schau plus äußerste Herablassung, was besonders deutlich wird, weil der Ton abgeschaltet ist. (Im letzten Winter habe ich ihn eine Zeitlang als »meinen Kandidaten« betrachtet, bin dann aber zu dem Schluß gekommen, daß er nicht gewinnen könnte und daß er das Land ruinieren würde, wenn er dran käme, und daß er mir in beiden Fällen das Gefühl geben würde, daß dies alles sowieso meine Schuld sei.) Er hat ohnehin keine Chance mehr und ist heute nur im Fernsehen, weil sie ihn bei Laune halten wollen.
Die Glastüren am Eingang gehen seufzend auf, und Irv schlen-

dert lässig in Jogginghosen und Sandalen und goldgelber Strickjacke herein. Er blickt sich um, ohne mich zu sehen, wendet sich ab und geht wieder auf den heißen Vorplatz hinaus, als wäre er zum falschen Krankenhaus gekommen. Die Türen gleiten hinter ihm zu. Ein laufendes Schriftband unter Reverend Jacksons glänzend brauner Birne verkündet, daß die Mets gegen Houston gewonnen haben, Graf gegen Navratilova, Becker gegen Lendl (Becker liegt aber im Moment gegen Edberg zurück) und daß, wo wir schon mal dabei sind, der Irak Hunderte von Iranern mit Giftgas umgebracht hat.

Plötzlich schwingen beide Metallflügel der Tür zur Notaufnahme zurück, und eine kleine junge Frau im Arztkittel mit zitronengelbem Haar und frischem skandinavischem Gesicht kommt mit schnellen Schritten heraus. Sie trägt ein Klemmbrett. Ihr Blick fällt direkt auf mein besorgtes Gesicht, ich bin allein hier im roten Wartebereich für die Angehörigen. Sie geht zur Aufnahme, wo eine Krankenschwester auf mich deutet, und als ich bereits lächelnd und übertrieben dankbar aufgestanden bin, kommt sie mit einem Ausdruck, der – wie ich sagen muß – kein glücklicher ist, zu mir herüber. Ich fände es furchtbar, wenn dies der Ausdruck wäre, der Bände über mich spräche – aber das tut er natürlich in jeder Hinsicht.

»Sind Sie Pauls Vater?« beginnt sie, noch bevor sie bei mir angekommen ist, ein Blatt auf ihrem Klemmbrett hin und her wendend. Sie trägt rosa Tennisschuhe, die ein quietschendes Geräusch auf den Fliesen machen, und ihr Kittel ist vorne offen und gibt den Blick auf eine frische Tenniskluft und kurze Beine frei, die so braun und stämmig und muskulös wie die eines Athleten sind. Sie scheint überhaupt kein Make-up oder Parfüm zu tragen, ihre Zähne sind so weiß, als wären sie nagelneu.

»Bascombe«, sage ich leise, immer noch dankbar. »Frank Bascombe. Paul Bascombe ist mein Sohn.« (Eine positive Einstellung, glauben die Zigeuner, kann oftmals schlechte Nachrichten abwehren.)

»Ich bin Dr. Tisaris.« Sie konsultiert wieder ihre Diagramme und sieht mich dann mit ganz flachen blauen Augen an. »Paul hat leider einen sehr, *sehr* schlimmen Schlag aufs Auge bekommen,

Mr. Bascombe. Er hat sich etwas zugezogen, was wir eine Ablösung des oberen linken Bogens seiner linken Netzhaut nennen. Was im wesentlichen bedeutet, daß...« Sie zwinkert mich an. »Er hat einen Baseball aufs Auge bekommen?« Sie kann es einfach nicht glauben: kein Augenschutz, kein Helm, nichts.

»Einen Baseball«, sage ich, möglicherweise unhörbar, meine positive Einstellung und meine Zigeunerhoffnung schwinden dahin. »Am Doubleday-Stadion.«

»Okay. Also«, sagt sie, »das bedeutet, daß der Ball ihn etwas links vom Zentrum getroffen hat. Wir nennen das eine Makula-Verletzung, was bedeutet, daß der Ball den linken vorderen Teil des Auges nach hinten in die Netzhaut getrieben und sie praktisch flachgedrückt hat. Es war ein sehr, sehr harter Schlag.«

»Es war der Express-Käfig«, sage ich, Dr. Tisaris anblinzelnd. Sie ist hübsch, grazil (wenn auch kleinwüchsig), aber sehnig, eine kleine athletische Griechin, aber sie trägt einen Ehering, also ist wohl ihr Mann, der Gastroenterologe, ein Grieche, und sie so schwedisch oder holländisch wie sie aussieht. Aber auch im Tennisdress strahlt sie Kompetenz aus, und nur ein Narr würde ihr nicht vertrauen.

»Im Moment«, sagt sie, »ist die Sehfähigkeit des Auges zufriedenstellend, aber er sieht helle Lichtreflexe, die für eine schwere Verletzung typisch sind. Sie sollten wahrscheinlich noch einen zweiten Arzt hinzuziehen, aber mein Vorschlag ist, daß wir das Ganze so bald wie möglich in Ordnung bringen. Heute noch, das wäre am besten.«

»Ablösung. Was heißt hier Ablösung?« Ich bin auf der Stelle kalt wie ein Hering. Die Krankenschwestern an der Aufnahme sehen mich alle drei seltsam an, entweder bin ich gerade in Ohnmacht gefallen, oder ich stehe kurz davor, oder ich bin vor zehn Minuten in Ohnmacht gefallen und erhole mich im Stehen. Dr. Tisaris indessen, ein Muster strengen Durchhaltewillens, scheint das nicht aufzufallen. So daß ich beschließe, nicht in Ohnmacht zu fallen, sondern die Zehen in die Schuhsohlen presse und auf dem Fußboden balanciere, obwohl der sich hebt und senkt und hin und her schwankt, alles wegen dieses einen Wortes. Ich höre, daß Dr. Tisaris »Ablösung« sagt, und bin mir sicher, daß sie davon redet, bald

von einem anderen Arzt abgelöst zu werden. Mich selbst höre ich sagen: »Verstehe«, dann beiße ich mir auf die Innenseite der Wange, bis ich dumpfes, warmes Blut schmecke. Dann höre ich mich sagen: »Ich muß erst mit seiner Mutter reden.«
»Ist sie hier?« Sie läßt das Klemmbrett sinken und sieht mich ungläubig an, als könne es keine Mutter geben.
»Sie ist im Yale Club.«
Dr. Tisaris zwinkert einmal. Ich glaube nicht, daß es in Oneonta einen Yale Club gibt.
»Können Sie sie erreichen?«
»Ja. Ich glaube, ja«, sage ich, noch immer schwankend.
»Wir sollten möglichst schnell anfangen.« Ihr Lächeln ist nüchtern, professionell, mit vielen, vielen Schichten wichtiger Überlegungen, die alle nichts mit mir zu tun haben. Ich sage ihr, ich wäre dankbar, wenn ich meinen Sohn erst einmal sehen könnte. Aber sie sagt: »Am besten, Sie rufen jetzt Ihre Frau an, und wir verbinden ihm das Auge, damit er Sie nicht zu Tode erschreckt.«
Aus irgendeinem Grund sehe ich auf die geschwungenen, festen Oberschenkel unter ihrem Kittel und sage kein Wort, stehe nur da, kralle mich in den Boden, schmecke mein Blut und denke mit Erstaunen daran, daß mein Sohn mich zu Tode erschrecken könnte. Sie blickt auf ihre Beine herab, sieht mir ohne Neugier ins Gesicht, dreht sich dann einfach um und geht auf die Aufnahme zu. Ich bin allein und muß ein Telefon suchen.

Im Yale Club in der Vanderbilt Avenue sind Mr. und Mrs. O'Dell nicht auf ihrem Zimmer. Es ist die Mittagszeit eines sonnigen Sonntags vor dem Vierten Juli, und da *sollte* natürlich auch niemand auf dem Zimmer sein. Alle *sollten* mit einem überlegenen Lächeln aus der Skulpturensammlung herausschlendern oder gutgelaunt in der Schlange vor dem Metropolitan Museum oder dem Moma stehen oder zum Mozart-Brunch »auf einen Sprung rüber ins Carlyle« gehen oder in die Maisonettewohnung eines guten Freundes »im Tower«, wo es einen großen Balkon mit Feigen, Azaleen und Hibiskus gibt, von dem man einen fantastischen Blick auf den Fluß hat.
Ein zweites Nachschauen indessen ergibt, daß Mrs. O'Dell eine

Nummer für den »Fall des Falles« hinterlassen hat. Ich wähle sie gerade in meiner sauberen, grün und lachsfarbenen Krankenhaustelefonnische, als Irv, der gute Mensch, von wo auch immer wieder hereinwandert. Er sieht mich winken, hebt den Daumen, wendet sich dann ab und sieht sich, die Hände in den Taschen seiner blauen Jogginghose, in der weiten Welt um, die er gerade durch die Glastür betreten hat. Er ist ein unentbehrlicher Mann. Schade, daß er nicht verheiratet ist.

»Hier bei Windbigler«, sagt eine melodische Kinderstimme. Ich höre meine eigene Tochter im Hintergrund laut kichern.

»Hi«, sage ich mit entschlossen heiterer Stimme. »Kann ich Mrs. O'Dell sprechen?«

»Ja, einen Moment.« Eine Pause, sie flüstert etwas. »Können Sie mir Ihren Namen sagen, bitte?«

»Sag, es ist Mr. Bascombe.« Der wenig beeindruckende Klang meines Namens deprimiert mich. Weiteres konzentriertes Flüstern, dann plötzlich lautes Gelächter, worauf Clarissa ans Telefon kommt.

»Hal-*lo*«, sagt sie in ihrer Version der tieferen Stimme ihrer Mutter, wenn sie ernst ist. »Hier spricht Ms. Dykstra. Was kann ich Ihnen tun, Sir?« (Sie meint natürlich, was kann ich für Sie tun.)

»Also«, sage ich, und ein Lichtschimmer dringt in mein Herz. »Ich hätt gern ein zwölfjähriges Mädchen und vielleicht eine Pizza.«

»Welche Farbe hätten Sie denn gern?« sagt Clarissa mit gewichtiger Stimme, obwohl sie schon gelangweilt ist.

»Weiß mit gelb obendrauf. Nicht so groß.«

»Also, wir haben nur noch eine. Und die wird immer größer, also bestellen Sie lieber gleich. Und was für 'ne Pizza soll es sein?«

»Hol bitte mal Mom an den Apparat – okay, Süße? Es ist ziemlich wichtig.«

»Ich wette, Paul bellt wieder.« Clarissa gibt ein kurzes Schnauzerbellen von sich, woraufhin ihre Freundin losprustet. (Sie sind wahrscheinlich in einem wundersamen, schalldichten Kinderflügel eingeschlossen, ausgerüstet mit allen Vergnügungen und Ablenkungen, Hilfs- und Lehrprogrammen und Softwarepaketen, welche die Menschheit ersonnen hat, alle darauf angelegt, sie auf Jahre von den Erwachsenen fernzuhalten.) Ihre Freundin bellt ebenfalls zweimal kurz auf, nur um zu zeigen, daß sie es auch kann. Ich sollte es wahrscheinlich auch mal versuchen. Vielleicht hilft es.

»Das ist nicht sehr komisch«, sage ich. »Hol mal deine Mom, okay? Ich muß mit ihr reden.«

Der Hörer schlägt mit einem *plonk* auf einer harten Oberfläche auf. »Das macht er wirklich«, höre ich Clarissa unbarmherzig über ihren verletzten Bruder sagen. Sie bellt noch zweimal, dann wird eine Tür geöffnet, und Schritte entfernen sich. Gegenüber dem Wartebereich taucht Dr. Tisaris wieder in der Tür der Notaufnahmestation auf. Sie hat ihren Kittel zugeknöpft und trägt eine weite grüne Operationshose, die ihr bis auf die Füße fällt, die jetzt in grünen Stiefelchen stecken. Sie ist operationsbereit. Zunächst geht sie allerdings zur Aufnahme hinüber und sagt etwas zu den Krankenschwestern, worauf alle in Lachen ausbrechen, wie meine Tochter und ihre Freundin. Eine schwarze Krankenschwester ruft: »*Määädel*, ich kann dir sagen, ich *kann* dir sagen«, dann ruft sie sich selbst zur Ordnung, sieht mich an, legt die Hand auf den Mund und dreht sich um, um ihr Lachen zu verbergen.

»Hallo?« sagt Ann munter. Sie weiß nicht, wer am Apparat ist. Clarissa hat das als Überraschung für sich behalten.

»Hi. Ich bin's.«

»Bist du schon hier?« Ihre Stimme sagt, daß sie sich freut, mich zu hören, daß sie gerade einen Tisch mit den interessantesten Menschen der Welt verlassen hat, nur um hier etwas noch Besseres zu finden. Vielleicht sollte ich mit dem Taxi rüberfahren und mitmachen. (Ein verdächtiger Stimmungswechsel verglichen mit gestern – der fast sicher auf der willkommenen Erkenntnis beruht, daß zwischen uns etwas endgültig zu Ende gegangen ist.)

»Ich bin in Oneonta«, sage ich barsch.

»Was ist los?« sagt sie, als wäre Oneonta dafür bekannt, Unglück zu bringen.

»Paul hat einen Unfall gehabt«, sage ich so schnell es geht, damit ich zum zweiten Teil kommen kann. »Es ist nicht lebensbedrohlich« – Pause –, »aber wir müssen sofort entscheiden, was wir tun.«

»Was ist passiert?« Ihre Stimme ist schreckerfüllt.
»Er ist am Auge getroffen worden. Von einem Baseball. In einem Schlagkäfig.«
»Ist er blind?« Der Schrecken ist jetzt mit Entsetzen gemischt.
»Nein, er ist nicht blind. Aber es ist ziemlich ernst. Die Ärzte meinen, er muß schnell operiert werden.« (Den Plural hab ich aus eigenem Antrieb hinzugefügt.)
»Eine Operation? Wo?«
»Hier in Oneonta.«
»Wo ist *das* denn? Ich dachte, ihr wärt in Cooper's Park.«
Das macht mich aus Gott weiß was für einen Grund wütend.
»Das ist hier ganz in der Nähe«, sage ich. »Oneonta ist ein Nachbarort.«
»Was müssen wir entscheiden?« Kalte, sich vertiefende Panik liegt jetzt in ihrer Stimme; und die gilt nicht dem, was sie nicht kontrollieren kann – die unerklärte Verletzung ihres Sohnes, der aber überlebt hat –, sondern dem, wofür sie, wie ihr in dem Augenblick klar wird, die Verantwortung trägt, über das sie eine Entscheidung treffen muß, und zwar unbedingt die richtige, denn ich bin nicht ernstzunehmen.
»Was hat er denn?« höre ich Clarissa geschäftig ausrufen, als wäre auch sie für irgend etwas verantwortlich. »Hat er 'nen Kracher ins Auge gekriegt?«
Ihre Mutter sagt: »Sei still. Nein, hat er nicht.«
»Wir müssen entscheiden, ob wir ihn hier operieren lassen«, sage ich gereizt. »Die meinen, je schneller, desto besser.«
»Es ist das Auge?« Sie sagt das, als verstünde sie es jetzt erst. »Und sie wollen da oben operieren?« Ich weiß, daß ihre dichten, dunklen Augenbrauen zusammengezogen sind und daß sie hinten an ihrem Haar zieht, an einer Strähne nach der anderen, zieht und zieht und zieht, bis sie ein Nadelkissen von Schmerz spürt. Das hat sie sich erst in den letzten Jahren angewöhnt. Als ich noch mit ihr zusammen war, hat sie es nie getan.
»Ich hole noch eine zweite Meinung ein«, sage ich. Obwohl ich natürlich gar nichts in der Richtung unternommen habe. Aber ich werde es tun. Ich sehe zu dem Fernsehapparat über den Sesseln im Wartebereich auf. Reverend Jackson ist nicht mehr da.

Die Wörter »Kein Kredit mehr?« sind vor einem blauen Hintergrund eingeblendet. Als ich mich umdrehe, steht Irv immer noch an der Glasschiebetür. Dr. Tisaris ist nicht mehr an der Aufnahme. Ich muß sie schnellstens finden.
»Hat es noch zwei Stunden Zeit?« sagt Ann.
»Sie haben gesagt, heute. Ich weiß nicht.« Meine Wut ist schon wieder verschwunden.
»Ich komm hin«, sagt sie.
»Das dauert vier Stunden.« Eigentlich drei. »Das nützt nichts.« Ich stelle mir den verstopften FDR-Freeway vor, den Feiertagsverkehr. Stau auf der Triborough Bridge. Ein Verkehrsalptraum. Alles Dinge, an die ich Freitag gedacht habe, aber jetzt ist Sonntag.
»Ich kann einen Hubschrauber vom East River Terminal kriegen. Charley fliegt dauernd da runter. Ich sollte dabeisein. Sag mir nur, wo ihr seid.«
»Oneonta«, sage ich und habe ein seltsam hohles Gefühl bei dem Gedanken, daß sie herkommen wird.
»Ich ruf unterwegs gleich Henry Burris an. Er ist in Yale – New Haven. Sie sind dieses Wochenende auf dem Land. Er weiß, welche Möglichkeiten es gibt, sag mir genau, was er hat.«
»Ablösung«, sage ich. »Eine Ablösung der Netzhaut. Es ist nicht nötig, daß du auf der Stelle herkommst.«
»Ist er *im* Krankenhaus?« Ich habe das Gefühl, daß Ann alles aufschreibt: *Henry Burris. Oneonta. Ablösung. Netzhaut. Schlagkäfig? Paul. Frank.*
»Natürlich ist er im Krankenhaus«, sage ich. »Was glaubst du denn?«
»Was ist der genaue Name des Krankenhauses, Frank?« Sie ist so umsichtig wie eine OP-Schwester; und ich bin gerade mal ein pflichtbewußter Verwandter.
»A. O. Fox. Ist wahrscheinlich das einzige Krankenhaus der Stadt.«
»Gibt's da einen Flughafen?« Bestimmt hat sie *Flughafen* aufgeschrieben.
»Ich weiß nicht. Wenn es keinen gibt, sollte es einen geben.« Dann entsteht ein Schweigen, in dem sie vielleicht aufgehört hat zu schreiben.

»Frank, bist du in Ordnung? Du klingst nicht sehr gut.«
»Mir geht's auch nicht sehr gut. Aber ich hab kein kaputtes Auge.«
»Sein Auge ist nicht richtig kaputt, oder?« Ann sagt das in einer flehentlichen Stimme, vor der es kein Entrinnen gibt.
Von der Tür aus wirft Irv mir einen besorgten Blick zu, als hätte er mich etwas Bitteres oder Streitsüchtiges sagen hören. Die schwarze Krankenschwester von der Aufnahme sieht über ihren Computerschirm zu mir herüber.
»Nein«, sage ich, »ist es nicht. Aber er hat einen Schlag abbekommen. Es sieht nicht sehr gut aus.«
»Laß sie nichts an ihm machen. Bitte? Bis ich da bin? Kannst du dafür sorgen?« Sie sagt das jetzt mit einer weichen Stimme, aus unserer gemeinsamen Hilflosigkeit heraus. Ich würde sie gerne beruhigen, aber ich kann es nicht.
»Versprichst du mir das?« Sie hat ihren Unfalltraum nicht erwähnt. Den Gefallen hat sie mir getan.
»Ganz bestimmt. Ich sag sofort Bescheid.«
»Vielen Dank«, sagt Ann. »Ich bin spätestens in zwei Stunden da. Bleib ganz ruhig.«
»Tu ich. Ich werd hier sein. Und Paul auch.«
»Es dauert nicht lange«, sagt Ann etwas munterer. »In Ordnung?«
»In Ordnung.«
»Okay dann. Okay.« Und das ist alles.

Zwei Stunden, die sich in drei, dann vier Stunden verwandeln, gehe ich in der kleinen Empfangshalle mit den aufeinander abgestimmten Farben herum, während alles stillsteht. (Unter besseren Bedingungen wäre dies eine gute Gelegenheit, Klienten anzurufen und mich von meinen Sorgen abzulenken, aber das ist jetzt nicht möglich.) Irv, der beschlossen hat, die Nachmittags-»Drinksparty« mit den 59er Sox sausen zu lassen und mir Gesellschaft zu leisten, geht um zwei los und kommt mit zwei fettigen Tüten Hamburger wieder, die wir auf den Plastiksitzen mechanisch essen, während über uns im Fernseher die Mets lautlos gegen die Astros spielen. Auf der Unfallstation ist um diese Zeit nichts los.

Später, wenn es dunkel wird und am Seeufer zuviel Bier getrunken worden ist und jemand mit knochensplitterndem Ergebnis versucht, noch einen Extrapunkt bei einem privaten Baseballspiel zu machen, oder wenn jemand doch nicht soviel über Feuerwerksraketen weiß, wie er dachte – *dann* werden hier die Kapazitäten bis zum äußersten ausgelastet sein. Jetzt aber kommt nur einer mit einer möglicherweise selbstverschuldeten Schnittwunde herein, eine sehr dicke Frau mit unerklärlichen Schmerzen in der Brust, ein hemdloses, verwirrtes Opfer eines Autounfalls – sein Wagen hat sich offenbar ohne Zutun anderer überschlagen. Und sie kommen auch nicht alle auf einmal und ohne großen Lärm. (Der letzte eingeliefert von der Krankenwagenmannschaft aus Cooperstown, Ms. Oustalette und ihrem Partner, die mich beim Hinausgehen mit gerunzelter Stirn ansehen.) Alle werden nach einiger Zeit wieder entlassen, machen sich mit eigener Kraft auf den Weg, mit steinernem Gesicht und geläutert durch den schlimmen Ausgang ihres Sonntags. Die Krankenschwestern in der Aufnahme bleiben aber zu Scherzen aufgelegt. »Warte nur bis morgen, ungefähr diese Zeit«, sagt eine von ihnen mit wissendem Gesicht. »Dann geht's hier zu wie in der Grand Central Station im Stoßverkehr. Der Vierte ist *der* Tag für Unfälle.«

Um drei geht ein dicker junger Priester mit Bürstenhaarschnitt durch die Empfangshalle, bleibt stehen, kommt zu Irv und mir herüber, die wir das stumme Spiel ansehen, und fragt in einer Art Beichtstuhlflüstern, ob alles in Ordnung sei, und wenn nicht, ob er etwas für uns tun könne (nichts ist in Ordnung, und er kann nichts tun). Dann geht er lächelnd in Richtung Intensivstation weiter.

Dr. Tisaris segelt ein-, zweimal durch, sie hat anscheinend nicht genug zu tun. Einmal bleibt sie stehen, um mir zu sagen, daß ein »Netzhaut-Mann« aus Binghamton, der früher an der »Augenklinik von Mass.« tätig war, Paul untersucht hat (ich hab ihn gar nicht ankommen sehen). Er hat bestätigt, daß es sich um einen Netzhautriß handelt. Und »wenn's okay ist, bereiten wir ihn schon mal vor, damit wir, sobald Ihre Frau kommt, loslegen können. Dr. Rotollo«, das Talent aus Binghamton, »führt die Operation durch.«

Wieder frage ich, ob ich Paul sehen kann (ich habe ihn nicht gesehen, seit er in Cooperstown in den Krankenwagen geschoben worden ist). Dr. Tisaris kommt das offensichtlich nicht gelegen, aber sie sagt ja, obwohl sie ihn ruhig halten müsse, um die Blutung zu »minimieren«, und vielleicht könne ich einfach nur mal einen Blick hineinwerfen, ohne daß er es merkt, da er ein Beruhigungsmittel bekommen habe.

Ich verlasse Irv und folge ihren quietschenden Schuhen durch die Doppeltür in einen hellerleuchteten, pfefferminzgrünen, bunkerartigen Raum, der nach Äthanol riecht. An allen vier Wänden stehen Untersuchungsbetten, abgeschirmt von grünen Krankenhausvorhängen. Zwei Räume sind an schweren Schwingtüren mit geschwungenen Griffen durch die Aufschrift »Chirurgie« gekennzeichnet, und in einem ist Paul untergebracht. Als Dr. Tisaris langsam und geräuschlos den einen Flügel aufschiebt, sehe ich meinen Sohn. Er liegt auf dem Rücken in einem Bett mit Rädern und metallenen Seitenstangen und sieht sehr entstellt aus, da beide Augen wie bei einer Mumie verbunden sind. Er trägt aber noch sein schwarzes »Clergy«-T-Shirt, seine braunen Shorts und die orangefarbenen Socken. Nur die Schuhe fehlen, sie stehen nebeneinander an der Wand. Seine Arme sind über der Brust gekreuzt, als wolle er Ungeduld oder Mißbilligung ausdrücken. Die Beine hat er steif ausgestreckt. Ein intensiver Lichtstrahl ist auf sein bandagiertes Gesicht gerichtet, und er trägt seine Kopfhörer; sie sind in einen gelben Walkman gestöpselt, den ich noch nie zuvor gesehen habe und der auf seiner Brust liegt. Er scheint keine Schmerzen zu haben und wirkt ruhig und von der Welt unberührt, wenn man von den Bandagen absieht. (Oder er ist tot – da ich kein Heben und Senken seiner Brust erkennen kann, kein Zittern der Finger, kein Zucken der Zehen zu der Musik, die er hört, was immer es sein mag.) Sein Ohr hat, wie ich bemerke, einen neuen Verband.

Ich würde natürlich sehr gerne zu ihm hinüberlaufen und ihn küssen. Oder wenn das nicht geht, zumindest hier drin warten, unerkannt zwischen den Instrumentenschalen, den Sauerstoffflaschen, Defibrillier-Ausrüstungen, den Spritzenablagen und Gummihandschuhkästen: auf einem gepolsterten Hocker Wache halten, meinen Sohn meine Anwesenheit spüren lassen, zumindest im Prinzip »nützlich« sein, da meine Zeit für einen wirklichen Beitrag nun fast vorüber zu sein scheint. Eine ernsthafte, alles verändernde Verletzung kann den Lauf eines Lebens umlenken und es auf einen ganz neuen Kurs bringen, kann das alte unverletzte Ich und dessen vertraute Umgebung weit hinter sich lassen.

Aber ich darf nicht hierbleiben, und die Zeit vergeht, während ich neben Dr. Tisaris stehe und Paul einfach beobachte. Eine Minute. Drei. Schließlich bemerke ich die Andeutung einer Atembewegung unter seinem Hemd und höre plötzlich ein Zischen, das meine Ohren füllt – mit solcher Intensität, daß ich, wenn jemand mich ansprächte und laut hinter mir »Frank« sagte, wahrscheinlich nichts hören würde, nur dieses Zischen. Es ist ein Laut wie entweichende Luft oder wie Schnee, der vom Dach rutscht, oder Wind, der durch Kiefern geht – ein Zischen der Schicksalsergebenheit.

Ohne sichtbaren Grund wendet Paul uns daraufhin den Kopf zu, als habe er etwas gehört (das Zischen) und wisse, daß jemand ihn ansieht, als könne er sich mich oder jemand anderen durch einen rotschwarzen Vorhang weicher Dunkelheit vorstellen. Mit seiner Jungenstimme sagt er laut: »Okay, wer ist da?« Er fummelt blind an seinem Walkman herum, um die Lautstärke herunterzudrehen. Er kann das natürlich schon öfter gesagt haben, als niemand hier war.

»Ich bin's, Dr. Tisaris, Paul«, sagt die Ärztin völlig ruhig. »Hab keine Angst.«

Das Zischen hört auf.

»Wer hat Angst?« sagt er, in seine Bandagen starrend.

»Siehst du noch Lichtblitze oder grelle Farben?«

»Jaaah«, sagt er. »Ein bißchen. Wo ist mein Dad?«

»Er wartet auf dich.« Sie legt mir einen kühlen Finger aufs Handgelenk. Ich soll nichts sagen. Ich habe schon genug Schaden angerichtet. »Er wartet, daß deine Mom kommt, damit wir dein Auge in Ordnung bringen können.« Ihr gestärkter Kittel streift den Türrahmen. Ich rieche zum ersten Mal einen schwachen Duft von Exotika in seinen Falten.

»Sagen Sie Dad, er will immer zuviel unter Kontrolle haben. Er macht sich auch zuviel Sorgen«, sagt Paul. Mit seiner warzigen, tätowierten Hand greift er sich an seine Lusteinheit und kratzt sich kurz, genau wie Irv, als wären alle Lichter aus und niemand zu sehen. Dann seufzt er: ein Laut großer Weisheit, in dem große Geduld mitschwingt.
»Das werd ich ihm ausrichten«, sagt Dr. Tisaris mit ihrer flachen professionellen Stimme.
Und es ist *diese* Stimme, die mich zusammenzucken läßt, ein keineswegs kleines, mundverziehendes Zucken, sondern eines, das von den Knien hoch durch den Körper läuft, plötzlich und kräftig genug, daß ich mich räuspern, den Kopf abwenden und schlucken muß. Es ist die Stimme der Außenwelt, die plötzlich alles beherrscht: »Ich werd ihm das ausrichten; tut mir leid, der Job ist schon vergeben; wir würden Ihnen gern ein paar Fragen stellen; tut mir leid, ich kann jetzt nicht mit Ihnen reden.« Und so weiter, und so weiter, und so weiter bis hin zu: »Tut mir leid, Ihnen sagen zu müssen, daß Ihr Vater, Ihre Mutter, Ihre Schwester, Ihr Sohn, Ihre Frau, Ihr Hund, Ihr Wen-auch-immer-Sie-gekannt-und-geliebt-haben gegangen, verschwunden, abberufen, verletzt, erkrankt, verschieden ist.«
Während meine – die zum Schweigen gebrachte Stimme der Sorge, Liebe, Geduld, Ungeduld, Kameradschaft, Umsicht, Freundlichkeit und liebevollen Einsicht – die leise Stimme des alten kleinen Lebens an Boden verliert. Die Ruhmeshalle – unpersönlich, aber ein Erlebnis, das wir miteinander teilen konnten – sollte die Bühne sein, auf der wir in ruhiger Gewißheit ein neues Leben beginnen wollten (und fast, fast wurde sie das auch). Aber sie ist verdrängt worden von einem Bezirkskrankenhaus mit seinen Prognosen, flachen Stimmen, heiterem Desinteresse, kalten, harten Fakten, die nicht aufzuweichen sind. (Warum sind wir – wie ich jetzt – nie ganz darauf vorbereitet, daß so vieles, was wir planen, schiefgeht?)
»Haben Sie Kinder?« fragt Paul seine braungebrannte Ärztin weise und mit einer Stimme, die so nüchtern und knapp ist wie ihre.
»Nein«, sagt sie, unbeschwert lächelnd. »Noch nicht.«

Ich sollte jetzt hierbleiben und mir seine Meinung zur Kindererziehung anhören, ein Gebiet, auf dem er einzigartige Erfahrungen hat. Aber meine Füße wollen nichts davon wissen und treten zentimeterweise zurück, wenden sich um, gehen hinaus, machen, daß sie außer Hörweite kommen, schnell durch den Bunker, dann auf die Türen zu. Es ist so ähnlich wie vor Jahren, als ich ihm zuhörte, wie er zu Hause so intensiv mit seinen erfundenen »Freunden« redete. Auch das konnte ich nicht ertragen, seine fast vollkommene Selbstgenügsamkeit machte mich krank und schwach.
»Wenn Sie welche haben«, höre ich ihn sagen, »machen Sie nie...« Dann bin ich fort und schnell durch die Metalltür und wieder in dem kühlen, wäßrigen Raum für Verwandte, Freunde und Besucher, wo nun mein Platz ist.

Um vier ist Ann immer noch nicht da, und Irv und ich beschließen, einen Spaziergang zu machen. Wir gehen über den Rasen und durch die sommerlichen Nachmittagsstraßen von Oneonta, eine Stadt, von der ich mir nie vorgestellt habe, daß ich sie einmal besuchen würde. Ich hätte mir nie träumen lassen, daß ich in ihr ein besorgter Vater im Wartestand sein würde, obwohl das nun seit vielen Monden meine Hauptbeschäftigung ist.
Irv ist jetzt noch besser gelaunt, angespornt von der Erwartung düsterer Dinge, die für ihn selbst nicht düster sind. Er wird es bedauern, wenn etwas schiefgeht, aber eine wirkliche Trauer wird es für ihn nicht geben.
Wir marschieren zielstrebig über das gekappte Bermudagras und auf den warmen Gehsteig. Hier fällt die hügelige Main Street zur Stadt hin ab, so daß wir bergab gehen. Auf den Straßen ist jetzt viel mehr los als zur Zeit des Gottesdienstes. Große Hickorys mit scheckiger Rinde und Kastanien, Nachkommen unseres zentralamerikanischen Hartholzurwalds, haben ihre Wurzeln durch den alten, bröckeligen Beton gedrückt und machen das Spazierengehen zu einer Aufgabe. Die abschüssige Straße entlang ziehen sich alte, zusammensackende Holzhäuser, die auf hohe Fundamentmauern gesetzt sind. Die Schindeln sind grau und schäbig, und die Häuser werden (wenn nicht bald etwas getan

wird) zu völliger Wertlosigkeit verfallen. Einige stehen leer, vor einigen weht eine amerikanische Fahne, ein oder zwei tragen die vertrauten gelben Schleifen, während in manchen Vorgärten Schilder stehen: ZU VERMIETEN. ZU VERKAUFEN. KOSTENLOS, WENN SIE DEN TRANSPORT ÜBERNEHMEN. In meinem Gewerbe heißt das »für den Heimwerker«, »preiswertes Heim für Frischverheiratete«, »solide, aber renovierungsbedürftig«, »Liebhaberobjekt«, »Schnäppchen« – der Jargon des Niedergangs.
Irv, wie Irv nun einmal ist, möchte über ein »Thema« reden, und in diesem Fall lautet das Thema »Kontinuität«. Denn darum, so scheint es ihm zumindest, geht es zur Zeit in seinem Leben. Er ist sofort bereit, anzuerkennen, daß dies etwas damit »zu tun« hat, daß er Jude ist und daher immer nach etwas strebt. Aber auch der Druck der Geschichte spielt eine maßgebliche Rolle sowie die Tatsache, daß er eine bedeutsame Phase seines Lebens in einem Kibbuz verbracht hat, nachdem seine erste Ehe gescheitert und die Kontinuität seines Lebens vorerst gründlich ruiniert war. Dort eggte er die trockene und mitleidslose biblische Erde, las die Thora, diente sechs nervenzerreißende Monate in der israelischen Armee und heiratete schließlich die Tochter eines anderen Kibbuznik (aus Shaker Heights), eine Ehe, die ebenfalls nicht lange hielt und in einer bittern, religiös desillusionierenden Scheidung endete.
»Ich hab im Kibbuz 'ne Menge gelernt, Frank«, sagt Irv, während seine Rattansandalen auf das zermürbte Pflaster klatschen und wir in flottem Tempo die Main Street hinunterlaufen. Wir scheinen ohne große Vorplanung auf ein rotes DAIRY QUEEN-Schild im Gewerbegebiet von Oneonta zuzusteuern, ein Stadtviertel, wo es keine Wohnhäuser mehr gibt und Fremde möglicherweise nicht sicher sind (offensichtlich eine Gegend im Umbruch).
»Bekannte von mir, die da drüben waren, fanden es ziemlich interessant, auch wenn sie's nicht besonders mochten«, sage ich. In Wirklichkeit kenne ich niemanden außer Irv, der je zugegeben hat, in einem Kibbuz gewesen zu sein, und alles, was ich davon weiß, habe ich in der Trentoner *Times* gelesen. Irv ist aber keine schlechte Reklame für das Kibbuz-Leben. Er ist anständig und rücksichtsvoll und keinesfalls eine Nervensäge. (Mir ist jetzt

wieder eingefallen, wie Irv als Junge war: der lebhafte, immer freundliche, leichtgläubige, aber zugleich komplizierte »große« Junge, der sich viel zu früh rasieren mußte.)
»Weißt du, Frank, den jüdischen Glauben muß man nicht notwendigerweise nur in der Synagoge praktizieren«, sagt Irv feierlich. »In meiner Jugend in Skokie hatte ich aber nicht immer den Eindruck, daß die Leute das begriffen. Nicht, daß meine Familie übertrieben fromm war.« *Pitsch-patsch, pitsch-patsch, pitsch-patsch.* Die harten Jungs des Viertels fahren langsam in ihren frisierten Trans Ams und dunklen S-10 (keine Monzas) die Main Street entlang, einen muskulösen Arm um die Schultern ihrer Mädchen gelegt. Irv und ich fallen hier so aus dem Rahmen wie zwei lettische Bauern in Tracht, was aber kein übertriebenes Unbehagen in mir auslöst, weil dies ja schließlich unser Land ist. (Die gemeinsame Sprache sollte uns im Dreitausend-Kilometer-Radius von Kansas City eigentlich eine gewisse Akzeptanz verschaffen, aber wir sollten es wohl nicht darauf ankommen lassen, und tatsächlich werden wir ab und zu feindselig angestarrt.)
»Hast du Kinder, Irv?« sage ich. Ich fühle mich heute – Kontinuität beiseite – einer religiösen Diskussion nicht gewachsen und würde gern auf ein anderes Thema kommen.
»Keine«, sagt Irv. »Ich wollte keine, und das hat die Geschichte mit der zweiten Frau platzen lassen. Sie hat sofort wieder geheiratet und einen ganzen Haufen gekriegt. Ich hab leider überhaupt keinen Kontakt mehr zu ihr. Die wollten nichts mehr mit mir zu tun haben. Kannst du dir so was vorstellen?« Irv scheint verblüfft, aber zugleich bereit, die Geheimnisse des Lebens resignierend hinzunehmen.
»Selbständiges Denken wird in solchen Kreisen nicht gern gesehen, schätz ich. Genau wie bei den Baptisten oder den Presbyterianern.«
»Ich glaub, es war Sartre, der gesagt hat, Freiheit ist keinen Cent wert, wenn man nicht danach handelt.«
»Klingt nach Sartre«, sage ich und denke wieder das, was ich schon immer über Hippiekommunen, Kibbuze und verrückte utopische Sekten jeder Färbung gedacht habe: Daß nur ein wirklich unabhängiger Denker aufzutauchen braucht, und alle ver-

wandeln sich in Hitler. Und wenn ein feiner Kerl wie Irv nicht zurechtkommt, dann brauchen die anderen es gar nicht erst zu versuchen. Ich weiß nicht, was das mit Kontinuität zu tun hat, aber wahrscheinlich liegt das an mir.

Wir kommen an einem alten Gebäude vorbei, in dessen Schaufenster ein ganzer Sperrmüllhaufen liegt, verbeulte Teekessel, hölzerne Hotelkleiderbügel, zerbrochene Waffeleisen, Teile von Sätteln, Winterreifen, leere Bilderrahmen, Bücher, Lampenschirme, dazu eine Menge weiteren Krams, der auf einem dunklen Betonfußboden hinter dem Fenster aufgehäuft daliegt – Zeug, das offenbar der letzte Besitzer nicht verschenken konnte, als er pleite ging, und das er einfach liegengelassen hat. In der Scheibe aber sehe ich – unerwartet und zu meiner Bestürzung – mich selbst, in deutlicheren Farben als den Müll, allerdings immer noch blaß und zu meiner Überraschung einen halben Kopf kleiner als Irv und in einer sehr schlechten, halb *gebückten* Haltung. Es ist, als zögen mir irgendwelche Kräfte die Sehnen und Bänder im Bauch zusammen, so daß ich mich krümme und die Schultern nach vorn ziehe. Ich habe mir bei Gott nie vorstellen können, einmal so auszusehen, und ich bin tief schockiert! Irv beachtet seine Spiegelung natürlich überhaupt nicht. Aber ich straffe streng die Schultern und mache mich steif wie eine Schaufensterpuppe, atme tief ein, strecke mich und lasse den Kopf rotieren wie den Scheinwerfer eines Leuchtturms (ähnlich wie das, was ich gestern auf der Mauer in der Lederstrumpfregion gemacht habe, aber jetzt mit mehr Grund). Irv kehrt unterdessen zur Diskussion seiner Kontinuitätsanliegen zurück. Wir erreichen den tiefsten Punkt der Straße und kommen an einem billigen Immobilienmakler vorbei, City of Hills Realty. Den Namen habe ich bisher auf keinem der Verkaufsschilder gesehen.

»Wie dem auch sei«, sagt Irv, der weitermarschiert ist, ohne mein verzweifeltes Strecken zu bemerken, und einen Knopf seiner goldenen Strickjacke öffnet, um sich in der Nachmittagssonne etwas Kühlung zu verschaffen. »Hast du viele Freunde?«
»Nicht besonders viele«, sage ich, den Kopf zurückgelegt, die Schultern gerade.
»Ich auch nicht. Simulatorenleute treffen sich immer nur in

Gruppen, aber ich geh lieber allein in der Wüste wandern oder zelte irgendwo.«

»Ich angle gern, Forellen, aber auf Amateurbasis.« Ich gehe nun etwas schneller. Jetzt, nachdem ich Nacken und Schulter bewegt habe, ist der Schmerz an der Stelle wiedererwacht, wo mich der Baseball getroffen hat.

»Siehst du? Das mein ich«, sagt er, aber ich weiß nicht, was er meint. »Und 'ne Freundin? Bist du in der Hinsicht versorgt?«

»Na ja«, sage ich und denke zum ersten Mal nach sehr langer Zeit mit Unbehagen an Sally. Ich sollte unbedingt in South Mantoloking anrufen, bevor sie den Zug nimmt. Unsere Pläne revidieren; das Treffen auf morgen verschieben. »Ich bin da ziemlich festgelegt, Irv.«

»Hast du Heiratspläne?«

Ich lächle Irv an, ein Mann mit zwei Frauen hinter sich und einer an Deck, ein Mann, der mich fünfundzwanzig Jahre nicht gesehen hat und der trotzdem sein Bestes tut, mich zu trösten, mit mir ein ehrliches von-Mann-zu-Mann-Gespräch zu führen. Menschliche Güte ist eine weithin unterschätzte Sache, das ist mal sicher. »Im Moment bin ich Junggeselle, Irv.«

Irv nickt, zufrieden, daß wir im selben, nicht ganz seetüchtigen Boot sitzen. »Ich hab nicht richtig erklärt, was ich mit Kontinuität meine«, sagt er. »Das hat einfach damit zu tun, daß ich Jude bin. Bei anderen Leuten ist das wahrscheinlich anders.«

»Wahrscheinlich.« Ich stelle mir die zehn Zahlen von Sallys Telefonnummer vor, zähle das Klingeln, bis ihre süße Stimme antwortet.

»Ich könnte mir vorstellen, daß du im Immobiliengeschäft eine Menge Erfahrungen mit Leuten machst, die sich Kontinuität wünschen. Ich mein, im Sinn einer Gemeinde.«

»Wie bitte?«

»Einfach Kontinuität«, sagt Irv lächelnd. Vielleicht spürt er einen gewissen Widerstand und ist bereit, das Thema fallenzulassen (ich wäre sehr dafür). Wir stehen jetzt dem Dairy Queen gegenüber, an unserem Ziel angekommen, ohne uns darüber verständigt zu haben.

»Ich glaub eigentlich nicht, daß Gemeinden so etwas wie Kontinuität besitzen, Irv«, sage ich. »Für mich sind Gemeinden – und ich habe dafür viele Beweise – zufällige Gruppen, die versuchen, ihre Illusion von Beständigkeit zu verwirklichen, obwohl sie genau wissen, daß es sich um eine Illusion handelt. Wenn das irgendeinen Sinn ergibt. Dazu setzen sie ihre Kaufkraft ein. Aber Kontinuität, wenn ich das Wort überhaupt richtig verstehe, hat nicht viel damit zu tun. Vielleicht ist das Immobiliengeschäft doch nicht so 'n gutes Beispiel.«

»Da könntest du recht haben«, sagt Irv, der wahrscheinlich kein Wort davon glaubt. Obwohl er eigentlich mit meiner Erklärung zufrieden sein müßte, weil sie genau zu seiner allgemeinen Vorstellung von Simulation und auch zu seiner schlechten persönlichen Erfahrung im Kibbuz paßt. (»Gemeinde« ist in Wirklichkeit eines der Wörter, die ich hasse, da alle seine praktischen Implikationen ausgesprochen zweifelhaft sind.)

Ich gehe jetzt sehr gerade, bin fast so groß wie Irv. Er ist allerdings massiger – wahrscheinlich von all den Monaten, die er mit einer Uzi auf dem Rücken beim Beackern von trockenem Boden verbracht hat, immer ein Auge auf die mörderischen Araber, die mit Gemeinde nichts im Sinn hatten.

»Ist das aber wirklich genug, Frank? Die *Illusion* von Permanenz?« Irv sagt es mit Nachdruck. Zweifellos ist das ein Thema, das er mit jedem durchkaut. Vielleicht ist es sein *wahres Interesse*, etwas, was er in seinem glücklichen Leben wirklich erforschen will, ein Thema mit Substanz, jenseits der Grenzen der Simulation. Vielleicht ähnelt das ein bißchen meinem Leben, meiner Reise an einen Ort, den ich nicht kenne, einen Ort, den es vielleicht nur in meiner Hoffnung gibt.

»Genug wofür?«

Wir haben die Straße zum Dairy Queen überquert. Es ist in dieser alten Stadt natürlich selbst ein »Oldie«, im Zustand glanzlosen Verfalls, da Oneonta den Wandel zu einem Touristenort noch vor sich hat. Es ist bei weitem nicht so nett wie das FRANKS, obwohl genug Ähnlichkeiten da sind, um mir ein heimatliches Gefühl zu geben.

»Für mich hängt das alles mit dem Gedanken der Kontinuität zusammen«, sagt Irv, der mit über der Brust gekreuzten Armen dasteht und die handgeschriebene Eiskarte liest. Wir stehen am Ende einer kurzen Schlange. Ich suche nach dem in Schokolade getauchten Eis, das, seit ich denken kann, mein Lieblingseis ist, und bin für einen flüchtigen Moment widersinnigerweise glücklich. »Als ich im Krankenhaus auf dich wartete, hab ich mich daran erinnert« – Irv läßt einen Ausdruck wohlwollenden Erstaunens über seinen großen levantinischen Mund gleiten –, »daß wir beide in Jakes Haus gewohnt haben, als unsere Eltern heirateten. Ich war auch noch da, als deine Mutter starb. Wir kannten uns ziemlich gut. Und dann gehen fünfundzwanzig Jahre ins Land, ohne daß wir uns sehen, und dann stoßen wir zufällig hier mitten in den Wäldern des Nordens zusammen. Und mir wurde klar – es wurde mir klar, als ich da oben rumgelaufen bin und mir Sorgen um Jack und sein Auge gemacht habe –, daß du meine einzige Verbindung zur damaligen Zeit bist. Ich will da keine große Geschichte draus machen, aber du bist das nächste an Familie, was ich in der Welt habe. Und wir kennen uns nicht mal.« Und während er die Eissorten betrachtet, legt er mir, ohne mich anzusehen, seine große, fleischige, behaarte Hand mit dem Ring am kleinen Finger schwer auf die Schulter und schüttelt in großer Verwunderung den Kopf. »Ich weiß nicht, Frank.« Er sieht mich verstohlen an und starrt dann angestrengt auf die große Karte. »Das Leben ist schon verrückt.«

»Das ist es, Irv«, sage ich. »Der reinste Zirkus.« Ich lege Irv meine kleinere Hand auf die Schulter. Und wenn wir uns hier am Ende der Dairy Queen-Schlange auch nicht tränenüberströmt in die Arme fallen, so tauschen wir doch eine Menge an zurückhaltendem, jedoch unzweideutigem Schulterklopfen aus und sehen einander verschämt in die Augen. Normalerweise wäre das genug, mich in die Flucht zu schlagen, aber nicht an diesem seltsamen Tag.

»Wir haben wahrscheinlich viel miteinander zu besprechen«, sagt Irv prophetisch und läßt seine schwere Hand da, wo sie ist, so daß ich mich verpflichtet fühle, auch meine zu lassen, wo sie ist, in einer Art ungelenken Nicht-Umarmung auf Distanz. Ein paar Leute werfen uns bereits drohende Ich-will-damit-nichts-zu-tun-haben-Blicke zu, als könnten Spritzer derart gefährlich

ununterdrückter Gefühlsausbrüche jeden treffen wie Säure aus einer Autobatterie. Aber das hier wird nicht viel weiter gehen, wie ich allen versichern könnte.
»Sehr gut möglich, Irv«, sage ich, wenn ich auch nicht weiß, worum es sich dabei handeln könnte. Ein schattenhaftes Wesen hinter dem zweiten Verkaufsfenster des Dairy Queen schiebt jetzt die wacklige Scheibe mit der Aufschrift GESCHLOSSEN beiseite und sagt von innen: »Hier geht's weiter, Leute.« Die anderen sehen uns zögernd an, als könnten Irv und ich plötzlich zum zweiten Verkaufsfenster stürzen, was wir aber nicht tun. Sie wenden sich wieder ihrem Fenster zu, betrachten es skeptisch und treten dann alle geschlossen zum zweiten Fenster hinüber, so daß Irv und ich allein vor diesem Fenster stehenbleiben.

Auf unserem Rückweg den Hügel hinauf gehen wir feierlich wie zwei Missionare nebeneinanderher, ich mit meinem schnell schmelzenden, in Schokolade getauchten Eis, Irv mit einer rosafarbenen »Erdbeerschale«, die genau in seine große Hand paßt. Er scheint in gehobener Stimmung zu sein, hält sich aber zurück, um dem nüchternen Protokoll von Pauls (Jacks) Verletzung zu entsprechen.
Er erklärt mir aber, daß er in der letzten Zeit eine »merkwürdige Phase« durchlaufen hat, was er darauf zurückführt, daß er fünfundvierzig geworden ist (diesmal hat es nichts damit zu tun, daß er Jude ist). Er klagt darüber, daß er eine gewisse Distanz zu seiner Geschichte empfindet. Und das hat zu der Angst geführt (die aber durch die anspruchsvolle Simulatoren-Arbeit in Grenzen gehalten wird), daß er nachläßt, nicht mehr der Mann ist, der er mal war; wenn nicht in körperlicher Hinsicht, so doch in geistiger. »Das ist schwer in Worte zu fassen, ohne daß es lächerlich oder unklar klingt.«
Ich blicke nach oben, als er das sagt, meine klebrige Serviette habe ich in der Faust zu einem festen, trockenen Ball zusammengeknüllt. Meine Kiefermuskeln beginnen sich nach der kleinen Erholung wieder zu verkrampfen. Hoch über uns kreisen Möwen in großer Zahl auf den klaren Luftkissen des Nachmittags, die von den alten grünen Laubwaldkronen auf den Hügel-

kämmen gerahmt werden. Sie fliegen in so schwindelnder Höhe, daß man keinen Laut hört. Warum Möwen, frage ich mich, so weit von einem Meer?
Die Angst vor dem Nachlassen kenne ich natürlich sehr gut. Bei mir läuft das unter dem Titel »Die Angst vor dem Verschwinden«, und ich wäre froh, nicht noch mehr davon zu hören. Aber in Irvs Fall hat es zu »Beklommenheitsanfällen« (so nennt er das) geführt, zu einem schuldigen, hoffnungslosen, sogar leblosen Gefühl, das ihn immer dann überkommt, wenn jeder einigermaßen vernünftige Mensch allen Grund hätte, sich zu freuen – zum Beispiel, wenn man Möwen in schwindelerregender Zahl unter blauem Himmel kreisen sieht; oder wenn man unerwartet ein sonnenbeschienenes Flußtal hinabblickt (wie ich erst gestern), auf einen schimmernden Gletschersee von ursprünglicher Schönheit; wenn man in den Augen seiner Freundin uneingeschränkte Liebe erkennt und weiß, daß sie ihr Leben ganz deinem Glück widmen möchte, wovon man sie nicht abhalten sollte; oder wenn man auch nur plötzlich auf einem altbekannten Gehsteig einen zu Kopf steigenden Duft wahrnimmt und sich, um die Ecke kommend, unerwartet einem Beet voll aufgeblühter Riesenmaßliebchen und Blutweideriche in einem Park gegenübersieht. »Kleine Dinge *und* große«, sagt Irv, womit er die Dinge meint, bei denen er sich erst wunderbar, dann schrecklich, dann klein und unbedeutend und schließlich wie ausradiert fühlt. »Es ist verrückt, aber ich habe das Gefühl, das irgendwas Schlechtes an mir frißt.« Er stößt seinen Plastiklöffel in die zerknitterte Pappschale und zieht die buschigen Brauen zusammen.
Um die Wahrheit zu sagen, bin ich überrascht, so düstere Worte von Irv zu hören. Ich hätte angenommen, daß sein Judentum und ein gewisser angeborener Optimismus ihn geschützt hätten – obwohl ich mich da natürlich täusche. Ein angeborener Optimismus macht einen für Überraschungsangriffe besonders verwundbar. Beim Judentum kenne ich mich weniger aus.
»Meine Sicht der Ehe ist die« – Irv hat vorher schon zugegeben, daß er einen merkwürdigen Widerwillen dagegen hat, die kleine, stramme Erma zu Mrs. Ornstein Nr. 3 zu machen –, »daß ich immer noch bereit bin, das durchzuziehen. Aber etwa seit '86

habe ich nun dieses Gefühl, und das hat etwas mit der Angst zu tun, mich zu verlieren. Und in Ermas Fall habe ich Angst davor, mich vielleicht in der falschen Person zu verlieren und es ewig zu bereuen.« Irv sieht zu mir herüber, um, wie ich annehme, zu prüfen, ob ich mich äußerlich verändert habe, nachdem ich nun seine bitteren Geständnisse gehört habe. »Dabei liebe ich sie wirklich«, fügt er als krönenden Abschluß hinzu.

Wir sind schon fast wieder auf dem Krankenhausrasen. Die alten zusammensackenden Häuser oberhalb der Gehsteige hinter den alten Hickorys und Eichen scheinen jetzt weniger hinfällig, da wir sie zweimal in unterschiedlicher Stimmung und Beleuchtung gesehen haben. (Ein ehernes Prinzip bei schwerverkäuflichen Häusern: Zeig sie zweimal. Die Dinge können sich aufhellen.) Ich drehe mich um und blicke den Hügel hinunter auf die Stadt. Oneonta erscheint mir nun als netter und heimeliger Ort – zugegebenermaßen keine Stadt, in der ich Immobilien verkaufen möchte, aber doch ein Ort, in dem man sich einrichten könnte, wenn die Familie einen verlassen hat und man allein vor der Aufgabe steht, die Einsamkeit zu bekämpfen. Die Möwen sind plötzlich verschwunden, und Mauersegler schießen über den Baumwipfeln durch die Nachmittagsluft, um Insekten zu fangen. (Ich sollte die Markhams anrufen und auch Sally, aber diese Impulse verblassen ebensoschnell, wie sie gekommen sind.)

»Leuchtet dir irgendwas davon ein?« sagt Irv ernst. Er weiß, daß er wie ein Geisteskranker drauflos geredet hat, während ich praktisch nichts gesagt habe, nur ist das jetzt, da wir Brüder sind, gestattet.

»Das leuchtet mir alles ein, Irv.« Ich lächle; die Hände tief in den Taschen, bade ich in der warmen Brise, bevor ich ins Krankenhaus zurückgehe. Natürlich habe ich das, was Irv empfindet, etwa fünfhundertmal empfunden, und ich habe wenig dagegenzusetzen. Nur allgemeine Rezepte wie Durchhalten, Vergessen, gesunder Menschenverstand, Einsteckenkönnen und Humor – alles Lehrsätze der Existenzperiode. Wobei ich die physische Isolation und die emotionale Distanz, die auch dazugehören, auslasse, da sie ebenso viele oder sogar mehr Probleme schaffen, als sie zu lösen scheinen.

Ein Pickup fährt vorbei, gesteuert von einem weißen Jungen im T-Shirt, neben ihm ein dickliches Mädchen mit höhnisch verzogenem Gesicht, das die Hände hinter dem Kopf verschränkt hat. Er schreit mit bösem rotem Mund etwas aus dem Fenster, was wie *honi soit qui mal y pense* klingt, aber etwas ganz anderes ist. Dann gibt er lachend Gas. Ich winke ihm gutmütig zu, während Irv völlig von seinen Problemen in Anspruch genommen ist.

»Ich glaub, ich bin ein bißchen überrascht, das von dir zu hören, Irv«, sage ich, um nicht teilnahmslos zu erscheinen. »Aber ich meine, es wär ein mutiger Schritt, wenn du versuchtest, Erma das Jawort zu geben. Selbst wenn du es hinterher bereust. Du wirst schon drüber wegkommen, du hast ja auch den Kibbuz überlebt.« (Ich hab immer leicht reden, wenn es um die Schicksalsschläge anderer geht.) »Wann war das übrigens?«

»Vor fünfzehn Jahren. Es war wirklich ein großes Erlebnis. Aber was du sagst, ist interessant für die Zukunft«, sagt Irv nickend, obwohl er offensichtlich meint, daß es überhaupt nicht interessant ist, sondern das Verrückteste, was er je gehört hat. Das wird er jedoch nicht sagen, weil ich ihm leid tue. (Ich hätte allerdings gedacht, die Kibbuz-Erfahrung sei vom letzten September, nicht aus dem Jahr 1973!) Irv schnüffelt in der Luft herum, als käme ihm hier etwas bekannt vor. »Jetzt ist vielleicht nicht die richtige Zeit, so ein Risiko auf sich zu nehmen, Frank. Ich denk an die Kontinuität, mit der ich dich gelangweilt habe. Für mich ist es wichtig, mir im klaren zu sein, wo ich herkomm, bevor ich herauszufinden versuche, wo's hingehen soll. Ich will mich nicht selbst unter Druck setzen, wenn du weißt, was ich meine.« Er sieht mich an und nickt abwägend.

»Wie willst du das machen? Einen Stammbaum anfertigen lassen?«

»Na ja, zum Beispiel heute – heut nachmittag –, das hat mir in dem Sinn viel bedeutet.«

»Mir auch.« Obwohl ich wieder nicht genau weiß, wovon die Rede ist. Vielleicht hat es etwas damit zu tun, was Sally über Wally gesagt hat – daß sie ihn nie wieder zu Gesicht bekam und sich daran gewöhnen mußte. Nur daß es bei mir umgekehrt ist:

Ich sehe Irv, und ich bin gerne mit ihm zusammen, aber es hat keine tiefere Wirkung.
»Aber das ist ein gutes Zeichen, nicht? Irgendwo in der Thora steht, daß man anfängt, etwas zu verstehen, lange bevor man weiß, daß man es versteht.«
»Ich glaub, das steht in *Das Wunder auf der 34. Straße*«, sage ich und lächle Irv wieder an. Er ist nett, aber durchgedreht von zuviel Simulation und Kontinuität. »Ich bin mir ziemlich sicher, daß es auch in *Der Prophet* steht.«
»Das habe ich nie gelesen«, sagt er würdevoll. »Aber ich möchte dir etwas zeigen, Frank. Es wird dich überraschen.« Irv wühlt in der Gesäßtasche seiner Jogginghose und zieht eine hauchdünne Brieftasche hervor, die wahrscheinlich fünfhundert Dollar gekostet hat. Er sieht konzentriert darauf hinunter, geht mit dem Daumen Kreditkarten und Papiere durch und fingert dann etwas heraus, was alt und von der Zeit aufgeweicht wirkt. »Guck dir das mal an«, sagt er und reicht es mir. »Das trag ich seit Jahren mit mir herum. Seit fünf Jahren. Rat mal, warum.«
Ich drehe die Karte um und halte sie so, daß das Licht darauf fällt. (Irv hat sich die Mühe gemacht, sie laminieren zu lassen, so wichtig ist sie ihm.) Und es ist gar keine Karte, sondern ein Foto, schwarzweiß und in seiner Plastikbeschichtung so blaß und unscharf wie die Erinnerung selbst. Da stehen vier Menschen in stattlicher Familienpose, ein Ehepaar und zwei heranwachsende Jungen auf einer Veranda. Sie blinzeln und lächeln besorgt in die Kamera und in eine längst erloschene Lichtquelle, die ihre Gesichter erhellt. Wer ist das? Wo sind sie? Wann war das? Dann aber erkenne ich, daß es Irvs einstige Kernfamilie in seinen Teenagertagen in Skokie ist, als die Zeiten noch schön waren und nichts simuliert werden mußte.
»Nicht schlecht, Irv.« Ich sehe zu ihm auf, bewundere aus Höflichkeit noch einmal das Foto und gebe es zurück. Ich muß mich jetzt wieder meinen väterlichen Pflichten zuwenden, die Dinge der Gegenwart vorantreiben.
Nicht weit entfernt ertönt ein wummerndes *Wopp-wopp-wopp*, und ich begreife, daß das Krankenhaus für Notfälle wie Paul

einen Hubschrauberlandeplatz hat und daß in diesem Moment Ann ankommt.

»Das sind wir, Frank«, sagt Irv und sieht mich überrascht an. »Das sind du und Jake und deine Mom und ich, in Skokie, 1963. Siehst du, wie hübsch deine Mom ist, obwohl sie schon so dünn aussieht? Wir stehen auf der Veranda. Erinnerst du dich gar nicht daran?« Irv starrt mich an, seine Lippen sind feucht, die Augen glücklich hinter den Brillengläsern. Er hält mir noch einmal sein kostbares Bild hin, damit ich es mir richtig ansehe.

»Ich glaub nicht.« Ich sehe widerwillig noch einmal durch dieses kleine Fenster auf meine längst entschwundene Vergangenheit, spüre einen leichten Stich im Herzen – nichts Besonderes, nicht zu vergleichen mit Irvs Beklommenheiten – und reiche ihm das Foto wieder zurück. Ich bin ein Mann, der seine eigene Mutter nicht erkennt. Vielleicht sollte ich Politiker werden.

»Ich auch nicht so richtig.« Irv sieht es sich das achtmillionste Mal aufmerksam an, als könne er aus dem Bild eine Botschaft für das Hier und Jetzt herauslesen, schüttelt dann den Kopf, schiebt es zwischen die anderen Votivbilder in seiner Brieftasche und steckt sie in die Tasche zurück, wo sie hingehört.

Ich blicke wieder zum Himmel auf, um den Hubschrauber zu suchen, sehe aber nichts, nicht einmal die Mauersegler.

»Na ja, es ist natürlich nichts Weltbewegendes.« Irv paßt seine Erwartungen meiner unzulänglichen Reaktion an.

»Irv, ich muß da jetzt rein. Ich glaub, ich hab den Hubschrauber meiner Frau gehört.« (Ist das ein *normaler* Satz? Redet man so, oder bin ich das? Oder der Tag?)

»He, kein Grund zur Aufregung.« Irvs schwere Hand liegt wieder wie ein Brett auf meiner Schulter. (Mein Herz hat plötzlich angefangen, heftig zu schlagen.) »Ich wollte dir nur zeigen, was ich mit Kontinuität meine. Es ist nichts Gefährliches. Wir müssen uns nicht den Arm aufritzen und unser Blut vermischen oder so was.«

»Ich stimm dir vielleicht nicht in allem zu, Irv, aber ich...« Und dann kriege ich für einen Moment gar keine Luft, und ich keuche fast, so daß ich in Panik gerate, weil ich denke, ich ersticke. Ich könnte Hilfe gebrauchen, falls Irv die notwendigen Griffe kennt.

Ich hätte diesen Spaziergang zur Dairy Queen nicht machen sollen, hätte mich nicht wie Paul in Cooperstown vom behaglichen Kleinstadtleben einfangen lassen dürfen, von dem Gedanken, wider alle Gesetze der realen Schwerkraft davonschweben zu können. »Ich möchte aber, daß du weißt«, sage ich kurz vor einer zweiten, weniger erschreckenden Atemnot, »daß ich deine Sicht der Dinge respektiere und daß ich dich wirklich mag.«
»Ich glaub, das hab ich schon richtig verstanden, Frank«, sagt Irv. Er ist jetzt ganz der souveräne Projektleiter in seinem Schaukel- und Wackellaboratorium: im Gegensatz zu uns anderen fliegt er immer in der Waagerechten. Aber ich bin (mehr als einmal) da gewesen, wo er jetzt ist, und ich habe keine Lust, das noch mal zu erleben. Irv steht wahrscheinlich am Anfang seiner eigenen Existenzperiode mit all ihren guten und weniger guten Fluglagen, während ich sie offenbar unter großen Turbulenzen verlasse. Wir sind uns auf unserer Reise begegnet; wir haben uns in die Augen gesehen, wir haben gute, ernste Worte getauscht. Aber wir haben keine gemeinsame Schnittfläche, obwohl ich ihn wirklich gerne mag.
Ich gehe auf die Eingangstür zu, mit rasendem Herzen, das Kinn so steif wie ein Kaminhaken. Ich sage ihm das Beste, was ich für unsere Zukunft als Freunde parat habe: »Laß uns mal zusammen fischen gehen.« Zur Betonung sehe ich mich um. Er steht mit einer seiner langen Sandalen auf dem Gras, mit der anderen auf dem Pflaster, seine helle Strickjacke fängt das Sonnenlicht ein. Er wünscht uns beiden, das weiß ich, eine gute Fahrt zum nächsten Horizont.

-12-

Ann steht allein im Wartebereich der Notaufnahme. Ihr braunes Trenchcoat ist zugeknöpft, ihre bloßen Beine stecken in abgetragenen weißen Turnschuhen. Sie sieht sehr besorgt aus, und mein Anblick ändert daran nichts.
»Ich hab hier gestanden und durch die Türen beobachtet, wie du über den Rasen gekommen bist. Und erst als du an der Tür warst, hab ich gemerkt, daß du es bist.« Sie lächelt mich eingeschüchtert an, zieht die Hände aus den Trenchcoattaschen, nimmt meinen Arm und gibt mir einen flüchtigen Kuß. Ich fühle mich dadurch ein wenig besser (wenn auch nicht wirklich gut). Wir sind weiter voneinander entfernt denn je, so daß ein Kuß nichts zu bedeuten hat. »Ich hab Henry Burris mitgebracht. Deshalb hat es so lange gedauert«, sagt sie, sofort zur Sache kommend. »Er hat sich Paul schon angesehen und den Krankenbericht, und er meint, wir sollten ihn sofort nach Yale runterfliegen.«
Ich starre sie in tiefer Bestürzung an. Ich habe tatsächlich alles Wichtige verpaßt: ihre Ankunft, eine weitere Untersuchung, eine neue Prognose. »Wie?« sage ich und blicke hoffnungslos auf die lachsfarbenen und apfelgrünen Wände des Wartesaals, als wollte ich sagen: Hier siehst du, was *ich* zu bieten habe. Oneonta. Es mag ein komischer Name sein, es mag nicht das Beste sein, aber, bei Gott, es ist zuverlässig, und wir sind nun einmal hier.
»Wir haben schon einen zweiten Hubschrauber angefordert, der ihn transportieren kann. Vielleicht ist er schon hier.« Sie sieht mich verständnisvoll an.
An der Aufnahme ist jetzt eine neue Besetzung: zwei winzige, sehr adrette Koreanerinnen mit den hohen Hauben katholischer Kindergärtnerinnen, die wie Notare über Tabellen sitzen, und eine lustlose junge Blondine (von hier), die auf ihren Computerbildschirm starrt. Keine von ihnen weiß etwas über meinen Fall.

Es würde mich ermutigen, wenn Irv hereinspaziert käme, in der letzten Reihe Platz nähme und mich unterstützte.
»Was sagt Dr. Tisaris?« Ich frage mich, wo sie ist, hätte sie bei dieser Beratung gerne dabei. Obwohl Ann sie und Dr. Rotollo wahrscheinlich schon entlassen und durch ihr eigenes Chirurgenteam ersetzt hat, während ich Eis essen war. Ich muß mich bei ihr für den Mangel an Vertrauen entschuldigen.
»Sie ist völlig damit einverstanden, ihn zu verlegen«, sagt Ann, »besonders nach Yale. Wir müssen nur ein Formular unterschreiben. Ich hab's schon gemacht. Sie ist sehr professionell. Sie kennt Henry aus ihrer Assistenzzeit.« (Natürlich.) Ann nickt. Dann aber sieht sie mir direkt in die Augen, ihre grauen, gefleckten Pupillen sind ganz rund und groß, sie glänzen flehend. Sie trägt ihren Ehering nicht (vielleicht um den verzweifelten Mitden-Nerven-am-Ende-Look zu betonen). »Frank, ich möchte es gerne so machen, okay? Wir haben ihn in fünfzig Minuten unten in New Haven. Da steht alles bereit. Eine halbe Stunde, um ihn vorzubereiten, und etwa eine Stunde Operation. Henry wird sie leiten. Das ist das Beste, was wir für ihn tun können.« Sie blinzelt mich mit dunklen Augen an, mehr will sie eigentlich nicht sagen, sie hat ihren Trumpf ausgespielt. Aber sie kann nicht anders, sie fügt hinzu: »Oder er wird hier in Oneonta operiert, von Dr. Tisaris oder sonst jemandem. Vielleicht ist sie ja wirklich gut.«
»Ich verstehe«, sage ich. »Wie groß ist das Risiko, ihn dahinzufliegen?«
»Kleiner als das Risiko, meint Henry, ihn hier operieren zu lassen.« Ihr Gesicht wird weicher, entspannt sich. »Henry hat so was schon zweitausendmal gemacht.«
»Das sollte reichen«, sage ich. »Ist er mit Charley zur Schule gegangen?«
»Nein. Er ist älter«, sagt sie knapp und schweigt dann. Vielleicht ist Henry ihr geheimnisvoller Freund; die treten fast immer in unschuldigen Verkleidungen auf. Älter, in diesem Fall; erfahren darin, die Opfer menschlichen Leidens (wie Ann) zu behandeln; und als verstärkendes Karma trägt er den gleichen Vornamen wie Anns Vater. Und wenn er erstmal Pauls Augenlicht gerettet hat (Tage bangen Wartens, dann werden die Bandagen abgenom-

men, und er kann wieder sehen!), ist es nur noch eine Kleinigkeit, Charley in Kenntnis zu setzen, der mit schmerzlichem Gesicht, aber vielleicht sogar dankbar, beiseite treten wird, an der letzten Boje ausmanövriert. Charley ist Sportsmann, das zumindest. Ich bin das in viel geringerem Maße.
»Willst du wissen, was passiert ist?« sage ich.
»Er ist von einem Schlagkäfig getroffen worden, hast du gesagt.« Ann zieht einen Briefumschlag aus der Trenchcoattasche und macht einen Schritt auf das Aufnahmepult zu, womit sie andeutet, daß ich mitkommen soll. Es ist ein Entlassungsformular. Ich entlasse meinen Sohn in die Welt. Zu früh.
»Er hat einen Baseball abgekriegt, *in* einem Schlagkäfig«, sage ich.
Ann antwortet nicht, sieht mich nur an, als wäre ich angesichts dieser großen Geschehnisse zu kleinlich. »Hatte er denn keinen Helm auf oder so was?« sagt sie und tritt etwas zurück, zieht mich mit.
»Nein. Er war wütend auf mich und lief einfach in den Käfig rein und stand bei zwei Würfen nur so da und ließ sich dann von einem ins Gesicht treffen. Ich hab das Geld für ihn eingeworfen.« Ich merke, daß meine Augen sich zum dritten Mal in weniger als vierundzwanzig Stunden mit heißen Tränen füllen, die ich nicht will.
»Oh«, sagt Ann, den Umschlag in der linken Hand. Eine der orientalischen Winzlings-Schwestern sieht kurzsichtig mit erhobener Nase zu mir herüber und wendet sich dann wieder ihren Tabellen zu. Tränen bedeuten nichts in einer Notaufnahmestation.
»Ich glaub nicht, daß er sein Auge zerstören *wollte*«, sage ich mit nassen Augen. »Aber er wollte wahrscheinlich getroffen werden. Um zu sehen, wie das ist. Hast du so was schon mal erlebt?«
»Nein«, sagt Ann und starrt mich kopfschüttelnd an.
»Ich aber, und ich war auch nicht verrückt.« Ich sage das viel zu laut. »Als Ralph gestorben ist. Und nachdem wir geschieden waren. Ich wär froh gewesen, wenn ich was aufs Auge gekriegt hätte. Es wär leichter gewesen als das, was ich gerade machte. Ich will nur nicht, daß du denkst, er hat 'nen Knall. Hat er nicht.«

»Es war wahrscheinlich nur ein Unfall«, sagt sie flehend. »Es ist nicht deine Schuld.« Obwohl sie so beherrscht ist, glänzen jetzt auch ihre Augen feucht – trotz aller Anstrengung und allem Instinkt. Ich soll sie ja nicht weinen sehen, nicht wahr? Das verstößt gegen das Glaubensbekenntnis der Scheidung.
»Es *ist* meine Schuld, ganz sicher«, sage ich schrecklicherweise. »Du hast sogar davon geträumt. Er hätte einen Augenschutz und einen Panzer und einen Sturzhelm tragen sollen. Du warst nicht da.«
»Sei nicht so«, sagt Ann und schafft es zu lächeln, wenn auch traurig. Ich schüttle den Kopf und betupfe mir das linke Auge, in dem zu viele Tränen sind. Daß sie mich weinen sieht, ist *kein* Problem in meinem Verhaltenskodex. Für mich gibt es kein Problem zwischen uns. Was das Problem ist.
Ann atmet tief und unsicher durch und schüttelt dann den Kopf, um mir zu bedeuten, was ich jetzt nicht tun soll: ich soll die Dinge nicht noch schlimmer machen. Ihre linke, unberingte Hand hebt sich und legt den Umschlag auf die grüne Plastikoberfläche des Aufnahmepults. »Ich glaub nicht, daß er verrückt ist. Aber er braucht vielleicht Hilfe. Er wollte dich wahrscheinlich auf sich aufmerksam machen.«
»Wir brauchen alle Hilfe. Ich wollte nur, daß er etwas *tut*.« Ich bin plötzlich wütend darüber, daß sie immer alles weiß, es aber nicht richtig weiß. »Und ich *bin* so. Wenn mein Hund überfahren wird, ist das meine Schuld. Wenn mein Kind einen Schlag aufs Auge kriegt, ist das meine Schuld. Ich hätte auf ihn aufpassen sollen.«
»Okay.« Sie senkt den Kopf, tritt dann auf mich zu und greift wieder nach meinem Ärmel, wie vorhin, als sie mir den flüchtigen Kuß gegeben und mich überredet hat, meinen Sohn nach Yale fliegen zu lassen. Sie legt den Kopf an meine Brust, ihr Körper entspannt sich, und ich weiß, daß sie versucht, durch die Mauer der Jahre und der Wörter und der Geschehnisse zu schlüpfen und meinen Herzschlag zu hören – als Versicherung, daß wir beide immer noch leben, wenn wir auch sonst nichts mehr gemeinsam haben. »Sei nicht böse«, sagt sie flüsternd. »Sei nicht so böse auf mich.«

»Ich bin nicht böse auf dich.« Ich flüstere auch, in ihr dunkles Haar hinein. »Ich bin was anderes. Ich hab kein Wort dafür. Vielleicht gibt's kein Wort dafür.«
»Aber das magst du doch, oder?« Sie hält jetzt meinen Arm, wenn auch nicht sehr fest. Die Schwestern hinter uns haben höflich das Gesicht abgewandt.
»Manchmal«, sage ich. »Manchmal mag ich das. Aber jetzt nicht. Jetzt hätte ich gerne ein Wort dafür. Ich glaub, ich bin gerade zwischen Wörtern.«
»Das ist okay.« Ich spüre, wie sie den Körper strafft und sich von mir löst. Sie wüßte ein Wort dafür in ihrer präzisen Wahrheitssuche. »Unterschreib jetzt das Papier, ja? Damit es weitergehen kann? Damit er wieder gesund wird?«
»Sicher«, sage ich und lasse sie los. »Mach ich gerne.«
Und letztlich bin ich auch froh, loslassen zu können.

Henry Burris ist ein schmucker kleiner Medizinmann mit weißem Haar, kleinen Händen und roten Wangen. Er trägt eine weiße Leinenhose, teurere Mokassins als ich und ein pinkfarbenes Hemd, das – aller Wahrscheinlichkeit nach – direkt von Thomas Pink stammt. Er ist sechzig, hat sehr helle, klare kalksteinblaue Augen und redet mit einem leisen, leutseligen South-Carolina-Flachland-Dialekt. Er hält mein Handgelenk mit leichtem Griff umfaßt, während er mir sagt, daß mit meinem Sohn alles wieder in Ordnung kommt. (Null Chance, denke ich jetzt, daß er und Ann was miteinander haben, vor allem, weil er so klein ist, aber auch, weil Henry eine weithin berühmte Ehe mit einer hochgeschätzten, unverschämt langbeinigen und auch reichen Frau namens Jonnee Lee Burris führt, Erbin eines Gipsvermögens.) Während wir zusammen gewartet haben wie alte Freunde in einem Flughafen, hat Ann mir berichtet, daß die Burrises *das* Vorbild allen ehelichen Strebens im ansonsten scheidungsverseuchten Deep River sind und daß dasselbe für New Haven gilt, wo Henry die Bunker-Augen-Klinik der Yale University leitet. Er hat Forschungsarbeiten von Nobelpreis-Kaliber aufgegeben, um sich selbstlos in den Dienst anderer zu stellen und mehr Zeit für die Familie zu haben – kein Kandidat für eine

schnelle Nummer im Heu, obwohl: wer ist dafür jemals kein Kandidat?
»Also, Frank, hören Sie, ich mußte schon mal so 'ne Operation machen wie an Ihrem Jungen, als ich vor zwölf Jahren unten an der Duke University war. Gastprofessor für Ophthalmologie.« Henry hat bereits aus dem Handgelenk eine eindrucksvolle Zeichnung von Pauls Auge für mich gemacht, die er jetzt achtlos wie ein ungewolltes Reklameblatt zusammenrollt, während er mit mir redet (insgeheim herablassend natürlich, da ich der erste Mann der zweiten Ehefrau seines Freundes bin und wahrscheinlich ein lächerlicher Trottel ohne Yale-Verbindungen). »Bei 'ner dicken schwarzen Dame, die in ihrem Garten von irgendwelchen verdammten Bengeln mit Holzäpfeln beworfen wurde, und einer traf sie ins Auge. Schwarze Jungs, war nichts Rassistisches dabei.«
Wir sind auf dem Rasen hinter dem Krankenhaus, neben dem quadratischen, blauweißen Hubschrauberlandeplatz, wo ein großer roter Sikorsky der Connecticut Air Ambulance auf seinen Kufen steht, der Rotor noch gemächlich kreisend. Von hier, einer bescheidenen Hügelkuppe – einem idealen Picknickplatz –, kann ich die schattigen Catskills sehen, ihre verhangenen Täler ziehen sich südwärts auf den blauen Himmel zu. In mittlerer Entfernung unter uns liegt der eingezäunte Würfel einer öffentlichen Tennisanlage, alle Plätze besetzt, und dahinter führt die Interstate 88 nach Binghamton und hinauf nach Albany. Ich kann keinen Verkehrslärm hören, so daß auch die Straße noch idyllisch wirkt.
»Also sagt die schwarze Dame zu mir, als wir gerade dabei waren, sie zu anästhesieren: ›Dokta Burris, wenn der Tach heute 'n Fisch wär, würd ich ihn auf der Stelle zurückwerfen.‹ Und sie grinste mit ihren alten langen Zähnen an und war weg.« Henry macht runde Augen und versucht, mit einer gespielten Grimasse und zusammengepreßten Lippen ein schallendes Lachen zu unterdrücken – wahrscheinlich übt er das jeden Abend vor dem Zubettgehen.
»Und wie ist die Operation verlaufen?« Ich entwinde ihm sanft mein Handgelenk, während meine Augen hilflos zu dem Hub-

schrauber zurückwandern, in den Paul Bascombe gerade von zwei Helfern professionell verladen wird. Gleich werde ich ihm nachwinken.

»Ach so, ja, ich kann Ihnen sagen«, sagt Henry Burris, zugleich flüsternd und mit lauter Stimme. »Wir haben sie so hingekriegt, wie wir Paul heute hinkriegen werden. Sie sieht so gut wie Sie, oder hat's damals jedenfalls getan. Jetzt wird sie tot sein. Sie war einundachtzig.«

Aufgrund unseres Gesprächs habe ich volles Vertrauen zu Henry Burris. Er erinnert mich an Ted Houlihan, nur in jüngerer, energischerer, intelligenterer und zweifellos nicht so schlüpfriger Version. Ich zögere nicht, ihn die Netzhaut meines Sohnes flicken zu lassen, habe nicht das Gefühl, einen schrecklichen Fehler zu machen, der später Reue in mir aufsteigen lassen wird wie geschmolzenes Metall, das sich für immer verhärtet. In jeder Hinsicht ist dies die richtige Entscheidung – die Dinge sind selten so eindeutig. »Umsicht«, hat Henry Burris zu mir gesagt, »ist hier angebracht, weil die Probleme, die uns wirklich Sorgen machen, die sind, die man *nicht* gleich erkennt.« (Wie beim Hauskauf.) »Und wir haben Ärzte unten in Yale, die schon alles gesehen haben.« (Das ist sicher wahr; vielleicht sollte ich ihn fragen, was es mit meinem Zusammenzucken auf sich hat.)

Mein Problem ist nur, daß ich nicht weiß, wie ich Henry sehen soll. Ich kriege kein Bild von ihm, weiß nicht, was ihn umtreibt. Augen natürlich: wie man sie heilt, was mit ihnen nicht in Ordnung ist, was gesund an ihnen ist, wie sie uns sehen lassen und dann wieder nicht (so ähnlich wie bei Dr. Stoplers Kontrast zwischen Verstand und Gehirn). Was ich aber nicht weiß, ist: was und wo ist sein Geheimnis? Nicht daß es irgendeine Rolle spielte – außer für meinen Seelenfrieden. Wahrscheinlich erschließt sich das nur jemandem, der ihn viele Jahre kennt, ihn als Arzt achtet, ihn noch näher kennenlernen möchte und mit ihm Ferien auf einem Reiterhof oben in Wind Rivers macht oder mit ihm auf einem Frachter um die Welt fährt oder mit dem Kanu in die unbekannten Quellgewässer des Watanuki. Was sind seine Ungewißheiten, welchen Frieden hat er mit den Zufälligkeiten des Daseins geschlossen, welche Gedanken macht er sich über die

Unvermeidbarkeit von Freude oder Trauer in diesen unbekannten Gewässern, die wir alle befahren? Was in seiner Erfahrung hat ihn dazu gebracht, die *Umsicht* zur Lebensregel zu machen? Von Irv weiß ich das alles, und was mich betrifft, so könnte jeder es in acht Sekunden feststellen. Aber bei Henry, wo ein einziger Anhaltspunkt Bände spräche, ist nichts dergleichen in Sicht.
Es ist natürlich möglich, daß gar keine besondere Erklärung dahintersteckt. Vielleicht sind es bei ihm nur die Augen, Augen und nochmals Augen, und in zweiter Reihe eine bestimmende Frau mit einem fetten Bankkonto und schließlich eine sehr positive Grundhaltung den Dingen des Lebens gegenüber. Umsicht, mit anderen Worten, ist Standard, keine Option. Er hat dieselbe angemessen kühle, semi-liebenswürdige Ausstrahlung, die ich an Dr. Tisaris wahrgenommen habe, obwohl es bei Dr. T. noch einen Hauch von etwas anderem unter dem Doktorkittel gab. Aber (und damit höre ich auf, darüber nachzudenken) das ist andererseits auch die Ausstrahlung, die man von einem Mann der Heilkunde erwartet, besonders wenn der eigene Sohn ernsthafte Aufmerksamkeit braucht und man den Typ sowieso nie wieder sehen wird.
Ann wartet ein paar Meter weiter unter dem roten Windsack des Landeplatzes. Sie unterhält sich überaufmerksam mit Irv, der noch immer seine Sandalen und die goldene Mafiajacke trägt. Er hat sich ganz in die eigenen gekreuzten Arme gewickelt und steht etwas feminin da, die Hüfte geknickt und die Knie nach außen, als brauche er Schutz gegen Ann und ihresgleichen. Sie haben ein paar gemeinsame alte Kumpel entdeckt, die von ihren Eltern in den Fünfzigern in das gleiche Sommercamp in Nordmichigan geschickt worden waren. Dort tobten sie in den Dünen herum, bevor die von Bulldozern plattgemacht wurden, um einen Park zu schaffen. Für Irv ist dies *der* Tag der Kontinuität, und er wirkt so versunken wie ein Schriftgelehrter aus dem Alten Testament, obwohl er natürlich weiß, daß Anns und meine Kontinuität nicht mehr existiert und er daher ein wenig zurückhaltend sein muß (was das Foto betrifft, zum Beispiel).
Ann hat weiter ein wachsames Auge auf mich gehabt, während ich mit Henry geredet habe, hat mir ab und zu ein schwaches und

ein wenig rätselhaftes Lächeln zugeworfen, einmal sogar mit einem Finger gewinkt, als hätte sie mich im Verdacht, mich im letzten Moment unter die Rotoren stürzen zu wollen, um meinen Sohn davor zu bewahren, von ihr und anderen gerettet zu werden. Als hoffte sie, das mit einem Blinzeln verhindern zu können. Obwohl ich gar nicht so uneinsichtig bin und im übrigen mein Wort halte, wenn man mich läßt. Vielleicht will sie nur eine kleine Geste des Vertrauens von mir. Und ich habe das Gefühl, daß eine wirkliche Veränderung im Gange ist, eine Anerkennung der Tatsachen, die seit langem überfällig war. Meine gute Tat ihr gegenüber wird mein vertrauensvoller Verzicht sein. Ich habe natürlich eine letzte Chance gehabt, Pauls hellerleuchtetes Krankenzimmer zu betreten und ihm auf Wiedersehen zu sagen. Er lag wie vorher anscheinend schmerzfrei und in energischer guter Laune da, die Augen noch bandagiert, die Füße über das Bettende hinausragend – ein Junge, der aus seinen Möbeln herausgewachsen ist.

»Wenn ich aus dem Krankenhaus raus bin und keine Bewährung mehr hab, komm ich vielleicht runter und bleib 'ne Weile bei dir«, sagte er, blind ins Licht sehend, als wäre das eine völlig neue Idee, die er sich in seiner Beruhigungsmitteltrance ausgedacht hatte. Aber mich machte es schwindlig vor Freude, meine Arme federleicht und prickelnd.

»Ich würd mich freuen, wenn deine Mom es auch gut fände«, sagte ich. »Es tut mir nur leid, daß es heute nicht so gut gelaufen ist. Wir sind nicht in die Ruhmeshalle gekommen, wie du gesagt hast.«

»Ich bin kein Ruhmeshallenmaterial. Das ist die Geschichte meines Lebens.« Er verzog das Gesicht wie ein Vierzigjähriger. »Gibt's eine Ruhmeshalle für Immobilienmakler?«

»Wahrscheinlich«, sagte ich, die Hände auf der Stange seines Betts.

»Wo denn? In Kotzville, New Jersey?«

»Oder in Schummelburg. Oder Nassau, Ohio. Vielleicht Kap Humbug, B. C. Irgendwo dort.«

»Glaubst du, sie würden mich in Haddam mit 'ner Piratenklappe in die Schule lassen?«

»Wenn sie dich mit dem, was du heute anhast, reinlassen, bestimmt.«
»Glaubst du, die erinnern sich noch an mich?« Er atmete in Gedanken an die Lästigkeit der Verletzung tief aus, die lebhaften Bilder des Schulbeginns in einer alten/neuen Stadt im Kopf.
»Ich glaub, du hast da unten einen unvergeßlichen Eindruck gemacht, wenn ich es richtig sehe.« Ich blickte konzentriert auf seine Nase, die von der Bandage gekraust wurde, als könnte er merken, wenn ich woandershin sah.
»Man hat mich da nie richtig gewürdigt.« Und dann sagte er: »Wußtest du, daß mehr Frauen als Männer Selbstmordversuche machen? Aber mehr Männer es auch wirklich schaffen.« Ein Grinsen bläst seine Wangen unter der Bandage auf.
»Es ist manchmal ganz gut, wenn man was nicht schafft. Du hast doch nicht versucht, dich umzubringen, nicht wahr?« Ich starrte ihn noch angestrengter an, hatte plötzlich das Gefühl, unter der Last dieser furchtbaren Sorge zusammenzusinken.
»Ich hab geglaubt, ich wär nicht groß genug, um getroffen zu werden. Ich hab Mist gebaut. Ich bin gewachsen.«
»Du bist zu schnell gewachsen«, sagte ich und hoffte, daß er nicht log. »Es tut mir leid, daß ich dich da reingeschickt hab. Das war ein großer Fehler. Ich wollte, der Ball hätte mich getroffen.«
»Du hast mich nicht reingeschickt.« Er drehte den Kopf ins Licht, das er nicht sehen, aber fühlen konnte. Er berührte sein verbundenes Ohr mit dem Warzenfinger. »Autsch«, sagte er. Ich legte ihm die Hand auf die Schulter und drückte sie. An meinen Fingern war immer noch eine Spur Blut von seinem Ohr.
»Das ist nur meine Hand«, sagte ich.
»Was hätte John Adams dazu gesagt, wenn er einen an die Birne gekriegt hätte?«
»Wer ist John Adams?« sagte ich. Er lächelte ein süßes, selbstzufriedenes Lächeln ins Nichts hinaus. »Ich weiß nicht, mein Junge, was?«
»Ich hab versucht, mir was Gutes auszudenken. Ich hab gedacht, es geht vielleicht besser, wenn man nichts sieht.«
»Mußt du immer noch denken, daß du denkst?«
»Nein, ich denk nur.«

»Vielleicht hätte er gesagt...«

»Vielleicht hätte er gesagt«, unterbrach Paul eifrig. »›Man kann ein Pferd zum Wasser führen, aber man kann es nicht zum hmm-hmm zwingen.‹ Das hätte John Adams gesagt.«

»Was?« sagte ich, um ihm eine Freude zu machen. »Schwimmen? Wasserski laufen? Windsurfen? Alias Sibelius?«

»Tanzen«, sagte Paul entschieden. »Pferde können nicht tanzen. Als John Adams einen an die Birne kriegte, sagte er: ›Man kann ein Pferd zum Wasser führen, aber man kann es nicht zum Tanzen zwingen.‹ Es tanzt nur, wenn es Lust hat.« Ich erwartete ein *Iiick* oder ein Bellen. Etwas. Aber es kam nichts.

»Ich hab dich lieb, okay?« sagte ich. Ich wollte plötzlich nur noch raus. Genug war genug.

»Ja, ich dich auch«, sagte er.

»Mach dir keine Sorgen, ich komm dich bald besuchen.«

»Ciao.«

Und ich hatte das Gefühl, daß er mir weit voraus war, und zwar in vielen Dingen. Jede Zeit, die man mit seinem Kind verbringt, ist zum Teil eine verdammt traurige Zeit. Es ist die Trauer darüber, daß ein Leben vergeht, hell, lebhaft, jedesmal ein letztes Mal. Ein Verlust. Ein Blick auf das, was hätte sein können. Es kann einen schwach machen.

Ich beugte mich vor und küßte ihn durch das T-Shirt auf die Schulter. Und dann kamen zum Glück die Schwestern, um ihn für seinen Flug ins Weite fertig zu machen.

Rotoren, Rotoren, Rotoren – sie drehen sich jetzt im warmen Nachmittag. Fremde Gesichter tauchen in der offenen Hubschraubertür auf. Henry Burris drückt mir die meine mit seiner kleinen ausgebildeten Hand, bückt sich und geht gebeugt über den blauen Beton, um hineinzuklettern. *Wopp-wopp, wopp-wopp, wopp-wopp.* Ich frage mich, wo Dr. Tisaris wohl sein mag – vielleicht spielt sie ein Mixed auf einem der Tennisplätze da unten. Hat mit dem Ganzen nichts mehr zu tun.

Ann, mit bloßen Beinen unter dem zugeknöpften Trenchcoat, schüttelt Irv die Hand wie ein Mann. Ich sehe, wie ihre Lippen sich bewegen und wie er es alles wörtlich zu wiederholen scheint:

»Hoffentlich, hoffentlich, hoffentlich.« Sie dreht sich um und kommt über das Gras auf mich zu. Ich stehe leicht gebeugt da und denke an Henry Burris' Hände, die klein genug sind, um in das Innere eines Kopfes einzudringen und dort Dinge heilzumachen. Er versteht was von Augen, und er hat die richtigen Hände dafür.
»Okay?« sagt Ann lächelnd, unzerstörbar. Ich habe die Angst verloren, daß sie vor mir sterben könnte. Ich selbst bin nicht unzerstörbar; wünsche es mir nicht mal. »Wo bist du heute abend, damit ich dich anrufen kann?« sagt sie über das *Wopp-wopp-wopp* hinweg.
»Ich fahr nach Hause.« Ich lächle. (Es ist ihr altes Zuhause.)
»Ich hinterlaß 'ne Nummer auf deinem Gerät. Wann wirst du da sein?«
»Es sind nur drei Stunden. Wir haben darüber gesprochen, daß er vielleicht im Herbst zu mir kommt. Er möchte es.«
»Tja«, sagt Ann weniger laut und preßt die Lippen zusammen.
»Ich komm fast immer gut mit ihm zurecht«, sage ich in der heißen, lärmerfüllten Luft. »Das ist für einen Vater guter Durchschnitt.«
»Wir sind daran interessiert, daß *er* gut zurechtkommt«, sagt sie, was ihr aber sofort leid zu tun scheint. Obwohl ich nun einem Schweigen ausgeliefert bin und vielleicht einem kleinen »Beklommenheitsanfall«, der Angst, zu verschwinden. Der Schnappschuß in meinem Kopf – mein Sohn neben mir auf dem kleinen Rasen vor meinem Haus stehend und nichts tuend, nur dastehend – ist wie ausgelöscht.
»Er würde gut zurechtkommen«, sage ich, womit ich meine: Ich hoffe, daß er gut zurechtkommen würde. Mein rechtes Auge zuckt vor Müdigkeit und, weiß der Himmel, vor allem übrigen.
»Willst du das *wirklich*?« Ihre Augen sind im Luftzug der Rotoren zusammengekniffen, als erzählte ich ihr das größte aller Märchen. »Meinst du nicht, daß es deinen Stil etwas verkrampfen würde?«
»Ich hab eigentlich gar keinen Stil«, sage ich. »Ich könnte mir ja seinen borgen. Ich fahr ihn jede Woche nach New Haven rauf und trag 'ne Zwangsjacke, wenn du willst. Wird mir ein Vergnü-

gen sein. Ich weiß, daß er im Moment Hilfe braucht.« Diese Worte sind nicht geplant, möglicherweise hysterisch, wenig überzeugend. Ich sollte wahrscheinlich erwähnen, wieviel Vertrauen die Markhams in das Schulsystem von Haddam setzen.
»Magst du ihn denn überhaupt?« Ann sieht mich skeptisch an, ihre Haare werden von den Windstrudeln flachgedrückt.
»Ich glaub schon«, sage ich. »Er ist mein Sohn. Ich hab sowieso fast niemand mehr.«
»Na ja«, sagt sie, schließt die Augen, öffnet sie dann wieder und sieht mich immer noch an. »Wir reden noch mal darüber, wenn das alles vorüber ist. Deine Tochter findet dich übrigens toll. Du hast durchaus noch jemand.«
»Immerhin.« Ich lächle wieder. »Weißt du, ob er Legastheniker ist?«
»Nein«, sie blickt zu dem großen, ratternden Hubschrauber hinüber, dessen Windstöße uns schütteln. Sie will dort sein, nicht hier. »Ich glaub nicht. Warum? Wer hat das gesagt?«
»Niemand. War nur 'ne Frage. Du mußt los.«
»Okay.« Sie packt mich schnell, hart am Hinterkopf, ihre Finger drücken sich in meine Kopfhaut, die noch von dem Ball schmerzt, und zieht mein Gesicht an ihren Mund und gibt mir diesmal einen kräftigeren Kuß auf die Wange. Es ist ein Kuß wie der, den Sally mir vor zwei Tagen gegeben hat, aber in diesem Fall ein Kuß, der alles zum Verstummen bringen soll.
Dann geht sie auf den Rettungshubschrauber zu. Henry Burris steht in der Tür, um ihr beim Einsteigen zu helfen. Ich kann Paul auf seiner vertäuten Bahre natürlich nicht sehen, und er kann mich nicht sehen. Ich winke, als die Tür zugleitet und sich mit einem Schlag schließt und der Motor hochgejagt wird. Ein Pilot mit Helm blickt zurück, um zu sehen, ob alle eingestiegen sind. Ich winke ins Nichts. Die roten Landelichter auf dem Boden um das Betonquadrat gehen plötzlich an. Ein Strudel und dann ein Anprall heißer Luft. Gemähtes Gras wird mir gegen die Beine, ins Gesicht und in die Haare gepeitscht. Feiner Sand wirbelt um mich herum. Der Windsack flappt tapfer. Und dann ist ihr Vehikel in der Luft, der Schwanz hebt sich und kreist wie durch ein Wunder um den Körper, der Motor wird gleichmäßiger, und

dann bewegt es sich wie ein Raumschiff davon und wird kleiner, zuerst langsam, dann schneller, dann noch kleiner und kleiner, bis der blaue Horizont und die Berge im Süden es in glanzlosem, schuldlosem Licht verschlucken. Und alles, *alles*, was ich heute getan habe, ist vorüber.

Unabhängigkeitstag

Ein paar Straßen weiter geht in der alles verschluckenden, schimmernden Frühmorgenhitze eine Autoalarmanlage los und zerreißt die Stille. *Wuup-wiip! Wuup-wiip! Wuup-wiip!* Auf der Eingangstreppe der Clio Street 46 sitzend und Zeitung lesend, blicke ich durch Platanenzweige zum blauen Himmel auf, blinzele und warte auf Frieden.

Ich bin in meiner roten Maklerwindjacke und meinem *The Rock*-T-Shirt vor neun Uhr hier, weil ich auf die Markhams warte, die im Augenblick auf der Fahrt von Brunswick hierher sind. Aber im Unterschied zu meinen früheren Begegnungen mit ihnen gibt es diesmal kein Problem. Vielleicht sogar Hoffnung.

Am Ende der verwirrenden, wenn nicht vollständig demoralisierenden Ereignisse von gestern war Irv so nett, mich nach Cooperstown zurückzuchauffieren. Während der gesamten Fahrt redete er unablässig und in fast verzweifeltem Ton darüber, daß er aus der Simulatorenbranche aussteigen müsse. Nur seien in seinen Augen und auf der Grundlage sorgfältiger Analysen die Sturm-und-Drang-Zeiten seiner Industrie vorüber, so daß es sträflicher Leichtsinn wäre, gerade jetzt einen Wechsel zu wagen. Viel klüger sei es, die Karten nicht aufzudecken und Geduld zu üben. Kontinuität – ein ernstes neues Leitmotiv – war auf alle Lebenslagen anwendbar und mußte im Moment als Ersatz für die Freude am Hier und Jetzt dienen (die einen nie weit genug bringt).

Als wir schließlich in den schattigen Abendstunden ankamen, war der Parkplatz des Deerslayer vollgestopft von neuen Urlauberautos und mein Ford abgeschleppt worden, da ich kein zahlender Gast mehr war und sie meine Autonummer nicht mehr gespeichert hatten. Irv und ich und die wiederauferstandene Erma saßen daraufhin im Büro der Mobil-Tankstelle hinter dem

Doubleday Stadion herum und warteten, bis der Abschleppwagenfahrer mit den Schlüsseln zu dem mit Natodraht gesicherten Abstellplatz kam. In dieser Zeit beschloß ich, meine Anrufe zu machen, um dann die sechzig Dollar zu zahlen, mich zu verabschieden und allein nach Hause zu fahren.

Mein zweiter und unentschuldbar später Anruf galt dem Rocky and Carlo's, um bei Nick, dem Barmann, eine Nachricht zu hinterlassen. Sally würde sie bekommen, wenn sie von South Mantoloking eintraf, und unter vielen Entschuldigungen hinterließ ich ihr die Weisung, direkt zum Hotel Algonquin zu fahren (dort hatte ich zuerst angerufen), wo ich eine große Suite für sie reserviert hatte, einzuchecken und sich vom Zimmerservice ein Dinner bringen zu lassen. Später am Abend rief ich sie aus dem kleinen Ort Long Eddy in New York an, auf der Hälfte der Strecke den Delaware hinunter, und berichtete ihr von den bedauerlichen Vorfällen des Tages. Ich sagte ihr auch, daß in mir schon wieder eine nicht leicht zu erklärende Hoffnung aufgekeimt sei. Danach beeindruckten wir einander mit unserer Ernsthaftigkeit, sprachen über die Möglichkeiten einer festeren Bindung, wenn wir auch beide einräumten, daß dies »gefährlich« und »angsterregend« sei und wir uns in den Monaten, seit wir uns »sehen«, noch nie so weit vorgewagt hätten. (Wer weiß, warum nicht, aber nichts durchbricht unverbindliches Gerede und Förmlichkeit wie eine Tragödie oder zumindest eine schwere Verletzung oder größere Unannehmlichkeit, alles Dinge, die offenbar das Beste in allen Beteiligten zum Vorschein bringen.)

Joe und Phyllis Markham waren sanft wie Lämmer, als ich sie erreichte und ihnen mitteilte, daß sie ihre Chance auf Houlihans Haus verpaßt hatten. Ich sagte ihnen, daß ich nun auch nicht mehr weiter wisse und im übrigen weit von zu Hause entfernt sei, daß mein ohnedies nicht problemloser Sohn beim Baseballspielen fast erschlagen worden sei, in New Haven unterm Messer liege und wahrscheinlich das Augenlicht verlieren würde. In meiner Stimme lagen, das weiß ich, die düsteren Kadenzen und langsamen, am Satzende niedergehenden Rhythmen der Resignation. Sie besagten, daß das Rennen gelaufen war, ich nichts unversucht gelassen und sogar Unterstellungen und Beleidigungen weggesteckt hatte, trotzdem keinen Groll gegen sie hegte, aber nun in ein oder zwei Minuten endgültig Adieu sagen würde. (»Klientensterben« ist das Fachwort in unseren Kreisen.) »Frank, hören Sie«, sagte Joe, wobei er entnervenderweise in seinem Doppelzimmer mittlerer Preislage im Raritan Ramadan mit einem Bleistift an den Hörer tippte. Immerhin wirkte er so klar im Kopf, unkompliziert und realitätsbezogen wie ein evangelischer Pastor bei der Beerdigung seiner verarmten Tante. »Könnten Phyl und ich nicht mal einen Blick auf das Haus von den Farbigen werfen, das Sie vermieten wollen? Ich weiß, daß mir am Freitag die Pferde ein bißchen durchgegangen sind. Und ich sollte mich wohl bei Ihnen entschuldigen.« (Dafür, daß er mich Arschloch, Wichser, Scheißkerl genannt hatte? Warum nicht, dachte ich, aber er war schon wieder bei etwas anderem.) »In Island Pond gibt's auch 'ne farbige Familie, die da wohnt, seit die Eisenbahn gebaut worden ist. Die werden von allen wie ganz normale Bürger behandelt. Sonja geht mit einer von denen jeden Tag zur Schule.«

»Sag ihm, daß wir's uns morgen ansehen wollen«, hörte ich Phyllis sagen. Wechselhaftes Wetter, stellte ich fest, das Tief war aufs Meer hinausgeschoben worden. Im Immobiliengeschäft sind Wechsel immer etwas Gutes; von hundert Prozent *dafür* zu hundertfünfzig Prozent *dagegen* oder umgekehrt, so was passiert praktisch täglich und ist ein Zeichen einer vielversprechenden Instabilität. Meine Aufgabe ist es, das alles zur Normalität zu erklären (und, wenn möglich, jede verrückte Kehrtwendung des Klienten intelligenter erscheinen zu lassen als alles, wozu ich hätte raten können).

»Joe, ich bin gegen elf zu Hause, so Gott will.« Ich lehnte müde am Fenster der Mobil-Tankstelle, das *ding-dong, ding-dong, ding-dong* der Türglocke ununterbrochen im Ohr. (Es hatte keinen Sinn, Joe zu erklären, daß es nicht »das Haus von Farbigen« war, sondern *mein* Haus.) »Wenn ich mich nicht noch mal melde, treffen wir uns morgen früh um neun auf der Veranda Clio Street sechsundvierzig.«

»Clio vier-sechs, alles klar«, sagte Joe militärisch knapp.

»Wann können wir einziehen?« sagte Phyllis im Hintergrund.

»Morgen früh, wenn Sie wollen. Es steht leer. Muß nur mal durchgelüftet werden.«
»Es steht leer«, sagte Joe brüsk.
»Gott sei Dank«, hörte ich Phyllis sagen.
»Ich nehm an, Sie haben das gehört«, sagte Joe voller Erleichterung und ergebener Befriedigung.
»Bis dann, Joe.« Und damit war der Handel besiegelt.

Die Alarmanlage verstummt abrupt, und die morgendliche Ruhe kehrt zurück. (Diese Alarmanlagen zeigen fast nie einen wirklichen Diebstahlversuch an.) Am Ende des Blocks lungern ein paar Jungen um etwas herum, was wie eine rote Kaffeekanne aussieht, die sie in die Straßenmitte gestellt haben. Zweifellos sind sie dabei, den Plan einer Detonation am frühen Morgen zu verwirklichen, um die Nachbarn darauf hinzuweisen, daß dies ein Feiertag ist. Feuerwerkskörper sind in Haddam natürlich strengstens verboten, und wenn sie ihren Kracher hochgehen lassen, wird eine Polizeistreife langsam durch die Straße fahren, und ein Polizeibeamter wird sich erkundigen, ob wir jemanden gesehen oder gehört haben, der geschossen oder eine Waffe getragen hat. Myrlene Beavers ist zweimal hinter ihrer Fliegengittertür aufgetaucht, ihre Gehhilfe im Halbschatten blinkend. Sie scheint mich heute nicht zu bemerken, sondern ihre Wachsamkeit ganz auf die Jungen zu konzentrieren, von denen einer – das kleine Gesicht glänzend und schwarz – ein buntes Uncle Sam-Kostüm trägt und zweifellos später an der Parade teilnehmen wird (wenn er bis dahin nicht im Gefängnis sitzt). Die Markhams sind noch nicht zu sehen, ebensowenig wie die McLeods, mit denen ich auch was Geschäftliches zu besprechen habe.
Seit ich um acht Uhr angekommen bin, habe ich den kleinen Vorgarten gemäht, den vertrockneten Rasen gesprengt und mit meinem von zu Hause mitgebrachten Schlauch die metallene Seitenverkleidung abgespritzt. Ich habe die abgestorbenen Hortensienzweige gekappt, den Geißbart und die Rosen zurückgeschnitten, den Abfall zur Gasse hinter dem Haus geschleppt und vorne und hinten Fenster und Türen geöffnet, um Luft ins Haus zu lassen. Ich habe die Veranda und den Weg zum Bürgersteig ge-

fegt, habe alle Wasserhähne kurz laufen lassen, die Toilettenspülung betätigt und mit meinem Besen Spinnennetze aus den Ecken unter den Decken entfernt. Schließlich habe ich das ZU VERMIETEN-Schild weggeräumt und es in meinem Wagen verstaut, damit die Markhams sich nicht allzu entwurzelt vorkommen.
Wie immer habe ich das etwas unbehagliche, flaue Gefühl, das sich für mich mit der Vorführung meines eigenen Mietshauses verbindet (obwohl ich das nun schon ein paarmal gemacht habe, seit die Harrises ausgezogen sind). Die Zimmer kommen mir zu groß vor (oder zu klein), zu schäbig und hoffnungslos, schon verbraucht und ohne Zukunft – als wäre die einzige Möglichkeit, das Haus wirklich wieder zum Leben zu erwecken, die, selbst hier einzuziehen und es mit meinen Möbeln und meiner positiven Einstellung zu einem Zuhause zu machen. Es ist natürlich möglich, daß diese Reaktion nur die Ablehnung eines potentiellen Mieters vorwegnimmt, da ich das Haus im Grunde genau so mag, wie es ist, so wie ich es schon an dem Tag mochte, als ich es vor zwei Jahren gekauft hatte. Dasselbe gilt für das Haus, in dem die McLeods wohnen. (Ich habe drüben eine kurze Vorhangbewegung gesehen, aber kein Gesicht dahinter – jemand beobachtet mich, jemand, der keine Lust hat, die Miete zu bezahlen.) Ich bewundere die einfache, saubere, bescheidene Zulänglichkeit des Hauses, seine stämmige Ordentlichkeit. Ich mag die Lüftungslaibungen, das neue schmiedeeiserne Geländer an der Verandatreppe, sogar die Wasserstürze, die Eisbildung und »Kriechwasser« während des Januartauwetters verhindern. Wenn ich Mieter wäre, so wäre dies mein Traumhaus: klein, tipptopp in Ordnung, gemütlich. Ein Haus, das niemandem Kopfzerbrechen macht.
In der Trentoner *Times* finde ich die neuesten Nachrichten vom Wochenende, die meisten davon wenig erfreulich. Ein Mann in Providence hat im schlechtesten aller denkbaren Momente einen Blick in den Lauf seiner Feuerwerkskanone geworfen und ist daran gestorben. Zwei Menschen in weit auseinanderliegenden Teilen des Landes sind von Armbrustbolzen getroffen worden (beide beim Picknick). Es hat eine Serie von Brandstiftungen gegeben, dafür weniger Bootsunglücke als erwartet. Ich finde sogar einen Hinweis auf den Mord, in den ich vor drei Tagen hineinge-

stolpert bin: die Urlauber *waren* aus Utah; sie *waren* auf dem Weg nach Cape Cod; der Mann *wurde* erstochen; die vermutlichen Täter *waren* fünfzehn – so alt wie mein Sohn – und kamen aus Bridgeport. Es werden keine Namen genannt, so daß mir das alles nun sehr fern vorkommt, eine Sache, die nur noch die Verwandten etwas angeht.

Die leichteren, kürzeren Nachrichten lauten: die Beach Boys treten nur für einen Abend im Bally's Stadion auf, Fahnenstangenverkäufe sind wieder auf Rekordhöhe, Traberrennen feiern ihren Geburtstag (150), und ein Ärzteteam (auf Nierentransplantationen spezialisiert) schwimmt mit einem schwarzen Labrador durch den Ärmelkanal, wobei sie Ölteppiche, Quallen und die dreißig Kilometer selbst zu überwinden haben (ihre Nieren werden ihnen keine Schwierigkeiten machen).

Die beiden interessantesten Nachrichten aber sind ganz unterschiedlicher Natur. Eine bezieht sich auf die Demonstration vor der Baseball Hall of Fame von gestern, die mich und Paul von unserem Kurs ablenkte und auf das zutrieb, was das Schicksal für uns bereithielt. Die Demonstranten, die in dieser entscheidenden Stunde den Zugang zur Halle versperrten, waren, wie sich jetzt herausstellt, zugunsten eines populären Shortstops der Yankees auf die Straße gegangen, der (wie sie meinten) einen Platz, eine Plakette und eine Büste in der Halle verdient hatte. Die Jury der Sportreporter indessen, die über die Neuzugänge zur Hall of Fame entscheiden, fanden ihn nicht gut genug und wollten ihn in seiner, wie sie meinten, ehrlich verdienten Obskurität belassen. (Ich schlage mich sofort auf die Seite der Demonstranten, nach dem Prinzip, daß es sowieso ganz egal ist, wer geehrt wird und wer nicht.)

Aber von noch exotischerem Interesse ist die »Haddam-Geschichte«, die Entdeckung eines ganzen menschlichen Skeletts bei Straßenarbeiten. Es wurde Freitagmorgen um neun ausgegraben, schreibt die *Times* (im 100er Block der Cleveland Street). Ein Schaufelbaggerführer, der gemäß den Artikeln unseres »Wohlfahrtsgesetzes« dabei war, einen Graben für unsere neuen Abwasserrohre auszuheben, war darauf gestoßen. Die Einzelheiten sind nicht ganz klar, da der Schaufelbaggerführer die englische Sprache nur unvollkommen beherrscht, aber der Stadthistoriker hat bereits Spekulationen angestellt, daß es sich um »ein für Haddamer Verhältnisse in der Tat sehr altes Skelett« handeln könnte. Ein anderes Gerücht besagt allerdings, daß die Knochen von »einer farbigen Bediensteten« stammen, die vor hundert Jahren verschwand, als dieses Viertel noch eine Milchfarm war. Eine weitere Theorie geht dahin, daß ein italienischer Bauarbeiter in den zwanziger Jahren »lebendig begraben« wurde, als die Straßen ein Steinpflaster bekamen. Anwohner haben die Knochen bereits halb scherzhaft »Homo haddamus pithecarius« getauft, und ein Archäologenteam von der Fairleigh Dickinson-Universität plant eine Untersuchung. Inzwischen werden die Überreste im Leichenschauhaus aufbewahrt. Mehr dazu später, denken und hoffen wir.

Als ich gestern abend um elf ankam – nach vier Stunden Fahrt, in den ruhigen Straßen der Stadt herrschte ein seltsames bläuliches Zwielicht, viele Häuser waren noch erleuchtet –, fand ich auf dem Anrufbeantworter eine Nachricht von Ann vor. Pauls Operation war »ganz gut« verlaufen, man durfte hoffen, obwohl er wahrscheinlich mit fünfzig ein Glaukom entwickeln und noch viel früher eine Brille brauchen würde. Jedenfalls »ruhe er jetzt«, und ich könne sie jederzeit unter einer 203er Nummer in einer Scottish Inn in Hamden anrufen (alle näher an New Haven gelegenen Hotels waren bereits von Urlaubsreisenden ausgebucht).
»Es war fast ein bißchen komisch«, sagte Ann verschlafen. »Als er wieder zu sich kam, redete er sofort drauflos. Über die Hall of Fame. Über die ganzen Sachen, die er da gesehen hätte, und die... ich nehm an, das sind Puppen oder Statuen, ja? Er meinte, es hätte ihm wirklich Spaß gemacht. Ich hab ihn gefragt, wie du es gefunden hättest, und er sagte, du hättest es nicht geschafft, hinzugehen. Er sagte, du hättest eine Verabredung gehabt. Also... das ist doch wirklich komisch.«
Die melancholische Mattigkeit in Anns Stimme erinnerte mich an die letzten Jahre unserer Ehe, vor fast acht Jahren, als wir uns manchmal halbwach mitten in der Nacht liebten (und nur dann), halb in dem Glauben, der andere wäre jemand anderes. Wir lieb-

ten uns in einer halbrituellen, halbblinden, rein körperlichen Form. Es war immer sehr kurz und bedeutete wenig, hatte mit Leidenschaft nichts zu tun, so halbgewollt und fern jeder echten Innigkeit war es, so eingeschränkt von Sehnsucht und Angst. (Das war kurz nach Ralphs Tod.)
Aber wo war die Leidenschaft geblieben? Das fragte ich mich die ganze Zeit. Und warum war sie verschwunden, wo wir sie doch so sehr brauchten? Wenn ich am Morgen nach einer solchen nächtlichen Verschwendung aufwachte, hatte ich das Gefühl, etwas Gutes für die Menschheit getan zu haben, aber nicht unbedingt für Ann oder mich oder sonst jemanden. Ann tat dann immer so, als hätte sie einen ganz angenehmen Traum gehabt, an den sie sich aber kaum noch erinnern konnte. Und dann war es wieder auf lange Zeit vorbei, bis unsere Bedürfnisse wieder wach wurden (manchmal erst Wochen später) und wir, vom Schlaf unterstützt, die alten Ängste unterdrückend, wieder zusammenkamen. Ein Begehren, das zur Gewohnheit wurde, und das wir wie Narren in die Irre gehen ließen. (Wir würden es jetzt besser machen, zumindest kam es mir gestern abend so vor, da wir uns besser verstehen und einander nichts zu bieten oder wegzunehmen haben, so daß es nichts zu schützen oder zu verbergen gibt. Das ist auch eine Art Fortschritt.)
»Hat er wieder gebellt?« fragte ich.
»Nein«, sagte Ann, »nicht daß ich wüßte. Vielleicht ist damit jetzt Schluß.«
»Wie geht's Clarissa?« Als ich meine Tasche leerte, fand ich die kleine rote Schleife, die sie sich aus dem Haar gezogen und mir geschenkt und deren Gegenstück Paul verspeist hatte. Zweifellos, dachte ich, wird sie es sein, die darüber befinden wird, was auf meinem Grabstein steht. Und sie wird streng sein.
»Oh, Clarissa geht's gut. Sie ist in New York geblieben, um sich *Cats* und das italienische Feuerwerk über dem Fluß anzusehen. Sie will ihren Bruder pflegen und ist gar nicht so unglücklich darüber, daß das geschehen ist.«
»Das ist eine etwas düstere Sicht der Dinge.« (Obwohl wahrscheinlich keine so weit hergeholte.)
»Mir geht's eben nicht so besonders.« Sie seufzte, und ich wußte,

daß sie es nun, wie früher, keineswegs eilig hatte, aufzulegen. In dieser Stimmung konnte sie Stunden mit mir reden, viele Fragen stellen und beantworten (zum Beispiel, warum ich nie etwas über sie geschrieben hatte), sie konnte lachen und böse werden, den Ärger wieder vergessen, seufzen, ziellos herumreden, am Telefon einschlafen und so den Geschehnissen etwas von ihrer Schärfe nehmen. Es wäre die ideale Gelegenheit gewesen, sie zu fragen, warum sie in Oneonta ihren Ehering nicht getragen hatte, ob sie einen Freund habe, ob sie und Charley eine Krise hätten. Plus andere Nachfragen: Glaubte sie wirklich, daß ich nie die Wahrheit sagte und daß Charleys langweilige Wahrheiten besser seien? War ich in ihren Augen ein Feigling? Wußte sie wirklich nicht, warum ich nie über sie geschrieben hatte? Und noch mehr. Nur hatte ich nun das Gefühl, daß diese Fragen kein Gewicht mehr hatten, und wir aufgrund einer dunklen und endgültigen Magie nicht mehr die richtigen Zuhörer füreinander waren. Es war seltsam. »Habt ihr beide in den zwei Tagen irgendwas Interessantes besprochen? Ich hoffe doch.«
»Die Weltlage haben wir nicht durchdiskutiert«, sagte ich, um sie zum Lächeln zu bringen. »Ich hab mir angehört, was er zu sagen hatte. Wir haben über ein paar wichtige Dinge gesprochen. Vielleicht hat es was genützt. Vielleicht geht's ihm jetzt besser. Ich weiß nicht. Sein Unfall hat alles abgebrochen.« Mit der Zunge berührte ich die wunde Stelle, wo ich mir selbst in die Innenseite der Wange gebissen hatte. Ich wollte mit ihr nicht in die Details gehen.
»Ihr seid euch so ähnlich, daß es mich traurig macht«, sagte sie traurig. »Ich kann es richtig in seinen Augen sehen, und dabei sind es *meine* Augen. Ich glaub, ich versteh euch beide zu gut.« Sie atmete ein, dann aus. »Was machst du morgen?«
»Ich hab 'ne Verabredung.« Das war entschieden mit zuviel Betonung gesagt.
»Eine Verabredung. Gut für dich.« Sie machte eine Pause. »Ich bin so distanziert geworden. Das hab ich gemerkt, als ich dich heut nachmittag gesehen habe. Du schienst mir dagegen gar nicht distanziert, auch als ich dich nicht erkannt habe. Ich hab dich darum sogar beneidet. Ich bin so gespalten. Ein Teil von mir in-

teressiert sich für Dinge, ein anderer Teil aber überhaupt nicht.«
»Das ist nur eine Phase«, sagte ich. »Das ist nur heute.«
»Glaubst du wirklich, daß ich wankelmütig bin? Das hast du gesagt, als du wütend auf mich warst. Du sollst nicht denken, daß ich so was einfach wegschiebe.«
»Nein«, sagte ich. »Das stimmt nicht. Ich war nur so enttäuscht über mich selbst. Nein, wirklich nicht.« (Obwohl sie es vielleicht doch ist.)
»Jedenfalls möchte ich das nicht sein«, sagte Ann mit trauervoller Stimme. »Ich fände es schrecklich, wenn das Leben nur aus einer Kette von Problemen bestünde, die wir eines nach dem anderen lösen müßten, und das wär's dann. Ich hatte das Gefühl, daß du das meintest – daß ich so was wie eine Problemlöserin bin. Daß ich einfach nur bestimmte Antworten auf bestimmte Fragen suche.«
»Was hättest du denn lieber?« sagte ich. Obwohl ich mir die Antwort schon denken konnte.
»Ach, ich weiß nicht, Frank. Vielleicht ist es besser, wenn man an wichtigen Dingen interessiert ist, die schwer zu erkennen sind? Wie in der Kindheit. Einfach wie das Leben so ist. Von einigen Problemen hab ich einfach die Nase voll.«
»Es liegt in der Natur des Menschen, daß man nicht allen Dingen auf den Grund gehen kann.«
»Und das wird für dich nie uninteressant?« Ich hatte den Eindruck, daß sie lächelte, aber nicht unbedingt glücklich.
»Manchmal wird es das«, sagte ich. »In letzter Zeit schon.«
»Ein großer Wald umgestürzter Bäume«, sagte sie träumerisch. »Das kommt mir heute gar nicht so schlecht vor.«
»Glaubst du nicht, daß ich ihn im September hier runterholen kann?« Ich wußte, daß dies nicht der beste Moment war, so was zu fragen. Ich hatte sie das vor sieben Stunden schon einmal gefragt. Aber wann war die beste Zeit? Ich wollte nicht so lange warten.
»Ach«, sagte sie und starrte, wie ich sicher annahm, durch ein von der Klimaanlage beschlagenes Fenster auf die kleinen Lichter von Hamden und Wilbur Cross hinaus, die Straßen voller Autos, die weniger abenteuerlichen Zielen zustrebten, der Feier-

tag fast vorüber, bevor er überhaupt angefangen hatte. Mein Sohn und ich würden nichts davon haben. »Wir müssen mal mit ihm reden. Ich besprech das mit Charley. Wir müssen abwarten, was der Ombudsmann sagt. Im Prinzip hab ich nichts dagegen. Reicht dir das im Moment?«
»Im Prinzip ist das okay. Ich denke nur, daß ich ihm jetzt ein bißchen helfen könnte. Weißt du? Mehr als sein Ombudsmann.«
»Hmmm«, sagte sie. Und mir fiel nichts mehr ein, ich starrte auf die Maulbeerblätter, sah mich selbst im Fenster: ein Mann allein an einem Schreibtisch am Telefon, eine Tischlampe, ansonsten alles dunkel. Die mehrere Stunden alten Gerüche vom Grillen und Kochen im Freien hingen noch in der Luft. »Er wird fragen, wann du ihn besuchen kommst«, sagte sie mit nüchterner Stimme.
»Ich komm am Freitag rauf. Sag ihm, ich besuch ihn, wo immer er im Gefängnis sitzt.« Dann hätte ich fast gesagt: »Er hat dir und Clarissa was gekauft.« Aber da ich es ihm versprochen hatte, verzichtete ich darauf.
Und dann schwig sie, nahm sich die Zeit, alles noch einmal zu überdenken. »Man tut so selten was aus ganzem Herzen. Deshalb hast du das wahrscheinlich gesagt. Ich war neulich abend nicht nett, tut mir leid.«
»Das macht überhaupt nichts«, sagte ich munter. »Es ist immer schwer, was aus ganzem Herzen zu tun.«
»Weißt du, als ich dich heute gesehen hab, hatte ich ein sehr gutes Gefühl. Zum ersten Mal seit langer Zeit. Das war sehr merkwürdig. Hast du es gemerkt?«
Ich konnte diese Frage nicht beantworten, deshalb sagte ich nur: »Das ist doch aber nicht schlecht, oder?« Mit immer noch heiterer Stimme. »Das ist ein Fortschritt.«
»Mir kommt es immer so vor, als wolltest du irgendwas von mir«, sagte sie. »Aber vielleicht willst du einfach nur, daß es mir besser geht, wenn du da bist. Stimmt das?«
»Natürlich will ich, daß es dir gut geht«, sagte ich. »Das ist richtig.« Es ist ein Teil der Existenzperiode – und nicht der beste, glaube ich –, den Anschein zu erwecken, daß man etwas will, und es dann doch nicht zu wollen.

Ann schwieg wieder. »Erinnerst du dich, daß ich gesagt habe, es ist nicht einfach, eine Ex-Frau zu sein?«
»Ja«, sagte ich.
»Also, es ist auch wirklich nicht einfach.«
»Nein«, sagte ich. »Wohl nicht.« Und dann sagte ich nichts mehr.
»Gut. Ruf morgen an«, sagte sie mit fröhlicher Stimme – enttäuscht, wie ich wußte, von einer komplizierten, vielleicht traurigen und zugleich interessanten Wahrheit, die sie unwillkürlich und zu ihrer eigenen Überraschung ausgesprochen und auf die ich nicht richtig reagiert hatte. »Ruf im Krankenhaus an. Er wird mit seinem Dad sprechen wollen. Vielleicht erzählt er dir was von der Hall of Fame.«
»Okay«, sagte ich leise.
»Bis dann.«
»Bis dann«, sagte ich, und wir legten auf.

Rrumms!
Ich sehe zu, wie die rote Kaffeekanne bis auf Dachhöhe fliegt, ein kleiner, wirbelnder Schatten vor dem Himmel wird und dann träge auf das heiße Pflaster zurückfällt.
Die Jungen rennen durch die Straße davon, ihre Schuhe klatschen aufs Pflaster. Unter ihnen ist Uncle Sam, der aus irgendeinem Grund die Hand auf den Kopf preßt, obwohl er gar keinen Zylinder aufhat.
»Ihr schießt euch noch die Augen aus!« ruft jemand.
»Huuu, huuu, huuu, halt's Maul!« rufen sie zurück. Auf der anderen Seite der Clio Street beugt sich eine junge schwarze Frau in erstaunlich kurzen gelben Shorts und einem gelben, strammen Top übers Verandageländer und sieht den auseinanderstiebenden Jungen nach. Die Kanne schlägt vor ihrem Haus aufs Pflaster, aufgerissen und eckig, springt noch einmal hoch und bleibt dann liegen. »Ihr kricht was annie Ohrn«, ruft sie, als Uncle Sam auf einem hüpfenden, rutschenden Fuß die Kurve in die Erato Street nimmt, noch immer den hutlosen Kopf haltend, und dann verschwunden ist. »Ich rufie Bulln und *die* versohln euch 'n Hintern!« sagt sie. Man hört die Jungen in der Ferne lachen. Vor ihrem Haus steht, sehe ich jetzt, ein ZU VERKAUFEN-Schild, auf-

fällig in dem briefmarkenkleinen Vorgarten mit den niedrigen Ligusterhecken. Es ist neu, nicht von uns.
Die Hände auf dem Geländer, blickt die Frau jetzt in meine Richtung. Ich sitze mit meiner Zeitung immer noch auf den Verandastufen und blicke nachbarlich zurück. Sie ist barfuß und zweifellos gerade aufgewacht. »Bin nämlich *froooh*, hier raussukommn, kapiert?« sagt sie zur Straße, zu mir, zu jedem, der die Tür oder ein Fenster offenstehen oder angelehnt hat und vielleicht zuhört. »Weil's hier *lauuut* is, hört ihr? Sag's euch. Ihr seid alle *lauuut*!«
Ich lächle sie an. Sie sieht mich in meinem roten Anorak an, wirft dann den Kopf zurück und lacht, als wäre ich die albernste Person, die sie je gesehen hat. Sie hebt die Hände wie eine Gläubige in der Kirche, senkt den Kopf und geht dann wieder hinein.
Krähen fliegen über die Dächer – zwei, sechs, zwölf – in unregelmäßigen, auf und nieder gehenden Reihen. Sie krächzen, als wollten sie sagen: »Heute ist kein Feiertag für Krähen. Krähen arbeiten.« Ich höre die High School-Kapelle von Haddam, wie am Freitagmorgen. Sie ist schon wieder früh auf dem Übungsgelände. Kräftige, volle Blechcrescendos dringen zu mir herüber, der letzte Schliff vor der Parade. Die Krähen schreien und stürzen sich dann wie verrückt durch die heiße Morgenluft herab. Die Nachbarschaft scheint sorglos, bewohnt, heiter.
Und dann sehe ich den alten Nova der Markhams am Ende der Straße, eine halbe Stunde zu spät. Er wird langsamer, als sähen die Insassen auf einem Stadtplan nach, dann kommt er ruckend weiter auf mich zu, nähert sich dem Haus, vor dem mein Wagen steht, jemand winkt von drinnen, und dann kommen sie schließlich zur Ruhe.

»Da haben wir uns vielleicht auf was eingelassen, Frank«, sagt Phyllis, nicht ganz in der Lage, mir wirklich zu schildern, was sie und Joe durchleiden mußten. Ihre blauen Augen wirken blauer denn je, als hätte sie sich farbigere Kontaktlinsen zugelegt. »Es war, als wären die Pferde mit ihr durchgegangen. Sie hörte einfach nicht mehr auf, uns Häuser zu zeigen.« *Sie* bezieht sich natürlich auf die Schreckensmaklerin aus East Brunswick. Phyl-

lis sieht mich mit niedergeschlagener Verwunderung darüber an, wie manche Menschen sich benehmen. Wir stehen auf der kleinen Veranda vor der Haustür der Clio Street 46, als müßten wir ein letztes Zögern überwinden, bevor wir unsere rituelle Besichtigung beginnen. Ich habe bereits auf einige Verbesserungen hingewiesen – ein Entlüftungsschacht, neue Wasserstürze –, habe die guten Einkaufsmöglichkeiten erwähnt, das Krankenhaus in der Nähe, den Bahnhof und die Schulen. (Andererseits haben sie die unmittelbare Nähe anderer Rassen nicht erwähnt.)
»Ich glaub, die wollte uns zwingen, ein Haus zu kaufen, und wenn es sie umgebracht hätte«, sagt Phyllis und bringt damit die Legende vom anderen Makler an ihr Ende. »Joe jedenfalls hätte sie fast umgebracht. Ich wollte nur eins, *Sie* anrufen.«
Es ist natürlich längst klar, daß sie das Haus mieten und, wenn möglich, innerhalb einer Stunde einziehen werden. Aber im Geiste der Großzügigkeit tue ich so, als ob noch nicht alles gelaufen sei. Ein anderer Makler hätte jetzt gegenüber den Markhams vielleicht eine gewisse Arroganz an den Tag gelegt, zur Strafe dafür, daß sie hoffnungslose Esel waren, die eine gute Gelegenheit nicht einmal dann erkannten, wenn sie ihnen mitten ins Gesicht starrte. Aber ich finde es nobler, anderen dabei zu helfen, sich einer schwierigen Entscheidung zu stellen und ihnen bei ihrem Versuch, sich wieder mit dem Leben auszusöhnen, unter die Arme zu greifen (es hilft dabei, sich selbst mit dem Leben zu versöhnen). In diesem Fall, indem ich sie davon überzeuge, daß sie ohnehin mieten sollten (weil es die klügere und umsichtigere Lösung ist). Außerdem möchte ich ihnen nahebringen, daß jeder in seinem wohlverstandenen Eigeninteresse handelt, wenn er den anderen glücklich macht.
»Ich seh auf den ersten Blick, daß das hier eine sehr stabile Nachbarschaft ist«, sagt Joe mit einer nicht mehr ganz so militärischen Stimme. (Er meint damit, daß man Gott sei Dank keine Schwarzen auf der Straße sieht.) Er ist auf der untersten Stufe stehengeblieben, die kleinen Hände in den Taschen. Er ist von oben bis unten in Sears-Khaki gekleidet und sieht aus wie der Vorarbeiter eines Sägewerks. Sein verrückter Ziegenbart ist verschwunden,

genau wie die Quetschshorts, die Sandalen und die No-Name-Zigaretten. Das kleine dickwangige Gesicht ist so friedvoll und großäugig wie das eines Babys, die Lippen blaß vor medikamentöser Normalität. (Der große Zusammenbruch ist offenbar abgewendet worden.) Bestimmt betrachtet er die vordere Stoßstange meines Crown Vic, auf die Paul oder jemand wie Paul irgendwann in den letzten drei Tagen einen SCHLAGT BUSH-Sticker geklebt hat, den ich ebenfalls im Geiste der Großzügigkeit nicht entferne.

Bestimmt spürt Joe auch, während er über den frischgemähten Rasen hinweg und die Clio Street hinuntersieht, daß diese Nachbarschaft eine ziemlich genaue, wenn auch im Maßstab kleinere Kopie der schöneren Viertel Haddams ist, in denen ich ihm Häuser angeboten habe, die er störrisch wie ein Maultier abgelehnt hat, und eine Kopie noch schönerer Viertel, die ich ihm nicht angeboten habe, weil er sie sich nicht leisten könnte. Nur scheint er jetzt ganz glücklich zu sein, was ich ihm von Herzen wünsche. Ich möchte seiner Zeit des unglücklichen Umherirrens ein Ende setzen, möchte, daß er seine Vorstellungen von der wirtschaftlichen Talsohle und seine Sorge, in diesem Haus könnte noch nie etwas Bedeutsames passiert sein, beiseite schiebt. Er soll endlich aufhören, ein schlechtgelaunter Bettler zu sein, und lieber ein Mann werden, der die richtige Entscheidung trifft, das Leben in der richtigen Perspektive sieht (was er wahrscheinlich tut) und seinen Kampf an der Immobilienfront beendet.

Vor allem aber wünsche ich mir, daß die Markhams in die Clio Street 46 ziehen – wenn auch angeblich zunächst nur als Übergangslösung. Dann aber sollen sie allmählich ihre Nachbarn kennenlernen, sich über den Gartenzaun hinweg unterhalten, Freundschaft schließen, kleinere Reparaturen am Haus selbst übernehmen und dafür etwas weniger Miete zahlen, dem Elternbeirat der Schule beitreten, bei Straßenfesten das Töpfern und Papiermachen vorführen und in der Bürgerunion oder der Stadtliga aktiv werden. Und schließlich sollen sie sich klarmachen, daß sie sich mit dem Geld, das sie sparen, indem sie mieten, statt sich den düsteren finanziellen Problemen des Eigentums auszusetzen, ein besseres Leben leisten können. Also sollten sie noch zehn Jahre hierbleiben – und dann nach Siesta Key ziehen und sich von dem gesparten Geld eine Eigentumswohnung kaufen (wenn es 1998 noch Eigentumswohnungen gibt). Mit anderen Worten, sie sollten in New Jersey genau das machen, was sie in Vermont gemacht haben – ankommen und wieder wegziehen, nur mit einem befriedigenderen Endergebnis. (Konservative Langzeitmieter sind natürlich der Traum jedes Hausbesitzers.)

»Ich glaub, daß wir verdammt noch mal von Glück sagen können, daß wir uns auf Hanrahans Haus nicht eingelassen haben.« Joe sieht mich mit der Selbstsicherheit des Grobians an, als hätte er das gerade herausgefunden, indem er auf die Straße starrte – obwohl er natürlich nur Bestätigung sucht (die ich ihm gerne verschaffe).

»Ich glaub, Sie haben sich nie richtig in dem Haus gesehen, Joe. Ich glaub wirklich nicht, daß Sie es mochten.« Er steht immer noch vor sich hin starrend auf der untersten Stufe und wartet, nehme ich an, auf nichts.

»Ich wollte kein Gefängnis im Hinterhof haben«, sagt Phyllis und drückt auf die Türglocke, die mit zwei einsamen Tönen in den leeren Zimmern widerhallt. Sie trägt ihre übliche weite, die Hüften verhüllende Bundfaltenkhakihose und eine ärmellose weiße Rüschenbluse. Beides läßt sie wie aufgequollen aussehen. Obwohl sie versucht, einen energischen Eindruck zu machen, wirkt sie hohlwangig und erschöpft, ihr Gesicht ist zu gerötet, ihre Fingernägel abgekaut, die Augen feucht, als könnte sie jeden Moment anfangen zu weinen – obwohl ihre rote Pilzfrisur so ordentlich, sauber und locker wie immer ist. (Vielleicht hat sie wieder gesundheitliche Probleme, obwohl es wahrscheinlicher ist, daß ihre vergangenen paar Tage auf dieser Erde einfach so anstrengend waren wie meine.)

Und trotz dieser Abnutzungserscheinungen spüre ich, daß sich eine ernste, fast gleichmütige Ergebenheit auf die beiden Markhams gesenkt hat: einige Feuer sind ausgegangen; andere, kleinere werden entzündet. So daß es vorstellbar ist, daß sie sich an der Schwelle unerwarteten Glücks befinden. Sie merken das auch selbst, haben aber so lange Pech gehabt, daß sie es noch nicht ganz glauben können.

»Meine Meinung dazu ist klipp und klar«, sagt Joe noch einmal zu der verpaßten Hanrahan-Gelegenheit. »Wenn dir jemand ein Haus vor der Nase wegschnappt, dann wollte er es eben mehr, als du es wolltest. Das ist keine Tragödie.« Er schüttelt den Kopf über diese sehr vernünftige Erkenntnis, die ich schon vor Monaten als Teil meiner »Makler-Weisheiten« vermittelt habe. Mir macht es aber nichts aus, sie jetzt noch mal zu hören.

»Da haben Sie vollkommen recht, Joe«, sage ich. »Da haben Sie wirklich recht. Was meinen Sie, wollen wir mal reingucken?«

Die Besichtigung eines leeren Hauses, das man mieten möchte (und nicht kaufen und bewohnen will, bis man abkratzt), ist weniger eine sorgfältige Inspektion als vielmehr eine halbherzige kurze Musterung, bei der man so wenig wie möglich zu finden hofft, das einen in den Wahnsinn treibt.

Das Haus hat trotz geöffneter Türen, hochgeschobener Fenster und minutenlang laufender Hähne hartnäckig an seinem Altersheimgeruch nach verstopftem Abfluß und Mausefallen festgehalten und wirkt immer noch feucht und frostig. Dementsprechend hält sich Phyllis unverbindlich in der Nähe der Fenster auf, während Joe sofort auf das Bad zusteuert, um schnell die Toilette zu überprüfen. Phyllis fährt mit einem Finger über den rauhen Putz und sieht durch die blauen Jalousien hinaus, zuerst auf das Haus der McLeods, dann hinunter auf das schmale Gartenstück, dann nach hinten, wo die Garage abgeschlossen in der Morgensonne steht, umgeben von einem Beet seit Wochen verblühter Stiefmütterchen. (Ich habe den Handmäher an der Garagenwand stehenlassen, wo sie ihn sehen können.) Sie dreht einen der Hähne der Spüle auf, öffnet einen Küchenschrank und den Kühlschrank (den ich nicht überprüft habe, der aber zu meiner Erleichterung nicht stinkt). Dann geht sie an die Hintertür, beugt sich vor und sieht durch das Türfenster, als sollte ihrer Meinung nach dahinten ein üppig grüner Berggipfel liegen, den sie heute ersteigen und an dessen Hang sie aus einer kühlen Quelle trinken könnte, um sich dann zwischen Enzian und Akelei hinzulegen, während Wolkenkissen

vorbeitreiben und keine Alarmanlage auslösen. Sie wollte hierherkommen, und nun ist sie hier, aber es fordert ihr einen Moment wehmütiger Entsagung ab, indem sie ihr Heute vielleicht aus einer ungewissen Zukunft sozusagen *rückblickend* betrachtet. Aus einer Zeit, wenn Joe »nicht mehr ist«, die älteren Kinder noch weiter verstreut und noch entfremdeter sind, Sonja mit ihrem zweiten Ehemann und seinen Kindern in Tucumcari wohnt und sie selbst nur noch darüber nachdenken kann, warum die Dinge den Lauf genommen haben, den sie nahmen. Eine solche Betrachtung der Dinge würde jeden, außer einen Taoistenmönch, ein wenig geistesabwesend machen.
Sie dreht sich zu mir um und lächelt in der Tat wehmütig. Ich stehe in dem Bogengang zwischen dem kleinen Eßzimmer und der kleinen ordentlichen Küche, die Hände in den Taschen meines roten Anoraks. Ich sehe sie kameradschaftlich an, während ich mit den Hausschlüsseln spiele. Ich stehe da, wo ein geliebter Mensch zu Weihnachten unter einem Mistelzweig warten würde, obwohl meine Träumerei von einer körperlichen Phyllis inzwischen zu einer weiteren Feiertagsstatistik geworden ist.
»Wir haben tatsächlich daran gedacht, einfach auf Dauer in einem Motel zu bleiben«, sagt sie in einem fast warnenden Ton. »Joe hat sich überlegt, als freier Mitarbeiter bei seinem Verlag einzusteigen. Das bringt mehr Geld, aber man muß die Sozialversicherung und die Krankenkasse selbst zahlen, was für mich im Moment eine wichtige Frage ist. Wir haben ein anderes junges Paar getroffen, das so gelebt hat, aber die hatten kein Kind, und es ist nicht einfach, vom Ramada aus in die Schule zu gehen. Das saubere Bettzeug und das Kabelfernsehen waren für Joe attraktiv. Er hat heut morgen sogar gebührenfrei in Florida angerufen, um sich nach Möglichkeiten dort zu erkundigen. Wir konnten einfach nicht mehr geradeaus denken.«
Joe ist im Bad, er probiert mit großer Ernsthaftigkeit das Waschbecken und beide Hähne aus und sieht sich dann den Badezimmerschrank an. Er weiß nicht, wie man sich benimmt, wenn man ein Haus mieten will, er kann nur mit der Langfristigkeit eines Käufers denken.
»Ich gehe davon aus, daß ihr weiter suchen werdet«, sage ich.

»Ich werde euch noch ein Haus verkaufen.« Ich lächle sie an, wie ich das schon in anderen Häusern getan habe, unter schlechteren Bedingungen als jetzt. Mit 575 Dollar Miete sind die Bedingungen hier gar nicht so schlecht, sondern im Gegenteil verdammt gut.

»Wir haben die Kerze an beiden Seiten angezündet, nehm ich an«, sagt sie, in der Mitte der rotgefliesten Küche stehend. Es ist nicht die richtige Metapher, aber ich verstehe schon, was sie meint. »Wir werden sie jetzt erstmal eine Zeitlang nur an einem Ende brennen lassen.«

»Dann hält sie länger«, sage ich wie ein Idiot. Ich brauche sowieso nicht viel zu sagen. Sie werden das Haus mieten, nicht kaufen, aber Phyllis ist auch nicht daran gewöhnt. Alles ist bestens.

»Bip, bip, bip, bip, bip, bip« sagt Joe hinten im Schlafzimmer vor sich hin. Er hat die Chance ergriffen, die Filter der Klimaanlage zu prüfen.

»Wie geht's Ihrem Sohn?« Phyllis sieht mich seltsam an, als sei ihr in dem Augenblick eingefallen, daß ich nicht an seinem Bett sitze, sondern ihnen am Vierten Juli ein Kurzzeit-Mietprojekt anbiete, während mein Sohn in kritischem Zustand ist. Ein Ausdruck geteilter elterlicher Verantwortung, aber auch persönlichen Vorwurfs umwölkt ihre Augen.

»Er hat die Operation gut überstanden, vielen Dank.« Ich mache mit den Schlüsseln in der Tasche eine Bewegung, um einen ablenkenden Laut hervorzubringen. »Er wird eine Brille tragen müssen. Aber er zieht im September zu mir.« Vielleicht kann er als vertrauenswürdiger älterer Junge Sonja sogar mal ins Einkaufszentrum ausführen.

»Na, da hat er ja Glück gehabt«, sagt Phyllis ein wenig hin und her wippend, die Hände mit Bestimmtheit in ihren großzügig bemessenen Hosentaschen vergraben. »Feuerwerkskörper sind gefährlich, egal, in wessen Händen. In Vermont sind sie verboten.« Sie möchte jetzt eigentlich, daß ich ihr Haus verlasse. In der kurzen Spanne von sechzig Sekunden hat sie die Verantwortung für diese Räume übernommen.

»Er hat bestimmt daraus gelernt«, sage ich, und dann stehen wir schweigend da, hören Joes Schritte in den anderen Zimmern zu, dem Geräusch von Schranktüren, die geöffnet und wieder geschlossen werden, von Lichtschaltern, die an- und ausklicken, von leichten Schlägen an die Wand, um nach Metall zu suchen, alles begleitet von einem gelegentlichen »Bip, bip, bip« oder einem »Ah ja, so ist das«, ab und zu einem »Oh-oh«, meistens aber einem »Hmm-hmmm«. Alles ist natürlich in perfekter, schlüsselfertiger Ordnung; nachdem die Harrises ausgezogen waren, haben Everick und Wardell alles durchgesehen, und auch ich habe das Haus noch einmal überprüft (wenn auch nicht in letzter Zeit).

»Kein Keller, was?« sagt Joe, der plötzlich in der Diele auftaucht, wo er sich kurz die Decke ansieht und dann einen Blick durch die offene Haustür hinauswirft. Das Haus wird jetzt langsam warm, das Licht von draußen glänzt auf den Fußböden, die naßkalten Gerüche entweichen durch die offenen Fenster. »Meinen Brennofen muß ich vorläufig woanders hinstellen.« (Von Phyllis' Papierherstellung ist nicht die Rede.)

»In diesem Viertel wurden keine Keller gebaut.« Ich nicke, berühre meine wunde, zerbissene Wange mit der Zungenspitze und bin sehr erleichtert, daß Joe nicht vorhat, seine Töpfe im Haus zu brennen.

»Könnte wetten, daß es was mit dem Grundwasserspiegel zu tun hat«, sagt Joe mit unechter Ingenieursstimme. Er geht ans Fenster und sieht hinaus, wie Phyllis es getan hat, beguckt sich die Seitenfront des McLeod-Hauses. Ich hoffe, daß er nicht plötzlich einem hemdlosen Larry McLeod ins Auge sieht, der mit seiner 9-mm-Knarre auf uns zielt. »Ist in dem Haus mal was Schlimmes passiert, Frank?« Er kratzt sich den stachligen Nacken und blickt auf etwas, was seine Aufmerksamkeit erregt, vielleicht ist da unten eine Katze.

»Nicht, daß ich wüßte. Alle Häuser haben ihre Vergangenheit, schätz ich. Die, in denen ich gewohnt habe, hatten jedenfalls eine. Hier ist bestimmt schon mal jemand gestorben. Ich weiß aber nicht, wer.« Ich sage das nur, um ihn zu ärgern, ich weiß ja, daß er keine Alternativen mehr hat, und ich weiß auch, daß seine Frage ein Versuch ist, sich an die Rassenfrage heranzupirschen. Er selbst will sie nicht ansprechen, wäre aber ganz froh, wenn ich es täte.

»War nur 'ne Frage«, sagt Joe. »Unser Haus in Vermont haben wir ja selber gebaut. Da ist nie was Schlimmes passiert.« Er starrt immer noch hinunter, überlegt sich andere Schachzüge. »Ich nehm an, daß es hier keine Drogenszene gibt.« Phyllis sieht zu ihm hinüber, als hätte sie gerade gemerkt, daß sie ihn haßt.
»Meines Wissens nicht«, sage ich. »Aber wir leben in einer Welt des Wandels.«
»Richtig. Kann man wohl sagen.« Joe schüttelt im frischen Licht des Fensters den Kopf.
»Man kann Frank nicht für die Nachbarn verantwortlich machen«, sagt Phyllis kratzbürstig (obwohl das nicht ganz richtig ist). Sie steht bei mir unter dem Bogen, blickt auf die leeren Wände und Fußböden und denkt möglicherweise an ihre verlorene Kindheit. Aber sie hat sich entschieden.
»Wer wohnt nebenan?« sagt Joe.
»Auf der anderen Seite ein älteres Paar namens Broadnax. Rufus war Schlafwagenschaffner auf der New York Central. Sie werden nicht viel von ihnen sehen, aber Sie werden sie bestimmt mögen. Hier auf dieser Seite wohnt ein jüngeres Paar« (von Schurken). »Sie ist aus Minnesota. Er war in Vietnam. Interessante Leute. Das Haus gehört mir auch.«
»Ihnen gehören beide?« Joe dreht sich um und wirft mir einen gerissenen, blinzelnden Blick zu, als sei ich gerade enorm in seiner Achtung gestiegen und wahrscheinlich ein Betrüger.
»Nur diese beiden«, sage ich.
»Und sie behalten sie, bis sie ein Vermögen wert sind?« Er grinst böse. Er spricht auf einmal mit texanischem Akzent.
»Sie sind jetzt schon ein Vermögen wert. Ich warte nur darauf, daß sie zwei Vermögen wert sind.«
Joes Ausdruck selbstzufriedener Hochachtung für mich steigert sich noch. Er hat mich schon immer durchschaut, soll das heißen, aber nun merkt er, wie sehr wir uns ähneln. Wir sind beide viel gerissener, als er bisher angenommen hat. Etwas für die Zukunft zu horten, ist genau das, woran er glaubt – und er hätte es auch getan, wenn ihm nicht die zwei Jahrzehnte währenden Wanderjahre im Land des Matsches und der überfrierenden Nässe dazwischengekommen wären. Nun ist er in

die reale Welt zurückgekehrt und weiß nicht mehr, wie viele Cents der Dollar hat.
»Es ist alles eine Frage der Anschauung, nicht wahr?« sagt Joe rätselhafterweise.
»Heutzutage bestimmt«, sage ich. Vielleicht redet er über Immobilien. Ich klimpere vernehmbarer mit den Schlüsseln, um anzuzeigen, daß ich ganz gerne gehen würde – obwohl ich bis Mittag wenig zu tun habe.
»Okay, also ich glaub, ich hab mir ein Bild gemacht«, sagt Joe entschieden und ohne texanischen Akzent. Er nickt energisch. Durch das Fenster sehe ich auf der anderen Seite das verschlafene Gesicht der kleinen Winnie McLeod hinter der dünnen Gardine. Sie sieht uns böse an. »Was meinst du, Baby Doll?«
»Ich kann es schöner machen«, sagt Phyllis. Ihre Stimme hallt durch das leere Zimmer wie ein in die Falle gegangener Geist. (Ich hab mir Phyllis nie als »Baby Doll« vorgestellt, aber ich bin bereit, es zu versuchen.)
»Wir können's ja kaufen, wenn wir unsere Erbschaft machen.« Joe, die Zunge zwischen den Lippen, zwinkert mir listig zu.
»Zwei Erbschaften«, sage ich und zwinkere zurück. »Billig wird das nicht.«
»Jaha, okay. Zwei dann eben«, sagt Joe. »Wenn wir zwei Vermögen machen, können wir uns ein Fünfeinhalb-Zimmer-Haus im Schwarzenviertel von Haddam, New Jersey, leisten. Wenn das nichts ist. Ist doch 'ne richtige Erfolgsgeschichte, von der man seinen Enkeln erzählen kann.« Joe verdreht die Augen humorvoll zur Decke und tippt sich mit dem Mittelfinger an die glänzende Stirn. »Was ist mit der Wahl? Für wen sind Sie?«
»Ich fürchte, ich bin mit den Geldverschwendern und Waschlappen verwachsen, Joe, ich bin Demokrat.« Joe würde mich nicht fragen, wenn er nicht gerade dabei wäre, seine alten Prinzipien des kulturellen Liberalismus über Bord zu werfen. Seine neue Lebensform erfordert etwas Böseres, Aggressiveres. Er erwartet, daß ich auch das noch absegne.
»Sie meinen wohl, Ihr Portemonnaie ist mit denen verwachsen«, sagt Joe idiotischerweise. »Aber zum Teufel, ja. Ich auch.« Dies zu meiner absoluten Überraschung. »Fragen Sie mich bloß nicht,

warum. Mein alter Herr« – der König des Chinesenslums von Aliquippa – »hatte ein ausgeprägtes soziales Gewissen. Er war Sozialist. Aber das ist scheißegal. Vielleicht werd ich ein bißchen vernünftiger, wenn ich hier wohn. Aber Phyllis ist Republikanerin, sie reitet den Elefanten.« Phyllis geht zur Tür, müde und mit Politik nicht zu amüsieren. Joe entbietet mir mit offenem Mund und Kindergesicht ein Lächeln philosophischer Kameradschaft. Bei diesen Dingen kann man wirklich nie wissen. Immer wenn man glaubt, daß man recht hat, täuscht man sich natürlich.

Es ist gut, mit den beiden draußen auf dem heißen Gehsteig unter der breiten Platane zu stehen, und es ist ermutigend, festzustellen, wie schnell und sauber die Illusion des Dauerhaften sich durchsetzt und die Menschen zufrieden macht.
Innerhalb von fünfzehn Minuten sind die Markhams zu Alteingesessenen geworden und ich ihr unbequemer, unerwünschter Gast. Eine Einladung, später wiederzukommen und draußen auf den Gartenstühlen eine Limonade zu trinken, wird es mit Bestimmtheit nicht geben. Beide blinzeln vom Pflaster zur Sonne und in den ungetrübten blaugrünen Himmel hoch, als wollten sie sagen, daß nur ein kräftiger Regenguß – und nicht mein dürftiges, nicht einmal wahrgenommenes Wässern – ihrem Garten helfen könne.
Wir haben uns schmerzlos auf monatliche Zahlung geeinigt, mit einer Kaution von drei Monatsmieten im voraus – obwohl ich zugestimmt habe, ihnen einen Monat zu erlassen, wenn sie in den ersten dreißig Tagen ein Haus finden sollten, das sie kaufen wollen (sehr wahrscheinlich!). Ich habe ihnen eine Broschüre unserer Firma mit dem Titel »Was ist der Unterschied?« gegeben, die für den Laien die Vor- und Nachteile des Mietens im Vergleich zum Kaufen ausführt: »Zahlen Sie niemals mehr als 20 Prozent Ihres Bruttoeinkommens für das Wohnen«, aber auch: »Im eigenen Haus schläft's sich immer besser« (darüber läßt sich streiten). Nichts allerdings findet sich darin über die Notwendigkeit, sich selbst in einem Haus »zu sehen« oder sich vom Makler in seiner Existenzform bestätigen zu lassen oder über die Wahrscheinlich-

keit, daß in der gewählten Unterkunft schon einmal etwas Bedeutsames geschehen ist. Diese Dinge sollte man einem Psychologen überlassen, im Immobiliengeschäft haben sie nichts zu suchen. Schließlich haben wir uns darauf geeinigt, die Papiere morgen in meinem Büro zu unterzeichnen, und ich habe ihnen gesagt, daß sie gerne ihre Schlafsäcke hereinholen und heute nacht in »ihrem eigenen Haus« kampieren können. Wer könnte da nein sagen?
»Sonja wird das hier sehr aufschlußreich finden«, sagt Phyllis, die Republikanerin, selbstsicher. »Dafür sind wir hierhergekommen, vielleicht ohne es zu wissen.«
»Es ist ein Realitätsschock«, sagt Joe ungerührt. Sie spielen beide auf die Rassenfrage an, wenn auch indirekt. Sie halten einander an der Hand. Wir stehen neben meinem Auto, das blau und heiß in der Zehn-Uhr-Sonne schimmert. Ich habe die Reklameblätter aus dem Postkasten und die Trentoner *Times* unterm Arm, und ich habe ihnen die Schlüssel übergeben.
Ich weiß, daß den beiden die bis zu diesem Augenblick gefährdete Aussicht auf eine glückliche Fortsetzung ihres Lebens wie rarer, dicker Weihrauch in die Nase steigt – eine ganz andere Vorstellung als Irv Ornsteins unentschlossene, religiös-ethnisch-historische Sicht der Dinge, auch wenn er vielleicht behauptet, sie seien dasselbe. Vor allem aber haben die Markhams jetzt das Gefühl, einer Gefängnisstrafe entronnen zu sein, zu der sie aufgrund von Verbrechen verurteilt wurden, denen niemand entgeht: den gewöhnlichen Fehlern und Mißverständnissen des Lebens, an denen wir alle unschuldig und schuldig sind. Jetzt lebt indessen, wenn auch vielleicht noch unerkannt, in ihren erfreuten, aber verwirrten Köpfen die *Möglichkeit*, Myrlene Beaver mit einem heißen Blaubeerkuchen oder einem nicht ganz geglückten Topf aus Joes neuem Brennofen zu besuchen; oder mit schwarzen Nachbarn ihres Alters bei Gesetzes- oder Familienproblemen gemeinsamen Boden zu finden. Sie können dunkelhäutige Kinder, die Sonja besuchen, in ihrem Haus schlafen lassen. Und sie können die Seite in sich stärken, die sie, wie sie wußten, immer im Herzen trugen, aber in den einfarbigen Green Mountains von Vermont nie so richtig ausleben konnten: den magischen sechsten Sinn, mit dem man andere Rassen ver-

steht und der die Markhams in ihren eigenen Augen immer schon zu ungewöhnlichen Weißen gemacht hat.
Eine Polizeistreife mit einem einsamen schwarzen Beamten am Steuer rollt langsam vorbei – auf der Suche nach den Bombenlegern der Clio Street. Er winkt beiläufig und fährt weiter. Er ist jetzt ihr Nachbar.
»Hören Sie, wenn wir unseren Kram hier haben, laden wir Sie mal zum Essen ein«, sagt Joe und löst seine Hand aus der von Phyllis, um einen kurzen, besitzanzeigenden Arm noch enger um ihre runden Schultern zu legen. Offenbar hat sie ihn über ihre neuesten medizinischen Beschwerden informiert, weshalb er vielleicht überhaupt nur einverstanden war, weshalb sie es ihm vielleicht gesagt hat. Noch ein Realitätsschock.
»Das ist ein Essen, auf das ich mit Freuden warte«, sage ich und wische mir ein Schweißrinnsal vom Nacken, wobei ich die empfindliche Stelle berühre, an der mich in einer fernen Stadt ein Baseball getroffen hat. Ich habe erwartet, daß Joe das Mietkaufkonzept zumindest einmal anspricht, aber er hat es nicht getan. Vielleicht denkt er unbewußt immer noch, daß ich homosexuell bin, und hält deshalb Abstand.
Ich werfe einen vorsichtigen Blick auf die alte Backsteinfassade und die verhängten Fenster der Nr. 44. Ich sehe keine Bewegung, obwohl ich weiß, daß eine Art Überwachung im Gange ist. Einen unbehaglichen Moment lang habe ich das Gefühl, daß meine 450 Dollar zur Geisel von McLeods überzeugtem Glauben an Privatsphäre und Individualismus geworden sind. Womit ich sagen will, daß seine Verweigerung der Miete nichts mit einer finanziellen Notlage, verlorenen Jobs oder momentaner Verlegenheit zu tun hat (mit so etwas könnte ich umgehen).
Ich mache mir tatsächlich auch weniger Sorgen um das Geld als um die glückliche Fortführung meines Lebens, solange dieses Problem nicht gelöst ist. Andererseits neige ich dazu, aus den Dingen mehr zu machen, als sie wert sind, und vielleicht sollte ich dem Unbekannten gegenüber eine etwas komplexere Haltung einnehmen – zum Beispiel die McLeods *nie wieder* auffordern, auch nur einen gottverdammten Cent zu zahlen, und abwarten, was das im Lauf der Zeit für eine Wirkung hätte. Heute ist

schließlich nicht nur der vierte, sondern der Vierte. Und wie bei den anfangs unbeweglichen, hoffnungslosen, unsympathischen Markhams muß man den Leuten die Unabhängigkeit manchmal aufzwingen.

Auf einer Straße, die wir nicht sehen können, geht wieder ein Autoalarm los (möglicherweise derselbe wie vorhin). In hektischen Intervallen ertönt das *Wuup-wiip, wuup-wiip*, gerade als die Glocken von St. Leo zehn schlagen. Das ergibt eine kleine Kakophonie: wie dreizehn Uhren, die zur selben Sekunde schlagen. Joe und Phyllis lächeln und schütteln die Köpfe, blicken zum Himmel, als wäre dies das Zeichen dafür, daß er sich gleich öffnen wird. Sie haben beschlossen, glücklich zu sein, sie sind bereit, die Dinge mit Festigkeit zu akzeptieren, und würden im Moment wohl alles gutheißen. Es muß gesagt werden, daß ich sie nun, am Ende, bewundere.

Ich werfe einen Abschiedsblick zu Myrlene Beavers hinüber, deren silberne Gehhilfe hinter der Fliegengittertür zu sehen ist. Sie beobachtet ebenfalls, das Telefon im zitternden Griff, jederzeit zu neuer Empörung bereit. »Wer sind *diese* Leute? Was haben sie vor? Wenn Tom doch noch lebte. Er würde das in Ordnung bringen.«

Ich schüttele, fast ohne es zu merken, Joe Markham die Hand. Es ist an der Zeit zu gehen, ich habe für alle das mir Mögliche getan. Was kann man für heimatlose Fremde mehr tun, als ihnen eine Zuflucht zu bieten?

Ich drehe eine Morgenrunde durch die Stadt, nichts Besonderes im Sinn. Ich fahre an meinem Hot-dog-Stand auf der Festwiese vorbei, die Strecke entlang, die die Parade nehmen wird, um Feiertagsaroma zu schnuppern, dann meine eigene Straße hinunter (wie ein Tourist), um den Ort zu inspizieren, wo der Homo haddamus pithecarius gefunden worden ist. An seinem Auftauchen habe ich ein gewisses natürliches Interesse, egal, ob er männlich oder weiblich, Mensch oder Affe, freier Mann oder Sklave war. Wer von uns wollte letztlich begraben sein ohne die Hoffnung, eines Tages dem Licht und der Luft wiedergegeben zu werden, von unseren Mitmenschen neugierig und vielleicht sogar liebe-

voll aufgenommen? Keiner von uns, würde ich sagen, hätte etwas dagegen, noch einmal beurteilt zu werden, vor allem unter der vorteilhaften Bedingung, daß inzwischen einige Zeit vergangen ist.
Ich genieße solche Fahrten durch die Stadt, die ich etwa einmal im Jahr unternehme, von einem Ende zum anderen, ohne meine gewöhnlichen Zielsetzungen (eine Überprüfung der Grundstücksgrenzen, eine Zustandsbeschreibung von Dach und Fundament, ein letzter Besuch vor dem Abschluß eines Vertrages). Nur eine Spazierfahrt, um mich umzusehen, nicht um etwas zu berühren oder mich in etwas einzumischen. So eine Fahrt hat etwas von einer stillen Teilnahme am Leben der Stadt, da es durchaus gesellschaftlichen Nutzen hat, ein Zuschauer zu sein, ein Beobachter, einer von jenen, für den städtische Dienste und Paraden gedacht sind – ein Teil der Öffentlichkeit.
Die Seminary Street strahlt eine dürftige, wenig belebte Vorparadenträgheit aus. An unseren drei Ampeln hängen die neuen Spruchbänder der Stadt, und die Fahnen am Straßenrand wehen nicht im Wind, sondern hängen schlaff herab. Die Bürger auf den Gehsteigen scheinen alle nicht recht zu wissen, was sie tun sollen, ihre Gesichter sind breit und verschlossen, während sie stehenbleiben und den Männern zusehen, die Kreuzungen und Straßen mit Absperrgittern versehen, damit die Kapellen und Festwagen später durchkommen. Ihre Gesichter scheinen zu sagen, daß dies *eigentlich* ein normaler Montag sein sollte und daß man *eigentlich* andere Dinge zu tun hätte. Dünne Jungen aus der Nachbarschaft, die ich nicht erkenne, fahren auf der heißen Straße mit Skateboards Slalom um die Mittelstreifen, die Arme schwebend ausgestreckt, um die Balance zu halten, während Verkäuferinnen Verkaufstische vor Läden stellen, die früher Benetton und Laura Ashley hießen, jetzt aber Foot Locker und The Gap, um dann im kühlen Inneren auf die Menschenmenge zu warten, die vielleicht irgendwann kommt.
Es ist ein seltsamer Feiertag, das muß man sagen – einer, über den ein Mann oder eine Frau lange nachdenken könnte. Es ist keineswegs ganz klar oder beweisbar, daß er praktisch dazu beiträgt, eine wilde und dunkle Tyrannei in diesem Land unmöglich zu

machen. Es ist, als wäre die Unabhängigkeit etwas *nur* Privates und daher zu Wichtiges, um sie mit anderen zusammen zu feiern; als sollten wir alle lieber fortfahren, unabhängig zu *sein*. Denn schließlich ist das die normale, dem gesunden Empfinden entsprechende menschliche Verfassung, die man für selbstverständlich halten sollte, es sei denn, irgendwelche Kräfte bekämpften oder vereitelten sie – in welchem Fall radikale, sogar absurde Maßnahmen ergriffen werden sollten, um sie wiederherzustellen oder neu zu erfinden (was ich mit meinem Sohn zu tun versucht habe, was er dann aber aus eigener Kraft geleistet hat). Das Beste wäre vielleicht, den Tag so zu verbringen, wie es die ursprünglichen Unterzeichner der Unabhängigkeitserklärung taten und wie ich es am liebsten tue, nämlich in einer ländlichen Umgebung nicht allzuweit von zu Hause entfernt, allein mit meinen Gedanken, Ängsten und Hoffnungen, was die neue Welt angeht, die so furchtgebietend vor uns liegt.
Ich fahre nun hinaus zu dem großen unvollendeten »Shop Rite«-Einkaufszentrum am östlichen Stadtrand, wo Haddam in das waldige Haddam Township übergeht, vorbei am Shalom Tempel, dem pleite gegangenen japanischen Autohändler und der Magyar Bank, die alte Route 27 hinauf in Richtung New Brunswick. Das Einkaufszentrum sollte um Neujahr die Pforten öffnen, aber einige der Betreiber (ein Spielzeugladen, ein Fliesengeschäft und eine Haustierhandlung) bekamen nach dem Einbruch an der Aktienbörse und der daraus folgenden »Abkühlung« des lokalen Geschäftsklimas kalte Füße, so daß im Moment alles stillsteht. Ich wäre keineswegs traurig und würde mich auch nicht als Verräter an der Entwicklung unserer Gegend sehen, wenn das ganze Ding seine Zelte abbrechen und das Geschäft unseren alten Läden in der Stadt überlassen würde. Das Gelände hier sollte man in einen Park verwandeln oder in einen öffentlichen Gemüsegarten – da könnte man auf neue Weise Freundschaft schließen. (Solche Dinge geschehen natürlich nie.)
Auf dem Parkplatz, der in der Hitze zu dampfen scheint, hat sich der Großteil unserer Parade aufgestellt. Einzelne Bestandteile wandern noch in unparadehafter Unordnung herum: eine Pfeifer- und Trommlerkapelle in Kolonialuniformen von der De

Tocqueville-Akademie; ein Regiment von Waschbärmützen-Milizionären in Wildleder, begleitet von einer Anzahl fülliger Männer in langen Puritanerröcken und Kampfstiefeln (die beweisen, daß man Unabhängigkeit auch zum Preis der Lächerlichkeit erkaufen kann). Da ist eine Brigade von kräftigen, aufgeregten Vietnam-Veteranen in Rollstühlen, deren Hemden mit der amerikanischen Fahne bedruckt sind. Sie machen schnelle Wendungen und werfen sich Basketbälle zu (andere sitzen einfach da, rauchen oder reden miteinander in der Sonne). Eine weitere Mustang-Parade wartet, eine weibliche Clownstruppe, ein paar Autohändler des Ortes mit weißen Cowboyhüten, die unsere gewählten Politiker in neuen Cabrios herumchauffieren werden, während eine Gruppe Jungpolitiker ihnen auf einem Lastwagen folgen wird, in überdimensionale Babywindeln oder Sträflingsanzüge gekleidet. Ein schicker silberner Kleinbus steht allein unter dem schattenlosen SHOP RITE-Schild; er enthält die Fruehlingheisen-Banjo-und-Saxophon-Band aus Dover, Delaware, deren Mitglieder wenig Lust zeigen, herauszukommen. Und schließlich stehen da zwei Chevrolet-Bigfoots, einer rot, einer blau, mitten auf dem Parkplatz, die am Schluß der Parade die Seminary Street entlangrollen werden, ihre winzigen Führerhäuser wirken über den gigantischen Profilreifen klein wie Teetassen. (Später sollen sie dann draußen auf dem Schlachtfeld der Revolution einige japanische Personenwagen zermalmen.) In meinen Augen fehlt nur noch eine Truppe Haremswächter auf Harleys, die Paul Bascombe glücklich machen würde.

Wenn ich hier vom Straßenrand aus, wo ich anhalte, hinübersehe, macht nichts einen sehr begeisterten oder paradewürdigen Eindruck. Verschiedene Festwagen mit Pappaufbauten sind noch nicht bemannt oder angehängt. Die Haddamer High School-Kapelle, das Herzstück der Parade, ist noch nicht aufgetaucht. Und Ordner in heißen Fräcken und Dreispitzen wandern mit Walkie-Talkies und Klemmbrettern herum, unterhalten sich mit den Leitern der Parade und sehen auf die Uhr. Alles wirkt in der Tat zeit- und lustlos, die meisten Teilnehmer stehen in ihren Kostümen in der Sonne und gucken in der Gegend herum wie die Fantasy-Baseballspieler gestern in Cooperstown. Und, wie ich meine, aus den gleichen Gründen: sie langweilen sich, oder aber sie sind voller Sehnsucht nach etwas, das sie selber nicht so richtig benennen können.

Ich beschließe, auf der Parkplatzauffahrt kehrtzumachen, der gesammelten Parade auszuweichen und weiter zur Route 27 in Richtung Haddam hinunterzufahren. Ich bin ganz zufrieden damit, hinter die Fassade der Parade geblickt zu haben und nicht enttäuscht worden zu sein. Selbst der kleinste öffentliche Hokuspokus ist lästig. Seine wahre Bedeutung liegt nicht in dem, was er letztlich bewirkt, sondern darin, wie bereit wir sind, unser normales Selbst zu vergessen, und wieviel an kolossalem Unfug und Anarchie wir uns für einen guten Zweck bieten lassen. Ich mag es immer lieber, wenn Clowns zumindest versuchen, fröhlich zu sein.

Als ich aber auf der Einfahrt wende, um mein Entkommen zu bewerkstelligen, läuft plötzlich ein Mann – einer der Ordner im Frack und mit Hut, einer roten Schärpe und hochgeknöpften Schuhen, der im Gespräch mit einem der Windeln tragenden jungen Männer sein Klemmbrett konsultiert hat – auf meinen fahrenden Wagen zu. Er winkt mit dem Klemmbrett, als wären wir alte Freunde, als wollte er einen Feiertagsgruß austauschen oder mir etwas ausrichten, mich vielleicht auch als Ersatzmann für den ganzen Spaß anheuern. (Unter Umständen hat er meinen SCHLAGT BUSH-Sticker gesehen und meint, ich wäre ein Gewinn für die Parade.) Nur bin ich in einer ganz anderen Stimmung, einer guten, aber einer, die ich gerne für mich behalten möchte. Also kurve ich weiter, ohne ihn zu beachten, zurück auf die 27. Man kann schließlich nie wissen, wer das ist: einer mit einer langen Beschwerde in Immobilienfragen oder vielleicht Mr. Fred Koeppel aus Griggstown, der unbedingt über die Courtage für sein Haus verhandeln will, das sich ohnehin von selbst verkaufen wird (dann soll es doch). Oder vielleicht war es (und das kommt zu häufig vor) jemand, den ich aus meinen verheirateten Tagen kenne und der Ann gestern morgen zufällig im Yale Club gesehen hat und mir berichten will, wie gut sie aussah, »fantastisch«, »super«, »Dynamit« – irgendwas in der Art. Aber ich bin nicht interessiert. Der Unabhängigkeitstag gibt uns zumindest in den

Tageslichtstunden die Möglichkeit, so unabhängig zu handeln, wie wir nur können. Und mein Entschluß ist es, mich heute soweit wie möglich von verdächtigen Gesprächen freizuhalten.

Ich fahre auf der sonnigen und fast leeren Seminary Street zurück, wo der bürgerliche Radau noch Stunden entfernt zu sein scheint – vorbei am geschlossenen Postamt, dem geschlossenen Frenchy's Gulf, der beinahe leeren August Inn, dem Coffee Spot, um den Platz, an der Press Box Bar vorbei, dem Lauren-Schwindell-Büro, der Garden State-Sparkasse, dem verschlafenen Institut und der offiziell stets offenen, aber eigentlich fest verschlossenen Ersten Presbyterianischen Kirche, deren Willkommensschild lautet: *Happy Birthday, America!* * *5000-m-Lauf* * *ER hilft dir an der Ziellinie!*

Aber weiter unten, hinter dem Rathaus und auf der Haddamer Festwiese, ist doch schon einiges los. Viele Bürger sind hier bereits in etwas zerstreuter, aber guter Stimmung versammelt. Auf der offenen Rasenfläche ist ein rotweißgestreiftes Zeltdach aufgestellt, und unsere renovierte viktorianische Konzertmuschel schimmert weiß zwischen den Ulmen, Kinder krabbeln darauf herum. Viele Haddamer gehen hier spazieren, wie es die Menschen vielleicht auf einer Gasse im County Antrim in Irland getan haben, nur tragen sie pastellfarbene Kleider mit vielen Rüschen, Leinenhosen, weiße Gamaschen, Strohhüte und rosa Sonnenschirme, und sie sehen aus – zumindest viele von ihnen – wie verlegene Komparsen in einem Fünfziger-Jahre-Film über den Süden. Unpassende Hillbilly-Musik jodelt von einem kleinen Anhänger herab, der dem Sender gehört, für den ich *Doktor Schiwago* für die Blinden gelesen habe. Die Polizei und die Feuerwehr haben ihre feuerfesten Anzüge, Schutzschilde zur Bombenentschärfung und Präzisionsgewehre Seite an Seite unter dem Zelt aufgebaut. Die Jugendorganisation der Stadt hat gerade ihr unendliches Volleyballspiel begonnen, das Krankenhaus prüft kostenlos den Blutdruck, der Lions Club und die Anonymen Alkoholiker schenken umsonst Kaffee aus, während die Jungen Demokraten und die Jungen Republikaner mit dem Wasserschlauch ein Matschloch schaffen, in dem sie ihr jährliches Tauziehen veranstalten wollen. Außerdem haben sich

Kaufleute der Stadt zusammengetan, um an Holzkohlengrills fleischlose Magerburger zu verkaufen, ihre Angestellten in weißen Schürzen und roten Fliegen. Und kostümierte holländische Tanzgruppen aus Pennsylvania führen auf einem tragbaren Tanzboden Volkskapriolen zu einer Musik vor, die nur sie hören können. Später soll es eine Hundeschau geben.

Links von hier, auf der anderen Seite des Rasens vor dem Rathaus, wo ich vor sieben Jahren die große und unwillkommene Unabhängigkeit der Scheidung verbrieft bekam, steht mein silberner »Firecracker Weenie Firecracker«-Verkaufswagen mit seiner braunen Markise im warmen Zaubernußbaumschatten. Er hat eine kleine, aber sehr interessierte Kundschaft angezogen, darunter Uncle Sam und zwei weitere Clio-Street-Bomber, ein paar meiner Nachbarn, Ed McSweeney im dunklen Anzug und Aktentasche, sowie Shax Murphy, der eine rosafarbene Hose trägt, einen grellgrünen Blazer und Sportschuhe – wobei er trotz seiner Harvard-Ausbildung genau wie ein Makler aussieht. Wardells und Evericks glänzende Onyxgesichter sind ab und zu im Anhänger unter der Markise zu sehen. Sie tragen alberne Kellnerjacken und Papiermützen, verteilen gratis polnische Hot dogs und Rootbeer in Pappbechern und schütteln hin und wieder rasselnd die »Clair Devane Fonds«-Sammeldosen, die Vonda in unserem Büro gemacht hat. Ich habe nun schon dreimal versucht, die beiden über Clair, die sie sehr mochten und wie eine ungebärdige Nichte behandelten, auszuhorchen. Aber sie sind mir jedesmal ausgewichen. Und mir ist klargeworden, daß ich im Grunde gar nichts über Clair hören wollte, sondern etwas Positives und Schmeichelhaftes über *mich,* und daß sie mich durchschaut und sich deshalb gar nicht erst auf das Thema eingelassen haben. (Obwohl es auch möglich ist, daß sie schweigen, weil sie von der Polizei zwei Tage in Gewahrsam genommen, schlecht behandelt und dann kommentar- und formlos entlassen wurden – nun auch von der Polizei als das anerkannt, was sie sind, nämlich völlig unschuldig.)

Und ja, hier ist alles so, wie ich es erwartet und bescheiden geplant habe: keine große Sache, aber auch keine kleine – eine ordentliche Leistung für einen Tag wie diesen, nach einem Tag wie jenem.

Ich halte unbemerkt am Ostrand der Festwiese, in der Cromwell Lane, öffne das Fenster, um die Musik und das Summen der Menge und die Hitze hereinzulassen und sitze einfach da und sehe zu: Leute im Gespräch, Spaziergänger und Liebespaare, Einzelpersonen und Familien mit Kindern, alle hier, um sich lächelnd umzuschauen und dann die Seminary hinaufzuschlendern und sich die Parade anzusehen, bevor sie den Tag dann abends mit kühlem Blick noch einmal an sich vorbeiziehen lassen.

Alle scheinen das Gefühl zu haben, daß der Vierte ein Tag ist, den man dem Zufall überlassen kann, obwohl es sicher gut ist, zu Hause zu sein, wenn die Abendstunden kommen. Vielleicht liegt er zu dicht am Flag Day, der seinerseits vielleicht zu dicht am Memorial Day liegt, der schon wieder zu verdammt dicht am Vatertag liegt. Zuviel Feiern, auch wenn es gutgemeint ist, kann Probleme machen.

Ich muß natürlich an Paul denken, der in Gaze und Bandagen gehüllt im nicht-so-fernen Connecticut liegt. Er würde sicher einen Witz auf Kosten dieses unschuldigen Tages machen: »Du weißt, daß du Amerikaner bist, wenn du...« (einen aufs Auge kriegst). »In Amerika haben sie mich ausgelacht, als ich...« (bellte wie ein Spitz). »Für einen Amerikaner ist es ungewöhnlich...« (täglich seinen Vater zu sehen).

Überraschenderweise habe ich seit der Morgendämmerung, als ich kalt im grauen Licht der Frühe aufgewacht bin, nicht mehr richtig an ihn gedacht. Ich erwachte aus einem Traum, in dem er auf einem Rasen wie dem des Deerslayer von einem Hund wie dem alten Keester zu Boden gerissen und blutig gebissen wurde, während ich auf der Veranda stand und mit einer nicht erkennbaren Frau herumknutschte. Sie trug einen Bikini und eine Kochmütze, und ich konnte mich nicht von ihr losreißen, um ihm zu helfen.

Es ist ein offensichtlicher Traum, so offensichtlich wie die meisten Träume, eine weitere Illustration unserer schwachen Bemühungen, unsere klägliche Natur unter Kontrolle zu bringen, um das zu tun, was wir für das Richtige halten. (Es geht uns gar nicht mehr darum, daß uns bescheinigt wird, wie durchschlagend er-

folgreich wir waren; es geht uns darum, daß anerkannt wird, welch große Mühe wir uns gegeben haben. So kompliziert ist das Dilemma der Unabhängigkeit.)
Was Paul betrifft, habe ich allerdings gerade erst begonnen, mir Mühe zu geben. Und wenn ich auch kein Anhänger der radikaleren Theorien menschlicher Wandlung bin, die besagen, daß man sich Unvernünftiges aus dem Kopf schlagen muß und Vernünftiges hinein, so hat der gestrige Tag vielleicht doch wie ein reinigendes Gewitter gewirkt, er hat Wunden hinterlassen, aber unerwartet auch Raum für Hoffnung. Ein *letztes* Mal in vieler Hinsicht, aber ein Anfang in anderer. »Die Seele ist immer im Werden«, wie der große Mann gesagt hat, womit er, glaube ich, gemeint hat: langsam.

Als ich gestern abend in der mondübergossenen Kleinstadt Long Eddy, New York, anhielt, verkündete ein Schild, daß es dort am selben Abend eine Stadtversammlung gab: »Reagan-Kabinettsmitglied steht Rede und Antwort« lautete die wichtige Tagesordnung am Ufer des Delaware, wo kurz unterhalb der Stadt einzelne Angler in gespenstischer Silhouette vor dem dunkel glitzernden Strom standen, die zuckenden Ruten und durchhängenden Schnüre in einer Wolke von Insekten.
An einem Münztelefon, das in einem Unterstand an einer Tankstellenwand hing, machte ich einen kurzen Erkundungsanruf bei Karl Bemish, um zu hören, ob die bedrohlichen »Mexikaner« das böse Ende von Karls »Spritze« kennengelernt hatten. (Ich betete, daß dem nicht so war.)
»Oh Mann, ja, zum Teufel nein, Franky. Die Jungs«, sagte Karl fröhlich aus seinem Cockpit hinter dem Getränkefenster. Es war neun Uhr. »Die Bullen haben sich die drei Stinktiere geschnappt. Sie haben drüben in New Hope einen Hillcrest-Laden überfallen. Aber der Mann, dem der Laden gehörte, war selber mal Bulle. Er kam mit 'ner AK-47 feuernd aus der Tür. Schoß ihnen die Fenster weg, alle vier Reifen, Kugeln durchschlugen den Motorblock, die Karosserie, und er erwischte natürlich auch alle drei. Sind aber nicht tot, was der einzige Nachteil ist. Stand einfach auf dem Gehsteig draußen und ballerte drauflos. Ich glaub,

man muß 'n Bulle sein, wenn man heutzutage 'n kleines Geschäft führen will.«

»Junge«, sagte ich, »Junge-Junge-Junge.« Auf der anderen Seite des stillen, verlassenen Highway 97 waren alle Fenster des Rathauses erleuchtet, und jede Menge Personenwagen und Pickups parkten davor. Ich fragte mich, wer der Minister sein könnte – möglicherweise jemand auf dem Weg ins Gefängnis und zu einer christlichen Wiedergeburt.

»Ich wette, du hast jede Menge Spaß mit deinem Jungen.« Im Hintergrund hörte ich Gläser und gedämpfte zufriedene Stimmen von späten Kunden, wenn Karl das Schiebefenster öffnete und schloß und die Kasse klingelte. Alles gute Emanationen.

»Wir hatten ein paar Probleme«, sagte ich, betäubt vom traurigen Geschehen des Tages, wozu die Fahrerei kam und die Tatsache, daß mir der Schädel und sämtliche Knochen zu schmerzen begannen.

»Aach, du hast wahrscheinlich einfach zuviel erwartet«, sagte Karl geistesabwesend, aber es ärgerte mich trotzdem. »Das ist wie jede Armee, die mit dem Bauch marschiert. Es geht eben langsam voran.«

»Ich wußte gar nicht, daß das damit gemeint war«, sagte ich, während ich weitere gute Emanationen in der moskitodurchsummten Dunkelheit hörte.

»Glaubst du, er traut dir?« *Klink, klink, klink.* »Danke sehr.«

»Jaaah, ich glaub schon.«

»Ja, aber man weiß nie, wann man bei den Jungs was erreicht. Man muß einfach hoffen, daß sie nicht so werden wie diese kleinen mexikanischen Nieten, die die falschen Leute überfallen. Ich lad mich selbst jeden Vatertag zum Dinner ein und trink auf mein Glück.«

»Warum hast du keine Kinder, Karl?« Ein einsamer Bürger Long Eddys, ein kleiner Mann in einem hellen Hemd, trat aus der Rathaustür und blieb oben auf dem Treppenabsatz stehen, zündete sich eine Zigarette an, stand den Rauch einatmend da und wog die guten Dinge dieses Abends ab. Er war, nahm ich an, erzürnt über die Erklärungen des Ministers ins Freie geflüchtet. Wahrscheinlich war er ein Gemäßigter, und ich beneidete ihn um die

Gedanken, die ihm in diesem Moment vielleicht durch den Kopf gingen, die Beiläufigkeit des Ganzen: zuerst die befriedigende, freiwillige Beteiligung an einer Veranstaltung der Gemeinde, dann eine ehrliche Meinungsverschiedenheit mit einem vertrauenswürdigen Staatsdiener, dann ein Bier mit Freunden, die kurze Fahrt nach Hause, spät ins Bett und der langsame, zärtliche Übergang in den Schlaf unter den Händen einer willigen anderen. Wußte er, fragte ich mich, wie glücklich er war? Zweifellos wußte er es.

»Oh, Millie und ich haben unser Bestes gegeben«, sagte Karl. »Jedenfalls nehm ich das an. Vielleicht haben wir's nicht richtig gemacht. Warte mal, erst tut man ihn rein, dann...« Karl war offensichtlich guter Stimmung, vielleicht feierte er, daß er nicht ausgeraubt und ermordet worden war. Ich hielt den Hörer in die Dunkelheit, um diese Frauenheldroutine nicht hören zu müssen, und in dem einen kurzen Moment vermißte ich New Jersey und mein Leben dort mit dem stechenden Schmerz eines Exilierten.

»Ich bin nur froh, daß dir nichts passiert ist, Karl«, unterbrach ich ihn, ohne zugehört zu haben.

»Geschäft läuft gut hier«, bellte er zurück. »Fünfzig zahlende Kunden seit elf Uhr morgens.«

»Und keine Überfälle.«

»Was?«

»Keine Überfälle«, sagte ich lauter.

»Nein. Genau. Wir sind eigentlich Genies, Frank. Genies im kleinen Maßstab. Wir sind das Rückgrat dieses Landes.« *Klink, klink, klink*, zusammenstoßende Gläser. »Danke, mein Junge.«

»Vielleicht«, sagte ich und sah zu, wie der Mann in dem hellen Hemd die Zigarette fortwarf, auf die Treppe spuckte, sich mit beiden Händen durch die Haare fuhr und wieder durch die hohe Tür hineinging, wobei er einen Moment den Blick auf kaltes gelbes Licht im Inneren freigab.

»Du kannst mir nicht erzählen, daß der alte Bonzo nur Scheiße im Kopf hat«, sagte Karl heftig. Er meinte unseren gegenwärtigen Präsidenten, dessen Minister nur wenige Meter von mir entfernt war. »Wenn er nämlich nur Scheiße im Kopf hat, hab *ich* auch nur Scheiße im Kopf. Aber ich hab nicht nur Scheiße im

Kopf. Das weiß ich. Ich hab *keine* Scheiße im Kopf. Das kann nicht jeder von sich sagen.« Ich fragte mich, was unsere Kunden dachten, wenn sie Karl hinter seinem kleinen Schiebefenster soviel von Scheiße im Kopf reden hörten.
»Ich mag ihn nicht«, sagte ich, obwohl ich mich schwachsinnig dabei fühlte.
»Jaah, jaah, jaah. Du glaubst, Gott ist in uns allen, die Menschen sind edel, man soll den Armen helfen, verschenkt, was ihr habt! Blah, blah, blah. Ich glaub, daß Gott im Himmel ist, und ich verkauf hier unten ganz allein Rootbeer.«
»Ich glaub nicht an Gott, Karl. Ich glaub, daß es alle Sorten von Leuten geben muß.«
»Nein, muß es nicht«, sagte er. Vielleicht war er betrunken oder er hatte wieder einen kleinen Schlaganfall. »Ich denke, Frank, daß du das eine zu sein *scheinst*, aber was andres *bist*, wenn *du* die gottverdammte Wahrheit hören willst, wo wir schon mal von Gott sprechen. Du bist ein konservativer Wolf in einem verdammten liberalen Schafspelz.«
»Ich bin ein liberales Schaf in einem liberalen Schafspelz«, sagte ich. Oder, dachte ich, würde es aber Karl gegenüber nie zugeben, ein Liberaler im konservativen Wolfspelz. In *drei* Tagen hatte man mich nun einen Einbrecher, einen Priester, einen Homosexuellen, ein nervöses Hemd und einen Konservativen genannt, und nichts davon stimmte. (Es war kein gewöhnliches Wochenende.) »Ich helf den Armen und Entwurzelten, das ist wahr, Karl. Dich zum Beispiel hab ich ganz bestimmt aus dem Dreck gezogen, als du schon die Ohren angelegt hattest.«
»Das hast du nur aus Spaß gemacht«, sagte er. »Und deshalb hast du auch so viele verdammte Probleme mit deinem Sohn. Deine Botschaften sind nicht klar. Du kannst von Glück reden, daß er überhaupt noch was mit dir zu tun haben will.«
»Leck mich am Arsch, Karl«, rief ich im Dunkeln und fragte mich, ob es nicht einen einfachen, legalen Weg gab, Karl an die Luft zu setzen. Dann hätte er mehr Zeit, Psychologie zu praktizieren. (Hämische Gedanken sind kein Vorrecht von Konservativen.)
»Ich hab zu viel zu tun, um mit dir rumzupalavern«, sagte Karl.

Ich hörte die Kasse wieder klingeln. »Tausend Dank. He, Entschuldigung, Ladies, Sie wollen doch sicher Ihr Wechselgeld, oder? Zwei Cents sind zwei Cents. Der nächste. Kommen Sie, nur nicht so schüchtern.« Ich wartete darauf, daß Karl noch etwas Vernichtendes sagte, vielleicht noch mehr in dem Sinne, daß meine Botschaften unklar seien. Er legte den Hörer jedoch einfach irgendwohin, ohne einzuhängen, als wolle er später mit mir weitersprechen, so daß ich noch eine Minute lang zuhören konnte, wie er seinem Geschäft nachging. Aber dann hängte ich ein und starrte nur noch auf den glitzernden, lockenden Fluß draußen in der Dunkelheit und wartete darauf, daß mein Atem wieder normal wurde.

Mein Anruf im Algonquin bei Sally hatte ein ganz anderes, unerwartetes und ganz und gar positives Ergebnis, so daß ich, als ich nach Hause kam und hörte, daß Paul seinen Eingriff den Umständen entsprechend gut überstanden hatte, ins Bett kriechen, den Ventilator an- und die Fenster offenlassen (kein Gedanke mehr daran, Carl Becker zu lesen) und sofort in tiefe Bewußtlosigkeit sinken konnte, während die Grillen ihre Lieder in den stillen Bäumen sangen.
Zu meiner Überraschung war Sally so mitfühlend wie eine Blutsverwandte, als ich ihr die lange Geschichte erzählte, wie Paul einen Ball aufs Auge gekriegt hatte und wir nicht in die Hall of Fame gekommen waren, daß ich dann in Oneonta hatte bleiben müssen und von dort nach Hause gefahren war, statt nun noch nach New York zu rasen, um die Nacht mit ihr zu verbringen, und sie in das schönste Hotel geschickt hatte, das mir einfiel (wenn auch für eine weitere Nacht allein). Sally sagte, sie könne in meiner Stimme etwas Neues hören, etwas »Menschlicheres« und sogar »Kraftvolles« und »Eigenwilliges«, während ich ihr bis zu diesem Wochenende, erinnerte sie mich, »ziemlich zugeknöpft und verschlossen« vorgekommen sei, »wie ein Priester« (schon wieder), oft geradezu »trotzig und andere ausschließend«, obwohl sie »im tiefsten Inneren« immer geglaubt habe, daß ich ein guter Mensch sei und auch nicht kalt, sondern ziemlich warm und mitfühlend. (Ich hatte die meisten dieser letztge-

nannten Eigenschaften schon seit Jahren in mir erkannt.) Dieses Mal aber, sagte sie, glaube sie, Sorge und Angst in meiner Stimme zu hören (eine Stimmlage, die ihr ohne Zweifel von ihren sterbenden Patienten vertraut war, wenn sie auf ihren Rückfahrten von New York an die Küste über *Les Misérables* oder *Madame Butterfly* sprachen – ein Ton, der aber offenbar mit »kraftvoll« und »eigenwillig« nicht unvereinbar war). Ihr sei klar, daß ich von etwas »Tiefem und Kompliziertem im Kern getroffen« sei – die Verletzung meines Sohnes könne hier durchaus »nur die Spitze des Eisbergs« sein. Es könne, sagte sie, mit dem allmählichen Heraustreten aus meiner Existenzperiode zu tun haben, die sie tatsächlich als »eine bloße Simulation von Leben« bezeichnete, eine Art »instinktiver Selbstisolierung, die nicht von Dauer sein konnte«; ich sei wahrscheinlich schon jetzt mitten in einer »neuen Epoche«, möglicherweise einer »permanenteren Periode«, und darüber sei sie froh, da dies für mich als Person Gutes bedeute, selbst wenn wir zwei nicht zusammenkommen sollten (was durchaus im Bereich der Möglichkeit lag, da sie ja nicht wußte, was ich mit Liebe meinte, und dem wahrscheinlich sowieso nicht trauen würde).

Ich war natürlich erstmal sehr erleichtert, daß sie nicht im Sessel lehnte, die langen Beine auf einem seidenen Fußschemel, und eine Dose Beluga-Kaviar nach der anderen mit Tausend-Dollar-Champagner runterspülte und anrief, wen immer sie zwischen Beardsville und Phnom Penh kannte, um ihnen zu erzählen, was für ein erbärmliches, unzuverlässiges Exemplar der Gattung Mensch ich sei – eigentlich nur noch bemitleidenswert, wenn man es sich recht überlegte – und wirklich komisch (was ich selbst schon zugegeben hatte) angesichts meiner idiotischen und infantilen Versuche, ein guter Mensch zu sein. Solche knapp verpaßten Begegnungen können in der Tat verhängnisvoll sein, egal, wer schuld daran ist, und sie endet oft damit, daß man den vorschnellen Schluß zieht, »die ganze verdammte Geschichte« sei die Mühe nicht wert, »sonst wär sie nicht die ganze verdammte Zeit so verdammt kompliziert«. Wonach der eine (oder auch beide) einfach das Weite sucht und nie wieder einen Gedanken an den anderen verschwendet. So vertrackt ist das mit der Liebe.

Sally indessen schien bereit, etwas mehr Geduld zu haben, tief durchzuatmen, kurz die Augen zu schließen und ihrem instinktiven Gefühl für mich zu folgen. Und das bedeutete, daß sie nach den guten Seiten an mir suchte (mich als verbesserte Version erfand). Das war für mich ein Glücksfall, und als ich an der dunklen Tankstelle in Long Eddy stand, spürte ich die *Möglichkeit* besserer Tage wie einen leichten süßen Duft in der Nacht. Nur hatte ich noch nicht viel vorzuweisen, worauf sich dieses Gefühl gründete, es gab noch nicht viel Licht an meinem Horizont – außer der winzigen Hoffnung, ihn lichter zu *machen*.

Und in der Tat, bevor ich wieder in den Wagen stieg und durch die üppige Nacht hinaus nach New Jersey fuhr, begann sie zunächst darüber zu reden, ob es für *sie* nach all den Jahren wohl noch einmal möglich wäre, zu heiraten, und dann darüber, ob nun auch in *ihrem* Leben vielleicht eine permanentere Epoche angebrochen sei. (Solche Gedanken sind anscheinend ansteckend.) Sie erzählte mir – in weit dramatischeren Worten als Joe Markham am Freitagmorgen – , daß sie dunkle Momente erlebt habe, in denen sie ihrem eigenen Urteil in vielen Dingen nicht mehr getraut habe. Sie sei sich nicht sicher, ob sie den Unterschied dazwischen, ein Risiko einzugehen (was sie als moralisch notwendig betrachtete) und alle Vorsicht in den Wind zu schlagen (was sie für dumm hielt und was, nehme ich an, mit mir zu tun hatte), noch erkennen könne. Mit mehreren erregenden Gedankensprüngen und überraschenden Verbindungen, die ihr aber sehr sinnvoll erschienen, sagte sie, sie sei keine Frau, die meinte, daß andere Erwachsene bemuttert werden müßten. Wenn es das sei, was ich suchte, dann solle ich mich lieber woanders umsehen. Sie sagte, der Gedanke, sie erfinden zu müssen (sie benutzte in diesem Fall das Wort »neu zusammenbauen«), um sie liebenswerter zu machen, sei ihr unerträglich, gleichgültig, was sie gestern dazu gesagt habe. Ich könne nicht unentwegt Wörter austauschen, wie es mir gerade passe; ich müsse endlich auch das Unveränderbare in anderen anerkennen. Und schließlich verstehe sie mich ziemlich gut und spüre auch durchaus Zuneigung zu mir, aber das habe keineswegs notwendigerweise etwas mit wahrer Liebe zu tun, über die ich ja ohnedies hinaus

sei, wie sie mich nochmals erinnerte. (Diese Gefühle, glaube ich bestimmt, führten zu der Empfindung des Festgefahrenseins, das sie am frühen Freitagmorgen erfahren hatte und das zu dem Anruf bei mir führte, während ich im Bett lag, meinen Becker las und darüber nachsann, was der Unterschied zwischen Geschichte machen und Geschichte schreiben war.)
Während ich hingerissen zusah, wie die letzten der nächtlichen Angler durch das flache, dunkler gewordene, aber immer noch schimmernde Wasser des Delaware ans Ufer zurückwateten, sagte ich ihr, daß ich sie keinesfalls neu zusammensetzen oder von ihr bemuttert werden wolle, wenn ich auch von Zeit zu Zeit eine Art Vermittlerin bräuchte (es war ja nicht notwendig, in allem nachzugeben). Ich fuhr fort, daß ich in diesen Tagen über verschiedene Aspekte einer dauerhaften Bindung nachgedacht hätte, daß mir das keineswegs wie ein Geschäft vorkomme, daß mir dieser Gedanke sehr gefalle, daß ich in der Tat eine Art schwindelnder Erregung empfände, wenn ich an sie und an eine Zukunft mit ihr dächte – was auch zutraf. Außerdem hätte ich den Wunsch, sie glücklich zu machen, was mir in keiner Weise glatt vorkomme (oder feige, wie Ann gesagt hatte). Ich sagte ihr, daß ich wünschte, sie würde am nächsten Tag den Zug nach Haddam nehmen und bei mir ankommen, wenn ich mit den Markhams durch und die Parade vorbei sei. Wir könnten dann unsere Überlegungen bis in den Abend hinein fortführen, im Gras des Großen Rasens hinter dem Institut liegen (wo ich immer noch gewisse Rechte als Berater ohne Geschäftsbereich hatte) und dem christlichen Feuerwerk zusehen, wonach wir dann selbst ein paar Funken schlagen könnten (keine neue Idee, aber immer noch eine gute).
»Das klingt ja alles sehr nett«, sagte Sally in ihrer Suite des Algonquin in der Fortyfourth Street West. »Ich finde es aber etwas überstürzt. Du nicht? Nach neulich abend, als eigentlich schon alles vorbei zu sein schien?« Ihre Stimme klang plötzlich traurig und skeptisch zugleich. Es war nicht der Ton, den ich mir erhofft hatte.
»Nein, finde ich nicht«, sagte ich im Dunkeln. »Ich finde es wunderbar. Selbst wenn es überstürzt sein sollte, erscheint es mir

wunderbar.« (Angeblich war ich der Übervorsichtige von uns beiden!)
»Mir kommt das komisch vor. Nach all den Dingen, die ich dir über mich und über dich gesagt habe, jetzt den Zug zu nehmen und mit dir im Gras zu liegen und dem Feuerwerk zuzusehen. Da krieg ich ein Gefühl, als geriete ich in etwas Unüberlegtes, als gehörte ich da nicht hin.«
»Hör zu«, sagte ich, »falls Wally wieder auftauchen sollte, werd ich mich wie ein Ehrenmann verhalten, vorausgesetzt ich weiß, was das ist oder wer er ist.«
»Das ist nett von dir«, sagte sie. »Du bist nett. Ich weiß, daß du das tun würdest. Ich werd an Wally aber keinen Gedanken mehr verschwenden.«
»Das ist gut«, sagte ich. »Ich auch nicht. Also mach dir keine Sorgen darüber, daß du hier nicht hingehören könntest. Da paß ich schon auf.«
»Das ist für den Anfang sehr ermutigend«, sagte sie. »Wirklich. Es ist immer ermutigend, wenn jemand aufpaßt.«
Und auf die Weise erschien gestern abend alles doch letztlich vielversprechend und machbar, wenn auch vage, was die langfristigeren Einzelheiten anging. Ich beendete unser Gespräch, indem ich ihr zwar nicht sagte, daß ich sie liebte, aber doch, daß ich mich nicht so fühlte, als sei ich über die Liebe hinaus. Und sie sagte, sie sei froh, das zu hören. Dann raste ich die Straße nach Haddam hinunter, so schnell es einem Menschen möglich war.

Draußen in der schattenlosen Mitte von Haddams Festwiese heben plötzlich alle Bürger den Kopf. Junge Mütter mit Kinderwagen und Joggerpärchen in Nylonhosen, Gruppen von langhaarigen Jungen mit Skateboards auf den Schultern, Männer mit bunten Hosenträgern, die sich den Schweiß von der Stirn wischen – alle blicken durch Linden-, Haselnuß- und Buchenzweige zum Himmel auf. Die holländische Volkstanzgruppe hält inne und verläßt eilig den Tanzboden, Polizisten und Feuerwehrleute treten aus ihrem Zelt heraus, um ebenfalls aufzublicken. Everick und Wardell, Uncle Sam und ich (Mitbürger dieser Stadt, allein im Auto, dessen Sonnendach zurückgeschoben ist) heben die Augen zum Firmament, während die Country-Musik aufhört, als käme nun der eine bedeutungsvolle Moment des Tages, der von einem unfehlbaren Großen Mann mit einer Gabe für Zufälle und Überraschungen so vorgesehen wäre. Auf ihrem Übungsgelände nicht weit von hier hält die Haddam High School-Kapelle eine Note in perfekter Dur-Einstimmigkeit. Dann gibt die Menge – bisher war es eher eine Anzahl herumschlendernder Menschen als eine Menge – ein leises, ausgeatmetes »Ooh« von sich, als stimmte sie einer telepathischen Botschaft zu. Und plötzlich sinken vier Männer an Fallschirmen vom Himmel. Sie ziehen Rauchfahnen aus Nebelwerfern, die sie an den Füßen tragen, hinter sich her – der Rauch des einen ist rot, der eines anderen weiß, der eines dritten blau, der des vierten so grell (und seltsam) gelb, als wollte er die anderen drei warnen. Sie machen mich einen Augenblick lang schwindlig.

Die Fallschirmspringer tragen Helme, ihre Springeranzüge sind in den Sternen und Streifen der amerikanischen Fahne gehalten, und sie tragen die unförmige Fallschirmausrüstung mit den vielen Riemen um den Torso und Rucksäcken auf dem Rücken. Sie landen alle vier innerhalb von fünf Sekunden mit einem halb-graziösen Dreisprung in der Nähe des Tanzbodens. Jeder der Männer – zumindest nehme ich an, daß es Männer sind und keine unverheirateten Mütter, Aids-Patienten, Leute, die eine Nierentransplantation hinter sich haben, Ex-Spieler oder auch deren Kinder –, jeder dieser *vermeintlichen* Männer verbeugt sich, halb in Rauch gehüllt, nach allen Seiten. Es gibt ein zerstreutes, verwirrtes, aber, wie ich meine, aufrichtiges und erleichtertes Händeklatschen, und dann beginnen sie energisch, ihre Leinen und die Fallschirmseide zusammenzuziehen, um so schnell wie möglich zum nächsten Absprung in Wickatung zu kommen – dies alles, bevor mein kurzer Schwindelanfall richtig nachgelassen hat. (Möglicherweise bin ich erschöpfter, als ich geglaubt habe.)

Obwohl es wunderbar ist: ein heiteres und riskantes Spektakel von kurzer Dauer, das dem sonst eher bescheidenen Vergnügen des Tages Glanz verleiht. Mehr davon wäre in jeder Hinsicht wünschenswert, auch auf die Gefahr hin, daß einer der Schirme sich nicht öffnet.

Die Menge beginnt, wieder auseinanderzustreben, wird wieder zu einzelnen, aber zufriedenen Schaulustigen. Die Tänzerinnen – die Röcke vorn zusammengerafft wie Pioniersfrauen – kehren auf ihren Tanzboden zurück, und irgend jemand wirft die Hillbilly-Musik wieder an, mit einer hüpfenden Fiedel und einer Elektrogitarre vorneweg. Eine kehlige weibliche Stimme intoniert: »If you loved me half as much as I loved you.«

Ich steige aus und gehe ein paar Schritte über das Gras, um in den Himmel zu starren und nach dem Flugzeug zu suchen, aus dem die Fallschirmspringer herausgefallen sind, ein kleiner, stotternder Punkt im Unendlichen. Typischerweise interessiert mich das: der Sprung auch, natürlich, aber mehr noch der Ort, von dem man abspringt; die alte, langweilige, gewöhnliche Sicherheit, die einen Kopfsprung in die unsichtbare leere Luft als vollkommen und schön erscheinen läßt, als das einzige, was sich lohnt. Das ist es, was einen erregt, was Gefahr verlockend erscheinen läßt.

Ich brauche nicht zu sagen, daß das nichts für mich wäre. Selbst wenn ich meinen Schirm mit der Pedanterie eines Sprengmeisters packte, Freunde hätte, mit denen ich sterben wollte, das Flugzeug selber schmierte, den Propeller anwürfe, den Vogel selbst da hinaufsteuerte und sogar die Worte sagte, die sie alle zumindest still vor sich hin murmeln mußten, wenn sie hinaussprangen: »Das Leben ist zu kurz« (oder zu lang). »Ich hab nichts zu verlieren, außer meine Angst« (falsch). »Was ist das Leben wert, wenn man's nicht aufs Spiel setzt?« (Ich bin mir sicher, daß in der Apachensprache »Geronimo« die Kurzform dafür ist.) Ich aber würde immer einen Grund finden, warum man es nicht aufs Spiel setzen sollte; denn für mich sind schon das Flugzeug selbst oder die Plattform, die Brücke oder das Fensterbrett Dinge, die meine Nerven mit ihren prosaischen Gefährdungen in Alarmzustand versetzen. Ich bin kein Held – wie meine Frau schon vor Jahren angedeutet hat.

Da oben ist ohnedies nichts zu sehen, keine Cessna oder Beech Bonanza, die über dem Absprungbereich kreist. Nur, viele Kilometer hoch, das silberne nadelspitze Glitzern einer großen Boeing oder Lockheed, die langsam auf das Meer zustrebt und darüber hinaus – ein Anblick, der mich an einem gewöhnlichen Tag mit Fernweh erfüllt hätte, mich aber heute, die Katastrophe nur einen Tag hinter mir, ausschließlich mit der Zufriedenheit erfüllt, hier sein zu dürfen. In Haddam.

Und so setze ich meine Besichtigungsrundfahrt durch die Stadt fort, um zu meiner persönlichen Verbesserung als Mensch und zur Hebung des Bürgersinns beizutragen.

Ich mache eine Runde durch die schattigen, von Buchsbaumhecken eingefaßten Grundstücke des Instituts mit seinen neogotischen Gebäuden, über die dahinterliegenden kleinen Straßen und dann wieder zurück auf die »Präsidentenstraßen« – die eichenbestandene Coolidge, wo ich einen Schlag auf den Schädel bekam, die breitere und weniger aufgemotzte Jefferson und von da zur Cleveland, wo die Straße aufgerissen ist, um weitere Zeugen der Vorgeschichte Haddams zu finden, direkt vor meinem Haus und dem meiner Nachbarn, der Zumbros. Obwohl heute morgen natürlich niemand arbeitet. Ein gelbes Plastikband, wie am Tatort eines Verbrechens, zieht sich um zwei Maulbeersträucher und einen Schaufelbagger und die Grube aus orangegelbem Lehm, in der das Skelett gefunden wurde. Ich sehe durch das Seitenfenster hinunter. Aus irgendeinem Grund habe ich keine Lust auszusteigen, möchte aber gerne etwas sehen, irgend etwas, etwas Schlüssiges – mein eigenes Haus steht direkt an Steuerbord. Aber in dem offenen Graben ist nur eine Katze zu sehen, der große schwarze Kater der McPhersons, Gordy, der sein Privatgeschäft mit großer Geduld zuscharrt. Die Zeit, ob nun in der Form der Vergangenheit oder der Zukunft, scheint in meiner Straße plötzlich unwesentlich zu sein, und ich rolle langsam davon. Ich habe nichts herausgefunden, bin aber keineswegs unzufrieden.

Ich fahre die kurvenreiche Taft Lane hinunter und durch das Gelände des Choir College, wo alles ruhig und verlassen ist, die niedrigen Backsteingebäude jetzt im Sommer fest verschlossen und still – nur die Tennisplätze werden von einigen Bürgern benutzt, die nicht in der Stimmung sind, sich die Parade anzusehen. Von dort fahre ich langsam um die Kurve und an der High School vorbei, wo die sechzigköpfige Schulkapelle gerade von ihrem Übungsfeld kommt, heiße rote Uniformjacken über die schwitzenden Schultern geworfen, Posaunen und Trompeten in den Händen, die schwereren Instrumente – Pauken, Tubas, Zimbeln, ein großer chinesischer Gong und ein tragbares Klavier – schon auf dem wartenden Schulbus vertäut, bereit für die kurze Fahrt zum Einkaufszentrum.

Von dort die Pleasant Valley Road hinunter, am westlichen Zaun des Friedhofs entlang, wo auf vielen Gräbern kleine amerikanische Fahnen aufgepflanzt sind und wo mein erster Sohn, Ralph Bascombe, in der Nähe von drei Ur-Unterzeichnern der amerikanischen Unabhängigkeitserklärung liegt. Ich selbst werde hier meine letzte Ruhe nicht finden, da ich mich heute früh in einer Stimmung des Übergangs und Fortschritts und mit Hilfe eines Atlasses, den ich mir ins Bett geholt hatte, entschlossen habe, mich so weit von Haddam entfernt begraben zu lassen, wie es geht, ohne sich lächerlich zu machen. Der Ort Cut Off in Louisiana war meine erste Wahl; Esperance, New York, schien mir zu nah. Irgendwo aber, wo es einen friedlichen Ausblick auf die Umgebung gibt, wenig Verkehrslärm, ein Minimum an Geschichte, ein Ort, wo nur Menschen hinkommen, die mich besuchen wollen, nicht einer, den man auf dem Weg zu irgendeiner Sehenswürdigkeit streift, ein Ort, der für die Vernünftigkeit meiner Wahl spricht. Denn »zu Hause« begraben zu werden, hinter meinem alten Haus und auf ewig neben meinem für immer jungen und verlorenen Sohn, würde mich lähmen und mich wahrscheinlich daran hindern, aus meinen verbleibenden Jahren das Beste zu machen. Der Gedanke daran würde mich nie in Ruhe lassen, und während ich meine täglichen Immobiliengeschäfte verrichtete, wäre er wie ein Refrain: »Eines Tages, eines Tages, eines Tages, werde ich dort liegen...« Das wäre schlimmer als eine Professur in Princeton.

Wenn ich heutzutage durch diese Straßen und Gassen fahre und meinen Geschäften nachgehe – ein Haus begutachte und fotografiere, Vergleichsimmobilien für eine Marktanalyse zusammentrage, einen Schätzer begleite –, habe ich immer wieder das Gefühl, daß es höllisch schwer geworden ist, das Leben aufrechtzuerhalten, das wir einander in den sechziger Jahren versprochen haben. Wir möchten gerne, daß die Gemeinde, in der wir leben, etwas Festes, Kontinuierliches ist, wie Irv es ausgedrückt hat; daß sie wie ein Felsen ist, der uns Halt gibt; aber wir wissen, daß sie das nicht ist. Im Gegenteil, unter der Oberfläche (oder manchmal auch über die Oberfläche wuchernd) ist alles in Bewegung. Sie ist alles andere als ein Felsen, sie ist eine Woge, auf der wir schwimmen wie eine Flasche, die einen ruhigen Strudel sucht. Schon die bloße Anstrengung, die Dinge so zu halten, wie sie sind, kann einen in die Tiefe ziehen.

Auf der anderen, tröstlicheren Seite zwingt einen der Beruf des Maklers, für den gute Nachrichten oft schlechte Nachrichten sind, dazu, sich mit den Zufälligkeiten des Lebens abzufinden und sie sogar zu einer Quelle der Kraft und wahrer Selbstgenügsamkeit zu machen. Schließlich werden Menschen immer Häuser brauchen und Häuser finden. In dieser Hinsicht ist unser Beruf »der wahre amerikanische Beruf, der sich ganz konkret mit der fundamentalen räumlichen Erfahrung unseres Lebens auseinandersetzt: mehr Menschen, weniger Platz, geringere Möglichkeiten«. (Das habe ich natürlich aus einem Buch.)

Zwei, tatsächlich *zwei* große Möbelwagen stehen an diesem späten Feiertagsmorgen unübersehbar Seite an Seite vor zwei Häusern auf der Loud Road, um die Ecke von meinem alten Haus in der Hoving Road, wo ich einst glücklich verheiratet lebte. Einer, ein bulliger grünweißer Bekins, ist an allen Seiten weit geöffnet; der andere, ein spritzigerer blauweißer Atlas, wird über die Rückseite entladen. Die Schilder vor den Häusern tragen identische SIE HABEN'S VERPASST!-Aufkleber über dem ZU VERKAUFEN. Keines der beiden Häuser stand auf unserer Liste, aber sie sind auch nicht über Bohemia oder Buy and Large oder eine neue Firma aus New Egypt verkauft worden. Eines ist über das solide örtliche Büro von Century 21 gelaufen und das andere über eine neue Filiale von Coldwell Banker, die im letzten Herbst eröffnet wurde.

Es ist offensichtlich ein guter Tag für einen Neuanfang, ob man nun her- oder wegzieht. Meine neuen Mieter müßten spüren, daß dieser Geist des Aufbruchs in der Luft liegt. Alle Rasen der Nachbarschaft sind gemäht, gewalzt und an den Rändern abgestochen, viele Hausfassaden seit dem Frühling neu gestrichen, Fundamente ausgebessert, die Bäume und Pflanzen grün und üppig. Alle Immobilienpreise haben ein wenig nachgegeben. Ich hätte sogar Lust, noch einmal zur Clio Street zu fahren, um zu sehen, wie die Markhams vorangekommen sind und um ihnen nochmals viel Glück zu wünschen, aber ich will den McLeods nicht unbedingt begegnen, habe wenig Neigung, mich jetzt mit Larry herumzustreiten.

Statt dessen mache ich meine alte vertraute Runde die duftende, von Bäumen beschattete Hoving Road hinunter, was ich in letzter Zeit kaum getan habe, aber tun sollte, da meine Erinnerungen inzwischen fast nur noch aus guten oder zumindest erträglichen und lehrreichen bestehen und ich nichts mehr zu fürchten habe. Hier ist äußerlich seit einem Jahrzehnt alles ziemlich unverändert geblieben. Die Hoving ist im wesentlichen eine Wohlstand ausstrahlende Straße mit Hecken und weiten, schattigen Rasenflächen, mit Pavillons hinter den Häusern, nicht einsehbaren Swimmingpools und Tennisplätzen, Schieferdächern, Veranden mit Steinplattenfußböden, Gärten, in denen immer etwas blüht – eigentlich eher Landgüter, die auf Stadtgröße verkleinert wurden, aber noch immer den Geist des Überflusses atmen. Weiter oben in der Nr. 4 ist der Oberste Richter des Obersten Gerichtshofes von New Jersey gestorben, seine Witwe aber lebt noch sehr aktiv in dem Haus. Die Deffeyes, unsere schon sehr alten Nachbarn vom ersten Tag an, sind inzwischen ebenfalls gestorben (allerdings an fernen Küsten). Die Tochter eines berühmten sowjetischen Dissidenten, eines Dichters, die hierherzog, bevor ich das Haus verkaufte, und die lediglich Ungestörtheit und eine angenehme, unbedrohliche Umgebung suchte, jedoch auf Gleichgültigkeit, Herablassung und kalte Schultern stieß, ist wieder in ihre Heimat zurückgekehrt, wo sie nun angeblich in einer Nervenklinik lebt. Das gleiche gilt für einen Rockstar, der die Nr. 2 kaufte, einmal auftauchte, mit wenig Wärme willkommen geheißen wurde und nicht einmal eine Nacht hier verbrachte, sondern sofort wieder nach L. A. zurückkehrte und nie wiederkam. Beide Verkäufe liefen über unser Büro.

Das Institut hat sein Bestes getan, um eine familiäre, bewohnte

Atmosphäre in meinem früheren Haus zu bewahren, das nun offiziell das Ökumenische Zentrum Chaim Yankowicz ist. Es steht immer noch inmitten meiner alten, liebenswerten Buchen, Roteichen und Japanischen Ahornbäume, der Boden bedeckt von kriechendem Efeu. Als ich auf der anderen Straßenseite halte, um einen seit langem überfälligen Blick auf das Haus zu werfen, kann ich dennoch nicht umhin, die deutlich institutionellere Ausstrahlung wahrzunehmen – die ursprünglichen Fachwerkbalken sind durch neue, in einem Mahagoniton gebeizte Hölzer ersetzt worden, es gibt neue Sicherheitsfenster und auf dem saubereren, besser gepflegten Rasen niedrige Scheinwerfer zur Außenbeleuchtung; die Auffahrt ist geebnet und neu gepflastert worden, sie bildet jetzt einen Halbkreis; an der Ostseite steht eine metallene Feuerleiter, wo früher die Garage war. Von Leuten in unserem Büro habe ich gehört, daß auch im Inneren umgebaut worden ist, die Raumaufteilung ist vereinfacht worden, und man hat eine digital gesteuerte Sprenkleranlage für den Fall eines Feuers installiert, rotglühende Ausgangsleuchten wurden über jeder nach außen führenden Tür angebracht – alles für den Komfort und die Sicherheit religiöser Würdenträger aus dem Ausland, die sicher nicht mehr im Sinn haben, als sich hier ein bißchen zu entspannen, etwas zu plaudern und das Kabelfernsehen zu genießen.

Nachdem ich verkauft hatte, belagerte eine Gruppe meiner früheren Nachbarn das Bauamt noch einige Zeit mit Beschwerden und Eingaben. Sie behaupteten, der Verkehr erhöhe sich, es seien »zu viele Fremde in der Gegend«, die Nutzung eines Wohnhauses als Institut sei illegal und würde die Immobilienpreise in der Nachbarschaft drücken. Sie erwirkten für kurze Zeit eine einstweilige Verfügung, aber dann zogen zwei »alte Familien«, die vierzig Jahre hier gelebt hatten, fort (in beiden Fällen nach Palm Beach), und beide verkauften zu Höchstpreisen an das Institut. Schließlich legte sich der Aufruhr. Das Institut versprach, sein ohnedies kaum sichtbares Schild an der Einfahrt zu entfernen und den Vorgarten gestalterisch aufzuwerten (zwei ausgewachsene Ginkgos wurden mit Lastwagen herangeschafft und an der Grundstücksgrenze angepflanzt, mein alter Tulpen-

baum geopfert). Schließlich kaufte das Institut auch noch das Haus des Anwaltes, der die einstweilige Verfügung erwirkt hatte. Danach waren alle glücklich, nur ein paar Gründertypen haben immer noch was gegen mich und ereifern sich auf Cocktail Partys, sie hätten schon immer gewußt, daß ich es mir nicht leisten könne, dort zu leben, ich hätte schon 1970 nicht hierher gehört und solle gefälligst wieder dahin verschwinden, wo ich hergekommen sei – wenn sie auch nicht wissen, wo das ist.
Und doch spüre ich, als ich hier sitze, nicht auch eine gewisse Melancholie? Dasselbe Gefühl des Verlustes, das ich vor drei Abenden bei Sally empfunden und fast beweint habe, nur weil ich in einem früheren Abschnitt meines Lebens einmal *in der Nähe* ihres Hauses gewesen war? Wieviel mehr muß ich es also *hier* empfinden, wo ich sehr viel länger gewohnt habe, wo ich geliebt, in der Nähe einen Sohn begraben, ein gutes dauerhaftes Leben verloren und von da an allein weitergelebt habe, bis ich es nicht mehr aushalten konnte? Und wo ich dieses Haus nun als das Chaim Yankowicz-Zentrum vor mir sehe, das mir so gleichgültig ist wie ein Sack Kartoffeln? Es lohnt sich in der Tat, die Frage noch einmal zu stellen: Bewahrt ein Haus – egal welches – in seinen vier Wänden, im Schatten seiner Bäume und Pflanzen, in seinem angenommenen Wesen *jemals* irgendeinen Geist von uns, seinen früheren Bewohnern, als Beweis seiner und unserer Bedeutung?
Nein! Nicht im mindesten! Nur andere Menschen tun das, und auch sie nur unter bestimmten Umständen. Das ist eine der Lehren der Existenzperiode, die festzuhalten lohnt. Wir müssen einfach klug genug sein, nichts von Häusern zu verlangen, was diese nicht geben können. Wir müssen andere Möglichkeiten suchen – wie es Joe Markham, zumindest zeitweilig, getan hat, und wie es mein Sohn Paul vielleicht gerade zu tun versucht – als Gesten unserer von Gott geforderten, aber nicht gottgegebenen Unabhängigkeit.
In Wahrheit sieht mein altes Haus – und da spricht vielleicht mein Fortschrittsglaube aus mir – jetzt mehr wie ein Bestattungsunternehmen aus als wie ein Haus, in dem ich einmal gelebt habe und in dem sich ein Teil meiner Vergangenheit abgespielt hat.

Und ich habe das seltsame Gefühl, daß ich mich von der Vorstellung verabschieden sollte, daß es so etwas wie Geister an bestimmten Orten der Vergangenheit geben könnte. Solche unbeweisbaren Annahmen verwirren einen nur. Wenn ich hier noch fünf Minuten säße und auf mein altes Haus hinausstarrte wie ein Ratsuchender vor der Flamme eines Orakels, würde ich vielleicht feststellen, daß meine Melancholie nur ein Vorspiel für ein herzliches Lachen ist. Und das will ich nicht, da dieses Lachen einen kleinen wehmütigen Teil meines Herzens abtöten würde, den ich lieber behalten möchte.

»Ich frage euch, würdet ihr ein gebrauchtes Haus von diesem Mann kaufen?« höre ich eine verschlagene Stimme sagen und fahre zutiefst erschrocken herum. Ich blicke in das breite, grinsende Mondgesicht von Carter Knott, der von hinten in das Wagenfenster hineinblickt. Carter hält den Kopf schief, steht breitbeinig da und hat die Arme wie ein alter Richter über der Brust gekreuzt. Er trägt eine feuchte purpurrote Badehose, nasse Pergamentsandalen und eine kurze purpurrote Badejacke aus Frottee. Sie steht offen, und man sieht die leichte Rundung seines Bauches. All das bedeutet, daß er aus seinem Pool unten auf dem Grundstück der Nr. 22 gestiegen ist und sich bis hierher angeschlichen hat, nur um mir einen Höllenschreck einzujagen.
Es wäre mir auch wirklich wahnsinnig peinlich, wenn mich jemand anderes hier bei meinen verrückten Träumereien erwischt hätte. Aber Carter ist wahrscheinlich mein bester Freund in dieser Stadt, was heißt, daß wir uns schon seit langem kennen (seit dem einsamen, düsteren Jahr meiner Mitgliedschaft im Club der Geschiedenen Männer, 1983), und auch, daß wir regelmäßig in der United Jersey Bank aufeinander stoßen und übers Geschäft sprechen. Außerdem sind wir beide bereit, in fast jedem Wetter vor Cox' Zeitungsgeschäft zu stehen, unsere Zeitungen unterm Arm, um lebhaft über die Chancen der Giants oder Eagles, der Mets oder Phils zu sprechen, wobei unser Austausch selten länger als neunzig Sekunden dauert, wonach wir uns manchmal ein halbes Jahr nicht sehen, bis eine neue Football- oder Baseballsaison angefangen hat und neuen Gesprächsstoff bietet. Carter,

glaube ich bestimmt, könnte mir nicht sagen, wo oder wann ich geboren bin oder was mein Vater gemacht hat oder auf welches College ich gegangen bin (er würde wahrscheinlich auf Auburn tippen). Ich weiß allerdings, daß er die Uni von Pennsylvania besucht und dort ausgerechnet klassische Sprachen studiert hat. Er hat Ann noch kennengelernt, weiß aber wahrscheinlich nicht, daß wir einen Sohn hatten, der gestorben ist, warum ich aus meinem alten Haus hier ausgezogen bin oder was ich in meiner Freizeit mache. Es ist eine unausgesprochene Regel zwischen uns, daß wir einander nie zum Essen oder auf ein Glas einladen, da keiner von uns beiden das geringste Interesse daran hätte, was der andere gerade macht. Wir würden uns langweilen, wir wären beide deprimiert, und das würde im Laufe der Zeit unsere Freundschaft ruinieren. Und doch ist er auf eine Weise, die nur Vorstadtbewohner verstehen, mein *Compañero*.

Nachdem der Club der Geschiedenen sich aufgelöst hatte (ich ging nach Frankreich, ein Mitglied beging Selbstmord, andere blieben einfach weg), gelang es Carter, sich von seiner Scheidung zu erholen, und er führte das Leben eines vogelfreien, unternehmungslustigen Junggesellen. Er wohnte damals in einem großen Haus mit gewölbten Decken, Natursteinkaminen, Buntglasfenstern und Bidets, das er sich nach seinen Wünschen hatte bauen lassen, in einem Neureichenviertel hinter Pennington. Irgendwann um 1985 entschloß sich die Garden State-Sparkasse (deren Geschäftsführer er war), in die aggressiveren Finanzierungsmethoden der achtziger Jahre einzusteigen, eine Zielsetzung, deren Weisheit Carter bezweifelte. Also kauften ihm die anderen Anteilseigner seine Aktien für einen Haufen Geld ab, wonach er zufrieden in Pennington dahinlebte und mit einigen technischen Neuerungen herumspielte. Dabei ging es darum, die Technologie des unsichtbaren Haustierzauns auf hochentwickelte Sicherheitsanlagen zu übertragen. Und bevor er's sich versah, leitete er schon wieder eine Firma und hatte fünfzehn Angestellte und vier Millionen neue Dollar auf der Bank. Nach nur zweieinhalb Jahren wurde er von einem holländischen Unternehmen aufgekauft, das lediglich an einer winzigen Mikrochip-Anwendung interessiert war, die Carter sich klugerweise hatte patentieren lassen. Er

war nur zu bereit, darauf einzugehen, steckte weitere acht Millionen ein, kaufte einen weißen, ultramodernen, neogotischen Alptraum von einem Haus, Hoving Road 22, und heiratete die frühere Frau eines der aggressiven neuen Sparkassendirektoren. Woraufhin er sich im wesentlichen in den Ruhestand zurückzog und sich darauf konzentrierte, sein Geld zu beaufsichtigen. (Ich brauche kaum zu sagen, daß es in Haddam eine ganze Reihe von Lebensgeschichten mit ähnlichen Handlungselementen gibt.)
»Hab ich mir doch gedacht, daß du hier rumsitzt und dir einen runterholst und traurig dein altes Haus anglotzt«, sagt Carter und hält die Hand an die Unterlippe, um sich einen schockierten Ausdruck zu geben. Er ist klein und schmal und sonnengebräunt, und seine kurzen schwarzen Haare umrahmen ein breites, gerades Stück Glatze. Er entspricht genau dem, was früher als der Boston-Look bekannt war, obwohl Carter in Wirklichkeit aus dem winzigen Gouldtown im »Brotkorb« von New Jersey stammt. Er sieht nicht so aus, aber er ist so ehrlich und unprätentiös wie ein Farmer.
»Ich hab gerade über eine Marktanalyse nachgedacht, Carter«, lüge ich, »und ich will mir gleich die Parade angucken. Also ist es mir ganz recht, daß du mich zu Tode erschreckt hast.« Es ist offensichtlich, daß ich keine Papiere dieser Art auf dem Beifahrersitz habe, nur die Reklamepost, die ich aus dem Haus der Markhams mitgenommen habe, und ein paar Relikte meiner Fahrt mit Paul, das meiste davon auf dem Rücksitz: den Basketball-Briefbeschwerer und die Ohrringe, die beschädigte Ausgabe von *Selbstvertrauen*, seinen Walkman, meine Olympus, seinen *New Yorker*, sein stinkendes *Happiness Is Being Single*-T-Shirt und seine Paramount-Tasche mit einem Exemplar der *Unabhängigkeitserklärung* und ein paar Broschüren der Baseball Hall of Fame darin. (Carter ist aber nicht nahe genug, um das zu sehen, und außerdem wäre es ihm egal.)
»Frank, ich wette, du hast nicht gewußt, daß John Adams und Thomas Jefferson am selben Tag gestorben sind.« Carter lächelt wie üblich schmallippig mit geschlossenem Mund und stellt sich noch breitbeiniger hin, als wäre dies der Anfang eines schmutzigen Witzes.

»Nein«, sage ich, obwohl ich es natürlich weiß, da es in dem Buch erwähnt wurde, das ich zur Vorbereitung auf unsere Fahrt gelesen habe. Jetzt erscheint es mir lächerlich. Ich denke, daß Carter in seinem purpurroten Ensemble gleichfalls lächerlich aussieht, wie er da in der Hoving Road steht und von Geschichte redet. »Aber laß mich mal raten«, sage ich. »Wir wär's mit dem 4. Juli 1826, genau fünfzig Jahre, nachdem die Unabhängigkeitserklärung unterzeichnet wurde? Und lauteten Jeffersons letzte Worte nicht: ›Ist heute der Vierte?‹«

»Okay, okay. Ich wußte nicht, daß du Geschichtsprofessor bist. Und Adams hat gesagt: ›Jefferson lebt noch.‹« Carter lächelt selbstironisch. Er liebt diese Art Auftritt und hat uns im Club der Geschiedenen Männer oft Tränen lachen lassen. »Meine Kinder haben mir das verraten.« Er zeigt seine großen geraden Zähne, was mich daran erinnert, wie sehr ich ihn mag. Und wie sehr ich die Abende mit unseren Leidensgenossen mochte, als wir bis spät in die Nacht an einem Tisch in der August Inn oder der Press Box Bar zusammensaßen oder nach Mitternacht draußen auf dem Ozean fischten, als das Leben ein Chaos war und als solches viel einfacher als jetzt und als wir es als Gruppe wieder lieben lernten.

»Ich hab's auch von meinen«, lüge ich (wieder).

»Geht's deinen beiden Gören gut, da oben in New London oder wo auch immer?«

»Deep River.« Carter weiß mehr, als ich angenommen habe, aber ich will ihm von gestern nichts erzählen, es würde seinen sonnigen Tag verdunkeln. (Ich frage mich aber, woher er das weiß.)

Ich sehe die Hoving Road hinauf. Ein schwarzer Mercedes ist gerade aufgetaucht und biegt in die halbkreisförmige Auffahrt meines früheren Hauses ein, fährt eindrucksvoll vor der Haustür vor, wo ich sechstausendmal gestanden und den Mond und die Federwolken am Winterhimmel betrachtet habe, um mich von ihnen aufmuntern zu lassen (manchmal ging es, manchmal nicht). Ein überraschender stechender Schmerz trifft mich bei dem Gedanken an dieses Bild, und ich fürchte plötzlich, daß mich ein bloßes Haus doch übermannen könnte, obwohl ich gerade beschlossen habe, das nicht zuzulassen. Aber ich nutze Car-

ters Gegenwart, um die Gefühle der Trauer, der Entwurzelung und der Ungewißheit zu unterdrücken.
»Frank, siehst du Ann ab und zu?« sagt Carter mit betont nüchterner Stimme, um mich zu schonen. Er schiebt die Hände in die Badejackenärmel und kratzt sich kräftig an den Unterarmen. Carters Waden sind so haarlos wie Kürbisse, und über seinem linken Knie hat er eine tiefe, glänzend rosafarbene Narbe, die ich natürlich schon früher gesehen habe. Ein großes Stück Gewebe und Muskel ist da einmal herausgerissen worden. Trotz seines Bostoner Aussehens und seines verrückten Frottee-Aufzugs war Carter Ranger in Vietnam und ist in der Tat ein Kriegsheld, was für mich um so bewundernswerter ist, weil er kein Aufhebens darum macht.
»Selten, Carter«, sage ich und blinzele ihm meinen Widerwillen zu. Die Sonne steht genau hinter seinem Kopf.
»Ich hab sie nämlich beim Yale-Penn-Spiel letzten Herbst gesehen. Sie war mit einer ganzen Gruppe Leute da. Wie lange seid ihr jetzt auseinander?«
»Fast sieben Jahre.«
»Na, das ist deine biblische Spanne.« Carter nickt, kratzt sich noch immer wie ein Schimpanse an den Armen.
»Hast du mal wieder 'n paar Fische gefangen, Carter?« sage ich. Carter hat mich im Red Man Club vorgeschlagen, geht aber selbst nicht mehr hin, weil seine Kinder bei ihrer Mutter in Kalifornien leben und ihn meist in Big Sky oder Paris treffen. Soweit ich weiß, bin ich das einzige Mitglied, das regelmäßig an den ruhigen Gewässern des Red Man auftaucht. Und ich hoffe, mit meinem Sohn zusammen bald noch öfter dort zu sein, wenn ich Glück habe.
Carter schüttelt den Kopf. »Frank, ich komm da nie hin«, sagt er bedauernd. »Es ist ein Skandal. Ich sollte wirklich.«
»Ruf mich doch mal an.« Ich will los, denke bereits an Sally, die um sechs kommt. Carters und meine neunzig Sekunden sind um. Aus dem Mercedes, der vor meiner früheren Haustür hält, springt ein kleiner Chauffeur in Livree und schwarzer Mütze und beginnt, dicke Gepäckstücke aus dem Kofferraum zu hieven. Dann steigt ein verblüffend großer und dünner Afrikaner aus, der auf dem Rücksitz gesessen hat. Er trägt einen leuchten-

den, dschungelgrünen Dashiki und eine in derselben Farbe gehaltene Kappe. Er ist lang und hat einen langen Kopf, prächtig genug, um ein Fürst zu sein, ein wahrer Milt-the-Stilt, als er sich vollends entfaltet. Er blickt auf die stille, von Hecken gerahmte Nachbarschaft hinaus, sieht Carter und mich, die ihn beobachten, und winkt uns mit einer großen, sich langsam bewegenden Hand mit rosafarbener Innenseite zu, hin und her, wie bei einer eingeübten segnenden Gebärde. Carter und ich winken auf der Stelle zurück – ich aus dem Wagen heraus, er von draußen – und lächeln und nicken, als wünschten wir, wir könnten seinen Dialekt sprechen, um ihm zu sagen, wie wohlwollend wir ihm gegenüberstehen, könnten es aber unglücklicherweise nicht, worauf der Fahrer den großen Mann direkt in mein Haus führt.
Carter sagt nichts, tritt zurück und sieht die Straße hinauf und hinunter. Er hatte mit der Verfügungs-Junta nichts zu tun, zog erst später hierher und ist, glaube ich, der Meinung, daß das Ökumenische Zentrum ein guter Nachbar ist, was auch immer meine Erwartung war. Es ist nicht wahr, daß man sich an alles gewöhnt, aber man gewöhnt sich an mehr, als man denkt, und manchmal lernt man sogar, es zu mögen.
Carter ist jetzt meiner Schätzung nach dabei, seinen Tag auf Gedanken, Witze, Schlagzeilen und Sportergebnisse abzuklopfen, um etwas zu finden, was er zum Abschluß sagen kann und was nicht mehr als dreißig Sekunden beansprucht. Dann hat er einen guten Abgang und kann wieder in seinen Pool plumpsen. Ich mache natürlich dasselbe. Außer wenn man von Tragödien heimgesucht wird, gibt es wenig, was man den meisten Leuten, die man kennt, wirklich mitteilen müßte.
»Gibt's was Neues in der Mordgeschichte mit eurer kleinen Mitarbeiterin?« sagt Carter mit geschäftsmäßiger Stimme. Er hat eine Tragödie gewählt, stellt die papierbekleideten Füße auf dem glatten Pflaster noch weiter auseinander und gibt seinem Gesicht den Ausdruck einer harten Gesetz-und-Ordnung-Intoleranz gegen alle, die in die persönlichen Freiheitsrechte anderer eingreifen.
»Wir haben eine Belohnung ausgesetzt, aber sonst nichts Neues«, sage ich und bekomme selbst einen harten Mund bei dem Gedanken an Clairs strahlendes Gesicht und ihre nüchterne, selbst-

sichere Gutmütigkeit, die mir nichts durchgehen ließ, aber mir eine, wenn auch kurze Ekstase brachte. »Es ist, als hätte sie der Blitz getroffen«, sage ich, und mir wird klar, daß ich nur ihr Verschwinden aus meinem Leben, nicht ihr Verschwinden von dieser Erde beschreibe.

Carter schüttelt den Kopf und preßt Luft gegen die geschlossenen Lippen, was sein Gesicht entstellt, bis er es die ganze Luft mit einem *pschsch*-Laut herausläßt. »Sie sollten die Typen an den Eiern aufhängen, bis sie abkratzen.«

»Find ich auch«, sage ich. Und meine es so.

Dazu ist nun wirklich nichts mehr zu sagen, und es könnte sein, daß Carter jetzt nach meiner Einschätzung der Wahl und ihrer möglichen Auswirkung auf das Immobiliengeschäft fragt, um auf diesem gewundenen Weg zur Politik zu kommen. Er sieht sich selbst als »Goldwater-Republikaner«, der für eine »starke Verteidigung« ist. Es macht ihm Vergnügen, mich in dieser Frage mit witzelnder Herablassung zu behandeln. (Das ist seine einzige schlechte Eigenschaft, eine, die ich oft bei plötzlich Reichgewordenen angetroffen habe. Am College war er natürlich Demokrat.) Aber am Unabhängigkeitstag spricht man nicht über Politik.

»Ich hab dich letzte Woche im Radio *Caravans* lesen hören«, sagt Carter nickend. »Hat mir gut gefallen. Das wollte ich dir noch sagen.« Jetzt ist er bei einem ganz neuen Gedanken. »Hör mal«, sagt er mit entschlossenem Blick. »Du bist unser Mann des Wortes, Frank. Ich könnte mir vorstellen, daß es heutzutage 'ne Menge Dinge gibt, die dich wieder zum Schreiben zurückbringen könnten.« Nachdem er das gesagt hat, sieht er zu Boden, zieht den purpurroten Gürtel fest um den Bauch und blickt auf seine kleinen Füße in den Papiermanschetten, als hätte sich an ihnen etwas geändert.

»Wie kommst du denn darauf, Carter? Hast du das Gefühl, daß wir in dramatischen Zeiten leben? Ich bin ganz zufrieden, aber mir kommt's nicht gerade dramatisch vor. Ich fänd's ermutigend, wenn du der Meinung wärst.« Der Mercedes kommt jetzt die geschwungene Auffahrt wieder herunter, seine schweren Auspuffrohre murmeln in den Asphalt. Ich bin geschmeichelt, daß Carter etwas über mein früheres Leben als Autor weiß.

Meine Finger, die unbewußt zwischen meinem und dem Beifahrersitz herumgraben, ziehen die winzige rote Schleife hervor, die Clarissa mir geschenkt hat. Zusammen mit Carters persönlicher Anerkennung meines längst vergangenen und kurzlebigen Schriftstellerdaseins hebt dieser Fund meine Stimmung, die bei dem Gedanken an Clair gesunken war, wieder beträchtlich.
»Es kommt mir nur so vor, als müßten heutzutage viel mehr Dinge erklärt werden, Frank.« Carter blickt noch immer auf seine Zehen hinunter. »Als wir beide am College waren, spielten Ideen eine viel größere Rolle – auch wenn sie größtenteils schwachsinnig waren. Jetzt fällt mir keine einzige neue große Idee ein, dir etwa?« Er sieht zum Himmel auf, dann auf Clarissas rote Schleife herunter, die in meiner Hand liegt, und macht die Nase kraus, als hielte ich ihm ein Rätsel vor die Augen. Carter, meine ich, hat zu lange auf der Tribüne gesessen und sein Geld gezählt, so daß ihm das Leben jetzt sowohl einfach als auch einfach verdreht vorkommt. Er könnte jeden Moment, fürchte ich, mit irgendeinem Unfug, einem rechtsextremen Glaubenssatz herauskommen, der Abschaffung der Einkommenssteuer etwa, oder einem Verbot jeglicher Regierungsintervention in einer freien Marktwirtschaft – »Ideen«, die seinen Hunger nach Gewißheit und Eindeutigkeit zwischen Lunch und Cocktail-Stunde stillen. An meiner einstigen Autorenkarriere ist er natürlich gar nicht interessiert.
Aber wenn Carter mich fragte – wie es ein Mann auf einem Flug nach Dallas einmal getan hat, damals, als ich noch Sportreporter war –, was er meiner Meinung nach mit seinem Leben anfangen sollte, jetzt, da er einen ganzen Bankkeller voller Geld hat, würde ich ihm sagen, was ich dem Mann im Flugzeug gesagt habe: Tu was für andere Menschen, schließ dich dem Roten Kreuz an, kümmere dich persönlich um die Alten und Kranken in West Virginia oder Detroit. (Der Mann im Flugzeug war an diesem Rat nicht sonderlich interessiert. Er sagte, er würde vielleicht einfach nur »reisen«.) Carter müßte man wahrscheinlich mit Irv Ornstein in Verbindung bringen, wenn der die Nase voll hätte von Fantasy-Baseballspielen. Irv, der es so eilig hatte, aus dem Simulatoren-Geschäft auszusteigen, könnte Carter mit seiner gro-

ßen neuen Leitmetapher der Kontinuität ködern, und die beiden könnten sich irgendeine Art Selbsthilfe-Sendung zusammenkochen, die sie ans Fernsehen verkaufen könnten, um noch ein Vermögen zu machen.

Oder ich könnte ihm vorschlagen, das zu machen, was ich gemacht habe, und mit unserer Mannschaft im Büro von L & S zu reden, da wir Clair noch nicht ersetzt haben, das aber bald tun müssen. In ihre Fußstapfen zu treten, könnte sein Bedürfnis befriedigen, einer »Idee« zu dienen, nämlich etwas für andere zu tun. Er ist mindestens so qualifiziert wie ich es war – der einzige Unterschied ist der, daß er verheiratet ist.

Oder vielleicht sollte *er* ein Mann des Wortes werden, ein paar Geschichten schreiben und sie in die große Leere hinausschleudern. Aber was mich in dieser Hinsicht betrifft – ich war da schon mal. Die Luft ist zu dünn. Danke, aber nein danke.

Ich blicke nachdenklich in Carters kleines, feingezeichnetes Gesicht, das auf eine leere Landkarte geschrieben zu sein scheint. Ich versuche so auszusehen, als könnte ich mir keine einzige Idee vorstellen, gut oder schlecht, aber ich weiß, daß da draußen viele herumfliegen. (Meine naheliegendste Idee würde er sicher mißverstehen, würde sie in eine Debatte verwandeln, zu der ich keine Lust habe, weil sie uns in eine politische Sackgasse führen würde.)

»Die meisten bedeutenden Ideen fangen wahrscheinlich mit einfachen körperlichen Handlungen an, Carter«, sage ich (sein Freund). »Du hast klassische Sprachen studiert. Vielleicht solltest du mal den Arsch bewegen und ein bißchen Staub aufwirbeln.«

Carter sieht mich einen langen Moment an und sagt nichts, denkt aber offensichtlich nach. Schließlich sagt er: »Weißt du, ich bin immer noch Reserveoffizier. Wenn Bush gewinnt, kann er vielleicht irgendwo einen kleinen Konflikt in Gang bringen, und dann könnte ich auf meine alten Tage einberufen werden und ein paar Leuten ernsthaft in den Arsch treten.«

»Und das hältst du für 'ne Idee?« Die rote Schleife meiner Tochter habe ich wie eine Erinnerung um meinen kleinen Finger gewickelt, und woran ich mich erinnere, ist mein SCHLAGT BUSH-Sticker, den Carter leider nicht gesehen hat. Aber das reicht jetzt,

und ich lege langsam den Gang ein. Die Bremslichter des Mercedes leuchten am Venetian Way auf, gleiten nach links und verschwinden. »Ist 'ne gute Art, sich umzubringen.«
»In unserer Kompanie haben wir das einen GA genannt, einen glorreichen Abgang.« Carter zieht eine Grimasse und verdreht die Augen. Er ist kein Narr. Seine Kriegstage sind lange vorbei, und ich bin sicher, daß er ganz froh darüber ist. »Bist du relativ zufrieden mit deinen gegenwärtigen Lebensprüfungen, Franko, alte Säule? Bleibst du in der Stadt?« Er meint nicht wirklich »Prüfungen«, sondern etwas Unschuldigeres, und lächelt mich mit der reinsten, unterhaltungsbeendenden, auf dem Felsen eines gelebten Lebens gebauten Aufrichtigkeit an.
»Ja«, sage ich mit einer Gutwilligkeit, die in jeder Hinsicht der seinen entspricht. »Du weißt ja, ich glaub, daß Zuhause da ist, wo man die Hypothek bezahlt, Carter.«
»Ich könnte mir vorstellen, daß das Makeln ein bißchen langweilig wird. Es ist genauso lächerlich wie die meisten Jobs.«
»Bisher nicht. Bisher geht es bestens. Du solltest es mal probieren, du hast ja sonst nichts zu tun als Rentner.«
»*So* verrentet bin ich nicht.« Er blinzelt mir aus Gründen zu, die nicht klar sind.
»Ich fahr zur Parade, Knott, altes Haus. Halt durch, der Unabhängigkeitstag ist bald zu Ende.«
Carter vollführt in seinem Badeaufzug einen zackigen, absurden kleinen militärischen Gruß. »Vorwärts. Keine Furcht, Hauptmann Bascombe. Komm mit Glanz und Gloria zurück, oder zumindest mit Geschichten von Glanz und Gloria. Jefferson lebt noch.«
»Ich werd mein Bestes tun«, sage ich, ein wenig peinlich berührt. »Ich werd mein Bestes tun.« Und ich fahre lächelnd in den Tag hinaus.

Und das ist es eigentlich. Die ganze Geschichte, das, worum es eine Zeitlang ging, an seinem guten Ende, gefolgt von einer kurzen Fahrt zur Parade.
Es gibt natürlich viel, das unbeantwortet bleibt, viel, das sich erst später ergeben wird, viel, das man am besten vergißt. Paul Bas-

combe wird, das glaube ich noch immer, zu mir ziehen und einen Teil seiner kritischen Jahre bei mir verbringen. Vielleicht noch nicht in einem Monat und vielleicht auch nicht in einem halben Jahr. Ein ganzes könnte vergehen, und dann wäre immer noch genug Zeit, um an seiner neuen Selbstentdeckung teilzunehmen. Es ist auch möglich, daß ich bald heiraten werde – nach Jahren, in denen ich geglaubt habe, daß ich das nie wieder könnte –, so daß ich mich nicht mehr als den verdächtigen Junggesellen sehen würde, als der ich mir zugegebenermaßen manchmal vorkomme. Das wäre dann die Permanenzperiode, die lange, sich hinziehende Zeit, in der meine Träume keine anderen Geheimnisse hätten als die eines gewöhnlichen Menschen; in der alles, was ich sage und tue, wen ich geheiratet habe, wie sich meine Kinder entwickeln, das ist, was die Welt von mir weiß und versteht – wenn sie überhaupt etwas davon wahrnimmt. Und es wird auch bestimmen, was ich selbst von mir halte, bis sich schließlich irgend etwas Wildes und Unzähmbares in mir erhebt und mich freudlos ins Jenseits reißt.

Oben an der Constitution Street kann ich jetzt vom Wagensitz aus die Parade über die Köpfe der zusammengedrängten Zuschauer hinweg vorbeimarschieren sehen, ich höre die tiefen Schläge der großen Trommeln, die Becken, sehe die Mädchen in ihren roten und weißen Röckchen, wie sie die Beine werfen und ihre Batons durch die Luft wirbeln, ein rotes Banner wird den blitzenden Trompeten vorangetragen, die das flimmernde Licht der Sonne borgen. Es ist ein Tag, an dem man gerne auf dieser Erde ist.

Ich parke hinter unserem Büro neben der Press Box Bar, schließe ab und stehe dann draußen in der Mittagshitze unter einem weißwerdenden Himmel und beginne meinen zufriedenen Streifzug durch die Menge. »Ba-buum, ba-buum, ba-buum, ba-buum! Hoch die tapfern Sieger, hoch die kühnen Helden...« Das ist ein vertrauter Kampfgesang, und alle vor mir applaudieren.

Spät gestern abend, als ich schon wie betäubt schlief und das Schlimmste an den Ereignissen meines Tages zur Ruhe gelegt hatte – nach einem langen Experiment, das mehr Irrtum als Versuch war und auf das ein Schimmer der Hoffnung folgte (was nur

menschlich ist), klingelte das Telefon. Und als ich in der Dunkelheit »Hallo« sagte, gab es einen Moment, den ich für totale Stille auf der anderen Seite hielt, aber dann hörte ich jemanden atmen und ein leises Geräusch. Vielleicht hatte der Hörer das Gesicht des Anrufers berührt. Da war ein Seufzen, und jemand machte: »Ssss, tsss. Hm-hmm, hm-hmm«, gefolgt von einem noch tieferen und weniger gewissen: »Mmmm.«
Und ich sagte plötzlich, weil ich das Gefühl hatte, es sei jemand, den ich kenne: »Schön, daß du anrufst.« Ich drückte den Hörer ans Ohr und öffnete die Augen im Dunkeln. »Ich bin gerade zurückgekommen«, sagte ich. »Dies ist kein schlechter Zeitpunkt. Ich arbeite Tag und Nacht. Sag mir, worüber du nachdenkst. Ich werd versuchen, ein Stückchen zu dem Puzzle beizutragen. Es könnte einfacher sein, als du denkst.«
Wer immer es war – und ich weiß natürlich nicht, wer es war –, atmete noch zwei-, dreimal vernehmlich. Dann wurde das Atmen leiser und kürzer. Ich hörte noch einmal ein »Hm-hmm.« Dann war die Verbindung unterbrochen, und noch bevor ich den Hörer auflegte, war ich wieder in den tiefsten Schlaf gefallen, den man sich vorstellen kann.
Und ich bin in der Menge, gerade als die Trommler vorbeimarschieren – sie sind immer die letzten – ihr *Buum-buum-buum* hallt in meinen Ohren und überall um mich herum. Ich sehe die Sonne über der Straße und atme den üppigen, warmen Duft des Tages ein. Jemand ruft: »Laßt sie durch, macht Platz, macht Platz, bitte!« Die Trompeten schmettern wieder los. Mein Herzschlag beschleunigt sich. Ich fühle das Schieben und Ziehen, das Hin und Her der anderen.